Über dieses Buch

»In den dreizehn Quartheften, welche der Herausgabe der Tagebücher zugrunde liegen, ist von den immer erneuten Versuchen die Rede, mit sich und der Welt ins reine zu kommen. Es ist der gleich einem ewigen Faden das ganze Gewebe der Tage und Nächte, der Erlebnisse und Handlungen durchziehende Prozeß der Selbstbeobachtung und einer buchstäblich grenzenlosen Melancholie, beginnend beim Gefühl des eigenen Körpers bis zu seiner geistigen Physiognomie. Die Aufzeichnungen setzen im 28. Lebensjahr ein und brechen ein Jahr vor seinem Tode ab: ein commentarius perpetuus, der für Kafka wie eine Angelschnur war, die er in die Tiefe warf, um sich selbst daran zu finden.
Diese Aufzeichnungen geben auch jenem, der noch keine Zeile von Kafka kennt, unendlich viel: die riesige Intensität seines Daseins, die wie eine neue Conquista auf unbekanntem Segler über unbekannte Meere zu einem fremden Kontinent anmutet. Wer dieser in den äußeren Effekten so schlichten Sprache folgt, wird entdecken, daß das Abgeblätterte, das den Dingen sonst anhaftet, neuen Glanz erhalten hat.« *(Die Gegenwart)*

Der Autor

Franz Kafka wurde am 3. Juli 1883 als Sohn eines jüdischen Kaufmanns in Prag geboren. Von 1901 bis 1906 studierte er Jura. Nach der Promotion zum Dr. jur. absolvierte er eine einjährige ›Rechtspraxis‹, trat dann in die ›Assicurazioni Generali‹ ein und ging 1908 zur Prager ›Arbeiter-Unfall-Versicherungs-Anstalt‹, wo er bis zu seiner frühzeitigen Pensionierung (Juli 1922) blieb. 1917 wurde eine Tuberkulose festgestellt, an der er einige Jahre später, am 3. Juni 1924, starb. Seine unveröffentlichten Romane hatte er testamentarisch zur Verbrennung bestimmt. Sein naher Freund und Nachlaßverwalter Max Brod (gestorben 1968) führte diesen Wunsch jedoch nicht aus und rettete so einige der größten Dichtungen unseres Jahrhunderts.
Im Fischer Taschenbuch Verlag sind außerdem erschienen: ›Das Urteil und andere Erzählungen‹ (19), ›Amerika‹ (132), ›Der Prozeß‹ (676), ›Briefe an Milena‹ (756), ›Das Schloß‹ (900) und ›Gesammelte Erzählungen‹ (1078).

FRANZ KAFKA

TAGEBÜCHER 1910–1923

Herausgegeben von Max Brod

Fischer
Taschenbuch
Verlag

Fischer Taschenbuch Verlag
März 1973
Ungekürzte Ausgabe
Umschlagentwurf: Dieter Kohler
unter Verwendung einer Zeichnung Franz Kafkas
Fischer Taschenbuch Verlag GmbH, Frankfurt am Main
Lizenzausgabe mit freundlicher Genehmigung des
S. Fischer Verlags GmbH, Frankfurt am Main

Gesamtherstellung: Hanseatische Druckanstalt GmbH, Hamburg
Printed in Germany
ISBN 3 436 01637 3

Inhalt

TAGEBÜCHER

Ich schreibe das ganz bestimmt aus Verzweiflung über meinen Körper und über die Zukunft mit diesem Körper.

Wenn sich die Verzweiflung so bestimmt gibt, so an ihren Gegenstand gebunden ist, so zurückgehalten wie von einem Soldaten, der den Rückzug deckt und sich dafür zerreißen läßt, dann ist es nicht die richtige Verzweiflung. Die richtige Verzweiflung hat ihr Ziel gleich und immer überholt, (Bei diesem Beistrich zeigte es sich, dass nur der erste Satz richtig war)

1910

Die Zuschauer erstarren, wenn der Zug vorbeifährt.

»Wenn er mich immer frägt.« Das ä, losgelöst vom Satz, flog dahin wie ein Ball auf der Wiese.

Sein Ernst bringt mich um. Den Kopf im Kragen, die Haare unbeweglich um den Schädel geordnet, die Muskeln unten an den Wangen an ihrem Platz gespannt . . .

Ist der Wald noch immer da? Der Wald war noch so ziemlich da. Kaum aber war mein Blick zehn Schritte weit, ließ ich ab, wieder eingefangen vom langweiligen Gespräch.

Im dunklen Wald, im durchweichten Boden fand ich mich nur durch das Weiß seines Kragens zurecht.

Ich bat im Traum die Tänzerin Eduardowa, sie möchte doch den Csárdás noch einmal tanzen. Sie hatte einen breiten Streifen Schatten oder Licht mitten im Gesicht zwischen dem untern Stirnrand und der Mitte des Kinns. Gerade kam jemand mit den ekelhaften Bewegungen des unbewußten Intriganten, um ihr zu sagen, der Zug fahre gleich. Durch die Art, wie sie die Meldung anhörte, wurde mir schrecklich klar, daß sie nicht mehr tanzen werde. »Ich bin ein böses schlechtes Weib, nicht wahr?« sagte sie. »O nein«, sagte ich, »das nicht«, und wandte mich in eine beliebige Richtung zum Gehn. Vorher fragte ich sie über die vielen Blumen aus, die in ihrem Gürtel steckten. »Die sind von allen Fürsten Europas«, sagte sie. Ich dachte nach, was das für einen Sinn habe, daß diese Blumen, die frisch in dem Gürtel steckten, der Tänzerin Eduardowa von allen Fürsten Europas geschenkt worden waren.

Die Tänzerin Eduardowa, eine Liebhaberin der Musik, fährt wie überall so auch in der Elektrischen in Begleitung zweier Violinisten, die sie häufig spielen läßt. Denn es besteht kein Verbot, warum in der Elektrischen nicht gespielt werden dürfte, wenn das Spiel gut, den Mitfahrenden angenehm ist und nichts kostet, das heißt, wenn nachher nicht eingesammelt wird. Es ist allerdings im Anfang ein wenig überraschend, und ein Weilchen lang findet jeder, es sei unpassend. Aber bei voller Fahrt, starkem Luftzug und stiller Gasse klingt es hübsch.

Die Tänzerin Eduardowa ist im Freien nicht so hübsch wie auf der Bühne. Die bleiche Farbe, diese Wangenknochen, welche die Haut so spannen, daß im Gesicht kaum eine stärkere Bewegung ist, die große Nase, die sich wie aus einer Vertiefung erhebt, mit der man keine Späße machen kann – wie die Härte der Spitze prüfen oder sie am Nasenrücken leicht fassen und hin und her ziehen, wobei man sagt: »Jetzt aber kommst du mit.« Die breite Gestalt mit hoher Taille in allzu faltigen Röcken – wem kann das gefallen – sie sieht einer meiner Tanten, einer ältlichen Dame, ähnlich, viele ältere Tanten vieler Leute sehn ähnlich aus. Für diese Nachteile aber findet sich bei der Eduardowa im Freien außer den ganz guten Füßen eigentlich kein Ersatz, da ist wirklich nichts, was zum Schwärmen, Staunen oder auch nur zur Achtung Anlaß gäbe. Und so habe ich auch die Eduardowa sehr oft mit einer Gleichgültigkeit behandelt gesehn, die selbst sonst sehr gewandte, sehr korrekte Herren nicht verbergen konnten, obwohl sie sich natürlich viele Mühe in dieser Richtung gaben, einer solchen bekannten Tänzerin gegenüber, wie es die Eduardowa immerhin war.

Meine Ohrmuschel fühlte sich frisch, rauh, kühl, saftig an wie ein Blatt.

Ich schreibe das ganz bestimmt aus Verzweiflung über meinen Körper und über die Zukunft mit diesem Körper.
Wenn sich die Verzweiflung so bestimmt gibt, so an ihren Gegenstand gebunden ist, so zurückgehalten wie von einem Soldaten, der den Rückzug deckt und sich dafür zerreißen läßt, dann ist es nicht die richtige Verzweiflung. Die richtige Verzweiflung hat ihr Ziel gleich und immer überholt, (bei diesem Beistrich zeigt es sich, daß nur der erste Satz richtig war).

Bist du verzweifelt?
Ja? du bist verzweifelt?
Läufst weg? Willst dich verstecken?

Schriftsteller reden Gestank.

Die Weißnäherinnen in den Regengüssen.

Endlich nach fünf Monaten meines Lebens, in denen ich nichts schreiben konnte, womit ich zufrieden gewesen wäre, und die mir keine Macht ersetzen wird, obwohl alle dazu verpflichtet wären, komme ich auf den Einfall, wieder einmal mich anzusprechen. Darauf antwortete ich noch immer, wenn ich mich wirklich fragte, hier war immer noch etwas aus mir herauszuschlagen, aus diesem Strohhaufen, der ich seit fünf Monaten bin und dessen Schicksal es zu sein scheint, im Sommer angezündet zu werden und zu verbrennen, rascher, als der Zuschauer mit den Augen blinzelt. Wollte das doch nur mit mir geschehn! Und zehnfach sollte mir das ge-

schehn, denn ich bereue nicht einmal die unglückselige Zeit. Mein Zustand ist nicht Unglück, aber er ist auch nicht Glück, nicht Gleichgültigkeit, nicht Schwäche, nicht Ermüdung, nicht anderes Interesse, also was ist er denn? Daß ich das nicht weiß, hängt wohl mit meiner Unfähigkeit zu schreiben zusammen. Und diese glaube ich zu verstehn, ohne ihren Grund zu kennen. Alle Dinge nämlich, die mir einfallen, fallen mir nicht von der Wurzel aus ein, sondern erst irgendwo gegen ihre Mitte. Versuche sie dann jemand zu halten, versuche jemand ein Gras und sich an ihm zu halten, das erst in der Mitte des Stengels zu wachsen anfängt. Das können wohl einzelne, zum Beispiel japanische Gaukler, die auf einer Leiter klettern, die nicht auf dem Boden aufliegt, sondern auf den emporgehaltenen Sohlen eines halb Liegenden, und die nicht an der Wand lehnt, sondern nur in die Luft hinaufgeht. Ich kann es nicht, abgesehen davon, daß meiner Leiter nicht einmal jene Sohlen zur Verfügung stehn. Es ist das natürlich nicht alles, und eine solche Anfrage bringt mich noch nicht zum Reden. Aber jeden Tag soll zumindest eine Zeile gegen mich gerichtet werden, wie man die Fernrohre jetzt gegen den Kometen richtet. Und wenn ich dann einmal vor jenem Satze erscheinen würde, hergelockt von jenem Satze, so wie ich zum Beispiel letzte Weihnachten gewesen bin und wo ich so weit war, daß ich mich nur noch gerade fassen konnte, und wo ich wirklich auf der letzten Stufe meiner Leiter schien, die aber ruhig auf dem Boden stand und an der Wand. Aber was für ein Boden, was für eine Wand! Und doch fiel jene Leiter nicht, so drückten sie meine Füße an den Boden, so hoben sie meine Füße an die Wand.
Ich habe heute zum Beispiel drei Frechheiten gemacht, gegenüber einem Kondukteur, gegenüber einem mir Vorgestellten, so, es waren nur zwei, aber sie schmerzen mich wie Magenschmerzen. Von Seite eines jeden Menschen wären es Frechheiten gewesen, wie erst von meiner Seite. Ich ging also aus mir heraus, kämpfte in der Luft im Nebel, und das Ärgste: daß es niemand merkte, daß ich auch gegenüber meinen Begleitern die Frechheit als eine Frechheit machte, machen mußte, die richtige Miene, die Verantwortung tragen mußte; das schlimmste aber war, als einer meiner Bekannten diese Frechheit nicht einmal als Zeichen eines Charakters, sondern als den Charakter selbst nahm, mich auf meine Frechheit aufmerksam machte und sie bewunderte. Warum bleibe ich nicht in mir? Jetzt sage ich mir allerdings: schau, die Welt läßt sich von dir schlagen, der Kondukteur und der Vorgestellte bleiben ruhig, als du weggingst, der letztere grüßte sogar. Das bedeutet aber nichts. Du kannst nichts erreichen, wenn du dich verläßt, aber was versäumst du überdies in deinem Kreis. Auf diese Ansprache antworte ich nur: auch ich ließe mich lieber im Kreis prügeln, als außerhalb selbst zu prügeln, aber wo zum Teufel ist dieser Kreis? Eine Zeitlang sah ich ihn ja auf der Erde liegen, wie mit Kalk aus-

gespritzt, jetzt aber schwebt er mir nur so herum, ja schwebt nicht einmal.

Kometennacht 17./18. Mai. Mit Blei, seiner Frau und seinem Kind beisammengewesen, mich aus mir heraus zeitweilig gehört, wie das Winseln einer jungen Katze beiläufig, aber immerhin.
Wieviel Tage sind wieder stumm vorüber; heute ist der 28. Mai. Habe ich nicht einmal die Entschlossenheit, diesen Federhalter, dieses Stück Holz täglich in die Hand zu nehmen. Ich glaube schon, daß ich sie nicht habe. Ich rudere, reite, schwimme, liege in der Sonne. Daher sind die Waden gut, die Schenkel nicht schlecht, der Bauch geht noch an, aber schon die Brust ist sehr schäbig und wenn mir der Kopf im Genick ...

Sonntag, den 19. Juli 1910, geschlafen, aufgewacht, geschlafen, aufgewacht, elendes Leben.

Wenn ich es bedenke, so muß ich sagen, daß mir meine Erziehung in mancher Richtung sehr geschadet hat. Ich bin ja nicht irgendwo abseits, vielleicht in einer Ruine in den Bergen, erzogen worden, dagegen könnte ich ja kein Wort des Vorwurfes herausbringen. Auf die Gefahr hin, daß die ganze Reihe meiner vergangenen Lehrer dies nicht begreifen kann, gerne und am liebsten wäre ich jener kleine Ruinenbewohner gewesen, abgebrannt, von der Sonne, die da zwischen den Trümmern von allen Seiten auf den lauen Efeu mir geschienen hätte, wenn ich auch im Anfang schwach gewesen wäre unter dem Druck meiner guten Eigenschaften, die mit der Macht des Unkrauts in mir emporgewachsen wären.

Wenn ich es bedenke, so muß ich sagen, daß mir meine Erziehung in mancher Richtung sehr geschadet hat. Dieser Vorwurf trifft eine Menge Leute, nämlich meine Eltern, einige Verwandte, einzelne Besucher unseres Hauses, verschiedene Schriftsteller, eine ganz bestimmte Köchin, die mich ein Jahr lang zur Schule führte, einen Haufen Lehrer (die ich in meiner Erinnerung eng zusammendrücken muß, sonst entfällt mir hie und da einer, da ich sie aber so zusammengedrängt habe, bröckelt wieder das Ganze stellenweise ab), einen Schulinspektor, langsam gehende Passanten, kurz, dieser Vorwurf windet sich wie ein Dolch durch die Gesellschaft und keiner, ich wiederhole, leider keiner ist dessen sicher, daß die Dolchspitze nicht einmal plötzlich vorn, hinten oder seitwärts erscheint. Auf diesen Vorwurf will ich keine Widerrede hören, da ich schon zu viele gehört habe und da ich in den meisten Widerreden auch widerlegt worden bin, beziehe ich diese Widerreden mit in meinen Vorwurf und erkläre nun, meine Erziehung und diese Widerlegung haben mir in mancherlei Richtung sehr geschadet.

Oft überlege ich es, und immer muß ich dann sagen, daß mir meine Erziehung in manchem sehr geschadet hat. Dieser Vorwurf geht gegen eine Menge Leute, allerdings sie stehn hier beisammen, wissen wie auf alten Gruppenbildern nichts miteinander anzufangen, die Augen niederzuschlagen fällt ihnen gerade nicht ein und zu lächeln wagen sie vor Erwartung nicht. Es sind da meine Eltern, einige Verwandte, einige Lehrer, eine ganz bestimmte Köchin, einige Mädchen aus Tanzstunden, einige Besucher unseres Hauses aus früherer Zeit, einige Schriftsteller, ein Schwimmeister, ein Billeteur, ein Schulinspektor, dann einige, denen ich nur einmal auf der Gasse begegnet bin, und andere, an die ich mich gerade nicht erinnern kann, und solche, an die ich mich niemals mehr erinnern werde, und solche endlich, deren Unterricht ich, irgendwie damals abgelenkt, überhaupt nicht bemerkt habe, kurz, es sind so viele, daß man achtgeben muß, einen nicht zweimal zu nennen. Und ihnen allen gegenüber spreche ich meinen Vorwurf aus, mache sie auf diese Weise miteinander bekannt, dulde aber keine Widerrede. Denn ich habe wahrhaftig schon genug Widerreden ertragen, und da ich in den meisten widerlegt worden bin, kann ich nicht anders, als auch diese Widerlegungen in meinen Vorwurf mit einzubeziehen und zu sagen, daß mir außer meiner Erziehung auch diese Widerlegungen in manchem sehr geschadet haben.

Erwartet man vielleicht, daß ich irgendwo abseits erzogen worden bin? Nein, mitten in der Stadt bin ich erzogen worden, mitten in der Stadt. Nicht zum Beispiel in einer Ruine in den Bergen oder am See. Meine Eltern und ihr Gefolge waren bis jetzt von meinem Vorwurf bedeckt und grau, nun schieben sie ihn leicht beiseite und lächeln, weil ich meine Hände von ihnen weg an meine Stirn gezogen habe und denke: Ich hätte der kleine Ruinenbewohner sein sollen, horchend ins Geschrei der Dohlen, von ihren Schatten überflogen, auskühlend unter dem Mond, wenn ich auch am Anfang ein wenig schwach gewesen wäre unter dem Druck meiner guten Eigenschaften, die mit der Macht des Unkrauts in mir hätten wachsen müssen, abgebrannt von der Sonne, die zwischen den Trümmern hindurch auf mein Efeulager von allen Seiten mir geschienen hätte.

Es wird berichtet, und wir sind aufgelegt es zu glauben, daß Männer in Gefahr selbst schöne fremde Frauen für nichts achten; sie stoßen sie an die Mauer, stoßen sie mit Kopf und Händen, Knien und Ellbogen, wenn sie einmal durch diese Frauen an der Flucht aus dem brennenden Theater gehindert sind. Da schweigen unsere plauderhaften Frauen, ihr endloses Reden bekommt Zeitwort und Punkt, die Augenbrauen steigen aus ihrer Ruhelage auf, die Atembewegung der Schenkel und Hüften setzt aus, in den vor Angst nur lose geschlossenen Mund fährt mehr Luft als gewöhnlich und die Wangen scheinen ein wenig aufgeblasen.

»Du«, sagte ich und gab ihm einen kleinen Stoß mit dem Knie (bei dem plötzlichen Reden flog mir etwas Speichel als schlechtes Vorzeichen aus dem Mund), »schlaf nicht ein!«

»Ich schlafe nicht ein«, antwortete er und schüttelte während des Augenaufschlagens den Kopf. »Wenn ich einschliefe, wie könnte ich dich dann bewachen? Und muß ich das nicht? Hast du dich nicht damals vor der Kirche deshalb an mir festgehalten? Ja, es ist schon lange her, wir wissen es, laß nur die Uhr in der Tasche.«

»Es ist nämlich schon sehr spät«, sagte ich. Ich mußte ein wenig lächeln, und um es zu verdecken, schaute ich angestrengt ins Haus hinein.

»Gefällt es dir wirklich so? Du möchtest also gerne hinauf, sehr gerne? Also sag's doch, ich beiß dich doch nicht. Schau, wenn du glaubst, daß es dir oben besser gehen wird als hier unten, dann geh einfach hinauf, sofort, ohne an mich zu denken. Daß es meine Ansicht ist, also die Ansicht eines beliebigen Passanten, daß du bald wieder herunterkommen wirst, und daß es dann sehr gut sein wird, wenn hier auf irgendeine Weise jemand steht, dessen Gesicht du gar nicht anschauen wirst, der dich aber unter den Arm nimmt, in einem nahen Lokal mit Wein stärkt und dich dann in sein Zimmer führt, das, so elend es ist, doch ein paar Scheiben zwischen sich und der Nacht hat, auf diese Ansicht kannst du vorläufig pfeifen. Wahr ist es, das kann ich vor wem du willst wiederholen, hier unten geht es uns schlecht, ja es geht uns sogar hundsmiserabel, aber mir ist nun nicht mehr zu helfen, ob ich hier in der Abflußrinne liege und das Regenwasser staue oder oben unter dem Luster mit den gleichen Lippen Champagner trinke, mir macht das keinen Unterschied. Übrigens habe ich ja nicht einmal zwischen diesen zwei Dingen die Wahl, mir geschieht ja niemals etwas Derartiges, das die Leute aufpassen läßt, wie könnte es auch geschehn unter dem Aufbau der für mich nötigen Zeremonien, unter denen ich ja nur weiterkriechen kann, nicht besser als ein Ungeziefer. Du allerdings, wer weiß, was alles in dir steckt. Mut hast du, wenigstens glaubst du ihn zu haben, versuchs doch, was wagst du denn – oft erkennt man sich schon, wenn man aufpaßt, im Gesicht des Dieners an der Tür.«

»Wenn ich nur bestimmt wüßte, daß du aufrichtig zu mir bist. Ich wäre schon längst oben. Wie könnte ich nur herausbringen, ob du aufrichtig zu mir bist? Du schaust mich jetzt an, wie wenn ich ein kleines Kind wäre, das hilft mir nichts, das macht es ja noch ärger.

Aber vielleicht willst du es ärger machen. Dabei vertrage ich die Luft auf der Gasse nicht mehr, so gehöre ich schon in die Gesellschaft hinauf. Wenn ich achtgebe, kratzt es mich im Hals, da hast du es übrigens, ich huste. Und hast du denn eine Ahnung, wie es mir oben gehen wird? Der Fuß, mit dem ich den Saal betreten werde, wird schon verwandelt sein, ehe ich den andern nachziehe.«

»Du hast recht, ich bin nicht aufrichtig zu dir.«

»Ich will ja weg, will die Treppe hinauf, wenn es sein muß unter Purzelbäumen. Von der Gesellschaft verspreche ich mir alles, was mir fehlt, die Organisierung meiner Kräfte vor allem, denen eine solche Zuspitzung nicht genügt, wie sie die einzige Möglichkeit dieses Junggesellen auf der Gasse ausmacht. Dieser ist ja schon zufrieden, wenn er mit seiner, allerdings schäbigen Körperlichkeit standhält, seine paar Mahlzeiten schützt, Einflüsse anderer Menschen vermeidet, kurz, so viel behält, als in der auflösenden Welt nur möglich ist. Was er aber verliert, das sucht er mit Gewalt, sei es auch verändert, geschwächt, ja sei es auch nur scheinbar sein früheres Eigentum (und das ist es meistens), wiederzubekommen. Sein Wesen ist also ein selbstmörderisches, es hat nur Zähne für das eigene Fleisch und Fleisch nur für die eigenen Zähne. Denn ohne einen Mittelpunkt zu haben, ohne einen Beruf, eine Liebe, eine Familie, eine Rente zu haben, das heißt ohne sich im Großen gegenüber der Welt, versuchsweise natürlich nur, zu halten, ohne sie also durch einen großen Komplex an Besitztümern gewissermaßen zu verblüffen, kann man sich vor augenblicklich zerstörenden Verlusten nicht bewahren. Dieser Junggeselle mit seinen dünnen Kleidern, seiner Betkunst, seinen ausdauernden Beinen, seiner gefürchteten Mietswohnung, seinem sonstigen gestückelten, diesmal nach langer Zeit wieder hervorgerufenen Wesen, hält alles dies mit beiden Armen beisammen und muß immer zwei seiner Sachen verlieren, wenn er irgendeine geringe aufs Geratewohl fängt. Natürlich liegt hier die Wahrheit, die nirgends so rein zu zeigende Wahrheit. Denn wer wirklich als vollendeter Bürger auftritt, also auf dem Meer in einem Schiff reist, mit Schaum vor sich und mit Kielwasser hinter sich, also mit vieler Wirkung ringsherum, ganz anders als der Mann auf seinen paar Holzstückchen in den Wellen, die sich noch selbst gegenseitig stoßen und herunterdrücken – er, dieser Herr und Bürger, ist in keiner kleineren Gefahr. Denn er und sein Besitz ist nicht eins, sondern zwei, und wer die Verbindung zerschlägt, zerschlägt ihn mit. Wir und unsere Bekannten sind ja in dieser Hinsicht unkenntlich, weil wir ganz verdeckt sind, ich zum Beispiel bin jetzt verdeckt von meinem Beruf, von meinen eingebildeten oder wirklichen Leiden, von literarischen Neigungen usw. Aber gerade ich spüre meinen Grund viel zu oft und zu stark, als daß ich auch nur halbwegs

zufrieden sein könnte. Und diesen Grund brauche ich nur eine Viertelstunde ununterbrochen zu spüren und die giftige Welt wird mir in den Mund fließen wie das Wasser in den Ertrinkenden.
Zwischen mir und dem Junggesellen ist im Augenblick kaum ein Unterschied, nur daß ich noch an meine Jugend im Dorfe denken und vielleicht, wenn ich will, vielleicht selbst dann, wenn es nur meine Lage verlangt, mich dorthin zurückwerfen kann. Der Junggeselle aber hat nichts vor sich und deshalb auch hinter sich nichts. Im Augenblick ist kein Unterschied, aber der Junggeselle hat nur den Augenblick. Zu jener Zeit, die heute niemand kennen kann, denn nichts kann so vernichtet sein wie jene Zeit, zu jener Zeit hat er es verfehlt, als er seinen Grund dauernd spürte, so wie man plötzlich an seinem Leib ein Geschwür bemerkt, das bisher das Letzte an unserem Körper war, ja nicht einmal das Letzte, denn es schien noch nicht zu existieren, und (das) jetzt mehr als alles ist, was wir seit unserer Geburt leiblich besaßen. Waren wir bisher mit unserer ganzen Person auf die Arbeit unserer Hände, auf das Gesehene unserer Augen, auf das Gehörte unserer Ohren, auf die Schritte unserer Füße gerichtet, so wenden wir uns plötzlich ganz ins Entgegengesetzte, wie eine Wetterfahne im Gebirge.
Statt nun damals wegzulaufen, sei es auch in dieser letzten Richtung, denn nur das Weglaufen konnte ihn auf den Fußspitzen und nur die Fußspitzen konnten ihn auf der Welt erhalten, statt dessen hat er sich hingelegt, wie sich im Winter hie und da Kinder in den Schnee legen, um zu erfrieren. Er und diese Kinder, sie wissen ja, daß es ihre Schuld ist, daß sie sich hingelegt oder sonstwie nachgegeben haben, sie wissen, daß sie es um keinen Preis hätten tun dürfen, aber sie können es nicht wissen, daß sie nach der Veränderung, die jetzt mit ihnen auf den Feldern oder in der Stadt geschieht, an jede frühere Schuld und jeden Zwang vergessen und daß sie sich in dem neuen Element bewegen werden, als sei es ihr erstes. Aber Vergessen ist hier kein richtiges Wort. Das Gedächtnis dieses Mannes hat ebensowenig gelitten wie seine Einbildungskraft. Aber Berge können sie eben nicht versetzen; der Mann steht nun einmal außerhalb unseres Volkes, außerhalb unserer Menschheit, immerfort ist er ausgehungert, ihm gehört nur der Augenblick, der immer fortgesetzte Augenblick der Plage, dem kein Funken eines Augenblicks der Erholung folgt, er hat immer nur eines: seine Schmerzen, aber im ganzen Umkreis der Welt kein zweites, das sich als Medizin aufspielen könnte, er hat nur so viel Boden, als seine zwei Füße brauchen, nur so viel Halt, als seine zwei Hände bedecken, also um so viel weniger als der Trapezkünstler im Varieté, für den sie unten noch ein Fangnetz aufgehängt haben.
Uns andere, uns hält ja unsere Vergangenheit und Zukunft. Fast allen unseren Müßiggang und wie viel von unserem Beruf ver-

bringen wir damit, sie im Gleichgewicht auf- und abschweben zu lassen. Was die Zukunft an Umfang voraus hat, ersetzt die Vergangenheit an Gewicht, und an ihrem Ende sind ja die beiden nicht mehr zu unterscheiden, früheste Jugend wird später hell, wie die Zukunft ist, und das Ende der Zukunft ist mit allen unsern Seufzern eigentlich schon erfahren und Vergangenheit. So schließt sich fast dieser Kreis, an dessen Rand wir entlang gehn. Nun, dieser Kreis gehört uns ja, gehört uns aber nur so lange, als wir ihn halten, rücken wir nur einmal zur Seite, in irgendeiner Selbstvergessenheit, in einer Zerstreuung, einem Schrecken, einem Erstaunen, einer Ermüdung, schon haben wir ihn in den Raum hinein verloren, wir hatten bisher unsere Nase im Strom der Zeiten stecken, jetzt treten wir zurück, gewesene Schwimmer, gegenwärtige Spaziergänger, und sind verloren. Wir sind außerhalb des Gesetzes, keiner weiß es und doch behandelt uns jeder danach.«

»An mich darfst du jetzt nicht denken. Wie willst du dich auch mit mir vergleichen? Ich bin ja schon über zwanzig Jahre hier in der Stadt. Stellst du dir auch nur richtig vor, was das ist? Zwanzigmal habe ich jede Jahreszeit hier verbracht.« – Jetzt schüttelt er die lose Faust über unseren Köpfen. – »Die Bäume hier sind zwanzig Jahre lang hinaufgewachsen, wie klein sollte man unter ihnen werden. Und diese vielen Nächte, weißt du, in allen den Wohnungen. Einmal liegt man an dieser, einmal an jener Mauer, so wandert das Fenster um einen herum. Und diese Morgen, man schaut aus dem Fenster, zieht den Sessel vom Bett und setzt sich zum Kaffee. Und diese Abende, man stützt den Arm auf und hält mit der Hand das Ohr. Ja, wenn das nur nicht alles wäre! Wenn man doch wenigstens ein paar neue Gewohnheiten annähme, wie sie hier in den Gassen jeden Tag zu sehen sind. – Jetzt kommt es dir vielleicht so vor, als ob ich mich darüber beklagen wollte? Aber nein, warum mich darüber beklagen, mir ist doch weder das eine noch das andere erlaubt. Ich habe nur meine Promenaden zu machen, und damit soll es genug sein, dafür gibt es aber noch keinen Ort in der Welt, auf dem ich nicht meine Promenaden machen könnte. Jetzt schaut es aber wieder so aus, als wäre ich eitel darauf.«

»Ich habe es also leicht. Ich müßte vor dem Haus hier nicht stehn bleiben.«

»Darin also vergleich dich mit mir nicht und laß dich nicht von mir unsicher machen. Du bist doch ein erwachsener Mensch, bist überdies, wie es scheint, in der Stadt hier ziemlich verlassen.«

Ich bin ja nahe daran. Schon schien sich mein schützendes Wesen hier in der Stadt aufzulösen, ich war schön in den ersten Tagen, denn diese Auflösung geschieht als eine Apotheose, wo alles, was uns am Leben erhält, uns entfliegt, aber noch im Entfliegen uns mit seinem menschlichen Licht zum letztenmal bestrahlt. So stehe ich vor meinem Junggesellen, und er liebt mich deshalb höchstwahrscheinlich, ohne sich aber darüber klar zu sein, warum. Gelegentlich scheinen seine Reden darauf zu deuten, daß er sich auskennt, daß er weiß, wen er vor sich hat und daß er sich deshalb alles erlauben darf. Nein, so ist es aber nicht. In dieser Weise würde er vielmehr jedem entgegentreten, denn er kann nur als Einsiedler oder als Schmarotzer leben. Er ist nur Einsiedler aus Zwang, wird dieser Zwang einmal durch ihm unbekannte Kräfte überwunden, schon ist er Schmarotzer, der sich frech anhält, wie er nur kann. Retten kann ihn allerdings nichts mehr auf der Welt, und so kann man bei seinem Benehmen an die Leiche eines Ertrunkenen denken, die, durch irgendeine Strömung an die Oberfläche getrieben, an einen müden Schwimmer stößt, die Hände an ihn legt und sich festhalten möchte. Die Leiche wird nicht lebendig, ja nicht einmal geborgen werden, aber den Mann kann sie hinunterziehn.

6. November. Conférence einer Madame Ch. über Musset. Jüdische Frauengewohnheit des Schmatzens. Verstehn des Französischen durch alle Vorbereitungen und Schwierigkeiten der Anekdote, bis knapp vor dem Schlußwort, das auf den Trümmern der ganzen Anekdote im Herzen weiterleben soll, das Französisch uns vor den Augen verlischt, vielleicht haben wir uns bis dahin zu sehr angestrengt, die Leute, welche Französisch verstehn, gehn vor dem Schluß weg, da sie schon genug gehört, die andern haben noch lange nicht genug gehört, Akustik des Saales, die das Husten in den Logen mehr begünstigt als das vorgetragene Wort; Nachtmahl bei der Rachel, sie liest Racine »Phädra« mit Musset, das Buch liegt zwischen ihnen auf dem Tisch, auf dem übrigens alles mögliche liegt.
Konsul Claudel, Glanz in den Augen, den das breite Gesicht aufnimmt und widerstrahlt, er will sich immerfort verabschieden, es gelingt ihm auch im einzelnen, im allgemeinen aber nicht, denn wenn er einen verabschiedet, steht ein neuer da, an den sich der schon Verabschiedete wieder anreiht. Über der Vortragsbühne ist eine Galerie für das Orchester. Aller mögliche Lärm stört. Kellner aus dem Flur, Gäste in ihren Zimmern, ein Klavier, ein fernes Streichorchester, ein Hämmern endlich, eine Zänkerei, deren Lokalisierung große Schwierigkeiten macht und deshalb reizt. In einer Loge eine Dame mit Diamanten in den Ohrringen, deren Licht fast ununterbrochen wechselt. An der Kassa junge schwarzgekleidete Leute eines französischen Cercles. Einer grüßt mit einer scharfen Verbeugung, die seine Augen über den Boden hinfahren läßt. Dabei lächelt er stark. Das macht er aber nur vor Mädchen, Männern schaut er gleich darauf offen ins Gesicht, mit ernst gehaltenem Mund, womit er gleichzeitig die vorige Begrüßung als

eine vielleicht lächerliche, aber jedenfalls unumgängliche Zeremonie erklärt.

7. November. Vortrag Wieglers über Hebbel. Sitzt auf der Bühne in der Dekoration eines modernen Zimmers, als ob seine Geliebte durch eine Tür hereinspringen würde, um das Stück endlich zu beginnen. Nein, er trägt vor. Hunger Hebbels. Kompliziertes Verhältnis zu Elisa Lensing. Er hat in der Schule eine alte Jungfrau zur Lehrerin, die raucht, schnupft, prügelt und den Braven Rosinen schenkt. Er fährt überall hin (Heidelberg, München, Paris) ohne recht sichtbare Absicht. Ist zuerst Diener bei einem Kirchspielvogt, schläft in einem Bett mit dem Kutscher unter der Treppe.

Julius Schnorr von Carolsfeld – Zeichnung Friedrich Olivier, er zeichnet auf einem Abhang, wie schön und ernst ist er da (ein hoher Hut wie eine abgeplattete Clownmütze mit steifem, ins Gesicht gehendem, schmalem Rand, gewellt lange Haare, Augen nur für sein Bild, ruhige Hände, die Tafel auf den Knien, ein Fuß ist auf der Böschung ein wenig tiefer gerutscht). Aber nein, das ist Friedrich Olivier, von Schnorr gezeichnet.

15. November, zehn Uhr. Ich werde mich nicht müde werden lassen. Ich werde in meine Novelle hineinspringen und wenn es mir das Gesicht zerschneiden sollte.

16. November, zwölf Uhr. Ich lese »Iphigenie auf Tauris«. Darin ist wirklich, von einzelnen offen fehlerhaften Stellen abgesehen, die ausgetrocknete deutsche Sprache im Munde eines reinen Knaben förmlich anzustaunen. Jedes Wort wird von dem Vers vor dem Lesenden im Augenblick des Lesens auf die Höhe getragen, wo es in einem vielleicht magern, aber durchdringenden Lichte steht.

27. November. Bernhard Kellermann hat vorgelesen. »Einiges Ungedruckte aus meiner Feder«, so fing er an. Scheinbar ein lieber Mensch, fast graues, stehendes Haar, mit Mühe glatt rasiert, spitze Nase, über die Backenknochen geht das Wangenfleisch oft wie eine Welle auf und ab. Er ist ein mittelmäßiger Schriftsteller mit guten Stellen (ein Mann geht auf den Korridor hinaus, hustet und sieht umher, ob niemand da ist), auch ein ehrlicher Mensch, der lesen will, was er versprochen hat, aber das Publikum ließ ihn nicht, aus Schrecken über die erste Nervenheilanstaltsgeschichte, aus Langeweile über die Art des Vorlesens gingen die Leute trotz schlechter Spannungen der Geschichte immerfort einzeln weg mit einem Eifer, als ob nebenan vorgelesen werde. Als er nach dem

ersten Drittel der Geschichte ein wenig Mineralwasser trank, ging eine ganze Menge Leute weg. Er erschrak. »Es ist gleich fertig«, log er einfach. Als er fertig wurde, stand alles auf, es gab etwas Beifall, der so klang, als wäre mitten unter allen den stehenden Menschen einer sitzen geblieben und klatschte für sich. Nun wollte aber Kellermann noch weiterlesen, eine andere Geschichte, vielleicht noch mehrere. Gegen den Aufbruch öffnete er nur den Mund. Endlich, nachdem er beraten worden war, sagte er: »Ich möchte noch gerne ein kleines Märchen vorlesen, das nur fünfzehn Minuten dauert. Ich mache fünf Minuten Pause.« Einige blieben noch, worauf er ein Märchen vorlas, das Stellen hatte, die jeden berechtigt hätten, von der äußersten Stelle des Saales mitten durch und über alle Zuhörer hinauszurennen.

15. Dezember. Meinen Folgerungen aus meinem gegenwärtigen, nun schon fast ein Jahr dauernden Zustand glaube ich einfach nicht, dazu ist mein Zustand zu ernst. Ich weiß ja nicht einmal, ob ich sagen kann, daß es kein neuer Zustand ist. Meine eigentliche Meinung allerdings ist: dieser Zustand ist neu, ähnliche hatte ich, einen solchen aber noch nicht. Ich bin ja wie aus Stein, wie mein eigenes Grabdenkmal bin ich, da ist keine Lücke für Zweifel oder für Glauben, für Liebe oder Widerwillen, für Mut oder Angst im besonderen oder allgemeinen, nur eine vage Hoffnung lebt, aber nicht besser als die Inschriften auf den Grabdenkmälern. Kein Wort fast, das ich schreibe, paßt zum andern, ich höre, wie sich die Konsonanten blechern aneinanderreiben, und die Vokale singen dazu wie Ausstellungsneger. Meine Zweifel stehn um jedes Wort im Kreis herum, ich sehe sie früher als das Wort, aber was denn! ich sehe das Wort überhaupt nicht, das erfinde ich. Das wäre ja noch das größte Unglück nicht, nur müßte ich dann Worte erfinden können, welche imstande sind, den Leichengeruch in einer Richtung zu blasen, daß er mir und dem Leser nicht gleich ins Gesicht kommt. Wenn ich mich zum Schreibtisch setze, ist mir nicht wohler als einem, der mitten im Verkehr der Place de l'Opéra fällt und beide Beine bricht. Alle Wagen streben trotz ihres Lärmens schweigend von allen Seiten nach allen Seiten, aber bessere Ordnung als die Schutzleute macht der Schmerz jenes Mannes, der ihm die Augen schließt und den Platz und die Gassen verödet, ohne daß die Wagen umkehren müßten. Das viele Leben schmerzt ihn, denn er ist ja ein Verkehrshindernis, aber die Leere ist nicht weniger arg, denn sie macht seinen eigentlichen Schmerz los.

16. Dezember. Ich werde das Tagebuch nicht mehr verlassen. Hier muß ich mich festhalten, denn nur hier kann ich es. Gerne möchte ich das Glücksgefühl erklären, das ich von Zeit zu Zeit wie eben

jetzt in mir habe. Es ist wirklich etwas Moussierendes, das mich mit leichtem, angenehmem Zucken ganz und gar erfüllt und das mir Fähigkeiten einredet, von deren Nichtvorhandensein ich mich jeden Augenblick, auch jetzt, mit aller Sicherheit überzeugen kann.

Hebbel lobt Justinus Kerners »Reiseschatten«. »Und solch ein Werk existiert kaum, niemand kennt es.«

»Die Straße der Verlassenheit« von W. Fred. Wie werden solche Bücher geschrieben? Ein Mann, der im Kleinen Tüchtiges fertigbringt, dehnt hier sein Talent in einer so erbärmlichen Weise ins Große eines Romans aus, daß einem übel wird, selbst wenn man nicht vergißt, die Energie in der Mißhandlung des eigenen Talents zu bewundern.

Dieses Verfolgen nebensächlicher Personen, von denen ich in Romanen, Theaterstücken usw. lese. Dieses Zusammengehörigkeitsgefühl, das ich da habe! In den »Jungfern vom Bischofsberg« (heißt es so?) wird von zwei Näherinnen gesprochen, die das Weißzeug für die eine Braut im Stücke machen. Wie geht es diesen zwei Mädchen? Wo wohnen sie? Was haben sie angestellt, daß sie nicht mit ins Stück dürfen, sondern förmlich draußen vor der Arche Noah unter den Regengüssen ertrinkend zum letztenmal nur ihr Gesicht an ein Kajütenfenster drücken dürfen, damit der Parterrebesucher für einen Augenblick etwas Dunkles dort sieht?

17. Dezember. Zeno sagte auf eine dringliche Frage hin, ob denn nichts ruhe: Ja, der fliegende Pfeil ruht.

Wenn die Franzosen ihrem Wesen nach Deutsche wären, wie würden sie dann erst von den Deutschen bewundert sein.

Daß ich so viel weggelegt und weggestrichen habe, ja fast alles, was ich in diesem Jahre überhaupt geschrieben habe, das hindert mich jedenfalls auch sehr am Schreiben. Es ist ja ein Berg, es ist fünfmal so viel, als ich überhaupt je geschrieben habe, und schon durch seine Masse zieht es alles, was ich schreibe, mir unter der Feder weg zu sich hin.

18. Dezember. Wenn es nicht zweifellos wäre, daß der Grund dessen, daß ich Briefe (selbst solche voraussichtlich unbedeutenden Inhalts, wie eben jetzt einen) eine Zeitlang uneröffnet liegen lasse, nur Schwäche und Feigheit ist, die mit dem Aufmachen eines Briefes ebenso zögert, wie sie zögern würde, die Tür eines Zim-

mers zu öffnen, in dem ein Mensch vielleicht schon ungeduldig auf mich wartet, dann könnte man dieses Liegenlassen der Briefe noch viel besser mit Gründlichkeit erklären. Angenommen nämlich, ich sei ein gründlicher Mensch, so muß ich versuchen, alles möglichst auszudehnen, was den Brief betrifft, also ihn schon langsam öffnen, langsam und vielmals lesen, lange überlegen, mit vielen Konzepten die Reinschrift vorbereiten und schließlich noch mit dem Wegschicken zögern. Das alles liegt in meiner Macht, nur eben das plötzliche Bekommen des Briefes läßt sich nicht vermeiden. Nun, ich verlangsame auch das auf künstliche Weise, ich öffne ihn lange nicht, er liegt auf dem Tisch vor mir, immerfort bietet er sich mir an, immerfort bekomme ich ihn, nehme ihn aber nicht.

Abend, halb zwölf Uhr. Daß ich, solange ich von meinem Bureau nicht befreit bin, einfach verloren bin, das ist mir über alles klar, es handelt sich nur darum, solange es geht, den Kopf so hoch zu halten, daß ich nicht ertrinke. Wie schwer das sein wird, welche Kräfte es aus mir wird herausziehn müssen, zeigt sich schon daran, daß ich heute meine neue Zeiteinteilung, von acht bis elf Uhr abends beim Schreibtisch zu sein, nicht eingehalten habe, daß ich dieses sogar gegenwärtig für kein so großes Unglück halte, daß ich diese paar Zeilen nur eilig hingeschrieben habe, um ins Bett zu kommen.

19. Dezember. Im Bureau zu arbeiten angefangen. Nachmittag bei Max.
Ein wenig Goethes Tagebücher gelesen. Die Ferne hält dieses Leben schon beruhigt fest, diese Tagebücher legen Feuer dran. Die Klarheit aller Vorgänge macht sie geheimnisvoll, so wie ein Parkgitter dem Auge Ruhe gibt, bei Betrachtung weiter Rasenflächen, und uns doch in unebenbürtigen Respekt setzt.
Gerade kommt meine verheiratete Schwester zum erstenmal zu uns zu Besuch.

20. Dezember. Womit entschuldige ich die gestrige Bemerkung über Goethe (die fast so unwahr ist wie das von ihr beschriebene Gefühl, denn das wirkliche ist von meiner Schwester vertrieben worden)? Mit nichts. Womit entschuldige ich, daß ich heute noch nichts geschrieben habe? Mit nichts. Zumal meine Verfassung nicht die schlechteste ist. Ich habe immerfort eine Anrufung im Ohr: »Kämest du, unsichtbares Gericht!«
Damit diese falschen Stellen, die um keinen Preis aus der Geschichte heraus wollen, mir endlich Ruhe geben, schreibe ich zwei her:
»Seine Atemzüge waren laut wie Seufzer über einen Traum, in dem das Unglück leichter zu tragen ist als in unserer Welt, so daß einfache Atemzüge schon genügendes Seufzen sind.«

»Jetzt überblicke ich ihn so frei, wie man ein kleines Geduldspiel überblickt, von dem man sich sagt: Was tut es, daß ich die Kügelchen nicht in ihre Höhlungen bringen kann, alles gehört mir ja, das Glas, die Fassung, die Kügelchen und was noch da ist; die ganze Kunst kann ich einfach in die Tasche stecken.«

21. Dezember. Merkwürdigkeiten aus »Taten des großen Alexander« von Michail Kusmin:
»Kind, dessen obere Hälfte tot, untere lebend, Kindesleiche mit den sich bewegenden roten Beinchen.«
»Die unreinen Könige Gog und Magog, die sich von Würmern und Fliegen nährten, vertrieb er in geborstene Felsen und versiegelte sie bis ans Ende der Welt mit dem Siegel Salomonis.«
»Steinerne Flüsse, wo an Stelle des Wassers mit Getöse Steine sich wälzten, vorbei an den Sandbächen, die drei Tage lang gegen Süden fließen und drei Tage gegen Norden.«
»Amazonen, Frauen mit ausgebrannten rechten Brüsten, kurzen Haaren, Männerschuhwerk.«
»Krokodile, die mit ihrem Harn Bäume verbrannten.«

Bei Baum gewesen, so schöne Sachen gehört. Ich hinfällig wie früher und immer. Das Gefühl haben, gebunden zu sein, und gleichzeitig das andere, daß, wenn man losgebunden würde, es noch ärger wäre.

22. Dezember. Heute wage ich es nicht einmal, mir Vorwürfe zu machen. In diesen leeren Tag hineingerufen hätte das einen ekelhaften Widerhall.

24. Dezember. Jetzt habe ich meinen Schreibtisch genauer angeschaut und eingesehn, daß auf ihm nichts Gutes gemacht werden kann. Es liegt hier so vieles herum und bildet eine Unordnung ohne Gleichmäßigkeit und ohne jede Verträglichkeit der ungeordneten Dinge, die sonst jede Unordnung erträglich macht. Sei auf dem grünen Tuch eine Unordnung, wie sie will, das durfte auch im Parterre der alten Theater sein. Daß aber aus den Stehplätzen ... [Fortsetzung am nächsten Tag]

25. Dezember. ... aus dem offenen Fach unter dem Tischaufsatz hervor Broschüren alter Zeitungen, Kataloge, Ansichtskarten, Briefe, alle zum Teil zerrissen, zum Teil geöffnet, in Form einer Freitreppe hervorkommen, dieser unwürdige Zustand verdirbt alles. Einzelne verhältnismäßig riesige Dinge des Parterres treten in möglichster Aktivität auf, als wäre es im Theater erlaubt, daß im Zuschauerraum der Kaufmann seine Geschäftsbücher ordnet, der Zimmermann hämmert, der Offizier den Säbel schwenkt, der

Geistliche dem Herzen zuredet, der Gelehrte dem Verstand, der Politiker dem Bürgersinn, daß die Liebenden sich nicht zurückhalten usw. Nur auf meinem Schreibtisch steht der Rasierspiegel aufrecht, wie man ihn zum Rasieren braucht, die Kleiderbürste liegt mit ihrer Borstenfläche auf dem Tisch, das Portemonnaie liegt offen für den Fall, daß ich zahlen will, aus dem Schlüsselbund ragt ein Schlüssel fertig zur Arbeit vor und die Krawatte schlingt sich noch teilweise um den ausgezogenen Kragen. Das nächst höhere, durch die kleinen geschlossenen Seitenschubladen schon eingeengte, offene Fach des Aufsatzes ist nichts als eine Rumpelkammer, so, als würde der niedrige Balkon des Zuschauerraumes, im Grunde die sichtbarste Stelle des Theaters, für die gemeinsten Leute reserviert, für alte Lebemänner, bei denen der Schmutz allmählich von innen nach außen kommt, rohe Kerle, welche die Füße über das Balkongeländer hinunterhängen lassen. Familien mit so viel Kindern, daß man nur kurz hinschaut, ohne sie zählen zu können, richten hier den Schmutz armer Kinderstuben ein (es rinnt ja schon ins Parterre), im dunklen Hintergrund sitzen unheilbare Kranke, man sieht sie glücklicherweise nur, wenn man hineinleuchtet usw. In diesem Fach liegen alte Papiere, die ich längst weggeworfen hätte, wenn ich einen Papierkorb hätte, Bleistifte mit abgebrochenen Spitzen, eine leere Zündholzschachtel, ein Briefbeschwerer aus Karlsbad, ein Lineal mit einer Kante, deren Holprigkeit für eine Landstraße zu arg wäre, viele Kragenknöpfe, stumpfe Rasiermessereinlagen (für die ist kein Platz auf der Welt), Krawattenzwicker und noch ein schwerer eiserner Briefbeschwerer. In dem Fach darüber –

Elend, elend und doch gut gemeint. Es ist ja Mitternacht, aber das ist, da ich sehr gut ausgeschlafen bin, nur insofern Entschuldigung, als ich bei Tag überhaupt nichts geschrieben hätte. Die angezündete Glühlampe, die stille Wohnung, das Dunkel draußen, die letzten Augenblicke des Wachseins, sie geben mir das Recht, zu schreiben, und sei es auch das Elendste. Und dieses Recht benutze ich eilig. Das bin ich also.

26. Dezember. Zweieinhalb Tage war ich – allerdings nicht vollständig – allein und schon bin ich, wenn auch nicht verwandelt, so doch auf dem Wege. Das Alleinsein hat eine Kraft über mich, die nie versagt. Mein Inneres löst sich (vorläufig nur oberflächlich) und ist bereit, Tieferes hervorzulassen. Eine kleine Ordnung meines Innern fängt an, sich herzustellen, und nichts brauche ich mehr, denn Unordnung bei kleinen Fähigkeiten ist das Ärgste.

27. Dezember. Meine Kraft reicht zu keinem Satz mehr aus. Ja, wenn es sich um Worte handeln würde, wenn es genügte, ein

Wort hinzusetzen und man sich wegwenden könnte im ruhigen Bewußtsein, dieses Wort ganz mit sich erfüllt zu haben.

Zum Teil habe ich den Nachmittag verschlafen, während des Wachseins lag ich auf dem Kanapee, überdachte einige Liebeserlebnisse aus meiner Jugend, hielt mich ärgerlich bei einer versäumten Gelegenheit auf (damals lag ich etwas verkühlt im Bett und meine Gouvernante las mir die »Kreutzersonate« vor, wobei sie es verstand, meine Aufregung zu genießen), stellte mir das vegetarische Nachtmahl vor, war mit meiner Verdauung zufrieden und hatte Befürchtungen darüber, ob mein Augenlicht für mein ganzes Leben genügen wird.

28. Dezember. Wenn ich mich ein paar Stunden menschlich benommen habe, wie heute mit Max und später bei Baum, bin ich vor dem Schlafengehen schon hochmütig.

3. Januar. »Du«, sagte ich und gab ihm hierauf einen kleinen Stoß mit dem Knie.
»Ich will mich verabschieden.« Bei dem plötzlichen Reden flog mir etwas Speichel als schlechtes Vorzeichen aus dem Mund.
»Das hast du dir aber lange überlegt«, sagte er, trat von der Wand weg und streckte sich.
»Nein, das habe ich mir gar nicht überlegt.«
»Worüber hast du also nachgedacht?«
»Ich habe mich zum letzten Mal noch ein wenig für die Gesellschaft vorbereitet. Streng dich so an, wie du kannst, das wirst du nicht verstehn. Ich, ein beliebiger Mann aus der Provinz, den man jeden Augenblick mit einem von jenen austauschen kann, wie sie vor den Bahnhöfen nach bestimmten Zügen zu Hunderten beisammenstehn.«

4. Januar. »Glaube und Heimat« von Schönherr.
Die nassen Finger der Galeriebesucher unter mir, die sich die Augen wischen.

6. Januar. »Du«, sagte ich, zielte und gab ihm einen kleinen Stoß mit dem Knie, »jetzt geh ich aber. Wenn du es mit ansehn willst, mach die Augen auf.«
»Also doch?« fragte er, wobei er mich aus vollständig offenen Augen mit einem geraden Blick ansah, der aber dennoch so schwach war, daß ich ihn mit einem Wehen des Armes hätte abwehren können. »Du gehst also doch? Was soll ich machen? Halten kann ich dich nicht. Und wenn ich es könnte, so will ich es nicht. Damit will ich dich nur über dein Gefühl aufklären, nach welchem du doch von mir zurückgehalten werden könntest.« Und sofort setzte er das Gesicht der niedrigen Dienstboten auf, mit dem diese innerhalb eines sonst geregelten Staates die herrschaftlichen Kinder folgsam oder ängstlich machen dürfen.

7. Januar. N.s Schwester, die in ihren Bräutigam so verliebt ist, daß sie es so einzurichten sucht, mit jedem Besucher einzeln zu reden, da man sich dem einzelnen gegenüber besser über seine Liebe aussprechen und wiederholen kann.

Wie durch Zauberei (denn weder äußere noch innere Umstände, die jetzt freundlicher sind als seit einem Jahr, hinderten mich) wurde ich während des ganzen freien Tages, es ist ein Sonntag, vom Schreiben abgehalten. – Einige neue Erkenntnisse über das Unglückswesen, das ich bin, sind mir tröstend aufgegangen.

12. Januar. Ich habe vieles in diesen Tagen über mich nicht aufgeschrieben, teils aus Faulheit (ich schlafe jetzt so viel und fest bei Tag, ich habe während des Schlafes ein größeres Gewicht), teils aber auch aus Angst, meine Selbsterkenntnis zu verraten. Diese Angst ist berechtigt, denn endgültig durch Aufschreiben fixiert dürfte eine Selbsterkenntnis nur dann werden, wenn dies in größter Vollständigkeit bis in alle nebensächlichen Konsequenzen hinein sowie mit gänzlicher Wahrhaftigkeit geschehen könnte. Denn geschieht dies nicht – und ich bin dessen jedenfalls nicht fähig –, dann ersetzt das Aufgeschriebene nach eigener Absicht und mit der Übermacht des Fixierten das bloß allgemein Gefühlte nur in der Weise, daß das richtige Gefühl schwindet, während die Wertlosigkeit des Notierten zu spät erkannt wird.

Vor ein paar Tagen Leonie Frippon, Kabaretteuse, »Stadt Wien«. Frisur umbundener Lockenhaufen. Schlechtes Mieder, sehr altes Kleid, aber sehr hübsch mit tragischen Bewegungen, Anstrengungen der Augenlider, Ausfällen der langen Beine, gut verstandenem Strecken der Arme den Leib entlang, Bedeutung des steifen Halses bei zweideutigen Stellen. Gesungen: Knopfsammlung im Louvre.

Schiller, von Schadow 1804 in Berlin, wo er sehr geehrt worden war, gezeichnet. Fester als bei dieser Nase kann man ein Gesicht nicht fassen. Die Nasenmittelwand ist ein wenig herabgezogen infolge der Gewohnheit, bei der Arbeit an der Nase zu zupfen. Ein freundlicher, etwas hohlwangiger Mensch, den das rasierte Gesicht wahrscheinlich greisenhaft gemacht hat.

14. Januar. Roman »Eheleute« von Beradt. Viel schlechtes Jüdisches. Ein plötzliches einförmiges neckisches Auftreten des Autors, zum Beispiel alle waren lustig, aber einer war da, der war nicht lustig. Oder: da kommt ein Herr Stern (den wir bis in seine Romanknochen hinein schon kennen). Auch bei Hamsun gibt es Ähnliches, aber dort ist es so natürlich wie die Knoten im Holz, hier aber tropft es in die Handlung wie eine Modemedizin auf Zucker. – An sonderbaren Wendungen wird grundlos festgehalten, zum Beispiel: er war um ihre Haare bemüht, bemüht und wieder bemüht. – Einzelne Menschen sind, ohne in ein neues Licht gebracht zu werden, gut herausgebracht, so gut, daß selbst streckenweise Fehler nicht schaden. Nebenpersonen meist trostlos.

17. Januar. Max hat mir den ersten Akt des »Abschieds von der Jugend« vorgelesen. Wie kann ich so, wie ich heute bin, diesem beikommen; ein Jahr müßte ich suchen, ehe ich ein wahres Gefühl in mir fände, und soll im Kaffeehaus spät am Abend, von ver-

laufenen Winden einer trotz allem schlechten Verdauung geplagt, einem so großen Werk gegenüber irgendwie berechtigt auf meinem Sessel sitzen bleiben dürfen.

19. Januar. Ich werde, da ich von Grund aus fertig zu sein scheine – im letzten Jahr bin ich nicht mehr als fünf Minuten lang aufgewacht – jeden Tag entweder mich von der Erde wegwünschen müssen oder aber, ohne daß ich darin auch die mäßigste Hoffnung sehen dürfte, von vorn als kleines Kind anfangen müssen. Ich werde es hiebei äußerlich leichter haben als damals. Denn in jenen Zeiten strebte ich noch kaum mit matter Ahnung zu einer Darstellung, die von Wort zu Wort mit meinem Leben verbunden wäre, die ich an meine Brust ziehen und die mich von meinem Platz hinreißen sollte. Mit welchem Jammer (dem gegenwärtigen allerdings unvergleichbar) habe ich angefangen! Welche Kälte verfolgte mich aus dem Geschriebenen tagelang! Wie groß war die Gefahr und wie wenig unterbrochen wirkte sie, daß ich jene Kälte gar nicht fühlte, was freilich mein Unglück im ganzen nicht viel kleiner machte.
Einmal hatte ich einen Roman vor, in dem zwei Brüder gegeneinander kämpften, von denen einer nach Amerika fuhr, während der andere in einem europäischen Gefängnis blieb. Ich fing nur hie und da Zeilen zu schreiben an, denn es ermüdete mich gleich. So schrieb ich einmal auch an einem Sonntagnachmittag, als wir bei den Großeltern zu Besuch waren und ein dort immer übliches, besonders weiches Brot, mit Butter bestrichen, aufgegessen hatten, etwas über mein Gefängnis auf. Es ist schon möglich, daß ich es zum größten Teil aus Eitelkeit machte und durch Verschieben des Papiers auf dem Tischtuch, Klopfen mit dem Bleistift, Herumschauen in der Runde unter der Lampe durch, jemanden verlocken wollte, das Geschriebene mir wegzunehmen, es anzuschauen und mich zu bewundern. In den paar Zeilen war in der Hauptsache der Korridor des Gefängnisses beschrieben, vor allem seine Stille und Kälte; über den zurückbleibenden Bruder war auch ein mitleidiges Wort gesagt, weil es der gute Bruder war. Vielleicht hatte ich ein augenblickliches Gefühl für die Wertlosigkeit meiner Schilderung, nur habe ich vor jenem Nachmittag auf solche Gefühle nie viel geachtet, wenn ich unter den Verwandten, an die ich gewöhnt war (meine Ängstlichkeit war so groß, daß sie mich im Gewohnten schon halb glücklich machte), um den runden Tisch im bekannten Zimmer saß und nicht vergessen konnte, daß ich jung und aus dieser gegenwärtigen Ungestörtheit zu Großem berufen war. Ein Onkel, der gern auslachte, nahm mir endlich das Blatt, das ich nur schwach hielt, sah es kurz an, reichte es mir wieder, sogar ohne zu lachen, und sagte nur zu den andern, die ihn mit den Augen verfolgten, »das gewöhnliche Zeug«, zu

mir sagte er nichts. Ich blieb zwar sitzen und beugte mich wie früher über mein also unbrauchbares Blatt, aber aus der Gesellschaft war ich tatsächlich mit einem Stoß vertrieben, das Urteil des Onkels wiederholte sich in mir mit schon fast wirklicher Bedeutung, und ich bekam selbst innerhalb des Familiengefühls einen Einblick in den kalten Raum unserer Welt, den ich mit einem Feuer erwärmen müßte, das ich erst suchen wollte.

19. Februar. Wie ich heute aus dem Bett steigen wollte, bin ich einfach zusammengeklappt. Es hat das einen sehr einfachen Grund, ich bin vollkommen überarbeitet. Nicht durch das Bureau, aber durch meine sonstige Arbeit. Das Bureau hat nur insofern einen unschuldigen Anteil daran, als ich, wenn ich nicht hinmüßte, ruhig für meine Arbeit leben könnte und nicht diese sechs Stunden täglich dort verbringen müßte, die mich besonders Freitag und Samstag, weil ich voll meiner Sachen war, gequält haben, daß Sie es sich nicht ausdenken können. Schließlich, das weiß ich ja, ist das nur Geschwätz, schuldig bin ich, und das Bureau hat gegen mich die klarsten und berechtigtesten Forderungen. Nur ist es eben für mich ein schreckliches Doppelleben, aus dem es wahrscheinlich nur den Irrsinn als Ausweg gibt. Ich schreibe das bei gutem Morgenlicht und würde es sicher nicht schreiben, wenn es nicht so wahr wäre und wenn ich Sie nicht so liebte wie ein Sohn.
Im übrigen bin ich morgen schon wieder sicher beisammen und komme ins Bureau, wo ich als erstes hören werde, daß Sie mich aus Ihrer Abteilung weghaben wollen.

19. Februar. Die besondere Art meiner Inspiration, in der ich Glücklichster und Unglücklichster jetzt um zwei Uhr nachts schlafen gehe (sie wird vielleicht, wenn ich nur den Gedanken daran ertrage, bleiben, denn sie ist höher als alle früheren), ist die, daß ich alles kann, nicht nur auf eine bestimmte Arbeit hin. Wenn ich wahllos einen Satz hinschreibe, zum Beispiel »Er schaute aus dem Fenster«, so ist er schon vollkommen.

»Wirst du noch lange hier bleiben?« fragte ich. Bei dem plötzlichen Reden flog mir etwas Speichel als schlechtes Vorzeichen aus dem Mund.
»Stört es dich? Wenn es dich stört oder vielleicht vom Hinaufgehn abhält, gehe ich gleich, sonst aber bliebe ich noch gern, weil ich müde bin.«
Schließlich durfte er aber auch zufrieden sein und immer zufriedener werden, je genauer ich ihn erkannte. Denn er erkannte mich offenbar immerfort noch genauer und konnte mich sicher mit allen meinen Erkenntnissen in die Tasche stecken. Wie war es

denn sonst zu erklären, daß ich noch auf der Gasse blieb, als wäre vor mir kein Haus, sondern Feuer. Wenn man in eine Gesellschaft geladen ist, so betritt man doch einfach das Haus, steigt die Treppe hinauf und merkt es kaum, so sehr ist man in Gedanken. Nur so handelt man richtig gegen sich und gegen die Gesellschaft.

20. Februar. Mella Mars in der »Lucerna«. Eine witzige Tragödin, die gewissermaßen auf einer verkehrten Bühne so auftritt, wie sich Tragödinnen manchmal hinter der Szene zeigen. Beim Auftreten hat sie ein müdes, allerdings auch flaches leeres altes Gesicht, wie dies für alle bewußten Schauspieler ein natürlicher Anlauf ist. Sie spricht sehr scharf, auch ihre Bewegungen sind so, von dem durchgebogenen Daumen angefangen, der statt der Knochen harte Sehnen zu haben scheint. Besondere Wandlungsfähigkeit ihrer Nase durch die wechselnden Lichter und Vertiefungen der ringsherum spielenden Muskeln. Trotz der ewigen Blitze ihrer Bewegungen und Worte pointiert sie zart.

Kleine Städte haben auch kleine Umgebungen für den Spaziergänger.

Die jungen, reinen, gut gekleideten Jungen neben mir im Promenoir erinnerten mich an meine Jugend und machten daher einen unappetitlichen Eindruck auf mich.

Kleist Jugendbriefe, zweiundzwanzig Jahre alt. Gibt den Soldatenstand auf. Zu Hause fragt man: Also welche Brotwissenschaft, denn die hielt man für selbstverständlich. Du hast die Wahl zwischen Jurisprudenz und Kameralwissenschaft. Aber hast du auch Konnexionen bei Hofe? »Ich verneinte anfänglich etwas verlegen, aber erklärte darauf um so viel stolzer, daß ich, wenn ich auch Konnexionen hätte, mich nach meinen jetzigen Begriffen schämen müßte, darauf zu rechnen. Man lächelte, ich fühlte, daß ich mich übereilt hatte. Solche Wahrheiten muß man sich hüten auszusprechen.«

21. Februar. Mein Leben hier ist so, als wäre ich eines zweiten Lebens ganz gewiß, so wie ich zum Beispiel den mißlungenen Aufenthalt in Paris im Hinblick darauf verschmerzte, daß ich danach streben werde, bald wieder hinzukommen. Hiebei der Anblick der scharf getrennten Licht- und Schattenpartien auf dem Gassenpflaster.

Einen Augenblick lang fühlte ich mich umpanzert.

Wie fern sind mir zum Beispiel die Armmuskeln.

Marc Henry-Delvard. Das durch den leeren Saal erzeugte tragische Gefühl im Zuschauer begünstigt die Wirkung ernster Lieder, schadet den lustigen. – Henry prologiert, unterdes die Delvard hinter einem Vorhang, der, was sie nicht weiß, durchscheinend ist, sich die Haare ordnet. – W., der Veranstalter, scheint bei schlecht besuchten Veranstaltungen seinen assyrischen Bart, der sonst tiefschwarz ist, graumeliert zu tragen. – Gut, sich von so einem Temperament anblasen zu lassen, das hält für vierundzwanzig Stunden, nein, nicht so lange. – Viel Kleideraufwand, bretonische Kostüme, der unterste Unterrock ist der längste, so daß man den Reichtum von der Ferne zählen kann. – Zuerst begleitet die Delvard, weil man einen Begleiter sparen wollte, in einem weiten ausgeschnittenen grünen Kleid und friert. – Pariser Straßenrufe. Zeitungsausträger sind weggelassen. – Jemand spricht mich an; ehe ich aufatme, bin ich verabschiedet. – Delvard ist lächerlich, sie hat das Lächeln alter Jungfern, eine alte Jungfer des deutschen Kabaretts. Mit einem roten Shawl, den sie sich hinter dem Vorhang holt, macht sie Revolution. Gedichte von Dauthendey mit der gleichen zähen, nicht zu zerhackenden Stimme. Nur wie sie frauenhaft anfangs am Klavier saß, war sie lieb. Bei dem Lied »à Batignolles« spürte ich Paris im Hals. Batignolles soll rentnerhaft sein, auch seine Apachen. Bruant hat jedem Quartier sein Lied gemacht.

Die städtische Welt

Oskar M., ein älterer Student – wenn man ihn nahe ansah, erschrak man vor seinen Augen – blieb an einem Winternachmittag mitten im Schneefall auf einem leeren Platz stehn, in seinen Winterkleidern mit dem Winterrock darüber, einem Shawl um den Hals und einer Fellmütze auf dem Kopf. Er zwinkerte mit den Augen vor Nachdenken. So sehr hatte er sich in Gedanken verlassen, daß er einmal die Mütze abnahm und mit ihrem krausen Fell sich über das Gesicht strich. Endlich schien er zu einem Schluß gekommen und wendete sich mit einer Tanzdrehung zum Heimweg.

Als er die Tür des elterlichen Wohnzimmers öffnete, sah er seinen Vater, einen glattrasierten Mann mit schwerem Fleischgesicht, der Tür zugekehrt, an einem leeren Tisch sitzen. »Endlich«, sagte dieser, kaum daß Oskar den Fuß ins Zimmer gesetzt hatte, »bleib, ich bitte dich, bei der Tür, ich habe nämlich eine solche Wut auf dich, daß ich meiner nicht sicher bin.«

»Aber Vater«, sagte Oskar und merkte erst beim Reden, wie er gelaufen war.

»Ruhe«, schrie der Vater und stand auf, wodurch er ein Fenster verdeckte. »Ruhe befehle ich. Und deine ›Aber‹ laß dir, verstehst du.« Dabei nahm er den Tisch mit beiden Händen und trug ihn einen Schritt Oskar näher. »Dein Lotterleben ertrage ich einfach nicht länger. Ich bin ein alter Mann. In dir dachte ich einen Trost des Alters zu haben, indessen bist du für mich ärger als alle meine Krankheiten. Pfui über einen solchen Sohn, der durch Faulheit, Verschwendung, Bosheit und (warum soll ich es dir nicht offen sagen) Dummheit seinen alten Vater ins Grab drängt.« Hier verstummte der Vater, bewegte aber sein Gesicht, als rede er noch.

»Lieber Vater«, sagte Oskar und ging vorsichtig dem Tisch zu, »beruhige dich, alles wird gut werden. Ich habe heute einen Einfall gehabt, der mich zu einem tätigen Menschen machen wird, wie du es dir nur wünschen kannst.«

»Wie das?« fragte der Vater und sah in eine Zimmerecke.

»Vertraue mir nur, beim Abendessen werde ich dir alles erklären. In meinem Innern war ich immer ein guter Sohn, nur daß ich es nach außen nicht zeigen konnte, verbitterte mich so, daß ich dich lieber ärgerte, wenn ich dich schon nicht erfreuen konnte. Jetzt aber laß mich noch ein wenig spazierengehn, damit sich meine Gedanken klarer entwickeln.«

Der Vater, der sich zuerst, aufmerksam werdend, auf den Tischrand gesetzt hatte, stand auf. »Ich glaube nicht, daß das, was du jetzt gesagt hast, viel Sinn hat, ich halte es eher für Geschwätz. Aber schließlich bist du mein Sohn. – Komm rechtzeitig, wir werden zu Hause nachtmahlen, und du kannst deine Sache dann vortragen.«

»Dieses kleine Vertrauen genügt mir, ich bin dir dafür von Herzen dankbar. Aber ist es denn nicht schon an meinen Blicken zu sehn, daß ich mit einer ernsten Sache vollkommen beschäftigt bin.«

»Ich sehe vorläufig nichts«, sagte der Vater. »Aber es kann auch meine Schuld sein, denn ich bin aus der Übung gekommen, dich überhaupt anzusehn.« Dabei machte er, wie es seine Gewohnheit war, durch regelmäßiges Beklopfen der Tischplatte darauf aufmerksam, wie die Zeit verging. »Die Hauptsache aber ist, daß ich gar kein Vertrauen mehr zu dir habe, Oskar. Wenn ich dich einmal anschreie – wie du gekommen bist, habe ich dich doch angeschrien, nicht wahr? – so tue ich das nicht in der Hoffnung, es könnte dich bessern, ich tue es nur in Gedanken an deine arme gute Mutter, die jetzt vielleicht noch kein unmittelbares Leid über dich verspürt, aber schon an der Anstrengung, ein solches Leid abzuwehren, denn sie glaubt dir dadurch irgendwie zu helfen, langsam zugrunde geht. Aber schließlich sind das ja Sachen, die du sehr gut weißt, und ich hätte schon aus Rücksicht auf mich nicht wieder an sie erinnert, wenn du mich durch deine Versprechungen nicht dazu gereizt hättest.«

Während der letzten Worte trat das Dienstmädchen ein, um nach dem Feuer im Ofen zu sehn. Kaum hatte sie das Zimmer verlassen, als Oskar ausrief: »Aber Vater! Ich hätte das nicht erwartet. Wenn ich nur einen kleinen Einfall gehabt hätte, sagen wir, einen Einfall zu meiner Dissertation, die ja schon zehn Jahre in meinem Kasten liegt und Einfälle braucht wie Salz, so ist es möglich, wenn auch nicht wahrscheinlich, daß ich, wie es heute geschehen ist, vom Spaziergang nach Hause gelaufen wäre und gesagt hätte: ›Vater, ich habe glücklicherweise diesen und diesen Einfall.‹ Wenn du daraufhin mit deiner ehrwürdigen Stimme die Vorwürfe von vorhin mir ins Gesicht gesagt hättest, dann wäre mein Einfall einfach weggeblasen gewesen, und ich hätte sofort mit irgendeiner Entschuldigung oder ohne solche abmarschieren müssen. Jetzt dagegen! Alles, was du gegen mich sagst, hilft meinen Ideen, sie hören nicht auf, stark werdend füllen sie mir den Kopf. Ich werde gehn, weil ich nur im Alleinsein Ordnung in sie bringen kann.« Er schluckte an seinem Atem in dem warmen Zimmer.

»Es kann ja auch eine Lumperei sein, die du im Kopf hast«, sagte der Vater mit großen Augen, »dann glaube ich schon, daß sie dich festhält. Wenn sich aber etwas Tüchtiges in dich verirrt hat, entläuft es dir über Nacht. Ich kenne dich.«

Oskar drehte den Kopf, als halte man ihn am Halse. »Laß mich jetzt. Du bohrst überflüssigerweise in mich hinein. Die bloße Möglichkeit, daß du mein Ende richtig voraussagen kannst, sollte dich wahrhaftig nicht dazu verlocken, mich in meiner guten Überlegung zu stören. Vielleicht gibt dir meine Vergangenheit das Recht dazu, aber du solltest es nicht ausnützen.«

»Da siehst du am besten, wie groß deine Unsicherheit sein muß, wenn sie dich dazu zwingt, so gegen mich zu sprechen.«

»Nichts zwingt mich«, sagte Oskar und zuckte im Genick. Er trat auch ganz eng an den Tisch heran, so daß man nicht mehr wußte, wem er gehörte. »Was ich sagte, sagte ich in Ehrfurcht und sogar aus Liebe zu dir, wie du später auch sehen wirst, denn an meinen Entschlüssen hat die Rücksichtnahme auf dich und Mama den größten Anteil.«

»Da muß ich dir schon jetzt danken«, sagte der Vater, »da es ja sehr unwahrscheinlich ist, daß deine Mutter und ich im rechten Augenblick noch dessen fähig sein werden.«

»Bitte, Vater, laß doch die Zukunft noch schlafen, wie sie es verdient. Wenn man sie nämlich vorzeitig weckt, bekommt man dann eine verschlafene Gegenwart. Daß dir das aber erst dein Sohn sagen muß! Auch wollte ich dich ja noch nicht überzeugen, sondern dir nur die Neuigkeit melden. Und das wenigstens ist mir, wie du selbst zugeben mußt, gelungen.«

»Jetzt, Oskar, wundert mich eigentlich nur noch eins: warum du mit einer solchen Sache wie heute nicht schon öfters zu mir gekommen bist. Sie entspricht so deinem bisherigen Wesen. Nein, tatsächlich, es ist mein Ernst.«

»Ja, hättest du mich dann durchgehaut, statt mir zuzuhören? Ich bin hergelaufen, das weiß Gott, um dir rasch eine Freude zu machen. Verraten kann ich dir aber nichts, solange mein Plan nicht vollständig fertig ist. Warum strafst du mich also für meine gute Absicht und willst von mir Erklärungen haben, die jetzt noch der Ausführung meines Planes schaden könnten?«

»Schweig, ich will gar nichts wissen. Aber ich muß dir sehr rasch antworten, weil du dich zur Tür zurückziehst und offenbar etwas sehr Dringendes vorhast: Meine erste Wut hast du mit deinem Kunststück beruhigt, nur ist mir jetzt noch trauriger zumut als früher und deshalb bitte ich dich – wenn du darauf bestehst, kann ich auch die Hände falten –, sage wenigstens der Mutter nichts von deinen Ideen. Laß es mit mir genug sein.«

»Das ist ja nicht mein Vater, der so mit mir spricht«, rief Oskar, der den Arm schon auf die Türklinke gelegt hatte. »Es ist seit Mittag etwas mit dir vorgegangen oder du bist ein fremder Mensch, dem ich jetzt zum erstenmal im Zimmer meines Vaters begegne. Mein wirklicher Vater« – Oskar schwieg einen Augenblick mit offenem Mund –, »er hätte mich doch umarmen müssen, er hätte die Mutter hergerufen. Was hast du, Vater?«

»Du solltest lieber mit deinem wirklichen Vater nachtmahlen, mein' ich. Es würde vergnügter zugehn.«

»Er wird schon kommen. Schließlich kann er nicht ausbleiben. Und die Mutter muß dabei sein. Und Franz, den ich jetzt hole. Alle.« Darauf drängte Oskar mit der Schulter gegen die leicht aufgehende Tür, als habe er sich vorgenommen, sie einzudrükken.

In Franzens Wohnung angekommen, beugte er sich zur kleinen Hauswirtin, mit den Worten: »Der Herr Ingenieur schläft, ich weiß, das macht nichts«, und ohne sich um die Frau zu kümmern, die aus Unzufriedenheit mit dem Besuch nutzlos im Vorzimmer auf und ab ging, öffnete er die Glastür, die, als sei sie an einer empfindlichen Stelle gefaßt, in seiner Hand erzitterte, und rief, unbekümmert um das Innere des Zimmers, das er noch kaum sah: »Franz, aufstehn. Ich brauch deinen fachmännischen Rat. Aber hier im Zimmer halte ich es nicht aus, wir müssen ein bißchen spazierengehn, du mußt auch bei uns nachtmahlen. Also rasch.«

»Sehr gern«, sagte der Ingenieur von seinem Lederkanapee her, »aber was zuerst? Aufstehn, nachtmahlen, spazierengehn, Rat geben? Einiges werde ich auch überhört haben.«

»Vor allem keine Witze machen, Franz. Das ist das Wichtigste, das habe ich vergessen.«

»Den Gefallen mach' ich dir sofort. Aber das Aufstehn! – Ich würde lieber zweimal für dich nachtmahlen als einmal aufstehn.«

»Also jetzt auf! Keine Widerrede.« Oskar faßte den schwachen Menschen vorn beim Rock und setzte ihn auf.

»Du bist aber rabiat, weißt du. Alle Achtung. Hab' ich dich schon einmal so vom Kanapee gerissen?« Er wischte sich mit beiden kleinen Fingern die geschlossenen Augen aus.

»Aber Franz«, sagte Oskar mit verzogenem Gesicht, »zieh dich schon an. Ich bin doch kein Narr, daß ich dich ohne Grund geweckt hätte.«

»Ebenso habe ich auch nicht ohne Grund geschlafen. Ich habe gestern Nachtdienst gehabt, dann bin ich heute schon um meinen Mittagsschlaf gekommen, auch deinetwegen –«

»Wieso?«

»Ach was, es ärgert mich schon, wie wenig Rücksicht du auf mich nimmst. Es ist nicht das erstemal. Natürlich, du bist ein freier Student und kannst machen, was du willst. Jeder ist nicht so glücklich. Da muß man doch Rücksicht nehmen, zum Kuckuck! Ich bin zwar dein Freund, aber deshalb hat man mir noch meinen Beruf nicht abgenommen.« Er zeigte das durch Hin- und Herschütteln der flachen Hände.

»Muß ich aber nach deinem jetzigen Mundwerk nicht glauben, daß du mehr als genug ausgeschlafen bist?« sagte Oskar, der sich auf einen Bettpfosten hinaufgezogen hatte, von wo er den Ingenieur ansah, als habe er schon etwas mehr Zeit als früher.

»Also was willst du eigentlich von mir? oder besser gesagt, warum hast du mich geweckt?« fragte der Ingenieur und rieb sich stark den Hals unter seinem Ziegenbart, in dieser näheren Beziehung, die man nach dem Schlaf zu seinem Körper hat.

»Was ich von dir will«, sagte Oskar leise und gab dem Bett einen Stoß mit dem Fußabsatz. »Sehr wenig. Ich habe es dir doch schon aus dem Vorzimmer gesagt: daß du dich anziehst.«

»Wenn du damit, Oskar, andeuten willst, daß mich deine Neuigkeit sehr wenig interessiert, so hast du ganz recht.«

»Das ist ja gut, so wird das Feuer, in das sie dich setzen wird, ganz auf ihre eigene Rechnung gehn, ohne daß sich unsere Freundschaft eingemischt hätte. Die Auskunft wird auch klarer sein. Ich brauche klare Auskunft, das halte dir vor Augen. Wenn du aber vielleicht Kragen und Krawatte suchst, die liegen dort auf dem Sessel.«

»Danke«, sagte der Ingenieur und fing an, Kragen und Krawatte zu befestigen, »auf dich kann man sich halt doch verlassen.«

26. März. Theosophische Vorträge des Dr. Rudolf Steiner, Berlin. Rhetorische Wirkung: Behagliche Besprechung der Einwände der Gegner, der Zuhörer staunt über diese starke Gegnerschaft, der Zuhörer gerät in Sorge, völlige Versenkung in diese Einwände, als gäbe es sonst nichts, der Zuhörer hält jetzt eine Widerlegung über-

haupt für unmöglich und ist mit einer flüchtigen Beschreibung der Verteidigungsmöglichkeit mehr als zufriedengestellt. Dieser rhetorische Effekt entspricht übrigens der Vorschrift der devotionellen Stimmung. – Dauerndes Anschauen der Fläche der vorgehaltenen Hand. – Auslassen des Schlußpunktes. Im allgemeinen fängt der gesprochene Satz mit seinem großen Anfangsbuchstaben beim Redner an, biegt sich in seinem Verlaufe, so weit er kann, zu den Zuhörern hinaus und kehrt mit dem Schlußpunkt zu dem Redner zurück. Wird aber der Punkt ausgelassen, dann weht der nicht mehr gehaltene Satz unmittelbar mit ganzem Atem den Zuhörer an.

Früher Vortrag Loos und Kraus.

Wir sind jetzt fast gewöhnt, in westeuropäischen Erzählungen, sobald sie nur einige Gruppen von Juden umfassen wollen, unter oder über der Darstellung gleich auch die Lösung der Judenfrage zu suchen und zu finden. In den »Jüdinnen« aber wird eine solche Lösung nicht gezeigt, ja nicht einmal vermutet, denn gerade jene Personen, die sich mit solchen Fragen beschäftigen, stehen in der Erzählung weiter vom Mittelpunkt ab, dort, wo die Ereignisse sich schon rascher drehn, so daß wir sie zwar noch genau beobachten können, aber keine Gelegenheit mehr finden, um von ihnen eine ruhige Auskunft über ihre Bestrebungen zu erhalten. Kurz entschlossen erkennen wir darin einen Mangel der Erzählung und fühlen uns zu einer solchen Ausstellung um so mehr berechtigt, als heute seit dem Dasein des Zionismus die Lösungsmöglichkeiten so klar um das jüdische Problem herum angeordnet sind, daß der Schriftsteller schließlich nur einige Schritte hätte machen müssen, um die seiner Erzählung gemäße Lösungsmöglichkeit zu finden.
Dieser Mangel entspringt aber noch einem anderen. Den »Jüdinnen« fehlen die nichtjüdischen Zuschauer, die angesehenen gegensätzlichen Menschen, die in andern Erzählungen das Jüdische herauslocken, daß es gegen sie vordringt in Verwunderung, Zweifel, Neid, Schrecken, und endlich, endlich in Selbstvertrauen versetzt wird, jedenfalls sich aber erst ihnen gegenüber in seiner ganzen Länge aufrichten kann. Das eben verlangen wir, eine andere Auflösung von Judenmassen erkennen wir nicht an. Auch berufen wir uns auf dieses Gefühl nicht nur in diesem Fall, es ist in einer Richtung wenigstens allgemein. So freut uns auch auf einem Fußweg in Italien das Aufzucken der Eidechsen vor unsern Schritten ungemein, immerfort möchten wir uns bücken, sehn wir sie aber bei einem Händler zu Hunderten in den großen Flaschen durcheinander kriechen, in denen man sonst Gurken einzulegen pflegt, so wissen wir uns nicht einzurichten.

Beide Mängel vereinigen sich zu einem dritten. Die »Jüdinnen« können jenen vordersten Jüngling entbehren, der sonst innerhalb seiner Erzählung die besten zu sich reißt und in schöner radialer Richtung an die Grenzen des jüdischen Kreises führt. Das eben will uns nicht eingehn, daß die Erzählung diesen Jüngling entbehren kann, hier ahnen wir einen Fehler mehr, als daß wir ihn sehen.

28. März. Maler P.-Karlin, seine Frau, zwei breite große Vorderzähne oben, die das große, eher flache Gesicht zuspitzen, Frau Hofrat B., Mutter des Komponisten, der das Alter ihr starkes Knochengerüst so hervortreibt, daß sie zumindest im Sitzen wie ein Mann aussieht.

Dr. Steiner wird so sehr von seinen abwesenden Schülern in Anspruch genommen. – Beim Vortrag drängen sich die Toten so sehr an ihn. Wißbegierde? Haben sie es aber eigentlich nötig? Offenbar doch. – Schläft zwei Stunden. Seitdem man ihm einmal das elektrische Licht eingestellt hat, hat er immer eine Kerze bei sich. – Er stand Christus sehr nahe. – Er führte in München sein Theaterstück auf (da kannst du es ein Jahr lang studieren und verstehst es nicht), die Kleider hat er gezeichnet, die Musik geschrieben. – Einen Chemiker hat er belehrt. – Löwy Simon, Seifenhändler in Paris, Quai Moncey, hat von ihm die besten geschäftlichen Ratschläge bekommen. Er hat seine Werke ins Französische übersetzt. Die Hofrätin hatte daher in ihrem Notizbuch stehn »Wie erlangt man die Erkenntnis höherer Welten? Bei S. Löwy in Paris.«

In der Wiener Loge ist ein Theosoph, fünfundsechzig Jahre alt, riesig stark, früher ein großer Trinker mit dickem Kopf, der immerfort glaubt und immerfort Zweifel hat. Es soll sehr lustig gewesen sein, wie er einmal bei einem Kongreß in Budapest bei einem Nachtmahl auf dem Blocksberg an einem Mondscheinabend, als unerwartet Dr. Steiner in die Gesellschaft kam, vor Schrecken mit seinem Krügel hinter einem Bierfaß sich versteckte (obwohl Dr. Steiner darüber nicht böse gewesen wäre).

Er ist vielleicht nicht der größte gegenwärtige Geistesforscher, aber er allein hat die Aufgabe bekommen, die Theosophie mit der Wissenschaft zu vereinigen. Daher weiß er auch alles. – In sein Heimatsdorf kam einmal ein Botaniker, ein großer okkulter Meister. Der erleuchtete ihn. – Daß ich Dr. Steiner aufsuchen werde, wurde mir von der Dame als beginnende Rückerinnerung ausgelegt. – Der Arzt der Dame hat, als sich bei ihr die Anfänge einer Influenza zeigten, Dr. Steiner um ein Mittel gefragt, dieses der Dame verschrieben und sie damit gleich gesund gemacht. – Eine Französin verabschiedete sich von ihm mit »Au revoir«. Er schüttelte hinter ihr die Hand. Nach zwei Monaten starb sie. Noch ein ähnlicher Münchener Fall. – Ein Münchener Arzt heilt mit Farben, die Dr. Steiner bestimmt. Er schickt auch Kranke in die Pinako-

thek mit der Vorschrift, vor einem bestimmten Bild eine halbe Stunde oder länger sich zu konzentrieren.
Atlantischer Weltuntergang, lemurischer Untergang und jetzt der durch Egoismus. – Wir leben in einer entscheidenden Zeit. Der Versuch des Dr. Steiner wird gelingen, wenn nur die ahrimanischen Kräfte nicht überhand nehmen. – Er ißt zwei Liter Mandelmilch und Früchte, die in der Höhe wachsen. – Er verkehrt mit seinen abwesenden Schülern vermittelst Denkformen, die er zu ihnen ausschickt, ohne sich nach der Erzeugung weiter mit ihnen zu beschäftigen. Sie nützen sich aber bald ab, und er muß sie wieder herstellen.
Frau F.: »Ich habe ein schlechtes Gedächtnis.«
Dr. St. »Essen Sie keine Eier.«

Mein Besuch bei Dr. Steiner.
Eine Frau wartet schon (oben im zweiten Stock des Viktoriahotels in der Jungmannstraße), bittet mich aber dringend, vor ihr hineinzugehn. Wir warten. Die Sekretärin kommt und vertröstet uns. In einem Korridordurchblick sehe ich ihn. Gleich darauf kommt er mit halb ausgebreiteten Armen auf uns zu. Die Frau erklärt, ich sei zuerst dagewesen. Ich gehe nun hinter ihm, wie er mich in sein Zimmer führt. Sein an Vortragsabenden wie gewichst schwarzer Kaiserrock (nicht gewichst, sondern nur durch sein reines Schwarz glänzend) ist jetzt bei Tageslicht (drei Uhr nachmittag) besonders auf Rücken und Achseln staubig und sogar fleckig.
In seinem Zimmer suche ich meine Demut, die ich nicht fühlen kann, durch Aufsuchen eines lächerlichen Platzes für meinen Hut zu zeigen, ich lege ihn auf ein kleines Holzgestell zum Stiefelschnüren. Tisch in der Mitte, ich sitze mit dem Blick zum Fenster, er an der linken Seite des Tisches. Auf dem Tisch Papiere mit ein paar Zeichnungen, die an jene der Vorträge über okkulte Physiologie erinnern. Ein Heftchen »Annalen für Naturphilosophie« bedeckt einen kleinen Haufen Bücher, die auch sonst herumzuliegen scheinen. Nur kann man nicht herumschauen, da er einen mit seinem Blick immer zu halten versucht. Tut er es aber einmal nicht, so muß man auf die Wiederkehr des Blickes aufpassen. Er beginnt mit einigen losen Sätzen: Sie sind doch der Dr. Kafka? Haben Sie sich schon länger mit Theosophie beschäftigt?
Ich aber dringe mit meiner vorbereiteten Ansprache vor: Ich fühle, wie ein großer Teil meines Wesens zur Theosophie hinstrebt, gleichzeitig aber habe ich vor ihr die höchste Angst. Ich befürchte nämlich von ihr eine neue Verwirrung, die für mich sehr arg wäre, da eben schon mein gegenwärtiges Unglück nur aus Verwirrung besteht. Diese Verwirrung liegt in Folgendem: Mein Glück, meine Fähigkeiten und jede Möglichkeit, irgendwie zu nützen, liegen seit jeher im Literarischen. Und hier habe ich aller-

dings Zustände erlebt (nicht viele), die meiner Meinung nach den von Ihnen, Herr Doktor, beschriebenen hellseherischen Zuständen sehr nahestehen, in welchen ich ganz und gar in jedem Einfall wohnte, aber jeden Einfall auch erfüllte und in welchen ich mich nicht nur an meinen Grenzen fühlte, sondern an den Grenzen des Menschlichen überhaupt. Nur die Ruhe der Begeisterung, wie sie dem Hellseher wahrscheinlich eigen ist, fehlte doch jenen Zuständen, wenn auch nicht ganz. Ich schließe dies daraus, daß ich das Beste meiner Arbeiten nicht in jenen Zuständen geschrieben habe. – Diesem Literarischen kann ich mich nun nicht vollständig hingeben, wie es sein müßte, und zwar aus verschiedenen Gründen nicht. Abgesehen von meinen Familienverhältnissen könnte ich von der Literatur schon infolge des langsamen Entstehens meiner Arbeiten und ihres besonderen Charakters nicht leben; überdies hindert mich auch meine Gesundheit und mein Charakter daran, mich einem im günstigsten Falle ungewissen Leben hinzugeben. Ich bin daher Beamter in einer sozialen Versicherungsanstalt geworden. Nun können diese zwei Berufe einander niemals ertragen und ein gemeinsames Glück zulassen. Das kleinste Glück in einem wird ein großes Unglück im zweiten. Habe ich an einem Abend Gutes geschrieben, brenne ich am nächsten Tag im Bureau und kann nichts fertigbringen. Dieses Hinundher wird immer ärger. Im Bureau genüge ich äußerlich meinen Pflichten, meinen innern Pflichten aber nicht, und jene nichterfüllte innere Pflicht wird zu einem Unglück, das sich aus mir nicht mehr rührt. Und zu diesen zwei nie auszugleichenden Bestrebungen soll ich jetzt die Theosophie als dritte führen? Wird sie nicht nach beiden Seiten hin stören und selbst von beiden gestört werden? Werde ich, ein gegenwärtig schon so unglücklicher Mensch, die drei zu einem Ende führen können? Ich bin gekommen, Herr Doktor, Sie das zu fragen, denn ich ahne, daß, wenn Sie mich dessen für fähig halten, ich es auch wirklich auf mich nehmen kann.
Er hörte äußerst aufmerksam zu, ohne mich offenbar im geringsten zu beobachten, ganz meinen Worten hingegeben. Er nickte von Zeit zu Zeit, was er scheinbar für ein Hilfsmittel einer starken Konzentration hält. Am Anfang störte ihn ein stiller Schnupfen, es rann ihm aus der Nase, immerfort arbeitete er mit dem Taschentuch bis tief in die Nase hinein, einen Finger an jedem Nasenloch.

27. Mai. Du hast heute Geburtstag, aber ich schicke dir nicht einmal das gewöhnliche Buch, denn es wäre nur Schein; im Grunde bin ich doch nicht einmal imstande, dir ein Buch zu schenken. Nur weil ich es so nötig habe, heute einen Augenblick, und sei es nur mit dieser Karte, in deiner Nähe zu sein, schreibe ich und habe mit der Klage nur deshalb angefangen, damit du mich gleich erkennst.

15. August. Die Zeit, die jetzt verlaufen ist und in der ich kein Wort geschrieben habe, ist für mich deshalb so wichtig gewesen, weil ich auf den Schwimmschulen in Prag, Königssaal und Czernoschitz aufgehört habe, für meinen Körper mich zu schämen. Wie spät hole ich jetzt mit achtundzwanzig Jahren meine Erziehung nach, einen verspäteten Start würde man das bei einem Wettlaufen nennen. Und der Schaden eines solchen Unglücks besteht nicht vielleicht darin, daß man nicht siegt; dieses letzte ist ja nur der noch sichtbare, klare gesunde Kern des weiterhin verschwimmenden grenzenlos werdenden Unglücks, das einen, der man doch den Kreis umlaufen sollte, in das Innere des Kreises treibt. Übrigens habe ich auch vieles andere in dieser zum kleinen Teil auch glücklichen Zeit an mir bemerkt und werde es in den nächsten Tagen aufzuschreiben versuchen.

20. August. Ich habe den unglücklichen Glauben, daß ich nicht zur geringsten guten Arbeit Zeit habe, denn ich habe wirklich nicht Zeit für eine Geschichte, mich in alle Weltrichtungen auszubreiten, wie ich es müßte. Dann aber glaube ich wieder, daß meine Reise besser ausfallen wird, daß ich besser auffassen werde, wenn ich durch ein wenig Schreiben gelockert bin, und so versuche ich es wieder.

Ich ahnte bei seinem Anblick die Anstrengungen, die er um meinetwillen auf sich genommen hatte und die ihm jetzt, vielleicht nur weil er müde war, diese Sicherheit gaben. Hätte nicht noch eine kleine Anspannung genügt und der Betrug wäre gelungen, gelang vielleicht noch jetzt. Wehrte ich mich denn? Ich stand zwar hartnäckig hier vor dem Haus, aber ebenso hartnäckig zögerte ich, hinaufzugehn. Wartete ich, bis die Gäste kämen, mit Gesang mich zu holen?

Ich habe über Dickens gelesen. Ist es so schwer und kann es ein Außenstehender begreifen, daß man eine Geschichte von ihrem Anfang in sich erlebt, vom fernen Punkt bis zu der heranfahrenden Lokomotive aus Stahl, Kohle und Dampf, sie aber auch jetzt noch nicht verläßt, sondern von ihr gejagt sein will und Zeit dazu hat, also von ihr gejagt wird und aus eigenem Schwung von ihr läuft, wohin sie nur stößt und wohin man sie lockt.

Ich kann es nicht verstehn und nicht einmal glauben. Ich lebe nur hie und da in einem kleinen Wort, in dessen Umlaut (oben »stößt«) ich zum Beispiel auf einen Augenblick meinen unnützen Kopf verliere. Erster und letzter Buchstabe sind Anfang und Ende meines fischartigen Gefühls.

24. August. Mit Bekannten an einem Kaffeehaustisch im Freien sitzen und eine Frau am Nebentisch ansehn, die gerade gekommen ist, schwer unter großen Brüsten atmet und mit erhitztem, bräunlich glänzendem Gesicht sich setzt. Sie neigt den Kopf zurück, ein starker Bartanflug wird sichtbar, sie dreht die Augen nach oben, fast so, wie sie vielleicht manchmal ihren Mann ansieht, der jetzt neben ihr eine illustrierte Zeitung liest. Wenn man ihm doch die Überzeugung beibringen könnte, daß man neben seiner Frau im Kaffeehaus höchstens eine Zeitung, aber niemals eine Zeitschrift lesen darf. Ein Augenblick bringt ihr ihre Körperfülle zum Bewußtsein und sie rückt ein wenig vom Tisch weg.

26. August. Morgen soll ich nach Italien fahren. Jetzt abends konnte der Vater vor Aufregung nicht einschlafen, da er ganz von der Sorge um das Geschäft und von seiner dadurch aufgeweckten Krankheit ergriffen war. Auf das Herz ein nasses Tuch, Brechreiz, Luftmangel, seufzendes Hin- und Hergehn. Die Mutter in ihrer Angst findet neuen Trost. Immer sei er doch so energisch gewesen, über alles sei er hinweggekommen und jetzt –. Ich sage, daß der Jammer mit dem Geschäft doch nur ein Vierteljahr noch dauern könne, dann müsse doch alles gut werden. Er geht seufzend und den Kopf schüttelnd auf und ab. Es ist klar, daß, von ihm aus gesehn, seine Sorgen durch uns nicht abgenommen und nicht einmal erleichtert werden, aber selbst von uns aus gesehn nicht, selbst in unserm besten Willen steckt noch etwas von der so traurigen Überzeugung, daß er für seine Familie sorgen muß ... Durch sein häufiges Gähnen oder sein übrigens nicht unappetitliches In-die-Nase-Greifen erzeugt der Vater eine kleine, kaum zum Bewußtsein kommende Beruhigung über seinen Zustand, trotzdem er dies, wenn er gesund ist, im allgemeinen nicht macht. Die Ottla hat es mir bestätigt. – Die arme Mutter will morgen zum Hausherrn bitten gehn.

Es war schon eine Gewohnheit der vier Freunde Robert, Samuel, Max und Franz geworden, jeden Sommer oder Herbst ihre kleinen Ferien zu einer gemeinsamen Reise zu verwenden. Während des übrigen Jahres bestand ihre Freundschaft meist darin, daß sie gerne an einem Abend in der Woche alle vier zusammenkamen, meist bei Samuel, der als der wohlhabendste ein größeres Zimmer hatte, einander verschiedenes erzählten und dazu mäßig Bier tranken. Mit dem Erzählen waren sie um Mitternacht, wenn sie auseinandergingen, niemals fertig, da Robert Sekretär eines Vereins war, Samuel Angestellter eines kommerziellen Bureaus, Max Staatsbeamter und Franz Beamter in einem Bankgeschäft, so daß fast alles, was einer während der Woche in seinem Berufe erlebt hatte, den drei andern nicht nur unbekannt war und ihnen rasch erzählt

werden mußte, sondern ohne umständlichere Erklärung auch unverständlich war. Vor allem aber brachte es die Verschiedenheit dieser Berufe mit sich, daß jeder gezwungen war, seinen Beruf den andern immer wieder darzustellen, denn die Darstellungen wurden von den andern, weil sie doch nur schwache Menschen waren, nicht gründlich genug aufgefaßt, gerade deshalb aber und auch aus guter Freundschaft immer wieder verlangt.
Weibergeschichten wurden dagegen selten vorgenommen, denn wenn auch Samuel für seine Person an ihnen Geschmack gefunden hätte, so hütete er sich, zu verlangen, daß sich die Unterhaltung nach seinen Bedürfnissen einrichte, wobei ihm öfters das alte Mädchen, welches das Bier holte, als eine Mahnung erschien. Gelacht wurde aber so viel an diesen Abenden, daß Max auf dem Nachhauseweg sagte, dieses ewige Lachen sei eigentlich bedauerlich, weil man dadurch alle ernsten Sachen vergesse, von denen doch jeder gerade genug zu tragen hätte. Während man lache, denke man, für den Ernst sei noch Zeit genug. Das sei aber nicht richtig, denn der Ernst stelle natürlich größere Ansprüche an den Menschen, und es sei doch klar, daß man in Gesellschaft der Freunde auch größeren Ansprüchen zu genügen fähig sei als allein. Lachen solle man im Bureau, weil man dort nicht mehr zustande bringe. Diese Meinung war gegen Robert gerichtet, der in seinem durch ihn sich verjüngenden Kunstverein viel arbeitete und gleichzeitig in dem alten die komischesten Dinge bemerkte, mit denen er seine Freunde unterhielt.
Schon wenn er anfing verließen die Freunde ihre Plätze, stellten sich zu ihm oder setzten sich auf den Tisch und lachten, besonders Max und Franz, so selbstvergessen, daß Samuel alle Gläser auf ein Seitentischchen hinübertrug. War man vom Erzählen ermüdet, setzte sich Max mit plötzlich neuer Kraft zum Klavier und spielte, während Robert und Samuel ihm zur Seite auf dem Bänkchen saßen, Franz dagegen, der nichts von Musik verstand, allein am Tisch Samuels Ansichtskartensammlung durchsah oder die Zeitung las. Wenn die Abende wärmer wurden und das Fenster schon offenbleiben konnte, kamen wohl alle vier zum Fenster und sahen, die Hände auf dem Rücken, in die Gasse hinunter, ohne sich von dem freilich schwachen Verkehr in ihrer Unterhaltung beirren zu lassen. Nur hie und da ging einer zum Tisch zurück, um einen Schluck zu machen, oder zeigte auf die Lockenfrisuren zweier Mädchen, die unten vor ihrer Weinstube saßen, oder auf den Mond, der sie leicht überraschte, bis endlich Franz sagte, es sei kühl, man solle das Fenster schließen.
Im Sommer trafen sie einander manchmal in einem öffentlichen Garten, setzten sich an einen Tisch ganz am Rande, wo es dunkler war, tranken einander zu und merkten im Gespräch, die Köpfe beisammen, das ferne Blasorchester kaum. Arm in Arm, in glei-

chem Schritt, gingen sie dann durch die Anlagen nach Hause. Die zwei am Rande drehten die Stöckchen oder schlugen in die Gebüsche, Robert forderte sie zum Singen auf, sang dann aber allein, gut für vier, der zweite in der Mitte fühlte sich dabei besonders sicher aufgehoben.
An einem solchen Abend sagte Franz und drückte seine zwei Nachbarn näher an sich, es wäre doch so schön, beisammen zu sein, daß er nicht verstehn könne, warum sie nur einmal in der Woche zusammenkämen, während es doch sicher leicht einzurichten wäre, wenn nicht öfters, so wenigstens zweimal wöchentlich einander zu sehn. Alle waren dafür, selbst der vierte, der von außen Franzens leises Sprechen nur undeutlich verstanden hatte. Ein solches Vergnügen sei sicher die kleine Mühe wert, die es hie und da einem machen würde. Franz schien es, als bekomme er zur Strafe dafür, daß er ungebeten für alle rede, eine hohle Stimme. Aber er ließ nicht ab. Und wenn einer wirklich einmal nicht kommen könne, so sei es eben sein Schaden, und er könne nächstens getröstet werden, aber müßten denn deshalb die andern aufeinander verzichten, seien nicht drei füreinander genug und wenn es sein muß, auch zwei? »Natürlich, natürlich«, sagten alle. Am Rande löste sich Samuel los und ging knapp vor den drei andern, weil sie so einander näher waren. Dann aber schien es ihm wieder nicht so und er hing sich lieber ein.
Robert machte einen Vorschlag: »Wir kommen jede Woche zusammen und lernen italienisch. Italienisch zu lernen sind wir entschlossen, denn schon voriges Jahr haben wir in dem kleinen Stückchen Italien, wo wir waren, gesehn, daß unser Italienisch nur dazu ausreicht, nach dem Weg zu fragen, wenn wir uns, erinnert euch, zwischen den Weingartenmauern der Campagna verirrt hatten. Und selbst dazu hat es doch nur unter größter Anstrengung der Gefragten ausgereicht. Lernen müssen wir also, wenn wir heuer wieder nach Italien wollen. Da hilft nichts. Und ist es da nicht das beste, zusammen zu lernen?«
»Nein«, sagte Max, »wir werden zusammen nichts erlernen. Das weiß ich ebenso bestimmt, wie daß du, Samuel, für das gemeinsame Lernen bist.«
»Und ob!« sagte Samuel. »Wir werden sicher sehr gut zusammen lernen, ich bedauere es nur immer, daß wir nicht schon auf der Schule beisammen waren. Wißt ihr eigentlich, daß wir einander erst zwei Jahre lang kennen?« Er beugte sich vor, um alle drei zu sehn. Sie hatten ihren Schritt verlangsamt und die Arme gelockert.
»Erlernt haben wir aber zusammen noch nichts«, sagte Franz. »Mir gefällt es ja sehr gut so. Ich will gar nichts lernen. Wenn wir aber italienisch lernen müssen, dann ist es besser, jeder lernt es für sich.«

»Das versteh' ich nicht«, sagte Samuel. »Zuerst willst du, daß wir jede Woche zusammenkommen, dann willst du es wieder nicht.«
»Aber geh«, sagte Max, »ich und Franz wollen doch nur, daß unser Zusammensein nicht durch das Lernen und unser Lernen nicht durch das Zusammensein gestört wird, sonst nichts.«
»No ja«, sagte Franz.
»Es ist ja auch nicht mehr viel Zeit«, sagte Max, »jetzt ist Juni und im September wollen wir fahren.«
»Deshalb will ich gerade, daß wir zusammen lernen«, sagte Robert und machte große Augen auf die zwei, die gegen ihn waren. Besonders sein Hals wurde gelenkig, wenn man ihm widersprach.

Man denkt, man beschreibt ihn richtig, aber es ist nur angenähert und wird vom Tagebuch korrigiert.

Es liegt wahrscheinlich im Wesen der Freundschaft und folgt ihr schattengleich – einer wird es begrüßen, der andere bedauern, der dritte gar nicht merken . . .

26. September. Der Zeichner Kubin empfiehlt als Abführmittel Regulin, eine zerstampfte Alge, die im Darm aufquillt, ihn zum Zittern bringt, also mechanisch wirkt, zum Unterschied von der ungesunden, chemischen Wirkung anderer Abführmittel, die bloß den Kot durchreißen, ihn also an den Darmwänden hängenlassen.
Er ist mit Hamsun bei Langen zusammengekommen. Er (Hamsun) feixt grundlos. Während des Gespräches, ohne daß er es unterbrochen hätte, hob er seinen Fuß aufs Knie, nahm vom Tisch eine große Papierschere und schnitt rundherum die Fransen seiner Hose ab. Schäbig angezogen, mit irgendeinem wertvolleren Detail, zum Beispiel Krawatte.
Geschichten von einer Künstlerpension in München, wo Maler und Veterinärärzte wohnten (die Schule der letzteren war in der Nähe) und wo es so verlottert zuging, daß die Fenster des gegenüberliegenden Hauses, von wo man eine gute Aussicht hatte, vermietet wurden. Um diese Zuseher zu befriedigen, sprang manchmal ein Pensionär auf das Fensterbrett und löffelte in Affenstellung seinen Suppentopf auf.
Ein Erzeuger falscher Altertümer, der die Verwitterung durch Schrotschüsse erzeugte und der von einem Tisch sagte: Jetzt müssen wir noch dreimal auf ihm Kaffee trinken, dann kann er ans Innsbrucker Museum weggeschickt werden.
Kubin selbst: sehr stark, aber etwas einförmig bewegtes Gesicht, mit der gleichen Muskelanspannung beschreibt er die verschiedensten Sachen. Sieht verschieden alt, groß und stark aus, je nachdem er sitzt, aufsteht, bloßen Anzug oder Überzieher hat.

27. September. Gestern auf dem Wenzelsplatz zwei Mädchen begegnet, zu lange den Blick auf einer gehalten, während gerade die andere, wie sich zu spät zeigte, einen häuslich weichen, braunen, faltigen, weiten, vorn ein wenig offenen Mantel trug, zarten Hals und zarte Nase hatte, das Haar war in einer schon vergessenen Weise schön. – Alter Mann mit locker hängenden Hosen auf dem Belvedere. Er pfeift; wenn ich ihn anschaue, hört er auf; schaue ich weg, fängt er wieder an; endlich pfeift er, auch wenn ich ihn anschaue. – Der schöne große Knopf, schön angebracht unten auf dem Ärmel eines Mädchenkleides. Das Kleid auch schön getragen, über amerikanischen Stiefeln schwebend. Wie selten gelingt mir etwas Schönes, und diesem unbeachteten Knopf und seiner unwissenden Schneiderin gelingt's. – Die Erzählerin auf dem Weg zum Belvedere, deren lebhafte Augen unabhängig von den augenblicklichen Worten zufrieden ihre Geschichte bis an ihr Ende überblickten. – Mächtige halbe Halswendung eines starken Mädchens.

29. September. Goethes Tagebücher. Ein Mensch, der kein Tagebuch hat, ist einem Tagebuch gegenüber in einer falschen Position. Wenn er zum Beispiel in Goethes Tagebüchern liest: »11. 1. 1797. Den ganzen Tag zu Hause mit verschiedenen Anordnungen beschäftigt«, so scheint es ihm, er selbst hätte noch niemals an einem Tag so wenig gemacht.
Reisebetrachtungen Goethes anders als die heutigen, weil sie aus einer Postkutsche gemacht und mit den langsamen Veränderungen des Geländes sich einfacher entwickeln und viel leichter selbst von demjenigen verfolgt werden können, der jene Gegenden nicht kennt. Ein ruhiges, förmlich landschaftliches Denken tritt ein. Da die Gegend unbeschädigt in ihrem eingeborenen Charakter dem Insassen des Wagens sich darbietet und auch die Landstraßen das Land viel natürlicher schneiden als die Eisenbahnstrecken, zu denen sie vielleicht im gleichen Verhältnis stehn wie Flüsse zu Kanälen, so braucht es auch beim Beschauer keiner Gewalttätigkeiten, und er kann ohne große Mühe systematisch sein. Augenblicksbeobachtungen gibt es daher wenige, meist nur in Innenräumen, wo bestimmte Menschen gleich grenzenlos einem vor den Augen aufbrausen, zum Beispiel österreichische Offiziere in Heidelberg, dagegen ist die Stelle von den Männern in Wiesenheim der Landschaft näher, »sie tragen blaue Röcke und mit gewirkten Blumen verzierte weiße Westen« (nach dem Gedächtnis zitiert). Viel über den Rheinfall bei Schaffhausen niedergeschrieben, mitten drin in größeren Buchstaben: »Erregte Ideen«.

Kabarett Lucerna. Lucie König stellt Photographien mit alten Frisuren aus. Abgeschabtes Gesicht. Manchmal gelingt ihr etwas mit der von unten her gehobenen Nase, mit dem emporgehaltenen

Arm und einer Wendung aller Finger. Waschlappiges Gesicht. – Longen (Maler Pittermann) mimische Scherze. Eine Leistung, die offenbar ohne Lust ist, und doch so lustlos nicht gedacht werden kann, da sie doch dann nicht jeden Abend durchgeführt werden könnte, besonders da sie selbst bei ihrer Erfindung so lustlos war, daß sich kein genügendes Schema ergeben hat, welches das genug häufige Eintreten des ganzen Menschen ersparen würde. Hübscher Clownsprung über einen Sessel weg ins Leere der Seitenkulisse. Das Ganze erinnert an eine Vorführung in einer Privatgesellschaft, wo man einer mühseligen, unbedeutenden Leistung aus dem geselligen Bedürfnis heraus besonders applaudiert, um mit Rücksicht auf das Minus der Leistung durch das Plus des Beifalls etwas Glattes, Abgerundetes zu erhalten. Sänger Vaschata. So schlecht, daß man sich in seinem Anblick verliert. Aber weil er ein starker Mensch ist, hält er doch mit einer, sicher nur mir zum Bewußtsein kommenden tierischen Kraft die Aufmerksamkeit des Publikums halbwegs gesammelt.

Grünbaum wirkt mit der angeblich nur scheinbaren Trostlosigkeit seiner Existenz.

Odys, Tänzerin. Steife Hüften. Richtige Fleischlosigkeit. Rote Knie passen nur zum Tanz »Frühlingsstimmung«.

30. September. Das Mädchen im Nebenzimmer vorgestern (H. H.). Ich lag auf dem Kanapee und hörte auf dem Rande des Halbschlafs ihre Stimme. Sie kam mir besonders stark angezogen vor, nicht nur in ihre Kleider, sondern auch in das ganze Nebenzimmer, nur ihre geformte, nackte runde, starke dunkle Schulter, die ich im Bad gesehen hatte, kam gegen ihre Kleider auf. Einen Augenblick schien sie mir zu dampfen und das ganze Nebenzimmer mit ihren Dämpfen zu füllen. Dann stand sie im Mieder von aschgrauer Farbe, das unten so weit vom Körper abstand, daß man sich daraufsetzen und so gewissermaßen reiten konnte.

Noch Kubin: Die Gewohnheit, die letzten Worte des andern auf jeden Fall in billigendem Tone nachzusprechen, wenn sich auch durch die daran gesponnene eigene Rede herausstellt, daß man mit dem andern durchaus nicht übereinstimmt. Ärgerlich. – Im Anhören seiner vielen Geschichten kann man vergessen, was er wert ist. Plötzlich wird man daran erinnert und erschrickt. Es war davon die Rede, daß ein Lokal, in das wir gehn wollten, gefährlich sei; er sagte, da gehe er nicht hin; ich fragte ihn, ob er ängstlich sei, darauf antwortete er und war zudem noch in mich eingehängt: »Natürlich, ich bin jung und habe noch viel vor.«

Den ganzen Abend sprach er oft und meiner Meinung nach ganz ernsthaft von meiner und seiner Verstopfung. Gegen Mitternacht sah er aber, als ich meine Hand vom Tischrand hängen ließ, ein Stück meines Armes und rief: »Aber Sie sind ja wirklich krank.«

Behandelte mich von da ab noch viel nachgiebiger und wehrte auch später den andern, die mir zureden wollten, auch mit ins B. zu gehen. Als wir uns schon verabschiedet hatten, rief er mir noch aus der Ferne zu: »Regulin!«

Tucholsky und Szafranski. Das gehauchte Berlinerisch, in dem die Stimme Ruhepausen braucht, die von »nich« gebildet werden. Der erste ein ganz einheitlicher Mensch von einundzwanzig Jahren. Vom gemäßigten und starken Schwingen des Spazierstocks, das die Schulter jugendlich hebt, angefangen bis zum überlegten Vergnügen und Mißachten seiner eigenen schriftstellerischen Arbeiten. Will Verteidiger werden, sieht nur wenige Hindernisse gleichzeitig mit der Möglichkeit ihrer Beseitigung: seine helle Stimme, die nach dem männlichen Klang der ersten durchredeten halben Stunde angeblich mädchenhaft wird – Zweifel an der eigenen Fähigkeit zur Pose, die er sich aber von größerer Welterfahrung erhofft – endlich Angst vor einer Verwandlung ins Weltschmerzliche, wie er es an ältern Berliner Juden seiner Richtung bemerkt hat, allerdings spürt er vorläufig gar nichts davon. Er wird bald heiraten.

Szafranski, Schüler Bernhards, macht während des Zeichnens und Beobachtens Grimassen, die mit dem Gezeichneten in Verbindung stehn. Erinnert mich daran, daß ich für meinen Teil eine starke Verwandlungsfähigkeit habe, die niemand bemerkt. Wie oft mußte ich Max nachmachen. Gestern abend auf dem Nachhauseweg hätte ich mich als Zuschauer mit Tucholsky verwechseln können. Das fremde Wesen muß dann in mir so deutlich und unsichtbar sein wie das Versteckte in einem Vexierbild, in dem man auch niemals etwas finden würde, wenn man nicht wüßte, daß es drin steckt. Bei diesen Verwandlungen möchte ich besonders gern an ein Sichtrüben der eigenen Augen glauben.

1. Oktober. Alt-Neu-Synagoge gestern. Kol Nidre. Gedämpftes Börsengemurmel. Im Vorraum Büchse mit der Aufschrift: »Milde Gaben im stillen besänftigen den Unwillen.« Kirchenmäßiges Innere. Drei fromme, offenbar östliche Juden. In Socken. Über das Gebetbuch gebeugt, den Gebetmantel über den Kopf gezogen, möglichst klein geworden. Zwei weinen, nur vom Feiertag gerührt? Einer hat vielleicht nur wehe Augen, an die er das noch gefaltete Sacktuch flüchtig legt, um das Gesicht gleich wieder nahe an den Text zu halten. Nicht eigentlich oder hauptsächlich wird das Wort gesungen, aber hinter dem Wort her werden Arabesken gezogen aus dem haardünn weitergesponnenen Wort. Der kleine Junge, der ohne die geringste Vorstellung des Ganzen und ohne Orientierungsmöglichkeit, den Lärm in den Ohren, sich

zwischen den gedrängten Leuten hinschiebt und geschoben wird. Der scheinbare Kommis, der sich beim Beten rasch schüttelt, was nur als Versuch einer möglichst starken, wenn auch vielleicht unverständlichen Betonung jedes Wortes zu verstehen ist, wobei die Stimme geschont wird, die überdies in dem Lärm eine klare große Betonung nicht zustande brächte. Die Familie des Bordellbesitzers. In der Pinkassynagoge war ich unvergleichlich stärker vom Judentum hergenommen.

Vorvorgestern. Die eine, Jüdin mit schmalem Gesicht, besser: das in ein schmales Kinn verläuft, aber von einer ausgedehnt welligen Frisur ins Breite geschüttelt wird. Die drei kleinen Türen, die aus dem Innern des Gebäudes in den Salon führen. Die Gäste wie in einer Wachtstube auf der Bühne. Getränke auf dem Tisch werden ja kaum angerührt. Die Flachgesichtige im eckigen Kleid, das erst tief unten in einem Saum sich zu bewegen anfängt. Einige hier angezogen wie die Marionetten für Kindertheater, wie man sie auf dem Christmarkt verkauft, das heißt mit Rüschen und Gold beklebt und lose benäht, so daß man sie mit einem Zug abtrennen kann und daß sie einem dann in den Fingern zerfallen. Die Wirtin mit dem mattblonden, aber zweifellos ekelhaften Unterlagen straff gezogenen Haar, mit der scharf niedergehenden Nase, deren Richtung in irgendeiner geometrischen Beziehung zu den hängenden Brüsten und dem steif gehaltenen Bauch steht, klagt über Kopfschmerzen, die dadurch verursacht sind, daß heute, Samstag, ein so großer Rummel und nichts daran ist.

Zu Kubin: Die Geschichte von Hamsun ist verdächtig. Solche Geschichten könnte man aus seinen Werken zu Tausenden als erlebt erzählen.

Zu Goethe: »Erregte Ideen« sind bloß die Ideen, die der Rheinfall erregt. Man sieht das aus einem Brief an Schiller. – Die vereinzelte Augenblicksbeobachtung »Kastagnettenrhythmus der Kinder in Holzschuhen« hat eine solche Wirkung gemacht, ist so allgemein angenommen, daß es undenkbar ist, daß jemand, wenn er auch diese Bemerkung niemals gelesen hätte, diese Beobachtung als eigene Originalidee fühlen könnte.

2. Oktober. Schlaflose Nacht. Schon die dritte in einer Reihe. Ich schlafe gut ein, nach einer Stunde aber wache ich auf, als hätte ich den Kopf in ein falsches Loch gelegt. Ich bin vollständig wach, habe das Gefühl, gar nicht oder nur unter einer dünnen Haut geschlafen zu haben, habe die Arbeit des Einschlafens von neuem vor mir und fühle mich vom Schlaf zurückgewiesen. Und von jetzt an bleibt es die ganze Nacht bis gegen fünf so, daß ich zwar

schlafe, daß aber bald starke Träume mich gleichzeitig wach halten. *Neben* mir schlafe ich förmlich, während ich selbst mit Träumen mich herumschlagen muß. Gegen fünf ist die letzte Spur von Schlaf verbraucht, ich träume nur, was anstrengender ist als Wachen. Kurz, ich verbringe die ganze Nacht in dem Zustand, in dem sich ein gesunder Mensch ein Weilchen lang vor dem eigentlichen Einschlafen befindet. Wenn ich erwache, sind alle Träume um mich versammelt, aber ich hüte mich, sie zu durchdenken. Gegen früh seufze ich in den Polstern, weil für diese Nacht alle Hoffnung vorüber ist. Ich denke an jene Nächte, an deren Ende ich aus dem tiefen Schlaf gehoben wurde, und erwachte, als wäre ich in einer Nuß eingesperrt gewesen.

Eine schreckliche Erscheinung war heute in der Nacht ein blindes Kind, scheinbar die Tochter meiner Leitmeritzer Tante, die übrigens keine Tochter hat, sondern nur Söhne, von denen einer einmal den Fuß gebrochen hatte. Dagegen waren zwischen diesem Kind und der Tochter Dr. Ms. Beziehungen, die, wie ich letzthin gesehen habe, auf dem Wege ist, aus einem hübschen Kind ein dickes, steif angezogenes kleines Mädchen zu werden. Dieses blinde oder schwachsichtige Kind hatte beide Augen von einer Brille bedeckt, das linke unter dem ziemlich weitentfernten Augenglas war milchgrau und rund vortretend, das andere trat zurück und war von einem anliegenden Augenglas verdeckt. Damit dieses Augenglas optisch richtig eingesetzt sei, war es nötig, statt des gewöhnlichen über das Ohr zurückgehenden Halters, einen Hebel anzuwenden, dessen Kopf nicht anders befestigt werden konnte als am Wangenknochen, so daß von diesem Augenglas ein Stäbchen zur Wange hinunterging, dort im durchlöcherten Fleisch verschwand und am Knochen endete, während ein neues Drahtstäbchen heraustrat und über das Ohr zurückging.

Ich glaube, diese Schlaflosigkeit kommt nur daher, daß ich schreibe. Denn so wenig und so schlecht ich schreibe, ich werde doch durch diese kleinen Erschütterungen empfindlich, spüre besonders gegen Abend und noch mehr am Morgen das Wehen, die nahe Möglichkeit großer, mich aufreißender Zustände, die mich zu allem fähig machen könnten, und bekomme dann in dem allgemeinen Lärm, der in mir ist und dem zu befehlen ich nicht Zeit habe, keine Ruhe. Schließlich ist dieser Lärm nur eine bedrückte, zurückgehaltene Harmonie, die freigelassen mich ganz erfüllen, ja sogar noch in die Weite spannen und dann noch erfüllen würde. Jetzt aber verursacht mir dieser Zustand neben schwachen Hoffnungen nur Schaden, da mein Wesen nicht genug Fassungskraft hat, die gegenwärtige Mischung zu ertragen, bei Tag hilft mir die sichtbare Welt, in der Nacht zerschneidet es mich ungehindert. Immer denke ich dabei an Paris, in dem zur Zeit der Belagerung und später bis zur Commune die dem Pariser bis dahin fremde

Bevölkerung der nördlichen und östlichen Vorstädte in der Zeit von Monaten förmlich von Stunde zu Stunde durch die verbindenden Gassen stockend wie Uhrzeiger in das Innere von Paris rückte.
Mein Trost ist – und mit ihm lege ich mich jetzt nieder –, daß ich so lange nicht geschrieben habe, daß sich daher dieses Schreiben in meine gegenwärtigen Verhältnisse noch nicht einordnen konnte, daß dies jedoch bei einiger Männlichkeit wenigstens provisorisch gelingen muß.
Ich war heute so schwach, daß ich sogar meinem Chef die Geschichte von dem Kind erzählte. – Jetzt erinnerte ich mich, daß die Brille im Traum von meiner Mutter stammt, die am Abend neben mir sitzt und unter ihrem Zwicker während des Kartenspiels nicht sehr angenehm zu mir herüberschaut. Ihr Zwicker hat sogar, was ich früher bemerkt zu haben mich nicht erinnere, das rechte Glas näher dem Auge als das linke.

3. Oktober. Die gleiche Nacht, nur noch schwerer eingeschlafen. Beim Einschlafen ein vertikal gehender Schmerz im Kopf über der Nasenwurzel, wie von einer zu scharf gepreßten Stirnfalte. Um möglichst schwer zu sein, was ich für das Einschlafen für gut halte, hatte ich die Arme gekreuzt und die Hände auf die Schultern gelegt, so daß ich dalag wie ein bepackter Soldat. Wieder war es die Kraft meiner Träume, die schon ins Wachsein vor dem Einschlafen strahlen, die mich nicht schlafen ließ. Das Bewußtsein meiner dichterischen Fähigkeiten ist am Abend und am Morgen unüberblickbar. Ich fühle mich gelockert bis auf den Boden meines Wesens und kann aus mir heben, was ich nur will. Dieses Hervorlocken solcher Kräfte, die man dann nicht arbeiten läßt, erinnern mich an mein Verhältnis zur B. Auch hier sind Ergießungen, die nicht entlassen werden, sondern im Rückstoß sich selbst vernichten müssen, nur daß es sich hier – das ist der Unterschied – um geheimnisvollere Kräfte und um mein Letztes handelt.

Auf dem Josefsplatz fuhr ein großes Reiseautomobil mit einer fest aneinander sitzenden Familie an mir vorüber. Hinter dem Automobil ging mir mit dem Benzingeruch ein Luftzug von Paris über das Gesicht.

Beim Diktieren einer größeren Anzeige an eine Bezirkshauptmannschaft im Bureau. Im Schluß, der sich aufschwingen sollte, blieb ich stecken und konnte nichts als das Maschinenfräulein K. ansehn, die nach ihrer Gewohnheit besonders lebhaft wurde, ihren Sessel rückte, hustete, auf dem Tisch herumtippte und so das ganze Zimmer auf mein Unglück aufmerksam machte. Der gesuchte Einfall bekommt jetzt auch den Wert, daß er sie ruhig machen wird, und läßt sich, je wertvoller er wird, desto schwerer finden. Endlich habe ich das Wort »brandmarken« und den dazu gehörigen Satz, halte alles aber noch im Mund mit einem Ekel und Schamgefühl, wie wenn es rohes Fleisch, aus mir geschnittenes Fleisch wäre (solche Mühe hat es mich gekostet). Endlich sage ich es, behalte aber den großen Schrecken, daß zu einer dichterischen Arbeit alles in mir bereit ist und eine solche Arbeit eine himmlische Auflösung und ein wirkliches Lebendigwerden für mich wäre, während ich hier im Bureau um eines so elenden Aktenstückes willen einen solchen Glückes fähigen Körper um ein Stück seines Fleisches berauben muß.

4. Oktober. Ich bin unruhig und giftig. Gestern vor dem Einschlafen hatte ich links oben im Kopf ein flackerndes kühles Flämmchen. Über meinem linken Auge hat sich eine Spannung schon eingebürgert. Denke ich daran, so scheint es mir, daß ich es im Bureau auch dann nicht aushalten könnte, wenn man mir sagte, daß ich in einem Monat frei sein werde. Und doch tue ich im Bureau meist meine Pflicht, bin recht ruhig, wenn ich der Zufriedenheit meines Chefs sicher sein kann, und empfinde meinen Zustand nicht als einen schrecklichen. Gestern abend habe ich mich übrigens mit Absicht dumpf gemacht, war spazieren, habe Dickens gelesen, war dann etwas gesünder und hatte die Kraft zu der Traurigkeit verloren, die ich als berechtigt ansah, wenn sie mir auch etwas in die Ferne gerückt schien, wovon ich mir einen bessern Schlaf erhoffte. Er war auch ein wenig tiefer, aber nicht genug, und oft unterbrochen. Ich sagte mir zum Trost, daß ich zwar die große Bewegung, die in mir gewesen war, wieder unterdrückt hatte, daß ich mich aber nicht aus der Hand geben wollte, wie früher immer nach solchen Zeiten, sondern daß ich mir auch der Nachwehen jener Bewegung genau bewußt bleiben wolle, was ich früher nie getan hatte. Vielleicht könnte ich so eine verborgene Standhaftigkeit in mir finden.

Gegen Abend im Dunkel in meinem Zimmer auf dem Kanapee. Warum braucht man längere Zeit, um eine Farbe zu erkennen, wird dann aber nach der entscheidenden Biegung des Verständnisses rasch immer überzeugter von der Farbe. Wirkt auf die Glastür von außen her das Licht des Vorzimmers und jenes der Küche gleichzeitig, so gießt sich grünliches oder besser, um den sichern Eindruck nicht zu entwerten, grünes Licht die Scheiben fast ganz hinab. Wird das Licht im Vorzimmer abgedreht und bleibt nur das Küchenlicht, so wird die der Küche nähere Scheibe tiefblau, die andere weißlich blau, so weißlich, daß sich die ganze Zeichnung auf dem Mattglas (stilisierte Mohnköpfe, Ranken, verschiedene Vierecke und Blätter) auflöst.

Die von dem elektrischen Licht auf der Straße und Brücke unten auf die Wände und die Decke geworfenen Lichter und Schatten sind ungeordnet, zum Teil verdorben, einander überdeckend und schwer zu überprüfen. Es wurde eben bei der Aufstellung der elektrischen Bogenlampen unten und bei der Einrichtung dieses Zimmers keine hausfrauenmäßige Rücksicht darauf genommen, wie mein Zimmer zu dieser Stunde vom Kanapee aus ohne eigene Zimmerbeleuchtung aussehen wird.
Der von der unten fahrenden Elektrischen an die Decke emporgeworfene Glanz fährt weißlich, schleierhaft und mechanisch stockend die eine Wand und Decke, in der Kante gebrochen, entlang. – Der Globus steht im ersten frischen, vollen Widerschein der Straßenbeleuchtung auf dem oben grünlich rein überleuchteten Wäschekasten, hat einen Glanzpunkt auf seiner Rundung und ein Aussehn, als sei ihm der Schein doch zu stark, obwohl das Licht an seiner Glätte vorüberfährt und ihn eher bräunlich, lederapfelartig zurückläßt. – Das Licht aus dem Vorzimmer bringt einen großflächigen Glanz an der Wand über dem Bett hervor, der in einer geschwungenen Linie vom Kopfende des Bettes aus begrenzt wird, das Bett im Augenblick niederdrückt, die dunklen Bettpfosten verbreitert, die Zimmerdecke über dem Bette hebt.

5. Oktober. Zum erstenmal seit einigen Tagen wieder Unruhe, selbst vor diesem Schreiben. Wut über meine Schwester, die ins Zimmer kommt und sich mit einem Buch zum Tisch setzt. Abwarten der nächsten kleinen Gelegenheit zum Losgehn dieser Wut. Endlich nimmt sie eine Visitkarte vom Behälter und stochert mit ihr zwischen den Zähnen herum. Mit abfahrender Wut, von der mir nur ein scharfer Dampf im Kopf zurückbleibt, und beginnender Erleichterung und Zuversicht fange ich zu schreiben an.

Gestern abend Café Savoy. Jüdische Gesellschaft. – Frau K. »Herrenimitatorin«. Im Kaftan, kurzen schwarzen Hosen, weißen Strümpfen, einem aus der schwarzen Weste steigenden dünnwolligen weißen Hemd, das vorn am Hals von einem Zwirnknopf gehalten ist und dann in einen breiten, losen, langauslaufenden Kragen umschlägt. Auf dem Kopf, das Frauenhaar umfassend, aber auch sonst nötig und von ihrem Mann auch getragen, ein dunkles randloses Käppchen, darüber ein großer weicher schwarzer Hut mit hochaufgebogenem Rand. – Eigentlich weiß ich nicht, was für Personen das sind, die sie und ihr Mann darstellen. Wollte ich sie jemandem erklären, dem ich meine Unwissenheit nicht eingestehn will, würde ich sehn, daß ich sie für Gemeindediener halte, für Angestellte des Tempels, bekannte Faulenzer, mit denen sich die Gemeinde abgefunden hat, irgendwie aus religiösen Gründen bevorzugte Schnorrer, Leute, die infolge ihrer abgesonderten

Stellung gerade ganz nahe am Mittelpunkt des Gemeindelebens sind, infolge ihres nutzlosen aufpasserischen Herumziehns viele Lieder kennen, die Verhältnisse aller Gemeindemitglieder genau durchschauen, aber infolge ihrer Beziehungslosigkeit zum Berufsleben nichts mit diesen Kenntnissen anzufangen wissen, Leute, die in einer besonders reinen Form Juden sind, weil sie nur in der Religion, aber ohne Mühe, Verständnis und Jammer in ihr leben. Sie scheinen sich aus jedem einen Narren zu machen, lachen gleich nach der Ermordung eines edlen Juden, verkaufen sich einem Abtrünnigen, tanzen, die Hände vor Entzücken am Wangenhaar, als der entlarvte Mörder sich vergiftet und Gott anruft, und doch alles nur, weil sie so federleicht sind, unter jedem Druck auf dem Boden liegen, empfindlich sind, gleich mit trockenem Gesicht weinen (sie weinen sich in Grimassen aus), sobald der Druck aber vorüber ist, nicht das geringste Eigengewicht aufbringen, sondern gleich in die Höhe springen müssen.
Sie müßten daher einem ernsten Stück, wie es der »Meschumed« von Lateiner ist, eigentlich viel Sorge machen, da sie immer in ganzer Größe und oft auf den Fußspitzen mit beiden Beinen in der Luft vorn auf der Bühne sind und die Aufregung des Stückes nicht lösen, sondern zerschneiden. Nun wickelt sich aber der Ernst des Stückes in so geschlossenen, selbst in der möglichen Improvisation abgewogenen, von einheitlichem Gefühl gespannten Worten ab, daß, selbst wenn die Handlung nur im Hintergrund der Bühne vor sich geht, sie sich ihre Bedeutung immer wahrt. Eher werden hie und da die zwei im Kaftan unterdrückt, was ihrer Natur entspricht, und man sieht trotz ihrer ausgebreiteten Arme und schnippenden Finger nur hinten den Mörder, der, das Gift in sich, die Hand an seinem eigentlich zu weiten Kragen, zur Türe wankt.
Die Melodien sind lang, der Körper vertraut sich ihnen gerne an. Infolge ihrer gerade verlaufenden Länge wird ihnen am besten durch das Wiegen der Hüften, durch ausgebreitete, in ruhigem Atem gehobene und gesenkte Arme, durch Annäherung der Handflächen an die Schläfen und sorgfältige Vermeidung der Berührung entsprochen. Erinnert etwas an den Schlapak.
Bei manchen Liedern, der Ansprache »jüdische Kinderlach«, manchem Anblick dieser Frau, die auf dem Podium, weil sie Jüdin ist, uns Zuhörer, weil wir Juden sind, an sich zieht, ohne Verlangen oder Neugier nach Christen, ging mir ein Zittern über die Wangen. Der Regierungsvertreter, der vielleicht mit Ausnahme eines Kellners und zweier links von der Bühne stehenden Dienstmädchen einzige Christ im Saal, ist ein kläglicher Mensch, mit einem Gesichts-Tic behaftet, der besonders in der linken Gesichtshälfte, und auch in die rechte stark einreißend, das Gesicht mit der fast schonungsvollen Geschwindigkeit, ich meine Flüchtigkeit des

Sekundenzeigers, aber auch seiner Regelmäßigkeit zusammenzieht und läßt. Wenn er über das linke Auge hinfährt, löscht er es fast aus. Für dieses Zusammenziehen haben sich in dem sonst ganz verfallenen Gesicht neue kleine frische Muskeln entwickelt.
Die talmudische Melodie genauer Fragen, Beschwörungen oder Erklärungen: In eine Röhre fährt die Luft und nimmt die Röhre mit, dafür dreht sich dem Befragten aus kleinen fernen Anfängen eine große, im ganzen stolze, in ihren Biegungen demütige Schraube entgegen.

6. Oktober. Die zwei alten Männer vorn bei dem langen Tisch an der Bühne. Der eine stützt sich mit beiden Armen auf den Tisch und hat nur sein Gesicht, dessen falsche gedunsene Röte mit einem unregelmäßig viereckigen, verfilzten Bart darunter sein Alter traurig verheimlicht, rechts zur Bühne emporgewendet, während der andere, der Bühne gerade gegenüber, sein vom Alter richtig trocken gewordenes Gesicht frei vom Tisch zurückhält, an den er sich nur mit dem linken Arm lehnt, und seinen rechten Arm in der Luft gebogen hält, um die Melodie besser zu genießen, der seine Fußspitzen folgen und der die kurze Pfeife in seiner Rechten schwach nachgibt. »Tateleben, so sing doch mit«, ruft die Frau bald dem ersten, bald dem zweiten zu, indem sie sich ein wenig bückt und die Arme antreibend vorstreckt.
Die Melodien sind dazu geeignet, jeden aufspringenden Menschen aufzufangen und, ohne zu zerreißen, seine ganze Begeisterung zu umfassen, wenn man schon einmal nicht glauben will, daß sie sie ihm geben. Denn besonders die zwei im Kaftan eilen zum Singen hin, als strecke es ihnen den Leib nach seinem eigentlichsten Bedürfnis, und das Händezusammenschlagen während des Gesanges zeigt offenbar das beste Wohlsein des Menschen im Schauspieler an. – Die Kinder des Wirtes in einer Ecke bleiben mit der Frau K. auf der Bühne in kindlicher Beziehung und singen mit, den Mund zwischen den sich aufstülpenden Lippen voll von der Melodie.
Das Stück: Seidemann, ein reicher Jude, hat sich, in offenbarer Verdichtung aller seiner verbrecherischen Instinkte auf dieses Ziel hin, taufen lassen, schon vor zwanzig Jahren, und hat seine Frau damals, da sie sich zur Taufe nicht zwingen ließ, vergiftet. Seitdem hat er sich angestrengt, den Jargon zu vergessen, der freilich ohne Absicht in seiner Rede unten mitklingt, besonders am Anfang, damit es sich die Zuhörer merken und weil die herankommenden Vorgänge dazu noch Zeit lassen, und äußert immerfort einen großen Ekel vor allem Jüdischen. Seine Tochter hat er für den Offizier Dragomirow bestimmt, während sie, die ihren Vetter, den jungen Edelmann, liebt, in einer großen Szene sich in einer ungebräuchlichen, erst in der Taille gebrochenen steinernen Stellung aufrichtend, ihrem Vater erklärt, daß sie fest am Judentum

halte, und die einen ganzen Akt mit einem verächtlichen Lachen über den ihr angetanen Zwang beendet. (Die Christen des Stückes sind: ein braver polnischer Diener Seidemanns, der später zu seiner Entlarvung beiträgt, brav vor allem deshalb, weil um Seidemann die Gegensätze versammelt sein müssen, der Offizier, mit dem sich das Stück, abgesehen von der Darstellung seiner Verschuldung, wenig abgibt, weil er als vornehmer Christ niemanden interessiert, ebenso wie ein später auftretender Gerichtspräsident, und endlich ein Gerichtsdiener, dessen Bösartigkeit über die Anforderung seiner Stellung und die Lustigkeit der zwei Kaftanleute nicht hinausgeht, obwohl ihn Max einen Pogromisten nennt.) Dragomirow kann aber aus irgendwelchen Gründen nur heiraten, wenn seine Wechsel ausgelöst werden, die der alte Edelmann besitzt, die dieser aber, obwohl er vor der Abreise nach Palästina steht und obwohl sie Seidemann mit Bargeld bezahlen will, nicht hergibt. Die Tochter ist gegen den verliebten Offizier stolz und rühmt sich ihres Judentums, obwohl sie getauft ist, der Offizier weiß sich nicht zu helfen und sieht, die Arme schlaff, die Hände unten lose verschlungen, hilfesuchend den Vater an. Die Tochter entflieht zu Edelmann, sie will den Geliebten heiraten, wenn auch vorläufig im geheimen, da ein Jude nach dem weltlichen Gesetz eine Christin nicht heiraten darf und sie offenbar ohne Zustimmung ihres Vaters nicht zum Judentum übergehen kann. Der Vater kommt hin, sieht ein, daß ohne List alles verloren wäre, und gibt äußerlich seinen Segen zu dieser Ehe. Alle verzeihen ihm, ja fangen ihn so zu lieben an, als wären sie im Unrecht gewesen, sogar der alte Edelmann und er besonders, obwohl er weiß, daß Seidemann seine Schwester vergiftet hat. (Diese Lücke ist vielleicht durch eine Kürzung entstanden, vielleicht aber auch dadurch, daß das Stück hauptsächlich mündlich von einer Schauspielertruppe zur andern verbreitet ist.) Durch diese Versöhnung erlangt Seidemann vor allem die Wechsel des Dragomirow, denn »weißt du«, sagt er, »ich will nicht, daß dieser Dragomirow schlecht von den Juden spricht«, und Edelmann gibt sie ihm umsonst, dann ruft ihn Seidemann zu der Portiere im Hintergrund, angeblich um ihm etwas zu zeigen, und sticht ihm von hinten ein Messer durch den Schlafrock tödlich in den Rücken. (Zwischen der Versöhnung und dem Mord war Seidemann eine Zeitlang von der Bühne entfernt, um sich den Plan auszudenken und das Messer zu kaufen.) Dadurch will er den jungen Edelmann an den Galgen bringen, denn auf ihn muß der Verdacht fallen, und seine Tochter wird frei für Dragomirow. Er entläuft, Edelmann liegt hinter der Portiere. Die Tochter tritt mit dem Brautschleier auf, am Arm des jungen Edelmanns, der das Gebethemd angezogen hat. Der Vater ist, wie sie sehn, leider noch nicht da. Seidemann kommt und scheint glücklich über den Anblick des Brautpaares. Da erscheint ein

Mann, vielleicht Dragomirow selbst, vielleicht bloß ein Schauspieler und eigentlich ein uns unbekannter Detektiv, und erklärt, eine Hausdurchsuchung vornehmen zu müssen, da man »in diesem Hause seines Lebens nicht sicher sei«. Seidemann: »Kinder, macht euch keine Sorgen, das ist natürlich ein Irrtum, selbstverständlich. Es wird sich alles aufklären.« Die Leiche Edelmanns wird gefunden, der junge Edelmann von seiner Geliebten gerissen und verhaftet. Einen ganzen Akt lang instruiert Seidemann mit großer Geduld und sehr gut betonten kleinen Zwischenbemerkungen (Ja, ja, ganz gut. Aber das ist falsch. Ja, das ist schon besser. Allerdings, allerdings) die beiden im Kaftan, wie sie vor Gericht die angebliche jahrelange Feindschaft zwischen dem alten und dem jungen Edelmann bezeugen sollen. Sie kommen schwer in Gang, es gibt viele Mißverständnisse, so treten sie bei einer improvisierten Probe der Gerichtsszene vor und erklären, Seidemann habe ihnen aufgetragen, die Sache in folgender Weise darzustellen – bis sie sich endlich so sehr in jene Feindschaft einleben, daß sie sogar – Seidemann kann sie nicht mehr aufhalten – zu zeigen imstande sind, wie der Mord selbst sich ereignet hat und der Mann die Frau mit Hilfe eines Kipfels niedersticht. Das ist natürlich wieder mehr, als nötig sein wird. Trotzdem ist Seidemann mit den beiden genügend zufrieden und erhofft mit ihrer Hilfe einen guten Ausgang des Prozesses. Hier greift für den gläubigen Zuhörer, ohne daß es irgendwie ausgesprochen würde, weil es selbstverständlich ist, Gott selbst an Stelle des zurückweichenden Schriftstellers ein und schlägt den Bösen mit Verblendung.
Im letzten Akt sitzt als Gerichtspräsident wieder der ewige Dragomirow-Schauspieler da (auch darin zeigt sich die Mißachtung des Christlichen, ein jüdischer Schauspieler kann gut drei christliche Rollen spielen, und wenn er sie schlecht spielt, macht es auch nichts) und neben ihm als Verteidiger mit großem Haar- und Schnurrbartaufwand, bald erkannt, Seidemanns Tochter. Man erkennt sie zwar bald, hält sie aber lange mit Rücksicht auf Dragomirow für einen Schauspielerersatz, bis man gegen die Mitte des Aktes einsieht, daß sie sich verkleidet hat, um ihren Geliebten zu retten. Die zwei im Kaftan sollen jeder einzeln Zeugenschaft ablegen, das wird ihnen aber sehr schwer, da sie es zu zweit eingeübt haben. Auch verstehen sie das Hochdeutsch des Präsidenten nicht, dem allerdings der Verteidiger, wenn es zu arg wird, aushilft, wie er ihm auch sonst einsagen muß. Dann kommt Seidemann, der schon früher die im Kaftan durch Amkleidzupfen zu dirigieren versucht hat, macht durch seine fließende bestimmte Rede, durch seine verständige Haltung, durch richtige Ansprache des Gerichtspräsidenten gegenüber den früheren Zeugen einen guten Eindruck, der in einem schrecklichen Gegensatz ist zu dem, was wir von ihm wissen. Seine Aussage ist ziemlich inhaltlos, er weiß leider

sehr wenig von der ganzen Sache. Jetzt kommt aber im letzten Zeugen, dem Diener, der sich dessen nicht ganz bewußte eigentliche Ankläger Seidemanns. Er hat den Messereinkauf Seidemanns beobachtet, er weiß, daß Seidemann in der entscheidenden Zeit bei Edelmann war, er weiß schließlich, daß Seidemann die Juden und besonders Edelmann haßte und seine Wechsel wollte. Die zwei im Kaftan springen auf und sind glücklich, das alles bekräftigen zu können. Seidemann wehrt sich als ein etwas verwirrter Ehrenmann. Da kommt die Rede auf seine Tochter. Wo ist sie? Zu Hause natürlich und gibt ihm recht. Nein, das tut sie aber nicht, behauptet der Verteidiger und will es beweisen, wendet sich zur Wand, nimmt die Perücke ab und kehrt sich dem entsetzten Seidemann als seine Tochter zu. Strafend sieht das reine Weiß der Oberlippe aus, als sie auch den Schnurrbart entfernt. Seidemann hat Gift genommen, um der irdischen Gerechtigkeit zu entgehn, gesteht seine Übeltaten, aber kaum mehr den Menschen, sondern dem jüdischen Gott, zu dem er sich jetzt bekennt. Inzwischen hat der Klavierspieler eine Melodie angeschlagen, die zwei im Kaftan fühlen sich von ihr ergriffen und müssen lostanzen. Im Hintergrund steht das vereinigte Brautpaar, sie singen, besonders der ernste Bräutigam, die Melodie nach alter Tempelgewohnheit mit.

Erster Auftritt der zwei im Kaftan. Sie kommen mit Sammelbüchsen für Tempelzwecke in das Zimmer Seidemanns, sehn sich um, fühlen sich unbehaglich, sehn einander an. Fahren die Türpfosten mit den Händen entlang, finden keine Mesusa. Auch bei den andern Türen nicht. Sie wollen es nicht glauben und springen an verschiedenen Türen in die Höhe und schlagen, wie beim Fliegenfangen, sich erhebend und niederfallend, immer wieder ganz oben auf die Türpfosten, daß es klatscht. Leider alles umsonst. Bisher haben sie kein Wort gesprochen.

Ähnlichkeit zwischen der Frau K. und der vorjährigen Frau W. Frau K. hat vielleicht ein um eine Kleinigkeit schwächeres und einförmigeres Temperament, dafür ist sie hübscher und anständiger. Die W. hatte den ständigen Witz, ihre Mitspieler mit ihrem großen Hintern anzustoßen. Überdies hatte sie eine schlechtere Sängerin neben sich und war uns ganz neu.

»Herrenimitatorin« ist eigentlich eine falsche Benennung. Dadurch, daß sie in ihrem Kaftan steckt, ist ihr Körper ganz vergessen. Nur durch ihr Schulterzucken und Rückendrehn, das wie unter Flohbissen geschieht, erinnert sie an ihren Körper. Die Ärmel müssen, obwohl sie kurz sind, jeden Augenblick ein Stückchen hinaufgezogen werden, wovon sich der Zuschauer für die Frau, die so

viel herauszusingen und auch in talmudischer Weise zu erklären hat, eine große Erleichterung verspricht und selbst aufpaßt, daß es geschieht.
Wunsch, ein großes jiddisches Theater zu sehn, da die Aufführung doch vielleicht an dem kleinen Personal und ungenauer Einstudierung leidet. Auch der Wunsch, die jiddische Literatur zu kennen, der offenbar eine ununterbrochene nationale Kampfstellung zugewiesen ist, die jedes Werk bestimmt. Eine Stellung also, die keine Literatur, auch nicht die des unterdrückten Volkes, in dieser durchgängigen Weise hat. Vielleicht geschieht es bei andern Völkern in Kampfzeiten, daß die nationale, kämpferische Literatur hochkommt und andere, ferner stehende Werke durch die Begeisterung der Zuhörer einen in diesem Sinne nationalen Schein bekommen, wie zum Beispiel »Die verkaufte Braut«, hier scheinen aber nur die Werke der ersten Art, und zwar dauernd, zu bestehen.

Der Anblick der einfachen Bühne, die die Schauspieler ebenso stumm erwartet wie wir. Da sie mit ihren drei Wänden, dem Sessel und dem Tisch allen Vorgängen wird genügen müssen, erwarten wir nichts von ihr, erwarten mit unserer ganzen Kraft vielmehr die Schauspieler und sind daher widerstandslos von dem Gesang hinter den leeren Wänden angezogen, mit dem die Vorstellung eingeleitet wird.

9. Oktober. Sollte ich das vierzigste Lebensjahr erreichen, so werde ich wahrscheinlich ein altes Mädchen mit vorstehenden, etwas von der Oberlippe entblößten Oberzähnen heiraten. Die oberen Mittelzähne des Fräulein K., die in Paris und London war, sind gegeneinander verschoben, wie Beine, die man in den Knien flüchtig kreuzt. Vierzig Jahre alt werde ich aber kaum werden, dagegen spricht zum Beispiel die Spannung, die sich mir über die linke Schädelhälfte öfters legt, die sich wie ein innerer Aussatz anfühlt und die auf mich, wenn ich von den Unannehmlichkeiten absehe und nur betrachten will, den gleichen Eindruck macht wie der Anblick der Schädelquerschnitte in den Schullehrbüchern oder wie eine fast schmerzlose Sektion bei lebendem Leibe, wo das Messer, ein wenig kühlend, vorsichtig, oft stehenbleibend und zurückkehrend, manchmal ruhig liegend, blätterdünne Hüllen ganz nahe an arbeitenden Gehirnpartien noch weiter teilt.

Traum von heute nacht, den ich selbst früh noch nicht für schön hielt, abgesehen von einer kleinen, aus zwei Gegenbemerkungen bestehenden komischen Szene, die jenes ungeheuerliche Traumwohlgefallen zur Folge hatte, die ich aber vergessen habe.
Ich ging – ob gleich am Anfang Max dabei war, weiß ich nicht – durch eine lange Häuserreihe in der Höhe des ersten bis zweiten

Stockwerkes, so wie man in Durchgangszügen von einem Waggon zum andern geht. Ich ging sehr rasch, vielleicht auch, weil manchmal das Haus so gebrechlich war, daß man schon deshalb eilte. Die Türen zwischen den Häusern fielen mir gar nicht auf, es war eben eine riesige Zimmerflucht, und doch war nicht nur die Verschiedenheit der einzelnen Wohnungen, sondern auch der Häuser zu erkennen. Es waren vielleicht lauter Zimmer mit Betten, durch die ich kam. Es ist mir ein typisches Bett in der Erinnerung geblieben, das seitwärts links von mir an der dunklen oder schmutzigen, vielleicht dachbodenartig schiefen Wand steht, einen niedrigen Aufbau von Bettwäsche hat und dessen Decke, eigentlich nur ein grobes Leintuch, zusammengetreten von den Füßen dessen, der hier geschlafen hat, in einem Zipfel hinunterhängt. Ich fühlte mich beschämt, zu einer Zeit, wo noch viele Leute in den Betten lagen, durch ihre Zimmer zu gehn, ging daher auf den Fußspitzen mit großen Schritten, durch die ich irgendwie zu zeigen hoffte, daß ich nur gezwungen durchgehe, alles möglichst schone und schwach auftrete, daß mein Durchgehn förmlich gar nicht gelte. Deshalb drehte ich auch im gleichen Zimmer niemals den Kopf und sah nur entweder das, was rechts zur Gasse zu oder was links zur Rückwand zu lag.

Die Reihe von Wohnungen war öfters von Bordellen unterbrochen, durch die ich aber, obwohl ich scheinbar ihretwegen diesen Weg machte, besonders rasch ging, so daß ich mir nichts als ihr Dasein gemerkt habe. Das letzte Zimmer aller Wohnungen war aber wieder ein Bordell, und hier blieb ich. Die der Tür, durch die ich eintrat, gegenüberliegende Wand, also die letzte Wand der Häuserreihe, war entweder aus Glas oder überhaupt durchbrochen und ich wäre beim Weitergehn hinuntergefallen. Es ist sogar wahrscheinlicher, daß sie durchbrochen war, denn es lagen gegen den Rand des Fußbodens die Dirnen. Klar waren mir zwei, auf der Erde, der einen hing der Kopf ein wenig über die Kante hinaus in die freie Luft hinunter. Links war eine feste Wand, dagegen war die Wand rechts nicht vollkommen, man sah in den Hof hinunter, wenn auch nicht bis auf seinen Grund, und eine baufällige graue Treppe führte in mehreren Abteilungen hinunter. Nach dem Licht im Zimmer zu schließen war der Plafond so wie in den andern Zimmern.

Ich hatte hauptsächlich mit der Dirne zu tun, deren Kopf hinabhing, Max mit der links neben ihr liegenden. Ich betastete ihre Beine und blieb dann dabei, ihre Oberschenkel regelmäßig zu drücken. Mein Vergnügen dabei war so groß, daß ich mich wunderte, daß man für diese Unterhaltung, welche doch gerade die schönste war, noch nichts zahlen müsse. Ich war überzeugt, daß ich (und ich allein) die Welt betrüge. Dann erhob die Dirne bei ruhenden Beinen ihren Oberleib und wandte mir den Rücken zu, der zu meinem Schrecken mit großen siegellackroten Kreisen mit erblassenden Rändern und dazwischen versprengten roten Spritzern bedeckt war. Jetzt bemerkte ich, daß ihr ganzer Körper davon voll war, daß ich meinen Daumen auf ihren Schenkeln in solchen Flecken hielt und daß auch auf meinen Fingern diese roten Partikelchen wie von einem zerschlagenen Siegel lagen. Ich trat zurück unter eine Anzahl Männer, die an der Wand, nahe der Mündung der Treppe, auf der ein kleiner Verkehr stattfand, zu warten schienen. Sie warteten so, wie Männer auf dem Land am Sonntagmorgen auf dem Markt zusammenstehn. Deshalb war auch Sonntag. Hier spielte sich auch die komische Szene ab, indem ein Mann, vor dem ich und Max Grund hatten, sich zu fürchten, wegging, dann die Treppe heraufkam, zu mir trat, und während ich und Max mit Angst irgendeine schreckliche Drohung von ihm erwarteten, eine lächerlich einfältige Frage an mich stellte. Dann stand ich dort und sah besorgt zu, wie Max ohne Angst in diesem Lokal irgendwo links auf der Erde saß und eine dicke Kartoffelsuppe aß, aus der die Kartoffeln als große Kugel heraussahen, hauptsächlich eine. Er drückte sie mit dem Löffel, vielleicht mit zwei Löffeln in die Suppe hinein oder wälzte sie bloß.

10. Oktober. Einen sophistischen Artikel für und gegen die Anstalt in die Tetschen-Bodenbacher Zeitung geschrieben.

Gestern abend auf dem Graben. Mir entgegen drei Schauspielerinnen, die aus der Probe kamen. Es ist so schwer, sich in der Schönheit von drei Frauen rasch auszukennen, wenn man auch noch zwei Schauspieler ansehn will, die hinter ihnen in dem allzu schwingenden und auch noch beschwingten Schauspielerschritt herankommen. Die zwei, von denen der linke mit seinem jugendlich fetten Gesicht, dem offenen, um die starke Gestalt schlagenden Überzieher charakteristisch genug für beide ist, überholen die Damen, der linke auf dem Trottoir, der rechte in der Fahrbahn unten. Der linke faßte seinen Hut hoch oben, greift mit allen fünf Fingern hinein, hebt ihn hoch und ruft (jetzt erst erinnert sich der rechte): Auf Wiedersehn! Gute Nacht! Während aber dieses Überholen und Grüßen die Herren auseinandergebracht hat, gehn die gegrüßten Frauen, wie geführt von der zur Fahrbahn nächsten, die die schwächste und längste, aber auch jüngste und schönste zu sein scheint, ganz unbeirrt mit leichtem, ihr abgestimmtes Gespräch kaum unterbrechendem Gruß ihren Weg weiter. Das Ganze schien mir im Augenblick ein starker Beweis dafür zu sein, daß die hiesigen Theaterverhältnisse geordnet und gut geführt sind.

Vorgestern bei den Juden im Café Savoy. Die »Sejdernacht« von Feimann. Zuzeiten griffen wir (im Augenblick durchflog mich das Bewußtsein dessen) nur deshalb in die Handlung nicht ein, weil wir zu erregt, nicht deshalb, weil wir bloß Zuschauer waren.

12. Oktober. Gestern bei Max am Pariser Tagebuch geschrieben. Im Halbdunkel der Rittergasse die in ihrem Herbstkostüm dicke warme R., die wir nur in ihrer Sommerbluse und dem dünnen blauen Sommerjäckchen gekannt haben, in denen ein Mädchen mit nicht ganz fehlerlosem Aussehn schließlich ärger als nackt ist. Da hatte man erst recht ihre starke Nase in dem blutleeren Gesicht gesehn, in dessen Wangen man lange die Hände hätte drücken können, ehe sich eine Rötung gezeigt hätte, den starken blonden Flaum, der sich auf der Wange und der Oberlippe häufte, den Eisenbahnstaub, der sich zwischen Nase und Wange verflogen hatte, und das schwächliche Weiß im Blusenausschnitt. Heute aber liefen wir ihr respektvoll nach, und als ich mich an der Mündung eines Durchhauses vor der Ferdinandstraße verabschieden mußte wegen Unrasiertheit und sonstigen schäbigen Aussehns, fühlte ich nachher einige kleine Stöße von Zuneigung zu ihr. Und wenn ich nachdachte warum, mußte ich mir immer nur sagen: weil sie so warm angezogen war.

13. Oktober. Kunstloser Übergang von der gespannten Haut der Glatze meines Chefs zu den zarten Falten seiner Stirn. Eine offenbare, sehr leicht nachzuahmende Schwäche der Natur, Banknoten dürften nicht so gemacht sein.

Die Beschreibung der R. hielt ich nicht für gelungen, sie muß aber doch besser gewesen sein, als ich glaubte, oder mein vorgestriger Eindruck von der R. muß so unvollständig gewesen sein, daß ihm die Beschreibung entsprach oder ihn gar überholte. Denn als ich gestern abend nach Hause ging, fiel mir augenblicksweise die Beschreibung ein, ersetzte unbemerkt den ursprünglichen Eindruck, und ich glaubte, die R. erst gestern gesehn zu haben, und zwar ohne Max, so daß ich mich vorbereitete, ihm von ihr zu erzählen, gerade so wie ich sie mir hier beschrieben habe.
Gestern abend auf der Schützeninsel, meine Kollegen nicht gefunden und gleich wieder weggegangen. Ich machte einiges Aufsehen in meinem Röckchen mit dem zerdrückten weichen Hut in der Hand, denn draußen war kalt, hier aber heiß von dem Atem der Biertrinker, Raucher und der Bläser des Militärorchesters. Dieses Orchester war nicht sehr erhöht, konnte es auch nicht sein, weil der Saal ziemlich niedrig ist, und füllte das eine Ende des Saals bis an die Seitenwände aus. Wie eingepaßt war die Menge von Musikern in dieses Saalende hineingeschoben. Dieser Eindruck des Gedrängtseins verlor sich dann ein wenig im Saal, da die Plätze

nahe beim Orchester ziemlich leer waren und der Saal sich erst gegen die Mitte füllte.

Geschwätzigkeit des Dr. K. Ging zwei Stunden hinter dem Franz-Josefs-Bahnhof mit ihm herum, bat ihn von Zeit zu Zeit, mich wegzulassen, hatte die Hände vor Ungeduld verflochten und hörte so wenig zu als möglich war. Es schien mir, daß ein Mensch, der in seinem Beruf Gutes leistet, wenn er sich in Berufsgeschichten hineinerzählt hat, unzurechnungsfähig werden muß; seine Tüchtigkeit kommt ihm zu Bewußtsein, von jeder Geschichte ergeben sich Zusammenhänge, und zwar mehrere, er überblickt alle, weil er sie erlebt hat, muß in der Eile und aus Rücksicht auf mich viele verschweigen, einige zerstöre ich ihm auch durch Fragen, bringe ihn aber dadurch auf andere, zeige ihm dadurch, daß er auch weit in mein eigenes Denken hinein herrscht, seine Person hat in den meisten Geschichten eine schöne Rolle, die er nur andeutet, wodurch ihm das Verschwiegene noch bedeutungsvoller scheint; nun ist er aber meiner Bewunderung so sicher, daß er auch klagen kann, denn selbst in seinem Unglück, seiner Plage, seinem Zweifel ist er bewunderungswürdig, seine Gegner sind auch tüchtige Leute und erzählenswert; in einer Advokatenkanzlei, die vier Konzipisten und zwei Chefs hat, war eine Streitsache, in der er allein dieser Kanzlei gegenüberstand, durch Wochen das Tagesgespräch der sechs Juristen. Ihr bester Redner, ein scharfer Jurist, stand ihm gegenüber – daran fügt sich der Oberste Gerichtshof, dessen Urteile angeblich schlecht, einander widersprechend sind; ich sage im Ton des Abschieds eine Spur von Verteidigung dieses Gerichtes, nun bringt er Beweise, daß dieses Gericht nicht verteidigt werden kann, und wieder muß man die Gasse hinauf und hinab, ich wundere mich sofort über die Schlechtigkeit dieses Gerichtes, darauf erklärt er, warum das so sein muß, das Gericht ist überbürdet, warum und wieso, gut ich muß weg, nun ist aber der Kassationshof besser und der Verwaltungsgerichtshof noch viel besser und warum und wieso, endlich bin ich nicht mehr zu halten, nun versucht er es mit meinen eigenen Angelegenheiten, wegen deren ich zu ihm gekommen bin (Gründung der Fabrik) und die wir schon längst durchgesprochen haben, er hofft unbewußt, mich auf diese Weise zu fangen und zu seinen Geschichten wieder verlocken zu können. Nun sage ich etwas, halte aber während meiner Worte die Hand ausdrücklich zum Abschied hin und werde so frei.
Er erzählt übrigens sehr gut, in seinem Erzählen mischt sich das genaue Ausgebreitetsein der Schriftsätze mit der lebhaften Rede, wie man sie öfters bei so fetten, schwarzen, vorläufig gesunden, mittelgroßen, von fortwährendem Zigarettenrauchen erregten Juden findet. Gerichtliche Ausdrücke geben der Rede Halt, Para-

graphen werden genannt, deren hohe Zahl sie in die Ferne zu verweisen scheint. Jede Geschichte wird von Anfang an entwickelt, Rede und Gegenrede wird vorgebracht und durch persönliche Zwischenbemerkungen förmlich geschüttelt, Nebensächliches, an das niemand denken würde, wird zuerst erwähnt, dann nebensächlich genannt und beiseite geschoben (»ein Mann, wie er heißt, ist Nebensache« –), der Zuhörer wird persönlich herangezogen, ausgefragt, während die Geschichte nebenan sich verdichtet, manchmal wird der Zuhörer sogar vor einer Geschichte, die ihn gar nicht interessieren kann, natürlich nutzlos ausgefragt, um irgendeine provisorische Beziehung herzustellen, eingeschobene Bemerkungen des Zuhörers werden nicht sofort, was ärgerlich wäre (Kubin), sondern zwar bald, aber doch erst im Laufe der Erzählung an richtiger Stelle eingelegt, was als sachliche Schmeichelei den Zuhörer in die Geschichte hineinzieht, weil es ihm ein ganz besonderes Recht gibt, hier Zuhörer zu sein.

14. Oktober. Gestern abend im Savoy »Sulamith« von A. Goldfaden. Eigentlich eine Oper, aber jedes gesungene Stück heißt Operette, mir scheint schon diese Kleinigkeit auf ein eigensinniges, übereiltes, auch aus falschen Gründen heißgewordenes, die europäische Kunst in einer zum Teil zufälligen Richtung durchschneidendes künstlerisches Bestreben zu deuten.
Die Geschichte: Ein Held rettet ein Mädchen, das sich in der Wüste verirrt (»ich bet dir großer, starker Gott«) und vor Durstqualen in eine Zisterne gestürzt hat. Sie schwören einander Treue (»meine Teuere, meine Liebste, mein Brillant, gefunden in der Wüste«) unter Anrufung des Brunnens und einer rotäugigen Wüstenkatze. Das Mädchen, Sulamith (Frau Ts.), wird von Cingitang, dem wilden Diener Absolons (P.), nach Bethlehem zu ihrem Vater Manoach (Ts.) zurückgeführt, während Absolon (K.) noch eine Reise nach Jerusalem macht; dort aber verliebt er sich in Awigail, ein reiches Mädchen aus Jerusalem (Fr. K.), vergißt Sulamith und heiratet. Sulamith wartet auf den Geliebten zu Hause in Bethlehem. »Viele Menschen gehen nach Jeruscholajim und kommen beschulim.« »Er, der Feiner, will mir untreu werden!« Durch verzweifelte Ausbrüche erwirbt sie sich eine auf alles gefaßte Zuversicht und beschließt, sich wahnsinnig zu stellen, um nicht heiraten zu müssen und warten zu können. »Mein Wille ist von Eisen, mein Herz mach' ich zur Festung.« Und noch in dem Wahnsinn, den sie jetzt jahrelang spielt, genießt sie traurig und laut mit erzwungener Erlaubnis aller die Erinnerung an den Geliebten, denn ihr Wahnsinn handelt nur von der Wüste, dem Brunnen und der Katze. Durch ihren Wahnsinn vertreibt sie gleich ihre drei Freier, mit denen Manoach nur durch Veranstaltung einer Lotterie in Frieden auskommen konnte: Joel Gedoni (U.), »ich

bin der stärkste jüdische Held«, Avidanov, den Gutsbesitzer (R. P.) und den bauchigen Priester Nathan (Löwy), der sich über allen fühlt, »Gebt sie mir, ich sterb nach ihr«. Absolon hatte Unglück, ein Kind ist ihm von einer Wüstenkatze totgebissen worden, das zweite fällt in einen Brunnen. Er erinnert sich seiner Schuld, gesteht Awigail alles. »Mäßige dein Gewein.« »Hör auf mit dein Wort, mir mein Herz zu spalten.« »Leider ist alles Emes, was ich sage.« Einige Gedankenkreise bilden sich um beide und vergehn. Soll Absolon zu Sulamith zurück und Awigail verlassen? Auch Sulamith verdient Rachmones. Endlich entläßt ihn Awigail. In Bethlehem klagt Manoach über seine Tochter: »Wehe, o meine alten Jahre.« Absolon heilt sie mit seiner Stimme. »Das übrige, Vater, werde ich dir schon später erzählen.« Awigail versinkt dort unten im Weingarten Jerusalems, Absolon hat als Rechtfertigung nur sein Heldentum.
Am Schluß der Vorstellung erwarten wir noch den Schauspieler Löwy, den ich im Staub bewundern möchte. Er soll wie üblich »annoncieren«: »Liebe Gäste, ich danke Ihnen in unser aller Namen für Ihren Besuch und lade Sie herzlich zur morgigen Vorstellung ein, in welcher das weltberühmte Meisterwerk – von – zur Aufführung kommen wird. Auf Wiedersehn!« Ab mit Hüteschwenken.
Statt dessen sehen wir den Vorhang einmal fest zugehalten, dann wieder versuchsweise ein Stückchen auseinandergezogen werden. Es dauert ziemlich lange. Endlich wird er weit auseinandergezogen, in der Mitte hält ihn ein Knopf zusammen, dahinter sehn wir Löwy seinen Schritt zur Rampe machen und sich nur mit den Händen, das Gesicht uns, dem Publikum, zugewendet, gegen jemanden wehren, der ihn von unten angreift, bis plötzlich der ganze Vorhang mit seiner obern Drahtbefestigung von Löwy, der einen Halt haben will, heruntergerissen und Löwy vor unsern Augen in den Knien einknickend von P., der den Wilden gespielt hat und der sich noch, als sei der Vorhang vorgezogen, gebückt hält, umfaßt und förmlich mit dem Kopf vom Podium seitwärts hinuntergestoßen wird. Man läuft im seitlichen Saaltrakt zusammen. »Den Vorhang vorziehn!« ruft man auf der fast ganz enthüllten Bühne, auf der Frau Ts. mit dem bleichen Sulamithgesicht so beklagenswert steht, kleine Kellner auf Tischen und Sesseln bringen den Vorhang halbwegs in Ordnung, der Wirt sucht den Regierungsvertreter zu beruhigen, der nur den einzigen Wunsch hat, wegzukommen, und durch diesen Beruhigungsversuch aufgehalten wird, hinter dem Vorhang hört man Frau Ts.: »Da wollen wir von der Bühne dem Publikum Moral predigen ...« Der Verein jüdischer Kanzleidiener »Zukunft«, der den morgigen Abend in eigener Regie übernommen und vor der heutigen Vorstellung eine ordentliche Generalversammlung abgehalten hat,

beschließt, wegen dieses Vorfalls binnen einer halben Stunde eine außerordentliche Versammlung einzuberufen, ein tschechisches Vereinsmitglied prophezeit den Schauspielern infolge ihres skandalösen Benehmens vollständigen Untergang. Da sieht man plötzlich Löwy, der wie verschwunden war, vom Oberkellner R. mit den Händen, vielleicht auch mit den Knien zu einer Tür hingestoßen werden. Er soll einfach hinausgeworfen werden. Dieser Oberkellner, der vor jedem Gast, auch vor uns, früher und später wie ein Hund dasteht, mit hündischer Schnauze, die sich über einen großen, von demütigen Seitenfalten geschlossenen Mund senkt, hat sein ...

16. Oktober. Anstrengender Sonntag gestern. Dem Vater hat das ganze Personal gekündigt. Durch gute Reden, Herzlichkeit, Wirkung seiner Krankheit, seiner Größe und frühern Stärke, seiner Erfahrung, seiner Klugheit erkämpft er sich in allgemeinen und privaten Unterredungen fast alle zurück. Ein wichtiger Kontorist, F., will Bedenkzeit, bis Montag, weil er unserem Geschäftsführer, der austritt und das ganze Personal in sein neuzugründendes Geschäft hinüberziehen möchte, das Wort gegeben hat. Am Sonntag schreibt der Buchhalter, er könne doch nicht bleiben, der R. lasse ihn nicht aus dem Wort.
Ich fahre zu ihm nach Žižkov. Seine junge Frau, mit runden Wangen, länglichem Gesicht und einer kleinen, groben Nase, wie sie tschechische Gesichter nie verdirbt. Zu langer, sehr loser, geblümter und fleckiger Morgenrock. Er wird besonders lang und lose, weil sie besonders eilige Bewegungen macht, um mich zu begrüßen, zur letzten Verschönerung das Album auf dem Tisch richtig zu legen und zu verschwinden, um ihren Mann holen zu lassen. Der Mann mit ähnlichen, vielleicht von der sehr abhängigen Frau nachgeahmten, eiligen, bei vorgebeugtem Oberkörper stark pendelnden Bewegungen, unterdessen der Unterleib auffallend zurückbleibt. Eindruck eines seit zehn Jahren gekannten, oft gesehenen, wenig beachteten Menschen, mit dem man plötzlich in nähere Beziehung kommt. Je weniger ich mit meinem tschechischen Zureden Erfolg habe (er hatte ja schon einen unterschriebenen Kontrakt mit R., nur war er Samstag abend durch meinen Vater so bestürzt geworden, daß er vom Kontrakt nicht gesprochen hatte), desto katzenmäßiger wird sein Gesicht. Ich spiele gegen Schluß ein wenig mit sehr behaglichem Gefühl, so schaue ich mit etwas langgezogenem Gesicht und verkleinerten Augen stumm im Zimmer herum, als verfolgte ich etwas Angedeutetes ins Unsagbare. Bin aber nicht unglücklich, als ich sehe, daß es wenig Wirkung hat, und ich, statt von ihm in einem neuen Tone angesprochen zu werden, von neuem anfangen muß, in ihn hineinzureden. Eingeleitet wurde das Gespräch damit, daß auf der andern Gassenseite

ein anderer T. wohnt, beschlossen wurde es bei der Tür mit seiner Verwunderung über meinen leichten Anzug bei der Kälte. Bezeichnend für meine ersten Hoffnungen und schließlichen Mißerfolg. Ich verpflichtete ihn aber, nachmittag zum Vater zu kommen. Meine Argumentation stellenweise zu abstrakt und formell. Fehler, die Frau nicht ins Zimmer gerufen zu haben.
Nachmittag nach Radotin, um den Kontoristen zu halten. Komme dadurch um das Zusammensein mit Löwy, an den ich fortwährend denke. Im Waggon: Nasenspitze der alten Frau mit fast noch jugendlicher, gespannter Haut. Endet also die Jugend auf der Nasenspitze und fängt dort der Tod an? Das Schlucken der Passagiere, das den Hals heruntergleitet, die Mundverbreiterung als Zeichen, daß sie die Eisenbahnfahrt, die Zusammensetzung der anderen Passagiere, ihre Sitzordnung, die Temperatur im Waggon, selbst das Heft des »Pan«, das ich auf den Knien habe und das einige von Zeit zu Zeit anschauen (da es immerhin etwas ist, was sie im Coupé unmöglich haben voraussehn können), als einwandfrei, natürlich, unverdächtig beurteilen, wobei sie noch glauben, daß alles auch viel ärger hätte sein können.
Auf und ab im Hof des Herrn H., ein Hund legt eine Pfote auf meine Fußspitze, die ich schaukle. Kinder, Hühner, hie und da Erwachsene. Ein zeitweise auf der Pawlatsche heruntergebeugtes oder hinter einer Tür sich versteckendes Kindermädchen hat Lust auf mich. Ich weiß unter ihren Blicken nicht, was ich gerade bin, ob gleichgültig, verschämt, jung oder alt, frech oder anhänglich, Hände hinten oder vorn haltend, frierend oder heiß, Tierliebhaber oder Geschäftsmann, Freund des H. oder Bittsteller, den Versammlungsteilnehmern, die manchmal in einer ununterbrochenen Schleife aus dem Lokal ins Pissoir zurückgehn, überlegen oder infolge meines leichten Anzugs lächerlich, ob Jude oder Christ usw. Das Herumgehn, Naseabwischen, hie und da im »Pan« Lesen, furchtsam mit den Augen die Pawlatsche Meiden, um sie plötzlich als leer zu erkennen, dem Geflügel Zuschauen, sich von einem Mann Grüßenlassen, durch das Wirtshausfenster die flach und schief nebeneinandergestellten Gesichter der einem Redner zugewandten Männer Sehn, alles hilft dazu. Herr H., der von Zeit zu Zeit aus der Versammlung kommt und den ich bitte, seinen Einfluß auf den Kontoristen, den er in unser Geschäft gebracht hat, für uns auszunützen. Schwarzbrauner Bart, Wangen und Kinn umwachsend, schwarze Augen, zwischen Augen und Bart die dunklen Tönungen der Wangen. Er ist Freund meines Vaters, ich kannte ihn schon als Kind, und die Vorstellung, daß er Kaffeeröster war, hat mir ihn immer noch dunkler und männlicher gemacht als er war.

17. Oktober. Nichts bringe ich fertig, weil ich keine Zeit habe und es in mir so drängt. Wenn der ganze Tag frei wäre und diese Mor-

genunruhe in mir bis zum Mittag steigen und bis zum Abend sich ermüden könnte, dann könnte ich schlafen. So aber bleibt für diese Unruhe nur höchstens eine Abenddämmerungsstunde, sie verstärkt sich etwas, wird dann niedergedrückt und gräbt mir die Nacht unnütz und schädlich auf. Werde ich es lange aushalten? Und hat es einen Zweck, es auszuhalten, werde ich denn Zeit bekommen?

Wenn ich an diese Anekdote denke: Napoleon erzählt bei der Hoftafel in Erfurt: Als ich noch bloßer Lieutenant im fünften Regiment war ... (die königlichen Hoheiten sehn einander betreten an, Napoleon bemerkt es und korrigiert sich), als ich noch die Ehre hatte, bloßer Lieutenant ...; schwellen mir die Halsadern vor leicht nachgefühltem, künstlich in mich eindringendem Stolz.

Weiter in Radotin: ich ging dann allein, frierend im Wiesengarten herum, erkannte dann im offenen Fenster das mit mir auf diese Seite des Hauses gewanderte Kindermädchen –

20. Oktober. Den 18. bei Max; über Paris geschrieben. Schlecht geschrieben, ohne eigentlich in das Freie der eigentlichen Beschreibung zu kommen, die einem den Fuß vom Erlebnis löst. Ich war auch dumpf nach der großen Erhebung des vorigen Tages, der mit der Vorlesung Löwys geendet hatte. Am Tage war ich noch in keiner außergewöhnlichen Verfassung gewesen, war mit Max seine von Gablonz angekommene Mutter holen, war mit ihnen im Kaffeehaus und dann bei Max, der mir aus dem »Mädchen von Perth« einen Zigeunertanz vorspielte. Ein Tanz, in dem sich seitenlang nur die Hüften mit eintönigem Ticken wiegen, und das Gesicht einen langsamen, herzlichen Ausdruck hat. Bis dann gegen Ende kurz und spät die angelockte innere Wildheit kommt, den Körper schüttelt, ihn überwältigt, die Melodie zusammendrückt, daß sie in die Höhe und Tiefe schlägt (besonders bittere, dumpfe Töne hört man heraus) und dann einen unbeachteten Schluß macht. Am Anfang und unverlierbar während des Ganzen ein starkes Nahesein dem Zigeunertum, vielleicht weil ein im Tanz so wildes Volk sich ruhig nur dem Freunde zeigt. Eindruck großer Wahrheit des ersten Tanzes. Dann in »Aussprüche Napoleons« geblättert. Wie leicht wird man augenblicksweise ein Teilchen der eigenen ungeheuren Vorstellung Napoleons! Dann ging ich schon kochend nach Hause, keiner meiner Vorstellungen konnte ich standhalten, ungeordnet, schwanger, zerrauft, geschwollen, in der Mitte meiner um mich herum rollenden Möbel; überflogen von meinen Leiden und Sorgen, möglichst viel Raum einnehmend, denn trotz meines Umfanges war ich sehr nervös, zog ich im Vor-

tragssaal ein. Aus der Art, wie ich zum Beispiel saß, und sehr wahrhaftig saß, hätte ich als Zuschauer meinen Zustand gleich erkannt.
Löwy las von Scholem Aleichem Humoresken, dann eine Geschichte von Perez, ein Gedicht von Bialik (nur hier hat sich der Dichter, um sein den Kischinewer Pogrom für die jüdische Zukunft ausbeutendes Gedicht zu popularisieren, aus dem Hebräischen in den Jargon herabgelassen und sein ursprünglich hebräisches Gedicht selbst in Jargon übersetzt), die »Lichtverkäuferin« von Rosenfeld. Ein dem Schauspieler natürliches, wiederkehrendes Aufreißen der Augen, die nun ein Weilchen so stehengelassen werden, von den hochgezogenen Augenbrauen umrahmt. Vollständige Wahrheit der ganzen Vorlesung; die schwache, von der Schulter aus veranlaßte Hebung des rechten Armes, das Rücken am Zwicker, der ausgeborgt scheint, so schlecht paßt er auf die Nase; die Haltung des Beines unter dem Tisch, das so ausgestreckt ist, daß besonders die schwachen Verbindungsknochen zwischen Ober- und Unterschenkel in Tätigkeit sind; die Krümmung des Rückens, der schwach und elend aussieht, da sich der Beobachter einem einheitlichen, einförmigen Rücken gegenüber im Urteil nicht betrügen läßt, wie dies beim Anschauen des Gesichtes durch die Augen, die Höhlungen und Vorsprünge der Wangen oder auch durch jede Kleinigkeit und sei es eine Bartstoppel geschehen kann. Nach der Vorlesung, schon auf dem Nachhauseweg, fühlte ich alle Fähigkeiten gesammelt und klagte deshalb meinen Schwestern, zu Hause sogar der Mutter.

Am 19. bei Dr. K. wegen der Fabrik. Die leichte theoretische Feindseligkeit, die bei Vertragsabschlüssen zwischen den Kontrahenten entstehen muß. Wie ich mit den Augen das Gesicht H.s absuchte, das dem Doktor zugewendet war. Diese Feindseligkeit muß um so mehr zwischen zwei Menschen entstehen, die sonst nicht gewohnt sind, ihr gegenseitiges Verhältnis zu durchdenken, und sich daher an jeder Kleinigkeit stoßen. – Die Gewohnheit des Dr. K., diagonal im Zimmer herumzugehn, mit dem gespannten, salonmäßigen Nachvorneschwanken des Oberkörpers, dabei zu erzählen und häufig am Ende einer Diagonale, die Asche seiner Zigarette in einen der drei im Zimmer verteilten Aschenbecher abzuschütteln.

Heute früh bei Firma N. N. Wie sich der Chef mit dem Rücken seitlich in seinen Lehnstuhl stemmt, um Raum und Stütze für seine ostjüdischen Handbewegungen zu bekommen. Das Zusammenspiel und gegenseitige Sichverstärken des Hände- und Mienenspiels. Manchmal verbindet er beides, indem er entweder seine Hände ansieht oder sie zur Bequemlichkeit des Zuhörers nahe beim Gesicht hält. Tempelmelodien im Tonfall seiner Rede, besonders beim Aufzählen mehrerer Punkte führt er die Melodie von Finger zu Finger wie über verschiedene Register. Dann am Graben den Vater mit einem Herrn Pr. getroffen, der hebt sogar die Hand, damit der Ärmel etwas zurückfällt (selbst will er den Ärmel doch nicht zurückziehn) und macht mitten am Graben die mächtigen Schraubenbewegungen mit dem ausgleitenden Öffnen der Hand und Ausspreizen der Finger.

Ich bin wahrscheinlich krank, seit gestern juckt mich der Körper überall. Nachmittag hatte ich ein so heißes, verschiedenfarbiges Gesicht, daß ich beim Haareschneiden fürchtete, der Gehilfe, der doch mich und mein Spiegelbild immerfort sehn konnte, werde an mir eine große Krankheit erkennen. Auch die Verbindung zwischen Magen und Mund ist teilweise gestört, ein guldengroßer Deckel steigt entweder auf und ab oder liegt unten und strahlt mit einer sich verbreitenden, die Brust an der Oberfläche überziehenden, leicht drückenden Wirkung empor.

Weiter in Radotin: Lud sie ein, herunterzukommen. Die erste Antwort war ernst, obwohl sie bisher mit dem ihr anvertrauten Mädchen zu mir hinüber so gekichert und kokettiert hatte, wie sie es von dem Augenblick an, da wir bekannt waren, nie gewagt hätte. Wir lachten dann viel zusammen, obwohl ich unten und sie oben beim offenen Fenster fror. Sie drückte ihre Brüste an die gekreuzten Arme und alles mit offenbar gebeugten Knien an die Fensterbrüstung. Sie war siebzehn Jahre alt und hielt mich für fünfzehn- bis sechzehnjährig, wovon sie durch unser ganzes Gespräch nicht abgebracht wurde. Ihre kleine Nase ging ein wenig schief und warf daher einen ungewöhnlichen Schatten auf die Wange, der mir allerdings nicht helfen könnte, sie wiederzuerkennen. Sie war nicht aus Radotin, sondern aus Chuchle (die nächste Station gegen Prag), was sie nicht vergessen lassen wollte. Dann Spaziergang mit dem Kontoristen, der auch ohne meine Reise in unserem Geschäft geblieben wäre, im Dunkel auf der Landstraße aus Radotin heraus und zurück zum Bahnhof. Auf der einen Seite wüste, von einer Zementfabrik für ihren Kalksandbedarf ausgenützte Anhöhen. Alte Mühlen. Erzählung von einer durch Windhose aus der Erde gequirlten Pappel samt ihren zuerst steil aus der Erde gehenden, dann sich ausbreitenden Wurzeln. Gesicht des Kontoristen: Teigartiges rötliches Fleisch auf starken Knochen, sieht müde, aber in seinen Grenzen kräftig aus. Staunt nicht einmal im Tonfall darüber, daß wir hier zusammen spazierengehn. Auf einem großen, von einer Fabrik vorsichtsweise angekauften, vorläufig brachgelassenen, mitten im Ort liegenden, von stark, aber nur stellenweise von elektrischem Licht beworfenen Fabriksgebäuden umgebenen Feld klarer Mond, von Licht erfüllter, daher wolkiger Rauch aus einem Kamin. Zugsignale. Rascheln von Ratten neben dem langen, das Feld kreuzenden, gegen den Willen der Fabrik von der Bevölkerung eingetretenen Weg.

Beispiele für die Kräftigung, die ich diesem im ganzen doch geringfügigen Schreiben verdanke:
Montag, den 16., war ich mit Löwy im Nationaltheater bei »Dubrovnická trilogie«. Stück und Aufführung waren trostlos. Im Gedächtnis bleibt mir aus dem ersten Akt der schöne Klang einer Kaminuhr; das Singen der Marseillaise einziehender Franzosen vor dem Fenster, immer wieder wird das verhallende Lied von den neu Herankommenden aufgenommen und steigt an; ein schwarzgekleidetes Mädchen zieht ihren Schatten durch den Lichtstreifen, den die untergehende Sonne auf das Parkett legt. Aus dem zweiten Akt bleibt nur der zarte Hals eines Mädchens, der aus rotbraungekleideten Schultern zwischen Puffärmeln zum kleinen Kopf sich dehnt und spannt. Aus dem dritten Akt der zerdrückte Kaiserrock, die dunkle Phantasieweste mit goldener quergezogener Uhrkette eines alten gebückten Nachkommens der früheren Gospodaren. Viel ist das also nicht. Die Sitze waren teuer, ich hatte als schlechter Wohltäter hier Geld hinausgeworfen, während er in Not war; endlich langweilte er sich noch etwas mehr als ich. Kurz, ich hatte wieder das Unglück bewiesen, das alle Unternehmungen haben, die ich allein anfange. Während ich aber sonst mich mit diesem Unglück untrennbar vereinige, alle früheren Unglücksfälle zu mir herauf-, alle spätern zu mir herunterziehe, war ich jedesmal fast vollständig unabhängig, ertrug alles als etwas Einmaliges ganz leicht und fühlte sogar zum erstenmal im Theater meinen Kopf als einen Zuschauerkopf aus dem gesammelten Dunkel des Fauteuils und Körpers in ein besonderes Licht hochgehoben, unabhängig von der schlechten Veranlassung dieses Stükkes und dieser Aufführung.
Ein zweites Beispiel: Gestern abend reichte ich meinen beiden Schwägerinnen in der Mariengasse gleichzeitig beide Hände mit einer Geschicklichkeit, wie wenn es zwei rechte Hände wären und ich eine Doppelperson.

21. Oktober. Ein Gegenbeispiel: Meinem Chef kann ich, wenn er mit mir Bureauangelegenheiten berät (heute die Kartothek), nicht lange in die Augen schauen, ohne daß in meinen Blick gegen allen meinen Willen eine leichte Bitterkeit kommt, die entweder meinen oder seinen Blick abdrängt. Seinen Blick flüchtiger, aber öfter, da er sich des Grundes nicht bewußt ist, jedem Anreiz wegzuschauen nachgibt, gleich aber den Blick zurückkehren läßt, da er

das Ganze nur für eine augenblickliche Ermattung seiner Augen hält. Ich wehre mich dagegen stärker, beschleunige daher das Zickzackartige meines Blickes, schaue noch am liebsten seine Nase entlang und in die Schatten zu den Wangen hin, halte das Gesicht in seiner Richtung oft nur mit Hilfe der Zähne und der Zunge im geschlossenen Mund – wenn es sein muß, senke ich zwar die Augen, aber niemals tiefer als bis zu seiner Krawatte, bekomme aber gleich den vollsten Blick, wenn er die Augen wegwendet und ich ihm genau und ohne Rücksicht folge.

Die jüdischen Schauspieler: Frau Tschissik hat Vorsprünge auf den Wangen in der Nähe des Mundes. Entstanden teils durch eingefallene Wangen infolge der Leiden des Hungers, des Kindbetts, der Fahrten und des Schauspielens, teils durch ruhende ungewöhnliche Muskeln, die sich für die Schauspielbewegungen ihres großen, ursprünglich sicher schwerfälligen Mundes entwickeln mußten. Als Sulamith hatte sie meist die Haare gelöst, die ihre Wangen verdeckten, so daß ihr Gesicht manchmal wie ein Mädchengesicht aus früherer Zeit aussah. Sie hat einen großen, knochigen, mittelstarken Körper und ist fest geschnürt. Ihr Gang bekommt leicht etwas Feierliches, da sie die Gewohnheit hat, ihre langen Arme zu heben, zu strecken und langsam zu bewegen. Besonders als sie das jüdische Nationallied sang, in den großen Hüften schwach schaukelte und die parallel den Hüften gebogenen Arme auf und ab bewegte, mit ausgehöhlten Händen, als spiele sie mit einem langsam fliegenden Ball.

22. Oktober. Gestern bei den Juden. »Kol Nidre« von Scharkansky, ziemlich schlechtes Stück mit einer guten witzigen Briefschreibszene, einem Gebet der nebeneinander mit gefalteten Händen aufrecht stehenden Liebenden, dem Anlehnen des bekehrten Großinquisitors an den Vorhang der Bundeslade, er steigt die Stufe hinauf und bleibt dort, den Kopf geneigt, die Lippen am Vorhang, stehn, hält das Gebetbuch vor seine klappernden Zähne. Zum erstenmal an diesem vierten Abend meine deutliche Unfähigkeit, einen reinen Eindruck zu bekommen. Schuld daran war auch unsere große Gesellschaft und die Besuche beim Tisch meiner Schwester. Trotzdem, so schwach hätte ich nicht sein dürfen. Mit meiner Liebe zu Frau Ts., die nur dank Max neben mir saß, habe ich mich elend aufgeführt. Ich werde aber wieder hinaufkommen, schon jetzt ist es besser.

Frau Tschissik (ich schreibe den Namen so gern auf) neigt bei Tisch auch während des Gansbratenessens gern den Kopf, man glaubt unter ihre Augenlider mit dem Blick zu kommen, wenn man zuerst vorsichtig die Wangen entlang schaut und dann sich kleinmachend hineinschlüpft, wobei man die Lider gar nicht erst heben muß, denn sie sind gehoben und lassen eben einen bläulichen Schein durch, der zu dem Versuch verlockt. Aus der Menge ihres wahren Spiels kommen hie und da Vorstöße der Faust, Drehungen des Armes, der unsichtbare Schleppen in Falten um den Körper zieht, Anlegen der gespreizten Finger an die Brust, weil der kunstlose Schrei nicht genügt. Ihr Spiel ist nicht mannigfaltig: das erschreckte Blicken auf ihren Gegenspieler, das Suchen eines Auswegs auf der kleinen Bühne, die sanfte Stimme, die in geradem kurzem Aufsteigen nur mit Hilfe größeren innerlichen Widerhalls ohne Verstärkung heldenmäßig wird, die Freude, die durch ihr sich öffnendes, über die hohe Stirn bis zu den Haaren sich ausbreitendes Gesicht in sie dringt, das Sichselbstgenügen beim Einzelgesang ohne Hinzunahme neuer Mittel, das Sichaufrichten beim Widerstand, das den Zuschauer zwingt, sich um ihren ganzen Körper zu kümmern; und nicht viel mehr. Aber da ist die Wahrheit des Ganzen und infolgedessen die Überzeugung, daß ihr nicht die geringste ihrer Wirkungen genommen werden kann, daß sie unabhängig ist vom Schauspiel und von uns.

Das Mitleid, das wir mit diesen Schauspielern haben, die so gut sind und nichts verdienen und auch sonst bei weitem nicht genug Dank und Ruhm bekommen, ist eigentlich nur das Mitleid über das traurige Schicksal vieler edler Bestrebungen und vor allem der unseren. Darum ist es auch so unverhältnismäßig stark, weil es sich äußerlich an fremde Leute hält und in Wirklichkeit zu uns gehört. Trotzdem ist es aber mit den Schauspielern immerhin so eng verbunden, daß ich es nicht einmal jetzt von ihnen lösen kann. Weil ich es erkenne, bindet es sich zum Trotz noch mehr an sie.

Die auffallende Glätte der Wangen der Frau Tschissik neben ihrem muskulösen Mund. Ihr etwas unförmiges kleines Mädchen.

Mit Löwy und meiner Schwester drei Stunden spazieren.

23. Oktober. Die Schauspieler überzeugen mich durch ihre Gegenwart immer wieder zu meinem Schrecken, daß das meiste, was ich bisher über sie aufgeschrieben habe, falsch ist. Es ist falsch, weil ich mit gleichbleibender Liebe (erst jetzt, da ich es aufschreibe, wird auch dieses falsch), aber wechselnder Kraft über sie schreibe und diese wechselnde Kraft nicht laut und richtig an die wirklichen Schauspieler schlägt, sondern dumpf sich an dieser Liebe verliert, die mit der Kraft niemals zufrieden sein wird und deshalb dadurch, daß sie sie aufhält, die Schauspieler zu schützen meint.

Streit zwischen Tschissik und Löwy. Ts.: Edelstatt ist der größte jüdische Schreiber. Er ist erhaben. Rosenfeld ist natürlich auch ein großer Schreiber, aber nicht der erste. Löwy: Ts. ist Sozialist und weil Edelstatt sozialistische Gedichte macht (er ist Redakteur einer sozial-jüdischen Zeitung in London), deshalb hält ihn Ts. für den größten. Aber wer ist Edelstatt, seine Partei kennt ihn, sonst niemand, aber Rosenfeld kennt die Welt. – Ts.: Auf die Anerkennung kommt es nicht an. Alles von Edelstatt ist erhaben. – L.: Ich kenne ihn ja auch genau. Der »Selbstmörder« zum Beispiel ist sehr gut. – Ts.: Was hilft der Streit? Einigen werden wir uns nicht. Ich werde meine Meinung bis morgen sagen und du auch. – L.: Ich bis übermorgen.

Goldfaden, verheiratet, Verschwender auch in großer Not. An hundert Stücke. Gestohlene liturgische Melodien volkstümlich gemacht. Das ganze Volk singt sie. Der Schneider bei seiner Arbeit (wird nachgemacht), das Dienstmädchen usw.

Bei so kleinem Raum fürs Anziehn muß man, wie Ts. sagt, in Streit kommen. Man kommt aufgeregt von der Szene, jeder hält sich für den größten Schauspieler, tritt da einer dem andern zum Beispiel auf den Fuß, was nicht zu vermeiden ist, so ist nicht nur ein Streit fertig, sondern ein großer Kampf. Ja, in Warschau, da waren fünfundsiebzig kleine Einzelgarderoben, jede beleuchtet.

Um sechs Uhr traf ich die Schauspieler in ihrem Kaffeehaus um zwei Tische herum, nach den zwei feindlichen Gruppen geordnet, sitzen. Auf dem Tisch der Ts.-Gruppe war ein Buch von Perez. Löwy hatte es eben geschlossen und stand auf, um mit mir wegzugehn.

Bis zu zwanzig Jahren war Löwy ein Bocher, der studierte und seines wohlhabenden Vaters Geld ausgab. Es war da eine Gesellschaft gleichaltriger junger Leute, die gerade am Samstag in einem abgesperrten Lokal zusammenkamen und im Kaftan rauchten und sonst gegen die Feiertagsgebote sündigten.

»Der große Adler«, der berühmteste jiddische Schauspieler aus New York, der Millionär ist, für den Gordin den »Wilden Menschen« geschrieben hat und den Löwy in Karlsbad gebeten hat, ja nicht zur Vorstellung zu kommen, da er vor ihm auf ihrer schlecht ausgestatteten Bühne zu spielen nicht den Mut hätte. – Nur Dekorationen, nicht diese elende Bühne, auf der man sich nicht bewegen kann. Wie werden wir den »Wilden Menschen« spielen! Dort braucht man einen Diwan. Im Kristallpalast Leipzig war es großartig. Fenster, die man aufmachen konnte, die Sonne schien herein, man brauchte im Stück einen Thron, gut, da war ein Thron, ich ging durch die Menge zu ihm hin und war wirklich ein König. Da ist viel leichter zu spielen. Hier beirrt einen alles.

24. Oktober. Die Mutter arbeitet den ganzen Tag, ist lustig und traurig, wie es kommt, ohne mit eigenen Zuständen im geringsten in Anspruch zu nehmen, ihre Stimme ist hell, zu laut für das gewöhnliche Sprechen, aber wohltätig, wenn man traurig ist und nach einiger Zeit plötzlich sie hört. Seit längerer Zeit klage ich schon, daß ich zwar immer krank bin, niemals aber eine besondere Krankheit habe, die mich zwingen würde, mich ins Bett zu legen. Dieser Wunsch geht sicher zum größten Teil darauf zurück, daß ich weiß, wie die Mutter trösten kann, wenn sie zum Beispiel aus dem beleuchteten Wohnzimmer in die Dämmerung des Krankenzimmers kommt, oder am Abend, wenn der Tag einförmig in die Nacht überzugehn anfängt, aus dem Geschäft zurückkehrt und mit ihren Sorgen und raschen Anordnungen den schon so späten Tag noch einmal anfangen läßt und den Kranken aufmuntert, ihr dabei zu helfen. Das würde ich mir wieder wünschen, weil ich dann schwach wäre, daher von allem überzeugt, was die Mutter täte, und mit der deutlicheren Genußfähigkeit des Alters kindliche Freuden haben könnte. Gestern fiel mir ein, daß ich die Mutter nur deshalb nicht immer so geliebt habe, wie sie es verdiente und wie ich es könnte, weil mich die deutsche Sprache daran gehindert hat. Die jüdische Mutter ist keine »Mutter«, die Mutterbezeichnung macht sie ein wenig komisch (nicht sich selbst, weil wir in Deutschland sind), wir geben einer jüdischen Frau den Namen deutsche Mutter, vergessen aber den Widerspruch, der desto schwerer sich ins Gefühl einsenkt. »Mutter« ist für den Juden besonders deutsch, es enthält unbewußt neben dem christlichen Glanz auch christliche Kälte, die mit Mutter benannte jüdische Frau wird daher nicht nur komisch, sondern fremd. Mama wäre ein besserer Name, wenn man nur hinter ihm nicht »Mutter« sich vorstellte. Ich glaube, daß nur noch Erinnerungen an das Getto die jüdische Familie erhalten, denn auch das Wort Vater meint bei weitem den jüdischen Vater nicht.

Heute stand ich vor dem Rat L., der sich unerwartet, ungebeten, kindisch, lügenhaft lächerlich und zum Ungeduldigwerden nach meiner Krankheit erkundigte. Wir hatten schon lange oder vielleicht noch überhaupt nicht so intim gesprochen, da fühlte ich, wie sich mein, von ihm noch nie so genau betrachtetes Gesicht für ihn in falsche, schlecht aufgefaßte, aber ihn jedenfalls überraschende Partien eröffnete. Für mich war ich nicht zu erkennen. Ich kenne ihn ganz genau.

26. Oktober. Donnerstag. Gestern hat Löwy den ganzen Nachmittag »Gott, Mensch, Teufel« von Gordin und dann aus seinen eigenen Tagebüchern von Paris vorgelesen. Vorgestern war ich bei der Aufführung des »Wilden Menschen« von Gordin. Gordin ist deshalb besser als Lateiner, Scharkansky, Feimann usw., weil er mehr Details, mehr Ordnung und mehr Folgerichtigkeit in dieser Ordnung hat, dafür ist hier nicht mehr ganz das unmittelbare, förmlich ein für allemal improvisierte Judentum der andern Stücke, der Lärm dieses Judentums klingt dumpfer und daher wiederum weniger detailliert. Es werden allerdings dem Publikum Konzessionen gemacht und manchmal glaubt man sich recken zu müssen, um über die Köpfe des New Yorker jüdischen Theaterpublikums weg das Stück zu sehn (die Gestalt des wilden Menschen, die ganze Geschichte der Frau Selde), schlimmer aber ist, daß auch irgendeiner geahnten Kunst greifbare Konzessionen gemacht werden, daß zum Beispiel im »Wilden Menschen« die Handlung einen ganzen Akt flattert, infolge von Bedenken, daß der wilde Mensch menschlich undeutliche, literarisch aber so grobe Reden hält, daß man lieber die Augen schließt, ebenso ist das ältere Mädchen in »Gott, Mensch, Teufel«. Sehr mutig ist teilweise die Handlung des »Wilden Menschen«. Eine junge Witwe heiratet einen alten Mann, der vier Kinder hat, und bringt gleich ihren Liebhaber, den Wladimir Worobeitschik, mit in die Ehe. Nun ruinieren die zwei die ganze Familie, Schmul Leiblich (Pipes) muß alles Geld hergeben und wird krank, der älteste Sohn Simon (Klug), ein Student, verläßt das Haus, Alexander wird ein Spieler und Säufer, Lise (Tschissik) wird Dirne und Lemech (Löwy), der Idiot, wird gegenüber der Frau Selde von Haß, weil sie an Stelle seiner Mutter tritt, und von Liebe, weil sie die erste ihm nahe junge Frau ist, in einen idiotischen Wahnsinn gebracht. Die so weit getriebene Handlung löst sich mit der Ermordung der Selde durch Lemech. Alle andern bleiben dem Zuschauer in unvollendeter hilfloser Erinnerung. Die Erfindung dieser Frau und ihres Liebhabers, eine Erfindung, die niemanden um seine Meinung fragt, hat mir unklares verschiedenartiges Selbstvertrauen gegeben.

Der diskrete Eindruck des Theaterzettels. Man erfährt nicht nur die Namen, sondern etwas mehr, aber doch nur so viel, als der Öffentlichkeit, und selbst der wohlwollendsten und kühnsten, über eine ihrem Urteil ausgesetzte Familie bekanntwerden muß. Schmul Leiblich ist ein »reicher Kaufmann«, es wird aber nicht gesagt, daß er alt und kränklich, ein lächerlicher Weiberfreund, ein schlechter Vater und ein pietätloser Witwer ist, der am Jahrzeittag seiner Frau heiratet. Und doch wären alle diese Bezeichnungen richtiger als jene des Theaterzettels, denn am Ende des Stückes ist er nicht mehr reich, weil ihn die Selde ausgeraubt hat, er ist auch kaum ein Kaufmann mehr, da er sein Geschäft vernachlässigt hat.

Simon ist auf dem Theaterzettel »ein Student«, also etwas sehr Vages, was unseres Wissens viele Söhne unserer entferntesten Bekannten sind. Alexander, dieser charakterlose junge Mann, ist nur »Alexander«, von »Lise«, dem häuslichen Mädchen, weiß man auch nur, daß sie »Lise« ist. Lemech ist leider »ein Idiot«, denn das ist etwas, was sich nicht verschweigen läßt. Wladimir Worobeitschik ist nur »Seldes Geliebter«, aber nicht der Verderber einer Familie, nicht Säufer, Spieler, Wüstling, Nichtstuer, Parasit. Mit der Bezeichnung »Seldes Geliebter« ist zwar viel verraten, mit Rücksicht auf sein Benehmen aber ist es das wenigste, was man sagen kann. Nun ist überdies der Ort der Handlung Rußland, die kaum gesammelten Personen sind über ein ungeheures Gebiet verstreut oder auf einem kleinen nicht verratenen Punkt dieses Gebietes gesammelt, kurz, das Stück ist unmöglich geworden, der Zuschauer wird nichts zu sehn bekommen.

Trotzdem beginnt das Stück, die offenbar großen Kräfte des Verfassers arbeiten, es kommen Dinge zutage, die den des Theaterzettels nicht zuzutrauen sind, die ihnen aber mit der größten Sicherheit zukommen, wenn man nur dem Peitschen, Wegreißen, Schlagen, Achselnbeklopfen, Ohnmächtigwerden, Halsabschneiden, Hinken, Tanzen in russischen Stulpenstiefeln, Tanzen mit gehobenen Frauenröcken, Wälzen auf dem Kanapee glauben wollte, weil dies doch Dinge sind, wo keine Widerrede hilft. Es ist jedoch nicht einmal der erinnerungsweise erlebte Höhepunkt der Zuschaueraufregung nötig, um zu erkennen, daß der diskrete Eindruck des Theaterzettels ein falscher Eindruck ist, der sich erst nach der Aufführung bilden kann, jetzt aber schon unrichtig, ja unmöglich ist, der nur in einem müde Abseitsstehenden entstehen kann, da für den ehrlich Urteilenden nach der Vorstellung zwischen Theaterzettel und Vorstellung nichts Erlaubtes mehr zu sehen ist.

Vom Strich angefangen mit Verzweiflung geschrieben, weil heute besonders lärmend Karten gespielt werden, ich beim allgemeinen Tische sitzen muß, die O. mit vollem Mund lacht, aufsteht, sich setzt, über den Tisch hingreift, zu mir spricht und ich zur Vollendung des Unglücks so schlecht schreibe und an die guten, mit ununterbrochenem Gefühl geschriebenen Pariser Erinnerungen Löwys denken muß, die aus selbständigem Feuer kommen, während ich wenigstens jetzt, sicher hauptsächlich deshalb, weil ich so wenig Zeit habe, fast ganz unter Maxens Einfluß stehe, was mir manchmal zum Überfluß auch noch die Freude an seinen Arbeiten verdirbt. Weil es mich tröstet, schreibe ich mir eine autobiographische Bemerkung von Shaw her, trotzdem sie eigentlich das Gegenteil von Trost enthält: Als Knabe war er Lehrling im Kontor eines Grund- und Bodenagenten in Dublin. Er gab diesen Posten bald auf und reiste nach London und wurde Schriftsteller. In den ersten neun Jahren von 1876–1885 verdiente er im ganzen hundertvierzig Kronen. »Aber trotzdem ich ein starker junger Mensch war und meine Familie sich in üblen Umständen befand, warf ich mich nicht in den Kampf des Lebens; ich warf meine Mutter hinein und ließ mich von ihr erhalten. Ich war meinem alten Vater keine Stütze, im Gegenteil, ich hing mich an seine Rockschöße.« Schließlich tröstet es mich ein wenig. Die Jahre, die er frei in London verbracht hat, sind für mich schon vorüber, das mögliche Glück geht immer mehr ins unmögliche über, ich führe ein schreckliches ersatzweises Leben und bin feig und elend genug, Shaw nur soweit zu folgen, daß ich die Stelle meinen Eltern vorgelesen habe. Wie mir dieses mögliche Leben mit Stahlfarben, mit gespannten Stahlstangen und luftigem Dunkel dazwischen vor den Augen blitzt!

27. Oktober. Löwys Erzählungen und Tagebücher: wie ihn Notre Dame erschreckt, wie ihn der Tiger im Jardin des Plantes ergreift, als eine Darstellung des Verzweifelten und Hoffenden, der Verzweiflung und Hoffnung im Fraße sättigt; wie ihn sein frommer Vater in der Vorstellung befragt, ob er nun Samstag spazieren könne, ob er jetzt moderne Bücher zu lesen Zeit habe, ob er an den Fasttagen essen dürfe, während er doch Samstag arbeiten muß, überhaupt keine Zeit hat und mehr fastet, als je eine Religion vorgeschrieben hat. Wenn er an seinem Schwarzbrot kauend durch die Gassen spaziert, sieht es von der Ferne aus, als esse er Schokolade. Die Arbeit in der Mützenfabrik und sein Freund, der Sozialist, der jeden für einen Bourgeois hält, der nicht genau so arbeitet wie er, zum Beispiel Löwy mit seinen feinen Händen, der sich sonntags langweilt, der das Lesen als etwas Üppiges verachtet, selbst nicht lesen kann und Löwy mit Ironie bittet, ihm einen Brief vorzulesen, den er bekommen hat.

Das jüdische Reinigungswasser, das in Rußland jede jüdische Gemeinde hat, das ich mir als eine Kabine denke, mit einem Wasserbecken von genau bestimmten Umrissen, mit vom Rabbiner angeordneten und überwachten Einrichtungen, das nur den irdischen Schmutz der Seele abzuwaschen hat, dessen äußerliche Beschaffenheit daher gleichgültig ist, das ein Symbol, daher schmutzig und stinkend sein kann und auch ist, aber seinen Zweck doch erfüllt. Die Frau kommt her, um sich von der Periode zu reinigen, der Thoraschreiber, um sich vor dem Aufschreiben des letzten Satzes eines Thoraabschnittes von allen sündigen Gedanken zu reinigen.

Sitte, gleich nach dem Erwachen die Finger dreimal in Wasser zu tauchen, da die bösen Geister sich in der Nacht auf dem zweiten und dritten Fingerglied niederlassen. Rationalistische Erklärung:

Es soll verhindert werden, daß die Finger gleich ins Gesicht fahren, da sie doch im Schlaf und Traum unbeherrscht alle möglichen Körperstellen, die Achselhöhlen, den Popo, die Geschlechtsteile, berührt haben können.

Die Garderobe hinter ihrer Bühne ist so schmal, daß, wenn einer zufällig hinter dem Türvorhang der Szene vor dem Spiegel steht und ein zweiter an ihm vorbeikommen will, er jenen Vorhang heben und sich wider Willen einen Augenblick lang dem Publikum zeigen muß.

Aberglaube: Trinkt man aus einem unvollkommenen Glas, bekommen die bösen Geister Eingang in den Menschen.

Wie wund mir die Schauspieler nach der Vorstellung vorkamen, wie ich mich fürchtete, sie mit einem Wort zu betupfen. Wie ich lieber nach einem flüchtigen Händedruck rasch wegging, als wäre ich böse und unzufrieden, weil die Wahrheit meines Eindrucks auszusprechen so unmöglich war. Alle schienen mir falsch außer Max, der ruhig einiges Inhaltslose sagte. Falsch aber war der, welcher sich nach einem unverschämten Detail erkundigte, falsch der, welcher eine scherzhafte Antwort auf eine Bemerkung des Schauspielers gab, falsch der Ironische, falsch der, welcher seinen mannigfaltigen Eindruck aufzulösen begann, alles Gesindel, das, richtigerweise in die Tiefe des Zuschauerraumes gedrückt, jetzt spät in der Nacht aufstand und seinen Wert wieder bemerkte. (Sehr weit vom Richtigen.)

28. Oktober. Ein ähnliches Gefühl hatte ich zwar, aber vollkommen schien mir an jenem Abend bei weitem weder Spiel noch Stück. Gerade dadurch aber war ich zu einer besonderen Ehrfurcht vor den Schauspielern verpflichtet. Wer weiß bei kleinen, wenn auch vielen Lücken des Eindrucks, wer die Schuld an ihnen trägt. Frau Tschissik trat einmal auf den Saum ihres Kleides und wankte einen Augenblick lang in ihrem prinzeßartigen Dirnenkleid, wie eine massige Säule, einmal versprach sie sich und wandte sich, um die Zunge zu beruhigen, in starker Bewegung der Rückwand zu, trotzdem dies den Worten gerade nicht entsprach; es beirrte mich, aber es verhinderte nicht den Anflug von Schauern oben auf den Wangenknochen, den ich immer beim Hören ihrer Stimme fühle. Weil aber die andern Bekannten einen viel unreineren Eindruck erhalten hatten als ich, schienen sie mir zu einer noch größeren Ehrfurcht verpflichtet als ich, auch deshalb, weil meiner Meinung nach ihre Ehrfurcht viel wirkungsvoller gewesen wäre als meine, so daß ich einen doppelten Grund hatte, ihr Benehmen zu verfluchen.

»Axiome über das Drama« von Max in der Schaubühne. Hat ganz den Charakter einer Traumwahrheit, wofür auch der Ausdruck »Axiome« paßt. Je traumhafter sie sich aufbläst, desto kühler muß man sie anfassen. Es sind folgende Grundsätze ausgesprochen:
Das Wesen des Dramas liegt in einem Mangel, ist die These.
Das Drama (auf der Bühne) ist erschöpfender als der Roman, weil wir alles sehn, wovon wir sonst nur lesen.
Das ist nur scheinbar, denn im Roman kann uns der Dichter nur das Wichtigste zeigen, im Drama sehn wir dagegen alles, den Schauspieler, die Dekorationen, daher nicht nur das Wichtige, also weniger. Im Sinne des Romans wäre daher das beste Drama ein ganz anregungsloses zum Beispiel philosophisches Drama, das von sitzenden Schauspielern in einer beliebigen Zimmerdekoration vorgelesen würde.
Und doch ist das beste Drama jenes, das in Zeit und Raum die meisten Anregungen gibt, sich von allen Anforderungen des Lebens befreit, sich nur auf die Reden, auf die Gedanken in Monologen, auf die Hauptpunkte des Geschehens beschränkt, alles andere durch Anregungen verwaltet und, hochgehoben auf einen von Schauspielern, Malern, Regisseuren getragenen Schild, nur seinen äußersten Eingebungen folgt.
Fehler dieser Schlußfolgerung: Sie wechselt, ohne es anzuzeigen, den Standpunkt, sieht einmal die Dinge vom Schreibzimmer, einmal vom Publikum. Zugegeben, daß das Publikum nicht alles im Sinne des Dichters sieht, daß ihn selbst die Aufführung überrascht (29. Oktober, Sonntag), so hat er doch das Stück mit allen Details in sich gehabt, ist von Detail zu Detail weitergerückt und nur, weil er alle Details in den Reden versammelt, hat er ihnen die dramatische Schwere und Gewalt gegeben. Dadurch gerät das Drama in seiner höchsten Entwicklung in eine unerträgliche Vermenschlichung, die herabzuziehn, erträglich zu machen, Aufgabe des Schauspielers ist, der die ihm vorgeschriebene Rolle gelockert, zerfasert, wehend um sich trägt. Das Drama schwebt also in der Luft, aber nicht als ein vom Sturm getragenes Dach, sondern als ein ganzes Gebäude, dessen Grundmauern mit einer heute noch dem Irrsinn sehr nahen Kraft aus der Erde hinauf gerissen worden sind.

Manchmal scheint es, daß das Stück oben in den Soffitten ruht, die Schauspieler Streifen davon abgezogen haben, deren Enden sie zum Spiel in den Händen halten oder um den Körper gewickelt haben, und daß nur hie und da ein schwer abzulösender Streifen einen Schauspieler zum Schrecken des Publikums in die Höhe nimmt.
Ich träumte heute von einem windhundartigen Esel, der in seinen Bewegungen sehr zurückhaltend war. Ich beobachtete ihn genau,

weil ich mir der Seltenheit der Erscheinung bewußt war, behielt aber nur die Erinnerung daran zurück, daß mir seine schmalen Menschenfüße wegen ihrer Länge und Gleichförmigkeit nicht gefallen wollten. Ich bot ihm frische, dunkelgrüne Zypressenbüschel an, die ich eben von einer alten Züricher Dame (das Ganze spielte sich in Zürich ab) bekommen hatte, er wollte sie nicht, schnupperte nur leicht an ihnen; als ich sie aber dann auf einem Tisch liegen ließ, fraß er mir sie so vollständig auf, daß nur ein kaum zu erkennender kastanienähnlicher Kern übrig blieb. Später war die Rede davon, daß dieser Esel noch nie auf Vieren gegangen sei, sondern sich immer menschlich aufrecht halte und seine silbrig glänzende Brust und das Bäuchlein zeige. Das war aber eigentlich nicht richtig.
Außerdem träumte ich von einem Engländer, den ich in einer Versammlung, ähnlich jener der Heilsarmee in Zürich, kennenlernte. Es waren dort Sitze wie in der Schule, unter der Schreibplatte war nämlich noch ein offenes Fach; als ich einmal hineingriff, um etwas zu ordnen, wunderte ich mich, wie leicht man auf der Reise Freundschaften schließt. Damit war offenbar der Engländer gemeint, der kurz darauf zu mir trat. Er hatte helle, lose Kleider, die in sehr gutem Zustand waren, nur hinten an den Oberarmen war statt des Kleiderstoffes, oder wenigstens über ihm festgenäht, ein grauer, faltiger, ein wenig hängender, streifig zerrissener, wie von Spinnen punktierter Stoff, der sowohl an die Ledereinlagen in Reithosen als auch an den Ärmelschutz der Näherinnen, Ladenmädchen, Kontoristinnen erinnerte. Sein Gesicht war gleichfalls mit einem grauen Stoff bedeckt, der sehr geschickte Ausschnitte für Mund, Augen, wahrscheinlich auch für die Nase hatte. Dieser Stoff war aber neu, gerauht, eher flanellartig, sehr schmiegsam und weich, von ausgezeichnetem englischem Fabrikat. Mir gefiel das alles so, daß ich begierig war, mit dem Mann bekannt zu werden. Er wollte mich auch in seine Wohnung einladen, da ich aber schon übermorgen wegfahren mußte, zerschlug sich das. Ehe er die Versammlung verließ, zog er sich noch einige offenbar sehr praktische Kleidungsstücke an, die ihn, nachdem er sie zugeknöpft hatte, ganz unauffallend machten. Trotzdem er mich nicht zu sich einladen konnte, forderte er mich doch auf, mit ihm auf die Gasse zu gehn. Ich folgte ihm, wir blieben gegenüber dem Versammlungslokal an einer Trottoirkante stehn, ich unten, er oben, und fanden wiederum nach einigem Gespräch, daß aus der Einladung nichts werden konnte.
Dann träumte ich, daß Max, Otto und ich die Gewohnheit hatten, unsere Koffer erst auf dem Bahnhof zu packen. Da trugen wir zum Beispiel die Hemden durch die Haupthalle zu unsern entfernten Koffern. Trotzdem dies allgemeine Sitte zu sein schien, bewährte es sich bei uns nicht, besonders deshalb, weil wir erst

knapp vor dem Einfahren des Zuges zu packen anfingen. Dann waren wir natürlich aufgeregt und hatten kaum Hoffnung, noch den Zug zu erreichen, wie erst gute Plätze zu bekommen.
Obwohl die Stammgäste und Angestellten des Kaffeehauses die Schauspieler lieben, können sie sich doch den Respekt zwischen den niederwerfenden Eindrücken nicht bewahren und verachten die Schauspieler als Hungerleider, Herumfahrende, Mitjuden ganz wie in historischen Zeiten. So wollte der Oberkellner den Löwy aus dem Saal werfen, der Türöffner, ein früherer Bordellangestellter und gegenwärtiger Zuhälter, schrie die kleine Tschissik nieder, als diese in der Aufregung ihres Mitgefühls beim »Wilden Menschen« irgend etwas den Schauspielern gereicht haben wollte, und als ich vorgestern Löwy zum Kaffeehaus zurückbegleitete, nachdem er mir im Kaffee City den ersten Akt von »Elieser ben Schevia« von Gordin vorgelesen hatte, rief ihm jener Kerl zu (er schielt und hat zwischen der gekrümmten spitzigen Nase und dem Mund eine Vertiefung, aus welcher heraus ein kleiner Schnurrbart sich sträubt): »Komm schon, Idiot. (Anspielung auf die Rolle im ›Wilden Menschen‹.) Man wartet. Ein Besuch ist heute da, wie du ihn wirklich nicht verdienst. Sogar ein Freiwilliger von der Artillerie ist da, schau hier.« Und er zeigt auf eine der verhängten Kaffeehausscheiben, hinter der jener Freiwillige angeblich sitzen soll. Löwy fährt sich mit der Hand über die Stirn: »Von Elieser ben Schevia zu diesem.«

Der Anblick von Stiegen ergreift mich heute so. Schon früh und mehrere Male seitdem freute ich mich an dem von meinem Fenster aus sichtbaren dreieckigen Ausschnitt des steinernen Geländers jener Treppe, die rechts von der Čechbrücke zum Quaiplateau hinunterführt. Sehr geneigt, als gebe sie nur eine rasche Andeutung. Und jetzt sehe ich drüben über dem Fluß eine Leitertreppe auf der Böschung, die zum Wasser führt. Sie war seit jeher dort, ist aber nur im Herbst und Winter durch Wegnahme der sonst vor ihr liegenden Schwimmschule enthüllt und liegt dort im dunklen Gras unter den braunen Bäumen im Spiel der Perspektive.

Löwy: Vier Jugendfreunde wurden im Alter große Talmudgelehrte. Jeder aber hatte ein besonderes Schicksal. Einer wurde irrsinnig, einer starb, Rabbi Elieser wurde mit vierzig Jahren Freidenker und nur der Älteste von ihnen, Akiba, der erst mit vierzig Jahren zu studieren angefangen hatte, kam zur vollständigen Erkenntnis. Der Schüler Eliesers war Rabbi Meir, ein frommer Mann, dessen Frömmigkeit so groß war, daß ihm der Unterricht des Freidenkers nicht schadete. Er aß, wie er sagte, den Nußkern, die Schale warf er fort. Am Samstag machte einmal Elieser einen Spazierritt, Rabbi Meir folgte zu Fuß, den Talmud in der Hand.

allerdings nur zweitausend Schritt, denn weiter darf man am Samstag nicht gehn. Und hier entstand aus dem Spaziergang eine symbolische Rede und Gegenrede. »Komm zurück zu deinem Volke«, sagte Rabbi Meir. Rabbi Elieser weigerte sich mit einem Wortspiel.

30. Oktober. Dieses Verlangen, das ich fast immer habe, wenn ich einmal meinen Magen gesund fühle, Vorstellungen von schrecklichen Wagnissen mit Speisen in mir zu häufen. Besonders vor Selchereien befriedige ich dieses Verlangen. Sehe ich eine Wurst, die ein Zettel als eine alte harte Hauswurst anzeigt, beiße ich in meiner Einbildung mit ganzem Gebiß hinein und schlucke rasch, regelmäßig und rücksichtslos, wie eine Maschine. Die Verzweiflung, welche diese Tat selbst in der Vorstellung zur sofortigen Folge hat, steigert meine Eile. Die langen Schwarten von Rippenfleisch stoße ich ungebissen in den Mund und ziehe sie dann von hinten, den Magen und die Därme durchreißend, wieder heraus. Schmutzige Greislerläden esse ich vollständig leer. Fülle mich mit Heringen, Gurken und allen schlechten alten scharfen Speisen an. Bonbons werden aus ihren Blechtöpfen wie Hagel in mich geschüttet. Ich genieße dadurch nicht nur meinen gesunden Zustand, sondern auch ein Leiden, das ohne Schmerzen ist und gleich vorbeigehn kann.

Es ist meine alte Gewohnheit, reine Eindrücke, ob sie schmerzlich oder freudig sind, wenn sie nur ihre höchste Reinheit erreicht haben, nicht sich wohltätig in mein ganzes Wesen verlaufen zu lassen, sondern sie durch neue, unvorhergesehene, schwache Eindrücke zu trüben und zu verjagen. Es ist nicht böse Absicht, mir selbst zu schaden, sondern Schwäche im Ertragen der Reinheit jenes Eindrucks, die aber nicht eingestanden wird, sondern lieber unter innerlicher Stille durch scheinbar willkürliches Hervorrufen des neuen Eindrucks sich zu helfen sucht, statt daß sie, was allein richtig wäre, sich offenbarte und andere Kräfte zu ihrer Unterstützung riefe.
So war ich zum Beispiel Samstag abend nach dem Anhören der guten Novelle des Fräulein T., die doch Max mehr gehört, ihm zumindest in größerem Umfange mit größerem Anhang gehört als eine eigene, dann nach dem Anhören des ausgezeichneten Stückes »Konkurrenz« von Baum, in welchem dramatische Kraft genau so ununterbrochen bei der Arbeit und in der Wirkung gesehen werden kann wie im Erzeugnis eines lebendigen Handwerkers, nach dem Anhören dieser beiden Dichtungen war ich so niedergeworfen und mein durch mehrere Tage schon ziemlich leeres Innere ziemlich unvorbereitet mit so schwerer Trauer angefüllt, daß ich Max auf dem Nachhauseweg erklärte, aus »Robert

und Samuel« könne nichts werden. Zu dieser Erklärung war damals weder mir noch Max gegenüber auch nicht der geringste Mut nötig. Das folgende Gespräch verwirrte mich ein wenig, da »Robert und Samuel« damals bei weitem nicht meine Hauptsorge war und ich daher auf Maxens Einwände nicht die richtigen Antworten fand. Als ich dann aber allein war und nicht nur die Störung meiner Trauer durch das Gespräch, sondern auch der fast immer wirkende Trost von Maxens Gegenwart entfallen war, entwikkelte sich meine Hoffnungslosigkeit so, daß sie mein Denken aufzulösen begann (hier kommt, während ich eine Nachtmahlpause mache, Löwy in die Wohnung und stört mich und freut mich von sieben Uhr bis zehn). Statt jedoch zu Hause abzuwarten, was weiter geschehe, las ich unordentlich zwei Hefte der »Aktion«, ein wenig in den »Mißgeschickten«, endlich auch in meinen Pariser Notizen und legte mich ins Bett, eigentlich zufriedener als früher, aber verstockt. Ähnlich war es vor einigen Tagen, als ich von einem Spaziergang in heller Nachahmung Löwys zurückkam, mit der äußerlich meinem Ziel zugewendeten Kraft seiner Begeisterung. Auch da las ich und redete zu Hause vieles durcheinander und verfiel.

31. Oktober. Trotzdem ich heute im Fischerschen Katalog, im »Insel-Almanach«, in der »Rundschau« hie und da gelesen habe, bin ich mir jetzt dessen ziemlich bewußt, alles entweder fest in mich aufgenommen zu haben oder zwar flüchtig, aber unter Abwehr jeder Schädigung. Und ich würde mir für heute abend, wenn ich nicht wieder mit Löwy ausgehn müßte, genug zutrauen.
Vor einer Heiratsvermittlerin, die heute mittag einer Schwester halber bei uns war, fühlte ich eine die Augen niederdrückende Verlegenheit aus einigen durcheinandergehenden Gründen. Die Frau hatte ein Kleid, dem Alter, Abgenutztheit und Schmutz einen hellgrauen Schimmer gaben. Wenn sie aufstand, behielt sie die Hände im Schoß. Sie schielte, was scheinbar die Schwierigkeit vermehrte, sie beiseite zu lassen, wenn ich zu meinem Vater hinsehen mußte, der mich einiges über den ausgebotenen jungen Mann fragte. Dagegen verringerte sich meine Verlegenheit wieder dadurch, weil ich mein Mittagessen vor mir hatte und auch ohne Verlegenheit mit dem Herstellen der Mischungen aus meinen drei Tellern genug beschäftigt gewesen war. Im Gesicht hatte sie, wie ich zuerst nur partienweise sah, so tiefe Falten, daß ich an das verständnislose Staunen dachte, mit welchem Tiere solche Menschengesichter anschauen müßten. Auffallend körperlich war die kleine, besonders im etwas erhobenen Abschluß kantige Nase aus dem Gesicht gestreckt.

Als ich Sonntag nachmittag, drei Frauen knapp überholend, in Maxens Haus trat, dachte ich: Noch gibt es ein, zwei Häuser, in denen ich etwas zu tun habe, noch können Frauen, die hinter mir gehn, mich an einem Sonntagnachmittag zu einer Arbeit, einem Gespräch, zweckmäßig, eilig, nur ausnahmsweise es von dieser Seite schätzend, in ein Haustor einbiegen sehn. Lange muß das nicht mehr so sein.

Die Novellen von Wilhelm Schäfer lese ich besonders beim lauten Vorlesen mit dem ebenso aufmerksamen Genuß, wie wenn ich mir einen Bindfaden über die Zunge führen würde. Valli konnte ich gestern nachmittag zuerst nicht sehr gut leiden, als ich ihr aber die »Mißgeschickten« geborgt hatte, sie schon ein Weilchen darin las und schon ordentlich unter dem Einfluß der Geschichte sein mußte, liebte ich sie wegen dieses Einflusses und streichelte sie.

Um es nicht zu vergessen, für den Fall, daß mich mein Vater wieder einmal einen schlechten Sohn nennen sollte, schreibe ich mir auf, daß er vor einigen Verwandten ohne besonderen Anlaß, sei es nun, um mich einfach zu drücken, sei es, um mich vermeintlich zu retten, Max einen »meschuggenen Ritoch« nannte und daß er gestern, als Löwy in meinem Zimmer war, mit ironischem Körperschütteln und Mundverziehn von fremden Leuten sprach, die da in die Wohnung gelassen werden, was an einem fremden Menschen interessieren könne, wozu man so nutzlose Beziehungen anknüpfe usw. – Ich hätte es doch nicht aufschreiben sollen, denn ich habe mich geradezu in Haß gegen meinen Vater hineingeschrieben, zu dem er doch heute keinen Anlaß gegeben hat und der, wenigstens wegen Löwy, unverhältnismäßig groß ist, im Vergleich zu dem, was ich als Äußerung meines Vaters niedergeschrieben habe, und der sich daran noch steigert, daß ich an das eigentlich Böse im gestrigen Benehmen des Vaters mich nicht erinnern kann.

1. November. Heute »Geschichte des Judentums« von Graetz gierig und glücklich zu lesen angefangen. Weil mein Verlangen danach das Lesen weit überholt hatte, war es mir zuerst fremder, als ich dachte, und ich mußte hie und da einhalten, um durch Ruhe mein Judentum sich sammeln zu lassen. Gegen Schluß ergriff mich aber schon die Unvollkommenheit der ersten Ansiedlungen im neu eroberten Kanaan und die treue Überlieferung der Unvollkommenheit der Volksmänner (Josuas, der Richter, Elis).

Gestern abend Abschied von Frau Klug. Wir, ich und Löwy, liefen den Zug entlang und sahen Frau Klug hinter einem geschlossenen Fenster des letzten Waggons im Dunkel herausschauen. Rasch streckte sie den Arm gegen uns noch drinnen im Coupé, stand auf, öffnete das Fenster, in dem sie einen Augenblick breit mit dem offenen Überkleid stand, bis ihr gegenüber der dunkle Herr Klug sich erhob, der den Mund nur groß und verbittert öffnen und ihn nur knapp, wie für immer, schließen kann. Ich habe Herrn Klug in den fünfzehn Minuten nur wenig angesprochen und vielleicht nur zwei Augenblicke angeschaut, sonst konnte ich unter schwachem, ununterbrochenem Gespräch die Augen von Frau Klug nicht abwenden. Sie war vollständig von meiner Gegenwart beherrscht, aber mehr in ihrer Einbildung als wirklich. Wenn sie sich an Löwy mit der wiederkehrenden Einleitung: »Du, Löwy« wendete, sprach sie für mich, wenn sie sich an ihren Mann drückte, der sie manchmal nur mit ihrer rechten Schulter beim Fenster ließ und ihr Kleid und den aufgebauschten Überzieher preßte, strengte sie sich an, mir damit ein leeres Zeichen zu geben.

Der erste Eindruck, den ich bei den Vorstellungen hatte, daß ich ihr nicht besonders angenehm war, wird wohl der richtige gewesen sein, mich forderte sie selten zum Mitsingen auf, wenn, so ohne Laune, wenn sie mich etwas fragte, antwortete ich leider falsch (»verstehn Sie das?«, ich sagte »ja«, sie wollte aber »nein«, um zu antworten, »ich auch nicht«), ihre Ansichtskarten bot sie mir zum zweitenmal nicht an, ich bevorzugte Frau Tschissik, der ich zum Schaden der Frau Klug Blumen geben wollte. Zu dieser Abneigung aber kam die Achtung vor meinem Doktorat, die sich durch mein kindliches Aussehn nicht abhalten ließ, ja sich eher dadurch vergrößerte. Diese Achtung war so groß, daß sie aus ihrer zwar häufigen, aber gar nicht besonders betonten Ansprache »Wissen Sie, Herr Doktor« derartig klang, daß ich halb unbewußt bedauerte, sie viel zuwenig zu verdienen, und mich fragte, ob ich nicht Anspruch hätte, von jedem eine genau gleiche Ansprache zu bekommen. Da ich aber von ihr als Mensch so geachtet war, war ich es als Zuhörer erst recht. Ich glänzte, wenn sie sang, ich lachte und sah sie an, die ganze Zeit, während sie auf der Bühne war, ich sang die Melodien mit, später die Worte, ich dankte ihr nach einigen Vorstellungen; dafür konnte sie mich natürlich wieder gut leiden. Sprach sie mich aber aus diesem Gefühl an, war ich verlegen, so daß sie sicher mit dem Herzen zu ihrer ersten Abneigung zurückkehrte und bei ihr blieb. Desto mehr mußte sie sich anstrengen, mich als Zuhörer zu belohnen, und sie tat es gern, da sie eine eitle Schauspielerin und eine gutmütige Frau ist.

Besonders wenn sie dort oben im Coupéfenster schwieg, sah sie mich mit einem vor Verlegenheit und List verzückten Mund und mit blinzelnden Augen an, die auf den vom Mund herkommenden Falten schwammen. Sie mußte glauben, von mir geliebt zu sein, wie es auch wahr gewesen ist, und gab mir mit diesen Blicken die einzige Erfüllung, die sie als erfahrene, aber junge Frau, gute Ehefrau und Mutter, einem Doktor ihrer Einbildung geben konnte. Diese Blicke waren so dringend und von Wendungen wie: »es gab hier so liebe Gäste, besonders einzelne« unterstützt, daß ich mich

wehrte, und das waren die Augenblicke, in denen ich ihren Mann ansah. Ich hatte, wenn ich beide verglich, eine grundlose Verwunderung darüber, daß sie gemeinsam von uns wegfahren sollten und doch sich nur um uns bekümmerten und keinen Blick füreinander hatten. Löwy fragte, ob sie gute Plätze hätten; »ja, wenn es so leer bleibt«, antwortete Frau Klug und sah flüchtig in das Innere des Coupés, dessen warme Luft der Mann mit seinem Rauchen verderben wird. Wir sprachen von ihren Kindern, denen zuliebe sie wegfahren; sie haben vier Kinder, darunter drei Jungen, der älteste ist neun Jahre alt, sie haben sie schon achtzehn Monate nicht gesehn. Als ein Herr in der Nähe rasch einstieg, schien der Zug wegfahren zu wollen, wir nahmen in Eile Abschied, reichten einander die Hände, ich hob den Hut und hielt ihn dann an die Brust, wir traten zurück, wie man es bei der Abfahrt von Zügen tut, womit man zeigen will, daß alles vorüber ist und man sich damit abgefunden hat. Der Zug aber fuhr noch nicht, wir traten wieder heran, ich war ganz froh darüber, sie erkundigte sich nach meinen Schwestern. Überraschend fing der Zug langsam zu fahren an. Frau Klug bereitete ihr Taschentuch zum Winken vor, ich möge ihr schreiben, rief sie noch, ob ich ihre Adresse wisse, sie war schon zu weit, als daß ich ihr mit Worten hätte antworten können, ich zeigte auf Löwy, von dem ich die Adresse erfahren könnte, das ist gut, nickte sie mir und ihm rasch zu und ließ das Taschentuch flattern, ich hob den Hut, zuerst ungeschickt, dann, je weiter sie war, desto freier.
Später erinnerte ich mich daran, daß ich den Eindruck gehabt hatte, der Zug fahre nicht eigentlich weg, sondern fahre nur die kurze Bahnhofstrecke, um uns ein Schauspiel zu geben, und versinke dann. Im Halbschlaf am gleichen Abend erschien mir Frau Klug unnatürlich klein, fast ohne Beine, und rang die Hände mit verzerrtem Gesicht, als ob ihr ein großes Unglück geschehen wäre.

Heute nachmittag kam der Schmerz über meine Verlassenheit so durchdringend und straff in mich, daß ich merkte, auf diese Weise verbrauche sich die Kraft, die ich durch dieses Schreiben gewinne und die ich zu diesem Ziel wahrhaftig nicht bestimmt habe.

Sobald Herr Klug in eine neue Stadt kommt, merkt man, wie seine und seiner Frau Schmucksachen im Versatzamt verschwinden. Gegen die Abfahrt zu löst er sie langsam wieder ein.

Lieblingssatz der Frau des Philosophen Mendelssohn: Wie mies ist mir vor tout l'univers!

Einer der wichtigsten Eindrücke beim Abschied der Frau Klug war, daß ich immer glauben mußte, als einfache bürgerliche Frau halte sie sich mit Gewalt unter dem Niveau ihrer wahren menschlichen Bestimmung und bedürfe nur eines Sprunges, eines Aufreißens der Tür, eines aufgedrehten Lichtes, um Schauspielerin zu sein und mich zu unterwerfen. Sie stand ja auch wirklich oben und ich unten wie im Theater. – Sie hat mit sechzehn Jahren geheiratet, ist sechsundzwanzig Jahre alt.

2. November. Heute früh zum erstenmal seit langer Zeit wieder die Freude an der Vorstellung eines in meinem Herzen gedrehten Messers.

In den Zeitungen, im Gespräch, im Bureau verführt oft das Temperament der Sprache, dann die aus einer gegenwärtigen Schwäche geborene Hoffnung auf plötzliche, desto stärkere Erleuchtung schon im nächsten Augenblick, oder starkes Selbstvertrauen ganz allein oder bloße Nachlässigkeit oder ein großer gegenwärtiger Eindruck, den man um jeden Preis auf die Zukunft abwälzen will, oder die Meinung, daß gegenwärtige wahre Begeisterung jede Zerfahrenheit in der Zukunft rechtfertige, oder die Freude an Sätzen, die in der Mitte durch ein oder zwei Stöße gehoben sind und den Mund allmählich zu seiner ganzen Größe öffnen, wenn sie ihn auch viel zu rasch und gewunden sich schließen lassen, oder die Spur der Möglichkeit eines entschiedenen, auf Klarheit angelegten Urteils oder das Bestreben, der eigentlich beendeten Rede noch weiterhin Fluß zu geben, oder das Verlangen, das Thema in Eile zu verlassen, wenn es sein muß, auf dem Bauch, oder Verzweiflung, die einen Ausweg für ihren schweren Atem sucht, oder die Sehnsucht nach einem Licht ohne Schatten – all dies kann zu Sätzen verführen wie: »Das Buch, das ich eben beendet habe, ist das schönste, das ich bisher gelesen habe« oder »ist so schön, wie ich noch keines gelesen habe.«

Um zu beweisen, daß alles, was ich über sie schreibe und denke, falsch ist, sind die Schauspieler (abgesehen von Herrn und Frau Klug) wieder hiergeblieben, wie mir Löwy, den ich gestern abend getroffen habe, erzählte; wer weiß, ob sie nicht aus dem gleichen Grunde heute wieder weggefahren sind, denn Löwy hat sich im Geschäft nicht gemeldet, trotzdem er es versprochen hat.

3. November. Um zu beweisen, daß beides falsch war, was ich aufgeschrieben hatte, ein Beweis, der fast unmöglich scheint, kam Löwy gestern am Abend selbst und unterbrach mich im Schreiben.

Die Gewohnheit N.s, alles mit gleichem Stimmklang zu wiederholen. Er erzählt jemandem eine Geschichte aus seinem Geschäft, zwar nicht mit so vielen Details, daß sie an sich die Geschichte endgültig erledigen würden, aber immerhin in einer langsamen und nur dadurch gründlichen Weise als eine Mitteilung, die nichts anderes sein will und daher mit ihrer Beendigung auch abgetan ist. Ein Weilchen vergeht mit einer andern Sache, er findet unversehens einen Übergang zu seiner Geschichte und zieht sie in ihrer alten Form, fast ohne Ergänzung, aber auch fast ohne Weglassung, wieder hervor, mit der Harmlosigkeit eines Menschen, der ein ihm meuchlings am Rücken angeheftetes Band im Zimmer umherführt. Nun lieben ihn meine Eltern besonders, fühlen daher seine Gewohnheiten stärker, als sie sie bemerken, und so trifft es sich, daß sie, meine Mutter vor allem, unbewußt ihm Gelegenheit zu Wiederholungen geben. Wenn der Augenblick für die Wiederholung einer Geschichte an einem Abend nicht recht kommen will, so ist die Mutter da, die fragt, und zwar mit einer Neugierde, die selbst nach getaner Frage nicht aufhört, wie man erwarten sollte. Und hinter Geschichten, die schon wiederholt sind und aus eigener Kraft nicht mehr kommen könnten, jagt förmlich mit ihren Fragen die Mutter noch nach Abenden. Die Gewohnheit N.s ist aber eine so regierende, daß sie oft Kraft hat, sich vollständig zu rechtfertigen. Kein Mensch kommt mit einer so regelmäßigen Häufigkeit in die Lage, eine Geschichte, die im Grunde alle angeht, einzelnen Familienmitgliedern zu erzählen. Die Geschichte muß dann dem in solchen Fällen langsam in Zwischenräumen immer nur um eine Person anwachsenden Familienkreise fast so oft erzählt werden, als Personen da sind. Und weil ich derjenige bin, der N.s Gewohnheit allein erkannt hat, bin ich auch meist derjenige, der die Geschichte zuerst hört und dem die Wiederholungen nur die kleine Freude der Bestätigung einer Beobachtung machen.

Neid über einen angeblichen Erfolg Baums, den ich doch so liebe. Hierbei das Gefühl, mitten im Leib einen Knäuel zu haben, der sich rasch aufwickelt, mit unendlich vielen Fäden, die er vom Rande meines Leibes zu sich spannt.

Löwy. Mein Vater über ihn: »Wer sich mit Hunden zu Bett legt, steht mit Wanzen auf.« Ich konnte mich nicht halten und sagte etwas Ungeordnetes. Darauf der Vater besonders ruhig (allerdings nach einer großen Pause, die anders ausgefüllt war): »Du weißt, daß ich mich nicht aufregen darf und geschont werden muß. Komm mir also noch mit solchen Sachen. Ich habe der Aufregungen gerade genug, vollständig genug. Also laß mich mit solchen Reden.« Ich sage: »Ich strenge mich an, mich zurückzuhalten und fühle beim Vater wie immer in solchen äußersten Augenblicken das Dasein einer Weisheit, von der ich nur einen Atemzug erfassen kann.«

Tod des Großvaters von Löwy, eines Mannes, der eine offene Hand hatte, einige Sprachen kannte, größere Reisen tief nach Rußland gemacht hatte und der einmal Samstag bei einem Wunderrabbi in Jekaterinoslaw zu essen sich weigerte, weil ihm das lange Haar und ein farbiges Halstuch des Sohnes jenes Rabbi die Frömmigkeit des Hauses verdächtig machte.
Das Bett war mitten im Zimmer aufgestellt, die Kerzenhalter der Freunde und Verwandten waren ausgeliehen, das Zimmer also voll Licht und Rauch der Kerzen. An vierzig Männer standen den ganzen Tag um sein Bett, um sich an dem Sterben eines frommen Mannes aufzurichten. Er war bis zu seinem Ende bei Bewußtsein und fing im richtigen Augenblick, die Hand auf der Brust, an, die Gebete aufzusagen, die für diese Zeit bestimmt sind. Während seines Leidens und nach seinem Tode weinte die Großmutter, die bei den im Nebenzimmer versammelten Frauen war, unaufhörlich, während des Sterbens aber war sie ganz ruhig, weil es ein Gebot ist, dem Sterbenden den Tod nach Kräften zu erleichtern. »Mit seinen eigenen Gebeten ging er hin.« Um diesen Tod nach einem so frommen Leben wurde er viel beneidet.

Pessachfest. Eine Vereinigung reicher Juden mietet eine Bäckerei, ihre Mitglieder übernehmen alle Verrichtungen bei der Herstellung der sogenannten Achtzehn-Minuten-Mazzes für die Oberhäupter der Familien: das Holen des Wassers, das Kaschern, das Kneten, das Schneiden, das Durchlochen.

5. November. Gestern geschlafen, nach Bar Kochba von sieben ab mit Löwy, Brief seines Vaters vorgelesen. Abend bei Baum.

Ich will schreiben, mit einem ständigen Zittern auf der Stirn. Ich sitze in meinem Zimmer im Hauptquartier des Lärms der ganzen Wohnung. Alle Türen höre ich schlagen, durch ihren Lärm bleiben mir nur die Schritte der zwischen ihnen Laufenden erspart, noch das Zuklappen der Herdtüre in der Küche höre ich. Der Vater durchbricht die Türen meines Zimmers und zieht im nachschleppenden Schlafrock durch, aus dem Ofen im Nebenzimmer wird die Asche gekratzt, Valli fragt ins Unbestimmte, durch das Vorzimmer, wie durch eine Pariser Gasse rufend, ob denn des Vaters Hut schon geputzt ist, ein Zischen, das mir befreundet sein will, erhebt das Geschrei einer antwortenden Stimme. Die Wohnungstür wird aufgeklinkt und lärmt wie aus katarrhalischem Hals, öffnet sich dann weiterhin mit dem kurzen Singen einer Frauenstimme und schließt sich mit einem dumpfen männlichen Ruck, der sich am rücksichtslosesten anhört. Der Vater ist weg, jetzt beginnt der zartere, zerstreutere, hoffnungslosere Lärm, von den Stimmen der zwei Kanarienvögel angeführt. Schon früher dachte ich daran, bei den Kanarienvögeln fällt es mir aber von neuem ein, ob ich nicht die Türe bis zu einer kleinen Spalte öffnen, schlangengleich ins Nebenzimmer kriechen und so auf dem Boden meine Schwestern und ihr Fräulein um Ruhe bitten sollte.

Die Bitterkeit, die ich gestern abend fühlte, als Max bei Baum meine kleine Automobilgeschichte vorlas. Ich war gegen alle abgeschlossen, und gegen die Geschichte hielt ich förmlich das Kinn an die Brust gedrückt. Die ungeordneten Sätze dieser Geschichte mit Lücken, daß man beide Hände dazwischenstecken könnte; ein Satz klingt hoch, ein Satz klingt tief, wie es kommt; ein Satz reibt sich am andern wie die Zunge an einem hohlen oder falschen Zahn; ein Satz kommt mit einem so rohen Anfang anmarschiert, daß die ganze Geschichte in ein verdrießliches Staunen gerät; eine verschlafene Nachahmung von Max (Vorwürfe gedämpft – angefeuert) schaukelt hinein, manchmal sieht es aus wie ein Tanzkurs in seiner ersten Viertelstunde. Ich erkläre es mir damit, daß ich zuwenig Zeit und Ruhe habe, um die Möglichkeiten meines Talentes in ihrer Gänze aus mir zu heben. Es kommen daher immer nur abreißende Anfänge zutage, abreißende Anfänge zum Beispiel die ganze Automobilgeschichte durch. Würde ich einmal ein größeres Ganzes schreiben können, wohlgebildet vom Anfang bis zum Ende, dann könnte sich auch die Geschichte niemals endgültig von mir loslösen, und ich dürfte ruhig und mit offenen Augen, als Blutsverwandter einer gesunden Geschichte, ihrer Vorlesung zuhören, so aber läuft jedes Stückchen der Geschichte heimatlos herum und treibt mich in die entgegengesetzte Richtung. – Dabei kann ich noch froh sein, wenn diese Erklärung richtig ist.

Aufführung von »Bar-Kochba« von Goldfaden. Falsche Beurteilung des Stückes im ganzen Saal und auf der Bühne.
Ich hatte für Frau Tschissik einen Strauß mitgebracht mit einer angehängten Visitkarte mit der Inschrift »aus Dankbarkeit« und wartete auf den Augenblick, wo ich ihr ihn überreichen lassen könnte. Nun hatte die Vorstellung spät angefangen, die Hauptszene der Frau Tschissik war mir erst für den vierten Akt versprochen, vor Ungeduld und Angst, die Blumen könnten welken, ließ ich durch den Kellner schon während des dritten Aktes (es war elf Uhr) die Blumen auspacken, nun lagen sie seitwärts auf einem Tisch, das Küchenpersonal und einige schmutzige Stammgäste reichten sie einander und rochen an ihnen, ich konnte nur besorgt und wütend hinschauen, sonst nichts, während ihrer Hauptszene im Gefängnis liebte ich Frau Tschissik und drängte sie doch innerlich, Schluß zu machen, endlich war der Akt, für

meine Zerstreutheit unbemerkt, zu Ende gegangen, der Oberkellner reichte die Blumen, Frau Tschissik nahm sie zwischen den zusammenschlagenden Vorhängen, sie verbeugte sich in einer kleinen Spalte des Vorhanges und kam nicht mehr zurück. Niemand bemerkte meine Liebe, und ich hatte sie allen zeigen und dadurch für Frau Tschissik wertvoll machen wollen, kaum daß man den Strauß bemerkte. Dabei war schon zwei Uhr vorüber, alles war müde, einige Zuschauer waren schon früher weggegangen, ich hatte Lust gehabt, ihnen mein Glas nachzuwerfen.

Mit mir war der Kontrolleur P. aus unserer Anstalt, ein Christ. Er, den ich sonst gern habe, störte mich. Meine Sorge waren die Blumen, nicht seine Angelegenheiten. Dabei wußte ich, daß er das Stück schlecht auffasse, während ich keine Zeit, Lust und Fähigkeit hatte, ihm eine Hilfe aufzudrängen, die er nicht zu brauchen glaubte. Endlich schämte ich mich vor ihm, daß ich selbst so schlecht achtgab. Auch störte er mich im Verkehr mit Max und sogar durch die Erinnerung daran, daß ich ihn vorher gern gehabt hatte, nachher wieder gern haben würde und daß er mein heutiges Benehmen nicht übelnehmen könnte.

Aber nicht nur ich war so gestört. Max fühlte sich wegen seines Lobartikels in der Zeitung verantwortlich. Den Juden in Bergmanns Begleitung war es zu spät. Die Mitglieder des Vereins Bar Kochba waren wegen des Namens des Stückes gekommen und mußten enttäuscht sein. Da ich Bar Kochba nur aus diesem Stücke kenne, hätte ich keinen Verein so genannt. Hinten im Saal waren zwei Ladenmädchen in ihrem Dirnenabendkleid mit den Liebhabern und mußten während der Sterbeszenen durch laute Rufe zur Ruhe gebracht werden. Endlich schlugen Leute auf der Gasse gegen die großen Scheiben aus Ärger darüber, daß sie so wenig von der Bühne sahen.

Auf der Bühne fehlten die Klugs. – Lächerliche Statisten. »Rohe Juden«, wie Löwy sagte. Geschäftsreisende, die übrigens auch kein Honorar bekamen. Sie hatten meistens nur damit zu tun, ihr Lachen zu verbergen oder zu genießen, wenn sie es auch sonst gut meinten. Ein Rundbackiger mit blondem Bart, demgegenüber man sich kaum vor Lachen beherrschen konnte, lachte infolge der Unnatur des angeklebten, sich schüttelnden Vollbartes, der seine Wangen bei dem allerdings nicht vorgesehenen Lachen falsch begrenzte, besonders komisch. Ein zweiter lachte nur, wenn er wollte, aber dann viel. Als Löwy singend starb, in den Armen dieser zwei Ältesten sich wand, langsam mit dem abschwellenden Gesang zur Erde gleiten sollte, steckten sie hinter seinem Rücken die Köpfe zusammen, um sich endlich einmal, vom Publikum ungesehen (wie sie meinten), sattlachen zu können.

Noch gestern, als ich mich beim Mittagsmahl daran erinnerte, mußte ich lachen.
Frau Tschissik muß im Gefängnis dem sie besuchenden betrunkenen römischen Statthalter (der junge Pipes) den Helm abnehmen und sich dann selbst aufsetzen. Als sie ihn abnimmt, fällt ein zusammengedrücktes Handtuch heraus, das Pipes offenbar hineingestopft hat, weil ihn der Helm zu sehr drückte. Obwohl er jedoch wissen mußte, daß ihm der Helm auf der Bühne abgenommen wird, schaut er Frau Tschissik, seine Betrunkenheit vergessend, vorwurfsvoll an.
Schönes: wie Frau Tschissik unter den Händen der römischen Soldaten (die sie allerdings erst zu sich reißen mußte, denn sie fürchteten sich offenbar, sie anzurühren) sich wand, während die Bewegungen der drei Menschen durch ihre Sorge und Kunst fast, nur fast, dem Rhythmus des Gesanges folgten; das Lied, in dem sie die Erscheinung des Messias ankündigt und, ohne zu stören, nur infolge ihrer Macht, Harfenspiel durch Bewegungen der Violin-Bogenführung darstellt; im Gefängnis, wo sie beim öfteren Herannahen von Schritten ihren Trauergesang unterbricht, zur Tretmühle eilt und sie bei einem Arbeiterlied dreht, dann wieder zu ihrem Gesang wegläuft und wieder zur Mühle, wie sie im Schlaf singt, als Papus sie besucht, und ihr Mund geöffnet ist wie ein blinzelndes Auge, wie überhaupt ihre Mundwinkel beim Sichöffnen an die Winkel der Augen erinnern. – Im weißen Schleiertuch, wie im schwarzen war sie schön.
Neu an ihr erkannte Bewegungen: Drücken der Hand in die Tiefe des nicht sehr guten Mieders, kurzes Zucken der Schultern und Hüften beim Hohn, besonders wenn sie dem Verhöhnten den Rücken zukehrt.
Sie hat die ganze Vorstellung geleitet wie eine Hausmutter. Sie hat allen eingesagt, selbst aber niemals gestockt; sie hat die Statisten belehrt, gebeten, endlich gestoßen, wenn es sein mußte; ihre helle Stimme mischte sich, wenn sie nicht auf der Bühne war, in den schwachen Chorgesang auf der Bühne; sie hielt die spanische Wand (die im letzten Akt eine Zitadelle darstellen sollte), welche die Statisten zehnmal umgeworfen hätten.
Ich hatte gehofft durch den Blumenstrauß meine Liebe zu ihr ein wenig zu befriedigen, es war ganz nutzlos. Es ist nur durch Literatur oder durch den Beischlaf möglich. Ich schreibe das nicht, weil ich das nicht wußte, sondern weil es vielleicht gut ist, Warnungen oft aufzuschreiben.

7. November. Dienstag. Gestern sind die Schauspieler mit Frau Tschissik endgültig weggefahren. Ich begleitete Löwy am Abend zum Kaffeehaus, wartete aber draußen, wollte nicht hinein, wollte nicht Frau Tschissik sehn. Aber wie ich auf und ab ging, sah ich

sie die Tür öffnen und mit Löwy herauskommen, ich ging ihnen grüßend entgegen und traf sie in der Mitte der Fahrbahn. Frau Tschissik dankte mir mit den großen, aber natürlichen Vokabeln ihrer Aussprache für meinen Strauß, erst jetzt hätte sie erfahren, daß er von mir sei. Dieser Lügner Löwy hatte ihr also nichts gesagt. Ich hatte Angst um sie, weil sie nur eine leichte dunkle Bluse mit kurzen Ärmeln trug, und ich bat sie – bald hätte ich sie angerührt, um sie zu treiben – ins Lokal hineinzugehn, damit sie sich nicht verkühle. Nein, sagte sie, sie verkühle sich nicht, sie habe ja einen Shawl, und sie hob ihn ein wenig, um ihn zu zeigen und zog ihn dann enger um die Brust zusammen. Ich konnte ihr nicht sagen, daß ich nicht eigentlich Angst um sie hätte, sondern nur froh sei, ein Gefühl gefunden zu haben, in dem ich meine Liebe genießen könnte, und deshalb sagte ich ihr wieder, ich hätte Angst.

Inzwischen war auch ihr Mann, ihre Kleine und Herr Pipes herausgekommen und es zeigte sich, daß es durchaus nicht bestimmt war, daß sie nach Brünn reisen sollten, wie mir Löwy eingeredet hatte, vielmehr war Pipes sogar entschlossen, nach Nürnberg zu fahren. Das sei das beste, ein Saal sei leicht zu bekommen, die Judengemeinde sei groß, weiterhin die Reise nach Leipzig und Berlin sehr bequem. Übrigens hätten sie den ganzen Tag beraten, und Löwy, der bis vier geschlafen habe, hätte sie einfach warten und den Brünner Halbacht-Zug versäumen lassen. Unter diesen Argumenten gingen wir ins Lokal und setzten uns an einen Tisch, ich Frau Tschissik gegenüber. Ich hätte mich so gerne ausgezeichnet, an und für sich war es nicht schwer, ich hätte nur einige Zugsverbindungen kennen, die Bahnhöfe unterscheiden, die Entscheidung zwischen Nürnberg oder Brünn herbeiführen, vor allem aber den Pipes niederschreien müssen, der sich wie sein Bar Kochba aufführte und dessen Geschrei Löwy sehr vernünftig, wenn auch ohne Absicht, ein sehr rasches, nicht zu unterbrechendes, für mich wenigstens damals ziemlich unverständliches mittelstarkes Schwätzen entgegenstellte. Statt mich nun auszuzeichnen, saß ich zusammengesunken in meinem Sessel, sah von Pipes zu Löwy hinüber, und nur hie und da auf diesem Weg traf ich die Augen der Frau Tschissik, wenn sie aber mit einem Blick mir antwortete (sie mußte mir zum Beispiel nur zulächeln, wegen der Aufgeregtheit von Pipes), sah ich weg. Sinnlos war das nicht. Zwischen uns konnte es kein Lächeln über des Pipes Aufgeregtheit geben. Dazu war ich ihrem Gesicht gegenüber zu ernst und von diesem Ernst ganz müde. Wenn ich über irgend etwas lachen wollte, konnte ich über ihre Schulter weg die dicke Frau anschauen, die in Bar Kochba die Statthalterin gespielt hatte. Aber ich konnte sie eigentlich auch nicht ernst ansehn. Denn das hätte geheißen, daß ich sie liebe. Sogar der junge Pipes hinter mir in seiner ganzen

Unschuld hätte das erkennen müssen. Und das wäre wirklich unerhört gewesen. Ich, ein junger Mensch, den man allgemein für achtzehn Jahre alt hält, erklärt vor den Abendgasten des Café Savoy, im Kreis der herumstehenden Kellner, vor der Tischrunde der Schauspieler, einer dreißigjährigen Frau, die kaum jemand auch nur für hübsch hält, die zwei Kinder von zehn und acht Jahren hat, deren Mann neben ihr sitzt, die ein Muster von Ehrbarkeit und Sparsamkeit ist – erklärt dieser Frau seine Liebe, der er ganz verfallen ist, und – jetzt kommt das eigentlich Merkwürdigere, das allerdings niemand mehr bemerkt hätte – verzichtet sogleich auf die Frau, so wie er selbst dann auf sie verzichten würde, wenn sie jung und ledig wäre. Soll ich dankbar sein oder soll ich fluchen, daß ich trotz allem Unglück noch Liebe fühlen kann, eine unirdische, allerdings zu irdischen Gegenständen.

Schön war Frau Tschissik gestern. Die eigentlich normale Schönheit der kleinen Hände, der leichten Finger, der gewalzten Unterarme, die in sich so vollkommen sind, daß selbst der doch ungewohnte Anblick dieser Nacktheit nicht an den übrigen Körper denken läßt. Das in zwei Wellen geteilte, vom Gaslicht hell beleuchtete Haar. Die ein wenig unreine Haut um den rechten Mundwinkel. Wie zu kindlicher Klage öffnet sich ihr Mund, oben und unten in zart geformte Buchtungen verlaufend, man denkt, daß diese schöne Wortbildung, die das Licht der Vokale in den Worten verbreitet und mit der Zungenspitze die reine Kontur der Worte bewahrt, nur einmal gelingen kann und staunt das Immerwährende an. Niedrige weiße Stirn. Das Pudern, dessen Verwendung ich bisher gesehen habe, hasse ich, wenn aber diese weiße Farbe, dieser niedrig über der Haut schwebende Schleier von etwas getrübter Milchfarbe vom Puder herrührt, dann sollen sich alle pudern. Sie hat gern zwei Finger am rechten Mundwinkel, vielleicht hat sie auch die Fingerspitzen in den Mund gesteckt, ja vielleicht hat sie sogar einen Zahnstocher in den Mund geführt; ich habe diese Finger nicht genau angesehn, es sah aber fast so aus, als hätte sie einen Zahnstocher in einen hohlen Zahn geführt und ließe ihn dort eine Viertelstunde lang ruhen.

8. November. Den ganzen Nachmittag beim Doktor (Advokat) wegen der Fabrik.

Das Mädchen, das nur deshalb, weil es in ihren Geliebten eingehängt ging, ruhig umhersah.

Die Kontoristin bei N. erinnerte mich an die Darstellerin der Manette Salomon im Odéon in Paris vor eineinhalb Jahren. Zumindest wenn sie saß. Ein weicher, mehr breiter als hoher, von wolligem Stoff gedrückter Busen. Ein bis zum Mund breites, dann aber schnell sich verschmälerndes Gesicht. In einer glatten Frisur vernachlässigte natürliche Locken. Eifer und Ruhe in einem starken Körper. Die Erinnerung verstärkte sich, wie ich jetzt merke, auch daran, daß sie fest arbeitete (an ihrer Schreibmaschine flogen die Stäbchen – Oliviersystem – wie die Stricknadeln in alter Zeit), auch hin und her ging, aber kaum ein paar Worte in einer halben Stunde sprach, als halte sie Manette Salomon in sich.

Als ich beim Doktor wartete, sah ich das eine Schreibmaschinenfräulein an und dachte darüber nach, wie schwer ihr Gesicht selbst während des Anblicks festzustellen sei. Besonders die Beziehung zwischen einer auseinandergezogenen, ringsherum fast in gleicher Breite über den Kopf vorragenden Frisur zu der meist zu lang erscheinenden geraden Nase verwirrte. Bei einer auffallenderen Wendung des gerade ein Aktenstück lesenden Mädchens wurde ich durch die Beobachtung fast betroffen, daß ich durch mein Nachdenken dem Mädchen fremder geblieben war, als wenn ich mit dem kleinen Finger ihren Rock gestreift hätte.
Als der Doktor im Vorlesen des Vertrages zu einer Stelle kam, die von meiner möglichen künftigen Frau und den möglichen Kindern handelte, bemerkte ich mir gegenüber einen Tisch mit zwei großen Sesseln und einem kleineren um ihn herum. Bei dem Gedanken, daß ich niemals imstande sein werde, diese oder beliebige drei Sessel mit mir, meiner Frau und meinem Kind zu besetzen, bekam ich ein von allem Anfang an so verzweifeltes Verlangen nach diesem Glück, daß ich aus dieser gereizten Aktivität meine während des langen Vorlesens einzig bleibende Frage an den Doktor stellte, die sofort mein vollständiges Mißverstehen einer größeren gerade vorgelesenen Partie des Vertrages enthüllte.
Der weitere Abschied: An Pipes bemerkte ich, weil ich mich von ihm unterdrückt fühlte, vor allem die gekerbten und dunkel punktierten Enden seiner Zähne. Endlich bekam ich einen halben Einfall: »Warum so weit bis nach Nürnberg in einem Zuge fahren?« fragte ich, »warum nicht in einer kleineren Zwischenstation ein, zwei Vorstellungen geben?« »Kennen Sie eine solche?« fragte Frau Tschissik, bei weitem nicht so scharf, wie ich es schreibe, und zwang mich dadurch, sie anzusehn. Ihr ganzer über dem Tisch sichtbarer Körper, die ganze Runde von Schultern, Rücken und Brust war weich, trotz ihres auf der Bühne im europäischen Kleid knochigen, fast rohen Baues. Ich nannte lächerlicherweise Pilsen. Stammgäste am Nebentisch nannten sehr vernünftig Teplitz. Herr Tschissik wäre für jede Zwischenstation eingetreten, er hat nur Vertrauen zu kleinen Unternehmungen, Frau Tschissik ebenso, ohne daß sie sich viel miteinander verständigten, außerdem fragt sie ringsherum nach den Fahrpreisen. Öfters sagten sie: es wäre ja

genug, wenn man auf parnusse verdiene. Ihr Mädchen reibt die Wange an ihrem Arm; sie fühlt es sicher nicht, aber für den Erwachsenen ergibt sich die kindliche Überzeugung, daß einem Kind bei seinen Eltern, selbst wenn sie wandernde Schauspieler sind, nichts geschehen kann und daß sich die wirklichen Sorgen so nahe an der Erde nicht vorfinden, sondern erst in der Gesichtshöhe der Erwachsenen. Ich war sehr für Teplitz, weil ich ihnen einen Empfehlungsbrief für Dr. P. mitgeben und mich so für Frau Tschissik einsetzen konnte. Unter Widerspruch des Pipes, der selbst die Lose für die drei möglichen Städte herstellte und die Verlosung mit Lebhaftigkeit leitete, wurde Teplitz zum dritten Male gezogen. Ich ging zum Nebentisch und schrieb aufgeregt den Empfehlungsbrief. Mit der Ausrede, daß ich nach Hause gehen müßte, um die genaue Adresse des Dr. P. zu erfahren, die übrigens nicht nötig war und die man auch zu Hause nicht kannte, empfahl ich mich. Verlegen spielte ich, während Löwy sich bereit machte, mich zu begleiten, mit der Hand der Frau und dem Kinn ihres Mädchens.

9. November. Vorgestern geträumt:
Lauter Theater, ich einmal oben auf der Galerie, einmal auf der Bühne, ein Mädchen, die ich vor ein paar Monaten gern gehabt hatte, spielte mit, spannte ihren biegsamen Körper, als sie sich im Schrecken an einer Sessellehne festhielt; ich zeigte von der Galerie auf das Mädchen, das eine Hosenrolle spielte, meinem Begleiter gefiel sie nicht. In einem Akt war die Dekoration so groß, daß nichts anderes zu sehen war, keine Bühne, kein Zuschauerraum, kein Dunkel, kein Rampenlicht; vielmehr waren alle Zuschauer in großen Mengen auf der Szene, die den Altstädter Ring darstellte, wahrscheinlich von der Mündung der Niklasstraße aus gesehn. Trotzdem man infolgedessen den Platz vor der Rathausuhr und den kleinen Ring eigentlich nicht hätte sehen dürfen, war es doch durch kurze Drehungen und langsame Schwankungen des Bühnenbodens erreicht, daß man zum Beispiel vom Kinskypalais aus den kleinen Ring überblicken konnte. Es hatte dies keinen Zweck, als womöglich die ganze Dekoration zu zeigen, da sie nun schon einmal in solcher Vollkommenheit da war und da es zum Weinen schade gewesen wäre, etwas von dieser Dekoration zu übersehn, die, wie ich mir wohl bewußt war, die schönste Dekoration der ganzen Erde und aller Zeiten war. Die Beleuchtung war von dunklen, herbstlichen Wolken bestimmt. Das Licht der gedrückten Sonne erglänzte zerstreut in dieser oder jener gemalten Fensterscheibe der Südostecke des Platzes. Da alles in natürlicher Größe und ohne sich im Kleinsten zu verraten ausgeführt war, machte es einen ergreifenden Eindruck, daß manche der Fensterflügel vom mäßigen Wind auf- und zugeweht wurden, ohne daß man wegen der großen Höhe der Häuser einen Laut gehört hätte.

Der Platz war stark abfallend, das Pflaster fast schwarz, die Teinkirche war an ihrem Ort, vor ihr aber war ein kleines Kaiserschloß, in dessen Vorhof alles, was sonst an Monumenten auf dem Platz stand, in großer Ordnung versammelt war: die Mariensäule, der alte Brunnen vor dem Rathaus, den ich selbst nie gesehen habe, der Brunnen vor der Niklaskirche und eine Plankeneinzäunung, die man jetzt um die Grundaushebung für das Hus-Denkmal aufgeführt hat.
Dargestellt wurde – oft vergißt man im Zuschauerraum, daß nur dargestellt wird, wie erst auf der Bühne und in diesen Kulissen – ein kaiserliches Fest und eine Revolution. Die Revolution war so groß, mit riesigen, den Platz aufwärts und abwärts geschickten Volksmengen, wie sie wahrscheinlich in Prag niemals stattgefunden hatte; man hatte sie offenbar nur wegen der Dekorationen nach Prag verlegt, während sie eigentlich nach Paris gehörte. Vom Fest sah man zuerst nichts, der Hof war jedenfalls zu einem Feste ausgefahren, inzwischen war die Revolution losgebrochen, das Volk war ins Schloß eingedrungen, ich selbst lief gerade über die Vorsprünge der Brunnen im Vorhof ins Freie, die Rückkehr ins Schloß aber sollte dem Hofe unmöglich werden. Da kamen die Hofwagen von der Eisengasse her in so rasender Fahrt an, daß sie schon weit vor der Schloßeinfahrt bremsen mußten und mit festgehaltenen Rädern über das Pflaster schleiften. Es waren Wagen, wie man sie bei Volksfesten und Umzügen sieht, auf denen lebende Bilder gestellt werden, sie waren also flach, mit einem Blumengewinde umgeben, und von der Wagenplatte hing ringsherum ein farbiges Tuch herab, das die Räder verdeckte. Desto mehr wurde man sich des Schreckens bewußt, den ihre Eile bedeutete. Sie wurden von den Pferden, die sich vor der Einfahrt bäumten, wie ohne Bewußtsein im Bogen von der Eisengasse zum Schloß geschleppt. Gerade strömten viele Menschen an mir vorüber auf den Platz hinaus, meist Zuschauer, die ich von der Gasse her kannte und die vielleicht gerade jetzt angekommen waren. Unter ihnen war auch ein bekanntes Mädchen, ich weiß aber nicht welches; neben ihr ging ein junger eleganter Mann mit einem gelbbraunen kleinkarierten Ulster, die Rechte tief in der Tasche. Sie gingen zur Niklasstraße zu. Von diesem Augenblick an sah ich nichts mehr.

Schiller irgendwo: Die Hauptsache ist (oder ähnlich) »den Affekt in Charakter umzubilden«.

11. November. Samstag. Gestern den ganzen Nachmittag bei Max. Die Reihenfolge der Aufsätze für die »Schönheit häßlicher Bilder« festgesetzt. Ohne gutes Gefühl. Gerade dann aber liebt mich Max am meisten oder scheint es mir nur, weil ich mir meines geringen Verdienstes so deutlich dann bewußt bin. Nein, er liebt mich

wirklich mehr. Er will in das Buch auch mein Brescia aufnehmen. Alles Gute in mir wehrt sich dagegen. Ich sollte heute mit ihm nach Brünn. Alles Schlechte und Schwache in mir hat mich zurückgehalten. Denn daß ich morgen wirklich etwas Gutes schreiben sollte, kann ich nicht glauben.

Die von ihren Arbeitsschürzen besonders hinten fest umspannten Mädchen. Eine bei Löwy & Winterberg heute vormittag, bei der die Lappen der nur auf dem Hintern geschlossenen Schürze sich nicht wie gewöhnlich aneinanderfügten, sondern übereinander hinweggingen, so daß sie eingewickelt war wie ein Wickelkind. Sinnlicher Eindruck dessen, wie ich ihn auch unbewußt immer von Wickelkindern hatte, die so in ihre Windeln und Betten gepreßt und mit Bändern zugeschnürt sind, ganz wie zur Befriedigung einer Lust.

Edison hat in einem amerikanischen Interview über seine Reise durch Böhmen erzählt, seiner Meinung nach beruhe die verhältnismäßig höhere Entwicklung Böhmens (in den Vorstädten sind breite Gassen, Gärtchen vor den Häusern, bei der Fahrt durchs Land sieht man Fabriken bauen) darauf, daß die Auswanderung der Tschechen nach Amerika so groß ist und daß die einzelweise von dort Zurückkehrenden neues Streben von dort mitbringen.

Sobald ich irgendwie erkenne, daß ich Übelstände, zu deren Beseitigung ich eigentlich bestimmt wäre (zum Beispiel das äußerst zufriedene, von mir aus gesehen trostlose Leben meiner verheirateten Schwester), auf sich beruhen lasse, verliere ich auf einen Augenblick das Gefühl meiner Armmuskeln.

Ich werde versuchen, allmählich alles Zweifellose an mir zusammenzustellen, später das Glaubwürdige, dann das Mögliche usw. Zweifellos ist in mir die Gier nach Büchern. Nicht eigentlich sie zu besitzen oder zu lesen, als vielmehr sie zu sehn, mich in der Auslage eines Buchhändlers von ihrem Bestand zu überzeugen. Sind irgendwo mehrere Exemplare des gleichen Buches, freut mich jedes einzelne. Es ist, als ob diese Gier vom Magen ausginge, als wäre sie ein irregeleiteter Appetit. Bücher, die ich besitze, freuen mich weniger, dagegen Bücher meiner Schwestern freuen mich schon. Das Verlangen, sie zu besitzen, ist ein unvergleichlich kleineres, es fehlt fast.

12. November. Sonntag. Gestern Conférence Richepin: »La légende de Napoléon« im Rudolfinum. Ziemlich leer. Wie zur Prüfung der Manieren des Vortragenden ist auf dem Weg vom Eingangstürchen zum Vortragstisch ein großes Klavier aufgestellt.

Der Vortragende kommt herein, will, mit dem Blick ins Publikum, auf dem kürzesten Weg zu seinem Tisch, kommt daher dem Piano zu nahe, staunt, tritt zurück und umgeht es sanft, ohne mehr ins Publikum zu schauen. In der Begeisterung des Abschlusses seiner Rede und im großen Beifall hat er das Piano natürlich längst vergessen, da es sich während des Vortrags nicht bemerkbar gemacht hat, er will möglichst spät, die Hände auf der Brust, dem Publikum den Rücken kehren, macht daher einige elegante Schritte seitwärts, stößt natürlich ein wenig an das Piano und muß auf den Fußspitzen den Rücken ein wenig durchbiegen, ehe er wieder in freies Terrain kommt. So hat es wenigstens Richepin gemacht.
Ein großer starker Fünfziger mit Taille. Die steif umherwirbelnde Frisur (Daudets zum Beispiel) ist, ohne zerstört zu sein, ziemlich fest an den Schädel gedrückt. Wie bei allen alten Südländern, die eine dicke Nase und das zu ihr gehörige breite faltige Gesicht haben, aus deren Nasenlöchern ein starker Wind wie durch Pferdeschnauzen gehn kann und denen gegenüber man genau weiß, daß dies der nicht mehr zu überholende, aber noch lang andauernde Endzustand ihres Gesichtes ist, erinnerte mich auch sein Gesicht an das Gesicht einer alten Italienerin hinter einem allerdings sehr natürlich gewachsenen Bart.
Die neu gestrichene hellgraue Farbe des hinter ihm aufsteigenden Konzertpodiums beirrte anfangs. Das weiße Haar klebte sich förmlich an dieser Farbe fest und ließ keine Kontur zu. Wenn er den Kopf zurückbeugte, kam die Farbe in Bewegung, sein Kopf versank fast in ihr. Erst gegen die Mitte des Vortrags, als sich die Aufmerksamkeit ganz konzentrierte, hörte die Störung auf, besonders als er beim Rezitieren mit dem großen schwarzgekleideten Körper aufstand und mit geschwungenen Händen die Verse führte und die graue Farbe verjagte. – Am Anfang war er zum Verlegenwerden, so sehr machte er Komplimente nach allen Seiten. Bei der Erzählung von einem napoleonischen Soldaten, den er noch gekannt und der siebenundfünfzig Wunden gehabt hatte, bemerkte er, die Mannigfaltigkeit der Farben auf dem Oberkörper dieses Mannes hätte nur ein großer Kolorist wie sein anwesender Freund Mucha nachahmen können.
Ich bemerkte an mir ein Fortschreiten im Ergriffensein durch Menschen auf dem Podium. Ich dachte nicht an meine Schmerzen und Sorgen. Ich war in die linke Ecke meines Fauteuils, eigentlich aber in den Vortrag hineingedrückt, die gefalteten Hände zwischen den Knien. Ich spürte eine Wirkung Richepins auf mich, wie sie König David hat spüren müssen, als er junge Mädchen ins Bett nahm. Ich hatte sogar eine leichte Vision Napoleons, der in einer systematischen Phantasie auch aus dem Eingangstürchen trat, trotzdem er doch aus dem Holz des Podiums oder aus der Orgel hätte treten können. Er drückte den ganzen Saal, der in diesen Augen-

blicken dicht gefüllt war, nieder. So nah ich ihm eigentlich war, ich hatte und hätte auch in Wirklichkeit niemals Zweifel an seiner Wirkung gehabt. Ich hätte jede Lächerlichkeit seines Aufzuges vielleicht bemerkt, wie auch bei Richepin, aber dieses Bemerken hätte mich nicht gestört. Wie kühl war ich dagegen als Kind! Ich wünschte mir oft, dem Kaiser entgegengestellt zu werden, um ihm seine Wirkungslosigkeit zu zeigen. Und das war nicht Mut, nur Kühle.

Gedichte rezitierte er wie Reden in der Kammer. Er schlug auf den Tisch, als ohnmächtiger Zuseher von Schlachten, mit schwingenden gestreckten Armen machte er den Garden eine Gasse mitten durch den Saal, »Empereur!« rief er nur mit dem gehobenen, zur Fahne gewordenen Arm und gab ihm in einer Wiederholung förmlich das Echo durch ein unten in der Ebene rufendes Heer. Bei einer Schlachtbeschreibung stieß irgendwo ein Füßchen auf den Boden auf, man sah nach, es war sein Fuß, der sich zuwenig getraut hatte. Es störte ihn aber nicht. – Bei den »Grenadieren«, die er in einer Übersetzung von Gérard de Nerval vorlas und besonders ehrte, war am wenigsten Beifall.

In seiner Jugend wurde das Grab Napoleons einmal im Jahr geöffnet, und den Invaliden, die im Zug vorübergeführt wurden, wurde das einbalsamierte Gesicht gezeigt, mehr ein Anblick des Schreckens als der Bewunderung, weil das Gesicht aufgedunsen und grünlich war; man schaffte daher später dieses Graböffnen ab. Richepin sah das Gesicht aber noch auf dem Arm seines Großonkels, der in Afrika gedient hatte und für den der Kommandant das Grab eigens öffnen ließ.

Ein Gedicht, das er rezitieren will (er hat ein untrügliches Gedächtnis, wie es bei starkem Temperament eigentlich immer vorhanden sein muß), kündigt er lange vorher an, bespricht es, die künftigen Verse machen schon ein kleines Erdbeben unter diesen Worten, beim ersten Gedicht sagte er sogar, er werde es mit seinem ganzen Feuer vortragen. Es geschah.

Beim letzten Gedicht hatte er dann die Steigerung, unvermerkt in die Verse zu kommen (Verse von Victor Hugo), langsam aufzustehen, auch nach den Versen sich nicht mehr zu setzen, die großen Rezitationsbewegungen mit der letzten Gewalt seiner Prosa aufzunehmen und zu erhalten. Er schloß mit dem Schwur, daß auch nach tausend Jahren jedes Stäubchen seines Leichnams, falls es Bewußtsein hätte, bereit sein würde, dem Rufe Napoleons zu folgen.

Das Französisch, kurzatmig mit seinen rasch aufeinanderfolgenden Ventilen, hielt selbst den einfältigsten Improvisationen stand, zerriß nicht einmal dann, wenn er öfters von den Dichtern sprach, die das Alltagsleben verschönern, von seiner Phantasie (Augen geschlossen) als der eines Dichters, von seinen Halluzinationen

(Augen widerwillig in die Ferne aufgerissen) als denen eines Dichters usw. Hierbei verhüllt er auch manchmal die Augen und enthüllte sie langsam, einen Finger nach dem andern wegführend. – Er hat gedient, sein Onkel in Afrika, sein Großvater unter Napoleon, er sang sogar zwei Zeilen eines Kriegsliedes. – 13. November. Und dieser Mann ist, wie ich heute erfahren habe, zweiundsechzig Jahre alt.

14. November. Dienstag. Gestern bei Max, der von seiner Brünner Vorlesung zurückkam.
Nachmittag beim Einschlafen. Als hätte sich die feste Schädeldecke, die den schmerzlosen Schädel umfaßt, tiefer ins Innere gezogen und einen Teil des Gehirns draußen gelassen im freien Spiel der Lichter und Muskeln.

Erwachen an einem kalten Herbstmorgen mit gelblichem Licht. Durch das fast geschlossene Fenster dringen und noch vor den Scheiben, ehe man fällt, schweben, die Arme ausgebreitet, mit gewölbtem Bauch, rückwärtsgebogenen Beinen, wie die Figuren auf dem Vorderbug der Schiffe in alter Zeit.

Vor dem Einschlafen.
Es scheint so arg, Junggeselle zu sein, als alter Mann unter schwerer Wahrung der Würde um Aufnahme zu bitten, wenn man einen Abend mit Menschen verbringen will, sein Essen in einer Hand sich nach Hause zu tragen, niemanden mit ruhiger Zuversicht faul erwarten können, nur mit Mühe oder Ärger jemanden beschenken können, vor dem Haustor Abschied nehmen, niemals mit seiner Frau sich die Treppen hinaufdrängen zu können, kranksein und nur den Trost der Aussicht aus seinem Fenster haben, wenn man sich aufsetzen kann, in seinem Zimmer nur Seitentüren haben, die in fremde Wohnungen führen, die Fremdheit seiner Verwandten zu spüren bekommen, mit denen man nur durch das Mittel der Ehe befreundet bleiben kann, zuerst durch die Ehe seiner Eltern, dann, wenn deren Wirkung vergeht, durch die eigene, fremde Kinder anstaunen müssen und nicht immerfort wiederholen dürfen: ich habe keine, da keine Familie mit einem wächst, ein unveränderliches Altersgefühl haben, sich im Aussehn und Benehmen nach den ein oder zwei Junggesellen unserer Jugenderinnerungen ausbilden. Das alles ist wahr, nur begeht man leicht dabei den Fehler, die künftigen Leiden so sehr vor sich auszubreiten, daß der Blick weit über sie hinweggehn muß und nicht mehr zurückkommt, während man doch in Wirklichkeit heute und später selbst dastehen wird, mit einem Körper und einem wirklichen Kopf, also auch einer Stirn, um mit der Hand an sie zu schlagen.

Jetzt eine Skizze zur Einleitung für »Richard und Samuel« versuchen.

15. November. Gestern abend schon mit einem Vorgefühl die Decke vom Bett gezogen, mich gelegt und wieder aller meiner Fähigkeiten bewußt geworden, als hielte ich sie in der Hand; sie spannten mir die Brust, sie entflammten mir den Kopf, ein Weilchen wiederholte ich, um mich darüber zu trösten, daß ich nicht aufstand, um zu arbeiten: »Das kann nicht gesund sein, das kann nicht gesund sein«, und wollte den Schlaf mit fast sichtbarer Absicht mir über den Kopf ziehn. Immer dachte ich an eine Mütze mit Schirm, die ich, um mich zu schützen, mit starker Hand mir in die Stirne drücke. Wieviel habe ich gestern verloren, wie drückte sich das Blut im engen Kopf, fähig zu allem, und nur gehalten von Kräften, die für mein bloßes Leben unentbehrlich sind und hier verschwendet werden.

Sicher ist, daß alles, was ich im voraus selbst im guten Gefühl Wort für Wort oder sogar nur beiläufig, aber in ausdrücklichen Worten, erfunden habe, auf dem Schreibtisch beim Versuch des Niederschreibens trocken, verkehrt, unbeweglich, der ganzen Umgebung hinderlich, ängstlich, vor allem aber lückenhaft erscheint, trotzdem von der ursprünglichen Erfindung nichts vergessen worden ist. Es liegt natürlich zum großen Teil daran, daß ich frei vom Papier nur in der Zeit der Erhebung, die ich mehr fürchte als ersehne, wie sehr ich sie auch ersehne, Gutes erfinde, daß dann aber die Fülle so groß ist, daß ich verzichten muß, blindlings also nehme, nur dem Zufall nach, aus der Strömung heraus, griffweise, so daß diese Erwerbung beim überlegten Niederschreiben nichts ist im Vergleich zur Fülle, in der sie lebte, unfähig, diese Fülle herbeizubringen, und daher schlecht und störend ist, weil sie nutzlos lockt.

16. November. Heute mittag vor dem Einschlafen, ich schlief aber gar nicht ein, lag auf mir der Oberkörper einer Frau aus Wachs. Ihr Gesicht war über dem meinen zurückgebogen, ihr linker Unterarm drückte meine Brust.

Drei Nächte nicht geschlafen, bei dem kleinsten Versuche, etwas zu machen, gleich auf dem Grunde meiner Kraft.

Aus einem alten Notizbuch: »Jetzt abend, nachdem ich von sechs Uhr früh an gelernt habe, bemerkte ich, wie meine linke Hand die rechte schon ein Weilchen lang aus Mitleid bei den Fingern umfaßt hielt.«

18. November. Gestern in der Fabrik. Mit der Elektrischen zurückgefahren, in einem Winkel mit ausgestreckten Beinen gesessen, Menschen draußen gesehn, angezündete Geschäftslampen, Mauern durchfahrener Viadukte, immer wieder Rücken und Gesichter, aus der Geschäftsstraße der Vorstadt hinausführend eine Landstraße mit nichts Menschlichem als nach Hause gehenden Menschen, die schneidenden, in das Dunkel eingebrannten elektrischen Lichter des Bahnhofgeländes, niedrige, stark sich verjüngende Kamine eines Gaswerks, ein Plakat über das Gastspiel einer Sängerin de Treville, das sich an den Wänden hintastet bis in eine Gasse in der Nähe der Friedhöfe, von wo es dann wieder mit mir aus der Kälte der Felder in die wohnungsmäßige Wärme der Stadt zurückgekehrt ist. Fremde Städte nimmt man als Tatsache hin, die Bewohner dort leben, ohne unsere Lebensweise zu durchdringen, so wie wir ihre nicht durchdringen können, vergleichen muß man, man kann sich nicht wehren, aber man weiß gut, daß das keinen moralischen und nicht einmal psychologischen Wert hat, schließlich kann man oft auch auf das Vergleichen verzichten, da die allzu große Verschiedenheit der Lebensbedingungen uns dessen enthebt.
Die Vorstädte unserer Vaterstadt aber sind uns zwar auch fremd, doch hier haben Vergleiche Wert, ein halbstündiger Spaziergang kann es uns immer wieder beweisen, hier leben Menschen teils im Innern unserer Stadt, teils am ärmlichen, dunklen, wie ein großer Hohlweg zerfurchten Rande, trotzdem sie alle einen so großen Kreis gemeinsamer Interessen haben wie keine Menschengruppe sonst außerhalb der Stadt. Darum betrete ich die Vorstadt stets mit einem gemischten Gefühl von Angst, von Verlassensein, von Mitleid, von Neugier, von Hochmut, von Reisefreude, von Männlichkeit und komme mit Behagen, Ernst und Ruhe zurück, besonders von Žižkov.

19. November. Sonntag. Traum:
Im Theater. Vorstellung »Das weite Land« von Schnitzler, bearbeitet von Utitz. Ich sitze ganz vorn in einer Bank, glaube in der ersten zu sitzen, bis sich schließlich zeigt, daß es die zweite ist. Die Rückenlehne der Bank ist der Bühne zugekehrt, so daß man den Zuschauerraum bequem, die Bühne erst nach einer Drehung sehen kann. Der Verfasser ist irgendwo in der Nähe, ich kann mit meinem schlechten Urteil über das Stück, das ich offenbar schon kenne, nicht zurückhalten, füge aber dafür hinzu, daß der dritte Akt witzig sein soll. Mit diesem »soll« will ich wieder sagen, daß ich, wenn von den guten Stellen gesprochen wird, das Stück nicht kenne und mich auf das Hörensagen verlassen muß; dafür wiederhole ich diese Bemerkung noch einmal, nicht nur für mich, aber doch von den andern nicht beachtet. Rings um mich herum ist ein

großes Gedränge, alles scheint in seinen Winterkleidern gekommen zu sein und füllt daher die Plätze übermäßig aus. Leute neben mir, hinter mir, die ich nicht sehe, sprechen auf mich ein, zeigen mir Neuankommende, nennen die Namen, besonders werde ich auf ein durch eine Sesselreihe sich drängendes Ehepaar aufmerksam gemacht, da die Frau ein dunkelgelbes, männliches, langnasiges Gesicht hat und überdies, soweit man im Gedränge, aus dem ihr Kopf ragt, sehen kann, Männerkleidung trägt; neben mir steht merkwürdig frei der Schauspieler Löwy, dem wirklichen aber sehr unähnlich, und hält aufgeregte Reden, in denen das Wort »principium« sich wiederholt, ich erwarte immerfort das Wort »tertium comparationis«, es kommt nicht. In einer Loge des zweiten Ranges, eigentlich nur in einem Winkel der Galerie, von der Bühne aus rechts, die sich dort an die Loge anschließt, steht irgendein dritter Sohn der Familie Kisch, hinter einer sitzenden Mutter, und redet in das Theater, angezogen in einen schönen Kaiserrock, dessen Flügel ausgebreitet sind. Die Reden des Löwy haben eine Beziehung zu diesen Reden. Unter anderem zeigt Kisch hoch oben auf eine Stelle des Vorhangs und sagt, dort sitzt der deutsche Kisch, damit meint er meinen Schulkollegen, der Germanistik studiert hat.
Als der Vorhang aufgeht, das Theater sich zu verdunkeln anfängt und Kisch sowieso verschwinden würde, zieht er, um dies deutlicher zu machen, mit seiner Mutter in die Galerie aufwärts und weg, wieder alle Arme, Röcke und Beine sehr ausgebreitet.
Die Bühne liegt etwas tiefer als der Zuschauerraum, man schaut hinunter, das Kinn auf der Rückenlehne. Die Dekoration besteht hauptsächlich in zwei niedrigen dicken Säulen in der Mitte der Bühne. Ein Gastmahl wird dargestellt, an dem sich Mädchen und junge Männer beteiligen. Ich sehe wenig, denn obgleich mit Beginn des Spiels viele Leute gerade aus den ersten Bänken weggegangen sind, offenbar hinter die Bühne, verdecken die zurückbleibenden Mädchen, mit großen, flachen, meist blauen, über die ganze Länge der Bank hin- und herrückenden Hüten, die Aussicht. Einen kleinen zehn- bis fünfzehnjährigen Jungen sehe ich jedoch auf der Bühne besonders klar. Er hat trockenes, gescheiteltes, gerade geschnittenes Haar. Er weiß nicht einmal richtig die Serviette auf seine Oberschenkel zu legen, muß zu diesem Zweck aufmerksam hinunterschauen und soll in diesem Stück einen Lebemann spielen. Infolge dieser Beobachtung habe ich kein großes Vertrauen zu diesem Theater mehr. Die Gesellschaft auf der Bühne erwartet nun verschiedene Ankömmlinge, die aus den ersten Zuschauerreihen auf die Bühne hinuntersteigen. Das Stück ist aber auch nicht gut einstudiert. So kommt eine Schauspielerin Hackelberg eben an, ein Schauspieler spricht sie, weltmännisch in seinem Fauteuil lehnend, mit »Hackel-« an, bemerkt jetzt den Irrtum und

korrigiert sich. Nun kommt ein Mädchen an, das ich kenne (Frankel heißt sie, glaube ich), sie steigt gerade an meinem Platz über die Lehne, ihr Rücken ist, als sie hinübersteigt, ganz nackt, die Haut nicht sehr rein, über der rechten Hüfte ist sogar eine aufgekratzte, blutunterlaufene Stelle, in der Größe eines Türknopfes. Sie spielt dann aber, als sie sich auf die Bühne wendet und mit reinem Gesicht dasteht, sehr gut. Nun soll ein singender Reiter aus der Ferne im Galopp sich nähern, ein Klavier täuscht das Hufeklappern vor, man hört den sich nähernden stürmischen Gesang, endlich sehe ich auch den Sänger, der, um dem Gesang das natürliche Anschwellen des eilend Herannahenden zu geben, die Galerie oben entlangläuft, zur Bühne. Noch ist er nicht bei der Bühne, auch mit dem Lied noch nicht zu Ende, und doch hat er das Äußerste an Eile und schreiendem Gesang hergegeben, auch das Klavier kann nicht mehr deutlicher die auf die Steine schlagenden Hufe nachahmen. Daher lassen beide ab und der Sänger kommt mit ruhigem Gesang heran, nur macht er sich so klein, daß nur sein Kopf über die Galeriebrüstung ragt, damit man ihn nicht so deutlich sieht.
Damit ist der erste Akt zu Ende, aber der Vorhang geht nicht hinunter, auch das Theater bleibt dunkel. Auf der Bühne sitzen zwei Kritiker auf dem Boden und schreiben, mit dem Rücken an einer Dekoration lehnend. Ein Dramaturg oder Regisseur mit blondem Spitzbart kommt auf die Bühne gesprungen, im Flug noch streckt er eine Hand zu einer Anordnung aus, in der andern Hand trägt er eine Weintraube, die früher auf einer Obstschale des Gastmahls lag, und ißt von ihr.
Wieder dem Zuschauerraum zugewendet, seh ich, daß er mit einfachen Petroleumlaternen beleuchtet ist, die wie in Gassen auf einfachen Kandelabern aufgesteckt sind und jetzt natürlich nur ganz schwach brennen. Plötzlich, unreines Petroleum oder eine schadhafte Stelle im Docht wird die Ursache sein, spritzt das Licht aus einer solchen Laterne und Funken gehn in breitem Stoße auf die Zuschauer nieder, die für den Blick nicht zu entwirren sind und eine Masse, schwarz wie Erde, bilden. Da steht ein Herr aus dieser Masse auf, geht förmlich auf ihr näher zur Laterne hin, will offenbar die Sache in Ordnung bringen, schaut aber zuerst zur Laterne hinauf, bleibt ein Weilchen so neben ihr stehn, und als nichts geschieht, geht er ruhig wieder zu seinem Platz zurück, in dem er versinkt. Ich verwechsle mich mit ihm und neige das Gesicht ins Schwarze.

Ich und Max müssen doch grundverschieden sein. Sosehr ich seine Schriften bewundere, wenn sie als meinem Eingriff und jedem andern unzugängliches Ganzes vor mir liegen, selbst heute eine Reihe kleiner Buchbesprechungen, so ist doch jeder Satz, den er für »Richard und Samuel« schreibt, mit einer widerwilligen Konzession von meiner Seite verbunden, die ich schmerzlich bis in meine Tiefe fühle. Wenigstens heute.

Heute abend war ich wieder voll ängstlich zurückgehaltener Fähigkeit.

20. November. Traum eines Bildes, angeblich von Ingres. Die Mädchen im Wald in tausend Spiegeln oder eigentlich: Die Jungfrauen usw. Ähnlich gruppiert und luftig gezogen wie auf Vorhängen der Theater, war rechts im Bild eine Gruppe dichter beisammen, nach links hin saßen oder lagen sie auf einem riesigen Zweig oder einem fliegenden Band oder schwebend aus eigener Kraft in einer gegen den Himmel langsam ansteigenden Kette. Und nun spiegelten sie sich nicht nur gegen den Zuschauer hin, sondern auch von ihm weg, wurden undeutlicher und vielfacher; was das Auge an Einzelheiten verlor, gewann es an Fülle. Vorn aber stand ein von den Spiegelungen unbeeinflußtes nacktes Mädchen, auf ein Bein gestützt, mit vortretender Hüfte. Hier war Ingres Zeichenkunst zu bewundern, nur fand ich eigentlich mit Wohlgefallen, daß zuviel wirkliche Nacktheit auch für den Tastsinn an diesem Mädchen übriggeblieben war. Von einer durch sie verdeckten Stelle ging ein Schimmer gelblich blassen Lichtes aus.

Sicher ist mein Wille gegen Antithesen. Sie kommen zwar unerwartet, aber überraschen nicht, denn sie sind immer ganz nah vorhanden gewesen; wenn sie unbewußt waren, so waren sie es nur am äußersten Rande. Sie erzeugen zwar Gründlichkeit, Fülle, Lückenlosigkeit, aber nur so wie eine Figur im Lebensrad; unsern kleinen Einfall haben wir im Kreis herumgejagt. So verschieden sie sein können, so nuancenlos sind sie, wie von Wasser aufgeschwemmt wachsen sie einem unter der Hand, mit der anfänglichen Aussicht ins Grenzenlose und mit einer endlichen mittlern, immer gleichen Größe. Sie rollen sich ein, sind nicht auszudehnen, geben einen Anhaltspunkt, sind Löcher im Holz, sind stehender Sturmlauf, ziehn, wie ich gezeigt habe, Antithesen auf sich herab. Möchten sie nur alle auf sich herabziehn und für immer.

Für das Drama: Englischlehrer Weiß, wie er mit geraden Schultern, die Hände stark in den Taschen, mit dem in Falten gespannten gelblichen Überrock einmal abends auf dem Wenzelsplatz über die Fahrbahn mit mächtigen Schritten knapp an der allerdings noch stehenden, aber schon läutenden Elektrischen vorübereilt. Von uns weg.

E. Anna!
A. *aufschauend:* Ja.

E. Komm her.
A. *große ruhige Schritte:* Was willst du?
E. Ich wollte dir sagen, daß ich seit einiger Zeit mit dir unzufrieden bin.
A. Aber!
E. Es ist so.
A. Dann mußt du mir eben kündigen, Emil.
E. So rasch? Und du fragst gar nicht nach der Ursache?
A. Ich kenne sie.
E. So?
A. Das Essen schmeckt dir nicht.
E. *steht rasch auf, laut:* Weißt du, daß Kurt heute abend wegfährt oder weißt du es nicht?
A. *innerlich unbeirrt:* Aber ja, leider fährt er weg, deshalb hast du mich nicht herrufen müssen.

21. November. Mein gewesenes Kinderfräulein, die im Gesicht schwarzgelbe, mit kantigem Nasenrand und einer mir damals so lieben Warze irgendwo auf der Wange, war heute zum zweitenmal in kurzer Zeit bei uns, um mich zu sehn. Das erstemal war ich nicht zu Hause, diesmal wollte ich in Ruhe gelassen sein und schlafen und ließ mich verleugnen. Warum hat sie mich so schlecht erzogen, ich war doch folgsam, sie sagt es jetzt selbst im Vorzimmer zur Köchin und zum Fräulein, ich war von ruhiger Gemütsart und brav. Warum hat sie das nicht für mich ausgenützt und mir eine bessere Zukunft vorbereitet? Sie ist eine Ehefrau oder Witwe, hat Kinder, hat eine lebhafte Sprache, die mich nicht schlafen läßt, denkt, daß ich ein großer gesunder Herr im schönen Alter von achtundzwanzig Jahren bin, gern an meine Jugend zurückdenke und überhaupt etwas mit mir anzufangen weiß. Nun liege ich aber hier auf dem Kanapee, mit einem Fußtritt aus der Welt geworfen, passe auf den Schlaf auf, der nicht kommen will, und wenn er kommt, mich nur streifen wird, die Gelenke habe ich wund vor Müdigkeit, mein dürrer Körper zittert sich zugrunde in Aufregungen, derer er sich nicht klar bewußt werden darf, im Kopf zuckt es zum Erstaunen. Und da stehen die drei Frauen vor meiner Tür, eine lobt mich, wie ich war, zwei, wie ich bin. Die Köchin sagt, ich werde gleich, sie meint: ohne jeden Umweg, in den Himmel kommen. So wird es sein.

Löwy: Ein Rabbi im Talmud hatte das in diesem Falle sehr gottgefällige Prinzip, nichts, nicht einmal ein Glas Wasser von jemandem anzunehmen. Nun traf es sich aber, daß der größte Rabbi seiner Zeit ihn kennenlernen wollte und ihn also zum Essen einlud. Die Einladung eines solchen Mannes ablehnen, das war nicht möglich. Traurig machte sich daher der erste Rabbi auf den Weg.

Aber weil sein Prinzip so stark war, schob sich zwischen die beiden Rabbi ein Berg.

ANNA *sitzt bei Tisch und liest in der Zeitung.*
KARL *geht im Zimmer herum, sobald er zum Fenster kommt, bleibt er stehn und schaut hinaus, einmal öffnet er sogar das innere Fenster.*
ANNA: Bitte laß das Fenster zu, es friert doch.
KARL *schließt das Fenster:* Wir haben eben verschiedene Sorgen.
22. November. ANNA: Du hast aber eine Gewohnheit angenommen, Emil, eine ganz abscheuliche. An jede Kleinigkeit kannst du anknüpfen und mit ihrer Hilfe eine schlechte Eigenschaft an mir finden.
KARL *reibt sich die Finger:* Weil du keine Rücksicht nimmst, weil du überhaupt unbegreiflich bist.

Sicher ist, daß ein Haupthindernis meines Fortschritts mein körperlicher Zustand bildet. Mit einem solchen Körper läßt sich nichts erreichen. Ich werde mich an sein fortwährendes Versagen gewöhnen müssen. Von den letzten wilddurchträumten, aber kaum weilchenweise durchschlafenen Nächten bin ich heute früh so ohne Zusammenhang gewesen, fühlte nichts anderes als meine Stirn, sah einen halbwegs erträglichen Zustand erst weit über dem gegenwärtigen und hätte mich einmal gerne vor lauter Todesbereitschaft mit den Akten in der Hand auf den Zementplatten des Korridors zusammengerollt. Mein Körper ist zu lang für seine Schwäche, er hat nicht das geringste Fett zur Erzeugung einer segensreichen Wärme, zur Bewahrung inneren Feuers, kein Fett, von dem sich einmal der Geist über seine Tagesnotdurft hinaus ohne Schädigung des Ganzen nähren könnte. Wie soll das schwache Herz, das mich in der letzten Zeit öfters gestochen hat, das Blut über die ganze Länge dieser Beine hin stoßen können. Bis zum Knie wäre genug Arbeit, dann aber wird es nur noch mit Greisenkraft in die kalten Unterschenkel gespült. Nun ist es aber schon wieder oben nötig, man wartet darauf, während es sich unten verzettelt. Durch die Länge des Körpers ist alles auseinandergezogen. Was kann er da leisten, da er doch vielleicht, selbst wenn er zusammengedrängt wäre, zu wenig Kraft hätte für das, was ich erreichen will.

Aus einem Brief Löwys an seinen Vater: Wenn ich nach Warschau komme, werde ich in meinen europäischen Kleidern zwischen euch herumgehn wie »eine Spinne vor den Augen, wie ein Trauernder unter Brautleuten«.

Löwy erzählt von einem verheirateten Freunde, der in Postin lebt, einer kleinen Stadt in der Nähe von Warschau, und sich in seinen fortschrittlichen Interessen einsam und daher unglücklich fühlt.

»Postin, ist das eine große Stadt?« – »So groß«, er hält mir seine flache Hand hin. Sie ist mit einem gerauhten gelbbraunen Handschuh bekleidet und stellt eine wüste Gegend vor.

23. November. Am 21., dem hundertsten Todestag Kleists, ließ die Familie Kleist einen Kranz auf sein Grab legen mit der Aufschrift: »Dem Besten ihres Geschlechts.«

Von was für Zuständen ich durch meine Lebensweise abhängig werde! Heute nacht habe ich etwas besser als in der letzten Woche geschlafen, heute nachmittag sogar ziemlich gut, ich habe sogar jene Verschlafenheit, die auf mittelguten Schlaf folgt, infolgedessen befürchtete ich, weniger gut schreiben zu können, fühle, wie sich einzelne Fähigkeiten tiefer ins Innere schlagen, und bin auf alle Überraschungen vorbereitet, das heißt sehe sie schon.

24. November. »Schhite« (der, welcher die Schächterkunst lernt). Stück von Gordin. Darin Talmudzitate, zum Beispiel:
Wenn ein großer Gelehrter abends oder in der Nacht eine Sünde begeht, so darf man sie ihm am Morgen nicht mehr vorwerfen, denn in seiner Gelehrsamkeit hat er sie sicher schon selbst bereut.
Stiehlt man einen Ochsen, so muß man zwei zurückgeben, schlachtet man den gestohlenen Ochsen, so muß man vier zurückgeben, schlachtet man aber ein gestohlenes Kalb, so muß man nur drei zurückgeben, weil angenommen wird, daß man das Kalb wegtragen mußte, also eine schwere Arbeit getan hat. Diese Annahme bestimmt die Strafe auch dann, wenn man das Kalb bequem fortgeführt hat.

Ehrenhaftigkeit schlechter Gedanken. Gestern abend fühlte ich mich besonders elend. Mein Magen war wieder verdorben, ich hatte mit Mühe geschrieben, der Vorlesung Löwys im Kaffeehaus (das zuerst still war und von uns geschont werden mußte, das sich dann aber belebte und uns nicht in Ruhe ließ) hatte ich mit Anstrengung zugehört, meine traurige nächste Zukunft erschien mir nicht wert, in sie einzutreten, verlassen ging ich durch die Ferdinandstraße. Da kamen mir an der Mündung des Bergsteins wieder die Gedanken an die spätere Zukunft. Wie wollte ich sie mit diesem aus einer Rumpelkammer gezogenen Körper ertragen? Auch im Talmud heißt es: Ein Mann ohne Weib ist kein Mensch. Gegenüber solchen Gedanken blieb mir an diesem Abend keine andere Hilfe, als daß ich mir sagte: »Jetzt kommt ihr, schlechte Gedanken, jetzt, weil ich schwach bin und verdorbenen Magen habe. Gerade jetzt wollt ihr euch durchdenken lassen. Nur darauf, was euch wohltut, habt ihr es abgesehn. Schämt euch. Kommt ein andersmal, wenn ich kräftiger bin. Nützt meinen Zustand nicht so aus.«

Und tatsächlich, ohne andere Beweise auch nur abzuwarten, wichen sie zurück, zerstreuten sich langsam und störten mich nicht mehr auf meinem weitern, natürlich nicht übermäßig glücklichen Spaziergang. Sie vergaßen aber offenbar, daß sie, wenn sie alle meine schlechten Zustände respektieren wollen, selten an die Reihe kommen werden.
Durch den Benzingeruch eines vom Theater her fahrenden Automobils wurde ich darauf aufmerksam, wie sichtbar auf die mir entgegenkommenden Theaterbesucher, die mit letzten Griffen ihre Mäntel und hängenden Gucker in Ordnung bringen, eine schöne Häuslichkeit wartet (und sei sie auch nur von einer Kerze beleuchtet, so ist es ja vor dem Schlafengehn recht), wie sie aber auch aus dem Theater nach Hause geschickt erscheinen, als untergeordnete Personen, vor denen der Vorhang zum letztenmal niedergegangen ist und hinter denen sich die Türen geöffnet haben, durch die sie vor Anfang oder während des ersten Aktes hochmütig wegen irgendeiner lächerlichen Sorge eingetreten sind.

25. November. Den ganzen Nachmittag im Café City M. überredet, eine Erklärung zu unterschreiben, daß er nur Kommis bei uns war, also nicht versicherungspflichtig, und der Vater nicht verpflichtet wäre, die große Nachtragszahlung für seine Versicherung zu leisten. Er verspricht es mir, ich rede ein flüssiges Tschechisch, besonders meine Irrtümer entschuldige ich elegant, er verspricht, die Erklärung Montag ins Geschäft zu schicken, ich fühle mich von ihm, wenn nicht geliebt, so doch respektiert, aber am Montag schickt er nichts, ist auch nicht mehr in Prag, sondern weggefahren.
Abends matt bei Baum, ohne Max. Vorlesung der »Häßlichen«, einer noch zu ungeordneten Geschichte, das erste Kapitel ist mehr der Lagerplatz einer Geschichte.

26. November. Mit Max »Richard und Samuel« vormittag und nachmittag bis fünf. Dann zu N., Sammler aus Linz, von Kubin empfohlen, fünfzig Jahre, riesig, turmartige Bewegungen; wenn er längere Zeit schweigt, beugt man den Kopf, da er ganz schweigt, während er sprechend nicht ganz spricht; sein Leben besteht aus Sammeln und Koitieren.
Sammeln: Mit einer Sammlung von Briefmarken fing er an, ging dann zur Graphik über, sammelte dann alles, sah dann die Nutzlosigkeit dieser sich niemals abrundenden Sammlung ein und beschränkte sich auf Amulette, später auf Wallfahrtsmedaillen und Wallfahrtsblätter von Niederösterreich und Südbayern. Es sind dies Medaillen und Blätter, die separat für jede Wallfahrt neu aufgelegt werden, im Material und auch künstlerisch meist wertlos sind, oft aber gemütliche Darstellungen enthalten. Darüber fing

er nun auch fleißig zu publizieren an, und zwar zum erstenmal über diesen Gegenstand, für dessen Systemisierung er erst die Gesichtspunkte feststellte. Natürlich empörten sich die bisherigen Sammler dieser Dinge, die es versäumt hatten, zu publizieren, mußten sich dann aber doch zufrieden geben. Jetzt ist er anerkannter Sachverständiger für diese Wallfahrtsmedaillen, aus allen Gegenden kommen Bitten um Bestimmung und Begutachtung dieser Medaillen, seine Stimme gilt. Im übrigen sammelt er auch noch alles andere, sein Stolz ist ein Jungferngürtel, der, wie auch alle seine Amulette, auf der Dresdner hygienischen Ausstellung ausgestellt gewesen ist. (Jetzt war er eben dort und hat alles zum Transport verpacken lassen.) Dann ein schönes Ritterschwert vom Falkensteiner. Mit einer schlechten, nur durch Sammeln erreichbaren Klarheit verhält er sich zur Kunst.
Aus dem Kaffeehaus im Hotel Graf führte er uns in sein überheiztes Zimmer hinauf, setzt sich aufs Bett, wir auf zwei Sessel um ihn, so daß wir eine ruhige Versammlung bilden. Seine erste Frage: »Sind Sie Sammler?« – »Nein, nur arme Liebhaber.« – »Das macht nichts.« Er zieht seine Brieftasche und bewirft uns förmlich mit Exlibris, eigenen und fremden, untermischt mit einem Prospekt seines nächsten Buches »Zauberei und Aberglaube im Steinreich«. Er hat schon viel geschrieben, besonders über »Mutterschaft in der Kunst«, den schwangern Körper hält er für den schönsten, er ist ihm auch am angenehmsten ... Auch über Amulette hat er geschrieben. Er war auch in Stellung in den Wiener Hofmuseen, hat Ausgrabungen in Braila an der Donaumündung geleitet, ein, nach ihm benanntes Verfahren zum Binden ausgegrabener Vasen erfunden, ist dreizehnfaches Mitglied von gelehrten Gesellschaften und Museen, seine Sammlung ist dem Germanischen Museum in Nürnberg vermacht, oft sitzt er bis ein oder zwei Uhr an seinem Schreibtisch in der Nacht und um acht Uhr früh wieder. Wir müssen etwas in das Stammbuch einer Freundin eintragen, das er auf die Reise mitgenommen hat, um es füllen zu lassen. Selbstproduzierende kommen an den Anfang. Max trägt einen komplizierten Vers ein, den Herr N. mit dem Sprichwort »auf Regen kommt Sonnenschein« zu übersetzen versucht. Vorher hat er es mit einer hölzernen Stimme vorgelesen. Ich schreibe: Kleine Seele springt im Tanze usw.
Er liest wieder laut, ich helfe, schließlich sagt er: »Ein persischer Rhythmus? Wie heißt das nur? Ghasele? Nicht?« Da können wir nicht zustimmen, und was er meint, auch nicht erraten. Endlich zitiert er ein Ritornell von Rückert. Ja, also Ritornell hat er gemeint. Das ist es allerdings auch nicht. Gut, aber einen gewissen Wohlklang hat es.
Er ist Freund Halbes. Er möchte gern über ihn reden. Wir viel lieber über Blei. Über den ist aber nicht viel zu reden, er wird in

der Münchner literarischen Gesellschaft wegen literarischer Schweinereien mißachtet, von seiner Frau, die als Zahnärztin ein besuchtes Atelier hatte und ihn erhielt, ist er geschieden, seine Tochter, sechzehn Jahre, blond, mit blauen Augen ist das wildeste Mädel von München. In Sternheims »Hose« – N. war mit Halbe im Theater – spielte Blei einen alternden Lebemann. Als ihn N. am nächsten Tag traf, sagte er: »Herr Doktor, Sie haben gestern den Dr. Blei gespielt.« – »Wieso? Wieso?« sagte er verlegen, »ich habe doch den und den gespielt.« – Beim Weggehn zerwirft er das Bett, damit es vollständig sich der Zimmerwärme angleiche, außerdem ordnet er weiteres Einheizen an.

Aus dem Talmud: Geht ein Gelehrter auf Brautschau, so soll er sich einen Amohorez mitnehmen, da er, zu sehr in seine Gelehrsamkeit versenkt, das Notwendige nicht merken würde.
Die Telephon- und Telegraphendrähte um Warschau sind durch Bestechungen zu einem vollkommenen Kreis ergänzt, der im Sinne des Talmud aus der Stadt ein abgegrenztes Gebiet, gewissermaßen einen Hof bildet, so daß es auch dem Frömmsten möglich ist, am Samstag innerhalb dieses Kreises sich zu bewegen, Kleinigkeiten (wie Taschentücher) bei sich zu tragen.
Die Gesellschaften der Chassidim, bei denen sie sich fröhlich über Talmudfragen unterhalten. Stockt die Unterhaltung oder beteiligt sich einer nicht, entschädigt man sich durch Gesang. Melodien werden erfunden, gelingt eine, werden Familienglieder hereingerufen und mit ihnen repetiert und studiert. Ein Wunderrabbi, der öfters Halluzinationen hatte, versenkte bei einer solchen Unterhaltung plötzlich sein Gesicht in die auf den Tisch gelegten Arme und verblieb so unter allgemeinem Schweigen drei Stunden. Als er erwachte, weinte er und trug einen ganz neuen lustigen militärischen Marsch vor. Es war dies die Melodie, mit welcher Totenengel eben die Seele eines zu dieser Zeit in einer weitentfernten russischen Stadt verstorbenen Wunderrabbis zum Himmel begleitet hatten.
Nach der Kabbala bekommen am Freitag die Frommen eine neue, vollkommen himmlische, zartere Seele, die bis Samstagabend bei ihnen bleibt.
Am Freitagabend begleiten jeden Frommen zwei Engel vom Tempel nach Hause; der Hausherr begrüßt sie stehend im Spielzimmer; sie bleiben nur kurze Zeit.

Immer hatte die Erziehung der Mädchen, ihr Erwachsensein, die Gewöhnung an die Gesetze der Welt, einen besonderen Wert für mich. Sie laufen dann einem, der sie nur flüchtig kennt und gern mit ihnen flüchtig reden möchte, nicht mehr so hoffnungslos aus dem Weg, sie bleiben schon ein wenig stehn und sei es auch

nicht gerade an der Stelle des Zimmers, wo man sie haben will, man muß sie nicht mehr halten mit Blicken, Drohungen oder der Macht der Liebe; wenn sie sich abwenden, tun sie es langsam und wollen damit nicht verwunden, dann ist auch ihr Rücken breiter geworden. Was man ihnen sagt, geht nicht verloren, sie hören die ganze Frage an, ohne daß man sich beeilen müßte, und antworten, zwar scherzhaft, jedoch genau auf die gestellte Frage. Ja, sie fragen sogar selbst mit erhobenem Gesicht, und ein kleines Gespräch ist ihnen nicht unerträglich. Sie lassen sich in der Arbeit, die sie gerade vorgenommen haben, durch einen Zuschauer kaum mehr stören und berücksichtigen ihn also weniger, doch darf er sie auch länger anschauen. Nur zum Ankleiden ziehn sie sich zurück. Es ist die einzige Zeit, während der man unsicher sein kann. Sonst aber muß man nicht mehr durch Gassen laufen, bei Haustoren abfangen und immer wieder auf einen glücklichen Zufall warten, trotzdem man doch schon erfahren hat, daß man die Fähigkeit nicht besitzt, ihn zu zwingen.
Trotz dieser großen Veränderung aber, die mit ihnen vorgegangen ist, ist es keine Seltenheit, daß sie bei einer unerwarteten Begegnung mit einer Trauermiene uns entgegenkommen, die Hand flach in die unsere legen und mit langsamen Bewegungen uns wie einen Geschäftsfreund zum Eintritt in die Wohnung laden. Schwer gehn sie im Nebenzimmer auf und ab; wie wir aber auch dort eindringen, aus Lüsternheit und Trotz, hocken sie in einer Fensternische und lesen die Zeitung, ohne einen Blick für uns zu haben.

30. November. Drei Tage lang nichts geschrieben.

3. Dezember. Ich habe jetzt ein Stück in Schäfers »Karl Stauffers Lebensgang, eine Chronik der Leidenschaft« gelesen und bin von diesem großen, in mein nur in Augenblicken erhorchtes Innere dringenden Eindruck so befangen und festgehalten, dabei aber durch das von meinem verdorbenen Magen mir auferlegte Hungern und durch die übliche Aufregung des freien Sonntags so ins Weite getrieben, daß ich ebenso schreiben muß, wie man sich bei äußerer, durch Äußeres erzwungener Aufregung nur durch Fuchteln mit den Armen helfen kann.

Das Unglück des Junggesellen ist für die Umwelt, ob scheinbar oder wirklich, so leicht zu erraten, daß er jedenfalls, wenn er aus Freude am Geheimnis Junggeselle geworden ist, seinen Entschluß verfluchen wird. Er geht zwar umher mit zugeknüpftem Rock, die Hände in den hohen Rocktaschen, die Ellbogen spitz, den Hut tief im Gesicht, ein falsches, schon eingeborenes Lächeln soll den Mund schützen, wie der Zwicker die Augen, die Hosen sind schmäler, als es an magern Beinen schön ist. Aber jeder weiß, wie es um ihn steht, kann ihm aufzählen, was er leidet. Kühle weht ihn aus seinem Innern an, in das er mit der noch traurigen andern Hälfte seines Doppelgesichts hineinschaut. Er übersiedelt förmlich unaufhörlich, aber mit erwartender Gesetzmäßigkeit. Je weiter er von den Lebenden wegrückt, für die er doch, und das ist der ärgste Spott, arbeiten muß wie ein bewußter Sklave, der sein Bewußtsein nicht äußern darf, ein desto kleinerer Raum wird für ihn als genügend befunden. Während die andern, und seien sie ihr Leben lang auf dem Krankenbett gelegen, dennoch vom Tode niedergeschlagen werden müssen, denn wenn sie auch aus eigener Schwäche längst selbst gefallen wären, so halten sie sich doch an ihre liebenden starken gesunden Bluts- und Eheverwandten, er, dieser Junggeselle bescheidet sich aus scheinbar eigenem Willen schon mitten im Leben auf einen immer kleineren Raum, und stirbt er, ist ihm der Sarg gerade recht.

Wie ich letzthin meinen Schwestern die Selbstbiographie Mörikes vorlas, schon gut anfing, aber noch besser fortsetzte und schließlich, die Fingerspitzen aufeinander gelegt, mit meiner ruhig bleibenden Stimme innere Hindernisse bezwang, einen immer mehr sich ausbreitenden Ausblick meiner Stimme verschaffte und schließlich das ganze Zimmer rings um mich nichts anderes aufnehmen durfte als meine Stimme. Bis dann meine aus dem Geschäft zurückkehrenden Eltern läuteten.

Vor dem Einschlafen das Gewicht der Fäuste an den leichten Armen auf meinem Leib gespürt.

8. Dezember. Freitag, lange nicht geschrieben, nur war es diesmal doch halbwegs aus Zufriedenheit, da ich das erste Kapitel von »Richard und Samuel« selbst beendet habe und besonders die anfängliche Beschreibung des Schlafes im Coupé als gelungen ansehe. Noch mehr, ich glaube, daß sich an mir etwas vollzieht, das jener Schillerschen Umbildung des Affekts in Charakter sehr nahesteht. Über alles Wehren meines Innern muß ich das aufschreiben.

Spaziergang mit Löwy zum Statthalterschloß, das ich die Zionsburg nannte. Eingangstore und die Himmelsfarbe gingen sehr klar zusammen.

Ein anderer Spaziergang zur Hetzinsel. Erzählung von Frau Tschissik, wie man sie aus Mitleid in Berlin in die Gesellschaft aufnahm, eine zuerst wertlose Duettistin in altfränkischem Kleid und Hut. Vorlesen eines Briefes aus Warschau, in dem ein junger Warschauer Jude über den Niedergang des jüdischen Theaters klagt und schreibt, daß er lieber in die »Nowosti«, das polnische Operettentheater, gehe, als in das jüdische, denn diese elende Ausstattung, die Unanständigkeiten, die »verschimmelten« Couplets usw. seien unerträglich. Man denke nur an den Haupteffekt einer jüdischen Operette, der darin besteht, daß die Primadonna mit einem Zug kleiner Kinder hinter sich durch das Publikum auf die Bühne marschiert. Alle tragen kleine Thorarollen und singen: toire is die beste schoire – die Thora ist die beste Ware.

Schöner einsamer Spaziergang nach jenen gelungenen Stellen in »Robert und Samuel« über den Hradschin und das Belvedere. In der Nerudagasse eine Tafel: Anna Křižová Schneiderin, ausgelernt in Frankreich durch die Herzogin-Witwe Ahrenberg geb. Prinzessin Ahrenberg. – In der Mitte des ersten Schloßhofes stand ich und sah einer Alarmierung der Schloßwache zu.

Max haben die letzten von mir geschriebenen Partien nicht gefallen, jedenfalls deshalb, weil er sie für das Ganze als nicht passend ansieht, möglicherweise aber auch an und für sich für schlecht hält. Dieses ist sehr wahrscheinlich, weil er mich vor dem Schreiben so langer Stellen warnte und den Effekt solchen Schreibens als etwas Gallertartiges ansieht.

Um mit jungen Mädchen reden zu können, brauche ich das Nahesein älterer Personen. Die von ihnen ausgehende leichte Störung belebt mir das Gespräch, die Forderungen an mich scheinen mir gleich herabgestimmt; was ich nicht überprüft aus mir heraussage, kann immer noch, wenn es für das Mädchen nicht gilt, für die ältere Person angebracht sein, aus der ich auch, wenn es notwendig wird, Hilfe in Menge herausholen kann.

Frl. H. Sie erinnert mich an Frau Bl., nur ihre Nase sieht in ihrer Länge, leichten Doppelbiegung und verhältnismäßigen Schmalheit wie die verdorbene Nase der Frau Bl. aus. Sonst aber hat auch sie im Gesicht eine äußerlich kaum begründete Schwärze, die nur von einem kräftigen Charakter in die Haut getrieben sein kann. Breiter Rücken, weit vorgeschrittene Anlage zu dem schwellenden Frauenrücken; schwerer Körper, der dann in der gut geschnittenen Jacke dünn wird und für den nun noch diese schmale Jacke lose ist. Nach Verlegenheiten im Gespräch bedeutet ein freies Heben des Kopfes, daß ein Ausweg gefunden ist. Ich lag ja nicht auf dem Boden in diesem Gespräch, hatte mich auch innerlich nicht aufgegeben, aber hätte ich mich nur von außen gesehn, hätte ich mein Benehmen nicht anders erklären können. Zu einer freien Aussprache mit neuen Bekanntschaften konnte ich früher deshalb nicht kommen, weil mich unbewußt das Vorhandensein sexueller Wünsche hinderte, jetzt hindert mich ihr bewußter Mangel.

Begegnung des Ehepaares Tschissik auf dem Graben. Sie trug ihr Dirnenkleid aus dem »Wilden Menschen«. Wenn ich ihre Erscheinung, wie ich sie damals auf dem Graben hatte, in die Details zerlege, wird sie unwahrscheinlich. (Ich sah sie nur flüchtig, denn ich erschrak bei ihrem Anblick, grüßte nicht, wurde auch nicht gesehn und wagte nicht gleich, mich umzudrehn.) Sie war viel kleiner als sonst, hatte die linke Hüfte nicht augenblicksweise, sondern ständig vorstehn, ihr rechtes Bein war eingeknickt, die Bewegung des Halses und des Kopfes, die sie ihrem Mann näherte, war sehr eilig, mit dem zur Seite gestreckten eingebogenen rechten Arm suchte sie sich in ihren Mann einzuhängen. Der trug sein Sommerhütchen mit der vorn niedergedrückten Krempe. Als ich mich umdrehte, waren sie weg. Ich erriet, daß sie ins Café Central gegangen waren, wartete ein wenig auf der anderen Grabenseite und hatte das Glück, nach einer langen Weile sie zum Fenster treten zu sehen. Als sie sich zum Tische setzte, sah man nur den Rand ihres mit blauem Samt überzogenen Pappendeckelhutes.
Im Traum war ich dann in einem sehr schmalen, auch nicht übermäßig hohen, glasüberwölbten Durchhaus, ähnlich den ungangbaren Kommunikationen auf primitiven italienischen Bildern, von der Ferne auch einem Durchhaus ähnlich, das wir in Paris gesehen haben, als eine Abzweigung der Rue des Petits Champs. Nur war jenes in Paris doch breiter und mit Geschäften angefüllt, dieses aber lief zwischen leeren Wänden hin, ließ im Anblick kaum für zwei nebeneinandergehende Personen Platz, ging man aber wirklich darin, wie ich mit Frau Tschissik, dann war überraschend viel Platz, ohne daß es uns überraschte. Während ich mit Frau Tschissik zu dem einen Ausgang hinausging, in der Richtung zu einem möglichen Beobachter des Ganzen, und Frau Tschissik sich wegen irgendeines Vergehns (es schien Trunksucht zu sein) gleichzeitig entschuldigte und mich bat, ihren Verleumdern nicht zu glauben, peitschte Herr Tschissik am andern Ende des Durchhauses einen zottigen blonden Bernhardiner, der ihm gegenüber auf den Hinterbeinen stand. Es war nicht ganz deutlich, ob Tschissik mit dem Hund nur spaßte und über ihm seine Frau vernachlässigte oder ob er ernstlich selbst von dem Hund angegriffen war oder ob er schließlich den Hund von uns abhalten wollte.

Mit L. auf dem Quai. Ich hatte einen leichten, mein ganzes Wesen unterdrückenden Ohnmachtsanfall, verwand ihn und erinnerte mich nach einer kleinen Weile an ihn wie an etwas längst Vergessenes.

Selbst wenn ich von allen sonstigen Hindernissen (körperlicher Zustand, Eltern, Charakter) absehe, erziele ich eine sehr gute Entschuldigung dafür, daß ich mich nicht trotz allem auf die Literatur einschränke, durch folgende Zweiteilung: Ich kann so lange nichts für mich wagen, solange ich keine größere, mich vollständig befriedigende Arbeit zustande gebracht habe. Das ist allerdings unwiderleglich.

Ich habe jetzt und hatte schon nachmittag ein großes Verlangen, meinen ganz bangen Zustand ganz aus mir herauszuschreiben und ebenso wie er aus der Tiefe kommt, in die Tiefe des Papiers hinein, oder es so niederzuschreiben, daß ich das Geschriebene vollständig in mich einbeziehen könnte. Das ist kein künstlerisches Verlangen. Als heute Löwy von seiner Unzufriedenheit sprach und von seiner Gleichgültigkeit allem gegenüber, was die Truppe tut, legte ich seinem Zustand als Erklärung laut Heimweh unter, gab ihm aber gewissermaßen diese Erklärung nicht hin, trotzdem ich sie ausgesprochen hatte, sondern behielt sie für mich und *genoß* sie vorübergehend für meine eigene Traurigkeit.

9. Dezember. Stauffer-Bern: »Die Süßigkeit der Produktion täuscht über ihren absoluten Wert hinweg.«

Wenn man über einem Buch mit Briefen oder Memoiren, gleichgültig von was für einem Menschen, diesmal von Karl Stauffer-Bern, still hält, nicht aus eigener Kraft ihn in sich zieht, denn dazu gehört schon Kunst und die beglückt sich selbst, sondern hingegeben – wer nur nicht Widerstand leistet, dem geschieht es bald – von dem gesammelten fremden Menschen sich wegziehn und zu seinem Verwandten sich machen läßt, dann ist es nichts Besonderes mehr, wenn man durch Zuschlagen des Buches, wieder auf sich selbst gebracht, nach diesem Ausflug und dieser Erholung sich in seinem neu erkannten, neu geschüttelten, einen Augenblick lang von der Ferne aus betrachteten eigenen Wesen wieder wohler fühlt und mit freierem Kopfe zurückbleibt. – Später erst kann es uns wundern, daß jene fremden Lebensverhältnisse trotz ihrer Lebhaftigkeit unveränderlich in dem Buch beschrieben sind, obwohl wir nach unserer Erfahrung zu wissen glauben, daß von einem Erlebnis, wie es zum Beispiel die Trauer über den Tod eines Freundes ist, nichts auf der Welt weiter absteht als die Beschreibung dieses Erlebnisses. Was aber für unsere Person recht ist, ist es nicht für die fremde. Wenn wir nämlich mit unseren Briefen dem eigenen Gefühle nicht genügen können – natürlich gibt es hier eine beiderseits verschwimmende Menge von Abstufungen – wenn uns selbst in unserem besten Zustand immer wieder Ausdrücke behilflich sein müssen, wie »unbeschreiblich«, »unsagbar« oder ein »so traurig« oder »so schön«, dem dann ein rasch abbröckelnder »daß«-Satz folgt, so ist uns, wie zum Lohn dafür, die Fähigkeit gegeben, fremde Berichte mit der ruhigen Genauigkeit aufzufassen, die uns dem eigenen Briefschreiben gegenüber, zumindest in diesem Maße, fehlt. Die Unkenntnis, in der wir uns über jene Gefühle befinden, welche den vorliegenden Brief je nachdem einmal gespannt oder zerknittert haben, gerade diese Unkenntnis wird Verstand, da wir gezwungen sind, an den hier liegenden Brief uns zu halten, nur das zu glauben, was darin steht, dieses also vollkommen ausgedrückt zu finden und von einem vollkommenen Ausdruck, wie es nur gerecht ist, den Weg ins Menschlichste hinein offen zu sehen. So enthalten zum Beispiel Karl Stauffers Briefe nur den Bericht über das kurze Leben eines Künstlers ... [bricht ab]

10. Dezember. Sonntag. Ich muß meine Schwester besuchen gehn und ihren kleinen Jungen. Als vorgestern die Mutter um ein Uhr in der Nacht von meiner Schwester zurückkam, mit der Nachricht von der Geburt des Jungen, zog mein Vater im Nachthemd durch die Wohnung, öffnete alle Zimmer, weckte mich, das Dienstmädchen und die Schwestern und verkündete die Geburt in einer Weise, als sei das Kind nicht nur geboren worden, sondern als habe es auch bereits ein ehrenvolles Leben geführt und sein Begräbnis gehabt.

13. Dezember. Aus Müdigkeit nicht geschrieben und abwechselnd auf dem Kanapee im warmen und im kalten Zimmer gelegen, mit kranken Beinen und ekelhaften Träumen. Ein Hund lag mir auf dem Leib, eine Pfote nahe beim Gesicht, ich erwachte davon, aber hatte noch ein Weilchen Furcht, die Augen aufzumachen und ihn anzusehn.

»Biberpelz.« Lückenhaftes, ohne Steigerung abflauendes Stück. Falsche Szenen des Amtsvorstehers. Zartes Spiel der Lehmann vom Lessing-Theater. Einlegen des Rockes zwischen die Schenkel, wenn sie sich bückt. Der nachdenkliche Blick des Volkes. Heben beider Handflächen, die links vor dem Gesicht untereinander gereiht werden, wie um die Macht der leugnenden oder beteuernden Stimme freiwillig zu schwächen. Unberatenes, grobes Spiel der andern. Frechheiten des Komikers gegen das Stück (zieht einen Säbel, verwechselt die Hüte). Meine kalte Unlust. Nach Hause gegangen, aber auch schon dort gesessen mit der bewundernden Vorstellung, daß so viele Menschen für einen Abend so viel Aufregung auf sich nehmen (man schreit, stiehlt, wird bestohlen, belästigt, beklatscht, vernachlässigt), und daß in diesem Stück, wenn man es nur mit blinzelnden Augen ansieht, so viel ungeordnete Menschenstimmen und Ausrufe zusammengeworfen sind. Schöne Mädchen. Eine mit glattem Gesicht, ununterbrochenen Hautflächen, Wangenrundung, hoch oben ansetzendem Haar, in dieser Glätte verlassenen und etwas aufquellenden Augen. – Schöne Stellen des Stückes, in dem sich die Wolffen gleichzeitig als Diebin und als ehrliche Freundin der klugen, fortschrittlichen, demokratischen Menschen zeigt. Ein Wehrhahn als Zuhörer müßte sich eigentlich bestätigt fühlen. – Trauriger Parallelismus der vier Akte. Im ersten Akt wird gestohlen, im zweiten ist das Gericht, ebenso im dritten und vierten Akt.

»Der Schneider als Gemeinderat« bei den Juden. Ohne die Tschissiks, aber mit zwei neuen, dem Ehepaar Liebgold, fürchterlichen Menschen. Schlechtes Stück von Richter. Der Anfang molièrisch, der protzige, mit Uhren behängte Gemeinderat. – Die Liebgold kann nicht lesen, ihr Mann muß mit ihr studieren.
Es ist fast Sitte, daß ein Komiker eine Ernste und ein Ernster eine Lustige heiratet und daß überhaupt nur verheiratete oder verwandte Frauenzimmer mitgenommen werden. – Wie einmal um Mitternacht der Klavierspieler, wahrscheinlich ein Junggeselle, mit seinen Noten sich durch die Tür hinausdrückte.

Brahmskonzert des Singvereins. Das Wesentliche meiner Unmusikalität, daß ich Musik nicht zusammenhängend genießen kann, nur hie und da entsteht eine Wirkung in mir, und wie selten ist die eine musikalische. Die gehörte Musik zieht natürlich eine Mauer um mich, und meine einzig dauernde musikalische Beeinflussung ist die, daß ich, so eingesperrt, anders bin als frei.
Solche Ehrerbietung wie vor der Musik gibt es im Publikum vor der Literatur nicht. Die singenden Mädchen. Vielen war der Mund nur von der Melodie offengehalten. Einer mit schwerfälligem Körper flog Hals und Kopf beim Gesang.
Drei Geistliche in einer Loge. Der Mittlere mit rotem Käppchen hört mit Ruhe und Würde zu, unberührt und schwer, aber nicht steif; der rechts ist zusammengesunken, mit spitzigem, starrem, faltigem Gesicht; der links, dick, hat sein Gesicht schief auf die halb geöffnete Faust gesetzt. – Gespielt: »Tragische Ouverture.« (Ich höre nur langsame feierliche, einmal hier, einmal dort ausgeführte Schritte. Lehrreich ist es, den Übergang der Musik zwischen den einzelnen Spielergruppen zu beobachten und mit dem Ohr nachzuprüfen. Die Zerstörung in der Frisur des Dirigenten.) »Beherzigung« von Goethe, »Nänie« von Schiller, »Gesang der Parzen«, »Triumphlied«. – Die singenden Frauen, die oben an der niedrigen Balustrade standen, wie auf einer frühitalienischen Architektur.

Sicher ist, daß ich, trotzdem ich eine ziemliche Zeit in oft über mir zusammenschlagender Literatur gestanden bin, seit drei Tagen, abgesehn vom allgemeinen Glücksverlangen, kein ursprüngliches Verlangen nach Literatur fühle. Ebenso hielt ich Löwy vorige Woche für meinen unentbehrlichen Freund und entbehrte ihn jetzt drei Tage leicht.

Ich ziehe, wenn ich nach langer Zeit zu schreiben anfange, die Worte wie aus der leeren Luft. Ist eines gewonnen, dann ist eben nur dieses eine da und alle Arbeit fängt von vorne an.

14. Dezember. Mein Vater machte mir mittags Vorwürfe, weil ich mich nicht um die Fabrik kümmere. Ich erklärte, ich hätte mich beteiligt, weil ich Gewinn erwartete, mitarbeiten könne ich aber nicht, solange ich im Bureau sei. Der Vater zankte weiter, ich stand beim Fenster und schwieg. Abends aber ertappte ich mich bei dem von jenem Mittagsgespräch ausgehenden Gedanken, daß ich mich mit meiner gegenwärtigen Stellung sehr zufrieden geben könne und mich nur hüten müsse, die ganze Zeit für die Literatur freizubekommen. Kaum hatte ich diesen Gedanken näherer Beobachtung ausgesetzt, war er auch nicht mehr erstaunlich und kam mir schon gewohnt vor. Ich sprach mir die Fähigkeit ab, die ganze Zeit für die Literatur ausnützen zu können. Diese Überzeugung kam allerdings nur aus einem Augenblickszustand, aber sie war stärker als dieser. Auch an Max dachte ich wie an einen Fremden, trotzdem er heute in Berlin einen aufregenden Vorlese- und Vorspielabend hat; jetzt fällt mir ein, daß ich an ihn nur dachte, als ich der Wohnung des Fräulein Taussig mich beim Abendspaziergang näherte.

Spaziergang mit Löwy unten am Fluß. Der eine Pfeiler des aus der Elisabethbrücke sich erhebenden, innen von einer elektrischen Lampe beleuchteten Bogens sah als dunkle Masse zwischen seitlich hervorströmendem Licht wie ein Fabrikskamin aus, und der über ihm zum Himmel sich ausspannende dunkle Schattenkeil war wie steigender Rauch. Die scharf begrenzten grünen Lichtflächen zur Seite der Brücke.

Wie mir während des Vorlesens von »Beethoven und das Liebespaar« von W. Schäfer verschiedene mit der vorgelesenen Geschichte gar nicht zusammenhängende Gedanken (ans Nachtmahl, an den wartenden Löwy) mit großer Deutlichkeit durch den Kopf gingen, ohne mich in dem gerade heute sehr reinen Vorlesen zu stören.

16. Dezember. Sonntag zwölf Uhr mittags. Den Vormittag vertrödelt mit Schlafen und Zeitunglesen. Angst, eine Kritik für das Prager Tageblatt fertigzustellen. Solche Angst vor dem Schreiben

äußert sich immer darin, daß ich gelegentlich, ohne beim Schreibtisch zu sein, Eingangssätze des zu Schreibenden erfinde, die sich gleich als unbrauchbar, trocken, weit vor dem Ende abgebrochen herausstellen und mit ihren vorragenden Bruchstellen in eine traurige Zukunft zeigen.

Die alten Künste auf dem Christmarkt. Zwei Kakadus auf einer Querstange ziehen Planeten. Irrtümer: Ein Mädchen bekommt eine Geliebte prophezeit. – Ein Mann bietet künstliche Blumen mit Versen zum Verkaufe an: To jest ruže udělaná z kuže. [Das ist eine Rose aus Leder gemacht.]

Der junge Pipes beim Gesang. Als einziges Gebärdenspiel wird der rechte Unterarm im Gelenk hin und her gekegelt, die halbgeöffnete Hand öffnet sich noch etwas weiter und zieht sich dann wieder zusammen. Der Schweiß bedeckt ihm das Gesicht, besonders die Oberlippe, wie mit Glassplittern. Flüchtig ist ein knopfloses Plastron hinter die Weste des Schlußrockes gesteckt.
Der warme Schatten im weichen Rot der Mundhöhle der singenden Frau Klug.

Judengassen in Paris, Rue Rosier, Abzweigung der Rue de Rivoli.

Wird eine ungeordnete Bildung, die in sich nur den notdürftigsten, zum bloßen unsichern Dasein unentbehrlichen Zusammenhang hat, plötzlich zu einem zeitlich eingeschränkten, daher notwendig energischen Arbeiten, zum Sichentwickeln, zum Reden aufgefordert, so erfolgt nur eine bittere Antwort, in der sich Hochmut wegen des Erreichten, das nur mit allen ungeübten Kräften ertragen werden kann, ein kleiner Rückblick auf das überrascht entfliehende Wissen, das deshalb besonders leicht beweglich ist, weil es mehr geahnt als seßhaft war, und endlich Haß und Bewunderung der Umgebung mischen.

Vor dem Einschlafen hatte ich gestern die zeichnerische Vorstellung einer für sich bergähnlich in der Luft abgesonderten Menschengruppe, die mir in ihrer zeichnerischen Technik vollständig neu und, einmal erfunden, leicht ausführbar schien. Um einen Tisch war eine Gesellschaft versammelt, der Erdboden verlief etwas weiter als der Menschenkreis, von allen Leuten aber sah ich vorläufig mit einer großen Gewalt des Blickes nur einen jungen Mann in altertümlichem Kleid. Den linken Arm hatte er auf dem Tisch aufgestützt, die Hand hing lose über seinem Gesicht, das spielerisch zu jemandem aufschaute, der sich besorgt oder fragend über ihn bückte. Sein Körper, besonders das rechte Bein, war mit nachlässiger Jugendlichkeit gestreckt, er lag mehr als er saß. Die zwei deutlichen Linienpaare, welche die Beine begrenzten, kreuzten und verbanden sich leicht zu den Grenzlinien des Körpers. Mit schwacher Körperlichkeit wölbten sich zwischen diesen Linien die bleich gefärbten Kleider. Vor Erstaunen über diese schöne Zeichnung, die mir im Kopfe eine Spannung erzeugte, die meiner Überzeugung nach dieselbe und zwar dauernde Spannung war, von der, wann ich wollte, der Bleistift in der Hand geführt werden könnte, zwang ich mich aus dem dämmernden Zustand heraus, um die Zeichnung besser durchdenken zu können. Da fand ich allerdings bald, daß ich mir nichts anderes vorgestellt hatte als eine kleine Gruppe aus grauweißem Porzellan.

In Übergangszeiten, wie es für mich die letzte Woche und zumindest noch dieser Augenblick ist, erfaßt mich oft ein trauriges, aber ruhiges Erstaunen über meine Gefühllosigkeit. Ich bin von allen Dingen durch einen hohlen Raum getrennt, an dessen Begrenzung ich mich nicht einmal dränge.

Jetzt am Abend, wo mir die Gedanken freier zu werden anfangen und ich vielleicht zu einigem fähig wäre, muß ich ins Nationaltheater zu »Hippodamie«, Uraufführung von Vrchlicky.

Sicher ist, daß mir der Sonntag niemals mehr nützen kann als der Wochentag, da er durch seine besondere Einteilung alle meine Gewohnheiten durcheinanderwirft und ich die überschüssige freie Zeit nötig habe, um mich in diesem besonderen Tag halbwegs einzurichten.

Meinem Verlangen, eine Selbstbiographie zu schreiben, würde ich jedenfalls in dem Augenblick, der mich vom Bureau befreite, sofort nachkommen. Eine solche einschneidende Änderung müßte ich beim Beginn des Schreibens als vorläufiges Ziel vor mir haben, um die Masse der Geschehnisse lenken zu können. Eine andere erhebende Änderung aber als diese, die selbst so schrecklich unwahrscheinlich ist, kann ich nicht absehn. Dann aber wäre das Schreiben der Selbstbiographie eine große Freude, da es so leicht vor sich ginge wie die Niederschrift von Träumen und doch ein ganz anders, großes, mich für immer beeinflussendes Ergebnis hätte, das auch dem Verständnis und Gefühl eines jeden andern zugänglich wäre.

18. Dezember. Vorgestern »Hippodamie«. Elendes Stück. Ein Herumirren in der griechischen Mythologie ohne Sinn und Grund. Aufsatz Kvapils auf dem Theaterzettel, der zwischen den Zeilen die während der ganzen Aufführung sichtbare Ansicht ausspricht, daß eine gute Regie (die hier aber nichts als Nachahmung Rein-

hardts war) eine schlechte Dichtung zu einem großen theatralischen Werk machen könne. Traurig muß das alles für einen nur etwas herumgekommenen Tschechen sein. – Der Statthalter, der aus seinem geöffneten Logentürchen in der Pause aus dem Gange Luft schnappte. – Die als Schattenbild zitierte Erscheinung der toten Axiocha, die bald verschwindet, weil sie, als eine erst vor kurzem Verstorbene, beim Anblick der Welt zu sehr ihr altes Menschenleid wieder empfindet.

Ich bin unpünktlich, weil ich die Schmerzen des Wartens nicht fühle. Ich warte wie ein Rind. Fühle ich nämlich einen wenn auch sehr unsichern Zweck meiner augenblicklichen Existenz, bin ich in meiner Schwäche so eitel, daß ich um dieses einmal vorgesetzten Zweckes halber alles gern ertrage. Wenn ich verliebt wäre, was könnte ich da tun. Wie lange wartete ich vor Jahren unter den Lauben auf dem Ring, bis die M. vorüberkam, und wenn sie auch nur mit ihrem Liebhaber vorüberging. Ich habe, teils aus Nachlässigkeit, teils aus Unkenntnis der Schmerzen des Wartens, die Zeit verabredeter Zusammenkünfte versäumt, teils aber auch um neue komplizierte Zwecke des erneuten unsichern Aufsuchens jener Personen, mit denen ich mich verabredet hatte, also auch die Möglichkeit langen unsichern Wartens zu erreichen. Schon daraus, daß ich als Kind eine große nervöse Angst vor dem Warten hatte, könnte man schließen, daß ich zu etwas Besserem bestimmt gewesen bin, daß ich aber meine Zukunft geahnt habe.

Meine guten Zustände haben nicht Zeit und Erlaubnis, sich natürlich auszuleben; meine schlechten dagegen haben mehr davon, als sie verlangen. Nun leide ich an einem solchen Zustand, wie ich nach dem Tagebuch berechnen kann, seit dem neunten, fast zehn Tage. Gestern legte ich mich wieder einmal mit feurigem Kopf ins Bett und wollte mich schon freuen, daß die schlechte Zeit vorüber sei, und mich schon fürchten, daß ich schlecht schlafen werde. Es ging aber vorüber, ich schlief ziemlich gut und wache schlecht.

19. Dezember. Gestern »Davids Geige« von Lateiner. Der verstoßene Bruder, ein künstlerischer Geiger, kommt, wie in den Träumen meiner ersten Gymnasialzeit, reich geworden zurück, versucht aber zuerst im Bettlerkleid, die Füße mit Packhadern wie ein Schneeschaufler umbunden, seine niemals aus der Heimat gekommenen Verwandten: Seine ehrliche arme Tochter, den reichen Bruder, der seinen Sohn der armen Base nicht zur Frau geben und trotz seines Alters sich eine junge Frau nehmen will. Erst später enthüllt er sich durch Aufreißen eines Kaiserrockes,

unter dem auf einer quergebundenen Schärpe die Orden aller Fürsten Europas hängen. Mit Violinspiel und Gesang macht er alle Verwandten und ihren Anhang zu guten Menschen und bringt ihre Verhältnisse in Ordnung.

Frau Tschissik spielte wieder. Ihr Leib war gestern schöner als ihr Gesicht, das schmäler schien als sonst, so daß die Stirn, die sich beim ersten Wort in Falten wirft, zu sehr auffiel. Der schön gerundete mittelstarke große Körper gehörte gestern nicht zu ihrem Gesicht, und sie erinnerte mich undeutlich an Doppelwesen, wie Seejungfrauen, Sirenen, Zentauren. Als sie dann vor mir stand, mit verzogenem Gesicht, unreinem, von der Schminke angegriffenem Teint, einem Fleck auf der dunkelblauen kurzärmeligen Bluse, war es mir, wie wenn ich im Kreise unbarmherziger Zuschauer zu einer Statue reden sollte.
Frau Klug stand neben ihr und beobachtete mich. Fräulein Weltsch beobachtete mich von links. Ich sagte so viel Dummheiten als möglich war. So ließ ich nicht ab, Frau Tschissik zu fragen, warum sie nach Dresden gefahren war, trotzdem ich wußte, daß sie sich mit den andern zerworfen hatte und deshalb weggefahren war und daß ihr daher dieses Thema peinlich war. Schließlich war es mir noch peinlicher, nur fiel mir nichts anderes ein. Als Frau Tschissik dazutrat, während ich mit Frau Klug sprach, sagte ich, indem ich mich Frau Tschissik zuwendete, zu Frau Klug »Pardon!«, wie wenn ich beabsichtigte, von jetzt an mit Frau Tschissik mein Leben zu verbringen. Wie ich dann mit Frau Tschissik sprach, merkte ich, daß meine Liebe sie eigentlich nicht erfaßt hatte, sondern sie nur, bald näher, bald weiter, umflog. Ruhe kann ihr ja nicht gegeben sein.
Frau Liebgold spielte einen jungen Mann in einem Kleid, das ihren schwangern Leib fest umschloß. Da sie ihrem Vater (Löwy) nicht folgt, drückt er ihren Oberkörper auf einen Sessel nieder und schlägt sie auf den Hintern, über dem sich die Hose äußerst spannt. Löwy sagte dann, er habe sie mit dem gleichen Widerwillen wie eine Maus angerührt. Sie ist aber von vorn gesehen hübsch, nur im Profil fährt ihre Nase zu lang, zu spitz und grausam hinab.

Ich kam erst um zehn Uhr hin, machte vorher einen Spaziergang und kostete die leichte Nervosität aus, einen Platz im Theater zu haben und während der Vorstellung, also während die Solisten mich herbeizusingen versuchen, spazierenzugehn. Ich versäumte auch Frau Klug, deren immer lebendigen Gesang anzuhören nichts anderes bedeutet, als die Welt auf ihre Festigkeit zu prüfen, was ich doch nötig habe.

Heute sprach ich beim Frühstück mit der Mutter zufällig über Kinder und Heiraten, nur ein paar Worte, aber ich bemerkte dabei zum erstenmal deutlich, wie unwahr und kindlich die Vorstellung ist, die sich meine Mutter von mir macht. Sie hält mich für einen gesunden jungen Mann, der ein wenig an der Einbildung leidet, krank zu sein. Diese Einbildung wird mit der Zeit von selbst schwinden, eine Heirat allerdings und Kinderzeugung würden sie am gründlichsten beseitigen. Dann würde auch das Interesse an der Literatur auf jenes Maß zurückgehn, das vielleicht den Gebildeten nötig ist. Das Interesse an meinem Beruf oder an der Fabrik oder an dem, was mir gerade in die Hände kommt, wird in selbstverständlicher ungestörter Größe einsetzen. Zu dauernder Verzweiflung an meiner Zukunft ist daher nicht der geringste, mit keiner Ahnung zu berührende Grund; zu zeitweiliger Verzweiflung, die aber auch nicht tief geht, ist dann Veranlassung, wenn ich wieder einmal den Magen verdorben zu haben glaube oder wenn ich, weil ich zu viel schreibe, nicht schlafen kann. Lösungsmöglichkeiten gibt es tausende. Die wahrscheinlichste ist, daß ich mich plötzlich in ein Mädchen verliebe und von ihr nicht mehr werde ablassen wollen. Dann werde ich sehn, wie gut man es mit mir meint und wie man mich nicht hindern wird. Wenn ich aber Junggeselle werde wie der Onkel in Madrid, wird es auch kein Unglück sein, weil ich in meiner Gescheitheit mich schon einzurichten wissen werde.

23. Dezember. Samstag. Kommt beim Anblick meiner ganzen Lebensweise, die in eine allen Verwandten und Bekannten fremde falsche Richtung führt, die Befürchtung auf und wird sie von meinem Vater ausgesprochen, daß aus mir ein zweiter Onkel Rudolf, also der Narr der neuen nachwachsenden Familie, der für die Bedürfnisse einer andern Zeit etwas abgeänderte Narr, werden wird, dann werde ich von jetzt ab fühlen können, wie in der Mutter, deren Widerspruch gegen solche Meinung im Laufe der Jahre immer kleiner wird, alles sich sammelt und stärkt, was für mich und was gegen Onkel Rudolf spricht und wie ein Keil zwischen die Vorstellungen von uns beiden fährt.

Vorgestern in der Fabrik. Abends bei Max, wo der Maler Novak gerade die Lithographien von Max ausbreitete. Ich wußte mich ihnen gegenüber nicht zu fassen, nicht ja, nicht nein zu sagen. Max brachte einige Ansichten vor, die er sich schon gebildet hatte, worauf sich mein Denken darum herumkugelte, ohne Ergebnis. Endlich gewöhnte ich mich an die einzelnen Blätter, legte wenigstens die Überraschung der ungeübten Augen ab, fand ein Kinn rund, ein Gesicht gepreßt, einen Oberkörper panzerhaft, er sah aber eher so aus, als trage er ein riesiges Frackhemd unter dem

Straßenanzug. Der Maler brachte dagegen einiges nicht auf den ersten und nicht auf den zweiten Anlauf Verständliche vor und schwächte die Bedeutung dessen nur dadurch, daß er es gerade uns gegenüber sagte, die, wenn seines innerlich erwiesen war, den billigsten Unsinn gesprochen hatten. Er behauptete, daß es die gefühlte und selbst bewußte Aufgabe des Künstlers wäre, den Portraitierten in seine eigene Kunstform aufzunehmen.
Um dies zu erreichen, hatte er zuerst eine Portraitskizze in Farben angefertigt, die auch vor uns lag, in dunklen Farben eine tatsächlich zu scharfe trockene Ähnlichkeit aufwies (diese zu große Schärfe kann ich erst jetzt eingestehn) und von Max für das beste Portrait erklärt wurde, da es außer seiner Ähnlichkeit um Augen und Mund edle gefaßte Züge trug, die durch die dunklen Farben im richtigen Maße gestärkt wurden. Wurde man danach gefragt, konnte man es nicht leugnen. Nach dieser Skizze arbeitete nun der Maler zu Hause an seinen Lithographien, indem er, Lithographie um Lithographie verändernd, danach trachtete, immer mehr von der Naturerscheinung sich zu entfernen, dabei aber seine eigene Kunstform nicht nur nicht zu verletzen, sondern Strich für Strich ihr näherzurücken. So verlor zum Beispiel die Ohrmuschel ihre menschlichen Windungen und den detaillierten Rand und wurde ein vertiefter Halbkreiswirbel um eine kleine dunkle Öffnung. Maxens knochig schon vom Ohr an sich bildendes Kinn verlor seine einfache Begrenzung, so unentbehrlich sie scheint und so wenig für den Beschauer aus der Entfernung der alten Wahrheit eine neue wurde. Das Haar löste sich in sichern, verständlichen Umrissen auf und blieb menschliches Haar, wie es auch der Maler leugnete.
Während der Maler das Verständnis dieser Umwandlungen von uns verlangt hatte, deutete er dann nur noch flüchtig, aber mit Stolz an, daß alles auf diesen Blättern Bedeutung hatte und daß selbst das Zufällige durch seine alles Nachträgliche beeinflussende Wirkung ein Notwendiges war. So ging neben einem Kopf ein schmaler blasser Kaffeefleck fast das ganze Bild hinab, er war eingefügt, berechnet und nicht mehr wegzunehmen ohne Schaden für alle Proportionen. Auf einem andern Blatt war links in der Ecke ein großer, zerstreut punktierter, kaum auffallender blauer Fleck; dieser Fleck nun war sogar mit Absicht angebracht, der kleinen, von ihm über das Bild hingehenden Beleuchtung wegen, in welcher dann der Maler weitergearbeitet hatte. Sein nächstes Ziel war nun vor allem, den Mund, an dem schon einiges, aber nicht genug, geschehen war, und dann die Nase in die Umwandlung mit einzubeziehn, wozu er auf die Klage Maxens, daß sich die Lithographie auf diese Weise immer mehr von der schönen Farbenskizze entferne, bemerkte, daß es gar nicht ausgeschlossen sei, daß sie sich ihr wieder annähern werde.

Nicht zu übersehn war jedenfalls die Sicherheit, mit welcher der Maler in jedem Augenblick des Gesprächs auf das Unvorhergesehene seiner Eingebung vertraute und daß nur dieses Vertrauen seine künstlerische Arbeit mit dem besten Recht zu einer fast wissenschaftlichen machte. – Zwei Lithographien »Apfelverkäuferin« und »Spaziergang« gekauft.

Ein Vorteil des Tagebuchführers besteht darin, daß man sich mit beruhigender Klarheit der Wandlungen bewußt wird, denen man unaufhörlich unterliegt, die man auch im allgemeinen natürlich glaubt, ahnt und zugesteht, die man aber unbewußt immer dann leugnet, wenn es darauf ankommt, sich aus einem solchen Zugeständnis Hoffnung oder Ruhe zu holen. Im Tagebuch findet man Beweise dafür, daß man selbst in Zuständen, die heute unerträglich scheinen, gelebt, herumgeschaut und Beobachtungen aufgeschrieben hat, daß also diese Rechte sich bewegt hat wie heute, wo wir zwar durch die Möglichkeit des Überblickes über den damaligen Zustand klüger sind, darum aber desto mehr die Unerschrokkenheit unseres damaligen, in lauter Unwissenheit sich dennoch erhaltenden Strebens anerkennen müssen.

Durch Werfels Gedichte hatte ich den ganzen gestrigen Vormittag den Kopf wie von Dampf erfüllt. Einen Augenblick fürchtete ich, die Begeisterung werde mich ohne Aufenthalt bis in den Unsinn mit fortreißen.

Quälendes Gespräch vorgestern abend mit Weltsch. Meine Blicke liefen aufgescheucht eine Stunde lang auf seinem Gesicht und Hals hin und her. Einmal wußte ich mitten in einer durch Aufregung, Schwäche und Gedankenlosigkeit hervorgerufenen Gesichtsverzerrung nicht bestimmt, ob ich ohne dauernde Verletzung unseres Verhältnisses aus dem Zimmer herauskommen werde. Draußen in dem regnerischen, für schweigendes Gehn bestimmten Wetter atmete ich auf und wartete dann zufrieden eine Stunde lang vor dem »Orient« auf M. Solches Warten mit langsamen Blicken auf die Uhr und gleichgültigem Hin- und Hergehn ist mir fast ebenso angenehm wie das Liegen auf dem Kanapee mit gestreckten Beinen und den Händen in den Hosentaschen. (Im Halbschlaf glaubt man dann, die Hände gar nicht mehr in den Hosentaschen zu haben, sondern sie scheinen als Fäuste oben auf den Schenkeln zu liegen.)

24. Dezember. Sonntag. Gestern war es lustig bei Baum. Ich war dort mit Weltsch. Max ist in Breslau. Ich fühlte mich frei, konnte jede Bewegung bis zu ihrem Ende ausführen, ich antwortete und hörte zu, wie es sich gehörte, machte am meisten Lärm, und sagte

ich einmal eine Dummheit, so wurde sie nicht Hauptsache, sondern war gleich fortgeschwemmt. Ebenso war der Nachhauseweg mit Weltsch im Regen; trotz Pfützen, Wind und Kälte verging er uns so rasch, als wären wir gefahren. Und beiden tat es leid, Abschied zu nehmen.

Als Kind hatte ich Angst und wenn nicht Angst, so Unbehagen, wenn mein Vater, wie er als Geschäftsmann öfters tat, vom Letzten oder vom Ultimo sprach. Da ich nicht neugierig war, und wenn ich auch einmal fragte, infolge langsamen Denkens die Antwort nicht rasch genug verarbeiten konnte und weil oft eine einmal aufgetauchte schwache tätige Neugierde schon durch Frage und Antwort befriedigt war, ohne auch noch einen Sinn zu verlangen, so blieb mir der Ausdruck »der Letzte« ein peinliches Geheimnis, dem infolge bessern Aufhorchens der Ausdruck »Ultimo« zur Seite trat, wenn auch nie in so starker Bedeutung. Schlimm war es auch, daß der so lange befürchtete Letzte niemals rein überwunden werden konnte, denn war er einmal ohne besondere Anzeichen, ja ohne besondere Aufmerksamkeit vorübergegangen – denn daß er immer nach beiläufig dreißig Tagen kam, merkte ich erst viel später –, und war der Erste also glücklich angekommen, fing man, allerdings nicht mit besonderem Entsetzen, was aber ohne Überprüfung zu dem andern Unverständlichen gelegt wurde, wieder vom Letzten zu reden an.

Als ich gestern mittag zu W. kam, hörte ich die Stimme seiner Schwester, die mich begrüßte, sie selbst aber sah ich nicht, erst bis sich ihre schwache Gestalt vom Schaukelstuhl ablöste, der vor mir stand.

Heute vormittag Beschneidung meines Neffen. Ein kleiner krummbeiniger Mann, Austerlitz, der schon zweitausendundachthundert Beschneidungen hinter sich hat, führte die Sache sehr geschickt aus. Es ist eine dadurch erschwerte Operation, daß der Junge, statt auf dem Tisch, auf dem Schoß seines Großvaters liegt und daß der Operateur, statt genau aufzupassen, Gebete murmeln muß. Zuerst wird der Junge durch Umbinden, das nur das Glied frei läßt, unbeweglich gemacht, dann wird durch Auflegen einer durchlochten Metallscheibe die Schnittfläche präzisiert, dann erfolgt mit einem fast gewöhnlichen Messer, einer Art Fischmesser, der Schnitt. Jetzt sieht man Blut und rohes Fleisch, der Moule hantiert darin kurz mit seinen langnägeligen zittrigen Fingern und zieht irgendwo gewonnene Haut wie einen Handschuhfinger über die Wunde. Gleich ist alles gut, das Kind hat kaum geweint. Jetzt kommt nur noch ein kleines Gebet, während dessen der Moule Wein trinkt und mit seinen noch nicht ganz blutfreien Fingern etwas Wein an die Lippen des Kindes bringt. Die Anwesenden beten: »Wie er nun gelangt ist in den Bund, so soll er gelangen zur Kenntnis der Thora, zum glücklichen Ehebund und zur Ausübung guter Werke.«

Als ich heute den Begleiter des Moule zum Nachtisch beten hörte, und die Anwesenden, abgesehn von den beiden Großvätern, die Zeit in vollständigem Unverständnis des Vorgebeteten mit Träumen oder Langeweile verbrachten, sah ich das in einem deutlichen unabsehbaren Übergang begriffene westeuropäische Judentum vor mir, über das sich die zunächst Betroffenen keine Sorgen machen, sondern als richtige Übergangsmenschen das tragen, was ihnen auferlegt ist. Diese an ihrem letzten Ende angelangten religiösen Formen hatten schon in ihrer gegenwärtigen Übung einen so unbestrittenen bloß historischen Charakter, daß nur das Verstreichen einer ganz kleinen Zeit innerhalb dieses Vormittags nötig schien, um die Anwesenden durch Mitteilungen über den veralteten frühern Gebrauch der Beschneidung und ihrer halbgesungenen Gebete historisch zu interessieren.

Löwy, den ich fast jeden Abend eine halbe Stunde lang warten lasse, sagte mir gestern: Seit einigen Tagen schaue ich während des Wartens immer zu Ihrem Fenster hinauf. Zuerst sehe ich dort Licht, wenn ich, wie gewöhnlich, vor der Zeit gekommen bin, da nehme ich also an, daß Sie noch arbeiten. Dann wird ausgelöscht, im Nebenzimmer bleibt das Licht, Sie nachtmahlen also; dann wird in Ihrem Zimmer wieder Licht, Sie putzen sich also die Zähne; dann wird ausgelöscht, Sie sind also schon auf der Treppe, aber dann wird wieder angezündet. –

25. Dezember. Was ich durch Löwy von der gegenwärtigen jüdischen Literatur in Warschau und was ich durch teilweise eigenen Einblick von der gegenwärtigen tschechischen Literatur erkenne, deutet darauf hin, daß viele Vorteile der literarischen Arbeit – die Bewegung der Geister, das einheitliche Zusammenhalten des im äußern Leben oft untätigen und immer sich zersplitternden nationalen Bewußtseins, der Stolz und der Rückhalt, den die Nation durch eine Literatur für sich und gegenüber der feindlichen Umwelt erhält, dieses Tagebuchführen einer Nation, das etwas ganz anderes ist als Geschichtsschreibung, und als Folge dessen eine schnellere und doch immer vielseitig überprüfte Entwicklung, die detaillierte Vergeistigung des großflächigen öffentlichen Lebens, die Bindung unzufriedener Elemente, die hier, wo Schaden nur durch Lässigkeit entstehen kann, sofort nützen, die durch das Getriebe der Zeitschriften sich bildende, immer auf das Ganze ange-

wiesene Gliederung des Volkes, die Einschränkung der Aufmerksamkeit der Nation auf ihren eigenen Kreis und die Aufnahme des Fremden nur in der Spiegelung, das Entstehen der Achtung vor literarisch tätigen Personen, die vorübergehende, aber nachwirkende Erweckung höheren Strebens unter den Heranwachsenden, die Übernahme literarischer Vorkommnisse in die politischen Sorgen, die Veredlung und Besprechungsmöglichkeit des Gegensatzes zwischen Vätern und Söhnen, die Darbietung der nationalen Fehler in einer zwar besonders schmerzlichen, aber verzeihungswürdigen und befreienden Weise, das Entstehen eines lebhaften und deshalb selbstbewußten Buchhandels und der Gier nach Büchern – alle diese Wirkungen können schon durch eine Literatur hervorgebracht werden, die sich in einer tatsächlich zwar nicht ungewöhnlichen Breite entwickelt, aber infolge des Mangels bedeutender Talente diesen Anschein hat. Die Lebhaftigkeit einer solchen Literatur ist sogar größer als die einer talentreichen, denn, da es hier keinen Schriftsteller gibt, vor dessen Begabung wenigstens die Mehrzahl der Zweifler zu schweigen hätte, bekommt der literarische Streit in größtem Ausmaß eine wirkliche Berechtigung. Die von keiner Begabung durchbrochene Literatur zeigt deshalb auch keine Lücken, durch die sich Gleichgültige drücken könnten. Der Anspruch der Literatur auf Aufmerksamkeit wird dadurch zwingender. Die Selbständigkeit des einzelnen Schriftstellers, natürlich nur innerhalb der nationalen Grenzen, wird besser gewahrt. Der Mangel unwiderstehlicher nationaler Vorbilder hält völlig Unfähige von der Literatur ab. Aber selbst schwache Fähigkeiten genügen nicht, um sich von den undeutlichen Charakterzeichen der eben herrschenden Schriftsteller beeinflussen zu lassen oder die Ergebnisse fremder Literaturen einzuführen oder die schon eingeführte fremde Literatur nachzuahmen, was man schon daraus erkennen kann, daß zum Beispiel innerhalb einer an großen Begabungen reichen Literatur wie der deutschen die schlechtesten Schriftsteller sich mit ihrer Nachahmung an das Inland halten. Besonders wirkungsvoll zeigt sich die in den obigen Richtungen schöpferische und beglückende Kraft einer im einzelnen schlechten Literatur, wenn damit begonnen wird, verstorbene Schriftsteller literaturgeschichtlich zu registrieren. Ihre unleugbaren damaligen und gegenwärtigen Wirkungen werden etwas so Tatsächliches, daß es mit ihren Dichtungen vertauscht werden kann. Man spricht von den letzteren und meint die ersteren, ja man liest sogar die letzteren und sieht bloß die ersteren. Da sich jene Wirkungen aber nicht vergessen lassen und die Dichtungen selbständig die Erinnerung nicht beeinflussen, gibt es auch kein Vergessen und kein Wiedererinnern. Die Literaturgeschichte bietet einen unveränderlichen vertrauenswürdigen Block dar, dem der Tagesgeschmack nur wenig schaden kann.

Das Gedächtnis einer kleinen Nation ist nicht kleiner als das Gedächtnis einer großen, es verarbeitet daher den vorhandenen Stoff gründlicher. Es werden zwar weniger Literaturgeschichtskundige beschäftigt, aber die Literatur ist weniger eine Angelegenheit der Literaturgeschichte als Angelegenheit des Volkes, und darum ist sie, wenn auch nicht rein, so doch sicher aufgehoben. Denn die Anforderungen, die das Nationalbewußtsein innerhalb eines kleinen Volkes an den einzelnen stellt, bringen es mit sich, daß jeder immer bereit sein muß, den auf ihn entfallenden Teil der Literatur zu kennen, zu tragen, zu verfechten und jedenfalls zu verfechten, wenn er ihn auch nicht kennt und trägt.

Die alten Schriften bekommen viele Deutungen, die gegenüber dem schwachen Material mit einer Energie vorgehn, die nur gedämpft ist durch die Befürchtung, daß man zu leicht bis zum Ende vordringen könnte, sowie durch die Ehrfurcht, über die man sich geeinigt hat. Alles geschieht in der ehrlichsten Weise, nur daß innerhalb einer Befangenheit gearbeitet wird, die sich niemals löst, keine Ermüdung aufkommen läßt und durch das Sichheben einer geschickten Hand meilenweit sich verbreitet. Schließlich heißt aber Befangenheit nicht nur die Verhinderung des Ausblicks, sondern auch jene des Einblicks, wodurch ein Strich durch alle diese Bemerkungen gezogen wird.

Weil die zusammenhängenden Menschen fehlen, entfallen zusammenhängende literarische Aktionen. (Eine einzelne Angelegenheit wird in die Tiefe gedrückt, um sie von der Höhe beobachten zu können, oder sie wird in die Höhe gehoben, damit man sich oben an ihrer Seite behaupten kann. Falsch.) Wenn auch die einzelne Angelegenheit oft mit Ruhe durchdacht wird, so kommt man doch nicht bis an ihre Grenzen, an denen sie mit gleichartigen Angelegenheiten zusammenhängt, am ehesten erreicht man die Grenze gegenüber der Politik, ja man strebt sogar danach, diese Grenze früher zu sehen, als sie da ist, und oft diese sich zusammenziehende Grenze überall zu finden. Die Enge des Raumes, ferner die Rücksicht auf Einfachheit und Gleichmäßigkeit, endlich auch die Erwägung, daß infolge der innern Selbständigkeit der Literatur die äußere Verbindung mit der Politik unschädlich ist, führen dazu, daß die Literatur sich dadurch im Lande verbreitet, daß sie sich an den politischen Schlagworten festhält.

Allgemein findet sich die Freude an der literarischen Behandlung kleiner Themen, die nur so groß sein dürfen, daß eine kleine Begeisterung sich an ihnen verbrauchen kann, und die polemische Aussichten und Rückhalte haben. Literarisch überlegte Schimpfworte rollen hin und wieder, im Umkreis der stärkeren Temperamente fliegen sie. Was innerhalb großer Literaturen unten sich abspielt und einen nicht unentbehrlichen Keller des Gebäudes bildet, geschieht hier im vollen Licht, was dort einen augenblicksweisen Zusammenlauf entstehen läßt, führt hier nichts weniger als die Entscheidung über Leben und Tod aller herbei.

Schema zur Charakteristik kleiner Literaturen

Wirkung im guten Sinn hier wie dort auf jeden Fall. Hier sind im einzelnen sogar bessere Wirkungen.

1. Lebhaftigkeit
   a) Streit
   b) Schulen
   c) Zeitschriften
2. Entlastung
   a) Prinzipienlosigkeit
   b) kleine Themen
   c) leichte Symbolbildung
   d) Abfall der Unfähigen
3. Popularität
   a) Zusammenhang mit Politik
   b) Literaturgeschichte
   c) Glaube an die Literatur, ihre Gesetzgebung wird ihr überlassen.

Es ist schwer, sich umzustimmen, wenn man dieses nützliche, fröhliche Leben in allen Gliedern gefühlt hat.

Beschneidung in Rußland. In der ganzen Wohnung, wo sich nur Türen finden, werden handtellergroße, mit kabbalistischen Zeichen bedruckte Tafeln aufgehängt, um die Mutter in der Zeit zwischen der Geburt und der Beschneidung vor bösen Geistern zu schützen, die ihr und dem Kind um diese Zeit besonders gefährlich werden können, vielleicht weil ihr der Körper so sehr geöffnet wurde und also allem Bösen bequem Eingang bietet und weil auch das Kind, solange es nicht in den Bund aufgenommen ist, dem Bösen keinen Widerstand leisten kann. Deshalb wird auch, damit die Mutter keinen Augenblick allein bleibe, eine Wärterin aufgenommen. Zur Abwehr der bösen Geister dient es auch, daß während sieben Tagen nach der Geburt mit Ausnahme des Freitag zehn bis fünfzehn Kinder, immer andere, gegen Abend unter Führung des Belfers (Hilfslehrers) zum Bett der Mutter vorgelassen werden, dort das »Schema Israel« aufsagen und dann mit Süßigkeiten beschenkt werden. Diese unschuldigen, fünf bis acht Jahre alten Kinder sollen die bösen Geister, die gegen Abend am meisten drängen, besonders wirksam abhalten. Freitag wird ein besonderes

Fest abgehalten, wie überhaupt während dieser Woche mehrere Gastmähler einander folgen. Vor dem Tag der Beschneidung werden die Bösen am wildesten, deshalb ist die letzte Nacht eine Wachnacht und man verbringt sie bis gegen Morgen wachend bei der Mutter. Die Beschneidung erfolgt meist in Gegenwart von oft über hundert Verwandten und Freunden. Der Angesehenste der Anwesenden darf das Kind tragen. Der Beschneider, der sein Amt ohne Bezahlung ausübt, ist meist ein Säufer, da er, beschäftigt wie er ist, an den verschiedenen Festessen sich nicht beteiligen kann und daher nur etwas Schnaps herunterschüttet. Alle diese Beschneider haben deshalb rote Nasen und riechen aus dem Mund. Es ist daher auch nicht appetitlich, wenn sie, nachdem der Schnitt ausgeführt ist, mit diesem Mund das blutige Glied aussaugen, wie es vorgeschrieben ist. Das Glied wird dann mit Holzmehl bedeckt und ist in drei Tagen beiläufig heil.

Den Juden und natürlich besonders denen in Rußland scheint nicht so sehr ein strenges Familienleben gemeinsam und bezeichnend zu sein, denn Familienleben findet sich schließlich auch bei Christen, und störend für das Familienleben der Juden ist doch, daß die Frau vom Talmudstudium ausgeschlossen ist, so daß die Frauen, wenn sich der Mann mit Gästen über gelehrte Talmuddinge, also den Mittelpunkt seines Lebens, unterhalten will, sich ins Nebenzimmer zurückziehen, wenn nicht zurückziehen müssen – so ist es für sie noch eigentümlicher, daß sie so oft bei jeder möglichen Gelegenheit zusammenkommen, sei es zum Beten oder zum Studieren oder zur Besprechung göttlicher Dinge oder zumeist religiös begründeter Festmahlzeiten, bei denen nur sehr mäßig Alkohol getrunken wird. Sie fliehen förmlich zueinander.

Goethe hält durch die Macht seiner Werke die Entwicklung der deutschen Sprache wahrscheinlich zurück. Wenn sich auch die Prosa in der Zwischenzeit öfters von ihm entfernt, so ist sie doch schließlich, wie gerade gegenwärtig, mit verstärkter Sehnsucht zu ihm zurückgekehrt und hat sich selbst alte, bei Goethe vorfindliche, sonst aber mit ihm nicht zusammenhängende Wendungen angeeignet, um sich an dem vervollständigten Anblick ihrer grenzenlosen Abhängigkeit zu erfreuen.

Ich heiße hebräisch Amschel, wie der Großvater meiner Mutter von der Mutterseite, der als ein sehr frommer und gelehrter Mann mit langem weißem Bart meiner Mutter erinnerlich ist, die sechs Jahre alt war, als er starb. Sie erinnert sich, wie sie die Zehen der Leiche festhalten und dabei Verzeihung möglicher dem Großvater gegenüber begangener Verfehlungen erbitten mußte. Sie erinnert sich auch an die vielen, die Wände füllenden Bücher des

Großvaters. Er badete jeden Tag im Fluß, auch im Winter, dann hackte er sich zum Baden ein Loch ins Eis. Die Mutter meiner Mutter starb frühzeitig an Typhus. Von diesem Tode angefangen wurde die Großmutter trübsinnig, weigerte sich zu essen, sprach mit niemandem, einmal, ein Jahr nach dem Tode ihrer Tochter, ging sie spazieren und kehrte nicht mehr zurück, ihre Leiche zog man aus der Elbe. Ein noch gelehrterer Mann als der Großvater war der Urgroßvater der Mutter, bei Christen und Juden stand er in gleichem Ansehen, bei einer Feuersbrunst geschah infolge seiner Frömmigkeit das Wunder, daß das Feuer sein Haus übersprang und verschonte, während die Häuser in der Runde verbrannten. Er hatte vier Söhne, einer trat zum Christentum über und wurde Arzt. Alle außer dem Großvater der Mutter starben bald. Dieser hatte einen Sohn, die Mutter kannte ihn als verrückten Onkel Nathan, und eine Tochter, eben die Mutter meiner Mutter.

Gegen das Fenster laufen und durch die zersplitterten Hölzer und Scheiben, schwach nach Anwendung aller Kraft, die Fensterbrüstung überschreiten.

26. Dezember. Wieder schlecht geschlafen, schon die dritte Nacht. So habe ich die drei Feiertage, in denen ich Dinge zu schreiben hoffte, die mir durch das ganze Jahr helfen sollten, in einem hilfsbedürftigen Zustand verbracht. Am Weihnachtsabend Spaziergang mit Löwy gegen Stern zu. Gestern »Blümale oder die Perle von Warschau«. Für ihre standhafte Liebe und Treue wird Blümale vom Verfasser im Titel mit dem Ehrennamen »Perle von Warschau« ausgezeichnet. Erst der freigelegte hohe zarte Hals der Frau Tschissik erklärt ihre Gesichtsbildung. Der Tränenglanz in den Augen der Frau Klug beim Singen einer gleichmäßig welligen Melodie, in welche die Zuhörer ihre Köpfe hängen lassen, schien mir in seiner Bedeutung weit über das Lied, über das Theater, über die Sorgen des ganzen Publikums, ja über meine Vorstellungskraft hinauszugehn. Blick durch die hintere Portiere in die Garderobe, gerade auf Frau Klug, die dort im weißen Unterrock und kurzärmeligen Hemd steht. Meine Unsicherheit über die Gefühle des Publikums und daher anstrengende innerliche Aufstachelung seiner Begeisterung. Meine gestrige gewandte liebenswürdige Art, Fräulein T. und ihrer Begleitung zu sprechen. Es gehörte mit zu dieser gestern wie auch schon Samstag gefühlten Freiheit meines guten Wesens, daß ich, trotzdem ich es auch von der Ferne nicht nötig hatte, aus einer gewissen Nachgiebigkeit gegenüber der Welt und einer übermütigen Bescheidenheit ein paar äußerlich verlegene Worte und Bewegungen gebrauchte. Ich war allein mit meiner Mutter und nahm auch das leicht und schön; sah alle mit Festigkeit.

Verzeichnis der heute leicht als altertümlich vorzustellenden Dinge: die bettelnden Krüppel auf den Wegen zu Promenaden und Ausflugsorten, der in der Nacht unbeleuchtete Luftraum, der Brückenkreuzer.

Ein Verzeichnis jener Stellen aus »Dichtung und Wahrheit«, die durch eine nicht festzustellende Eigenheit einen besonders starken, mit dem eigentlich Dargestellten nicht wesentlich zusammenhängenden Eindruck des Lebendigen machen, zum Beispiel die Vorstellung des Knaben Goethe hervorrufen, wie er neugierig, reich angezogen, beliebt und lebhaft bei allen Bekannten eindringt, um nur alles zu sehen und zu hören, was zu sehen und zu hören ist. Da ich jetzt das Buch durchblättere, kann ich solche Stellen nicht finden, alle scheinen mir deutlich und enthalten eine durch keinen Zufall zu überbietende Lebendigkeit. Ich muß warten, bis ich einmal harmlos lesen werde, und dann bei den richtigen Stellen mich anhalten.

Unangenehm ist es zuzuhören, wenn der Vater, mit unaufhörlichen Seitenhieben auf die glückliche Lage der Zeitgenossen und vor allem seiner Kinder, von den Leiden erzählt, die er in seiner Jugend auszustehen hatte. Niemand leugnet es, daß er jahrelang infolge ungenügender Winterkleidung offene Wunden an den Beinen hatte, daß er häufig gehungert hat, daß er schon mit zehn Jahren ein Wägelchen auch im Winter und sehr früh am Morgen durch die Dörfer schieben mußte – nur erlauben, was er nicht verstehen will, diese richtigen Tatsachen im Vergleich mit der weiteren richtigen Tatsache, daß ich das alles nicht erlitten habe, nicht den geringsten Schluß darauf, daß ich glücklicher gewesen bin als er, daß er sich wegen dieser Wunden an den Beinen überheben darf, daß er von allem Anfang an annimmt und behauptet, daß ich seine damaligen Leiden nicht würdigen kann und daß ich ihm schließlich gerade deshalb, weil ich nicht die gleichen Leiden hatte, grenzenlos dankbar sein muß. Wie gern würde ich zuhören, wenn er ununterbrochen von seiner Jugend und seinen Eltern erzählen würde, aber alles dies im Tone der Prahlerei und des Zankens anzuhören, ist quälend. Immer wieder schlägt er die Hände zusammen: »Wer weiß das heute! Was wissen die Kinder! Das hat niemand gelitten! Versteht das heute ein Kind!« Heute wurde mit der Tante Julie, die uns besuchte, wieder ähnlich gesprochen. Sie hat auch das riesige Gesicht aller Verwandten von Vaters Seite. Die Augen sind um eine kleine störende Nuance falsch gebettet oder gefärbt. Sie wurde mit zehn Jahren als Köchin vermietet. Da mußte sie bei großer Kälte in einem nassen Röckchen um etwas laufen, die Haut an den Beinen sprang ihr, das Röckchen gefror und trocknete erst abends im Bett.

27. Dezember. Ein unglücklicher Mensch, der kein Kind haben soll, ist in sein Unglück schrecklich eingeschlossen. Nirgends eine Hoffnung auf Erneuerung, auf eine Hilfe durch glücklichere Sterne. Er muß mit dem Unglück behaftet seinen Weg machen, wenn sein Kreis beendet ist, sich zufrieden geben und nicht weiterhin anknüpfen, um zu versuchen, ob dieses Unglück, das er erlitten hat, auf einem längern Wege, unter andern Körper- und Zeitumständen sich verlieren oder gar ein Gutes hervorbringen könnte.

Dieses Gefühl des Falschen, das ich beim Schreiben habe, ließe sich unter dem Bilde darstellen, daß einer vor zwei Bodenlöchern auf eine Erscheinung wartet, die nur aus dem zur rechten Seite herauskommen darf. Während aber gerade dieses unter einem matt sichtbaren Verschluß bleibt, steigt aus dem linken eine Erscheinung nach der andern, sucht den Blick auf sich zu ziehn und erreicht dies schließlich mühelos durch ihren wachsenden Umfang, der endlich sogar die richtige Öffnung, so sehr man abwehrt, verdeckt. Nun ist man aber, wenn man diesen Platz nicht verlassen will – und das will man um keinen Preis – auf die Erscheinungen angewiesen, die einem aber infolge ihrer Flüchtigkeit – ihre Kraft verbraucht sich im bloßen Erscheinen – nicht genügen können, die man aber, wenn sie aus Schwäche stocken, aufwärts und in alle Richtungen vertreibt, um nur andere heraufzubringen, da der dauernde Anblick einer unerträglich ist und da auch die Hoffnung bleibt, daß nach Erschöpfung der falschen Erscheinungen endlich die wahren emporkommen werden. Wie wenig kräftig ist das obere Bild. Zwischen tatsächliches Gefühl und vergleichende Beschreibung ist wie ein Brett eine zusammenhanglose Voraussetzung eingelegt.

28. Dezember. Die Qual, die mir die Fabrik macht. Warum habe ich es hingehen lassen, als man mich verpflichtete, daß ich nachmittags dort arbeiten werde. Nun zwingt mich niemand mit Gewalt, aber der Vater durch Vorwürfe, Karl durch Schweigen und mein Schuldbewußtsein. Ich weiß nichts von der Fabrik und stand bei der kommissionellen Besichtigung heute früh nutzlos und wie geprügelt herum. Ich leugne für mich die Möglichkeit, hinter alle Einzelheiten des Fabriksbetriebes zu kommen. Und wenn es durch endlose Fragerei und Belästigung aller Beteiligten gelänge, was wäre erreicht? Ich wüßte mit diesem Wissen nichts Tatsächliches anzufangen, ich bin nur zu Scheinverrichtungen geeignet, denen der gerade Sinn meines Chefs das Salz beigibt und das Ansehn einer wirklichen guten Leistung. Durch diese nichtige für die Fabrik aufgewendete Anstrengung würde ich mich auf der andern Seite aber der Möglichkeit berauben, die paar Nachmittagsstun-

den für mich aufzuwenden, was notwendig zur gänzlichen Vernichtung meiner Existenz führen müßte, die sich auch ohnedies immer mehr einschränkt.

Heute nachmittag bei einem Ausgang sah ich ein paar Schritte lang lauter eingebildete Mitglieder der Kommission, die mir vormittag solche Angst gemacht hatte, mir entgegenkommen oder meinen Weg kreuzen.

29. Dezember. Jene lebendigen Stellen bei Goethe. Seite 265: »Ich zog daher meinen Freund in die Wälder.«
Goethe, 307: »Ich hörte nun in diesen Stunden gar kein anderes Gespräch als von Medizin oder Naturhistorie und meine Einbildungskraft wurde in ein ganz anderes Feld hinübergezogen.«

Das Wachsen der Kräfte durch umfangreiche schlagkräftige Erinnerungen. Ein selbständiges Kielwasser wird zu unserem Schiffe hingedreht, und mit der erhöhten Wirkung steigt das Bewußtsein unserer Kräfte und sie selbst.

Die Schwierigkeiten der Beendigung, selbst eines kleinen Aufsatzes, liegen nicht darin, daß unser Gefühl für das Ende des Stückes ein Feuer verlangt, das der tatsächliche bisherige Inhalt aus sich selbst nicht hat erzeugen können, sie entstehen vielmehr dadurch, daß selbst der kleinste Aufsatz vom Verfasser eine Selbstzufriedenheit und eine Verlorenheit in sich selbst verlangt, aus der an die Luft des gewöhnlichen Tages zu treten, ohne starken Entschluß und äußern Ansporn schwierig ist, so daß man eher, als der Aufsatz rund geschlossen wird und man still abgleiten darf, vorher, von der Unruhe getrieben, ausreißt und dann der Schluß von außenher geradezu mit Händen beendigt werden muß, die nicht nur arbeiten, sondern sich auch festhalten müssen.

30. Dezember. Mein Nachahmungstrieb hat nichts Schauspielerisches, es fehlt ihm vor allem die Einheitlichkeit. Das Grobe, auffallend Charakteristische in seinem ganzen Umfange kann ich gar nicht nachahmen, ähnliche Versuche sind mir immer mißlungen, sie sind gegen meine Natur. Zur Nachahmung von Details des Groben habe ich dagegen einen entscheidenden Trieb, die Manipulationen gewisser Menschen mit Spazierstöcken, ihre Haltung der Hände, ihre Bewegung der Finger nachzuahmen drängt es mich und ich kann es ohne Mühe. Aber gerade dieses Mühelose, dieser Durst nach Nachahmung entfernt mich vom Schauspieler, weil diese Mühelosigkeit ihr Gegenspiel darin hat, daß niemand merkt, daß ich nachahme. Nur meine eigene zufriedene oder öfter widerwillige Anerkennung zeigt mir das Gelingen an. Weit über

diese äußerliche Nachahmung aber geht noch die innerliche, die oft so schlagend und stark ist, daß in meinem Innern gar kein Platz bleibt, diese Nachahmung zu beobachten und zu konstatieren, sondern daß ich sie erst in der Erinnerung vorfinde. Hier ist aber auch die Nachahmung so vollkommen und ersetzt mit einem Sprung und Fall mich selbst, daß sie auf der Bühne, unter der Voraussetzung, daß sie überhaupt augenscheinlich gemacht werden könnte, unerträglich wäre. Mehr als äußerstes Spiel kann dem Zuschauer nicht zugemutet werden. Wenn ein Schauspieler, der nach Vorschrift einen andern zu prügeln hat, in der Erregung, im übergroßen Anlauf der Sinne, wirklich prügelt und der andere vor Schmerzen schreit, dann muß der Zuschauer Mensch werden und sich ins Mittel legen. Was aber in dieser Art selten geschieht, geschieht in untergeordneten Arten unzählige Male. Das Wesen des schlechten Schauspielers besteht nicht darin, daß er schwach nachahmt, eher schon darin, daß er infolge von Mängeln seiner Bildung, Erfahrung und Anlage falsche Muster nachahmt. Aber sein wesentlichster Fehler bleibt, daß er die Grenze des Spiels nicht wahrt und zu stark nachahmt. Seine dämmerhafte Vorstellung von den Forderungen der Bühne treibt ihn dazu, und selbst wenn der Zuschauer glaubt, dieser oder jener Schauspieler sei schlecht, weil er stockig herumstehe, mit den Fingerspitzen am Rand seiner Tasche spiele, ungehörig die Hände an den Hüften einknicke, zum Souffleur hinhorche, um jeden Preis, mögen sich die Zeiten auch vollständig ändern, einen ängstlichen Ernst bewahre, so ist doch auch dieser auf der Bühne herabgeschneite Schauspieler nur deshalb schlecht, weil er zu stark nachahmt, wenn er dies auch nur in seiner Meinung tut.

31. Dezember. Gerade weil seine Fähigkeiten so begrenzt sind, fürchtet er sich, weniger zu tun als alles. Selbst wenn seine Fähigkeit nicht gerade unteilbar klein sein sollte, will er doch nicht verraten, daß unter Umständen und bei Miteintritt seines Willens auch weniger Kunst ihm zur Verfügung stehen kann als seine ganze. (Die freie, ohne Rücksicht auf die Aufpasser im Parterre vor sich gehende, nach den rein gefühlten Bedürfnissen der Darstellung gelenkte ...) [bricht ab]

Am Morgen fühlte ich mich zum Schreiben so frisch, jetzt aber hindert mich die Vorstellung, daß ich Max am Nachmittag vorlesen soll, vollständig. Es zeigt dies auch, wie unfähig ich zur Freundschaft bin, vorausgesetzt, daß Freundschaft in diesem Sinne überhaupt möglich ist. Denn da eine Freundschaft ohne die Unterbrechungen des täglichen Lebens nicht denkbar ist, so wird, bleibe auch ihr Kern unverletzt, eine Menge ihrer Äußerungen immer wieder weggeweht. Aus dem unverletzten Kern bilden sie sich

allerdings von neuem, aber da jede solche Bildung Zeit braucht und auch nicht jede erwartete gelingt, kann selbst abgesehen von dem Wechsel der persönlichen Stimmungen niemals dort angeknüpft werden, wo das letzte Mal abgebrochen wurde. Daraus muß bei tiefbegründeten Freundschaften vor jeder neuen Begegnung eine Unruhe entstehen, die nicht so groß sein muß, daß sie an sich gefühlt wird, die aber das Gespräch und das Benehmen bis zu einem Grade stören kann, daß man bewußt erstaunt, besonders da man den Grund nicht erkennt oder nicht glauben kann. Wie soll ich da M. vorlesen oder gar beim Niederschreiben des Folgenden denken, daß ich es ihm vorlesen werde.
Außerdem stört mich, daß ich das Tagebuch heute früh daraufhin durchgeblättert habe, was ich M. vorlesen könnte. Nun habe ich bei dieser Überprüfung weder gefunden, daß das bisher Geschriebene besonders wertvoll sei, noch daß es geradezu weggeworfen werden müsse. Mein Urteil liegt zwischen beiden und näher der ersten Meinung, doch ist es nicht derartig, daß ich mich nach dem Wert des Geschriebenen trotz meiner Schwäche für erschöpft ansehn müßte. Trotzdem hat mich der Anblick der Menge des von mir Geschriebenen von der Quelle des eigenen Schreibens deshalb für die nächsten Stunden fast unwiederbringlich abgelenkt, weil sich die Aufmerksamkeit im gleichen Flußlauf gewissermaßen flußabwärts verloren hat.

Während ich manchmal glaube, daß ich während der ganzen Gymnasialzeit und auch früher besonders scharf denken konnte und dies nur infolge der späteren Schwächung meines Gedächtnisses heute nicht mehr gerecht beurteilen kann, so sehe ich ein anderes Mal wieder ein, daß mir mein schlechtes Gedächtnis nur schmeicheln will und daß ich, wenigstens in an sich unbedeutenden, aber folgeschweren Dingen, mich sehr denkfaul benommen habe. So habe ich allerdings in der Erinnerung, daß ich in den Gymnasialzeiten öfters, wenn auch nicht sehr ausführlich – ich ermüdete wahrscheinlich schon damals leicht – mit Bergmann in einer entweder innerlich vorgefundenen oder ihm nachgeahmten talmudischen Weise über Gott und seine Möglichkeit disputierte. Ich knüpfte damals gern an das in einer christlichen Zeitschrift – ich glaube »Die christliche Welt« – gefundene Thema an, in welchem eine Uhr und die Welt und der Uhrmacher und Gott einander gegenübergestellt waren und die Existenz des Uhrmachers jene Gottes beweisen sollte. Das konnte ich meiner Meinung nach sehr gut Bergmann gegenüber widerlegen, wenn auch diese Widerlegung in mir nicht fest begründet war und ich mir sie für den Gebrauch erst wie ein Geduldspiel zusammensetzen mußte. Eine solche Widerlegung fand einmal statt, als wir den Rathausturm umgingen. Daran erinnere ich mich

deshalb genau, weil wir einander einmal vor Jahren daran erinnert haben.
Während ich mich aber darin auszuzeichnen glaubte – anderes als das Verlangen, mich auszuzeichnen, und die Freude am Wirken und an der Wirkung brachte mich nicht dazu –, duldete ich es nur infolge nicht genügend starken Nachdenkens, daß ich immer in schlechten Kleidern herumging, die mir meine Eltern abwechselnd von einzelnen Kundschaften, am längsten von einem Schneider in Nusle, machen ließen. Ich merkte natürlich, was sehr leicht war, daß ich besonders schlecht angezogen ging, und hatte auch ein Auge dafür, wenn andere gut angezogen waren, nur brachte es mein Denken durch Jahre hin nicht fertig, die Ursache meines jämmerlichen Aussehens in meinen Kleidern zu finden. Da ich schon damals mehr in Ahnungen als in Wirklichkeit auf dem Wege war, mich geringzuschätzen, war ich überzeugt, daß die Kleider nur an mir dieses zuerst brettartig steife, dann faltighängende Aussehen annahmen. Neue Kleider wollte ich gar nicht, denn wenn ich schon häßlich aussehen sollte, wollte ich es wenigstens bequem haben und außerdem vermeiden, der Welt, die sich an die alten Kleider gewöhnt hatte, die Häßlichkeit der neuen vorzuführen. Diese immer lang dauernden Weigerungen meiner Mutter gegenüber, die mir öfters neue Kleider dieser Art machen lassen wollte, da sie mit den Augen des erwachsenen Menschen immerhin Unterschiede zwischen diesen neuen und alten Kleidern finden konnte, wirkten insofern auf mich zurück, als ich mir unter Bestätigung meiner Eltern einbilden mußte, daß mir an meinem Aussehen nichts lag.

1912

2. Januar. Infolgedessen gab ich den schlechten Kleidern auch in meiner Haltung nach, ging mit gebeugtem Rücken, schiefen Schultern, verlegenen Armen und Händen herum: fürchtete mich vor Spiegeln, weil sie mich in einer meiner Meinung nach unvermeidlichen Häßlichkeit zeigten, die überdies nicht ganz wahrheitsgemäß abgespiegelt sein konnte, denn hätte ich wirklich so ausgesehn, hätte ich auch größeres Aufsehen erregen müssen, erduldete auf Sonntagsspaziergängen von der Mutter sanfte Stöße in den Rücken und viel zu abstrakte Ermahnungen und Prophezeiungen, die ich mit meinen damaligen gegenwärtigen Sorgen in keine Beziehung bringen konnte. Überhaupt fehlte es mir hauptsächlich an der Fähigkeit, für die tatsächliche Zukunft auch nur im geringsten vorzusorgen. Ich blieb mit meinem Denken bei den gegenwärtigen Dingen und ihren gegenwärtigen Zuständen, nicht aus Gründlichkeit oder zu sehr festgehaltenem Interesse, sondern, soweit es nicht Schwäche des Denkens verursachte, aus Traurigkeit und Furcht, aus Traurigkeit, denn weil mir die Gegenwart so traurig war, glaubte ich sie nicht verlassen zu dürfen, ehe sie sich ins Glück auflöste, aus Furcht, denn wie ich mich vor dem kleinsten gegenwärtigen Schritt fürchtete, hielt ich mich auch für unwürdig, bei meinem verächtlichen kindischen Auftreten ernstlich mit Verantwortung die große männliche Zukunft zu beurteilen, die mir auch meistens so unmöglich vorgekommen ist, daß mir jedes kleine Fortschreiten wie eine Fälschung erschien und das Nächste unerreichbar.

Wunder gab ich leichter zu als wirklichen Fortschritt, war aber zu kühl, um nicht die Wunder in ihrer Sphäre zu lassen und den wirklichen Fortschritt in der seinen. Ich konnte daher lange Zeit vor dem Einschlafen mich damit abgeben, daß ich einmal als reicher Mann in vierspännigem Wagen in der Judenstadt einfahren, ein mit Unrecht geprügeltes schönes Mädchen mit einem Machtwort befreien und in meinem Wagen fortführen werde, unberührt aber von diesem spielerischen Glauben, der sich wahrscheinlich nur von einer schon ungesunden Sexualität nährte, blieb die Überzeugung, daß ich die Endprüfungen des Jahres nicht bestehen werde und, wenn das gelingen sollte, daß ich in der nächsten Klasse nicht fortkommen werde und, wenn auch das noch durch Schwindel vermieden würde, daß ich bei der Matura endgültig fallen müßte und daß ich übrigens ganz bestimmt, gleichgültig in welchem Augenblick, die durch mein äußerlich regelmäßiges Aufsteigen eingeschläferten Eltern sowie die übrige Welt durch die Offenbarung einer unerhörten Unfähigkeit mit einem Male überraschen werde. Da ich aber als Wegzeiger in die Zukunft immer nur meine Unfähigkeit ansah – nur selten meine schwache literarische Arbeit – brachte mir ein Überdenken der Zukunft niemals Nutzen; es war nur ein Fortspinnen der gegenwärtigen Trauer. Wenn ich wollte, konnte ich zwar aufrecht gehn, aber es machte mich müde und ich konnte auch nicht einsehn, was mir eine krumme Haltung in Zukunft schaden könnte. Werde ich eine Zukunft haben, dann, so war mein Gefühl, wird sich alles von selbst in Ordnung bringen. Ein solches Prinzip war nicht deshalb ausgewählt, weil es Vertrauen zu einer Zukunft enthielt, deren Existenz allerdings nicht geglaubt wurde, es hatte vielmehr nur den Zweck, mir das Leben zu erleichtern. So zu gehn, mich anzuziehn, mich zu waschen, zu lesen, vor allem mich zu Hause einzusperren, wie es mir am wenigsten Mühe machte und wie es am wenigsten Mut verlangte. Ging ich darüber hinaus, so kam ich nur auf lächerliche Auswege.

Einmal schien es unmöglich, weiterhin ohne ein schwarzes Festkleid auszukommen, besonders da ich auch vor die Entscheidung gestellt war, ob ich mich an einer Tanzstunde beteiligen wollte. Jener Schneider aus Nusle wurde gerufen und über den Schnitt des Kleides beraten. Ich war unschlüssig wie immer in solchen Fällen, in denen ich fürchten mußte, durch eine klare Auskunft nicht nur in ein unangenehmes Nächstes, sondern darüber hinaus in ein noch schlimmeres fortgerissen zu werden. Ich wollte also zunächst kein schwarzes Kleid, als man mich aber vor dem fremden Mann mit dem Hinweis darauf beschämte, daß ich kein Festtagskleid habe, duldete ich es, daß ein Frack überhaupt in Vorschlag kam; da ich aber einen Frack für eine fürchterliche Umwälzung ansah, von der man schließlich reden, die man aber niemals beschließen könnte, einigten wir uns auf einen Smoking, der durch seine Ähnlichkeit mit dem gewöhnlichen Sakko mir wenigstens erträglich schien. Als ich aber hörte, daß die Smokingweste notwendig ausgeschnitten sei und ich dann also auch ein gestärktes Hemd tragen müßte, wurde ich, da etwas Derartiges abzuwehren war, fast über meine Kräfte entschlossen. Ich wollte keinen derartigen Smoking, sondern einen, wenn es sein mußte, mit Seide zwar ausgefütterten und ausgeschlagenen, aber hoch geschlossenen Smoking. Ein solcher Smoking war dem Schneider unbekannt, doch bemerkte er, was ich mir auch immer unter einem solchen Rock vorstelle, ein Tanzkleid könne das nicht sein. Gut, dann war es also kein Tanzkleid, ich wollte auch gar nicht tanzen, das war noch lange nicht bestimmt, dagegen wollte ich den beschriebenen Rock mir machen lassen. Der Schneider war desto begriffsstutziger, als ich bisher neue Kleider immer mit verschämter Flüchtigkeit, ohne Anmerkungen und Wünsche mir hatte anmessen und anprobieren lassen. Es blieb mir daher, auch weil die Mutter drängte, nichts anderes übrig, als mit ihm, so peinlich das war, über den Altstädter Ring zur Auslage eines Händlers mit alten Kleidern zu gehn, in dessen Auslage ich schon seit längerer Zeit einen derartigen unverfänglichen Smoking ausgebreitet gesehen und für mich als brauchbar erkannt hatte. Unglücklicherweise aber war er schon aus der Auslage entfernt, selbst durch angestrengtes Schauen war er im Innern des Geschäftes nicht zu erkennen, in das Geschäft einzutreten, nur um den Smoking zu sehn, wagte ich nicht, so daß wir in der früheren Uneinigkeit zurückkamen. Mir aber war es so, als wäre der künftige Smoking durch die Nutzlosigkeit dieses Weges schon verflucht, zumindest benutzte ich die Ärgerlichkeit der Hin- und Gegenreden zum Vorwand, den Schneider mit irgendeiner kleinen Bestellung und einer Vertröstung wegen des Smokinganzuges fortzuschicken und blieb unter den Vorwürfen meiner Mutter müde zurück, für immer – alles geschah mir für immer – abgehalten von Mädchen, elegantem Auftreten und Tanzunterhaltungen. Von der Fröhlichkeit, die ich hierüber gleichzeitig fühlte, war mir elend und außerdem hatte ich Angst, vor dem Schneider mich lächerlich gemacht zu haben wie bisher keine seiner Kundschaften.

3. Januar. Viel gelesen in der »Neuen Rundschau«. Anfang des Romans »Der nackte Mann«, etwas zu dünne Klarheit im ganzen, in Einzelheiten unfehlbar. »Gabriel Schillings Flucht« von Hauptmann. Bildung der Menschen. Lehrreich im Schlechten und Guten.

Silvester. Ich hatte mir vorgenommen, nachmittag Max aus den Tagebüchern vorzulesen, ich hatte mich darauf gefreut und brachte es nicht zustande. Wir fühlten nicht einheitlich, ich ahnte in ihm an diesem Nachmittag eine rechnerische Kleinlichkeit und Eile, er war fast nicht mein Freund, beherrschte mich aber immerhin noch so weit, daß ich mit seinen Augen mich in den Heften immer wieder nutzlos blättern sah und dieses Hin- und Herblättern, das immer wieder die gleichen Seiten im Vorüberfliegen zeigte, abscheulich fand. Aus dieser gegenseitigen Spannung heraus gemeinsam zu arbeiten, war natürlich unmöglich, und die eine Seite von »Richard und Samuel«, die wir unter gegenseitigen Widerständen zustande brachten, ist nur ein Beweis von Maxens Energie, sonst aber schlecht. Silvester bei Čada. Nicht so arg, weil Weltsch, Kisch und noch einer frisches Blut beimischten, so daß ich mich schließlich, allerdings nur in den Grenzen jener Gesellschaft, doch wieder zu Max gefunden habe. Im Gedränge des Grabens drückte ich ihm dann, schon ohne ihn zu sehn, die Hand und ging, meine drei Hefte an mich gepreßt, wie mir in der Erinnerung scheint, stolz geradewegs nach Hause.

Die Flammen, die auf der Gasse um einen Tiegel vor einem Neubau in den Formen von Farrenkräutern ringsherum aufwärts trieben.

In mir kann ganz gut eine Konzentration auf das Schreiben hin erkannt werden. Als es in meinem Organismus klargeworden war, daß das Schreiben die ergiebigste Richtung meines Wesens sei, drängte sich alles hin und ließ alle Fähigkeiten leer stehn, die sich auf die Freuden des Geschlechtes, des Essens, des Trinkens, des philosophischen Nachdenkens, der Musik zuallererst, richteten. Ich magerte nach allen diesen Richtungen ab. Das war notwendig, weil meine Kräfte in ihrer Gesamtheit so gering waren, daß sie nur gesammelt dem Zweck des Schreibens halbwegs dienen konnten. Ich habe diesen Zweck natürlich nicht selbständig und bewußt gefunden, er fand sich selbst und wird jetzt nur noch durch das Bureau, aber hier von Grund aus, gehindert. Jedenfalls darf ich aber dem nicht nachweinen, daß ich keine Geliebte ertragen kann, daß ich von Liebe fast genauso viel wie von Musik verstehe und mit den oberflächlichsten angeflogenen Wirkungen mich begnügen muß, daß ich zum Silvester Schwarzwurzeln mit Spinat genachtmahlt und ein Viertel Ceres dazu getrunken habe und daß ich Sonntag bei Maxens Vorlesung seiner philosophischen Arbeit nicht teilnehmen konnte; der Ausgleich alles dessen liegt klar zutage. Ich habe also nur die Bureauarbeit aus dieser Gemeinschaft hinauszuwerfen, um, da meine Entwicklung nun vollzogen ist und ich, soweit ich sehen kann, nichts mehr aufzuopfern habe, mein wirkliches Leben anzufangen, in welchem mein Gesicht endlich mit dem Fortschreiten meiner Arbeiten in natürlicher Weise wird altern können.

Der Umschwung, den ein Gespräch nimmt, wenn zuerst ausführlich von Sorgen der innersten Existenz gesprochen wird und hierauf, nicht gerade abbrechend, aber natürlich auch nicht sich daraus entwickelnd, zur Sprache kommt, wann und wo man einander zum nächsten Male sehen wird und welche Umstände hiebei in Betracht gezogen werden müssen. Endet dieses Gespräch auch noch mit einem Händedruck, so geht man mit dem augenblicklichen Glauben an ein reines und festes Gefüge unseres Lebens und mit Achtung davor auseinander.

In einer Selbstbiographie läßt es sich nicht vermeiden, daß sehr häufig dort, wo »einmal« der Wahrheit gemäß gesetzt werden sollte, »öfters« gesetzt wird. Denn man bleibt sich immer bewußt, daß die Erinnerung aus dem Dunkel holt, das durch das Wort »einmal« zersprengt, durch das Wort »öfters« zwar auch nicht völlig geschont, aber wenigstens in der Ansicht des Schreibenden erhalten wird und ihn über Partien hinträgt, die vielleicht in seinem Leben sich gar nicht vorgefunden haben, aber ihm einen Ersatz geben für jene, die er in seiner Erinnerung auch mit einer Ahnung nicht mehr berührt.

4. Januar. Nur infolge meiner Eitelkeit lese ich so gerne meinen Schwestern vor (so daß es zum Beispiel heute zu spät zum Schreiben geworden ist). Nicht daß ich überzeugt wäre, daß ich im Vorlesen etwas Bedeutendes erreichen würde, vielmehr beherrscht mich nur die Sucht, mich an die guten Arbeiten, die ich vorlese, so sehr heranzudrängen, daß ich mit ihnen nicht durch mein Verdienst, sondern nur in der durch das Vorgelesene aufgeregten und für das Unwesentliche getrübten Aufmerksamkeit meiner zuhörenden Schwestern in eins verfließe und deshalb auch unter der vertuschenden Wirkung der Eitelkeit als Ursache an allem Einfluß teilnehme, welchen das Werk selbst geübt hat. Deshalb lese ich auch vor meinen Schwestern tatsächlich bewundernswert, erfülle manche Betonungen mit einer meinem Gefühl nach äußersten Genauigkeit, weil ich nachher nicht nur von mir, sondern auch von meinen Schwestern im Übermaß belohnt werde.
Lese ich aber vor Brod oder Baum oder andern, muß jedem mein Lesen schon infolge meiner Ansprüche auf Lob entsetzlich schlecht bekommen, selbst wenn er von der Güte meines sonstigen Vorlesens nichts weiß, denn hier sehe ich, daß der Zuhörer die Sonderung zwischen mir und dem Gelesenen aufrecht erhält, ich darf mich mit dem Gelesenen nicht gänzlich verbinden, ohne meinem Gefühl nach, das keine Unterstützung vom Zuhörer zu erwarten hat, lächerlich zu werden, ich umfliege das Vorzulesende mit der Stimme, versuche, weil man es will, hie und da einzudringen, beabsichtige es aber nicht ernstlich, weil man es von mir gar nicht erwartet; das was man aber eigentlich will, ohne Eitelkeit ruhig und entfernt zu lesen und leidenschaftlich nur zu werden, wenn es meine Leidenschaft verlangt, das kann ich nicht leisten; trotzdem ich mich aber damit abgefunden zu haben glaube und mich also damit begnüge, vor andern als vor meinen Schwestern schlecht vorzulesen, zeigt sich meine Eitelkeit, die diesmal kein Recht haben sollte, indem ich mich gekränkt fühle, wenn jemand in dem Vorgelesenen etwas aussetzt, rot werde und rasch weiterlesen will, wie ich überhaupt, wenn ich einmal zu lesen angefangen habe, danach strebe, endlos vorzulesen, in der unbewußten Sehnsucht, daß im Verlauf des langen Lesens, zumindest in mir das eitle falsche Gefühl der Einheit mit dem Vorgelesenen sich erzeugen wird, wobei ich vergesse, daß ich niemals die genügende augenblickliche Kraft haben werde, aus meinem Gefühl auf den klaren Überblick des Zuhörers einzuwirken, und daß es zu Haus immer die Schwestern sind, welche mit der erwünschten Verwechslung beginnen.

5. Januar. Seit zwei Tagen konstatiere ich in mir Kühle und Gleichgültigkeit, wann ich will. Gestern abend beim Spazierengehn war mir jedes kleine Straßengeräusch, jeder auf mich gerichtete Blick, jede Photographie in einem Auslagskasten wichtiger als ich.

Die Einförmigkeit. Geschichte.

Wenn man sich am Abend endgültig entschlossen zu haben scheint, zu Hause zu bleiben, den Hausrock angezogen hat, nach dem Nachtmahl beim beleuchteten Tische sitzt und jene Arbeit oder jenes Spiel vorgenommen hat, nach dessen Beendigung man gewohnheitsmäßig schlafen geht, wenn draußen ein unfreundliches Wetter ist, das das Zuhausebleiben selbstverständlich macht, wenn man jetzt auch schon so lange bei Tisch stillgehalten hat, daß das Weggehn nicht nur väterlichen Ärger, sondern allgemeines Staunen hervorrufen müßte, wenn nun auch schon das Treppenhaus dunkel und das Haustor gesperrt ist und wenn man nun trotz alledem in einem plötzlichen Unbehagen aufsteht, den Rock wechselt, sofort straßenmäßig angezogen erscheint, weggehn zu müssen erklärt, es nach kurzem Abschied auch tut, je nach der Schnelligkeit, mit der man die Wohnungstüre zuschlägt und damit die allgemeine Besprechung des Fortgehens abschneidet, mehr oder weniger Ärger zu hinterlassen glaubt, wenn man sich auf der Gasse wiederfindet, mit Gliedern, die diese schon unerwartete Freiheit, die man ihnen verschafft hat, mit besonderer Beweglichkeit belohnen, wenn man durch diesen einen Entschluß alle Entschlußfähigkeit in sich aufgeregt fühlt, wenn man mit größerer als der gewöhnlichen Bedeutung erkennt, daß man mehr Kraft als Bedürfnis hat, die schnellste Veränderung leicht zu bewirken und zu ertragen, daß man mit sich allein gelassen in Verstand und Ruhe und in deren Genusse wächst, dann ist man für diesen Abend so gänzlich aus seiner Familie ausgetreten, wie man es durchdringender durch die entferntesten Reisen nicht erreichen könnte, und man hat ein Erlebnis gehabt, das man wegen seiner für Europa äußersten Einsamkeit nur russisch nennen kann. Verstärkt wird es noch, wenn man zu dieser späten Abendzeit einen Freund aufsucht, um nachzusehn, wie es ihm geht.

Weltsch ist eingeladen, zum Benefiz der Frau Klug zu kommen. Löwy mit seinen starken Kopfschmerzen, die wahrscheinlich ein schweres Kopfleiden anzeigen, lehnte sich unten auf der Gasse, wo er auf mich wartete, die Rechte verzweifelt an der Stirn, an eine Hausmauer. Ich zeigte ihn Weltsch, der sich vom Kanapee aus zum Fenster hinüberneigte. Ich glaubte zum erstenmal in meinem Leben in dieser leichten Weise aus dem Fenster einen mich nahe betreffenden Vorgang unten auf der Gasse beobachtet zu haben. An und für sich ist mir solches Beobachten aus Sherlock Holmes bekannt.

6. Januar. Gestern »Vicekönig« von Feimann. Die Eindrucksfähigkeit für das Jüdische in diesen Stücken verläßt mich, weil sie zu gleichförmig sind und in ein Jammern ausarten, das auf vereinzelte kräftigere Ausbrüche stolz ist. Bei den ersten Stücken konnte ich denken, an ein Judentum geraten zu sein, in dem die Anfänge des meinigen ruhen und die sich zu mir hin entwickeln und dadurch in meinem schwerfälligen Judentum mich aufklären und weiterbringen werden, statt dessen entfernen sie sich, je mehr ich höre, von mir weg. Die Menschen bleiben natürlich und an die halte ich mich.
Frau Klug hatte Benefiz und sang deshalb einige neue Lieder und machte ein paar neue Witze. Aber nur bei ihrem Antrittslied war ich ganz unter ihrem Eindruck, dann bin ich zu jedem Teilchen ihres Anblicks in der stärksten Beziehung, zu den beim Gesang ausgestreckten Armen und den schnippenden Fingern, zu den festgedrehten Schläfenlocken, zu dem flach und unschuldig unter die Weste gehenden dünnen Hemd, zu der Unterlippe, die sich einmal beim Genießen der Wirkung eines Witzes aufstülpt (»seht ihr, alle Sprachen kann ich, aber auf jiddisch«), zu den fetten Füßchen, die in den dicken weißen Strümpfen bis hinter die Zehen durch die Schuhe sich niederhalten lassen. Da sie aber gestern neue Lieder sang, schädigte sie ihre Hauptwirkung auf mich, die darin bestand, daß sich hier ein Mensch zur Schau stellt, der ein paar Witze und Lieder herausgefunden hat, die sein Temperament und alle seine Kräfte auf das vollkommenste vorführen. Da diese Vorführung gelingt, ist alles gelungen; und macht es uns Freude, diesen Menschen öfters auf uns wirken zu lassen, so werden wir uns natürlich – und darin sind vielleicht alle Zuhörer mit mir einig – durch die ständige Wiederholung der immer gleichen Lieder nicht beirren lassen, wir werden es vielmehr als Hilfsmittel der Sammlung ebenso zum Beispiel wie die Verdunkelung des Saales gutheißen und, von der Frau aus gesehen, jene Unerschrockenheit und Selbstbewußtheit darin erkennen, die wir gerade suchen. Als daher die neuen Lieder kamen, die an Frau Klug nichts Neues zeigen konnten, da die früheren ihre Schuldigkeit so vollkommen getan hatten, und als daher diese Lieder Anspruch darauf machten, als Lieder beachtet zu werden, wozu gar kein Grund war, und als sie auf diese Weise von Frau Klug ablenkten, aber gleichzeitig zeigten, daß auch sie selbst in diesen Liedern sich nicht wohl fühlte und zum Teil verfehlte, zum Teil übertriebene Gesichter und Bewegungen machte, mußte man verdrießlich werden und blieb nur dadurch getröstet, daß die Erinnerung an ihre vollkommene

Darstellung von früher infolge ihrer unerschütterlichen Wahrhaftigkeit zu fest war, um sich durch den gegenwärtigen Anblick stören zu lassen.

7. Januar. Frau Tschissik hat leider immer Rollen, welche nur die Essenz ihres Wesens zeigen, sie spielt immer Frauen und Mädchen, die mit einem Schlage unglücklich, verhöhnt, entehrt, gekränkt werden, denen aber nicht Zeit gegönnt ist, ihr Wesen in natürlicher Folge zu entwickeln. An der hervorbrechenden natürlichen Macht, mit welcher sie jene Rollen spielt, die nur im Spiel Höhepunkte, im geschriebenen Stück dagegen infolge des Reichtums, den sie fordern, bloße Andeutungen sind, erkennt man, was sie zu leisten fähig wäre. – Eine ihrer wichtigen Bewegungen geht als Schauer von den etwas steif gehaltenen, zuckenden Hüften aus. Ihre kleine Tochter scheint eine Hüfte völlig steif zu haben. – Wenn die Schauspieler einander umarmen, halten sie einander gegenseitig die Perücken fest.
Als ich letzthin mit Löwy in sein Zimmer hinaufging, wo er mir den Brief vorlesen wollte, den er an den Warschauer Schriftsteller Nomberg geschrieben hatte, trafen wir auf dem Treppenabsatz das Ehepaar Tschissik. Sie trugen ihre Kostüme für »Kol Nidre«, die wie Mazzes in Seidenpapier gepackt waren, in ihr Zimmer hinauf. Wir blieben ein Weilchen stehn. Ich hatte das Geländer zur Stütze der Hände und Satzbetonungen. Ihr großer Mund bewegte sich so nahe vor mir in überraschenden, aber natürlichen Formen. Das Gespräch drohte durch meine Schuld ins Trostlose auszugehn, denn durch mein Streben, in Eile alle Liebe und Ergebenheit auszudrücken, brachte ich es nur zu der Feststellung, daß die Geschäfte der Truppe elend gingen, daß ihr Repertoire erschöpft war, daß sie also nicht mehr lange bleiben könnten und daß die Interesselosigkeit der Prager Juden ihnen gegenüber unbegreiflich sei. Montag sollte ich – so bat sie mich – zu »Sejdernacht« kommen, trotzdem ich es schon kannte. Dann werde ich sie jenes Lied (bore Isroel) singen hören, das ich, wie sie sich aus einer alten Bemerkung erinnert hatte, besonders liebe.

»Jeschiwes« sind Talmudhochschulen, welche von vielen Gemeinden in Polen und Rußland ausgehalten werden. Die Kosten sind nicht sehr groß, weil diese Schulen meistens in einem alten unbrauchbaren Gebäude untergebracht sind, in dem sich, außer den Lehr- und Schlafzimmern der Schüler, die Wohnung des Rosch-Jeschiwe, der auch sonst Gemeindedienste versieht, und seines Gehilfen befindet. Die Schüler zahlen kein Schulgeld und bekommen die Mahlzeiten abwechselnd bei den Gemeindemitgliedern. Trotzdem diese Schulen auf den strenggläubigsten Grundlagen beruhen, sind gerade sie die Ausgangsstätten des ab-

trünnigen Fortschritts, weil hier junge Leute von weit her zusammenkommen und gerade die Armen, die Energischen, die von zu Hause fortstreben – da hier die Beaufsichtigung nicht sehr streng ist und die jungen Leute hier ganz aufeinander angewiesen sind und der wesentlichste Teil des Studiums in gemeinsamem Lernen und gegenseitigen Erklärungen schwieriger Stellen besteht – da die Frömmigkeit in den verschiedenen Heimatsorten der Studenten eine gleichartige ist, die nicht besonders zu Mitteilungen auffordert, während der niedergehaltene Fortschritt, je nach den verschiedenen Ortsverhältnissen, in der mannigfaltigsten Weise steigt oder fällt, so daß es hier immer viel zu erzählen gibt – da ferner von den verbotenen fortschrittlichen Schriften sich immer nur eines oder das andere in den Händen eines einzelnen befindet, während sie in der Jeschiwe von allen Seiten zusammengetragen werden und hier besonders wirken können, weil jeder Besitzer nicht nur den Text, sondern sein eigenes Feuer weiterträgt – aus allen diesen Gründen und ihren nächsten Folgen sind aus diesen Schulen in der letzten Zeit alle fortschrittlichen Dichter, Politiker, Journalisten und Gelehrten hervorgegangen. Dadurch hat sich einerseits der Ruf dieser Schulen unter den Strenggläubigen sehr verschlechtert, andererseits strömen ihnen mehr als früher fortschrittlich gesinnte junge Leute zu.
Eine berühmte Jeschiwe ist die von Ostro, einem kleinen, acht Eisenbahnstunden von Warschau entfernten Ort. Ganz Ostro ist eigentlich nur die Einfassung eines ganz kurzen Stückes der Landstraße. Löwy behauptet, es sei so lang wie sein Stock. Als einmal ein Graf mit seinem vierspännigen Reisewagen in Ostro haltmachte, standen die vorderen zwei Pferde und der hintere Teil des Wagens schon außerhalb des Ortes.
Löwy entschloß sich, im Alter von beiläufig vierzehn Jahren, als ihm der Zwang des Lebens zu Hause unerträglich schien, nach Ostro zu fahren. Der Vater hatte ihm gerade, als er gegen Abend die Klaus verließ, auf die Schulter geklopft und leichthin gesagt, er möchte dann später zu ihm kommen, er habe mit ihm zu reden. Weil hier offenbar wieder nichts anderes zu erwarten war als Vorwürfe, ging Löwy direkt von der Klaus ohne Gepäck, in einem etwas bessern Kaftan, weil es Samstagabend war, und mit seinem ganzen Geld, das er immer bei sich trug, auf den Bahnhof und fuhr mit dem Zehn-Uhr-Zug nach Ostro, wo er um sieben Uhr früh ankam. Er ging gleich in die Jeschiwe, wo er kein besonderes Aufsehen machte, weil jeder in eine Jeschiwe eintreten kann und keine besonderen Aufnahmebedingungen bestehn. Auffallend war nur, daß er gerade zu dieser Zeit – es war Sommer – eintreten wollte, was nicht üblich war, und weil er einen guten Kaftan hatte. Aber auch damit fand man sich bald ab, weil so ganz junge Leute, die in einer uns unbekannten Stärke durch ihr Judentum anein-

ander gebunden sind, sich leicht bekanntmachen. Beim Lernen zeichnete er sich aus, da er schon von zu Hause viel Wissen mitbrachte. Die Unterhaltung mit den fremden Jungen gefiel ihm, besonders da ihn alle, als sie von seinem Geld erfuhren, mit Kaufangeboten umdrängten. Einer, der ihm »Tage« verkaufen wollte, setzte ihn besonders in Erstaunen. Mit »Tagen« wurden nämlich Freitische bezeichnet. Ein verkäuflicher Gegenstand waren sie deshalb, weil es den Gemeindemitgliedern, die mit der Gewährung von Freitischen ohne Ansehen der Person ein gottgefälliges Werk tun wollten, gleichgültig war, wer an diesem Tische saß. Wenn nun ein Student besonders geschickt war, konnte es ihm gelingen, einen Tag mit zwei Freitischen zu besetzen. Diese doppelten Mahlzeiten konnte er um so besser ertragen, als sie nicht sehr reichhaltig waren und man nach der einen noch mit großem Vergnügen die zweite herunteressen konnte und weil es auch vorkam, daß zwar ein Tag doppelt besetzt war, andere Tage aber leer standen. Trotzdem war natürlich jeder froh, wenn er Gelegenheit fand, einen solchen überzähligen Freitisch vorteilhaft zu verkaufen. Kam nun einer im Sommer, wie Löwy, also zu einer Zeit, wo die Freitische längst verteilt waren, konnte man sie überhaupt nur noch durch Kauf bekommen, da die am Anfang überzähligen Freitische sämtlich von Spekulanten besetzt waren.
Die Nacht in der Jeschiwe war unerträglich. Zwar standen alle Fenster offen, weil die Nacht warm war, aber der Gestank und die Hitze wollten sich aus den Zimmern nicht rühren, weil die Studenten, die keine eigentlichen Betten hatten, wo sie gerade zuletzt saßen, ohne sich auszuziehn, in ihren verschwitzten Kleidern sich zum Schlaf niederlegten. Alles war voll Flöhe. Früh benetzte sich jeder nur flüchtig Hände und Gesicht mit Wasser und fing wieder zu studieren an. Man lernte meist zusammen, gewöhnlich zwei aus einem Buch. Oft verbanden Debatten mehrere zu einem Kreis. Der Rosch-Jeschiwe erklärte nur hie und da die schwierigsten Stellen. Trotzdem Löwy später – er blieb zehn Tage in Ostro, schlief und aß aber im Gasthaus – zwei ihm gleichgesinnte Freunde fand (man fand einander nicht so leicht, weil man die Gesinnung und Vertrauenswürdigkeit des andern immer erst vorsichtig prüfen mußte), kehrte er doch sehr gern wieder nach Hause zurück, da er an ein geordnetes Leben gewöhnt war und es vor Heimweh nicht aushalten konnte.

Im großen Zimmer war der Lärm des Kartenspiels und später der gewöhnlichen, vom Vater, wenn er gesund ist wie heute, laut, wenn auch nicht zusammenhängend geführten Unterhaltung. Die Worte stellten nur kleine Spannungen eines unförmlichen Lärms vor. Im Mädchenzimmer, dessen Tür völlig geöffnet war, schlief der kleine Felix. Auf der anderen Seite, in meinem Zimmer, schlief ich. Die Tür dieses Zimmers war aus Rücksicht auf mein Alter geschlossen. Außerdem war durch die offene Tür angedeutet, daß man Felix noch zur Familie heranlocken wollte, während ich schon abgeschieden war.

Gestern bei Baum. Strobl sollte kommen, war aber im Theater. Baum las ein Feuilleton »Vom Volkslied« vor; schlecht. Dann ein Kapitel aus »Des Schicksals Spiele und Ernst«; sehr gut. Ich war gleichgültig, schlecht gestimmt, bekam keinen reinen Eindruck des Ganzen. Auf dem Nachhauseweg im Regen erzählte mir Max den gegenwärtigen Plan der »Irma Polak«. Zugeben konnte ich meinen Zustand nicht, da Max das niemals richtig anerkennt. Ich mußte daher unaufrichtig sein, was mir schließlich alles verleidete. Ich war so wehleidig, daß ich lieber zu Max sprach, wenn sein Gesicht im Dunkeln war, trotzdem dann meines in der Helligkeit sich leichter verraten konnte. Der geheimnisvolle Schluß des Romans ergriff mich dann aber durch alle Hindernisse hindurch. Auf dem Nachhauseweg nach dem Abschied Reue über meine Falschheit und Schmerz über ihre Unumgänglichkeit. Absicht, ein eigenes Heft über mein Verhältnis zu Max anzulegen. Was nicht aufgeschrieben ist, flimmert einem vor den Augen, und optische Zufälle bestimmen das Gesamturteil.

Als ich auf dem Kanapee lag und in beiden Zimmern mir zur Seite laut gesprochen wurde, links nur von Frauen, rechts mehr von Männern, hatte ich den Eindruck, daß es rohe, negerhafte, nicht zu besänftigende Wesen sind, die nicht wissen, was sie reden, und nur reden, um die Luft in Bewegung zu setzen, die beim Reden das Gesicht heben und den Worten, die sie aussprechen, nachsehn.

So vergeht mir der regnerische, stille Sonntag, ich sitze im Schlafzimmer und habe Ruhe, aber statt mich zum Schreiben zu entschließen, in das ich zum Beispiel vorgestern mich hätte ergießen wollen mit allem, was ich bin, habe ich jetzt eine ganze Weile lang meine Finger angestarrt. Ich glaube, diese Woche ganz und gar von Goethe beeinflußt gewesen zu sein, die Kraft dieses Einflusses eben erschöpft zu haben und daher nutzlos geworden zu sein.

Aus einem Gedicht von Rosenfeld, das einen Meersturm darstellt: »Es flattern die Seelen, es zittern die Leiber.« Löwy verkrampft beim Rezitieren die Haut der Stirn und der Nasenwurzel, wie man nur Hände verkrampfen zu können glaubt. Bei den ergreifendsten Stellen, die er einem nahebringen will, nähert er sich uns selbst oder, besser, er vergrößert sich, indem er seinen Anblick klarer macht. Nur ein wenig tritt er vor, hält die Augen aufgerissen, zupft mit der abwesenden linken Hand am Schlußrock und hält die rechte offen und groß uns hin. Auch sollen wir, wenn wir schon nicht ergriffen sind, seine Ergriffenheit anerkennen und ihm die Möglichkeit des beschriebenen Unglücks erklären.

Ich soll dem Maler Ascher nackt zu einem heiligen Sebastian Modell stehn.

Wenn ich jetzt am Abend zu meinen Verwandten zurückkehren werde, werde ich, da ich nichts geschrieben habe, was mich freuen würde, ihnen nicht fremder, verächtlicher, nutzloser vorkommen als mir. Dies alles natürlich nur meinem Gefühl nach (das durch keine noch so genaue Beobachtung zu betrügen ist), denn tatsächlich haben sie alle Achtung vor mir und lieben mich auch.

24. Januar. Mittwoch. Aus folgenden Gründen so lange nicht geschrieben: Ich war mit meinem Chef bös und brachte das erst durch einen guten Brief ins reine; war mehrere Male in der Fabrik; las Pines »L'histoire de la Littérature Judéo-Allemande«, fünfhundert Seiten, und zwar gierig, wie ich es mit solcher Gründlichkeit, Eile und Freude bei ähnlichen Büchern noch niemals getan habe; jetzt lese ich Fromer »Organismus des Judentums«; endlich hatte ich mit den jüdischen Schauspielern viel zu tun, schrieb für sie Briefe, habe beim zionistischen Verein durchgesetzt, daß die zionistischen Vereine Böhmens befragt werden, ob sie Gastspiele der Truppe haben wollen, das nötige Rundschreiben habe ich geschrieben und vervielfältigen lassen; habe noch einmal »Sulamith« gesehn und einmal »Herzele Mejiches« von Richter, war beim Volksliederabend des Vereins Bar-Kochba und vorgestern beim »Graf von Gleichen« von Schmidtbonn.

Volksliederabend: Dr. Nathan Birnbaum hält den Vortrag. Ostjüdische Gewohnheit, wo die Rede stockt, »meine verehrten Damen und Herren« oder nur »meine Verehrten« einzufügen. Wiederholt sich am Anfang der Rede Birnbaums zum Lächerlichwerden. So weit ich aber Löwy kenne, glaube ich, daß solche ständige Wendungen, die auch im gewöhnlichen ostjüdischen Gespräch oft vorkommen, wie »Weh ist mir!« oder »S' ist nischt« oder »S' ist viel zu reden« nicht Verlegenheit verdecken sollen, sondern als immer neue Quellen den für das ostjüdische Temperament immer noch zu schwer daliegenden Strom der Rede umquirlen sollen. Bei Birnbaum aber nicht.

26. Januar. Der Rücken des Herrn Weltsch und die Stille des ganzen Saales beim Anhören der schlechten Gedichte. – Birnbaum: Die Frisur mit den länglichen Haaren setzt scharf am Hals ab, der durch diese plötzliche Entblößung oder durch sich selbst sehr

aufrecht ist. Große gekrümmte, nicht zu schmale und doch an den Seiten breitflächige Nase, die vor allem infolge der guten Proportionalität zum großen Bart schön aussieht. – Sänger Gollanin. Friedliches, süßliches, himmlisches, herablassendes, mit zur Seite und in die Tiefe geneigtem Gesicht lang ausgehaltenes, mit gerümpfter Nase etwas zugespitztes Lächeln, das aber auch bloß zur Mundtechnik gehören kann.

31. Januar. Nichts geschrieben. Weltsch bringt mir Bücher über Goethe, die mir eine zerstreute, nirgends anwendbare Aufregung verursachen. Plan eines Aufsatzes »Goethes entsetzliches Wesen«, Furcht vor dem zweistündigen Abendspaziergang, den ich jetzt für mich eingeführt habe.

4. Februar. Vor drei Tagen Wedekind: »Erdgeist«. Wedekind und seine Frau Tilly spielen mit. Klare gestochene Stimme der Frau. Schmales mondsichelförmiges Gesicht. Der beim ruhigen Stehn sich seitlich abzweigende Unterschenkel. Klarheit des Stückes auch im Rückblick, so daß man ruhig und selbstbewußt nach Hause geht. Widersprechender Eindruck des durchaus Festgegründeten und doch Fremdbleibenden.
Als ich damals ins Theater ging, war mir wohl. Wie Honig schmeckte ich mein Inneres. Trank es in ununterbrochenem Zug. Im Theater verging es gleich. Es war übrigens der vorige Theaterabend: »Orpheus in der Unterwelt« mit Pallenberg. Die Aufführung war so schlecht, Beifall und Lachen um mich im Stehparterre so groß, daß ich mir nur dadurch zu helfen wußte, daß ich nach dem zweiten Akt weglief und dadurch alles zum Schweigen brachte.

Vorgestern guten Brief nach Trautenau wegen eines Gastspiels von Löwy geschrieben. Jedes Lesen des Briefes beruhigte und stärkte mich, so sehr war darin unausgesprochener Bezug auf alles Gute in mir genommen.

Der mich ganz durchgehende Eifer, mit dem ich über Goethe lese (Goethes Gespräche, Studentenjahre, Stunden mit Goethe; ein Aufenthalt Goethes in Frankfurt) und der mich von jedem Schreiben abhält.

S., Kaufmann, zweiunddreißig Jahre alt, konfessionslos, philosophisch gebildet, für schöne Literatur hauptsächlich nur so weit interessiert, als sie sein Schreiben betrifft. Runder Kopf, schwarze Augen, kleiner energischer Schnurrbart, festes Wangenfleisch, gedrungene Gestalt. Studiert seit Jahren von neun Uhr bis ein Uhr in der Nacht. Gebürtig aus Stanislau, Kenner des Hebräischen und des Jargon. Verheiratet mit einer Frau, die nur durch die ganz runde Gesichtsform den Eindruck der Beschränktheit macht.

Seit zwei Tagen Kühle gegen Löwy. Er fragt mich danach. Ich leugne es.

Ruhiges, zurückgezogenes Gespräch mit Fräulein Taussig im Zwischenakt des »Erdgeist« auf der Galerie. Man muß förmlich, um ein gutes Gespräch zu erreichen, die Hand tiefer, leichter, verschlafener unter den zu behandelnden Gegenstand schieben, dann hebt man ihn zum Erstaunen. Sonst knickt man sich die Finger ein und denkt an nichts als an die Schmerzen.

Geschichte: Die Abendspaziergänge. Erfindung des raschen Gehns. Einleitendes schönes dunkles Zimmer.

Fräulein Taussig erzählte von einer Szene ihrer neuen Geschichte, in welcher einmal in die Nähschule ein Mädchen mit schlechtem Ruf eintritt. Der Eindruck auf die andern Mädchen. Ich meine, bedauern werden sie diejenigen, welche die Fähigkeit und Lust, zu schlechtem Ruf zu kommen, deutlich in sich fühlen und damit zugleich unmittelbar sich vorstellen können, in was für ein Unglück sich zu stürzen das bedeutet.

Vor einer Woche Vortrag Dr. Theilhaber im Festsaale des Jüdischen Rathauses über den Untergang der deutschen Juden. Er ist unaufhaltbar, denn erstens sammeln sich die Juden in den Städten, die jüdischen Landgemeinden verschwinden. Das Streben nach Gewinn verzehrt sie. Ehen werden nur mit Rücksicht auf die Versorgung der Braut geschlossen. Zwei-Kinder-System. Zweitens: Mischehen. Drittens: Taufen.
Komische Szenen, als Professor Ehrenfels, der immer schöner wird und dem sich im Licht der kahle Kopf in einer gehauchten Kontur nach oben abgrenzt, die Hände aneinander gelegt und gegenseitig drückend, mit seiner vollen, wie bei einem Musikinstrument modulierten Stimme, vor Vertrauen zur Versammlung lächelnd, für Mischrassen sich einsetzt.

5. Februar. Montag. Müde auch das Lesen von »Dichtung und Wahrheit« aufgegeben. Ich bin hart nach außen, kalt im Innern. Als ich heute zu Dr. F. kam, war es, trotzdem wir langsam und überlegt zusammenkamen, als wären wir wie Bälle zusammengestoßen, die einer den andern zurückwerfen und selbst ohne Beherrschung sich verlieren. Ich fragte ihn, ob er müde sei. Er war nicht müde. Warum ich fragte? Ich bin müde, antwortete ich und setzte mich.

Kleiner Ohnmachtsanfall gestern im Café City mit Löwy. Das Herabbeugen über ein Zeitungsblatt, um ihn zu verbergen.

Goethes schöne Silhouette in ganzer Gestalt. Nebeneindruck des Widerlichen beim Anblick dieses vollkommenen menschlichen Körpers, da ein Übersteigen dieser Stufe außerhalb der Vorstellbarkeit ist und diese Stufe doch nur zusammengesetzt und zufällig aussieht. Die aufrechte Haltung, die hängenden Arme, der schmale Hals, die Kniebeugung.

Die Ungeduld und Trauer wegen meiner Mattigkeit nährt sich besonders durch die niemals aus den Augen gelassene Aussicht in die Zukunft, die mir dadurch vorbereitet wird. Was für Abende, Spaziergänge, Verzweiflung im Bett und auf dem Kanapee (7. Februar) stehn mir noch bevor, ärger als die schon überstandenen!

Gestern in der Fabrik. Die Mädchen in ihren an und für sich unerträglich schmutzigen und gelösten Kleidern, mit den wie beim Erwachen zerworfenen Frisuren, mit dem vom unaufhörlichen Lärm der Transmissionen und von der einzelnen, zwar automatischen, aber unberechenbar stockenden Maschine festgehaltenen Gesichtsausdruck, sind nicht Menschen, man grüßt sie nicht, man entschuldigt sich nicht, wenn man sie stößt, ruft man sie zu einer kleinen Arbeit, so führen sie sie aus, kehren aber gleich zur Maschine zurück, mit einer Kopfbewegung zeigt man ihnen, wo sie eingreifen sollen, sie stehn in Unterröcken da, der kleinsten Macht sind sie überliefert und haben nicht einmal genug ruhigen Verstand, um diese Macht mit Blicken und Verbeugungen anzuerkennen und sich geneigt zu machen. Ist es aber sechs Uhr und rufen sie das einander zu, binden sie die Tücher vom Hals und von den Haaren los, stauben sie sich ab mit einer Bürste, die den Saal umwandert und von Ungeduldigen herangerufen wird, ziehn sie die Röcke über die Köpfe und bekommen sie die Hände rein, so gut es geht – so sind sie schließlich doch Frauen, können trotz Blässe und schlechten Zähnen lächeln, schütteln den erstarrten Körper, man kann sie nicht mehr stoßen, anschauen oder übersehn, man drückt sich an die schmierigen Kisten, um ihnen den Weg freizumachen, behält den Hut in der Hand, wenn sie guten Abend sagen, und weiß nicht, wie man es hinnehmen soll, wenn eine unseren Winterrock bereithält, daß wir ihn anziehn.

8. Februar. Goethe: Meine Lust am Hervorbringen war grenzenlos.

Ich bin nervöser, schwächer geworden und habe einen großen Teil der Ruhe, auf die ich vor Jahren stolz war, verloren. Als ich heute die Karte von Baum bekam, in der er schreibt, daß er doch die Conférence zum ostjüdischen Abend nicht halten kann, und ich also glauben mußte, daß ich die Sache werde übernehmen müssen, war ich ganz unbeherrschbaren Zuckungen überlassen, wie kleine Feuerchen sprang das Aufklopfen der Adern den Körper entlang; saß ich, zitterten mir unter dem Tisch die Knie und die Hände mußte ich aneinanderdrücken. Ich werde ja einen guten Vortrag halten, das ist sicher, auch wird die aufs höchste gesteigerte Unruhe an dem Abend selbst mich so zusammenziehn, daß nicht einmal für Unruhe Raum sein wird und die Rede aus mir geradewegs kommen wird wie aus einem Flintenlauf. Es ist aber möglich, daß ich nachher niederfallen und jedenfalls es lange nicht werde verwinden können. So wenig Körperkraft! Sogar diese paar Worte sind unter der Beeinflussung der Schwäche geschrieben.

Gestern abend bei Baum und Löwy. Meine Lebendigkeit. Letzthin hat Löwy bei Baum eine schlechte hebräische Geschichte »Das Auge« übersetzt.

13. Februar. Ich beginne für die Conférence zu Löwys Vorträgen zu schreiben. Sie ist schon Sonntag, den achtzehnten. Ich werde nicht mehr viel Zeit haben, mich vorzubereiten, und stimme doch hier ein Rezitativ an wie in der Oper. Nur deshalb, weil schon seit Tagen eine ununterbrochene Aufregung mich bedrängt und ich vor dem eigentlichen Beginn halbwegs zurückgezogen ein paar Worte nur für mich hinschreiben will, um dann erst, ein wenig in Gang gebracht, vor die Öffentlichkeit mich hinzustellen. Kälte und Hitze wechselt in mir mit dem wechselnden Wort innerhalb des Satzes, ich träume melodischen Aufschwung und Fall, ich lese Sätze Goethes, als liefe ich mit ganzem Körper die Betonungen ab.

25. Februar. Das Tagebuch von heute an festhalten! Regelmäßig schreiben! Sich nicht aufgeben! Wenn auch keine Erlösung kommt, so will ich doch jeden Augenblick ihrer würdig sein. Diesen Abend verbrachte ich in vollständiger Gleichgültigkeit am Familientisch, die rechte Hand an der Sessellehne der neben mir Karten spielenden Schwester, die linke schwach im Schoß. Von Zeit zu Zeit suchte ich meines Unglücks mir bewußt zu werden, es gelang mir kaum.
Ich habe so lange nichts geschrieben, weil ich einen Vortragsabend Löwys im Festsaal des jüdischen Rathauses am 18. Februar 1912 veranstaltet habe, bei dem ich einen kleinen Einleitungsvortrag über Jargon hielt. Zwei Wochen lebte ich in Sorgen, weil ich den Vortrag nicht zustande bringen konnte. Am Abend vor dem Vortrag gelang es mir plötzlich.

Vorbereitungen zum Vortrag: Konferenzen mit dem Verein Bar-Kochba, Zusammenstellung des Programms, Eintrittskarten, Saal, Numerierung der Plätze, Schlüssel zum Klavier (Toynbeehalle), erhöhtes Podium, Klavierspieler, Kostümierung, Kartenverkauf, Zeitungsnotizen, Zensur der Polizei und der Kultusgemeinde.

Lokale, in denen ich war, und Leute, mit denen ich gesprochen oder denen ich geschrieben habe. Allgemeines: mit Max, mit Schmerler, der bei mir war, mit Baum, der zuerst die Conférence übernommen hatte, sie dann ablehnte, den ich im Laufe eines dafür bestimmten Abends wieder umstimmte und der den nächsten Tag mit Rohrpostkarte wieder absagte, mit Dr. Hugo Hermann und Leo Hermann im Café Arco, öfter mit Robert Weltsch in seiner Wohnung, wegen Kartenverkaufes mit Dr. Bl. (umsonst), Dr. H., Dr. Fl., Besuch bei Frl. T., Vortrag im Afike Jehuda (Rabb. Ehrentreu über Jeremias und seine Zeit, beim geselligen Zusammensein nachher kleine mißlungene Rede über Löwy), beim Lehrer W. (dann im Café, dann spazieren, von zwölf bis eins stand er lebendig wie ein Tier vor meiner Haustür und ließ mich nicht hinein). Wegen des Saales bei Dr. Karl B., zweimal in der Wohnung des L. auf dem Heuwagsplatz, einigemal bei Otto Pick, in der Bank, wegen des Klavierschlüssels beim Toynbeevortrag, mit Herrn R. und dem Lehrer St., dann in des letzteren Wohnung den Schlüssel abholen und wieder zurückbringen, wegen des Podiums mit dem Hausmeister und Diener des Rathauses, wegen der Bezahlung in der Rathauskanzlei (zweimal), wegen des Verkaufes bei Frau Fr. in der Ausstellung »Der gedeckte Tisch«. Geschrieben an Frl. T., an einen Otto Kl. (nutzlos), für das »Tagblatt« (nutzlos), an Löwy (»ich werde den Vortrag nicht halten können, retten Sie mich!«).

Aufregungen: Wegen des Vortrags, eine Nacht zusammengedreht im Bett, heiß und schlaflos, Haß auf Dr. B., Schrecken vor Weltsch (er wird nichts verkaufen können), Afike Jehuda, in den Zeitungen erscheinen die Notizen nicht so, wie man es erwartet, Zerstreutheit im Bureau, das Podium kommt nicht, es wird wenig verkauft, die Farbe der Karten regt mich auf, der Vortrag muß unterbrochen werden, weil der Klavierspieler die Noten zu Hause in Kosir vergessen hat, häufige Gleichgültigkeit gegen Löwy, fast Abscheu.

Nutzen: Freude an Löwy und Vertrauen zu ihm, stolzes, überirdisches Bewußtsein während meines Vortrags (Kälte gegen das Publikum, nur der Mangel an Übung hindert mich an der Freiheit der begeisterten Bewegung), starke Stimme, müheloses Gedächtnis, Anerkennung, vor allem aber die Macht, mit der ich laut, bestimmt, entschlossen, fehlerfrei, unaufhaltsam, mit klaren Augen, fast nebenbei, die Frechheit der drei Rathausdiener unterdrücke und ihnen statt der verlangten zwölf Kronen nur sechs Kronen

gebe und diese noch wie ein großer Herr. Da zeigen sich Kräfte, denen ich mich gern anvertrauen möchte, wenn sie bleiben wollten. (Meine Eltern waren nicht dort.)
Sonst: Akademie der Herdervereinigung auf der Sophieninsel. Bie schiebt mit Beginn des Vortrags die Hand in die Hosentasche. Dieses unter aller Täuschung befriedigte Gesicht der nach ihrem Belieben arbeitenden Menschen. Hofmannsthal liest mit falschem Klang in der Stimme. Gesammelte Gestalt, angefangen von den an den Kopf angepreßten Ohren. Wiesenthal. Die schönen Tanzstellen, wenn sich zum Beispiel in einem auf den Boden Zurücksinken die natürliche Körperschwere zeigt.

Eindruck der Toynbeehalle.

Zionistische Versammlung. Blumenfeld. Sekretär der zionistischen Weltorganisation.

In meiner Selbstüberlegung ist seit letzter Zeit eine neue festigende Kraft aufgetreten, die ich gerade und erst jetzt erkennen kann, da ich mich in der letzten Woche geradezu auflöse vor Traurigkeit und Nutzlosigkeit.

Wechselndes Gefühl inmitten der jungen Leute im Café Arco.

26. Februar. Besseres Selbstbewußtsein. Herzschlag näher den Wünschen. Das Rauschen des Gaslichtes über mir.

Ich öffnete die Haustür, um nachzusehn, ob das Wetter zu einem Spaziergang verlocke. Blauer Himmel war nicht zu leugnen, aber große blaudurchschimmerte graue Wolken mit klappenförmig abgebogenen Rändern schwebten niedrig, wie man an den nahen Waldhügeln abmessen konnte. Trotzdem war die Gasse voll von Menschen, die zu Spaziergängen auszogen. Kinderwagen wurden von festen Mutterhänden gelenkt. Hie und da stockte in der Menge ein Gefährt und wartete, bis vor den auf- und absteigenden Pferden die Menschen auseinandertraten. Indessen blickte der Wagenlenker, ruhig die zitternden Zügel haltend, vor sich hin, übersah keine Kleinigkeit, untersuchte alles einigemal und gab dem Wagen im richtigen Augenblick den letzten Antrieb. Kinder konnten laufen, so wenig Raum auch war. Mädchen in leichten Kleidern, mit Hüten, die so ausgesprochen wie Briefmarken gefärbt waren, gingen am Arm junger Leute, und eine in ihren Kehlen unterdrückte Melodie zeigte sich im Tanzschritt ihrer Beine. Familien hielten gut zusammen, und waren sie auch einmal in langer Reihe zerstreut, so fanden sich leicht rückwärts ausgestreckte Arme, winkende Hände, Ausrufe von Schmeichelnamen, welche die Verlorenen verknüpften. Alleingelassene Männer suchten sich noch mehr abzuschließen, indem sie die Hände in die Taschen steckten. Das war kleinliche Narrheit. Zuerst stand ich im Haustor, dann lehnte ich mich an, um ruhiger zuzusehn. Kleider streiften mich, einmal ergriff ich ein Band, das hinten einen Mädchenrock verzierte, und ließ es durch die sich Entfernende aus der Hand ziehn; als ich einmal einem Mädchen, nur um ihm zu schmeicheln, über die Schulter strich, gab mir der folgende Passant einen Schlag auf die Finger. Ich zog ihn aber hinter den einen verriegelten Haustorflügel, meine Vorwürfe waren erhobene Hände, Blicke aus den Augenwinkeln, ein Schritt zu ihm hin, ein Schritt von ihm weg, er war glücklich, als ich ihn mit einem Stoß entließ. Von jetzt an rief ich natürlich öfters Leute zu mir her, ein Winken mit dem Finger genügte oder ein rascher, nirgends zögernder Blick.

In einer wie mühelosen Schläfrigkeit ich dieses Unnütze, Unfertige geschrieben habe.

Heute schreibe ich an Löwy. Ich schreibe die Briefe an ihn hier auf, weil ich mit ihnen etwas zu erreichen hoffe:

Lieber Freund

27. Februar. Ich habe keine Zeit, Briefe doppelt zu schreiben.

Gestern abend zehn Uhr ging ich in meinem traurigen Schritt die Zeltnergasse hinab. In der Gegend des Hutgeschäftes Heß bleibt ein junger Mann drei Schritte schief vor mir stehen, bringt mich dadurch auch zum Stehn, zieht den Hut und läuft dann auf mich zu. Ich trete im ersten Schrecken zurück, denke zuerst, jemand will den Weg zur Bahn wissen, aber warum in dieser Weise? – glaube dann, da er vertraulich nahe an mich herankommt und mir von unten her ins Gesicht sieht, weil ich größer bin: vielleicht will er Geld oder noch Ärgeres. Mein verwirrtes Zuhören und sein verwirrtes Reden vermischen sich. »Sie sind Jurist, nicht wahr? Doktor? Bitte, können Sie mir da nicht einen Rat geben? Ich habe da eine Sache, zu der ich einen Advokaten brauche.« Aus Vorsicht, allgemeinem Verdacht und Besorgnis, ich könnte mich blamieren, leugne ich, Jurist zu sein, bin aber bereit, ihm einen Rat zu geben, was ist es? Er beginnt zu erzählen, es interessiert mich; um das Vertrauen zu stärken, fordere ich ihn auf, lieber im Gehn mir zu erzählen, er will mich begleiten, nein, ich werde lieber mit ihm gehn, ich habe keinen bestimmten Weg.

Er ist ein guter Rezitator, früher war er bei weitem nicht so gut wie jetzt, jetzt kann er schon den Kainz nachmachen, daß keiner ihn unterscheidet. Man wird sagen, er macht ihn nur nach, aber er gibt doch auch viel Eigenes. Er ist zwar klein, aber Mimik,

Gedächtnis, Auftreten hat er, alles, alles. In der Militärzeit draußen in Milowitz im Lager hat er rezitiert, ein Kamerad hat gesungen, sie haben sich wirklich sehr gut unterhalten. Es war eine schöne Zeit. Am liebsten rezitiert er Dehmel, die leidenschaftlichen frivolen Gedichte zum Beispiel von der Braut, welche sich die Brautnacht vorstellt; wenn er da rezitiert, so macht das besonders auf die Mädchen einen riesigen Eindruck. Also das ist ja selbstverständlich. Er hat den Dehmel sehr schön gebunden, so in rotem Leder. (Mit herabfahrenden Händen beschreibt er ihn.) Aber auf den Einband kommt es ja nicht an. Außerdem rezitiert er sehr gern Rideamus. Nein, die widersprechen einander gar nicht, da vermittelt er schon, redet dazwischen, was ihm einfällt, macht sich aus dem Publikum einen Narren. Dann ist auf seinem Programm noch »Prometheus«. Da fürchtet er sich vor niemandem, auch vor Moissi nicht, Moissi trinkt, er nicht. Endlich liest er sehr gerne vor von Swet Marten; das ist ein neuer nordischer Schriftsteller. Sehr gut. Es sind so Epigramme und kleine Aussprüche. Besonders die über Napoleon sind ausgezeichnet, aber auch alle anderen über andere große Männer. Nein, rezitieren kann er daraus noch nichts, er hat es noch nicht studiert, nicht einmal ganz gelesen, nur seine Tante hat es ihm letzthin vorgelesen und da hat es ihm eben so gut gefallen.

Mit diesem Programm wollte er also öffentlich auftreten und hat sich also dem »Frauenfortschritt« für einen Vortragsabend angeboten. Eigentlich wollte er zuerst »Eine Gutsgeschichte« von der Lagerlöf vortragen und hat auch diese Geschichte der Obmännin des »Frauenfortschritt«, der Frau Durège-Wodnanski, zur Überprüfung geborgt. Sie sagte, die Geschichte wäre ja schön, aber zu lang, um vorgetragen zu werden. Er sah das ein, sie war wirklich zu lang, besonders da an dem beabsichtigten Vortragsabend noch sein Bruder Klavier vorspielen sollte. Dieser Bruder, einundzwanzig Jahre alt, ein sehr lieber Junge, ist ein Virtuose, er war zwei Jahre (schon vor vier Jahren) an der Musikhochschule in Berlin. Ist aber ganz verdorben zurückgekommen. Verdorben eigentlich nicht, aber seine Kostfrau hat sich in ihn verliebt. Er hat dann später erzählt, daß er oft zum Spielen zu müde war, weil er immerfort auf dieser Kostschachtel herumreiten mußte.

Da also die Gutsgeschichte nicht paßte, einigte man sich auf das andere Programm: Dehmel, Rideamus, »Prometheus« und Swet Marten. Um nun aber der Frau Durège von vornherein zu zeigen, was er eigentlich für ein Mensch ist, brachte er ihr das Manuskript eines Aufsatzes »Lebensfreude«, den er im Sommer dieses Jahres geschrieben hatte. Er hatte es in der Sommerfrische geschrieben, bei Tag stenographiert, am Abend ins reine gebracht, gefeilt, gestrichen, aber eigentlich nicht viel Arbeit damit gehabt, da es ihm gelungen war. Er borgt es mir, wenn ich will, es ist zwar populär geschrieben, mit Absicht, aber es sind gute Gedanken darin und es ist »betamt«, wie man sagt. (Spitziges Lachen mit erhobenem Kinn.) Ich kann es mir ja hier durchblättern, unter dem elektrischen Licht. (Es ist eine Aufforderung an die Jugend, nicht traurig zu sein, denn es gibt ja die Natur, die Freiheit, Goethe, Schiller, Shakespeare, Blumen, Insekten usw.) Die Durège sagte, sie hätte jetzt gerade keine Zeit, es zu lesen, aber er könne es ihr ja borgen, sie werde es ihm in ein paar Tagen zurückgeben. Er hatte schon Verdacht und wollte es nicht dort lassen, wehrte sich, sagte zum Beispiel »Schauen Sie, Frau Durège, warum soll ich es hier lassen, es sind ja nur Banalitäten, es ist ja gut geschrieben, aber –« Es half alles nichts, er mußte es dort lassen. Das war Freitag.

28. Februar. Am Sonntagmorgen beim Waschen fällt ihm ein, daß er das »Tagblatt« noch nicht gelesen hat. Er schlägt es auf, zufällig gerade die erste Seite der Unterhaltungsbeilage. Der Titel des ersten Aufsatzes »Das Kind als Schöpfer« fällt ihm auf, er liest die ersten Zeilen – und fängt vor Freude zu weinen an. Es ist sein Aufsatz, wortwörtlich sein Aufsatz. Es ist also zum erstenmal etwas gedruckt, er läuft zur Mutter und erzählt es. Die Freude! Die alte Frau, sie ist zuckerkrank und vom Vater geschieden, der übrigens im Recht ist, ist so stolz. Ein Sohn ist ja schon Virtuose, jetzt wird der andere Schriftsteller! Nach der ersten Aufregung überlegt er nun die Sache. Wie ist denn der Aufsatz in die Zeitung gekommen? Ohne seine Zustimmung? Ohne Namen des Verfassers? Ohne daß er Honorar bekommt? Das ist eigentlich ein Vertrauensmißbrauch, ein Betrug. Diese Frau Durège ist doch ein Teufel. Und Frauen haben keine Seele, sagt Mohamet (oft wiederholt). Man kann es sich ja leicht vorstellen, wie es zu dem Plagiat gekommen ist. Da war ein schöner Aufsatz, wo findet man gleich einen solchen. Da ist also Frau D. ins »Tagblatt« gegangen, hat sich mit einem Redakteur zusammengesetzt, beide überglücklich, und jetzt haben sie die Bearbeitung angefangen. Bearbeitet mußte es ja werden, denn erstens durfte man ja das Plagiat nicht auf den ersten Blick erkennen und zweitens war der zweiunddreißig Seiten lange Aufsatz für die Zeitung zu groß.
Auf meine Frage, ob er mir nicht Stellen zeigen wolle, die sich decken, da dieses mich besonders interessieren würde und da ich erst dann ihm einen Rat für sein Verhalten geben kann, fängt er seinen Aufsatz zu lesen an, schlägt eine andere Stelle auf, blättert ohne zu finden, und sagt schließlich, daß alles abgeschrieben sei. Da stehe zum Beispiel in der Zeitung: Die Seele des Kindes sei ein unbeschriebenes Blatt und »unbeschriebenes Blatt« komme auch in seinem Aufsatz vor. Oder der Ausdruck »benamset« sei auch abgeschrieben, wie käme man sonst auf »benamset«. Aber einzelne Stellen kann er nicht vergleichen. Es sei zwar alles abge-

schrieben, aber eben vertuscht, in anderer Reihenfolge, gekürzt und mit kleinen fremden Zutaten.

Ich lese laut einige auffallendere Stellen aus der Zeitung. Kommt das im Aufsatz vor? Nein. Das? Nein. Ja, aber das sind eben die aufgesetzten Stellen. Im Innern ist alles, alles abgeschrieben. Aber der Beweis wird, fürchte ich, schwer. Er wird es schon beweisen, mit Hilfe eines geschickten Advokaten, dazu sind ja Advokaten da. (Er sieht diesem Beweis wie einer ganz neuen, von dieser Angelegenheit vollständig abgetrennten Aufgabe entgegen und ist stolz darauf, daß er sich ihre Bewältigung zutraut.)

Daß es sein Aufsatz ist, sieht man übrigens schon daraus, daß er in zwei Tagen gedruckt war. Sonst dauert es doch zumindest sechs Wochen, ehe eine angenommene Sache in den Druck kommt. Hier aber war natürlich Eile nötig, damit er nicht dazwischenkomme. Darum haben zwei Tage genügt.

Außerdem heißt der Zeitungsaufsatz »Das Kind als Schöpfer«. Das hat eine deutliche Beziehung zu ihm und außerdem ist es eine Stichelei. Mit dem »Kind« ist nämlich er gemeint, denn man hat ihn früher für ein »Kind«, für »dumm« gehalten (er war es wirklich nur während der Militärzeit, er hat anderthalb Jahre gedient) und man will nun mit dem Titel sagen, daß er, ein Kind, etwas so Gutes wie den Aufsatz zustandegebracht hat, daß er sich also zwar als Schöpfer bewährt hat, gleichzeitig aber dumm und ein Kind geblieben ist, indem er sich hat so betrügen lassen. Mit dem Kind, von dem im ersten Absatz die Rede ist, ist eine Cousine vom Lande gemeint, die gegenwärtig bei seiner Mutter wohnt.

Besonders überzeugend wird aber das Plagiat durch einen Umstand bewiesen, auf den er allerdings erst nach längerer Überlegung gekommen ist: »Das Kind als Schöpfer« ist auf der ersten Seite der Unterhaltungsbeilage, auf der dritten aber ist eine kleine Geschichte von einer gewissen »Feldstein«. Der Name ist offenbar Pseudonym. Nun muß man nicht diese ganze Geschichte lesen, es genügt ein Überfliegen der ersten Zeilen und man weiß sofort, daß hier die Lagerlöf in einer unverschämten Weise nachgeahmt ist. Die ganze Geschichte macht es noch deutlicher. Was bedeutet das? Das bedeutet, daß diese Feldstein oder wie sie heißt, eine Kreatur der Durège ist, daß sie bei ihr die »Gutsgeschichte« gelesen hat, die er hingebracht hat, daß sie diese Lektüre zum Schreiben dieser Geschichte verwendet hat und daß ihn also beide Frauenzimmer, eine auf der ersten, die andere auf der dritten Seite der Unterhaltungsbeilage, ausnützen. Natürlich kann jeder auch aus eigenem Antrieb die Lagerlöf lesen und nachahmen, aber hier ist doch sein Einfluß zu offenbar. (Er schlägt das eine Blatt öfters hin und her.)

Montag mittag gleich nach Bankschluß ging er natürlich zu Frau Durège. Sie öffnet nur eine Spalte der Wohnungstüre, sie ist ganz ängstlich: »Aber, Herr Reichmann, warum kommen Sie mittags? Mein Mann schläft. Ich kann Sie jetzt nicht hereinlassen.« – »Frau Durège, Sie müssen mich unbedingt hineinlassen. Es handelt sich um eine wichtige Angelegenheit.« Sie sieht, ich mache Ernst, und läßt mich ein. Der Mann war ja bestimmt nicht zu Hause. In einem Nebenzimmer sehe ich auf dem Tisch mein Manuskript und mache mir gleich meine Gedanken. »Frau Durège, was haben Sie mit meinem Manuskript gemacht. Sie haben es ohne meine Zustimmung ins ›Tagblatt‹ gegeben. Wieviel Honorar haben Sie bekommen?« Sie zittert, sie weiß nichts, hat keine Ahnung, wie es in die Zeitung hat kommen können. »J'accuse, Frau Durège«, sagte ich, halb scherzend, aber doch so, daß sie meine wahre Stimmung merkt, und dieses »j'accuse, Frau Durège« wiederhole ich die ganze Zeit, während ich dort bin, damit sie es sich merkt, und sage es noch beim Abschied in der Tür mehrere Male. Ihre Angst verstehe ich ja gut. Wenn ich es bekanntmache oder sie klage, ist sie ja unmöglich, muß aus dem »Frauenfortschritt« heraus usw.

Von ihr gehe ich direkt in die Redaktion des »Tagblatt« und lasse den Redakteur Löw herausrufen. Er kommt natürlich ganz bleich heraus, kann kaum gehen. Trotzdem will ich nicht gleich auf meine Sache losgehn und ihn auch zuerst prüfen. Ich frage ihn also: »Herr Löw, sind Sie Zionist?« (Denn ich weiß, daß er Zionist war.) »Nein«, sagt er. Ich weiß genug, er muß sich also vor mir verstellen. Jetzt frage ich nach dem Aufsatz. Wieder unsicheres Reden. Er weiß nichts, hat mit der Unterhaltungsbeilage nichts zu tun, wird, wenn ich es wünsche, den betreffenden Redakteur holen. »Herr Wittmann, kommen Sie her« ruft er, und ist froh, daß er wegkann. Wittmann kommt, wieder ganz bleich. Ich frage: »Sind Sie der Redakteur der Unterhaltungsbeilage?« Er: »Ja.« Ich sage nur: »J'accuse« und gehe.

In der Bank läute ich sofort telephonisch die »Bohemia« an. Ich will ihr die Geschichte zur Veröffentlichung übergeben. Es kommt aber keine rechte Verbindung zustande. Wissen Sie warum? Die Tagblattredaktion ist ja nahe bei der Hauptpost, da können sie vom »Tagblatt« leicht die Verbindung nach Belieben beherrschen, aufhalten und herstellen. Und tatsächlich höre ich immerfort im Telephon undeutliche Flüsterstimmen, offenbar von Tagblattredakteuren. Sie haben ja ein großes Interesse, diese telephonische Verbindung nicht zuzulassen. Da höre ich (natürlich ganz undeutlich), wie die einen auf das Fräulein einreden, daß sie die Verbindung nicht herstellen soll, während die andern schon mit der »Bohemia« verbunden sind und sie von der Aufnahme meiner Geschichte abhalten wollen. »Fräulein«, schreie ich ins Telephon hinein, »wenn Sie jetzt nicht sofort die Verbindung herstellen, klage ich bei der Postdirektion.« Die Kollegen in der Bank lachen

ringsherum, wie sie mich so energisch mit dem Telephonfräulein reden hören. Endlich habe ich die Verbindung. »Rufen Sie den Redakteur Kisch. Ich habe für die ›Bohemia‹ eine äußerst wichtige Meldung. Wenn sie sie nicht nimmt, gebe ich sie sofort einer andern Zeitung. Es ist höchste Zeit.« Da aber Kisch nicht dort ist, läute ich ab, ohne etwas zu verraten.
Am Abend gehe ich zur »Bohemia« und lasse den Redakteur Kisch herausrufen. Ich erzähle ihm die Geschichte, aber er will sie nicht veröffentlichen. »Die ›Bohemia‹«, sagte er, »kann so etwas nicht machen, das wäre ein Skandal und den können wir nicht wagen, weil wir abhängig sind. Geben Sie es einem Advokaten, das ist das beste.«
»Wie ich von der ›Bohemia‹ kam, habe ich Sie getroffen und frage Sie also um Rat.«
»Ich rate Ihnen, die Sache im guten beizulegen.«
»Ich habe mir ja auch gedacht, daß es besser wäre. Sie ist ja eine Frau. Frauen haben keine Seele, sagt Mohamet mit Recht. Zu verzeihen wäre auch menschlicher, goethischer.«
»Gewiß. Und dann müssen Sie auch auf den Rezitationsabend nicht verzichten, der doch sonst verloren wäre.«
»Was soll ich aber jetzt machen?«
»Sie gehen morgen hin und sagen, daß Sie diesmal noch unbewußte Beeinflussung annehmen wollen.«
»Das ist sehr gut. So werde ich es wirklich machen.«
»Auf die Rache müssen Sie deshalb noch nicht verzichten. Sie lassen einfach den Aufsatz anderswo drucken und schicken ihn dann der Frau Durège mit einer schönen Widmung.«
»Das wird die beste Strafe sein. Ich lasse es im ›Deutschen Abendblatt‹ drucken. Das nimmt es mir; da habe ich keine Sorge. Ich verlange einfach keine Bezahlung.«
Dann reden wir von seinem Schauspielertalent. Ich meine, er sollte sich doch ausbilden lassen. »Ja, da haben Sie recht. Aber wo? Wissen Sie vielleicht, wo man das lernen kann?« Ich sage: »Das ist schwer. Ich kenne mich da nicht aus.« Er: »Das macht ja nichts. Ich werde den Kisch fragen. Der ist Journalist und hat da viele Beziehungen. Der wird mir schon gut raten. Ich werde ihn einfach antelephonieren, erspare ihm und mir den Weg und erfahre alles.«
»Und mit der Frau Durège machen Sie es so, wie ich es Ihnen geraten habe?«
»Ja, ich habe es nur vergessen, wie haben Sie es mir geraten?« Ich wiederhole meinen Rat.
»Gut, so werde ich es machen.« Er geht ins Café Corso, ich nach Hause, mit der Erfahrung, wie erfrischend es ist, mit einem vollkommenen Narren zu reden. Ich habe fast nicht gelacht, sondern war nur ganz aufgeweckt.

Das wehmütige, nur auf den Firmatafeln gebräuchliche »vormals«.

2. März. Wer bestätigt mir die Wahrheit oder Wahrscheinlichkeit dessen, daß ich nur infolge meiner literarischen Bestimmung sonst interesselos und infolgedessen herzlos bin.

3. März. Den 28. Februar bei Moissi. Widernatürlicher Anblick. Er sitzt scheinbar ruhig, hat womöglich die gefalteten Hände zwischen den Knien, die Augen in dem frei vor ihm liegenden Buch und läßt seine Stimme über uns kommen mit dem Atem eines Laufenden.
Gute Akustik des Saales. Kein Wort verliert sich oder kommt auch nur im Hauch zurück, sondern alles vergrößert sich allmählich, als wirke unmittelbar die längst anders beschäftigte Stimme noch nach, es verstärkt sich nach der ihm mitgegebenen Anlage und schließt uns ein. – Die Möglichkeiten der eigenen Stimme, die man hier sieht. So wie der Saal für Moissis Stimme, arbeitet seine Stimme für unsere. Unverschämte Kunstgriffe und Überraschungen, bei denen man auf den Boden schauen muß und die man selbst niemals machen würde: Singen einzelner Verse gleich im Beginn zum Beispiel: »Schlaf Mirjam, mein Kind«, ein Herumirren der Stimme in der Melodie; rasches Ausstoßen des Mailiedes, scheinbar wird nur die Zungenspitze zwischen die Worte gesteckt; Teilung des Wortes November-Wind, um den »Wind« hinunterstoßen und aufwärts pfeifen lassen zu können. – Schaut man zur Saaldecke, wird man von den Versen hochgezogen.
Goethes Gedichte unerreichbar für den Rezitator, deshalb kann man aber nicht gut einen Fehler bei diesem Rezitieren aussetzen, weil jedes zum Ziele hinarbeitet. – Große Wirkung, als er dann bei der Zugabe »Regenlied« von Shakespeare aufrecht stand, frei vom Text war, das Taschentuch in den Händen spannte und zusammendrückte und mit den Augen glänzte. – Runde Wangen und doch kantiges Gesicht. Weiches Haar, mit weichen Handbewegungen immer wieder gestrichen. Die begeisterten Kritiken, die man über ihn gelesen hat, nützen ihm in unserer Meinung nur bis zum ersten Anhören, dann verwickelt er sich in sie und kann keinen reinen Eindruck hervorbringen.
Diese Art des sitzenden Rezitierens mit dem Buch vor sich erinnert ein wenig an das Bauchreden. Der Künstler, scheinbar unbeteiligt, sitzt so wie wir, kaum daß wir in seinem gesenkten Gesicht die Mundbewegungen hie und da sehn, und läßt statt seiner über seinem Kopfe die Verse reden. – Trotzdem so viele Melodien zu hören waren, die Stimme gelenkt schien wie ein leichtes Boot im Wasser, war die Melodie der Verse eigentlich nicht zu hören. – Manche Worte wurden von der Stimme aufgelöst, sie waren so zart angefaßt worden, daß sie aufsprangen und nichts mehr mit

der menschlichen Stimme zu tun hatten, bis dann die Stimme notgedrungen irgendeinen scharfen Konsonanten nannte, das Wort zur Erde brachte und schloß.

Nachher Spaziergang mit Ottla, Fräulein Taussig, Ehepaar Baum und Pick, Elisabethbrücke, Quai, Kleinseite, Radetzkycafé, Steinerne Brücke, Karlsgasse. Ich hatte gerade noch die Aussicht in die gute Laune, so daß an mir nicht gerade viel auszusetzen war.

5. März. Diese empörenden Ärzte! Geschäftlich entschlossen und in der Heilung so unwissend, daß sie, wenn jene geschäftliche Entschlossenheit sie verließe, wie Schuljungen vor den Krankenbetten stünden. Hätte ich doch die Kraft, einen Naturheilverein zu gründen. Durch Herumkratzen im Ohr meiner Schwester macht Dr. K. eine Trommelfellentzündung zur Mittelohrentzündung; das Dienstmädchen fällt beim Einheizen hin, der Doktor erklärt es mit jener Schnelligkeit der Diagnose, die er gegenüber Dienstmädchen hat, für verdorbenen Magen und Blutandrang infolgedessen, am nächsten Tag legt sie sich wieder nieder, hat hohes Fieber, der Doktor dreht sie rechts und links, konstatiert Angina und läuft rasch weg, um nicht vom nächsten Augenblick widerlegt zu werden. Wagt sogar von »niederträchtig starken Reaktionen dieses Mädchens« zu reden, woran das wahr ist, daß er an Menschen gewöhnt ist, deren körperlicher Zustand seiner Heilkunst würdig und durch sie hervorgebracht ist und daß er sich durch die starke Natur dieses Mädchens vom Lande, mehr als er weiß, beleidigt fühlt.

Gestern bei Baum. Vorgelesen »Der Dämon«. Unfreundlicher Eindruck im ganzen. Gute präzise Laune im Hinaufgehn zu Baum, sofortiges Nachlassen oben, Verlegenheit gegenüber dem Kinde.

Sonntag: Im »Continental« bei den Kartenspielern. »Journalisten« mit Kramer vorher, anderthalb Akte. Viele gezwungene Lustigkeit in Bolz ist sichtbar, aus der sich allerdings auch ein wenig wirkliche, zarte ergibt. Fräulein Taussig vor dem Theater getroffen, in der Pause nach dem zweiten Akt. In die Garderobe gelaufen, mit fliegendem Mantel zurückgekommen und sie nach Hause begleitet.

8. März. Vorgestern Vorwürfe wegen der Fabrik bekommen. Eine Stunde dann auf dem Kanapee über Aus-dem-Fenster-Springen nachgedacht.

Gestern Harden-Vortrag über »Theater«. Offenbar gänzlich improvisiert, ich war in ziemlich guter Laune und habe ihn deshalb nicht so leer gefunden wie andere. Guter Anfang: »Zu dieser

Stunde, in der wir uns hier zu einer Besprechung des Theaters zusammengefunden haben, teilt sich in allen Schauhäusern Europas und der übrigen Erdteile der Vorhang und enthüllt dem Publikum die Szene.« Mit einer Glühlampe, die vor ihm in Brusthöhe auf einem Ständer beweglich angebracht ist, beleuchtet er die Hemdbrust wie in der Auslage eines Wäschegeschäftes und bringt im Laufe des Vortrages durch Bewegen dieser Glühlampe Abwechslung in die Beleuchtung. Fußspitzentanz, um sich größer zu machen, sowie um die Improvisationsfähigkeit anzuspannen. Gespannte Hose selbst in der Leistengegend. Ein wie bei einer Puppe aufgenagelter kurzer Frack. Fast angestrengt ernsthaftes Gesicht, einmal einer alten Dame, einmal Napoleon ähnlich. Erblassende Färbung der Stirne wie bei einer Perücke. Wahrscheinlich geschnürt.

Einige alte Papiere durchgelesen. Es gehört alle Kraft dazu, das auszuhalten. Das Unglück, das man ertragen muß, wenn man in einer Arbeit, die immer nur im ganzen Zug gelingen kann, sich unterbricht, und das ist mir bisher immer geschehn, dieses Unglück muß man beim Durchlesen, wenn auch nicht in der alten Stärke, so gedrängter durchmachen.

Heute beim Baden glaubte ich, alte Kräfte zu fühlen, als wären sie unberührt von der langen Zwischenzeit.

10. März. Sonntag. Er verführte ein Mädchen in einem kleinen Orte im Isergebirge, wo er sich einen Sommer lang aufhielt, um seine angegriffenen Lungen wiederherzustellen. Unbegreiflich, wie manchmal Lungenkranke werden, warf er das Mädchen, die Tochter seines Hauswirts, die am Abend nach der Arbeit gerne einen Spaziergang mit ihm machte, nach einem kurzen Überredungsversuch in das Gras am Flußufer und nahm sie, die vor Schrecken ohnmächtig dalag, in Besitz. Später mußte er mit hohlen Händen Wasser aus dem Fluß holen und über das Gesicht des Mädchens schütten, um sie nur zum Leben zu bringen. »Julchen, aber Julchen«, sagte er, über sie gebeugt, unzählige Male. Er war bereit, jede Verantwortung für sein Vergehn auf sich zu nehmen, und strengte sich nur an, sich begreiflich zu machen, wie ernst seine Lage war. Ohne Überlegung hätte er es nicht einsehn können. Das einfache Mädchen, das vor ihm lag, schon wieder regelmäßig atmete und nur aus Angst und Befangenheit die Augen noch geschlossen hielt, konnte ihm keine Sorge machen; mit einer Fußspitze konnte er, der große starke Mensch, das Mädchen beiseite schieben. Sie war schwach und unansehnlich, konnte das, was ihr geschah, eine auch nur bis morgen wirkende Bedeutung haben? Mußte nicht jeder so entscheiden, der sie zwei verglich? Der Fluß

dehnte sich ruhig zwischen den Wiesen und Feldern zu den entfernteren Bergen hin. Sonnenschein war nur noch an der Böschung des andern Ufers. Die letzten Wolken zogen unter dem reinen Abendhimmel fort.

Nichts, nichts. Auf diese Weise mache ich mir Gespenster. Beteiligt war ich, wenn auch nur schwach, bloß bei der Stelle »Später mußte ...«, vor allem beim »schütten«. In der Beschreibung der Landschaft glaubte ich einen Augenblick etwas Richtiges zu sehn.

So verlassen von mir, von allem. Lärm im Nebenzimmer.

11. März. Gestern nicht zum Aushalten. Warum nehmen an der Abendtafel nicht alle Anteil? Es wäre doch so schön.

Der Rezitator Reichmann ist am Tag nach unserem Gespräch ins Irrenhaus gekommen.

Heute viele alte widerliche Papiere verbrannt.

12. März. In der vorübereilenden Elektrischen saß in einem Winkel, die Wange an der Scheibe, den linken Arm die Lehne entlanggestreckt, ein junger Mann in offenem, um ihn sich aufbauschendem Überzieher und sah über die lange leere Bank mit beobachtenden Blicken hin. Er hatte sich heute verlobt und dachte an nichts anderes. Er fühlte sich gut aufgehoben im Zustand eines Bräutigams und sah in diesem Gefühl manchmal flüchtig zur Decke des Wagens hinauf. Als der Schaffner kam, um ihm die Fahrkarte zu geben, fand er unter Klimpern leicht das richtige Geldstück, legte es im Schwunge in die Hand des Schaffners und ergriff die Karte mit zwei scherenförmig ausgebreiteten Fingern. Es bestand kein richtiger Zusammenhang zwischen ihm und der Elektrischen und es wäre kein Wunder gewesen, wenn er, ohne Plattform und Treppe zu benützen, auf der Gasse erschienen und seinen Weg zu Fuß mit gleichen Blicken verfolgt hätte.

Nur der sich aufbauschende Überzieher bleibt bestehn, alles andere ist erdacht.

16. März. Samstag. Wieder Aufmunterung. Wieder fasse ich mich, wie die Bälle, die fallen, und die man im Fallen fängt. Morgen, heute fange ich eine größere Arbeit an, die ungezwungen nach meinen Fähigkeiten sich richten soll. Ich werde nicht von ihr ablassen, solange ich nur kann. Lieber schlaflos sein, als so hinzuleben.

Kabarett Lucerna. Einige junge Leute singen jeder ein Lied. Ist man frisch und hört zu, so wird man durch einen derartigen Vortrag eher an die Folgerungen erinnert, welche der Text auf unser Leben erlaubt, als dies durch den Vortrag geübter Sänger geschehen kann. Denn die Kraft der Verse wird durch den Sänger keinesfalls vergrößert, sie behalten ihre Selbständigkeit und tyrannisieren uns mit dem Sänger, der nicht einmal Lackstiefel hat, dessen Hand vom Knie einmal nicht los will und wenn sie muß, noch ihren Widerwillen zeigt, der sich möglichst rasch auf die Bank hinwirft, um die Menge kleiner ungeschickter Bewegungen, die er dafür aufbieten muß, möglichst wenig sehen zu lassen. Liebesszene im Frühling in der Art der Photographieansichtskarten. Treue, das Publikum rührende und beschämende Darstellung. – Fatinitza. Wiener Sängerin. Süßes inhaltsvolles Lachen. Erinnerung an Hansi. Ein Gesicht mit unbedeutenden, meist auch zu scharfen Details, vom Lachen zusammengehalten und ausgeglichen. Unwirksame Übermacht über das Publikum, die man ihr zusprechen muß, wenn sie an der Rampe steht und in das gleichgültige Publikum lacht. – Dummer Tanz der Degen mit fliegenden Irrlichtern, Zweigen, Schmetterlingen, Papierfeuern, Totenkopf. – Vier Rocking Girls. Eine sehr schön. Kein Theaterzettel nennt ihren Namen. Sie war die äußerste rechts vom Zuschauerraum. Wie sie beschäftigt die Arme warf, wie die dünnen langen Beine und zarten spielenden Knöchelchen in besonders fühlbar stummer Bewegung waren, wie sie das Tempo nicht einhielt, wie sie aber durch kein Erschrecken in ihrem Beschäftigtsein sich stören ließ, was für ein sanftes Lächeln sie hatte, im Gegensatz zu dem verzerrten der andern, wie ihr Gesicht und Haar fast üppig war im Vergleich zur Magerkeit des Körpers, wie sie den Musikanten »langsam« zurief, auch für ihre Mitschwestern. Ihr Tanzmeister, ein junger, auffallend angezogener magerer Mensch stand hinter den Musikanten und winkte rhythmisch mit einer Hand, weder von den Musikanten noch von den Tänzerinnen beachtet und selbst mit seinen Blicken im Zuschauerraum. – Warnebold, feurige Nervosität eines kräftigen Menschen. In Bewegungen manchmal ein Witz, dessen Macht einen erhebt. Wie er nach der Ankündigung der Nummer mit großen Schritten dem Klavier zueilt.

Gelesen »Aus dem Leben eines Schlachtenmalers«. Flaubert zufrieden vorgelesen.

Notwendigkeit, über Tänzerinnen mit Rufzeichen zu reden. Weil man so ihre Bewegung nachahmt, weil man im Rhythmus bleibt und das Denken dann im Genusse nicht stört, weil dann die Tätigkeit immer am Schluß des Satzes bleibt und besser weiterwirkt.

17. März. In diesen Tagen »Morgenrot« von Stoeßl gelesen.

Maxens Konzert am Sonntag. Mein fast bewußtloses Zuhören. Ich kann mich von jetzt an bei Musik nicht mehr langweilen. Diesen undurchdringlichen Kreis, der sich mit der Musik um mich bald bildet, versuche ich nicht mehr zu durchdringen, wie ich es früher nutzlos tat, hüte mich auch, ihn zu überspringen, was ich wohl imstande wäre, sondern bleibe ruhig bei meinen Gedanken, die in der Verengung sich entwickeln und ablaufen, ohne daß störende Selbstbeobachtung in dieses langsame Gedränge eintreten könnte. – Der schöne »magische Kreis« (von Max), der stellenweise die Brust der Sängerin zu öffnen scheint.

Goethe, Trost im Schmerz. Alles geben die Götter, die unendlichen, ihren Lieblingen ganz: Alle Freuden, die unendlichen, alle Schmerzen, die unendlichen, ganz. – Meine Unfähigkeit gegenüber meiner Mutter, gegenüber Fräulein Taussig und gegenüber allen dann im »Continental« und später auf der Gasse.

»Mam'zelle Nitouche« am Montag. Die gute Wirkung eines französischen Wortes innerhalb einer traurigen deutschen Vorstellung. – Pensionatsmädchen in hellen Kleidern laufen hinter einem Gitter mit ausgestreckten Armen in den Garten. – Kasernenhof des Dragonerregimentes in der Nacht. Offiziere feiern in einem über ein paar Treppen zu erreichenden Saal des hintern Kasernengebäudes ein Abschiedsfest. Mam'zelle Nitouche kommt und läßt sich durch Liebe und Leichtsinn dazu bringen, an dem Fest teilzunehmen. Was Mädchen passieren kann! Früh im Stift, abends Auftreten für eine absagende Operettensängerin und nachts in der Dragonerkaserne.

Heute den Nachmittag mit schmerzhafter Müdigkeit auf dem Kanapee verbracht.

18. März. Weise war ich, wenn man will, weil ich jeden Augenblick zu sterben bereit war, aber nicht deshalb, weil ich alles besorgt hatte, was mir zu tun auferlegt war, sondern weil ich nichts davon getan hatte und auch nicht hoffen konnte, jemals etwas davon zu tun.

22. März. (Ich habe die letzten Tage falsche Daten geschrieben.) Baums Vorlesung in der Lesehalle. G. F., neunzehn Jahre, heiratet nächste Woche. Dunkles fehlerloses mageres Gesicht. Gewölbte Nasenflügel. Seit jeher trägt sie jägerartige Hüte und Kleider. Auch dieser dunkelgrüne Abglanz auf dem Gesicht. Die Haarsträhnen, welche die Wangen entlanglaufen, scheinen sich mit frischen, entlang der Wangen wachsenden zu vereinigen, wie über-

haupt der Schein einer leichten Behaarung über dem ganzen ins Dunkel gebeugtem Gesichte liegt. Schwach auf die Sessellehne gestützte Spitzen der Ellbogen. Dann auf dem Wenzelsplatz eine schwungvolle, vollkommen mit wenig Kraft zu Ende geführte Verbeugung. Wendung und Aufrichtung des ärmlich und rauh gekleideten magern Körpers. Ich sah sie viel seltener an, als ich wollte.

24. März. Sonntag, gestern. »Die Sternenbraut« von Christian von Ehrenfels. – Verloren im Anschauen; unübersichtlichem rohem Zusammenhang gegenübergestellt, vor den drei bekannten Ehepaaren gut mit mir verbunden. – Der kranke Offizier im Stück. Der kranke Leib in der gespannten, zur Gesundheit und Entschlossenheit verpflichtenden Uniform.

Vormittag in reiner Laune eine halbe Stunde bei Max.

Im Nebenzimmer unterhält sich meine Mutter mit dem Ehepaar L. Sie sprechen über Ungeziefer und Hühneraugen. (Herr L. hat sechs Hühneraugen an jedem Finger.) Man sieht leicht ein, daß durch solche Gespräche kein eigentlicher Fortschritt eintritt. Es sind Mitteilungen, die von beiden wieder vergessen werden und die schon jetzt ohne Verantwortungsgefühl in Selbstvergessenheit vor sich gehn. Eben deshalb aber, weil solche Gespräche ohne Entrückung nicht denkbar sind, zeigen sie leere Räume, die, wenn man dabei bleiben will, nur mit Nachdenken oder besser Träumen ausgefüllt werden können.

25. März. Der den Teppich kehrende Besen im Nebenzimmer hört sich wie eine ruckweise bewegte Schleppe an.

26. März. Nur nicht überschätzen, was ich geschrieben habe, dadurch mache ich mir das zu Schreibende unerreichbar.

27. März. Montag faßte ich auf der Gasse einen Jungen, der mit andern ein wehrlos vor ihnen gehendes Dienstmädchen mit einem großen Ball bewarf, gerade als dem Mädchen der Ball gegen den Hintern flog, beim Hals, würgte ihn in großer Wut, stieß ihn beiseite und schimpfte. Ging dann weiter und sah das Mädchen gar nicht an. Man vergißt ganz an seine irdische Existenz, weil man so ganz von Wut erfüllt ist und glauben darf, daß man bei Gelegenheit ebenso mit noch schöneren Gefühlen vollständig sich erfüllen wird.

28. März. Aus dem Vortrag der Frau Fanta »Berliner Eindrücke«: Grillparzer wollte einmal nicht in eine Gesellschaft gehn, weil er wußte, daß auch Hebbel, mit dem er befreundet war, dort sein würde. »Er wird mich wieder über meine Meinung über Gott

ausfragen, und wenn ich nichts zu sagen wissen werde, wird er grob werden.« – Mein stockiges Benehmen.

29. März. Die Freude am Badezimmer. – Allmähliches Erkennen. Die Nachmittage, die ich mit den Haaren verbrachte.

1. April. Zum erstenmal seit einer Woche ein fast vollständiges Mißlingen im Schreiben. Warum? Ich habe auch vorige Woche verschiedene Stimmungen durchgemacht und das Schreiben vor ihrem Einfluß bewahrt; aber ich fürchte mich, darüber zu schreiben.

3. April. So ist ein Tag vorüber – Vormittag Bureau, Nachmittag Fabrik, jetzt abends Geschrei in der Wohnung rechts und links, später die Schwester von »Hamlet« abholen – und ich habe mit keinem Augenblick etwas anzufangen verstanden.

8. April. Karsamstag. Vollständiges Erkennen seiner selbst. Den Umfang seiner Fähigkeiten umfassen können wie einen kleinen Ball. Den größten Niedergang als etwas Bekanntes hinnehmen und so darin noch elastisch bleiben.

Verlangen nach einem tiefern Schlaf, der mehr auflöst. Metaphysisches Bedürfnis ist nur Todesbedürfnis.

Wie ich heute vor Haas, weil er Maxens und meinen Reisebericht lobte, geziert gesprochen habe, um mich des Lobes, das auf den Bericht nicht zutrifft, wenigstens dadurch würdig zu machen oder um die erschwindelte oder erlogene Wirkung des Reiseberichtes im Schwindel fortzusetzen oder in der liebenswürdigen Lüge des Haas, die ich ihm zu erleichtern suchte.

6. Mai, elf Uhr. Zum erstenmal seit einiger Zeit vollständiges Mißlingen beim Schreiben. Das Gefühl eines geprüften Mannes.

Traum vor kurzem:
Ich fuhr mit meinem Vater durch Berlin in der Elektrischen. Das Großstädtische war vorgestellt von unzähligen regelmäßig aufrechtstehenden, zweifarbig gestrichenen, am Ende stumpf abgeglätteten Schlagbäumen. Sonst war alles fast leer, aber das Gedränge dieser Schlagbäume war groß. Wir kamen vor ein Tor, stiegen, ohne es zu fühlen, aus, traten durch das Tor ein. Hinter dem Tor stieg eine sehr steile Wand aufwärts, die mein Vater fast tanzend erstieg, die Beine flogen ihm dabei, so leicht wurde es ihm. Es lag sicher auch einige Rücksichtslosigkeit darin, daß er mir gar nicht half, denn ich kam nur mit der äußersten Mühe, auf allen Vieren, häufig wieder zurückrutschend, hinauf, als sei

die Wand unter mir steiler geworden. Peinlich war dabei auch, daß (die Wand) mit Menschendreck bedeckt war, so daß mir Flocken davon vor allem auf der Brust hängenblieben.
Ich sah sie mit geneigtem Gesicht an und fuhr mit der Hand darüber hin. Als ich endlich oben war, flog mir gleich mein Vater, der schon aus dem Innern eines Gebäudes kam, an den Hals und küßte und drückte mich. Er hatte einen mir aus der Erinnerung gut bekannten altmodischen, kurzen, im Innern sofaartig gepolsterten Kaiserrock an. »Dieser Dr. von Leyden! Das ist doch ein ausgezeichneter Mensch«, rief er immer wieder. Er hatte ihn aber durchaus nicht als Arzt besucht, sondern nur als kennenswerten Mann. Ich hatte ein wenig Angst, daß ich auch zu ihm hineinmüßte, es wurde aber nicht verlangt. Links hinter mir sah ich in einem förmlich mit lauter Glaswänden umgebenen Zimmer einen Mann sitzen, der mir den Rücken zuwandte. Es zeigte sich, daß dieser Mann der Sekretär des Professors war, daß mein Vater tatsächlich nur mit ihm gesprochen hatte und nicht mit dem Professor selbst, daß er aber irgendwie, durch den Sekretär hindurch, die Vorzüge des Professors leibhaftig erkannt hatte, so daß er in jeder Hinsicht zu einem Urteil über den Professor genau so berechtigt war, wie wenn er persönlich mit ihm gesprochen hätte.

Lessingtheater: »Die Ratten.«
Brief an Pick, weil ich ihm nicht geschrieben habe. Karte an Max, aus Freude über »Arnold Beer«.

9. Mai. Gestern abend mit Pick im Kaffeehaus. Wie ich mich gegen alle Unruhe an meinem Roman festhalte, ganz wie eine Denkmalsfigur, die in die Ferne schaut und sich am Block festhält.

Trostloser Abend heute in der Familie. Der Schwager braucht Geld für die Fabrik, der Vater ist aufgeregt wegen der Schwester, wegen des Geschäfts und wegen seines Herzens, meine unglückliche zweite Schwester, die über alle unglückliche Mutter, und ich mit meinen Schreibereien.

22. Mai. Gestern wunderschöner Abend mit Max. Wenn ich mich liebe, liebe ich ihn noch stärker. »Lucerna«. »Madame la Mort« von Rachilde. »Traum eines Frühlingsmorgens.« Die lustige Dicke in der Loge. Die Wilde mit der rohen Nase, dem aschebestaubten Gesicht, den Schultern, die sich aus dem übrigen nicht dekolletierten Kleide drängten, dem hin und her gezerrten Rücken, der einfachen, weißgetupften, blauen Bluse, dem Fechterhandschuh, der immer zu sehen war, da sie die Rechte meistens auf dem rechten Schenkel der neben ihr sitzenden lustigen Mutter

ganz oder auf den Fingerspitzen ruhen ließ. Die über den Ohren gedrehten Zöpfe, nicht das reinste hellblaue Band auf dem Hinterkopf, das Haar vorn im dünnen, aber dichten Büschel geht rund um die Stirn und vorn weit über sie hinaus. Ihr warmer, faltiger, leichter, nachlässig vor lauter Schmiegsamkeit hängender Mantel, als sie bei der Kassa unterhandelte.

23. Mai. Gestern: hinter uns fiel ein Mann vor Langeweile vom Sessel. – Vergleich von Rachilde: Die sich an der Sonne freuen und von den andern Freude verlangen, sind wie Betrunkene, die in der Nacht von einer Hochzeit kommen und ihnen Entgegenkommende zwingen, auf das Wohl der unbekannten Braut zu trinken.

Brief an Weltsch, ihm das Du angetragen. Gestern guter Brief an Onkel Alfred wegen der Fabrik. Vorgestern Brief an Löwy.

Jetzt abends vor Langeweile dreimal im Badezimmer hintereinander mir die Hände gewaschen.

Das Kind mit den zwei kleinen Zöpfchen, bloßem Kopf, losem weißpunktiertem rotem Kleidchen, bloßen Beinen und Füßen, das mit einem Körbchen in der einen, mit einem Kistchen in der andern Hand zögernd den Fahrdamm beim Landestheater überschritt.

Das anfängliche Rückenspiel in »Madame la Mort« nach dem Grundsatz: Der Rücken eines Dilettanten ist unter gleichen Verhältnissen so schön wie der Rücken eines guten Schauspielers. Die Gewissenhaftigkeit der Leute!

In den letzten Tagen ausgezeichneter Vortrag von David Trietsch über Kolonisation in Palästina.

25. Mai. Schwaches Tempo, wenig Blut.

27. Mai. Gestern Pfingstsonntag, kaltes Wetter, nicht schöner Ausflug mit Max und Weltsch, abends Kaffeehaus, Werfel gibt mir »Besuch aus dem Elysium«.

Ein Teil der Niklasstraße und die ganze Brücke dreht sich gerührt nach einem Hund um, der laut bellend ein Automobil der Rettungsgesellschaft begleitet. Bis der Hund plötzlich abläßt, umkehrt und sich als ein gewöhnlicher fremder Hund zeigt, der mit der Verfolgung des Wagens nichts Besonderes meinte.

1. Juni. Nichts geschrieben.

2. Juni. Fast nichts geschrieben.
Gestern Vortrag Dr. Soukup im Repräsentationshaus über Amerika. (Die Tschechen in Nebraska, alle Beamten in Amerika werden gewählt, jeder muß einer der drei Parteien – republikanisch, demokratisch, sozialistisch – angehören. Wahlversammlung Roosevelts, der einen Farmer, welcher einen Einwand macht, mit seinem Glas bedroht, Straßenredner, die als Podium eine kleine Kiste mit sich tragen.) Dann Frühlingsfest, Paul Kisch getroffen, der von seiner Dissertation »Hebbel und die Tschechen« erzählt.

6. Juni. Donnerstag. Fronleichnam. Wie von zwei Pferden im Lauf das eine den Kopf für sich und aus dem Lauf heraus senkt und gegen sich mit der ganzen Mähne schüttelt, dann ihn aufrichtet und jetzt erst, scheinbar gesünder, den Lauf wieder aufnimmt, den es eigentlich nicht unterbrochen hat.

Jetzt lese ich in Flauberts Briefen: »Mein Roman ist der Felsen, an dem ich hänge, und ich weiß nichts von dem, was in der Welt vorgeht.« – Ähnlich wie ich es für mich am 9. Mai eingetragen habe.

Gewichtlos, knochenlos, körperlos zwei Stunden lang durch die Gassen gegangen und überlegt, was ich nachmittag beim Schreiben überstanden habe.

7. Juni. Arg. Heute nichts geschrieben. Morgen keine Zeit.

Montag, 6. Juli. Ein wenig angefangen. Bin ein wenig verschlafen. Auch verlassen unter diesen ganz fremden Menschen.

9. Juli. So lange nichts geschrieben. Morgen anfangen. Ich komme sonst wieder in eine sich ausdehnende unaufhaltsame Unzufriedenheit; ich bin schon eigentlich drin. Die Nervositäten fangen an. Aber wenn ich etwas kann, dann kann ich es ohne abergläubische Vorsichtsmaßregeln.

Die Erfindung des Teufels. Wenn wir vom Teufel besessen sind, dann kann es nicht einer sein, denn sonst lebten wir, wenigstens auf der Erde, ruhig, wie mit Gott, einheitlich, ohne Widerspruch, ohne Überlegung, unseres Hintermannes immer gewiß. Sein Gesicht würde uns nicht erschrecken, denn als Teuflische wären wir bei einiger Empfindlichkeit für diesen Anblick klug genug, lieber eine Hand zu opfern, mit der wir sein Gesicht bedeckt hielten. Wenn uns nur ein einziger Teufel hätte, mit ruhigem ungestörtem Überblick über unser ganzes Wesen und mit augenblicklicher

Verfügungsfreiheit, dann hätte er auch genügende Kraft, uns ein menschliches Leben lang so hoch über dem Geist Gottes in uns zu halten und noch zu schwingen, daß wir auch keinen Schimmer von ihm zu sehen bekämen, also auch von dort nicht beunruhigt würden. Nur die Menge der Teufel kann unser irdisches Unglück ausmachen. Warum rotten sie einander nicht aus bis auf einen oder warum unterordnen sie sich nicht einem großen Teufel? Beides wäre im Sinne des teuflischen Prinzips, uns möglichst vollkommen zu betrügen. Was nützt denn, solange die Einheitlichkeit fehlt, die peinliche Sorgfalt, die sämtliche Teufel für uns haben? Es ist nur selbstverständlich, daß den Teufeln an dem Ausfallen eines Menschenhaares mehr gelegen sein muß als Gott, denn dem Teufel geht das Haar wirklich verloren, Gott nicht. Nur kommen wir dadurch, solange die vielen Teufel in uns sind, noch immer zu keinem Wohlbefinden.

7. August. Lange Plage. Max endlich geschrieben, daß ich die noch übrigen Stückchen nicht ins reine bringen kann, mich nicht zwingen will und daher das Buch nicht herausgeben werde.

8. August. »Bauernfänger« zur beiläufigen Zufriedenheit fertig gemacht. Mit der letzten Kraft eines normalen Geisteszustandes. Zwölf Uhr, wie werde ich schlafen können?

9. August. Die aufgeregte Nacht. – Gestern das Dienstmädchen, das zu dem kleinen Jungen auf der Treppe sagte: »Halt dich an meine Röcke!«
Mein aus Eingebungen fließendes Vorlesen des »Armen Spielmann«. – Die Erkenntnis des Männlichen an Grillparzer in dieser Geschichte. Wie er alles wagen kann und nichts wagt, weil schon nur Wahres in ihm ist, das sich selbst bei widersprechendem Augenblickseindruck zur entscheidenden Zeit als Wahres rechtfertigen wird. Das ruhige Verfügen über sich selbst. Der langsame Schritt der nichts versäumt. Das sofortige Bereitsein, wenn es notwendig ist, nicht früher, denn er sieht alles längst kommen.

10. August. Nichts geschrieben. In der Fabrik gewesen und im Motorraum zwei Stunden lang Gas eingeatmet. Die Energie des Werkmeisters und des Heizers vor dem Motor, der aus einem unauffindbaren Grunde nicht zünden will. Jammervolle Fabrik.

11. August. Nichts, nichts. Um wieviel Zeit mich die Herausgabe des kleinen Buches bringt und wieviel schädliches, lächerliches Selbstbewußtsein beim Lesen alter Dinge im Hinblick auf das Veröffentlichen entsteht. Nur das hält mich vom Schreiben ab. Und doch habe ich in Wirklichkeit nichts erreicht, die Störung

ist der beste Beweis dafür. Jedenfalls werde ich mich jetzt nach Herausgabe des Buches noch viel mehr von Zeitschriften und Kritiken zurückhalten müssen, wenn ich mich nicht damit zufrieden geben will, nur mit den Fingerspitzen im Wahren zu stecken. Wie schwer beweglich ich auch geworden bin! Früher, wenn ich nur ein der augenblicklichen Richtung entgegengesetztes Wort sagte, flog ich auch schon nach der andern Seite, jetzt schaue ich mich bloß an und bleibe wie ich bin.

14. August. Brief an Rowohlt.

Sehr geehrter Herr Rowohlt!
Hier lege ich die kleine Prosa vor, die Sie zu sehen wünschten; sie ergibt wohl schon ein kleines Buch. Während ich sie für diesen Zweck zusammenstellte, hatte ich manchmal die Wahl zwischen der Beruhigung meines Verantwortungsgefühls und der Gier, unter Ihren schönen Büchern auch ein Buch zu haben. Gewiß habe ich mich nicht immer ganz rein entschieden. Jetzt aber wäre ich natürlich glücklich, wenn Ihnen die Sachen auch nur so weit gefielen, daß Sie sie druckten. Schließlich ist auch bei größter Übung und größtem Verständnis das Schlechte in den Sachen nicht auf den ersten Blick zu sehn. Die verbreitetste Individualität der Schriftsteller besteht ja darin, daß jeder auf ganz besondere Weise sein Schlechtes verdeckt.

Ihr ergebener

15. August. Nutzloser Tag. Verschlafen, verlegen. Marienfeier auf dem Altstädter Ring. Der Mann mit einer Stimme wie aus einem Erdloch. Viel an – was für eine Verlegenheit vor dem Aufschreiben von Namen – F. B. gedacht. Gestern »Polnische Wirtschaft.« – Jetzt hat O. Gedichte von Goethe aufgesagt. Sie wählt mit einem wahren Gefühl aus. »Trost in Tränen.« »An Lotte.« »An Werther.« »An den Mond.«
Alte Tagebücher wieder gelesen, statt diese Dinge von mir abzuhalten. Ich lebe so unvernünftig wie nur möglich. An allem aber ist die Herausgabe der einunddreißig Seiten schuld. Noch mehr schuld allerdings meine Schwäche, die es erlaubt, daß Derartiges auf mich Einfluß hat. Statt mich zu schütteln, sitze ich da und denke nach, wie ich das alles möglichst beleidigend ausdrücken könnte. Aber meine schreckliche Ruhe stört mir die Erfindungskraft. Ich bin neugierig darauf, wie ich mich aus diesem Zustand herausfinden werde. Stoßen lasse ich mich nicht, des rechten Wegs bin ich mir auch nicht bewußt, wie wird es also werden? Bin ich als große Masse in meinen schmalen Wegen endgültig festgerannt? – Dann könnte ich doch wenigstens den Kopf drehn. – Das tue ich doch.

16. August. Nichts, weder im Bureau noch zu Hause. Ein paar Seiten im Weimarer Tagebuch geschrieben.

Abends das Wimmern meiner armen Mutter wegen meines Nichtessens.

20. August. Die kleinen Jungen, beide in blauen Blusen, einer in heller, der andere kleinere in dunklerer, tragen über den Universitätsbauplatz vor meinem Fenster, der zum Teil wild mit Gras bewachsen ist, mit vollen Armen jeder ein Bündel trockenen Heus. Sie schleppen sich damit einen Abhang hinauf. Annehmlichkeit des Ganzen für die Augen.

Heute früh der leere Leiterwagen und das magere große Pferd davor. Beide, wie sie die letzte Anstrengung machten, einen Abhang hinaufzukommen, ungewöhnlich in die Länge gezogen. Für den Beschauer schief aufgestellt. Das Pferd, ein wenig die Vorderbeine gehoben, den Hals seitwärts und aufwärts gestreckt. Darüber die Peitsche des Kutschers.

Wenn Rowohlt es zurückschickte und ich alles wieder einsperren und ungeschehen machen könnte, so daß ich bloß so unglücklich wäre wie früher.

Fräulein F. B. Als ich am 13. August zu Brod kam, saß sie bei Tische und kam mir doch wie ein Dienstmädchen vor. Ich war auch gar nicht neugierig darauf, wer sie war, sondern fand mich sofort mit ihr ab. Knochiges leeres Gesicht, das seine Leere offen trug. Freier Hals. Überworfene Bluse. Sah ganz häuslich angezogen aus, trotzdem sie es, wie sich später zeigte, gar nicht war. (Ich entfremde ihr ein wenig dadurch, daß ich ihr so nahe an den Leib gehe. Allerdings in was für einem Zustand bin ich jetzt, allem Guten in der Gesamtheit entfremdet, und glaube es überdies noch nicht. Wenn mich heute bei Max die literarischen Nachrichten nicht zu sehr zerstreuen, werde ich noch die Geschichte von dem Blenkelt zu schreiben versuchen. Sie muß nicht lang sein, aber treffen muß sie mich.) Fast zerbrochene Nase, blondes, etwas steifes, reizloses Haar, starkes Kinn. Während ich mich setzte, sah ich sie zum erstenmal genauer an, als ich saß, hatte ich schon ein unerschütterliches Urteil. Wie sich . . . [bricht ab]

21. August. Unaufhörlich Lenz gelesen und mir aus ihm – so steht es mit mir – Besinnung geholt.
Das Bild der Unzufriedenheit, das eine Straße darstellt, da jeder von dem Platz, auf dem er sich befindet, die Füße hebt, um wegzukommen.

30. August. Die ganze Zeit nichts gemacht. Besuch des Onkels aus Spanien. Vorigen Samstag rezitierte Werfel im Arco die »Lebenslieder« und das »Opfer«. Ein Ungeheuer! Aber ich sah ihm in die Augen und hielt seinen Blick den ganzen Abend.

Ich werde schwer aufzuschütteln sein und bin doch unruhig. Als ich heute nachmittag im Bett lag und jemand einen Schlüssel im Schloß rasch umdrehte, hatte ich einen Augenblick lang Schlösser auf dem ganzen Körper wie auf einem Kostümball, und in kurzen Zwischenräumen wurde einmal hier, einmal dort ein Schloß geöffnet oder zugesperrt.

Umfrage der Zeitschrift »Miroir« über die Liebe in der Gegenwart und über die Veränderungen der Liebe seit der Zeit unserer Großeltern. Eine Schauspielerin antwortete: Niemals hat man so gut geliebt wie heutzutage.

Wie zerworfen und erhoben ich nach dem Anhören von Werfel war! Wie ich mich nachher geradezu wild und ohne Fehler in die Gesellschaft bei den L. hinlegte.

Diesen Monat, der wegen der Abwesenheit des Chefs besonders gut hätte benützt werden können, habe ich ohne viel Rechtfertigung (Absendung des Buches an Rowohlt, Abszesse, Besuch des Onkels) vertrödelt und verschlafen. Noch heute nachmittag habe ich mich mit träumerischen Entschuldigungen drei Stunden auf dem Bett gedehnt.

4. September. Der Onkel aus Spanien. Der Schnitt seines Rockes. Die Wirkung seiner Nähe. Die Detaillierung seines Wesens. – Sein Schweben durch das Vorzimmer ins Klosett. Gibt dabei auf eine Ansprache keine Antwort. – Wird weicher von Tag zu Tag, wenn man nicht einen allmählichen Wechsel, sondern auffallende Augenblicke beurteilt. –

5. September. Ich frage ihn: Wie soll man das verbinden, daß du unzufrieden bist, wie du letzthin sagtest, und daß du dich in allem zurechtfindest, wie man immer wieder sieht (und wie es sich mit der solchem Zurechtfinden immer eigentümlichen Roheit zeigt, dachte ich). Er antwortete, wie es sich in meiner Erinnerung auflöst: »Im einzelnen bin ich zufrieden, an das Ganze reicht es nicht heran. Ich nachtmahle öfters in einer kleinen französischen Pension, die sehr vornehm und teuer ist. Ein Zimmer für ein Ehepaar kostet zum Beispiel mit Pension täglich fünfzig Francs. Ich sitze dort also zum Beispiel zwischen einem Legationssekretär der französischen Botschaft und einem spanischen Artilleriegeneral.

Mir gegenüber sitzt ein hoher Beamter des Marineministeriums und irgendein Graf. Ich kenne schon alle gut, setze mich auf meinen Platz mit Gruß nach allen Seiten, rede, weil ich in eigener Laune bin, sonst kein Wort, bis auf den Gruß, mit dem ich mich wieder verabschiede. Dann bin ich allein auf der Gasse und kann wirklich nicht einsehn, wozu dieser Abend gedient haben soll. Ich gehe nach Hause und bedauere, nicht geheiratet zu haben. Natürlich verwischt sich das wieder, sei es, daß ich es zu Ende denke, sei es, daß sich die Gedanken verlaufen. Aber bei Gelegenheit kommt es wieder.«

8. September. Sonntag vormittag. Gestern Brief an Dr. Schiller. Nachmittag. Wie die Mutter mit stärkster Stimme nebenan unter einer Menge von Frauenzimmern mit kleinen Kindern spielt und mich aus der Wohnung treibt. Nicht weinen! Nicht weinen! usw. Das gehört ihm! Das gehört ihm! usw. Zwei große Menschen! usw. Er will es nicht! ... Aber! Aber! ... Wie hat es dir in Wien gefallen, Dolphi? War es dort schön? ... Ich bitte, schauen Sie nur seine Hände an.

11. September. Vorvorgestern abend mit Utitz.

Ein Traum: Ich befand mich auf einer aus Quadern weit ins Meer hineingebauten Landzunge. Irgend jemand oder mehrere Leute waren mit mir, aber das Bewußtsein meiner selbst war so stark, daß ich von ihnen kaum mehr wußte, als daß ich zu ihnen sprach. Erinnerlich sind mir nur die erhobenen Knie eines neben mir Sitzenden. Ich wußte zuerst nicht eigentlich, wo ich war, erst als ich mich einmal zufällig erhob, sah ich links von mir und rechts hinter mir das weite, klar umschriebene Meer, mit vielen reihenweise aufgestellten, fest verankerten Kriegsschiffen. Rechts sah man New York, wir waren im Hafen von New York. Der Himmel war grau, aber gleichmäßig hell. Ich drehte mich, frei der Luft von allen Seiten ausgesetzt, auf meinem Platze hin und her, um alles sehn zu können. Gegen New York zu ging der Blick ein wenig in die Tiefe, gegen das Meer zu ging er empor. Nun bemerkte ich auch, daß das Wasser neben uns hohe Wellen schlug und ein ungeheuer fremdländischer Verkehr sich auf ihm abwickelte. In Erinnerung ist mir nur, daß statt unserer Flöße lange Stämme zu einem riesigen runden Bündel zusammengeschnürt waren, das in der Fahrt immer wieder mit der Schnittfläche je nach der Höhe der Wellen mehr oder weniger auftauchte und dabei auch noch der Länge nach sich in dem Wasser wälzte. Ich setzte mich, zog die Füße an mich, zuckte vor Vergnügen, grub mich vor Behagen förmlich in den Boden ein und sagte: Das ist ja noch interessanter als der Verkehr auf dem Pariser Boulevard.

12. September. Abends Dr. L. bei uns. Wieder ein Palästinafahrer. Macht die Advokatursprüfung ein Jahr vor Ablauf seiner Konzipientenpraxis und fährt mit zwölfhundert Kronen (in vierzehn Tagen) nach Palästina. Würde eine Stelle beim Palästinaamt suchen. Alle diese Palästinafahrer (Dr. B., Dr. K.) haben gesenkte Blicke, fühlen sich von den Zuhörern geblendet, fahren mit den gestreckten Fingern auf dem Tisch herum, kippen mit der Stimme um, lächeln schwach und halten dieses Lächeln mit etwas Ironie aufrecht. – Dr. K. erzählte, daß seine Schüler Chauvinisten sind, immerfort die Makkabäer im Munde haben und ihnen nachgeraten wollen.

Ich merke, daß ich dem Dr. Schiller nur deshalb so gern und gut geschrieben habe, weil das Fräulein B. sich in Breslau, allerdings schon vor vierzehn Tagen, aufgehalten hat, und eine Witterung dessen noch in der Luft ist, da ich früher viel daran gedacht habe, ihr durch Dr. Schiller Blumen schicken zu lassen.

15. September. Verlobung meiner Schwester Valli.

Aus dem Grunde
der Ermattung
steigen wir
mit neuen Kräften,
Dunkle Herren,
welche warten,
bis die Kinder
sich entkräften.

Liebe zwischen Bruder und Schwester – die Wiederholung der Liebe zwischen Mutter und Vater.

Die Vorahnung des einzigen Biographen.

Die Höhlung, welche das geniale Werk in das uns Umgebende gebrannt hat, ist ein guter Platz, um sein kleines Licht hineinzustellen. Daher die Anfeuerung, die vom Genialen ausgeht, die allgemeine Anfeuerung, die nicht nur zur Nachahmung treibt.

18. September. Die gestrigen Geschichten des H. im Bureau. Der Steinklopfer, der ihm auf der Landstraße einen Frosch abbettelte, ihn bei den Füßen festhielt, und mit dreimaligem Beißen zuerst das Köpfchen, dann den Rumpf und endlich die Füße hinunterschlang. – Die beste Methode, Katzen, die ein sehr zähes Leben haben, zu töten: man quetscht den Hals zwischen eine geschlossene Tür und zieht am Schwanz. – Seine Abneigung gegen Unge-

ziefer. Beim Militär juckte ihn einmal in der Nacht etwas unter der Nase, er griff im Schlaf hin und zerdrückte etwas. Das Etwas war aber eine Wanze, und er trug den Gestank davon tagelang mit sich herum.
Vier aßen einen fein hergerichteten Katzenbraten, aber nur drei wußten, was sie aßen. Nach dem Essen fingen die drei zu miauen an, aber der vierte wollte es nicht glauben, erst bis man ihm das blutige Fell zeigte, glaubte er es, konnte nicht rasch genug hinauslaufen, um alles wieder herauszubrechen und war zwei Wochen schwer krank.
Dieser Steinklopfer aß nichts als Brot und was er sonst zufällig an Obst oder an Lebendem bekam und trank nichts als Branntwein. Schlief im Ziegelschuppen einer Ziegelei. Einmal traf ihn der H. in der Dämmerung auf den Feldern. »Bleib stehn«, sagte der Mann »oder –« H. blieb zum Spaß stehn. »Gib mir deine Zigarette«, sagte der Mann weiter. H. gab sie ihm. »Gib mir noch eine!« – »So, du willst noch eine?« fragte ihn H., hielt seinen Knotenstock für jeden Fall in der Linken bereit und gab ihm mit der Rechten einen Schlag ins Gesicht, daß ihm die Zigarette entfiel. Der Mann lief auch, feig und schwach, wie solche Schnapstrinker sind, sofort weg.

Gestern bei B. mit Dr. L. – Lied von Reb Dovidl, Reb Dovidl, der Wassilkower, fährt heute nach Talne. In einer Stadt zwischen Wassilko und Talne gleichgültig, in Wassilko weinend, in Talne froh gesungen.

19. September. Kontrollor P. erzählt von der Reise, die er als dreizehnjähriger Junge mit siebzig Kreuzern in der Tasche, in Begleitung eines Schulkameraden ausführte. Wie sie am Abend in ein Wirtshaus kamen, wo eine ungeheure Sauferei im Gange war, zu Ehren des Bürgermeisters, der vom Militär zurückgekommen war. Mehr als fünfzig leere Bierflaschen standen auf dem Fußboden. Alles war voll vom Rauch der Pfeifen. Der Gestank der Bierkäsl. Die zwei kleinen Jungen an der Wand. Der betrunkene Bürgermeister, der in der Erinnerung an das Militär überall Ordnung schaffen will, kommt auf sie zu und droht, sie als Ausreißer, wofür er sie trotz aller Erklärungen hält, per Schub nach Hause befördern zu lassen. Die Jungen zittern, zeigen Ausweiskarten des Gymnasiums, deklinieren mensa, ein halb betrunkener Lehrer schaut zu, ohne zu helfen. Ohne eine klare Entscheidung über ihr Schicksal zu bekommen, werden sie gezwungen, mitzutrinken, sind sehr zufrieden, umsonst so viel gutes Bier zu bekommen, das sie sich mit ihren kleinen Mitteln niemals hätten gönnen dürfen. Sie trinken sich voll und legen sich dann, tief in der Nacht, nach dem Abmarsch der letzten Gäste, in diesem Zimmer, das nicht gelüftet

wurde, auf dünn aufgeschüttetes Stroh schlafen und schlafen wie Herren. Nur daß um vier Uhr eine riesige Magd mit dem Besen kommt, keine Zeit zu haben erklärt und sie in den Morgennebel hinausgekehrt hätte, wenn sie nicht freiwillig weggelaufen wären. Als die Stube ein wenig gereinigt war, bekamen sie zwei große Kaffeetöpfe bis hinauf gefüllt auf den Tisch gestellt. Wie sie aber mit dem Löffel in ihrem Kaffee herumrührten, kam immer von Zeit zu Zeit etwas Großes, Dunkles, Rundes an die Oberfläche. Sie dachten, es werde sich mit der Zeit aufklären und tranken mit Appetit, bis sie angesichts des halbleeren Topfes und der dunklen Sache doch Angst bekamen und die Magd um Rat fragten. Da zeigte es sich, daß das Schwarze altes geronnenes Gänseblut war, das von dem vortägigen Festessen her in den Töpfen geblieben war und über das man im Morgendusel den Kaffee einfach eingegossen hatte. Sofort liefen die Jungen heraus und erbrachen alles bis auf das letzte Tröpfchen. Später wurden sie zum Pfarrer vorgerufen, der nach einer kurzen Prüfung aus der Religion feststellte, daß sie brave Jungen seien, ihnen von der Köchin eine Suppe servieren ließ und sie dann mit seinem geistlichen Segen verabschiedete. Diese Suppe und diesen Segen ließen sie sich als Zöglinge eines von Geistlichen geleiteten Gymnasiums in fast allen Pfarrorten geben, durch die sie kamen.

20. September. Briefe an Löwy und Fräulein Taussig gestern, an Fräulein B. und Max heute.

23. September. Diese Geschichte »Das Urteil« habe ich in der Nacht vom 22. bis 23. von zehn Uhr abends bis sechs Uhr früh in einem Zug geschrieben. Die vom Sitzen steif gewordenen Beine konnte ich kaum unter dem Schreibtisch hervorziehn. Die fürchterliche Anstrengung und Freude, wie sich die Geschichte vor mir entwickelte, wie ich in einem Gewässer vorwärtskam. Mehrmals in dieser Nacht trug ich mein Gewicht auf dem Rücken. Wie alles gesagt werden kann, wie für alle, für die fremdesten Einfälle ein großes Feuer bereitet ist, in dem sie vergehn und auferstehn. Wie es vor dem Fenster blau wurde. Ein Wagen fuhr. Zwei Männer über die Brücke gingen. Um zwei Uhr schaute ich zum letzten Male auf die Uhr. Wie das Dienstmädchen zum ersten Male durchs Vorzimmer ging, schrieb ich den letzten Satz nieder. Auslöschen der Lampe und Tageshelle. Die leichten Herzschmerzen. Die in der Mitte der Nacht vergehende Müdigkeit. Das zitternde Eintreten ins Zimmer der Schwestern. Vorlesung. Vorher das Sichstrecken vor dem Dienstmädchen und Sagen: »Ich habe bis jetzt geschrieben.« Das Aussehn des unberührten Bettes, als sei es jetzt hereingetragen worden. Die bestätigte Überzeugung, daß

ich mich mit meinem Romanschreiben in schändlichen Niederungen des Schreibens befinde. *Nur so* kann geschrieben werden, nur in einem solchen Zusammenhang, mit solcher vollständigen Öffnung des Leibes und der Seele. Vormittag im Bett. Die immer klaren Augen. Viele während des Schreibens mitgeführte Gefühle, zum Beispiel die Freude, daß ich etwas Schönes für Maxens »Arkadia« haben werde, Gedanken an Freud natürlich, an einer Stelle an »Arnold Beer«, an einer andern an Wassermann, an einer an Werfels »Riesin«, natürlich auch an meine »Die städtische Welt«.

Gustav Blenkelt war ein einfacher Mann mit regelmäßigen Gewohnheiten. Er liebte keinen unnötigen Aufwand und hatte ein sicheres Urteil gegenüber Leuten, die solchen Aufwand trieben. Trotzdem er Junggeselle war, fühlte er sich durchaus berechtigt, in Eheangelegenheiten seiner Bekannten ein entscheidendes Wörtchen mitzusprechen, und derjenige, der eine solche Berechtigung nur in Frage gestellt hätte, wäre schlecht bei ihm angekommen. Er pflegte seine Meinung rund heraus zu sagen und hielt die Zuhörer, denen seine Meinung gerade nicht paßte, durchaus nicht zurück. Es gab wie überall Leute, die ihn bewunderten, Leute, die ihn anerkannten, Leute, die ihn duldeten und schließlich solche, die nichts von ihm wissen wollten. Es bildet ja jeder Mensch, selbst der nichtigste, wenn man nur ordentlich zusieht, den Mittelpunkt eines hier und dort zusammengedrehten Kreises, wie hätte es bei Gustav Blenkelt, einem im Grunde besonders geselligen Menschen, anders sein sollen?
Im fünfunddreißigsten Lebensjahre, dem letzten Jahre seines Lebens, verkehrte er besonders häufig bei einem jungen Ehepaar namens Strong. Es ist gewiß, daß für Herrn Strong, der mit dem Gelde seiner Frau eine Möbelhandlung eröffnet hatte, die Bekanntschaft Blenkelts verschiedene Vorteile hatte, da dieser die Hauptmasse seiner Bekannten unter jungen heiratsfähigen Leuten besaß, die früher oder später daran denken mußten, für sich eine neue Möbeleinrichtung zu beschaffen und die schon aus Gewohnheit Ratschläge Blenkelts auch in dieser Richtung im allgemeinen nicht vernachlässigten. »Ich halte sie an festen Zügeln«, pflegte Blenkelt zu sagen.

25. September. Vom Schreiben mich mit Gewalt zurückgehalten. Mich im Bett gewälzt. Den Blutandrang zum Kopf und das nutzlose Vorüberfließen. Was für Schädlichkeiten! – Gestern bei Baum vorgelesen, vor den Baumischen, meinen Schwestern, Marta, Frau Dr. Bloch mit zwei Söhnen (einem Einjährig-Freiwilligen). Gegen Schluß fuhr mir meine Hand ungeniert und wahrhaftig vor dem Gesicht herum. Ich hatte Tränen in den Augen. Die

Zweifellosigkeit der Geschichte bestätigte sich. – Heute abend mich vom Schreiben weggerissen. Kinematograph im Landestheater. Loge. Fräulein O., welche einmal ein Geistlicher verfolgte. Sie kam ganz naß von Angstschweiß nach Hause. Danzig. Körners Leben. Die Pferde. Das weiße Pferd. Der Pulverrauch. Lützows wilde Jagd.

11. Februar. Anläßlich der Korrektur des »Urteils« schreibe ich alle Beziehungen auf, die mir in der Geschichte klargeworden sind, soweit ich sie gegenwärtig habe. Es ist dies notwendig, denn die Geschichte ist wie eine regelrechte Geburt mit Schmutz und Schleim bedeckt aus mir herausgekommen, und nur ich habe die Hand, die bis zum Körper dringen kann und Lust dazu hat:
Der Freund ist die Verbindung zwischen Vater und Sohn, er ist ihre größte Gemeinsamkeit. Allein bei seinem Fenster sitzend, wühlt Georg in diesem Gemeinsamen mit Wollust, glaubt den Vater in sich zu haben und hält alles, bis auf eine flüchtige traurige Nachdenklichkeit für friedlich. Die Entwicklung der Geschichte zeigt nun, wie aus dem Gemeinsamen, dem Freund, der Vater hervorsteigt und sich als Gegensatz Georg gegenüber aufstellt, verstärkt durch andere kleinere Gemeinsamkeiten, nämlich durch die Liebe, Anhänglichkeit der Mutter, durch die treue Erinnerung an sie und durch die Kundschaft, die ja der Vater doch ursprünglich für das Geschäft erworben hat. Georg hat nichts; die Braut, die in der Geschichte nur durch die Beziehung zum Freund, also zum Gemeinsamen, lebt, und die, da eben noch nicht Hochzeit war, in den Blutkreis, der sich um Vater und Sohn zieht, nicht eintreten kann, wird vom Vater leicht vertrieben. Das Gemeinsame ist alles um den Vater aufgetürmt, Georg fühlt es nur als Fremdes, Selbständig-Gewordenes, von ihm niemals genug Beschütztes, russischen Revolutionen Ausgesetztes, und nur weil er selbst nichts mehr hat als den Blick auf den Vater, wirkt das Urteil, das ihm den Vater gänzlich verschließt, so stark auf ihn.
Georg hat so viel Buchstaben wie Franz. In Bendemann ist »mann« nur eine für alle noch unbekannten Möglichkeiten der Geschichte vorgenommene Verstärkung von »Bende«. Bende aber hat ebenso viele Buchstaben wie Kafka und der Vokal e wiederholt sich an den gleichen Stellen wie der Vokal a in Kafka.
Frieda hat ebensoviel Buchstaben wie F. und den gleichen Anfangsbuchstaben, Brandenfeld hat den gleichen Anfangsbuchstaben wie B. und durch das Wort »Feld« auch in der Bedeutung eine gewisse Beziehung. Vielleicht ist sogar der Gedanke an Berlin nicht ohne Einfluß gewesen und die Erinnerung an die Mark Brandenburg hat vielleicht eingewirkt.

12. Februar. Ich habe bei der Beschreibung des Freundes in der Fremde viel an Steuer gedacht. Als ich nun zufällig, etwa ein Vierteljahr nach dieser Geschichte, mit ihm zusammenkam, erzählte er mir, daß er sich vor etwa einem Vierteljahr verlobt habe.

Nachdem ich die Geschichte gestern bei Weltsch vorgelesen hatte, ging der alte Weltsch hinaus und lobte, als er nach einem Weilchen zurückkam, besonders die bildliche Darstellung in der Geschichte. Mit ausgestreckter Hand sagte er: »Ich sehe diesen Vater vor mir«, und dabei sah er ausschließlich auf den leeren Sessel, in dem er während der Vorlesung gesessen war.
Die Schwester sagte: »Es ist unsere Wohnung.« Ich staunte darüber, wie sie die Örtlichkeit mißverstand und sagte: »Da müßte ja der Vater auf dem Klosett wohnen.«

28. Februar. Ernst Liman kam auf einer Geschäftsreise am Morgen eines regnerischen Herbsttages in Konstantinopel an und fuhr nach seiner Gewohnheit – er machte diese Reise schon zum zehnten Male –, ohne sich um irgend etwas sonst zu kümmern, durch die im übrigen leeren Gassen zu dem Hotel, in dem er zu seiner Zufriedenheit stets zu wohnen pflegte. Es war fast kühl, der Sprühregen flog in den Wagen herein, und ärgerlich über das schlechte Wetter, das ihn während der ganzen diesjährigen Geschäftsreise verfolgte, zog er das Wagenfenster in die Höhe und lehnte sich in eine Ecke, um die etwa einviertelstündige Wagenfahrt, die ihm bevorstand, zu verschlafen. Da ihn aber die Fahrt gerade durch das Geschäftsviertel führte, kam er zu keiner Ruhe, und die Ausrufe der Straßenverkäufer, das Rollen der Lastfuhren, wie auch anderer, ohne nähere Untersuchung sinnloser Lärm, zum Beispiel das Händeklatschen einer Volksmenge, störte seinen sonst festen Schlaf.
Am Ziel seiner Fahrt erwartete ihn eine unangenehme Überraschung. Bei dem letzten großen Brand in Stambul, von dem Liman auf der Reise wohl gelesen hatte, war das Hotel Kingston, in dem er zu wohnen pflegte, fast vollständig niedergebrannt, der Kutscher aber, der dies natürlich gewußt hatte, hatte mit vollständiger Gleichgültigkeit gegen seinen Passagier dessen Auftrag dennoch ausgeführt und ihn stillschweigend zu der Brandstätte des Hotels gebracht. Nun stieg er ruhig vom Bock und hätte auch noch die Koffer Limans abgeladen, wenn ihn dieser nicht bei der Schulter gepackt und geschüttelt hätte, worauf dann der Kutscher allerdings von den Koffern abließ, aber so langsam und verschlafen, als hätte nicht Liman ihn davon abgebracht, sondern sein eigener geänderter Entschluß. Das Erdgeschoß des Hotels war noch zum Teil erhalten und durch Lattenverschläge oben auf allen Seiten leidlich bewohnbar gemacht worden. Eine türkische und eine französische Aufschrift zeigte an, daß das Hotel in kurzer Zeit schöner und moderner als früher wieder aufgebaut werden sollte. Doch war das einzige Anzeichen dessen die Arbeit dreier Taglöhner, welche mit Schaufeln und Hacken abseits Schutt aufhäuften und einen kleinen Handkarren damit beluden.

Wie sich zeigte, wohnte in diesen Trümmern ein Teil des durch den Brand arbeitslos gewordenen Hotelpersonals. Ein Herr in schwarzem Gehrock und hochroter Krawatte kam auch sofort, als Limans Wagen angehalten hatte, herausgelaufen, erzählte dem verdrießlich zuhörenden Liman die Geschichte des Brandes, wikkelte dabei die Enden seines langen dünnen Bartes um seine Finger und ließ davon nur ab, um Liman zu zeigen, wo der Brand entstanden war, wie er sich verbreitet hatte und wie endlich alles zusammengebrochen war. Liman, der während dieser ganzen Geschichte kaum die Blicke vom Boden abgewendet und die Klinke der Wagentür nicht losgelassen hatte, wollte gerade dem Kutscher den Namen eines anderen Hotels zurufen, in das er ihn fahren sollte, als der Mann im Gehrock ihn mit erhobenen Armen bat, in kein anderes Hotel zu gehn, sondern diesem Hotel, in dem er doch immer zufrieden gewesen war, treu zu bleiben. Trotzdem dies gewiß nur eine leere Redensart war und niemand sich an Liman erinnern konnte, wie auch Liman kaum einen der männlichen und weiblichen Angestellten, die er in der Tür und in den Fenstern erblickte, wiedererkannte, so fragte er doch als ein Mensch, dem seine Gewohnheiten lieb sind, auf welche Weise er denn augenblicklich dem abgebrannten Hotel treu bleiben solle. Nun erfuhr er – und mußte unwillkürlich über die Zumutung lächeln –, daß für frühere Gäste dieses Hotels, aber nur für solche, schöne Zimmer in Privatwohnungen vorbereitet seien, Liman müsse nur befehlen und er werde sofort hingeführt werden, es sei ganz in der Nähe, er werde keinen Zeitverlust haben und der Preis sei aus Gefälligkeit und da es sich ja doch um einen Ersatz handle, ganz besonders niedrig, wenn auch das Essen nach Wiener Rezepten womöglich noch besser und die Bedienung noch sorgfältiger sei als in dem früheren, in mancher Beziehung doch unzureichenden Hotel Kingston.

»Danke«, sagte Liman und stieg dabei in den Wagen. »Ich bleibe in Konstantinopel nur fünf Tage, für diese Zeit werde ich mich doch nicht in einer Privatwohnung einrichten, nein, ich fahre in ein Hotel. Nächstes Jahr aber, wenn ich wiederkomme und Ihr Hotel wieder aufgebaut ist, werde ich gewiß nur bei Ihnen absteigen. Erlauben Sie!« Und Liman wollte die Wagentüre zuziehn, deren Klinke nun der Vertreter des Hotels ergriffen hatte.

»Herr!« sagte dieser bittend und sah zu Liman auf.

»Loslassen!« rief Liman, rüttelte an der Tür und gab dem Kutscher den Befehl: »Ins Hotel Royal.« Aber sei es, daß der Kutscher ihn nicht verstand, sei es, daß er auf das Schließen der Tür wartete, jedenfalls saß er auf seinem Bock wie eine Statue. Der Vertreter des Hotels aber ließ die Tür durchaus nicht los, ja er winkte sogar einem Kollegen eifrig zu, sich doch zu rühren und ihm zu Hilfe zu kommen. Besonders von irgendeinem Mädchen erhoffte er viel und rief immer wieder »Fini! also Fini! Wo ist denn Fini?« Die Leute an den Fenstern und in der Türe hatten sich in das Innere des Hauses gewendet, sie riefen durcheinander, man sah sie an den Fenstern vorüberlaufen, alle suchten Fini.

Liman hätte wohl den Mann, der ihn am Wegfahren hinderte und dem offenbar nur der Hunger den Mut zu einem solchen Benehmen gab, mit einem Stoß von der Tür entfernen können – das sah der Mann auch ein und wagte deshalb gar nicht, Liman anzusehn –, aber Liman hatte auf seinen Reisen schon zu viele schlechte Erfahrungen gemacht, um nicht zu wissen, wie wichtig es ist, in der Fremde, und sei man noch so sehr im Recht, jedes Aufsehen zu vermeiden, er stieg deshalb ruhig nochmals aus dem Wagen, ließ vorläufig den Mann, der krampfhaft die Tür hielt, unbeachtet, ging zum Kutscher, wiederholte ihm seinen Auftrag, gab ihm noch ausdrücklich den Befehl, rasch von hier wegzufahren, trat dann zu dem Mann an der Wagentüre, faßte seine Hand scheinbar mit gewöhnlichem Griff, drückte sie aber im geheimen so stark im Gelenk, daß der Mann mit dem Schrei »Fini«, der gleichzeitig Befehl und Ausbruch seines Schmerzes war, fast aufsprang und die Finger von der Klinke löste.

»Sie kommt schon! Sie kommt schon!« rief es da von allen Fenstern, und ein lachendes Mädchen, die Hände noch an der knapp fertig gewordenen Frisur, lief mit halb geneigtem Kopf aus dem Hause auf den Wagen zu. »Rasch! In den Wagen! Es gießt ja«, rief sie, indem sie Liman an den Schultern faßte und ihr Gesicht ganz nahe an seines hielt. »Ich bin Fini«, sagte sie dann leise und ließ die Hände streichelnd seine Schultern entlangfahren.

›Man meint es ja nicht gerade schlecht mit mir‹, sagte sich Liman und sah lächelnd das Mädchen an, ›schade, daß ich kein Junge mehr bin und mich auf unsichere Abenteuer nicht einlasse.‹ »Es muß ein Irrtum sein, Fräulein«, sagte er und wandte sich seinem Wagen zu, »ich habe Sie weder rufen lassen noch beabsichtige ich, mit Ihnen wegzufahren.« Vom Wagen aus fügte er noch hinzu: »Bemühen Sie sich nicht weiter.«

Aber Fini hatte schon einen Fuß auf das Trittbrett gesetzt und sagte, die Arme über ihrer Brust gekreuzt: »Warum wollen Sie sich denn von mir nicht eine Wohnung empfehlen lassen?« Müde der Belästigungen, die er hier schon ausgestanden hatte, sagte Liman, sich zu ihr herausbeugend: »Halten Sie mich bitte nicht länger mit unnützen Fragen auf! Ich fahre ins Hotel und damit genug. Geben Sie Ihren Fuß vom Trittbrett herunter, sonst kommen Sie in Gefahr. Vorwärts, Kutscher!« – »Halt!« rief aber das Mädchen und wollte sich nun ernstlich in den Wagen schwingen. Liman stand kopfschüttelnd auf und verstellte mit seiner gedrungenen Gestalt die ganze Tür. Das Mädchen suchte ihn fortzu-

stoßen und gebrauchte hierzu auch den Kopf und die Knie, der Wagen fing auf seinen elenden Federn zu schaukeln an, Liman hatte keinen rechten Halt. »Warum wollen Sie mich denn nicht mitnehmen? Warum wollen Sie mich denn nicht mitnehmen?« wiederholte das Mädchen immerfort.
Gewiß wäre es Liman gelungen, das allerdings kräftige Mädchen wegzudrängen, ohne ihr besondere Gewalt anzutun, wenn nicht der Mann im Gehrock, der sich bisher, als sei er von Fini abgelöst, ruhig verhalten hatte, nun, als er Fini wanken sah, mit einem Sprung hinzugeeilt wäre, Fini hinten gehalten und gegenüber Limans immerhin schonender Abwehr mit dem Einsetzen aller Kraft das Mädchen in den Wagen zu heben versucht hätte. Im Gefühl dieses Rückhaltes drang sie auch tatsächlich in den Wagen, zog die Tür zu, die überdies von außen auch zugestoßen wurde, sagte wie für sich »Nun also« und ordnete zuerst flüchtig ihre Bluse und dann gründlicher die Frisur. »Das ist unerhört«, sagte Liman, der auf seinen Sitz zurückgefallen war, zu dem ihm gegenübersitzenden Mädchen.

2. Mai. Es ist sehr notwendig geworden, wieder ein Tagebuch zu führen. Mein unsicherer Kopf, F., der Verfall im Bureau, die körperliche Unmöglichkeit, zu schreiben, und das innere Bedürfnis danach.

Valli ging hinter dem Schwager, der morgen zur Waffenübung nach Tschortkov einrückt, aus unserer Tür hinaus. Merkwürdig die in diesem Ihm-Folgen liegende Anerkennung der Ehe als Einrichtung, mit der man sich bis in den Grund hinein abgefunden hat.

Die Geschichte der Gärtnerstochter, die mich vorgestern in der Arbeit unterbrach. Ich, der ich durch die Arbeit meine Neurasthenie heilen will, muß hören, daß der Bruder des Fräuleins, er hat Jan geheißen und war der eigentliche Gärtner und voraussichtliche Nachfolger des alten Dvorsky, ja sogar schon Besitzer des Blumengartens, sich vor zwei Monaten im Alter von achtundzwanzig Jahren aus Melancholie vergiftet hat. Im Sommer war ihm verhältnismäßig wohl, trotz seiner einsiedlerischen Natur, da er wenigstens mit den Kunden verkehren mußte, im Winter dagegen war er ganz verschlossen. Seine Geliebte war eine Beamtin – úřednice – ein gleichfalls melancholisches Mädchen. Sie gingen oft zusammen auf den Friedhof.

Der riesige Menasse bei der Jargonvorstellung. Irgend etwas Zauberhaftes, das mich bei seinen Bewegungen im Zusammenklang mit der Musik ergriff. Ich habe es vergessen.

Mein dummes Lachen, als ich heute der Mutter sagte, daß ich Pfingsten nach Berlin fahre. »Warum lachst du?« sagte die Mutter (unter einigen andern Bemerkungen, darunter »Drum prüfe, wer sich ewig bindet«, die ich aber alle abwehrte, mit Bemerkungen wie »Es ist nichts« usw.) »Aus Verlegenheit«, sagte ich und war froh, einmal etwas Wahres in dieser Sache gesagt zu haben.

Die B. gestern getroffen. Ihre Ruhe, Zufriedenheit, Unbefangenheit und Klarheit, trotzdem sich in den letzten Jahren ihr Übergang zur alten Frau vollzogen hat, diese schon damals lästige Fülle bald die Grenze steriler Fettleibigkeit erreicht haben wird, in den Gang eine Art Sichwälzens und Sichschiebens mit Vorstoßen oder besser Vortragen des Bauches gekommen ist und am Kinn – beim kurzen Anblick nur am Kinn – Barthaare sich aus dem frühern Flaume ringeln.

3. Mai. Die schreckliche Unsicherheit meiner innern Existenz.

Wie ich die Weste aufknöpfe, um dem Herrn B. meinen Ausschlag zu zeigen. Wie ich ihn in ein Nebenzimmer winke.

Der Ehemann ist von einem Pfahl – man weiß nicht, von wo der kam – von hinten getroffen, niedergeworfen und durchbohrt worden. Auf dem Boden liegend, klagt er mit erhobenem Kopf und ausgebreiteten Armen. Später kann er sich auch schon für einen Augenblick schwankend erheben. Er weiß nichts anderes zu erzählen, als wie er getroffen wurde, und zeigt die beiläufige Richtung, aus der seiner Meinung nach der Pfahl gekommen ist. Diese immer gleichen Erzählungen ermüden schon die Ehefrau, zumal der Mann immer wieder eine andere Richtung zeigt.

4. Mai. Immerfort die Vorstellung eines breiten Selchermessers, das eiligst und mit mechanischer Regelmäßigkeit von der Seite her in mich hineinfährt und ganz dünne Querschnitte losschneidet, die bei der schnellen Arbeit fast eingerollt davonfliegen.

An einem frühen Morgen, die Gassen waren noch leer weit und breit, öffnete ein Mann, er war bloßfüßig und nur mit Nachthemd und Hose bekleidet, das Tor eines großen Mietshauses in der Hauptstraße. Er hielt beide Türflügel fest und atmete tief. »Du Jammer, du verfluchter Jammer«, sagte er und sah scheinbar ruhig zuerst die Straße entlang, dann über einzelne Häuser hin.

Verzweiflung also auch von hier aus. Nirgends Aufnahme.

24. Mai. Spaziergang mit Pick.
Übermut, weil ich den »Heizer« für so gut hielt. Abends las ich ihn den Eltern vor, einen besseren Kritiker als mich während des Vorlesens vor dem höchst widerwillig zuhörenden Vater gibt es nicht. Viele flache Stellen vor offenbar unzugänglichen Tiefen.

5. Juni. Die innern Vorteile, welche mittelmäßige literarische Arbeiten daraus ziehen, daß ihre Verfasser noch am Leben und hinter ihnen her sind. Der eigentliche Sinn des Veraltens.

Löwy, Geschichte von der Grenzüberschreitung.

21. Juni. Die Angst, die ich nach allen Seiten hin ausstehe. Die Untersuchung beim Doktor, wie er gleich gegen mich vordringt, ich mich förmlich aushöhle und er in mir, verachtet und unwiderlegt, seine leeren Reden hält.

Die ungeheure Welt, die ich im Kopfe habe. Aber wie mich befreien und sie befreien, ohne zu zerreißen. Und tausendmal lieber zerreißen, als in mir sie zurückhalten oder begraben. Dazu bin ich ja hier, das ist mir ganz klar.

Ein großer Mann in einem bis zu den Füßen reichenden Mantel klopfte an einem kalten Frühlingsmorgen gegen fünf Uhr mit der Faust an die Tür einer kleinen Hütte, die in einer kahlen hügeligen Gegend stand. Nach jedem Faustschlag horchte er, in der Hütte blieb es still.

1. Juli. Der Wunsch nach besinnungsloser Einsamkeit. Nur mir gegenübergestellt sein. Vielleicht werde ich es in Riva haben.

Vorvorgestern mit Weiß, Verfasser der »Galeere«. Jüdischer Arzt, Jude von der Art, die dem Typus des westeuropäischen Juden am nächsten ist und dem man sich deshalb gleich nahe fühlt. Der ungeheure Vorteil der Christen, die im allgemeinen Verkehr die gleichen Gefühle der Nähe immerfort haben und genießen, zum Beispiel christlicher Tscheche unter christlichen Tschechen.

Das Hochzeitsreisepaar, das aus dem Hotel de Saxe trat. Am Nachmittag. Einwerfen der Karte in den Briefkasten. Zerdrückte Kleider, schlaffer Schritt, trüber lauer Nachmittag. Wenig charakteristische Gesichter für den ersten Blick.

Das Bild der dreihundertjährigen Romanowfeier in Jaroslawl an der Wolga. Der Zar, die Prinzessin verdrießlich in der

Sonne stehend, nur eine zart, ältlich, schlaff, auf den Sonnenschirm gestützt, blickt vor sich hin. Der Thronfolger auf dem Arm des ungeheueren barhäuptigen Kosaken. – Auf einem andern Bild salutieren in der Ferne längst passierte Männer.

Der Millionär auf dem Bild im Kino »Sklaven des Goldes«. Ihn festhalten. Die Ruhe, die langsame zielbewußte Bewegung, wenn notwendig rascher Schritt. Zucken des Armes. Reich, verwöhnt, eingelullt, aber wie er aufspringt wie ein Knecht und das Zimmer in der Waldschenke untersucht, in das er eingesperrt worden ist.

2. Juli. Geschluchzt über dem Prozeßbericht einer dreiundzwanzigjährigen Marie Abraham, die ihr fast dreiviertel Jahre altes Kind Barbara wegen Not und Hunger erwürgte, mit einer Männerkrawatte, die ihr als Strumpfband diente und die sie abband. Ganz schematische Geschichte.

Das Feuer, mit dem ich im Badezimmer meiner Schwester ein komisches kinematographisches Bild darstellte. Warum kann ich das niemals Fremden gegenüber?

Ich hätte niemals ein Mädchen geheiratet, mit dem ich ein Jahr lang in der gleichen Stadt gelebt hätte.

3. Juli. Die Erweiterung und Erhöhung der Existenz durch eine Heirat. Predigtspruch. Aber ich ahne es fast.

Wenn ich etwas sage, verliert es sofort und endgültig die Wichtigkeit, wenn ich es aufschreibe, verliert es sie auch immer, gewinnt aber manchmal eine neue.

Ein Band von goldenen Kügelchen um einen gebräunten Hals.

19. Juli. Aus einem Hause traten vier bewaffnete Männer. Jeder hielt vor sich aufrecht eine Hellebarde. Hie und da wandte einer sein Gesicht zurück, um zu sehen, ob der schon komme, um dessentwillen sie hier standen. Es war früh am Morgen, die Gasse war ganz leer.

Was wollt ihr also? Kommt! – Wir wollen nicht. Laß uns!

Dazu der innere Aufwand! Darum klingt einem die Musik aus dem Kaffeehaus so ins Ohr. Der Steinwurf wird sichtbar, von dem Elsa B. erzählte.

Eine Frau sitzt am Spinnrocken. Ein Mann stößt mit einem Schwert, das in der Scheide steckt (er hält sie frei in der Hand), die Tür auf.
MANN: Hier war er!
FRAU: Wer? Was wollt ihr?
MANN: Der Pferdedieb. Er ist hier versteckt. Leugne nicht! *Er schwingt das Schwert.*
FRAU: *hebt den Spinnrocken zur Abwehr:* Niemand war hier. Laßt mich!

20. Juli. Unten auf dem Flusse lagen mehrere Boote, Fischer hatten ihre Angeln ausgeworfen, es war ein trüber Tag. Am Quaigeländer lehnten einige Burschen mit verschränkten Beinen.

Als man zur Feier ihrer Abreise aufstand und die Champagnergläser hob, war schon Dämmerung. Die Eltern und einige Hochzeitsgäste begleiteten sie bis zum Wagen.

21. Juli. Nicht verzweifeln, auch darüber nicht, daß du nicht verzweifelst. Wenn schon alles zu Ende scheint, kommen doch noch neue Kräfte angerückt, das bedeutet eben, daß du lebst. Kommen sie nicht, dann ist hier alles zu Ende, aber endgültig.

Ich kann nicht schlafen. Nur Träume, kein Schlaf. Heute habe ich im Traum ein neues Verkehrsmittel für einen abschüssigen Park erfunden. Man nimmt einen Ast, der nicht sehr stark sein muß, stemmt ihn schief gegen den Boden, das eine Ende behält man in der Hand, setzt sich möglichst leicht darauf, wie im Damensattel, der ganze Zweig rast dann natürlich den Abhang hinab, da man auf dem Ast sitzt, wird man mitgenommen und schaukelt behaglich in voller Fahrt auf dem elastischen Holz. Es findet sich dann auch eine Möglichkeit, den Zweig zum Aufwärtsfahren zu verwenden. Der Hauptvorteil liegt, abgesehen von der Einfachheit der ganzen Vorrichtung, darin, daß der Zweig, dünn und beweglich wie er ist, er kann ja gesenkt und gehoben werden, nach Bedarf, überall durchkommt, wo selbst ein Mensch allein schwer durchkäme.

Durch das Parterrefenster eines Hauses an einem um den Hals gelegten Strick hineingezogen und ohne Rücksicht, wie von einem, der nicht achtgibt, blutend und zerfetzt durch alle Zimmerdecken, Möbel, Mauern und Dachböden hinaufgerissen werden, bis oben auf dem Dach die leere Schlinge erscheint, die auch meine Reste erst beim Durchbrechen der Dachziegel verloren hat.

Besondere Methode des Denkens. Gefühlsmäßig durchdrungen. Alles fühlt sich als Gedanke, selbst im Unbestimmtesten. (Dostojewski.)

Dieser Flaschenzug im Innern. Ein Häkchen rückt vorwärts, irgendwo im Verborgenen, man weiß es kaum im ersten Augenblick, und schon ist der ganze Apparat in Bewegung. Einer unfaßbaren Macht unterworfen, so wie die Uhr der Zeit unterworfen scheint, knackt es hier und dort und alle Ketten rasseln eine nach der andern ihr vorgeschriebenes Stück herab.

Zusammenstellung alles dessen, was für und gegen meine Heirat spricht:
1. Unfähigkeit, allein das Leben zu ertragen, nicht etwa Unfähigkeit, zu leben, ganz im Gegenteil, es ist sogar unwahrscheinlich, daß ich es verstehe, mit jemandem zu leben, aber unfähig bin ich, den Ansturm meines eigenen Lebens, die Anforderungen meiner eigenen Person, den Angriff der Zeit und des Alters, den vagen Andrang der Schreiblust, die Schlaflosigkeit, die Nähe des Irreseins – alles dies allein zu ertragen bin ich unfähig. Vielleicht, füge ich natürlich hinzu. Die Verbindung mit F. wird meiner Existenz mehr Widerstandskraft geben.
2. Alles gibt mir gleich zu denken. Jeder Witz im Witzblatt, die Erinnerung an Flaubert und Grillparzer, der Anblick der Nachthemden auf den für die Nacht vorbereiteten Betten meiner Eltern, Maxens Ehe. Gestern sagte meine Schwester: »Alle Verheirateten (unserer Bekanntschaft) sind glücklich, ich begreife es nicht«, auch dieser Ausspruch gab mir zu denken, ich bekam wieder Angst.
3. Ich muß viel allein sein. Was ich geleistet habe, ist nur ein Erfolg des Alleinseins.
4. Alles, was sich nicht auf Literatur bezieht, hasse ich, es langweilt mich, Gespräche zu führen (selbst wenn sie sich auf Literatur beziehen), es langweilt mich, Besuche zu machen, Leiden und Freuden meiner Verwandten langweilen mich in die Seele hinein. Gespräche nehmen allem, was ich denke, die Wichtigkeit, den Ernst, die Wahrheit.
5. Die Angst vor der Verbindung, dem Hinüberfließen. Dann bin ich nie mehr allein.
6. Ich bin vor meinen Schwestern, besonders früher war es so, oft ein ganz anderer Mensch gewesen als vor andern Leuten. Furchtlos, bloßgestellt, mächtig, überraschend, ergriffen wie sonst nur beim Schreiben. Wenn ich es durch Vermittlung meiner Frau vor allen sein könnte! Wäre es dann aber nicht dem Schreiben entzogen? Nur das nicht, nur das nicht!
7. Allein könnte ich vielleicht einmal meinen Posten wirklich aufgeben. Verheiratet wird es nie möglich sein.

In unserer Klasse, der fünften Gymnasialklasse des Amaliengymnasiums, war ein Junge namens Friedrich Guß, den wir alle sehr haßten. Wenn wir früh in die Klasse kamen und ihn auf seinem Platz beim Ofen sitzen sahen, konnten wir kaum verstehen, wie er sich hatte aufraffen können, wieder in die Schule zu kommen. Aber ich erzähle nicht richtig. Wir haßten nicht nur ihn, wir haßten alle. Wir waren eine schreckliche Vereinigung. Als einmal der Landesschulinspektor einer Unterrichtsstunde beiwohnte – es war Geographiestunde und der Professor beschrieb, die Augen der Tafel oder dem Fenster zugekehrt wie alle unsere Professoren, die Halbinsel Morea – ... [bricht ab]

Es war am Tage des Schulbeginns, es ging schon gegen Abend. Die Professoren des Obergymnasiums saßen noch im Konferenzzimmer, studierten die Schülerlisten, legten neue Klassenbücher an, erzählten von ihrer Urlaubsreise.

Ich elender Mensch!

Nur das Pferd ordentlich peitschen! Ihm die Sporen langsam einbohren, dann mit einem Ruck sie herausziehn, jetzt aber mit aller Kraft sie ins Fleisch hineinfahren lassen.

Was für Not!

Waren wir verrückt? Wir liefen in der Nacht durch den Park und schwangen Zweige.

Ich fuhr mit einem Boot in eine kleine natürliche Bucht ein.

Ich pflegte während meiner Gymnasialzeit hie und da einen gewissen Josef Mack, einen Freund meines verstorbenen Vaters, zu besuchen. Als ich nach Absolvierung des Gymnasiums – ... [bricht ab]

Hugo Seifert pflegte während seiner Gymnasialzeit einem gewissen Josef Kiemann, einem alten Junggesellen, der mit Hugos verstorbenem Vater befreundet gewesen war, hie und da einen Besuch zu machen. Die Besuche hörten unvermittelt auf, als Hugo unerwartet einen sofort anzutretenden Posten im Ausland angeboten erhielt und für einige Jahre seine Heimatstadt verließ. Als er dann wieder zurückkehrte, beabsichtigte er zwar, den alten Mann zu besuchen, es fand sich aber keine Gelegenheit, vielleicht hätte ein solcher Besuch auch seinen geänderten Anschauungen nicht entsprochen, und trotzdem er öfters durch die Gasse ging, in welcher Kiemann wohnte, ja trotzdem er ihn mehrmals im Fenster lehnen sah und wahrscheinlich auch bemerkt wurde, unterließ er den Besuch.

Nichts, nichts, nichts. Schwäche, Selbstvernichtung, durch den Boden gedrungene Spitze einer Höllenflamme.

23. Juli. Mit Felix in Rostock. Die geplatzte Sexualität der Frauen. Ihre natürliche Unreinheit. Das für mich sinnlose Spiel mit dem kleinen Lenchen. Der Anblick der einen dicken Frau, die zusammengekrümmt in einem Korbstuhl, den einen Fuß auffällig zurückgeschoben, irgend etwas nähte und mit einer alten Frau, wahrscheinlich einer alten Jungfer, deren Gebiß auf einer Seite des Mundes immer in besonderer Größe erschien, sich unterhielt. Die Vollblütigkeit und Klugheit der schwangeren Frau. Ihr Hinterer mit geraden abgeteilten Flächen, förmlich facettiert. Das Leben auf der kleinen Terrasse. Wie ich ganz kalt die Kleine auf den Schoß nahm, gar nicht unglücklich über die Kälte. Der Aufstieg im »stillen Tal«.

Wie kindisch ein Spengler, durch die offene Tür des Geschäftes zu sehn, bei seiner Arbeit sitzt und immerfort mit dem Hammer klopft.

Roskoff »Geschichte des Teufels«: Bei den jetzigen Karaiben gilt »der, welcher in der Nacht arbeitet«, als der Schöpfer der Welt.

13. August. Vielleicht ist nun alles zu Ende und mein gestriger Brief der letzte. Es wäre unbedingt das Richtige. Was ich leiden werde, was sie leiden wird – es ist nicht zu vergleichen mit dem gemeinsamen Leid, das entstehen würde. Ich werde mich langsam sammeln, sie wird heiraten, es ist der einzige Ausweg unter Lebendigen. Wir zwei können nicht für uns zwei einen Weg in einen Felsen schlagen, es ist genug, daß wir ein Jahr lang daran geweint und uns abgequält haben. Sie wird es aus meinen letzten Briefen einsehn. Wenn nicht, dann werde ich sie gewiß heiraten, denn ich bin zu schwach, ihrer Meinung über unser gemeinsames Glück zu widerstehn und außerstande, etwas, was sie für möglich hält, nicht zu verwirklichen, soweit es an mir liegt.

Gestern abend auf dem Belvedere unter den Sternen.

14. August. Es ist das Gegenteil eingetroffen. Es kamen drei Briefe. Dem letzten konnte ich nicht widerstehn. Ich habe sie lieb, soweit ich dessen fähig bin, aber die Liebe liegt zum Ersticken begraben unter Angst und Selbstvorwürfen.

Folgerungen aus dem »Urteil« für meinen Fall. Ich verdanke die Geschichte auf Umwegen ihr. Georg geht aber an der Braut zugrunde.

Der Coitus als Bestrafung des Glückes des Beisammenseins. Möglichst asketisch leben, asketischer als ein Junggeselle, das ist die einzige Möglichkeit für mich, die Ehe zu ertragen. Aber sie?

Und trotz allem, wären wir, ich und F., vollständig gleichberechtigt, hätten wir gleiche Aussichten und Möglichkeiten, ich würde nicht heiraten. Aber diese Sackgasse, in die ich ihr Schicksal langsam geschoben habe, macht es mir zur unausweichlichen, wenn auch durchaus nicht etwa unübersehbaren Pflicht. Irgendein geheimes Gesetz der menschlichen Beziehungen wirkt hier.

Der Brief an die Eltern machte mir große Schwierigkeiten, besonders deshalb, weil ein unter besonders ungünstigen Umständen abgefaßtes Konzept sich lange nicht abändern lassen wollte. Heute ist es mir doch beiläufig gelungen, wenigstens steht keine Unwahrheit darin, und es bleibt doch auch für Eltern lesbar und begreiflich.

15. August. Qualen im Bett gegen Morgen. Einzige Lösung im Sprung aus dem Fenster gesehn. Die Mutter kam zum Bett und fragte, ob ich den Brief abgeschickt habe und ob es mein alter Text gewesen sei. Ich sagte, es wäre der alte Text, nur noch verschärfter. Sie sagte, sie verstehe mich nicht. Ich antwortete, sie verstehe mich allerdings nicht und nicht etwa nur in dieser Sache. Später fragte sie mich, ob ich dem Onkel Alfred schreiben werde, er verdiene es, daß ich ihm schreibe. Ich fragte, wodurch er es verdiene. Er hat telegraphiert, er hat geschrieben, er meint es so gut mit dir. »Das sind nur Äußerlichkeiten«, sagte ich, »er ist mir ganz fremd, er mißversteht mich vollständig, er weiß nicht, was ich will und brauche, ich habe nichts mit ihm zu tun.« – »Also keiner versteht dich«, sagte die Mutter, »ich bin dir wahrscheinlich auch fremd und der Vater auch. Wir alle wollen also nur dein Schlechtes.« – »Gewiß, ihr seid mir alle fremd, nur die Blutnähe besteht, aber sie äußert sich nicht. Mein Schlechtes wollt ihr gewiß nicht.«
Durch dieses und durch einige andere Selbstbeobachtungen bin ich dazu geführt worden, daß in meiner immer größer werdenden innern Bestimmtheit und Überzeugtheit Möglichkeiten liegen, in einer Ehe trotz allem bestehen zu können, ja sie sogar zu einer für meine Bestimmung vorteilhaften Entwicklung zu führen. Es ist das allerdings ein Glaube, den ich gewissermaßen schon auf der Fensterkante fasse.

Ich werde mich bis zur Besinnungslosigkeit von allen absperren. Mit allen mich verfeinden, mit niemandem reden.

Der Mann mit den dunklen, streng blickenden Augen, der den Haufen alter Mäntel auf der Achsel trug.

LEOPOLD S. *großer starker Mann, ungelenke ziehende Bewegungen, lose hängende, faltige, schwarz-weiß karierte Kleider, eilt in die Tür rechts in das große Zimmer, schlägt in die Hände und ruft:* Felice! Felice! *Ohne einen Augenblick auf den Erfolg seines Rufens zu warten, eilt er zur Mitteltür, die er, wieder* »Felice« *rufend, öffnet.*
FELICE S. *tritt durch die linke Tür ein, bleibt an der Tür stehn, eine vierzigjährige Frau in Küchenschürze:* Hier bin ich schon, Leo. Wie du nervös geworden bist in der letzten Zeit! Was willst du denn?
LEOPOLD *dreht sich mit einem Ruck um, bleibt dann stehn und nagt an den Lippen:* Nun also! Komm doch her! *Er geht zum Kanapee.*
FELICE *rührt sich nicht:* Schnell! Was willst du? Ich muß doch in die Küche.
LEOPOLD *vom Kanapee aus:* Laß die Küche! Komm her! Ich will dir etwas Wichtiges sagen. Es steht dafür. Komm doch!
FELICE *geht langsam hin, zieht die Tragbänder der Schürze in die Höhe:* Nun was ist denn so Wichtiges? Wenn du mich zum Narren hältst, bin ich bös, aber ernstlich. *Bleibt vor ihm stehn.*
LEOPOLD: Also setz dich doch!
FELICE: Und wie wenn ich nicht will?
LEOPOLD: Dann kann ich es dir nicht sagen. Ich muß dich nahe bei mir haben.
FELICE: Nun sitze ich also schon.

21. August. Ich habe heute Kierkegaard »Buch des Richters« bekommen. Wie ich es ahnte, ist sein Fall trotz wesentlicher Unterschiede dem meinem sehr ähnlich, zumindest liegt er auf der gleichen Seite der Welt. Er bestätigt mich wie ein Freund. Ich entwerfe folgenden Brief an den Vater, den ich morgen, wenn ich die Kraft habe, wegschicken will.
»Sie zögern mit der Beantwortung meiner Bitte, das ist ganz verständlich, jeder Vater würde es jedem Bewerber gegenüber tun, das veranlaßt diesen Brief also ganz und gar nicht, äußersten Falls vergrößert es meine Hoffnung auf ruhige Würdigung dieses Briefes. Diesen Brief aber schreibe ich aus Furcht, daß Ihr Zögern oder Ihre Überlegung mehr allgemeine Gründe hat, als daß es, wie es allein notwendig wäre, von jener einzigen Stelle meines ersten Briefes ausgeht, die mich verraten konnte. Es ist dies die Stelle, die von der Unerträglichkeit meines Postens handelt.
Sie werden vielleicht über dieses Wort hinweggehn, aber das sollen Sie nicht, Sie sollen vielmehr ganz genau danach fragen, dann

müßte ich Ihnen genau und kurz folgendes antworten. Mein Posten ist mir unerträglich, weil er meinem einzigen Verlangen und meinem einzigen Beruf, das ist der Literatur, widerspricht. Da ich nichts anderes bin als Literatur und nichts anderes sein kann und will, so kann mich mein Posten niemals zu sich reißen, wohl aber kann er mich gänzlich zerrütten. Davon bin ich nicht weit entfernt. Nervöse Zustände schlimmster Art beherrschen mich ohne auszusetzen und dieses Jahr der Sorgen und Quälereien um meine und Ihrer Tochter Zukunft hat meine Widerstandslosigkeit vollständig erwiesen. Sie könnten fragen, warum ich diesen Posten nicht aufgebe und mich – Vermögen besitze ich nicht – nicht von literarischen Arbeiten zu erhalten suche. Darauf kann ich nur die erbärmliche Antwort geben, daß ich nicht die Kraft dazu habe und, soweit ich meine Lage überblicke, eher in diesem Posten zugrunde gehen, aber allerdings rasch zugrunde gehen werde.
Und nun stellen Sie mich Ihrer Tochter gegenüber, diesem gesunden, lustigen, natürlichen, kräftigen Mädchen. Sooft ich es ihr auch in etwa fünfhundert Briefen wiederholte und sooft sie mich mit einem allerdings nicht überzeugend begründeten ›Nein‹ beruhigte – es bleibt doch wahr, sie muß mit mir unglücklich werden, soweit ich es absehen kann. Ich bin nicht nur durch meine äußerlichen Verhältnisse, sondern noch viel mehr durch mein eigentliches Wesen ein verschlossener, schweigsamer, ungeselliger, unzufriedener Mensch, ohne dies aber für mich als ein Unglück bezeichnen zu können, denn es ist nur der Widerschein meines Zieles. Aus meiner Lebensweise, die ich zu Hause führe, lassen sich doch wenigstens Schlüsse ziehn. Nun, ich lebe in meiner Familie, unter den besten und liebevollsten Menschen, fremder als ein Fremder. Mit meiner Mutter habe ich in den letzten Jahren durchschnittlich nicht zwanzig Worte täglich gesprochen, mit meinem Vater kaum jemals mehr als Grußworte gewechselt. Mit meinen verheirateten Schwestern und den Schwägern spreche ich gar nicht, ohne etwa mit ihnen böse zu sein. Der Grund dessen ist einfach der, daß ich mit ihnen nicht das Allergeringste zu sprechen habe. Alles, was nicht Literatur ist, langweilt mich und ich hasse es, denn es stört mich oder hält mich auf, wenn auch nur vermeintlich. Für Familienleben fehlt mir dabei jeder Sinn, außer der des Beobachters im besten Fall. Verwandtengefühl habe ich keines, in Besuchen sehe ich förmlich gegen mich gerichtete Bosheit.
Eine Ehe könnte mich nicht verändern, ebenso wie mich mein Posten nicht verändern kann.«

30. August. Wo finde ich Rettung? Wieviel Unwahrheiten, von denen ich gar nicht mehr wußte, werden mit heraufgeschwemmt. Wenn die wirkliche Verbindung von ihnen ebenso durchzogen würde wie der wirkliche Abschied, dann habe ich sicher recht ge-

tan. In mir selbst gibt es ohne menschliche Beziehung keine sichtbaren Lügen. Der begrenzte Kreis ist rein.

14. Oktober. Die kleine Gasse begann mit der Mauer eines Kirchhofes auf der einen und einem niedrigen Hause mit einem Balkon auf der andern Seite. In dem Hause wohnte der pensionierte Beamte Friedrich Munch und seine Schwester Elisabeth.

Ein Trupp Pferde brach aus der Umzäunung.

Zwei Freunde machten einen Morgenritt.

»Teufel, rettet mich aus der Umnachtung!« rief ein alter Kaufmann, der sich am Abend müde auf das Kanapee gelegt hatte und nun in der Nacht nur mit Sammlung aller Kräfte schwer sich erhob. Es klopfte dumpf an die Tür. »Herein, herein, alles was draußen ist!« rief er.

15. Oktober. Ich habe mich vielleicht wieder aufgefangen, bin wieder vielleicht im geheimen einen kürzeren Weg gelaufen und halte mich, der ich im Alleinsein schon verzweifle, wieder an. Aber die Kopfschmerzen, die Schlaflosigkeit! Nun es steht für den Kampf oder vielmehr, ich habe keine Wahl.

Der Aufenthalt in Riva hatte für mich eine große Wichtigkeit. Ich verstand zum ersten Male ein christliches Mädchen und lebte fast ganz in seinem Wirkungskreis. Ich bin unfähig, etwas für die Erinnerung Entscheidendes aufzuschreiben. Nur um sich zu erhalten, macht mir meine Schwäche lieber den dumpfen Kopf klar und leer, soweit sich die Verworrenheit an die Ränder drücken läßt. Mir ist aber dieser Zustand fast lieber als das bloß dumpfe und ungewisse Andrängen, zu dessen überdies unsicherer Befreiung ein Hammer nötig wäre, der mich vorher zerschlägt.

Mißlungener Versuch, an E. Weiß zu schreiben. Und gestern im Bett hat mir der Brief im Kopf gekocht.

In der Ecke einer Elektrischen sitzen, den Mantel um sich geschlagen.

Der Professor G. auf der Reise von Riva. Seine an den Tod erinnernde deutsch-böhmische Nase, angeschwollene, gerötete, blasentreibende Backen eines auf blutleere Magerkeit angelegten Gesichtes, der blonde Vollbart ringsherum. Von der Freß- und Trinksucht besessen. Das Einschlucken der heißen Suppe, das Hineinbeißen und gleichzeitige Ablecken des nicht abgeschälten Salamistumpfes, das schluckweise ernste Trinken des schon warmen Bieres, das Ausbrechen des Schweißes um die Nase herum. Eine Widerlichkeit, die durch gierigstes Anschauen und Beriechen nicht auszukosten ist.

Das Haus war schon geschlossen. In zwei Fenstern des zweiten Stockwerkes war Licht und dann noch in einem Fenster des vierten Stockwerkes. Ein Wagen hielt vor dem Hause. An das beleuchtete Fenster im vierten Stockwerk trat ein junger Mann, öffnete es und sah auf die Gasse hinunter. Im Mondlicht.

Es war schon spät abend. Der Student hatte gänzlich die Lust verloren, noch weiter zu arbeiten. Es war auch gar nicht nötig, er hatte in den letzten Wochen wirklich große Fortschritte gemacht, er konnte wohl ein wenig ausruhen und die Nachtarbeit einschränken. Er schloß seine Bücher und Hefte, ordnete alles auf seinem kleinen Tisch und wollte sich ausziehn, um schlafen zu gehn. Zufällig sah er aber zum Fenster hin und es kam ihm beim Anblick des klaren Vollmondes der Einfall, in der schönen Herbstnacht noch einen kleinen Spaziergang zu machen und sich möglicherweise irgendwo mit einem schwarzen Kaffee zu stärken. Er löschte die Lampe aus, nahm den Hut und öffnete die Tür zur Küche. Im allgemeinen war es ihm ganz gleichgültig, daß er immer durch die Küche gehen mußte, auch verbilligte diese Unbequemlichkeit sein Zimmer um ein Bedeutendes, aber hie und da, wenn in der Küche besonderer Lärm war oder wenn er, wie heute zum Beispiel, spät abends weggehn wollte, war es doch lästig.

Trostlos. Heute im Halbschlaf am Nachmittag: Schließlich muß mir doch das Leid den Kopf sprengen. Und zwar an den Schläfen. Was ich bei dieser Vorstellung sah, war eigentlich eine Schußwunde, nur waren um das Loch herum die Ränder mit scharfen Kanten aufrecht aufgestülpt, wie bei einer wild aufgerissenen Blechbüchse.

An Krapotkin nicht vergessen!

20. Oktober. Die unausdenkbare Traurigkeit am Morgen. Abends Jacobsohn »Der Fall Jacobsohn« gelesen. Diese Kraft zu leben, sich zu entscheiden, den Fuß mit Lust auf den richtigen Ort zu setzen. Er sitzt in sich, wie ein meisterhafter Ruderer in seinem Boot und in jedem Boot sitzen würde. Ich wollte ihm schreiben.
Ging statt dessen spazieren, verwischte alles aufgenommene Gefühl durch ein Gespräch mit Haas, den ich traf, Weiber erregten mich, nun las ich zu Hause »Die Verwandlung« und finde sie schlecht. Vielleicht bin ich wirklich verloren, die Traurigkeit von heute morgen wird wiederkommen, ich werde ihr nicht lange

widerstehen können, sie nimmt mir jede Hoffnung. Ich habe nicht einmal Lust, ein Tagebuch zu führen, vielleicht weil darin schon zuviel fehlt, vielleicht weil ich immerfort nur halbe und allem Anschein nach notwendig halbe Handlungsweisen beschreiben müßte, vielleicht weil selbst das Schreiben zu meiner Traurigkeit beiträgt. Gerne wollte ich Märchen (warum hasse ich das Wort so?) schreiben, die der W. gefallen könnten und die sie einmal beim Essen unter den Tisch hält, in den Pausen liest und fürchterlich errötet, als sie bemerkt, daß der Sanatoriumsarzt schon ein Weilchen hinter ihr steht und sie beobachtet. Manchmal, eigentlich immer ihre Erregung beim Erzählen (ich fürchte, wie ich merke, die förmlich physische Anstrengung beim Sicherinnern, den Schmerz, unter dem der Boden des gedankenleeren Raumes sich langsam öffnet oder auch nur erst ein wenig sich wölbt). Alles wehrt sich gegen das Aufgeschriebenwerden. Wüßte ich, daß darin ihr Gebot wirkt, nichts über sie zu sagen (ich habe es streng, fast ohne Mühe gehalten), dann wäre ich zufrieden, aber es ist nichts als Unfähigkeit. Was meine ich übrigens dazu, daß ich heute abend eine ganze Wegstrecke lang darüber nachdachte, was ich durch die Bekanntschaft mit der W. an Freuden mit der Russin eingebüßt habe, die mich vielleicht, was durchaus nicht ausgeschlossen ist, nachts in ihr Zimmer eingelassen hätte, das schief gegenüber dem meinigen lag. Während mein abendlicher Verkehr mit der W. darin bestand, daß ich in einer Klopfsprache, zu deren endgültiger Besprechung wir niemals kamen, an die Decke meines unter ihrem Zimmer liegenden Zimmers klopfte, ihre Antwort empfing, mich aus dem Fenster beugte, sie grüßte, einmal mich von ihr segnen ließ, einmal nach einem herabgelassenen Bande haschte, stundenlang auf der Fensterbrüstung saß, jeden ihrer Schritte oben hörte, jedes zufällige Klopfen als ein Verständigungszeichen irrigerweise auffaßte, ihren Husten hörte, ihr Singen vor dem Einschlafen.

21. Oktober. Verlorener Tag. Besuch der Ringhofferschen Fabrik, Seminar Ehrenfels, bei Weltsch, Nachtmahl, Spaziergang, jetzt zehn Uhr hier. Ich denke immerfort an den Schwarzkäfer, werde aber nicht schreiben.

Im kleinen Hafen eines Fischerdorfes wurde eine Barke zur Fahrt ausgerüstet. Ein junger Mann in Pluderhosen beaufsichtigte die Arbeiten. Zwei alte Matrosen trugen Säcke und Kisten bis zu einer Anlegebrücke, wo ein großer Mann mit auseinandergestemmten Beinen alles in Empfang nahm und irgendwelchen Händen überantwortete, die sich aus dem dunklen Innern der Barke ihm entgegenstreckten. Auf großen Quadersteinen, die einen Winkel des Quais umfaßten, saßen halb liegend fünf Männer und bliesen den Rauch ihrer Pfeifen nach allen Seiten. Von Zeit zu Zeit kam der Mann in Pluderhosen zu ihnen, hielt eine Ansprache und klopfte ihnen auf die Knie. Gewöhnlich wurde hinter einem Stein eine Weinkanne, die dort im Schatten aufbewahrt wurde, hervorgeholt und ein Glas mit undurchsichtigem rotem Wein wanderte von Mann zu Mann.

22. Oktober. Zu spät. Die Süßigkeit der Trauer und der Liebe. Von ihr angelächelt werden im Boot. Das war das Allerschönste. Immer nur das Verlangen, zu sterben und das Sich-noch-Halten, das allein ist Liebe.

Gestrige Beobachtung. Die für mich passendste Situation: Einem Gespräch zweier Leute zuhören, die eine Angelegenheit besprechen, die sie nahe angeht, während ich an ihr nur einen ganz fernen Anteil habe, der überdies vollständig selbstlos ist.

26. Oktober. Die Familie saß beim Abendessen. Durch die vorhanglosen Fenster sah man in die tropische Nacht.

»Wer bin ich denn?« fuhr ich mich an. Ich erhob mich von dem Kanapee, auf dem ich mit hochgezogenen Knien gelegen war und setzte mich aufrecht. Die Tür, die gleich vom Treppenhaus in mein Zimmer führte, öffnete sich und ein junger Mann mit gesenktem Gesicht und prüfendem Blick trat ein. Er machte, soweit es im engen Zimmer möglich war, einen Bogen um das Kanapee und blieb in der Ecke neben dem Fenster im Dunkel stehn. Ich wollte nachsehn, was das für eine Erscheinung war, ging hin und faßte den Mann beim Arm. Es war ein lebendiger Mensch. Er sah – ein wenig kleiner als ich – lächelnd zu mir hinauf, schon die Sorglosigkeit, mit der er nickte und sagte »Prüfen Sie mich nur«, hätte mich überzeugen sollen. Trotzdem ergriff ich ihn vorn bei der Weste und hinten beim Rock und schüttelte ihn. Seine schöne starke goldene Uhrkette fiel mir auf, ich packte sie und zerrte sie herunter, daß das Knopfloch zerriß, an dem sie befestigt war. Er duldete es, sah nur auf den Schaden hinunter, versuchte nutzlos den Westenknopf in dem zerrissenen Knopfloch festzuhalten. »Was tust du?« sagte er endlich und zeigte mir die Weste. »Nur Ruhe!« sagte ich drohend.
Ich fing an, im Zimmer herumzulaufen, aus Schritt kam ich in Trab, aus Trab in Galopp, immer wenn ich den Mann passierte, erhob ich gegen ihn die Faust. Er sah mir gar nicht zu, sondern arbeitete an seiner Weste. Ich fühlte mich sehr frei, schon meine Atmung ging in außergewöhnlicher Weise vor sich, meine Brust fühlte nur in den Kleidern ein Hindernis, sich riesenhaft zu heben.
Schon viele Monate beabsichtigte Wilhelm Menz, ein junger Buchhalter, ein Mädchen anzusprechen, das er regelmäßig am

Morgen auf dem Weg in das Bureau in einer sehr langen Gasse, einmal an dieser, einmal an jener Stelle zu treffen pflegte. Er hatte sich schon damit abgefunden, daß es bei dieser Absicht bleiben würde – er war sehr wenig entschlossen, Frauen gegenüber, und der Morgen war auch eine ungünstige Zeit, um ein eilendes Mädchen anzusprechen – da traf es sich, daß er eines Abends – es war um die Weihnachtszeit – knapp vor sich das Mädchen gehen sah. »Fräulein«, sagte er. Sie drehte sich um, erkannte den Mann, den sie immer am Morgen zu treffen pflegte, ließ, ohne stehenzubleiben den Blick ein wenig auf ihm ruhn und wandte sich, da Menz nichts weiter sagte, wieder ab. Sie waren in einer hellbeleuchteten Gasse inmitten großen Menschengedränges, und Menz konnte, ohne aufzufallen, ganz nahe an sie herantreten. Irgend etwas Passendes zu sagen wollte in diesem entscheidenden Augenblick Menz nicht einfallen, fremd wollte er dem Mädchen aber auch nicht bleiben, denn etwas so ernstlich Begonnenes wollte er unbedingt weiterführen, und so wagte er es, das Mädchen unten an der Jacke zu zupfen. Das Mädchen duldete es, als sei nichts geschehn.

6. November. Woher die plötzliche Zuversicht? Bliebe sie doch! Könnte ich so ein- und ausgehn durch alle Türen als ein halbwegs aufrechter Mensch. Nur weiß ich nicht, ob ich das will.

Wir wollten den Eltern nichts davon sagen, aber jeden Abend nach neun Uhr versammelten wir uns, ich und zwei Vettern, am Friedhofsgitter an einer Stelle, wo eine kleine Erderhöhung einen guten Überblick ermöglichte.
Das Eisengitter des Friedhofs läßt links einen großen grasbewachsenen Platz frei.

17. November. Traum: Auf einem ansteigenden Weg lag etwa in der Mitte der Steigung, und zwar hauptsächlich in der Fahrbahn, von unten gesehn links beginnend, Unrat oder festgewordener Lehm, der gegen rechts hin durch Abbröckelung immer niedriger geworden war, während er links hoch wie Palisaden eines Zaunes stand. Ich ging rechts, wo der Weg fast frei war, und sah auf einem Dreirad einen Mann von unten mir entgegenkommen und scheinbar geradewegs gegen das Hindernis fahren. Es war ein Mann wie ohne Augen, zumindest sahen seine Augen wie verwischte Löcher aus. Das Dreirad war wackelig, fuhr zwar entsprechend unsicher und gelockert, aber doch geräuschlos, fast übertrieben still und leicht. Ich faßte den Mann im letzten Augenblick, hielt ihn, als wäre er die Handhabe seines Fahrzeugs und lenkte dieses in die Bresche, durch die ich gekommen war. Da fiel er gegen mich hin, ich war nun riesengroß und hielt ihn doch nur in einer gezwungenen Haltung, zudem begann das Fahrzeug, als sei es nun her-

renlos, zurückzufahren, wenn auch langsam, und zog mich mit. Wir kamen an einem Leiterwagen vorüber, auf dem einige Leute gedrängt standen, alle dunkel gekleidet, unter ihnen war ein Pfadfinderjunge mit hellgrauem aufgekrempeltem Hut. Von diesem Jungen, den ich schon aus einiger Entfernung erkannt hatte, erwartete ich Hilfe, aber er wendete sich ab und drückte sich zwischen die Leute. Dann kam hinter diesem Leiterwagen – das Dreirad rollte immer weiter und ich mußte, tief hinabgebückt, mit gespreizten Beinen, nach – jemand mir entgegen, der mir Hilfe brachte, an den ich mich aber nicht erinnern kann. Nur das weiß ich, daß es ein vertrauenswürdiger Mensch war, der sich jetzt wie hinter einem schwarzen ausgespannten Stoff verbirgt und dessen Verborgensein ich achten soll.

18. November. Ich werde wieder schreiben, aber wie viele Zweifel habe ich inzwischen an meinem Schreiben gehabt. Im Grunde bin ich ein unfähiger unwissender Mensch, der, wenn er nicht gezwungen, ohne jedes eigene Verdienst, den Zwang kaum merkend, in die Schule gegangen wäre, gerade imstand wäre, in einer Hundehütte zu hocken, hinauszuspringen, wenn ihm Fraß gereicht wird, und zurückzuspringen, wenn er es verschlungen hat.

Zwei Hunde liefen auf einem stark von der Sonne beschienenen Hof aus entgegengesetzten Richtungen gegeneinander.
Den Anfang eines Briefes an Fräulein Bl. mir abgequält.

19. November. Mich ergreift das Lesen des Tagebuchs. Ist der Grund dessen, daß ich in der Gegenwart jetzt nicht die geringste Sicherheit mehr habe? *Alles erscheint mir als Konstruktion.* Jede Bemerkung eines andern, jeder zufällige Anblick wälzt alles in mir, selbst Vergessenes, ganz und gar Unbedeutendes, auf eine andere Seite. Ich bin unsicherer, als ich jemals war, nur die Gewalt des Lebens fühle ich. Und sinnlos leer bin ich. Ich bin wirklich wie ein verlorenes Schaf in der Nacht und im Gebirge oder wie ein Schaf, das diesem Schaf nachläuft. So verloren zu sein und nicht die Kraft haben, es zu beklagen.

Ich gehe absichtlich durch die Gassen, wo Dirnen sind. Das Vorübergehen an ihnen reizt mich, diese ferne, aber immerhin bestehende Möglichkeit, mit einer zu gehn. Ist das Gemeinheit? Ich weiß aber nichts Besseres, und das Ausführen dessen scheint mir im Grunde unschuldig und macht mir fast keine Reue. Ich will nur die dicken ältern, mit veralteten, aber gewissermaßen durch verschiedene Behänge üppigen Kleider. Eine Frau kennt mich wahrscheinlich schon. Ich traf sie heute nachmittag, sie war noch nicht in Berufskleidung, die Haare lagen noch am Kopf an, sie hatte keinen Hut, eine Arbeitsbluse wie Köchinnen, und trug irgendeinen Ballen, vielleicht zur Wäscherin. Kein Mensch hätte etwas Reizendes an ihr gefunden, nur ich. Wir sahen einander flüchtig an. Jetzt abends, es ist inzwischen kalt geworden, sah ich sie in einem anliegenden, gelblich braunen Mantel auf der andern Seite der engen, von der Zeltnergasse abzweigenden Gasse, wo sie ihre Promenade hat. Ich sah zweimal nach ihr zurück, sie faßte auch den Blick, aber dann lief ich ihr eigentlich davon.

Die Unsicherheit geht gewiß von den Gedanken an F. aus.

20. November. Im Kino gewesen. Geweint. »Lolotte«. Der gute Pfarrer. Das kleine Fahrrad. Die Versöhnung der Eltern. Maßlose Unterhaltung. Vorher trauriger Film »Das Unglück im Dock«, nachher lustiger »Endlich allein«. Bin ganz leer und sinnlos, die vorüberfahrende Elektrische hat mehr lebendigen Sinn.

21. November. Traum: Das französische Ministerium, vier Männer, sitzt um einen Tisch. Es findet eine Beratung statt. Ich erinnere mich an den an der rechten Längsseite sitzenden Mann mit einem im Profil flach gedrückten Gesicht, gelblicher Hautfarbe, weit vorspringender (infolge des Plattgedrücktseins so weit vorspringender) ganz gerader Nase und einem ölig schwarzen, den Mund überwölbenden, starken Schnurrbart.

Klägliche Beobachtung, die gewiß wieder von einer Konstruktion ausgeht, deren unterstes Ende irgendwo im Leeren schwebt: Als ich das Tintenfaß vom Schreibtisch nahm, um es ins Wohnzimmer zu tragen, fühlte ich irgendeine Festigkeit in mir, so wie zum Beispiel die Kante eines großen Gebäudes im Nebel erscheint und gleich verschwindet. Ich fühlte mich nicht verloren, etwas wartete in mir, unabhängig von Menschen, selbst von F. Wie nun, wenn ich davon wegliefe, so wie zum Beispiel einer einmal in die Felder läuft.

Dieses Voraussagen, dieses sich nach Beispielen richten, diese bestimmte Angst ist lächerlich. Das sind Konstruktionen, die selbst in der Vorstellung, in der allein sie herrschen, nur fast bis zur lebendigen Oberfläche kommen, aber immer mit einem Ruck überschwemmt werden müssen. Wer hat die Zauberhand, daß er sie in die Maschinerie steckte, und sie würde nicht durch tausend Messer zerrissen und verstreut.

Ich bin auf der Jagd nach Konstruktionen. Ich komme in ein Zimmer und finde sie in einem Winkel weißlich durcheinandergehn.

24. November. Vorgestern abend bei Max. Er wird immer fremder, mir war er es schon oft, nun werde ich es auch ihm. Gestern abend einfach ins Bett gelegt.
Traum gegen Morgen: Ich sitze im Garten eines Sanatoriums beim langen Tisch, sogar am Kopfende, so daß ich im Traum eigentlich meinen Rücken sehe. Es ist ein trüber Tag, ich muß wohl einen Ausflug gemacht haben und bin in einem Automobil, das im Schwung bei der Rampe vorfuhr, vor kurzem angekommen. Man soll gerade das Essen auftragen, da sehe ich eine der Bedienerinnen, ein junges zartes Mädchen, in sehr leichtem oder aber schwankendem Gang, mit einem Kleid in Herbstblätterfarben durch die Säulenhalle, die als Vorbau des Sanatoriums diente, herankommen und in den Garten herabsteigen. Ich weiß noch nicht, was sie will, aber zeige doch fragend auf mich, um zu erfahren, ob sie mich meine. Sie bringt mir wirklich einen Brief. Ich denke, das kann nicht der Brief sein, den ich erwarte, es ist ein ganz dünner Brief und eine fremde dünne unsichere Schrift. Aber ich öffne ihn, und es kommt eine große Anzahl dünner vollbeschriebener Papiere heraus, allerdings ist auf allen die fremde Schrift. Ich fange zu lesen an, blättere in den Papieren und erkenne, daß es doch ein sehr wichtiger Brief sein muß und offenbar von F.s jüngster Schwester ist. Ich fange mit Begierde zu lesen an, da sieht mir mein rechter Nachbar, ich weiß nicht ob Mann oder Frau, wahrscheinlich ein Kind, über meinen Arm in den Brief. Ich schreie: »Nein!« Die Tafelrunde nervöser Leute fängt zu zittern an. Ich habe wahrscheinlich ein Unglück angerichtet. Ich versuche, mit einigen raschen Worten mich zu entschuldigen, um wieder gleich lesen zu können. Ich beuge mich auch wieder zu meinem Brief, da erwache ich unweigerlich, wie von meinem eigenen Schrei geweckt. Ich zwinge mich bei klarem Bewußtsein mit Gewalt wieder in den Schlaf zurück, die Situation zeigt sich tatsächlich wieder, ich lese noch rasch zwei, drei nebelhafte Zeilen des Briefes, von denen ich nichts behalten habe, und verliere im weitern Schlaf den Traum.

Der alte Kaufmann, ein riesiger Mann, stieg mit einknickenden Knien, das Geländer mit der Hand nicht haltend, sondern pressend, die Stiege zu seiner Wohnung hinauf. Vor der Zimmertür, einer vergitterten Glastür, wollte er wie immer den Schlüsselbund aus der Hosentasche ziehn, da bemerkte er in einem dunklen Winkel einen jungen Mann, der nun eine Verbeugung machte.
»Wer sind Sie? Was wollen Sie?« fragte der Kaufmann, noch stöhnend von der Anstrengung des Steigens. »Sind Sie der Kaufmann Meßner?« fragte der junge Mann. »Ja«, sagte der Kaufmann.
»Dann habe ich Ihnen eine Mitteilung zu machen. Wer ich bin, ist eigentlich hier gleichgültig, denn ich bin selbst an der Sache gar

nicht beteiligt, bin nur Überbringer der Nachricht. Trotzdem stelle ich mich vor, ich heiße Kette und bin Student.«

»So«, sagte Meßner und dachte ein Weilchen nach. »Nun, und die Nachricht?« sagte er dann.

»Das besprechen wir besser im Zimmer«, sagte der Student, »es ist eine Sache, die sich nicht auf der Treppe abtun läßt.«

»Ich wüßte von keiner derartigen Nachricht, die ich zu bekommen hätte«, sagte Meßner und sah seitwärts auf den Boden.

»Das mag sein«, sagte der Student.

»Übrigens«, sagte Meßner, »jetzt ist es elf Uhr nachts vorüber, kein Mensch wird uns hier zuhören.«

»Nein«, antwortete der Student, »ich kann es hier unmöglich sagen.«

»Und ich«, sagte Meßner, »empfange in der Nacht keine Gäste«, und er steckte den Schlüssel so stark ins Schloß, daß die übrigen Schlüssel im Bund noch eine Zeitlang klirrten.

»Ich warte hier doch schon seit acht Uhr, drei Stunden«, sagte der Student.

»Das beweist nur, daß die Nachricht für Sie wichtig ist. Ich aber will keine Nachrichten haben. Jede Nachricht, die mir erspart wird, ist ein Gewinn. Ich bin nicht neugierig, gehn Sie nur, gehn Sie.« Er faßte den Studenten bei seinem dünnen Überrock und schob ihn ein Stück fort. Dann öffnete er ein wenig die Tür des Zimmers, aus dem eine übergroße Hitze in den kalten Flur drang.

»Ist es übrigens eine geschäftliche Nachricht?« fragte er dann noch, schon in der offenen Tür stehend.

»Auch das kann ich hier nicht sagen«, sagte der Student.

»Dann wünsche ich Ihnen eine gute Nacht«, sagte Meßner, ging in sein Zimmer, sperrte die Türe mit dem Schlüssel zu, drehte das Licht der elektrischen Bettlampe auf, füllte an einem kleinen Wandschrank, der mehrere Likörflaschen enthielt, ein Gläschen, trank es schnalzend aus und begann sich auszuziehn. Gerade wollte er, an die hohen Kissen gelehnt, eine Zeitung zu lesen beginnen, da schien es ihm, als klopfe jemand leise an der Tür. Er legte die Zeitung auf die Bettdecke zurück, kreuzte die Arme und horchte. Tatsächlich klopfte es wieder, und zwar ganz leise und förmlich ganz unten an der Tür. »Wirklich ein zudringlicher Affe«, lachte Meßner. Als das Klopfen aufhörte, nahm er wieder die Zeitung vor. Aber nun klopfte es stärker und polterte geradezu gegen die Tür. Wie Kinder zum Spiel die Schläge über die ganze Tür verteilen, so klopfte es, bald unten dumpf ans Holz, bald oben hell ans Glas. ›Ich werde aufstehen müssen‹, dachte kopfschüttelnd Meßner. ›Den Hausmeister kann ich nicht antelephonieren, denn der Apparat ist drüben im Vorzimmer, und ich müßte die Wirtin wecken, um hinzukommen. Es bleibt nichts übrig, als daß ich den Jungen eigenhändig die Treppe hinunterwerfe.‹ Er zog seine Filzmütze

über den Kopf, streifte die Decke zurück, zog sich mit aufgestemmten Händen zum Bettrand, setzte langsam die Füße auf den Boden und zog wattierte hohe Hausschuhe an. ›Nun also‹, dachte er und faßte, an der Oberlippe kauend, die Tür ins Auge, ›jetzt ist es wieder still. Aber ich muß mir endgültig Ruhe verschaffen‹, sagte er sich dann, zog aus einem Gestell einen Stock mit Hornknopf, ergriff ihn in der Mitte und ging zur Tür.
»Ist noch jemand draußen?« fragte er an der geschlossenen Tür.
»Ja«, antwortete es, »bitte öffnen Sie mir.« – »Ich öffne«, sagte Meßner, öffnete und trat mit dem Stock vor die Tür.
»Schlagt mich nicht«, sagte der Student warnend und trat einen Schritt zurück.
»Dann geht!« sagte Meßner und fuhr mit dem Zeigefinger in der Richtung zur Treppe. »Aber ich darf nicht«, sagte der Student und lief so überraschend auf Meßner zu ... [bricht ab]

27. November. Ich muß aufhören, ohne geradezu abgeschüttelt zu sein. Ich fühle auch keine Gefahr, daß ich mich verlieren könnte, immerhin fühle ich mich hilflos und außenstehend. Die Festigkeit aber, die das geringste Schreiben mir verursacht, ist zweifellos und wunderbar. Der Blick, mit dem ich gestern auf dem Spaziergang alles überblickte!

Das Kind der Hausmeisterin, die das Tor öffnete. Eingepackt in ein altes Frauentuch, bleich, starres fleischiges Gesichtchen. Wird so von der Hausmeisterin in der Nacht zum Tor getragen.

Der Pudel der Hausmeisterin, der unten auf einer Stufe sitzt und mein im vierten Stockwerk beginnendes Trampeln behorcht, mich ansieht, wenn ich bei ihm ankomme, und mir nachschaut, wenn ich weiterlaufe. Angenehmes Gefühl des Vertrautseins, da er über mich nicht erschrickt und mich in das gewohnte Haus und seinen Lärm einbezieht.

Bild: Taufe der Schiffsjungen beim Passieren des Äquators. Das Herumlungern der Matrosen. Das nach allen Richtungen und Höhen abgekletterte Schiff bietet ihnen überall Sitzgelegenheiten. Die großen Matrosen, die an den Schiffsleitern hängen und sich mit mächtiger runder Schulter Fuß vor Fuß an den Schiffsleib drücken und auf das Schauspiel hinuntersehn.

4. Dezember. Von außen gesehn ist es schrecklich, erwachsen, aber jung zu sterben oder gar sich zu töten. In gänzlicher Verwirrung, die innerhalb einer weiteren Entwicklung Sinn hätte, abzugehn, hoffnungslos oder mit der einzigen Hoffnung, daß dieses Auftreten im Leben innerhalb der großen Rechnung als

nicht geschehen betrachtet werden wird. In einer solchen Lage wäre ich jetzt. Sterben hieße nichts anderes, als ein Nichts dem Nichts hinzugeben, aber das wäre dem Gefühl unmöglich, denn wie könnte man sich auch nur als Nichts mit Bewußtsein dem Nichts hingeben und nicht nur einem leeren Nichts, sondern einem brausenden Nichts, dessen Nichtigkeit nur in seiner Unfaßbarkeit besteht.

Ein Kreis von Männern, die Herren und Diener sind. Ausgearbeitete, in lebendigen Farben glänzende Gesichter. Der Herr setzt sich, und der Diener bringt ihm die Speisen auf dem Brett. Zwischen beiden ist kein größerer Unterschied, kein anders zu wertender Unterschied als zum Beispiel zwischen einem Mann, der durch das Zusammenwirken unzähliger Umstände Engländer ist und in London lebt, und einem andern, der Lappländer ist und zu gleicher Zeit allein im Sturm in seinem Boot das Meer befährt. Gewiß, der Diener kann – auch dies nur unter Umständen – Herr werden, aber diese Frage, wie sie auch beantwortet werden könnte, stört hier nicht, denn es handelt sich um die augenblickliche Bewertung der augenblicklichen Verhältnisse.

Die von jedem, selbst dem zugänglichsten und anschmiegsamsten Menschen, hie und da, wenn auch nur gefühlsmäßig angezweifelte Einheitlichkeit der Menschheit zeigt sich andererseits auch jedem, oder scheint sich zu zeigen, in der vollständigen, immer wieder aufzufindenden Gemeinsamkeit gesamt- und einzelmenschlicher Entwicklung. Selbst in den verschlossensten Gefühlen des einzelnen.

Die Furcht vor Narrheit. Narrheit in jedem geradeaus strebenden, alles andere vergessen machenden Gefühl sehn. Was ist dann die Nicht-Narrheit? Nicht-Narrheit ist, vor der Schwelle, zur Seite des Einganges bettlerhaft stehn, verwesen und umstürzen. Aber P. und O. sind doch widerliche Narren. Es muß Narrheiten geben, die größer sind als ihre Träger. Dieses Sichspannen der kleinen Narren in ihrer großen Narrheit ist vielleicht das Widerliche. Aber erschien den Pharisäern Christus nicht in gleichem Zustande?

Wunderbare, gänzlich widerspruchsvolle Vorstellung, daß einer, der zum Beispiel um drei Uhr in der Nacht gestorben ist, gleich darauf, etwa in der Morgendämmerung, in ein höheres Leben eingeht. Welche Unvereinbarkeit liegt zwischen dem sichtbar Menschlichen und allem andern! Wie folgt aus einem Geheimnis immer ein größeres! Im ersten Augenblick geht dem menschlichen Rechner der Atem aus. Eigentlich müßte man sich fürchten, aus dem Haus zu treten.

5. Dezember. Wie ich gegen meine Mutter wüte! Ich muß nur mit ihr zu reden anfangen, schon bin ich gereizt, schreie fast.

O. leidet doch, und ich glaube nicht, daß sie leidet, leiden kann, glaube es gegen meine bessere Einsicht nicht, glaube es nicht, um ihr nicht beistehn zu müssen, was ich nicht könnte, denn ich bin auch gegen sie gereizt.

An F. sehe ich äußerlich, wenigstens manchmal, nur einige unzählbare kleine Einzelheiten. Dadurch wird ihr Bild so klar, rein, ursprünglich, umrissen und luftig zugleich.

8. Dezember. Konstruktionen in Weiß' Roman. Die Kraft, sie zu beseitigen, die Pflicht, das zu tun. Ich leugne fast die Erfahrungen. Ich will Ruhe, Schritt für Schritt, oder Lauf, aber nicht ausgerechnete Sprünge von Heuschrecken.

9. Dezember. Weiß' »Galeere«. Schwächung der Wirkung, wenn der Ablauf der Geschichte beginnt. Die Welt ist überwunden, und wir haben mit offenen Augen zugesehn. Also können wir uns ruhig umdrehn und weiterleben.

Haß gegenüber aktiver Selbstbeobachtung. Seelendeutungen, wie: Gestern war ich so, und zwar deshalb, heute bin ich so, und deshalb. Es ist nicht wahr, nicht deshalb und nicht deshalb und darum auch nicht so und so. Sich ruhig ertragen, ohne voreilig zu sein, so leben, wie man muß, nicht sich hündisch umlaufen.

Ich war im Gebüsch eingeschlafen. Ein Lärm weckte mich. Ich fand in meinen Händen ein Buch, in dem ich früher gelesen hatte. Ich warf es weg und sprang auf. Es war kurz nach Mittag; vor der Anhöhe, auf der ich war, breitete sich eine große Tiefebene aus mit Dörfern und Teichen und gleichförmigem hohem schilfartigem Buschwerk zwischen ihnen. Ich legte die Hände in die Hüften, durchsuchte alles mit den Augen und horchte dabei auf den Lärm.

10. Dezember. Die Entdeckungen haben sich dem Menschen aufgedrängt.

Das lachende, jungenhafte, listige, aufgelöste Gesicht des Oberinspektors, das ich noch nie an ihm gesehen hatte und nur heute in einem Augenblick bemerkte, als ich eine Arbeit des Direktors ihm vorlas und zufällig von ihr aufsah. Er steckte dabei auch mit einem Ruck der Schultern die rechte Hand in die Hosentasche, als wäre er ein anderer Mensch.

Niemals ist es möglich, alle Umstände zu bemerken und zu beurteilen, die auf die Stimmung eines Augenblicks einwirken und sogar in ihr wirken und endlich in der Beurteilung wirken, darum ist es falsch, zu sagen, gestern fühlte ich mich gefestigt, heute bin ich verzweifelt. Solche Unterscheidungen beweisen nur, daß man Lust hat, sich zu beeinflussen und möglichst abgesondert von sich, versteckt hinter Vorurteilen und Phantasien, zeitweilig ein künstliches Leben aufzuführen, so wie sich einmal einer in einem Winkel der Schenke, von einem kleinen Schnapsglas genügend versteckt, ausschließlich mit sich allein, mit lauter falschen unbeweisbaren Vorstellungen und Träumen unterhält.

Gegen Mitternacht stieg die Treppe zu der kleinen Singspielhalle ein junger Mann in einem engen mattgrauen karierten, leicht überschneiten Überzieher hinab. Er bezahlte am Kassentisch, hinter dem ein hindämmerndes Fräulein aufschreckte und ihn mit großen schwarzen Augen geradeaus ansah, und blieb dann ein Weilchen stehn, um den Saal, der drei Stufen tief unter ihm lag, zu überblicken.
Fast jeden Abend gehe ich auf den Staatsbahnhof, heute, weil es regnete, ging ich eine halbe Stunde in der Halle dort auf und ab. Der Bursch, der immerfort das Zuckerzeug aus dem Automaten aß. Der Handgriff in die Tasche, aus der er eine Menge Kleingeld holt, das nachlässige Einwerfen in die Öffnung, das Lesen der Aufschriften während des Essens, das Hinunterfallen von einzelnen Stücken, die er vom schmutzigen Boden aufhebt und geradewegs in den Mund steckt. – Der ruhig kauende Mann, der am Fenster vertraulich mit einer Frau, einer Verwandten, spricht.

11. Dezember. In der Toynbeehalle den Anfang von »Michael Kohlhaas« gelesen. Ganz und gar mißlungen. Schlecht ausgewählt, schlecht vorgetragen, schließlich sinnlos im Text herumgeschwommen. Musterhafte Zuhörerschaft. Ganz kleine Jungen in der ersten Reihe. Einer sucht seiner unschuldigen Langeweile dadurch beizukommen, daß er die Mütze vorsichtig auf den Boden wirft und dann vorsichtig aufhebt und so öfters. Da er zu klein ist, um das vom Sitz auszuführen, muß er immer ein wenig vom Sessel sich abgleiten lassen. Wild und schlecht und unvorsichtig und unverständlich gelesen. Und am Nachmittag zitterte ich schon vor Begierde, zu lesen, konnte kaum den Mund geschlossen halten.

Es ist wirklich kein Stoß nötig, nur ein Zurückziehn der letzten auf mich verwendeten Kraft, und ich komme in eine Verzweiflung, die mich zerreißt. Als ich mir heute vorstellte, daß ich während des Vortrags unbedingt ruhig sein werde, fragte ich mich, was das für eine Ruhe sein wird, wo sie begründet sein wird, und ich konnte nur sagen, daß es bloß eine Ruhe um ihrer selbst willen sein wird, eine unverständliche Gnade, sonst nichts.

12. Dezember. Und früh bin ich verhältnismäßig ganz frisch aufgestanden.

Gestern auf dem Nachhausewege der kleine, grau verpackte Junge, der neben einer Gruppe von Jungen nebenher lief, sich gegen den Schenkel schlug, mit der anderen Hand einen andern Jungen faßte und rief – in ziemlicher Geistesabwesenheit, was ich nicht vergessen darf: »Dnes to bylo docela hezky.«

Die Frische, mit der ich heute nach einer etwas geänderten Tageseinteilung um etwa sechs Uhr auf der Gasse ging. Lächerliche Beobachtung, wann werde ich das ausrotten.

Im Spiegel sah ich mich vorhin genau an und kam mir im Gesicht – allerdings nur bei Abendbeleuchtung und der Lichtquelle hinter mir, so daß eigentlich nur der Flaum an den Rändern der Ohren beleuchtet war – auch bei genauer Untersuchung besser vor, als ich nach eigener Kenntnis bin. Ein klares, übersichtlich gebildetes, fast schön begrenztes Gesicht. Das Schwarz der Haare, der Brauen und der Augenhöhlen dringt wie Leben aus der übrigen abwartenden Masse. Der Blick ist gar nicht verwüstet, davon ist keine Spur, er ist aber auch nicht kindlich, eher unglaublicherweise energisch, aber vielleicht war er nur beobachtend, da ich mich eben beobachtete und mir Angst machen wollte.

12. Dezember. Gestern lange nicht eingeschlafen. F. Hatte endlich den Plan, und damit schlief ich unsicher ein, Weiß zu bitten, mit einem Brief zu ihr ins Bureau zu gehn, und in diesem Brief nichts weiter zu schreiben, als daß ich eine Nachricht von ihr oder über sie haben müsse und deshalb Weiß hingeschickt habe, damit er mir von ihr schreibe. Inzwischen sitzt Weiß neben ihrem Schreibtisch, bis sie den Brief ausgelesen hat, verbeugt sich, da er keinen andern Auftrag hat und auch kaum eine Antwort bekommen dürfte, und geht.

Diskussionsabend im Beamtenverein. Ich habe ihn geleitet. Komische Quellen des Selbstgefühls. Mein Einleitungssatz: »Ich muß den heutigen Diskussionsabend mit dem Bedauern darüber einleiten, daß er stattfindet.« Ich war nämlich nicht rechtzeitig verständigt worden und daher nicht vorbereitet.

14. Dezember. Vortrag Beermann. Nichts, aber mit einer hie und da ansteckenden Selbstzufriedenheit vorgetragen. Mädchenhaftes

Gesicht mit Kropf. Vor dem Aussprechen fast jeden Satzes die gleichen Muskelzusammenziehungen im Gesicht, wie beim Niesen. Ein Vers vom Weihnachtsmarkt in seinem heutigen Tagblattaufsatz.

Herr, kaufen Sie es Ihren Kleinen,
Damit sie lachen und nicht weinen.

Hat Shaw zitiert: »Ich bin ein vielsitzender, zaghafter Zivilist.«

Brief an F. im Bureau geschrieben.

Der Schrecken, als ich vormittags auf dem Weg ins Bureau das F. ähnliche Mädchen aus dem Seminar traf, im Augenblick nicht wußte, wer das war, und nur merkte, daß sie zwar F. ähnlich, aber doch nicht F. war, überdies aber noch irgendeine darüber hinaus gehende Beziehung zu F. hatte, nämlich die, daß ich im Seminar in ihrem Anblick viel an F. gedacht hatte.

Jetzt bei Dostojewski die Stelle gelesen, die so an mein »Unglücklichsein« erinnert.

15. Dezember. Briefe an Dr. Weiß und Onkel Alfred. Kein Telegramm bekommen.

»Wir Jungen von 1870/71« gelesen. Wieder von den Siegen und begeisterten Szenen mit unterdrücktem Schluchzen gelesen. Vater sein und ruhig mit seinem Sohn reden. Dann darf man aber kein Spielzeughämmerchen an Stelle des Herzens haben.

»Hast du dem Onkel schon geschrieben?« fragte mich, wie ich mit Bosheit längst erwartete, die Mutter. Sie beobachtete mich schon lange ängstlich, wagte aus verschiedenen Gründen erstens mich nicht zu fragen und zweitens mich nicht vor dem Vater zu fragen und fragte schließlich in ihrer Besorgnis, da sie sah, daß ich weggehen wollte, dennoch. Als ich hinten an ihrem Sessel vorüberkam, sah sie von den Spielkarten auf, wendete mit einer längst vergangenen und irgendwie für den Augenblick aufgelebten zarten Bewegung das Gesicht zu mir und fragte, nur flüchtig aufschauend, schüchtern lächelnd und schon in der Frage, noch ohne jede Antwort, gedemütigt.

16. Dezember. »Der Donnerschrei des Entzückens der Seraphim.«

Ich saß bei Weltsch im Schaukelstuhl, wir sprachen über die Unordnung unseres Lebens, er immerhin mit einer gewissen Zuversicht (»Man muß das Unmögliche wollen«), ich auch ohne diese, mit dem Blick auf meine Finger, im Gefühl, Stellvertreter meiner innern Leere zu sein, die ausschließlich ist und nicht einmal übermäßig groß.

17. Dezember. Brief an W. mit dem Auftrag. »Überfließend sein und doch nur ein Topf auf einem kalten Herd.«

Vortrag Bergmann »Moses und die Gegenwart«. Reiner Eindruck. – Ich habe jedenfalls damit nichts zu tun. Zwischen Freiheit und Sklaverei kreuzen sich die wirklichen schrecklichen Wege ohne Führung für die kommende Strecke und unter sofortigem Verlöschen der schon zurückgelegten. Solcher Wege gibt es unzählige oder nur einen, man kann das nicht feststellen, denn es gibt keine Übersicht. Dort bin ich. Ich kann nicht weg. Ich habe mich nicht zu beklagen. Ich leide nicht übermäßig, denn ich leide nicht zusammenhängend, es häuft sich nicht an, wenigstens fühle ich es vorläufig nicht, und die Größe meines Leidens liegt weit unter jenem Leiden, das mir vielleicht zukäme.

Die Silhouette eines Mannes, der mit halb und verschiedenartig in die Höhe gehobenen Armen sich gegen vollständigen Nebel wendet, um hineinzugehn.

Die schönen kräftigen Sonderungen im Judentum. Man bekommt Platz. Man sieht sich besser, man beurteilt sich besser.

Ich gehe schlafen, ich bin müde. Vielleicht ist es dort schon entschieden. Viele Träume darüber.

Falscher Brief von Bl.

19. Dezember. Brief von F. Schöner Morgen, Wärme im Blut.

20. Dezember. Kein Brief.

Die Wirkung eines friedlichen Gesichts, einer ruhigen Rede, besonders von einem fremden, noch nicht durchschauten Menschen. Die Stimme Gottes aus einem menschlichen Mund.

Ein alter Mann ging an einem Winterabend im Nebel durch die Gassen. Es war eiskalt. Die Gassen waren leer. Kein Mensch kam nahe an ihm vorüber, nur hie und da sah er in der Ferne halb im Nebel einen großen Polizeimann oder eine Frau in Pelzwerk oder Tüchern. Ihn kümmerte nichts, er dachte nur daran, einen Freund zu besuchen, bei dem er schon lange nicht gewesen war und der ihn gerade jetzt durch ein Dienstmädchen hatte holen lassen.

Es war schon lang nach Mitternacht, als es an dieZimmertür des Kaufmanns Meßner leise klopfte. Er mußte nicht geweckt werden, er schlief immer erst gegen Morgen ein, bis dahin aber pflegte er bäuchlings wach im Bett zu liegen, das Gesicht ins Kissen gedrückt, die Arme ausgestreckt und die Hände über dem Kopf verschlungen. Er hatte das Klopfen gleich gehört. »Wer ist es?« fragte er. Ein unverständliches Murmeln, leiser als das Klopfen, antwortete. »Es ist offen«, sagte er und drehte das elektrische Licht auf. Ein kleines schwaches Frauenzimmer in einem großen Umhängetuch trat ein.

1914

2. Januar. Mit Dr. Weiß viel Zeit gut verbracht.

4. Januar. Wir hatten eine Mulde im Sand ausgegraben, in der wir uns ganz wohl befanden. In der Nacht rollten wir uns im Innern der Mulde zusammen, der Vater deckte sie mit Baumstämmen und darüber geworfenem Strauchwerk zu, und wir waren vor Stürmen und Tieren möglichst gesichert. »Vater«, riefen wir oft ängstlich, wenn es unter den Hölzern schon ganz dunkel war und der Vater noch immer nicht erschien. Aber dann sahen wir schon durch eine Spalte seine Füße, er glitt zu uns herein, beklopfte jeden ein wenig, denn es beruhigte uns, wenn wir seine Hand fühlten, und dann schliefen wir alle förmlich gemeinsam ein. Wir waren außer den Eltern fünf Jungen und drei Mädchen, es war zu eng für uns in der Mulde, aber wir hätten Angst gehabt, wenn wir in der Nacht nicht so nahe an- und aufeinander gewesen wären.

5. Januar. Nachmittag. Goethes Vater ist in Verblödung gestorben. Zur Zeit seiner letzten Krankheit arbeitete Goethe an der »Iphigenie«.
»Schaff das Mensch nach Hause, es ist besoffen«, sagt irgendein Hofbeamter zu Goethe über Christiane.
Der wie seine Mutter saufende August, der sich mit Frauenzimmern in gemeiner Weise herumtreibt.
Die ungeliebte Ottilie, die ihm aus gesellschaftlichen Rücksichten vom Vater als Frau diktiert wird.
Wolf, der Diplomat und Schriftsteller.
Walter, der Musiker, kann nicht die Prüfungen machen. Zieht sich für Monate ins Gartenhaus zurück; als die Zarin ihn sehen will:
»Sagen Sie der Zarin, daß ich kein wildes Tier bin.«
»Meine Gesundheit ist mehr von Blei als von Eisen.«
Kleinliche ergebnislose schriftstellerische Arbeit des Wolf.
Greisenhafte Gesellschaft in den Mansardenzimmern. Die achtzigjährige Ottilie, der fünfzigjährige Wolf und die alten Bekannten.

Erst an solchen Extremen merkt man, wie jeder Mensch unrettbar an sich selbst verloren ist, und nur die Betrachtung der andern und des in ihnen und überall herrschenden Gesetzes kann trösten. Wie ist Wolf von außen aus lenkbar oder dorthin zu versetzen, zu erheitern, zu ermutigen, zu systematischer Arbeit zu bringen – und wie ist er innerlich gehalten und unbeweglich.

Warum wandern die Tschuktschen aus ihrem schrecklichen Lande nicht aus, überall würden sie besser leben, im Vergleich zu ihrem gegenwärtigen Leben und zu ihren gegenwärtigen Wünschen. Aber sie können nicht; alles, was möglich ist, geschieht ja; möglich ist nur das, was geschieht.

In dem kleinen Städtchen F. hatte ein Weinhändler aus der größern Nachbarstadt eine Weinstube einrichten lassen. Er hatte ein kleines Gewölbe in einem Haus auf dem Ringplatz gemietet, die Wände mit orientalischen Ornamenten bemalen und alte, fast schon unbrauchbare Plüschmöbel aufstellen lassen.

6. Januar. Dilthey: »Das Erlebnis und die Dichtung«. Liebe zur Menschheit, höchste Achtung vor allen von ihr ausgebildeten Formen, ein ruhiges Zurückstehn auf dem geeignetsten Beobachtungsplatz. Luthers Jugendschriften, »die mächtigen Schatten, die aus einer unsichtbaren Welt, angezogen von Mord und Blut, in die sichtbare hineintreten«. – Pascal.

Brief für A. an die Schwiegermutter. L. hat den Lehrer geküßt.

8. Januar. Vorlesung Fantl. »Goldhaupt«. »Er wirft den Feind wie eine Tonne«.

Unsicherheit, Trockenheit, Ruhe, darin wird alles vorübergehn.

Was habe ich mit Juden gemeinsam? Ich habe kaum etwas mit mir gemeinsam und sollte mich ganz still, zufrieden damit, daß ich atmen kann, in einen Winkel stellen.

Darstellung unerklärlicher Gefühle. A.: Seitdem das geschehen ist, tut mir der Anblick von Frauen weh, es ist aber nicht etwa geschlechtliche Aufregung, auch nicht reine Traurigkeit, es tut mir nur weh. So war es auch, ehe ich Liesls sicher war.

12. Januar. Gestern: die Liebschaften Ottiliens, die jungen Engländer. – Tolstois Verlobung, klarer Eindruck eines zarten, stürmischen, sich bezwingenden, ahnungsvollen, jungen Menschen. Schön gekleidet, dunkel und dunkelblau.

Das Mädchen im Kaffeehaus. Der schmale Rock, die weiße, lose, fellbesetzte Seidenbluse, der freie Hals, der knapp sitzende, graue Hut aus gleichem Stoff. Ihr volles, lachendes, ewig atmendes Gesicht, freundliche Augen, allerdings ein wenig geziert. Das Heißwerden meines Gesichtes in Gedanken an F.

Weg nach Hause, klare Nacht, deutliches Bewußtsein des bloß Dumpfen in mir, das so weit von großer, ohne Hindernisse ganz sich ausbreitender Klarheit ist.

Nicolai, Literaturbriefe.

Es gibt Möglichkeiten für mich, gewiß, aber unter welchem Stein liegen sie?

Vorwärtsgerissen, auf dem Pferd –

Sinnlosigkeit der Jugend. Furcht vor der Jugend, Furcht vor der Sinnlosigkeit, vor dem sinnlosen Heraufkommen des unmenschlichen Lebens.

Tellheim: »Er hat jene freie Beweglichkeit des Seelenlebens, welche unter den wechselnden Lebensumständen immer wieder durch ganz neue Seiten überrascht, wie sie nur die Schöpfungen echter Dichter besitzen«.

19. Januar. Angst im Bureau abwechselnd mit Selbstbewußtsein. Sonst zuversichtlicher. Großer Widerwillen vor »Verwandlung«. Unlesbares Ende. Unvollkommen fast bis in den Grund. Es wäre viel besser geworden, wenn ich damals nicht durch die Geschäftsreise gestört worden wäre.

23. Januar. Oberkontrollor B. erzählt von einem ihm befreundeten pensionierten Oberst, der bei ganz offenem Fenster schläft: »Während der Nacht ist es sehr angenehm, dagegen wird es unangenehm, wenn ich früh von der Ottomane, die beim Fenster steht, den Schnee wegschaufeln muß und dann anfange, mich zu rasieren.«

Memoiren der Gräfin Thürheim:
Die Mutter: »Ihrer sanften Art entsprach besonders Racine. Ich habe oft gehört, wie sie zu Gott betete, er möge ihm die ewige Ruhe verleihen.«

Sicher ist, daß er (Suwórow) bei den großen Diners, die ihm zu Ehren der russische Botschafter Graf Rasoumowsky in Wien gab, wie ein Vielfraß von den Speisen, die auf der Tafel standen, aß, ohne auf jemanden zu warten. War er satt, so erhob er sich und ließ die Gäste allein.
Nach einem Stich ein zarter, bestimmter, pedantischer alter Mann.

»Es war dir nicht bestimmt«; schlechter Trost der Mutter. Das Schlimmste ist, daß ich im Augenblick fast keinen bessern brauche.

Darin bin ich wund und bleibe wund, aber sonst zieht mich das regelrechte, schwach abgewechselte, halb tätige Leben der letzten Tage (Arbeit über den »Betrieb« im Bureau, Sorgen A.s um seine Braut, Ottlas Zionismus, der Genuß der Mädchen bei dem Vortrag Salten-Schildkraut, Lesen der Memoiren Thürheim, Briefe an Weiß und Löwy, Korrektur der »Verwandlung«) förmlich zusammen und gibt mir etwas Festigkeit und Hoffnung.

24. Januar. Napoleonische Zeit: Wie sich die Feste drängten, alle hatten Eile, »die Freuden der kurzen Friedenszeiten auszukosten«. »Andererseits übten die Frauen auf sie ihren Einfluß wie im Fluge aus, sie hatten wirklich keine Zeit zu verlieren. Die Liebe von damals äußerte sich in erhöhter Begeisterung und größerer Hingebung.« – – – »Heutzutage hat eine schwache Stunde keine Entschuldigung mehr.«

Unfähig, ein paar Zeilen an Fräulein Bl. zu schreiben, zwei Briefe waren schon unbeantwortet, heute kam der dritte. Ich fasse nichts richtig und bin dabei ganz fest, aber hohl. Letzthin, als ich wieder einmal zu regelmäßiger Stunde aus dem Aufzug stieg, fiel mir ein, daß mein Leben mit seinen immer tiefer ins Detail sich uniformierenden Tagen den Strafarbeiten gleicht, bei denen der Schüler je nach seiner Schuld zehnmal, hundertmal oder noch öfter den gleichen, zumindest in der Wiederholung sinnlosen Satz aufzuschreiben hat, nur daß es sich aber bei mir um eine Strafe handelt, bei der es heißt: »so oft, als du es aushältst«.

A. kann sich nicht beruhigen. Trotz des Vertrauens, das er zu mir hat und trotzdem er Rat von mir will, erfahre ich die schlimmsten Einzelheiten immer nur beiläufig während des Gespräches, wobei ich immer das plötzliche Staunen möglichst unterdrücken muß, nicht ohne das Gefühl, daß er meine Gleichgültigkeit gegenüber der schrecklichen Mitteilung entweder als Kälte empfinden muß oder aber als große Beruhigung. So ist es auch gemeint. Die Kußgeschichte erfuhr ich in folgenden, zum Teil durch Wochen getrennte Etappen: Ein Lehrer hat sie geküßt – sie war in seinem Zimmer – er hat sie mehrmals geküßt – sie war regelmäßig in seinem Zimmer, weil sie eine Handarbeit für A.s Mutter machte und die Lampe des Lehrers gut war – sie hat sich willenlos küssen lassen – früher schon hat er ihr eine Liebeserklärung gemacht – sie geht trotz allem noch mit ihm spazieren – wollte ihm ein Weihnachtsgeschenk machen – einmal hat sie geschrieben, es ist mir etwas Unangenehmes passiert, aber nichts zurückgeblieben.
A. hat sie in folgender Weise ausgefragt: Wie war es? Ich will es ganz genau wissen. Hat er dich nur geküßt? Wie oft? Wohin? Ist

er nicht auf dir gelegen? Hat er dich betastet? Wollte er deine Kleider ausziehn?
Antworten: Ich saß auf dem Kanapee mit der Handarbeit, er an der andern Seite des Tisches. Dann kam er herüber, setzte sich zu mir und küßte mich, ich rückte von ihm weg zum Kanapeepolster und wurde mit dem Kopf auf das Polster gedrückt. Außer dem Küssen geschah nichts.
Während des Fragens sagte sie einmal: »Was denkst du nur? Ich *bin* ein Mädchen.«

Jetzt fällt mir ein, daß mein Brief an Dr. Weiß so geschrieben war, daß er vollständig F. gezeigt werden konnte. Wie, wenn er es heute getan und deshalb seine Antwort verschoben hätte.

26. Januar. Kann nicht in der Thürheim lesen, die im übrigen mein Vergnügen der letzten Tage ausmacht. Brief an Fräulein Bl. jetzt auf der Bahn aufgegeben. Wie es mich hält und gegen die Stirn drückt. Kartenspielen der Eltern auf dem gleichen Tisch.

Die Eltern und ihre erwachsenen Kinder, ein Sohn und eine Tochter, saßen sonntags mittag bei Tisch. Die Mutter war gerade aufgestanden und tauchte den Schöpflöffel in den gebauchten Suppentopf, um die Suppe auszuteilen, da hob sich plötzlich der ganze Tisch, das Tischtuch wehte, die aufliegenden Hände glitten herab, die Suppe floß mit rollenden Speckknödeln dem Vater in den Schoß.

Wie ich jetzt die Mutter fast beschimpft habe, weil sie die »Böse Unschuld« der Elli geborgt hat, der ich sie noch gestern selbst anbieten wollte. »Laß mir meine Bücher! Ich hab doch sonst nichts.« Solche Reden in wirklicher Wut.

Der Tod des Vaters der Thürheim: »Die bald darauf eintretenden Ärzte fanden den Puls sehr schwach und gaben dem Kranken nur mehr wenige Stunden zum Leben. Mein Gott, es war mein Vater, von dem sie redeten – nur ein paar Stunden Frist und dann tot.«

28. Januar. Vortrag über die Lourdes-Wunder. Freisinniger Arzt, energisch, starkes Gebiß, Zähnefletschen, große Freude am Rollen der Worte. »Es ist Zeit, daß deutsche Gründlichkeit und Ehrlichkeit Front macht gegen welschen Charlatanismus.« Zeitungsausrufer des »Messager de Lourdes«: »Superbe guérison de ce soir. Guérison affirmée!« – Diskussion: »Ich bin ein einfacher Postoffizial, sonst nichts.« – »Hôtel de l'univers.« – Unendliche Trauer beim Hinausgehn in Gedanken an F. Allmähliche Beruhigung durch Überlegungen.

Brief an Bl. und Weiß' »Galeere« geschickt.

Der Schwester A.s wurde vor längerer Zeit von einer Kartenlegerin gesagt, daß ihr ältester Bruder verlobt sei und daß ihn seine Braut betrüge. Damals habe er wütend solche Erzählungen abgewehrt. Ich: »Warum nur damals? Es ist ja heute falsch, so wie damals. Sie hat dich doch nicht betrogen.« Er: »Nicht wahr, sie hat nicht?«

2. Februar. A. Dirnenhafter Brief der Freundin an die Braut. »Wenn wir alles so schwernehmen wollten, wie damals, als uns die Beichtpredigten unter ihrem Einfluß hielten.« »Warum hast du dich in Prag so zurückgehalten, besser sich im kleinen austoben als im großen.« Ich lege meiner Überzeugung gemäß den Brief zugunsten der Braut aus, mit guten Einfällen.
Gestern war A. in Schluckenau. Sitzt den ganzen Tag mit ihr im Zimmer und hört, das Paket mit sämtlichen Briefen (sein einziges Gepäck) in der Hand, nicht auf, sie auszufragen. Erfährt nichts Neues, eine Stunde vor der Abfahrt fragt er: »War während des Küssens ausgelöscht?« und erfährt die ihn trostlos machende Neuigkeit, daß W. während des (zweiten) Küssens ausgelöscht hat. W. zeichnete an der einen Seite des Tisches, L. saß an der andern Seite (in W.s Zimmer, um elf Uhr abends) und las »Asmus Semper« vor. Da steht W. auf, geht zum Kasten, um etwas zu holen (L. glaubt einen Zirkel, A. glaubt ein Präservativ), löscht dann plötzlich aus, überfällt sie mit Küssen, sie sinkt gegen das Kanapee, er hält sie an den Armen, an den Schultern und sagt zwischendurch: »Küsse mich!«
L. bei einer andern Gelegenheit: »W. ist sehr unbeholfen.« Ein anderes Mal: »Ich küßte ihn nicht«, ein anderes Mal: »Ich glaubte in deinen Armen zu liegen.«
A.: »Ich muß doch Klarheit haben« (er denkt daran, sie vom Arzt untersuchen zu lassen), »wie, wenn ich dann in der Hochzeitsnacht erfahre, daß sie gelogen hat. Vielleicht ist sie nur deshalb so ruhig, weil er ein Präservativ benutzt hat.«

Lourdes: Angriff gegen den Wunderglauben, auch Angriff gegen die Kirche. Mit dem gleichen Recht könnte er gegen die Kirchen, die Prozessionen, die Beichten, die unhygienischen Vorgänge überall vorgehn, da es nicht nachzuweisen ist, ob Gebete helfen. Karlsbad ist ein größerer Schwindel als Lourdes, und Lourdes hat den Vorzug, daß man seines innersten Glaubens wegen hinfährt. Wie steht es mit den verbohrten Meinungen hinsichtlich der Operationen, der Serumheilungen, der Impfungen, der Medizinen?

Immerhin: Die Riesenspitäler für die wandernden Schwerkranken; die schmutzigen Piscinen; die brancards, die die Extrazüge erwarteten; die ärztliche Kommission; die großen Glühlampenkreuze auf den Bergen; der Papst bezieht drei Millionen jährlich. Der Priester mit der Monstranz geht vorüber, eine schreit von ihrer Bahre auf: »Ich bin gesund!« Hat weiterhin Knochentuberkulose ohne Veränderung.

Die Tür öffnete sich zu einem Spalt. Ein Revolver erschien und ein gestreckter Arm.

Thürheim II 35, 28, 37: Nichts Süßeres als die Liebe, nichts Amüsanteres als die Koketterie; 45, 48: Juden.

10. Februar. Elf Uhr nach einem Spaziergang. Frischer als sonst. Warum?

1. Max sagte, ich sei ruhig.
2. Felix wird heiraten (mit ihm böse gewesen).
3. Ich bleibe allein, falls mich nicht F. doch noch will.
4. Einladung von Frau X. und Überlegung, wie ich mich ihr vorstellen werde.

Zufälligerweise ging ich den entgegengesetzten Weg wie sonst, nämlich Kettensteg, Hradschin, Karlsbrücke. Sonst falle ich auf diesem Weg förmlich hin, heute habe ich mich, von der entgegengesetzten Seite kommend, ein wenig aufgehoben.

11. Februar. »Goethe« Dilthey, flüchtig durchgelesen, wilder Eindruck, nimmt mit fort, warum könnte man sich nicht anzünden und im Feuer zugrunde gehn. Oder folgen, auch wenn man kein Gebot hört? In der Mitte seines leeren Zimmers auf einem Sessel sitzen und das Parkett ansehn. »Vorwärts« rufen in einem Hohlweg im Gebirge und aus allen Seitenwegen zwischen den Felsen einzelne Menschen rufen hören und hervorkommen sehn.

13. Februar. Gestern bei Frau X. Ruhig und energisch, eine fehlerlos sich durchsetzende, sich einbohrende, mit Blicken, Händen und Füßen sich einarbeitende Energie. Offenheit, offener Blick. Ich habe immer in Erinnerung ihre häßlichen ungeheuren feierlichen Renaissancestraußfederhüte aus früherer Zeit, sie ist mir, solange ich sie nicht persönlich kannte, widerlich gewesen. Wie der Muff, wenn sie zu einem Ziel der Erzählung eilt, an den Leib gedrückt wird und doch zuckt. Ihre Kinder A und B.
Erinnert sehr an W. im Blick, in der Selbstvergessenheit der Erzählung, in der gänzlichen Beteiligung, in dem kleinen lebendigen Körper, selbst in der harten dumpfen Stimme, in der Rede von

schönen Kleidern und Hüten, während an ihr nichts Derartiges zu sehen ist.
Blick aus dem Fenster über den Fluß. An vielen Stellen des Gesprächs, trotzdem sie keine Mattigkeit aufkommen läßt, mein vollständiges Versagen, sinnloser Blick, Nichtverstehen dessen, was sie sagt, Abrollen einfältigster Bemerkungen, während ich sehen muß, wie sie aufhorcht, sinnloses Betasten des kleinen Kindes.

Träume:
In Berlin, durch die Straßen, zu ihrem Haus, das ruhige glückliche Bewußtsein, ich bin zwar noch nicht bei ihrem Haus, habe aber die leichte Möglichkeit, hinzukommen, werde bestimmt hinkommen. Ich sehe die Straßenzüge, an einem weißen Haus eine Aufschrift, etwa »Die Prachtsäle des Nordens« (gestern in der Zeitung gelesen), im Traum hinzugefügt »Berlin W«. Frage einen leutseligen rotnasigen alten Schutzmann, der in einer Art Dieneruniform diesmal steckt. Bekomme überausführliche Auskunft, sogar ein Geländer einer kleinen Rasenanlage in der Ferne wird mir gezeigt, an das ich der Sicherheit halber mich anhalten soll, wenn ich vorüberkomme. Dann Ratschläge, betreffend die Elektrische, die Untergrundbahn usw. Ich kann nicht mehr folgen und frage erschrocken, wohl wissend, daß ich die Entfernung unterschätze: »Das ist wohl eine halbe Stunde weit?« Er aber, der alte Mann, antwortet: »Ich bin dort in sechs Minuten.« Die Freude! Irgendein Mann, ein Schatten, ein Kamerad begleitet mich immer, ich weiß nicht, wer es ist. Habe förmlich keine Zeit, mich umzudrehn, mich seitwärts zu wenden.
Wohne in Berlin in irgendeiner Pension, in der scheinbar lauter junge polnische Juden wohnen; ganz kleine Zimmer. Ich verschütte eine Wasserflasche. Einer schreibt unaufhörlich auf einer kleinen Schreibmaschine, wendet kaum den Kopf, wenn man um etwas bittet. Keine Karte von Berlin aufzutreiben. Immer sehe ich in der Hand eines ein Buch, das einem Plan ähnlich ist. Immer zeigt sich, daß er etwas ganz anderes enthält, ein Verzeichnis der Berliner Schulen, eine Steuerstatistik oder etwas Derartiges. Ich will es nicht glauben, aber man weist es mir lächelnd ganz zweifellos nach.

14. Februar. Wenn ich mich töten sollte, hat ganz gewiß niemand Schuld, selbst wenn zum Beispiel die offenbare nächste Veranlassung F.s Verhalten sein sollte. Ich habe mir selbst schon einmal im Halbschlaf die Szene vorgestellt, die es ergeben würde, wenn ich, in Voraussicht des Endes, den Abschiedsbrief in der Tasche, in ihre Wohnung käme, als Freier abgewiesen würde, den Brief auf den Tisch legte, zum Balkon ginge, von allen, die hinzueilen, gehalten, mich losreißen und die Balkonbrüstung, während eine

Hand nach der andern ablassen muß, überspringen würde. In dem Brief aber stünde, daß ich F.s wegen zwar hinunterspringe, daß sich aber auch bei Annahme meines Antrages nichts Wesentliches für mich geändert hätte. Ich gehöre hinunter, ich finde keinen andern Ausgleich, F. ist zufällig die, an der sich meine Bestimmung erweist, ich bin nicht fähig, ohne sie zu leben, und muß hinunterspringen, ich wäre aber – und F. ahnt dies – auch nicht fähig, mit ihr zu leben. Warum nicht die heutige Nacht dazu verwenden, schon erscheinen mir die Redner des heutigen Elternabends, die vom Leben und von der Schaffung seiner Bedingungen redeten – aber ich halte mich an Vorstellungen, ich lebe ganz verwickelt ins Leben, ich werde es nicht tun, ich bin ganz kalt, bin traurig, daß ein Hemd um den Hals mich drückt, bin verdammt, schnappe im Nebel.

15. Februar. Wie lang mir dieser Samstag und Sonntag im Rückblick scheint. Ich habe mir gestern nachmittag die Haare scheren lassen, dann den Brief an Bl. geschrieben, bin dann einen Augenblick lang bei Max gewesen, in der neuen Wohnung, dann Elternabend neben L. W., dann Baum (in der Elektrischen Kr. getroffen), dann auf dem Rückweg Maxens Klagen über mein Stummsein, dann die Selbstmordlust, dann die Schwester vom Elternabend zurückgekommen, unfähig, das geringste zu berichten. Bis zehn im Bett, schlaflos, Leid und Leid. Kein Brief, nicht hier, nicht im Bureau, Brief an Bl. auf der Franz-Josefs-Bahn eingeworfen, Nachmittag G., Spaziergang an der Moldau, Vorlesung in seiner Wohnung, merkwürdige Mutter beim Butterbrotessen und Patiencelegen, allein zwei Stunden herumgegangen, entschlossen, Freitag nach Berlin zu fahren, Khol getroffen, zu Hause mit Schwägern und Schwestern, dann bei Weltsch Besprechung der Verlobung (Kerzenauslöschen des J. K.), dann zu Hause Versuche, aus der Mutter durch Schweigen Mitleid und Hilfe herauszulocken, jetzt Schwester, erzählt vom Clubabend, es schlägt dreiviertel zwölf Uhr.

Ich sagte bei Weltsch, um die aufgeregte Mutter zu trösten: »Ich verliere ja Felix durch diese Heirat auch. Ein verheirateter Freund ist keiner.« Felix sagte nichts, konnte natürlich auch nichts sagen, aber er wollte es nicht einmal.

Das Heft fängt mit F. an, die mir am 2. Mai 1913 den Kopf unsicher machte, ich kann mit diesem Anfang das Heft auch schließen, wenn ich statt »unsicher« ein schlimmeres Wort nehme.

16. Februar. Nutzloser Tag. Die einzige Freude, die ich hatte, war die durch die gestrige Nacht begründete Hoffnung auf bessern Schlaf.

Ich ging wie gewöhnlich abends nach Geschäftsschluß nach Hause, da wurde mir, als hätte man mir aufgepaßt, aus allen drei Fenstern der Genzmerischen Wohnung lebhaft zugewinkt, ich möchte hinaufkommen.

22. Februar. Vielleicht bin ich doch noch trotz des unausgeschlafenen, links oben vor Unruhe fast schmerzenden Kopfes einer ruhigen Anlage eines größern Ganzen fähig, in dem ich alles vergessen könnte und nur meines Guten mir bewußt würde.

23. Februar. Ich fahre. Brief von Musil. Freut mich und macht mich traurig, denn ich habe nichts.

Ein junger Mann reitet auf einem schönen Pferd aus dem Tor einer Villa.

Die Großmutter hatte, als sie starb, zufällig nur die Krankenschwester bei sich. Diese erzählte, daß sich die Großmutter knapp vor dem Tode ein wenig von dem Polster erhoben habe, so daß es den Anschein hatte, als suche sie jemanden, und daß sie sich dann ruhig zurückgelegt habe und gestorben sei.

Ich bin unzweifelhaft in einer mich ganz umgebenden Hemmung, mit der ich aber noch ganz gewiß nicht verwachsen bin, deren zeitweise Lockerung ich merke und die gesprengt werden könnte. Es gibt zwei Mittel, heiraten oder Berlin, das zweite ist sicherer, das erste unmittelbar verlockender.

Ich tauchte unter und fand mich bald zurecht. Eine kleine Schar schwebte in aufsteigender Kette vorüber und verlor sich im Grün. Glocken vom Treiben des Wassers hin- und hergetragen – falsch.

9. März. Rense ging ein paar Schritte durch den halbdunklen Gang, öffnete die kleine Tapetentür des Eßzimmers und sagte zu der überlauten Gesellschaft, fast ohne hinzusehn: »Bitte seid ein wenig ruhig. Ich habe einen Gast. Ich bitte um etwas Rücksicht.« Als er wieder in sein Zimmer zurückging und den unveränderten Lärm hörte, stockte er einen Augenblick, wollte nochmals zurückgehn, besann sich aber anders und kehrte in sein Zimmer zurück. Dort stand ein etwa achtzehnjähriger Junge beim Fenster und sah auf den Hof hinab. »Es ist schon ruhiger«, sagte er, als Rense eintrat, und hob seine lange Nase und seine tiefliegenden Augen zu ihm auf. »Es ist gar nicht ruhiger«, sagte Rense und nahm einen Schluck aus der Bierflasche, die auf dem Tische stand, »Ruhe kann man hier überhaupt nicht haben. Daran wirst du dich gewöhnen müssen, Junge.«

Ich bin müde, ich muß mich durch Schlaf zu erholen suchen, sonst bin ich in jeder Hinsicht verloren. Was für Mühen, sich zu erhalten! Kein Denkmal braucht solchen Aufwand von Kräften, um aufgerichtet zu werden.

Die Argumentation im allgemeinen: Ich bin an F. verloren.

Rense, ein Student, saß in seinem kleinen Hofzimmer und studierte. Die Magd kam und meldete, ein junger Mann wolle mit Rense sprechen. Wie heißt er denn? fragte Rense. Die Magd wußte es nicht.

Ich werde hier F. nicht vergessen, daher nicht heiraten. Ist das ganz bestimmt?
Ja, das kann ich beurteilen, ich bin fast einunddreißig Jahre alt, kenne F. fast zwei Jahre, muß also schon einen Überblick haben. Außerdem aber ist hier meine Lebensweise eine derartige, daß ich nicht vergessen kann, selbst wenn F. keine solche Bedeutung für mich hätte. Die Einförmigkeit, Gleichmäßigkeit, Bequemlichkeit und Unselbständigkeit meiner Lebensweise halten mich dort, wo ich einmal bin, unweigerlich fest. Außerdem habe ich einen mehr als gewöhnlichen Hang zu einem bequemen und unselbständigen Leben, alles Schädigende wird also noch durch mich verstärkt. Endlich altere ich doch auch, Umwandlungen werden immer schwerer. In alledem aber sehe ich ein großes Unglück für mich, das dauernd und aussichtslos wäre; ich würde mich auf der Gehaltsleiter und in den Jahren fortschleppen und immer trauriger und einsamer werden, solange ich es eben überhaupt aushielte.
Du hast doch aber ein solches Leben dir gewünscht?
Das Beamtenleben könnte für mich gut sein, wenn ich verheiratet wäre. Es gäbe mir in jeder Hinsicht gegenüber der Gesellschaft, gegenüber der Frau, gegenüber dem Schreiben einen guten Rückhalt, ohne allzuviel Opfer zu verlangen und ohne auf der andern Seite in Bequemlichkeit und Unselbständigkeit auszuarten, denn als verheirateter Mann hätte ich das nicht zu fürchten. Als Junggeselle aber kann ich ein solches Leben nicht zu Ende führen.
Du hättest aber doch heiraten können?
Ich konnte damals nicht heiraten, alles in mir hat dagegen revoltiert, so sehr ich F. immer liebte. Es war hauptsächlich die Rücksicht auf meine schriftstellerische Arbeit, die mich abhielt, denn ich glaubte diese Arbeit durch die Ehe gefährdet. Ich mag recht gehabt haben; durch das Junggesellentum aber innerhalb meines jetzigen Lebens ist sie vernichtet. Ich habe ein Jahr lang nichts geschrieben, ich kann auch weiterhin nichts schreiben, ich habe und behalte im Kopf nichts als den einen Gedanken und der zerfrißt mich. Das alles habe ich damals nicht überprüfen können. Übrigens gehe ich bei meiner durch diese Lebensweise zumindest

genährten Unselbständigkeit an alles zögernd heran und bringe nichts mit dem ersten Schlag fertig. So war es auch hier.
Warum gibst du alle Hoffnung auf, F. doch zu bekommen?
Ich habe jede Selbstdemütigung schon versucht. Im Tiergarten sagte ich einmal: »Sag ›ja‹, auch wenn du dein Gefühl für mich als nicht genügend für eine Ehe ansiehst, meine Liebe zu dir ist groß genug, um auch das Fehlende zu ersetzen, und überhaupt stark genug, um alles auf sich zu nehmen.« F. schien durch meine Eigenheiten beunruhigt, vor denen ich ihr im Laufe eines großen Briefwechsels Angst eingejagt hatte. Ich sagte: »Ich habe dich lieb genug, um alles abzulegen, was dich stören könnte. Ich werde ein anderer Mensch werden.« Ich hatte, wie ich jetzt, da alles klarwerden muß, eingestehen kann, selbst zur Zeit unseres herzlichsten Verhältnisses oft Ahnungen und durch Kleinigkeiten begründete Befürchtungen, daß F. mich nicht sehr lieb hat, nicht mit aller Liebeskraft, deren sie fähig ist. Das ist nun, nicht ohne meine Mithilfe allerdings, auch F. zu Bewußtsein gekommen. Ich fürchte fast, F. hat sogar nach meinen letzten zwei Besuchen einen gewissen Ekel vor mir, trotzdem wir äußerlich freundlich zueinander sind, einander du sagen, Arm in Arm gehn. Als letzte Erinnerung an sie habe ich die ganz feindselige Grimasse, die sie machte, als ich mich im Flur ihres Hauses nicht mit dem Kuß auf ihren Handschuh begnügte, sondern ihn aufriß und ihre Hand küßte. Nun hat sie im übrigen, trotzdem sie die pünktliche Einhaltung des ferneren Briefwechsels versprochen hatte, auf zwei Briefe mir nicht geantwortet, nur durch Telegramme Briefe versprochen, aber das Versprechen nicht gehalten, ja sie hat sogar nicht einmal meiner Mutter geantwortet. Das Aussichtslose dessen ist also wohl unzweifelhaft.
Das sollte man eigentlich niemals sagen dürfen. Schien, von F. aus gesehn, dein früheres Verhalten nicht auch aussichtslos zu sein?
Es war etwas anderes. Ich gestand immer, selbst beim scheinbar letzten Abschied im Sommer, meine Liebe zu ihr offen ein; ich schwieg niemals mit dieser Grausamkeit; ich hatte Gründe für mein Verhalten, die sich, wenn nicht billigen, so doch besprechen ließen. F. hat bloß den Grund der gänzlich unzureichenden Liebe. Trotzdem ist es richtig, daß ich warten könnte. Mit einer doppelten Hoffnungslosigkeit warten kann ich aber nicht: einmal F. mir immer weiter entschwinden sehn und außerdem selbst in immer größere Unfähigkeit geraten, mich irgendwie zu retten. Es wäre das größte Wagnis, das ich mit mir versuchen könnte, trotzdem oder weil es allen übermächtigen schlechten Kräften in mir am meisten entsprechen würde. »Man kann niemals wissen, was geschehn wird«, ist kein Argument gegenüber der Unerträglichkeit eines gegenwärtigen Zustandes.
Was willst du also tun?

Von Prag weggehn. Gegenüber diesem stärksten menschlichen Schaden, der mich je getroffen hat, mit dem stärksten Reaktionsmittel, über das ich verfüge, vorgehn.
Den Posten verlassen?
Der Posten ist ja nach dem Obigen ein Teil der Unerträglichkeit. Die Sicherheit, das auf Lebensdauer Berechnete, der reichliche Gehalt, die nicht vollständige Anspannung der Kräfte – das sind doch lauter Dinge, mit denen ich als Junggeselle nichts anfangen kann, die sich zu Qualen verwandeln.
Was willst du tun?
Ich könnte alle derartigen Fragen mit einemmal beantworten, indem ich sage: ich habe nichts zu riskieren, jeder Tag und jeder geringste Erfolg ist ein Geschenk, alles, was ich tue, wird gut sein. Aber ich kann auch genauer antworten: als österreichischer Jurist, der ich ja im Ernst gar nicht bin, habe ich keine für mich brauchbaren Aussichten; das Beste, was ich für mich in dieser Richtung erreichen könnte, besitze ich ja in meiner Stelle und kann es doch nicht brauchen. Übrigens kämen für diesen an sich ganz unmöglichen Fall, daß ich aus meiner juristischen Vorbildung etwas für mich herausschlagen wollte, nur zwei Städte in Betracht: Prag, aus dem ich weg muß, und Wien, das ich hasse und in dem ich unglücklich werden müßte, denn ich würde schon mit der tiefsten Überzeugung von der Notwendigkeit dessen hinfahren. Ich muß also außerhalb Österreichs, und zwar, da ich kein Sprachtalent habe und körperliche sowie kaufmännische Arbeit nur schlecht leisten könnte, wenigstens zunächst nach Deutschland und dort nach Berlin, wo die meisten Möglichkeiten sind, sich zu erhalten.
Dort kann ich auch im Journalismus meine schriftstellerischen Fähigkeiten am besten und unmittelbarsten ausnützen und einen mir halbwegs entsprechenden Gelderwerb finden. Ob ich etwa gar noch darüber hinaus fähig zu inspirierter Arbeit sein werde, darüber kann ich mich jetzt auch nicht mit der geringsten Sicherheit aussprechen. Das aber glaube ich bestimmt zu wissen, daß ich aus dieser selbständigen und freien Lage, in der ich in Berlin sein werde (sei sie im übrigen auch noch so elend), das einzige Glücksgefühl ziehen werde, dessen ich jetzt noch fähig bin.
Du bist aber verwöhnt.
Nein, ich brauche ein Zimmer und vegetarische Pension, sonst fast nichts.
Fährst du nicht F.s wegen hin?
Nein, ich wähle Berlin nur aus den obigen Gründen, allerdings liebe ich es wegen F. und wegen des Vorstellungskreises um F., das kann ich nicht kontrollieren. Es ist auch wahrscheinlich, daß ich in Berlin mit F. zusammenkommen werde. Wird mir dieses Zusammensein dazu verhelfen, F. aus meinem Blut hinauszubekommen: desto besser, es ist dann ein weiterer Vorteil von Berlin.

Bist du gesund?
Nein, Herz, Schlaf, Verdauung.

Ein kleines Mietzimmer. Morgendämmerung. Unordnung.
DER STUDENT *liegt im Bett, schläft der Wand zugekehrt. Es klopft. Es bleibt still. Es klopft stärker. Der Student setzt sich erschreckt aufrecht, schaut zur Tür:* Herein.
DIENSTMÄDCHEN, *schwaches Mädchen:* Guten Morgen.
STUDENT: Was wollen Sie? Es ist ja Nacht.
DIENSTMÄDCHEN: Entschuldigen Sie. Ein Herr fragt nach Ihnen.
STUDENT: Nach mir? *(stockt)* Unsinn! Wo ist er?
DIENSTMÄDCHEN: Er wartet in der Küche.
STUDENT: Wie sieht er aus?
DIENSTMÄDCHEN *lächelt:* Nun, es ist noch ein Junge, sehr schön ist er nicht, ich glaube, es ist ein Jud.
STUDENT: Und das will in der Nacht zu mir? Übrigens brauche ich nicht Ihr Urteil über meine Gäste, hören Sie. Und der soll hereinkommen. Aber rasch.
Der Student stopft die kleine Pfeife, die auf dem Sessel neben seinem Bett gelegen ist, und raucht.
KLEIPE *steht an der Tür und schaut zum Studenten, der, die Augen zur Zimmerdecke gerichtet, ruhig vor sich hindampft. (Klein, gerade, große lange, etwas schief gedrehte, spitze Nase, dunkle Gesichtsfarbe, tiefliegende Augen, lange Arme.)*
STUDENT: Wie lange noch? Kommen Sie her zum Bett und sagen Sie, was Sie wollen. Wer sind Sie? Was wollen Sie? Rasch! Rasch!
KLEIPE *geht sehr langsam zum Bett und sucht auf dem Weg durch Handbewegungen etwas zu erklären. Beim Reden hilft er sich durch Strecken des Halses und durch Hoch- und Tiefziehn der Augenbrauen:* Ich bin nämlich auch aus Wulfenshausen.
STUDENT: So? das ist schön, das ist sehr schön. Warum sind Sie denn nicht dort geblieben?
KLEIPE: Überlegen Sie! Es ist unser beider Vaterstadt, schön, aber doch ein elendes Nest.

15. März. Hinter Dostojewskis Sarg wollten die Studenten seine Ketten tragen. Er starb im Arbeiterviertel, im vierten Stock eines Mietshauses.

Gegen fünf Uhr früh, einmal im Winter, wurde dem Studenten durch das halbbekleidete Dienstmädchen ein Gast gemeldet. »Was denn? Wie denn?« fragte der Student noch schlaftrunken, da trat schon mit einer von dem Dienstmädchen geliehenen brennenden Kerze ein junger Mann ein, hob in der einen Hand die Kerze, um den Studenten besser zu sehn, und senkte in der andern Hand den Hut fast bis zur Erde, so lang war sein Arm.

Nichts als ein Erwarten, ewige Hilflosigkeit.

17. März. Im Zimmer bei den Eltern gesessen, zwei Stunden lang in Zeitschriften geblättert, ab und zu nur vor mich hingesehn, im ganzen nur gewartet, bis es zehn Uhr wird und ich mich ins Bett legen kann.

27. März. Im ganzen nicht viel verschieden verbracht.

Haß beeilte sich auf das Schiff zu kommen, lief über die Landungsbrücke, kletterte auf ein Verdeck hinauf, setzte sich in einen Winkel, drückte die Hände gegen das Gesicht und kümmerte sich von jetzt an um niemanden mehr. Die Schiffsglocke läutete, Leute liefen vorüber, weit, als wäre es am andern Ende des Schiffes, sang einer aus voller Brust.
Man wollte schon den Landungssteg zurückziehn, da kam ein kleiner schwarzer Wagen angefahren, der Kutscher schrie von weitem, das sich bäumende Pferd mußte mit aller Kraft gehalten werden, ein junger Mann sprang aus dem Wagen, küßte einen alten weißbärtigen Herrn, der sich unter dem Wagendach vorbeugte, und lief mit einem kleinen Handkoffer aufs Schiff, das sofort vom Lande abgestoßen wurde.

Es war etwa drei Uhr nachts, aber im Sommer, und schon halb hell. Da erhoben sich im Stall des Herrn von Grusenhof seine fünf Pferde, Famos, Grasaffe, Tournemento, Rosina und Brabant. Wegen der schwülen Nacht war die Stalltür nur angelehnt; die zwei Pferdewärter schliefen im Stroh auf dem Rücken, über ihrem offenen Mund schwebten die Fliegen auf und ab, es gab kein Hindernis. Grasaffe stellte sich so auf, daß er die beiden Männer unter sich hatte und war, während er ihre Gesichter beobachtete, bereit, beim geringsten Zeichen des Erwachens mit den Hufen zuzustoßen. Die vier andern verließen inzwischen mit zwei leichten Sprüngen einer hinter dem andern den Stall, Grasaffe folgte ihnen.

Anna sah durch die Glastür, daß im Zimmer des Mieters dunkel war, sie kam herein und drehte das elektrische Licht auf, um für die Nacht aufzubetten. Aber der Student saß halb liegend auf dem Kanapee und lächelte sie an. Sie entschuldigte sich und wollte hinaus. Aber der Student bat sie, sie möge bleiben und keine Rücksicht auf ihn nehmen. Sie blieb auch und tat ihre Arbeit unter einigen Seitenblicken zum Studenten hin.

5. April. Wenn es möglich wäre, nach Berlin zu gehn, selbständig zu werden, von Tag zu Tag zu leben, auch zu hungern, aber seine ganze Kraft ausströmen zu lassen, statt hier zu sparen oder

besser sich abzuwenden in das Nichts! Wenn F. es wollte, mir beistehn würde!

8. April. Gestern unfähig, auch nur ein Wort zu schreiben. Heute nicht besser. Wer erlöst mich? Und in mir das Gedränge, in der Tiefe, kaum zu sehn. Ich bin wie ein lebendiges Gitterwerk, ein Gitter, das feststeht und fallen will.
Heute im Kaffeehaus mit Werfel. Wie er von der Ferne beim Kaffeehaustisch aussieht. Geduckt, selbst im Holzsessel halb liegend, das im Profil schöne Gesicht an sich gedrückt, vor Fülle (nicht eigentlicher Dicke) fast schnaufend, ganz und gar unabhängig von der Umgebung, unartig und fehlerlos. Die hängende Brille erleichtert durch ihre Gegensätzlichkeit das Verfolgen der zarten Umrißlinien des Gesichtes.

6. Mai. Die Eltern scheinen eine schöne Wohnung für F. und mich gefunden zu haben, ich bin nutzlos einen schönen Nachmittag lang herumgestrichen. Ob sie mich auch noch ins Grab legen werden, nach einem durch ihre Sorgfalt glücklichen Leben.

Ein Adeliger, namens Herr von Griesenau, hatte einen Kutscher Josef, den kein anderer Dienstgeber hätte ertragen können. Er wohnte in einem ebenerdigen Zimmer neben der Portierloge, da er infolge Dicke und Kurzatmigkeit unfähig war, Treppen zu steigen. Seine einzige Beschäftigung war das Kutschieren, aber auch dazu wurde er nur bei besonderen Gelegenheiten, etwa einem Gast zu Ehren, verwendet, sonst aber lag er ganze Tage, ganze Wochen auf einem Ruhebett in der Nähe des Fensters und sah mit seinen kleinen, tief ins Fett eingesenkten, auffallend schnell zwinkernden Augen aus dem Fenster auf die Bäume, welche ... [bricht ab]

Der Kutscher Josef lag auf seinem Ruhebett, richtete sich nur auf, um von einem Tischchen eine Schnitte Butterbrot mit Hering zu nehmen, lehnte sich dann wieder zurück und starrte kauend umher. Durch seine großen runden Nasenlöcher zog er die Luft mit Mühe ein, manchmal mußte er, um genug Luft zu gewinnen, im Kauen einhalten und den Mund öffnen, sein großer Bauch zitterte ununterbrochen unter den vielen Falten des dünnen dunkelblauen Kleides.
Das Fenster war geöffnet, man sah eine Akazie und einen leeren Platz. Es war ein niedriges Parterrefenster, Josef sah von seinem Ruhebett aus alles, und jeder konnte ihn von außen sehn. Das war peinlich, aber er mußte so niedrig wohnen, da er wenigstens seit einem halben Jahr, seitdem sein Fett stark zugenommen hatte, Treppen gar nicht mehr steigen konnte. Als er dieses Zimmer neben der Portierloge bekommen hatte, hatte er seinem Dienstgeber,

dem Herrn von Griesenau, unter Tränen die Hände geküßt und gedrückt, jetzt aber kannte er die Nachteile dieses Zimmers – das ewige Beobachtetwerden, die Nachbarschaft des unangenehmen Portiers, die Unruhe der Einfahrt und des Platzes, die weite Entfernung von der übrigen Dienerschaft und die dadurch eintretende Entfremdung und Vernachlässigung – alle diese Nachteile kannte er jetzt von Grund aus und beabsichtigte auch tatsächlich beim Herrn wegen Übersiedlung in sein früheres Zimmer bittstellig zu werden. Wozu standen denn, insbesondere seitdem der Herr sich verlobt hatte, so viele neu aufgenommene Burschen nutzlos herum, mochten sie doch ihn, den verdienten und einzigartigen Mann, einfach die Treppen hinauf- und hinuntertragen.

Es wurde eine Verlobung gefeiert. Das Festessen war beendet, die Gesellschaft stand vom Tische auf, alle Fenster wurden geöffnet, es war ein schöner warmer Abend im Juni. Die Braut stand in einem Kreise von Freundinnen und guten Bekannten, die übrigen waren in kleinen Gruppen beisammen, hie und da wurde viel gelacht. Der Bräutigam lehnte allein am Eingang zum Balkon und sah hinaus.
Nach einiger Zeit bemerkte ihn die Mutter der Braut, ging zu ihm hin und sagte: »Du stehst hier so allein? Gehst nicht zu Olga? Habt ihr Streit gehabt?« – »Nein«, antwortete der Bräutigam, »wir haben keinen Streit gehabt.« – »Nun also«, sagte die Frau, »dann geh zu deiner Braut! Dein Benehmen fällt ja schon auf.«

Das Grauenhafte des bloß Schematischen.

Die Zimmervermieterin, eine schwache, schwarz gekleidete Witwe in gerade abfallendem Rock, stand im mittleren Zimmer ihrer leeren Wohnung. Noch war es ganz still, die Glocke rührte sich nicht. Auf der Gasse war es auch still, die Frau hatte mit Absicht eine so stille Gasse gewählt, denn sie wollte gute Zimmerherren, und solche, die Ruhe verlangen, sind die besten.

27. Mai. Mutter und Schwester in Berlin. Ich werde mit dem Vater abends allein sein. Ich glaube, er fürchtet sich, heraufzukommen. Soll ich mit ihm Karten spielen? (Ich finde die »K« häßlich, sie widern mich fast an und ich schreibe sie doch, sie müssen für mich sehr charakteristisch sein.) Wie sich der Vater verhielt, als ich F. berührte.

Zum erstenmal erschien das weiße Pferd an einem Herbstnachmittag in einer großen, aber nicht sehr belebten Straße der Stadt A. Es trat aus dem Flur eines Hauses, in dessen Hof ein Speditionsgeschäft ausgedehnte Lagerräume hatte, so daß öfters Gespanne,

hie und da auch ein einzelnes Pferd aus dem Hausflur geführt werden mußten und infolgedessen das weiße Pferd nicht besonders auffiel. Es gehörte aber nicht zum Pferdestand des Speditionsgeschäftes. Ein Arbeiter, der vor dem Tor die Stricke an einem Warenballen fester zog, bemerkte das Pferd, sah von seiner Arbeit auf und dann in den Hof, ob nicht der Kutscher bald nachkäme. Es kam niemand, wohl aber bäumte sich das Pferd, kaum hatte es das Trottoir betreten, kräftig auf, schlug ein paar Funken aus dem Pflaster, war einen Augenblick sehr nahe am Hinfallen, nahm sich aber gleich zusammen und trabte dann, nicht schnell, nicht langsam, die um diese Dämmerstunde fast völlig leere Straße hinauf. Der Arbeiter verfluchte die seiner Meinung nach nachlässigen Kutscher, schrie einige Namen in den Hof, es kamen auch Leute heraus, blieben aber, da sie das Pferd gleich als ein fremdes erkannten, bloß ein wenig erstaunt nebeneinander im Tor stehn. Erst nach einem Weilchen besannen sich einige, liefen eine Strecke Wegs dem Pferde nach, da sie es aber nicht einmal mehr zu Gesicht bekamen, kehrten sie bald zurück.
Das Pferd hatte inzwischen schon die äußersten Vorstadtstraßen erreicht, ohne aufgehalten worden zu sein. Es fügte sich dem Straßenleben besser ein als sonst alleinlaufende Pferde. Sein langsamer Schritt konnte niemanden erschrecken, es verließ niemals die Fahrbahn, niemals auch die vorgeschriebene Straßenseite; war es nötig, wegen eines aus einer Querstraße kommenden Fuhrwerkes einzuhalten, so hielt es ein; hätte es der vorsichtigste Kutscher am Halfter geführt, es hätte sich nicht fehlerfreier verhalten können. Trotzdem war es natürlich ein auffallender Anblick, hie und da blieb jemand stehn und sah ihm lächelnd nach, von einem vorbeifahrenden Bierwagen herab hieb ein Kutscher zum Spaß mit der Peitsche auf das Pferd ein, es erschreckte zwar, hufte mit den Vorderbeinen auf, beschleunigte aber seinen Schritt nicht.
Gerade diesen Vorfall aber hatte ein Polizeimann beobachtet, ging auf das Pferd zu, das noch im letzten Augenblick eine andere Richtung zu nehmen gesucht hatte, faßte es am Zügel (es war trotz seines nicht sehr starken Baues als Lastpferd aufgezäumt) und sagte, übrigens sehr freundlich: »Halt! Wohin läufst du denn?« Eine Zeitlang hielt er es hier mitten auf der Fahrbahn fest, denn er dachte, der Besitzer werde seinem entlaufenen Tier bald nachkommen.

Es hat Sinn, ist aber matt, das Blut fließt dünn, zu weit vom Herzen. Ich habe noch hübsche Szenen im Kopfe und höre doch auf. Gestern erschien mir das weiße Pferd zum zweitenmal vor dem Einschlafen, ich habe den Eindruck, als wäre es zuerst aus meinem der Wand zugedrehten Kopf getreten, wäre über mich hinweg und vom Bett hinuntergesprungen und hätte sich dann verloren. Das letztere wird durch den obigen Anfang leider nicht widerlegt.

Wenn ich mich nicht sehr täusche, komme ich doch näher. Es ist, als wäre irgendwo in einer Waldlichtung der geistige Kampf. Ich dringe in den Wald ein, finde nichts und eile aus Schwäche bald wieder hinaus; oft wenn ich den Wald verlasse, höre ich oder glaube ich das Klirren der Waffen jenes Kampfes zu hören. Vielleicht suchen mich die Blicke der Kämpfer durch das Walddunkel, aber ich weiß nur so wenig und Täuschendes von ihnen.

Starker Regenguß. Stelle dich dem Regen entgegen, laß die eisernen Strahlen dich durchdringen, gleite in dem Wasser, das dich fortschwemmen will, aber bleibe doch, erwarte so aufrecht die plötzlich und endlos einströmende Sonne.

Die Vermieterin warf die Röcke und eilte durch die Zimmer. Eine große kalte Dame. Ihr vortretender Unterkiefer schreckte die Zimmerherren ab. Sie liefen die Treppe hinab, und wenn sie ihnen aus dem Fenster nachsah, verdeckten sie im Laufe ihre Gesichter. Einmal kam ein kleiner Zimmerherr, ein fester untersetzter junger Mann, der die Hände ständig in den Taschen seines Rockes hielt. Vielleicht war es seine Gewohnheit, es war aber auch möglich, daß er das Zittern der Hände verbergen wollte.
»Junger Mann«, sagte die Frau und ihr Unterkiefer rückte vor, »Sie wollen hier wohnen?«
»Ja«, sagte der junge Mann und zuckte mit dem Kopf von unten hinauf.
»Sie werden es hier gut haben«, sagte die Frau und führte ihn zu einem Sessel. Hiebei bemerkte sie, daß er einen Fleck in der Hose hatte, weshalb sie neben ihm niederkniete und diesen Fleck mit den Nägeln zu reiben begann. »Sie sind ein Schmutzian«, sagte sie.
»Es ist ein alter Fleck.«
»Dann sind Sie eben ein alter Schmutzian.«
»Weg mit der Hand«, sagte er plötzlich und schob sie wirklich weg. »Was Sie doch für schreckliche Hände haben«, sagte er dann, faßte ihre Hand und drehte sie: »Oben ganz schwarz, unten weißlich, aber noch ausreichend schwarz und« – er fuhr in ihren weiten Ärmel – »auf dem Arm sind Sie sogar ein wenig behaart.«
»Sie kitzeln mich«, sagte sie.
»Weil Sie mir gefallen. Ich verstehe nicht, wie man sagen kann, daß Sie häßlich sind. Man sagte es nämlich. Aber nun sehe ich, daß das ja gar nicht stimmt.«
Und er stand auf und ging im Zimmer auf und ab. Sie kniete noch immer und besah ihre Hand.

Das machte ihn aus irgendeinem Grunde wild, er sprang hinzu und nahm wieder ihre Hand.
»So ein Frauenzimmer«, sagte er dann und schlug ihre längliche magere Wange. »Es würde geradezu zu meinem Behagen beitragen, hier zu wohnen. Aber billig müßte es sein. Und keinen andern Mieter dürften Sie aufnehmen. Und treu müßten Sie mir sein. Ich bin ja viel jünger als Sie, da kann ich doch Treue verlangen. Und gut kochen müßten Sie. Ich bin an gutes Essen gewöhnt und werde es mir niemals abgewöhnen.«

Tanzt ihr Schweine weiter; was habe ich damit zu tun?

Aber wirklicher ist es, als alles, was ich im letzten Jahr geschrieben habe. Vielleicht kommt es doch darauf an, das Gelenk zu lockern. Ich werde noch einmal schreiben können.

Jeden Abend seit einer Woche kommt mein Zimmernachbar, um mit mir zu ringen. Ich kannte ihn nicht, habe auch bis jetzt noch nichts mit ihm gesprochen. Wir tauschen nur einige Ausrufe aus, die man nicht »sprechen« nennen kann. Mit »Also« wird der Kampf eingeleitet, »Schuft!« stöhnt manchmal einer unter dem Griff des andern, »Jetzt!« begleitet einen überraschenden Stoß, »Aufhören!« bedeutet Schluß, aber man kämpft noch immer ein Weilchen weiter. Meistens springt er sogar noch von der Tür einmal ins Zimmer zurück und gibt mir einen Stoß, daß ich hinfalle. Aus seinem Zimmer ruft er mir dann durch die Wand Gute Nacht zu. Ich müßte, falls ich diese Bekanntschaft endgültig aufgeben wollte, mein Zimmer kündigen, denn das Versperren der Türe hilft nichts. Einmal hatte ich die Türe versperrt, weil ich lesen wollte, aber mein Nachbar schlug die Tür mit der Hacke entzwei, und da er, was er einmal gefaßt hat, nur schwer aufgeben kann, war ich sogar von der Hacke gefährdet.
Ich verstehe mich anzupassen. Da er immer zu bestimmter Stunde kommt, nehme ich eine leichte Arbeit vor, die ich, wenn nötig, sofort unterbrechen kann. Ich ordne zum Beispiel einen Kasten oder schreibe etwas oder lese ein gleichgültiges Buch. Das muß ich so einrichten, denn kaum erscheint er in der Tür, muß ich alles liegenlassen, den Kasten gleich zuschlagen, den Federhalter fallen lassen, das Buch wegwerfen, denn er will ja nur kämpfen, sonst nichts. Fühle ich mich kräftig, so reize ich ihn ein wenig, indem ich ihm zuerst auszuweichen suche. Ich krieche unter dem Tisch durch, ich werfe ihm Stühle vor die Füße, ich zwinkere ihm aus der Ferne zu, trotzdem es natürlich geschmacklos ist, mit einem fremden Menschen solche ganz einseitig bleibenden Späße zu machen. Aber meistens schließen sich unsere Körper gleich zum Kampf zusammen. Offenbar ist er ein Student, lernt den

ganzen Tag und will am Abend vor dem Schlafengehn noch rasch Bewegung machen. Nun, an mir hat er einen guten Gegner, ich bin vielleicht, wenn man vom Glückswechsel absieht, der stärkere und geschicktere von uns beiden. Er aber ist der ausdauerndere.

28. Mai. Übermorgen fahre ich nach Berlin. Trotz Schlaflosigkeit, Kopfschmerzen und Sorgen vielleicht in einem bessern Zustand als jemals.

Einmal brachte er ein Mädchen mit. Während ich grüße und auf ihn nicht achte, springt er auf mich und reißt mich in die Höhe. »Ich protestiere«, rief ich und hob die Hand. »Schweig«, flüsterte er mir ins Ohr. Ich merkte, daß er um jeden Preis, selbst mit schändlichen Griffen, vor dem Mädchen siegen wollte, um sich in Glanz zu setzen.
»Er hat mir gesagt: ›Schweig‹«, rief ich deshalb, den Kopf zum Mädchen hingedreht.
»Oh, gemeiner Mensch«, stöhnte der Mann leise, er verbrauchte an mir alle seine Kraft. Immerhin schleppte er mich noch zum Kanapee, legte mich hin, kniete auf meinem Rücken nieder, wartete die Wiederkehr der Sprache ab und sagte: »Da liegt er also.«
»Er soll es noch einmal versuchen«, wollte ich sagen, aber schon nach dem ersten Wort drückte er mir das Gesicht so stark in die Polsterung, daß ich schweigen mußte. »Nun ja«, sagte das Mädchen, das sich an meinen Tisch gesetzt hatte und einen dort liegenden angefangenen Brief überlas, »werden wir nicht schon gehn? Er hat gerade einen Brief angefangen.«
»Er wird ihn auch nicht fortsetzen, wenn wir fortgehn. Komm mal her. Greif zum Beispiel hier an den Schenkel, er zittert ja wie ein krankes Tier.« – »Ich sage, laß ihn und komm.« Sehr widerwillig kroch der Mann von mir hinunter. Ich hätte ihn jetzt durchprügeln können, denn ich war jetzt ausgeruht, er aber hatte alle Muskeln angespannt, um mich niederzuhalten. Er hatte gezittert und hatte geglaubt, ich zittere. Er zitterte sogar noch immer. Ich ließ ihn aber in Ruhe, weil das Mädchen zugegen war.
»Sie werden sich wahrscheinlich Ihr Urteil über diesen Kampf schon selbst gebildet haben«, sagte ich zu dem Mädchen, ging mit einer Verbeugung an ihm vorüber und setzte mich zum Tisch, um den Brief fortzusetzen. »Wer zittert also?« fragte ich, ehe ich zu schreiben anfing, und hielt den Federhalter zum Beweis, daß ich es nicht war, steif in die Luft. Schon im Schreiben rief ich ihnen, als sie in der Tür waren, ein kurzes Adieu zu, schlug aber ein wenig mit dem Fuß aus, um wenigstens für mich die Verabschiedung anzudeuten, die wahrscheinlich beide verdient hätten.

29. Mai. Morgen nach Berlin. Ist es ein nervöser oder ein wirklicher verläßlicher Zusammenhalt, den ich fühle? Wie wäre das! Ist es richtig, daß, wenn man einmal die Erkenntnis des Schreibens erhält, nichts verfehlt werden kann, nichts versinkt, aber auch nur selten etwas übermäßig hoch emporschlägt? Wäre es das Herandämmern der Ehe mit F.? Sonderbarer, mir allerdings in der Erinnerung nicht ganz fremder Zustand.

Lange mit Pick vor dem Tor gestanden. Nur daran gedacht, wie ich bald loskommen könnte, denn mein Erdbeernachtmahl war oben für mich vorbereitet. Alles, was ich jetzt über ihn schreiben werde, ist eine Gemeinheit, denn ich lasse ihn nichts davon sehn oder bin zufrieden, daß er es nicht sieht. Aber ich bin sogar mitschuldig an seinem Wesen, solange ich mit ihm gehe, und so gilt das, was ich von ihm sage, auch von mir, selbst wenn man die Künstelei abzieht, die in einer solchen Bemerkung liegt.
Ich mache Pläne. Ich sehe starr vor mich hin, um nicht die Augen von den imaginären Gucklöchern des imaginären Kaleidoskops zu entfernen, in das ich schaue. Ich mische gute und eigennützige Absichten durcheinander, die guten werden in der Farbe verwaschen, die dafür auf die bloß eigennützigen übergeht. Ich lade Himmel und Erde ein, sich an meinen Plänen zu beteiligen, aber ich vergesse nicht die kleinen Leute, die aus jeder Seitengasse hervorzuziehen sind und die vorläufig meinen Plänen besser nützen können. Es ist ja erst der Anfang, immer wieder erst der Anfang. Noch stehe ich hier in meinem Jammer, aber schon kommt hinter mir der ungeheure Wagen meiner Pläne angefahren, die erste kleine Plattform schiebt sich unter meine Füße, nackte Mädchen, wie auf Karnevalswagen besserer Länder, führen mich rücklings die Stufen empor, ich schwebe, weil die Mädchen schweben, und hebe meine Hand, die Ruhe befiehlt. Rosenbüsche stehn zu meiner Seite, Weihrauchflammen brennen, Lorbeerkränze werden herabgelassen, man streut Blumen vor und über mich, zwei Trompeter wie aus Steinquadern aufgebaut blasen Fanfaren, kleines Volk läuft in Massen heran, geordnet hinter Führern, die leeren, blanken, gerade geschnittenen, freien Plätze werden dunkel, bewegt und überfüllt, ich fühle die Grenze menschlicher Bemühungen und mache auf meiner Höhe aus eigenem Antrieb und plötzlich mich überkommendem Geschick das Kunststück eines vor vielen Jahren von mir bewunderten Schlangenmenschen, indem ich mich langsam zurückbeuge – eben versucht der Himmel aufzubrechen, um einer mir geltenden Erscheinung Raum zu geben, aber er stockt –, den Kopf und Oberkörper zwischen meinen Beinen durchziehe und allmählich wieder als gerader Mensch auferstehe. War es die letzte Steigerung, die Menschen gegeben ist? Es scheint so, denn schon sehe ich aus allen Toren des tief und groß unter mir liegenden Lan-

des die kleinen gehörnten Teufel sich heraufdrängen, alles überlaufen, unter ihrem Schritt zerbricht alles in der Mitte, ihr Schwänzchen wischt alles aus, schon putzen fünfzig Teufelsschwänze mein Gesicht, der Boden wird weich, ich versinke mit einem Fuß, dann mit dem andern, die Schreie der Mädchen verfolgen mich in meine Tiefe, in die ich lotrecht versinke, durch einen Schacht, der genau den Durchmesser meines Körpers, aber eine endlose Tiefe hat. Diese Endlosigkeit verlockt zu keinen besonderen Leistungen, alles, was ich täte, wäre kleinlich, ich falle sinnlos und es ist das beste.

Brief Dostojewskis an den Bruder über das Leben im Zuchthaus.

6. Juni. Aus Berlin zurück. War gebunden wie ein Verbrecher. Hätte man mich mit wirklichen Ketten in einen Winkel gesetzt und Gendarmen vor mich gestellt und mich nur auf diese Weise zuschauen lassen, es wäre nicht ärger gewesen. Und das war meine Verlobung, und alle bemühten sich, mich zum Leben zu bringen, und da es nicht gelang, mich zu dulden, wie ich war. F. allerdings am wenigsten von allen, vollständig berechtigterweise, denn sie litt am meisten. Was den andern bloße Erscheinung war, war ihr Drohung.

Wir ertrugen es zu Hause keinen Augenblick. Wir wußten, daß man uns suchen würde. Aber wenn es auch Abend war, wir liefen doch weg. Unsere Stadt war von Hügeln umgeben. Auf diesen Hügeln kletterten wir. Alle Bäume brachten wir zum Zittern, wenn wir uns im Abwärtslauf von einem zum andern schwangen.

Die Stellung im Geschäft am Abend kurz vor Geschäftsschluß: Die Hände in den Hosentaschen, ein wenig gebückt, aus der Tiefe des Gewölbes durch das weit offene Tor auf den Platz hinausschauen. Matte Bewegungen der Angestellten ringsherum hinter den Pulten. Ein schwaches Zusammenschnüren eines Pakets, ein bewußtloses Abstauben einiger Schachteln, ein Aufeinanderschichten gebrauchten Packpapiers.

Ein Bekannter kommt und spricht mit mir. Ich lege mich förmlich auf ihn, so schwer bin ich. Er stellt folgende Behauptung auf: Manche sagen das, ich aber sage gerade das Entgegengesetzte. Er führt die Gründe seiner Meinung an. Ich schwanke. Die Hände liegen in meinen Hosentaschen, als wären sie hineingefallen, und doch wieder so locker, als müßte ich die Taschen nur leicht umklappen und sie fielen wieder schnell heraus.

Ich hatte das Geschäft geschlossen, die Angestellten, fremde Leute, entfernten sich mit dem Hut in der Hand. Es war ein Abend im

Juni, zwar schon acht Uhr, aber noch hell. Ich hatte keine Lust, einen Spaziergang zu machen, ich habe niemals Lust, spazierenzugehn, aber ich wollte auch nicht nach Hause. Als mein letzter Lehrjunge um die Ecke gebogen war, setzte ich mich vor dem geschlossenen Laden auf die Erde.
Ein Bekannter mit seiner jungen Frau kam vorüber und sah mich auf der Erde sitzen. »Sieh, wer da sitzt«, sagte er. Sie blieben stehn und der Mann schüttelte mich ein wenig, trotzdem ich ihn von allem Anfang ruhig ansah.
»Mein Gott, warum sitzen Sie denn hier so?« fragte die junge Frau.
»Ich werde mein Geschäft auflassen«, sagte ich. »Es geht nicht besonders schlecht, auch kann ich meinen Verpflichtungen, wenn auch knapp, so doch vollständig nachkommen. Aber die Sorgen kann ich nicht ertragen, die Angestellten kann ich nicht beherrschen, mit den Kundschaften kann ich nicht reden. Ich werde sogar von morgen ab das Geschäft nicht mehr aufmachen. Es ist alles wohl überlegt.« Ich sah, wie der Mann seine Frau zu beruhigen suchte, indem er ihre Hand zwischen seine beiden Hände nahm.
»Nun gut«, sagte er, »Sie wollen Ihr Geschäft aufgeben, Sie sind nicht der erste, der das tut. Auch wir« – er sah zu seiner Frau hinüber – »werden, sobald unser Vermögen für unsere Bedürfnisse ausreicht – möge es bald sein –, nicht mehr zögern als Sie, unser Geschäft aufzugeben. Das Geschäft macht uns ebensowenig Vergnügen wie Ihnen, das dürfen Sie uns glauben. Aber warum sitzen Sie auf der Erde?«
»Wohin soll ich gehn?« sagte ich. Ich wußte natürlich, warum sie mich fragten. Es war Mitleid, Verwunderung und auch Verlegenheit, die sie fühlten, aber ich war durchaus nicht imstande, auch noch ihnen zu helfen.

Es war schon nach Mitternacht. Ich saß in meinem Zimmer und schrieb einen Brief, an dem mir sehr viel lag, da ich durch ihn eine gute Stellung im Ausland zu erreichen hoffte. Ich suchte dem Bekannten, an den er gerichtet war und mit dem ich jetzt nach zehnjähriger Trennung zufällig durch einen gemeinschaftlichen Freund wieder in Verbindung kommen sollte, die längst vergangenen Zeiten wieder in Erinnerung zu bringen und gleichzeitig ihm begreiflich zu machen, wie mich alles aus meiner Heimat drängte und wie ich ohne sonstige gute weitreichende Beziehungen, wie ich war, in ihn meine größte Hoffnung setzte.

Der Magistratsbeamte Bruder kam erst gegen neun Uhr abends aus seiner Kanzlei nach Hause. Es war schon ganz dunkel. Seine Frau erwartete ihn vor dem Haustor, ihr kleines Mädchen hielt sie an sich gedrückt. »Wie steht es?« fragte sie. »Sehr schlecht«, sagte

Bruder, »komm nur ins Haus, ich erzähle dir dann alles.« Kaum waren sie ins Haus getreten, sperrte Bruder das Haustor ab. »Wo ist das Dienstmädchen?« fragte er. »In der Küche«, sagte die Frau. »Dann ist es gut, kommt!« Im großen niedrigen Wohnzimmer wurde die Stehlampe angezündet, alle setzten sich, und Bruder sagte: »Die Sache steht also folgendermaßen. Die Unsrigen sind vollständig im Rückzug. Das Gefecht bei Rumdorf ist, wie ich aus zweifellosen Nachrichten, die im Stadtamt eingelaufen sind, ersehen habe, gänzlich zu unseren Ungunsten ausgefallen. Es ist auch schon der größte Teil der Truppen aus der Stadt weggezogen. Man verheimlicht es noch, um den Schrecken in der Stadt nicht grenzenlos zu steigern. Ich halte das für nicht ganz vernünftig, es wäre besser, offen die Wahrheit zu sagen. Aber meine Pflicht verlangt, daß ich schweige. Dir allerdings die Wahrheit zu sagen, kann mich niemand hindern. Übrigens ahnen auch alle das Richtige, das merkt man überall. Alles versperrt die Häuser, versteckt, was versteckt werden kann.«

Einige Beamte des Stadtamtes standen an der steinernen Brüstung eines Rathausfensters und sahen auf den Platz hinunter. Der letzte Teil der Nachhut wartete dort auf den Befehl zum Abzug. Es waren junge große rotwangige Burschen, die ihre hin- und herzuckenden Pferde straff im Zügel hielten. Vor ihnen ritten zwei Offiziere langsam auf und ab. Sie warteten offenbar auf eine Nachricht. Öfters schickten sie einen Reiter fort, der in größter Eile in einer steil ansteigenden Seitenstraße des Ringplatzes verschwand. Bisher war keiner zurückgekehrt.

Zu der Gruppe am Fenster war der Beamte Bruder getreten, ein zwar noch junger, aber vollbärtiger Mann. Da er einen höhern Rang hatte und infolge seiner Begabung in besonderem Ansehen stand, verbeugten sich alle höflich und ließen ihn bis zur Brüstung vor. »Das ist also das Ende«, sagte er mit dem Blick auf den Platz. »Es ist ja zu offenbar.«

»Sie glauben also, Herr Rat«, sagte ein junger hochmütiger Mensch, der sich trotz der Ankunft Bruders von seinem Platze nicht weggerührt hatte und nun derart nah an Bruder stand, daß sie einander gar nicht ins Gesicht sehn konnten, »Sie glauben also, daß die Schlacht verloren ist?«

»Ganz gewiß. Daran ist ja kein Zweifel. Wir sind, im Vertrauen gesagt, schlecht geführt. Wir müssen verschiedene alte Sünden büßen. Jetzt ist allerdings keine Zeit, darüber zu reden, jetzt soll jeder für sich sorgen. Wir sind ja vor der endgültigen Auflösung. Heute abend können die Gäste schon hier sein. Vielleicht warten sie nicht einmal bis Abend, sondern sind in einer halben Stunde hier.«

Verlockung im Dorf

11. Juni. Ich kam einmal im Sommer gegen Abend in ein Dorf, in dem ich noch nie gewesen war. Mir fiel auf, wie breit und frei die Wege waren. Überall vor den Bauernhöfen sah man hohe alte Bäume. Es war nach einem Regen, die Luft ging frisch, mir gefiel alles so gut. Ich suchte es durch meinen Gruß den Leuten zu zeigen, die vor den Toren standen, sie antworteten freundlich, wenn auch zurückhaltend. Ich dachte, daß es gut wäre, hier zu übernachten, wenn ich einen Gasthof fände.
Ich ging gerade an der hohen grünbewachsenen Mauer eines Hofes vorüber, als eine kleine Türe in dieser Mauer sich öffnete, drei Gesichter hervorsahen, verschwanden und die Tür sich wieder schloß. »Sonderbar«, sagte ich seitwärts, als hätte ich einen Begleiter. Und tatsächlich stand neben mir, wie um mich verlegen zu machen, ein großer Mann, ohne Hut und Rock, in einer gestrickten schwarzen Weste, und rauchte eine Pfeife. Ich faßte mich rasch und sagte, als hätte ich schon früher von seiner Anwesenheit gewußt: »Die Tür! Haben Sie auch gesehn, wie sich diese kleine Tür geöffnet hat?«
»Ja«, sagte der Mann, »aber warum soll das sonderbar sein, es waren die Kinder des Pächters. Sie haben Ihre Schritte gehört und nachgesehn, wer so spät abends hier geht.«
»Das ist allerdings eine einfache Erklärung«, sagte ich lächelnd, »einem Fremden kommt leicht alles sonderbar vor. Ich danke Ihnen.« Und ich ging weiter. Aber der Mann folgte mir. Ich wunderte mich nicht eigentlich darüber, der Mann konnte den gleichen Weg haben, aber es war kein Grund, warum wir hintereinander und nicht nebeneinander gehn sollten.
Ich drehte mich um und sagte: »Ist hier der richtige Weg zum Gasthof?«
Der Mann blieb stehn und sagte: »Einen Gasthof haben wir nicht oder vielmehr, wir haben einen, aber er ist unbewohnbar. Er gehört der Gemeinde, und sie hat ihn schon vor Jahren, da sich niemand um ihn beworben hat, einem alten Krüppel vergeben, für den sie bisher hatte sorgen müssen. Der verwaltet jetzt mit seiner Frau den Gasthof, und zwar so, daß man kaum an der Tür vorübergehn kann, so groß ist der Gestank, der herauskommt. In der Wirtsstube gleitet man vor Schmutz aus. Eine elende Wirtschaft, eine Schande des Dorfes, eine Schande der Gemeinde.«
Ich hatte Lust, dem Mann zu widersprechen, sein Aussehn reizte mich dazu, dieses im Grunde magere Gesicht mit gelblichen, lederartigen, schwach gepolsterten Wangen und schwarzen, nach den Kieferbewegungen durch das ganze Gesicht irrenden Falten. »So«, sagte ich, ohne weiteres Staunen über diese Verhältnisse auszu-

drücken, und fuhr dann fort: »Nun, ich werde doch dort wohnen, da ich nun einmal entschlossen bin, hier zu übernachten.«
»Dann allerdings«, sagte der Mann hastig, »ins Gasthaus müssen Sie aber hier gehn«, und er zeigte mir die Richtung, aus der ich gekommen war. »Gehn Sie bis zur nächsten Ecke und biegen Sie dann rechts ein. Sie werden dann gleich eine Gasthaus-Tafel sehn. Dort ist es.«
Ich dankte für die Auskunft und ging nun wieder an ihm, der mich jetzt besonders genau beobachtete, vorüber. Dagegen, daß er mir vielleicht eine falsche Richtung angegeben hatte, war ich allerdings wehrlos, wohl aber sollte er mich weder dadurch verblüffen, daß er mich jetzt zwang, an ihm vorbeizumarschieren, noch dadurch, daß er so auffallend schnell von seiner Warnung wegen des Gasthauses abgelassen hatte. Das Gasthaus würde mir auch ein anderer zeigen, und war es schmutzig, so konnte ich auch einmal im Schmutz schlafen, wenn nur mein Trotz befriedigt war. Übrigens hatte ich auch nicht viel andere Wahl, es war schon dunkel, die Landstraßen waren vom Regen aufgeweicht und der Weg zum nächsten Dorf noch lang.
Ich hatte den Mann schon hinter mir und beabsichtigte, mich gar nicht mehr um ihn zu kümmern, da hörte ich eine Frauenstimme, die zu dem Mann sprach. Ich drehte mich um. Aus dem Dunkel unter einer Gruppe von Platanen trat eine aufrechte große Frau hervor. Ihr Rock glänzte gelblichbraun, am Kopf und an den Schultern lag ein schwarzes grobmaschiges Tuch. »Komm doch schon nach Hause«, sagte sie zu dem Mann, »warum kommst du nicht?«
»Ich komme schon«, sagte er, »warte nur noch ein Weilchen. Ich will nur noch zusehn, was dieser Mann hier machen wird. Er ist ein Fremder. Er treibt sich hier ganz unnötigerweise herum. Sieh nur.«
Er redete von mir, als sei ich taub oder als verstände ich seine Sprache nicht. Nun lag mir allerdings nicht viel daran, was er sagte, aber es wäre mir natürlich unangenehm gewesen, wenn er im Dorf irgendwelche falsche Gerüchte über mich verbreitet hätte. Ich sagte also zu der Frau hinüber: »Ich suche hier den Gasthof, nichts weiter. Ihr Mann hat kein Recht, in dieser Weise von mir zu reden und Ihnen vielleicht eine falsche Meinung über mich beizubringen.«
Die Frau sah aber kaum auf mich hin, sondern ging zu ihrem Mann, ich hatte richtig erkannt, daß es ihr Mann war, eine so gerade selbstverständliche Beziehung bestand zwischen ihnen – und legte die Hand auf seine Schulter: »Wenn Sie etwas haben wollen, dann reden Sie mit meinem Mann, nicht mit mir.«
»Ich will gar nichts haben«, sagte ich, ärgerlich über diese Behandlung, »ich kümmere mich um Sie nicht, kümmern Sie sich

auch nicht um mich. Das ist meine einzige Bitte.« Die Frau zuckte mit dem Kopf, das konnte ich im Dunkel noch sehn, den Ausdruck ihrer Augen aber nicht mehr. Offenbar wollte sie etwas antworten, aber ihr Mann sagte: »Sei still!« und sie schwieg.
Dieses Zusammentreffen schien mir nun endgültig erledigt, ich drehte mich um und wollte weitergehn, da rief jemand »Herr«. Das galt wahrscheinlich mir. Im ersten Augenblick wußte ich gar nicht, woher die Stimme kam, dann aber sah ich über mir auf der Hofmauer einen jungen Mann sitzen, der mit herabbaumelnden Beinen und aneinanderschlagenden Knien nachlässig zu mir sagte: »Ich habe jetzt gehört, daß Ihr im Dorf übernachten wollt. Außer hier auf dem Hof bekommt Ihr nirgends ein brauchbares Quartier.«
»Auf dem Hof?« fragte ich und unwillkürlich, ich war nachher darüber wütend, sah ich fragend auf das Ehepaar, das noch immer aneinandergelehnt dastand und mich beobachtete.
»Es ist so«, sagte er, in seiner Antwort wie in seinem ganzen Benehmen war Hochmut.
»Es werden hier Betten vermietet?« fragte ich nochmals, um Sicherheit zu haben und um den Mann in die Rolle des Vermieters zurückzudrängen.
»Ja«, sagte er und hatte schon den Blick ein wenig von mir abgewendet, »es werden hier Betten für die Nacht überlassen, nicht jedem, sondern nur dem, dem sie angeboten werden.«
»Ich nehme es an«, sagte ich, »werde aber natürlich das Bett bezahlen, wie im Gasthof.«
»Bitte«, sagte der Mann und sah schon längst über mich hinweg, »wir werden Euch nicht übervorteilen.«
Er saß oben wie der Herr, ich stand unten wie ein kleiner Diener, ich hatte viel Lust, ihn dort oben durch einen Steinwurf etwas lebendiger zu machen. Statt dessen sagte ich: »Macht mir bitte also die Tür auf.«
»Sie ist nicht zugesperrt«, sagte er
»Sie ist nicht zugesperrt«, wiederholte ich brummend, fast ohne es zu wissen, öffnete die Tür und trat ein. Zufällig sah ich gleich nach dem Eintritt auf die Mauer hinauf, der Mann war nicht mehr oben, er war offenbar die Mauer trotz ihrer Höhe hinabgesprungen und besprach sich vielleicht mit dem Ehepaar. Mochten sie sich besprechen, was konnte mir, einem jungen Menschen, geschehn, dessen Barschaft knapp drei Gulden überstieg und dessen sonstiger Besitz in nicht viel anderem bestand als einem reinen Hemd im Rucksack und einem Revolver in der Hosentasche. Übrigens sahen die Leute gar nicht so aus, als ob sie jemanden bestehlen wollten. Was konnten sie aber sonst von mir verlangen?
Es war der gewöhnliche ungepflegte Garten großer Bauernhöfe, die feste Steinmauer hatte mehr erwarten lassen. Im hohen Gras

standen, regelmäßig verteilt, abgeblühte Kirschbäume. In der Ferne sah man das Bauernhaus, einen ausgedehnten ebenerdigen Bau. Es wurde schon sehr dunkel; ich war ein später Gast; wenn mich der Mann auf der Mauer irgendwie belogen hatte, konnte ich in eine unangenehme Lage kommen. Auf dem Weg zum Haus traf ich niemanden, aber schon ein paar Schritte vor dem Haus sah ich durch die offene Tür im ersten Raum zwei große alte Leute, Mann und Frau nebeneinander, die Gesichter der Tür zugewendet, aus einer Schüssel irgendeinen Brei essen. In der Finsternis unterschied ich nichts Genaueres, nur an dem Rock des Mannes glänzte es stellenweise wie von Gold, es waren wohl die Knöpfe oder vielleicht die Uhrkette.

Ich grüßte und sagte dann, ohne vorläufig die Schwelle zu überschreiten: »Ich suchte gerade Nachtquartier im Ort, da sagte mir ein junger Mann, der auf der Mauer Ihres Gartens saß, daß man hier im Hofe gegen Bezahlung übernachten könne.« Die zwei Alten hatten ihre Löffel in den Brei gesteckt, sich auf ihrer Bank zurückgelehnt und sahen mich schweigend an. Sehr gastfreundlich war ihr Benehmen nicht. Ich fügte deshalb hinzu: »Ich hoffe, daß die Auskunft, die ich bekommen habe, richtig war und daß ich Sie nicht unnötigerweise gestört habe.« Ich sagte das sehr laut, denn vielleicht waren die zwei auch schwerhörig.

»Kommen Sie näher«, sagte der Mann nach einem Weilchen.

Nur weil er so alt war, folgte ich ihm, sonst hätte ich natürlich darauf bestanden, daß er auf meine bestimmte Frage bestimmt antworte. Jedenfalls sagte ich während des Eintretens: »Wenn Ihnen meine Aufnahme nur die geringsten Schwierigkeiten machen sollte, so sagen Sie es offen, ich bestehe durchaus nicht darauf. Ich gehe in den Gasthof, es ist mir ganz gleichgültig.«

»Er redet so viel«, sagte die Frau leise.

Es konnte nur als Beleidigung gemeint sein, auf meine Höflichkeiten antwortete man also mit Beleidigungen, aber es war eine alte Frau, ich konnte mich nicht wehren. Und gerade diese Wehrlosigkeit war vielleicht der Grund dessen, daß die nicht zurückzutreibende Bemerkung der Frau in mir viel mehr wirkte, als sie es verdiente. Ich fühlte irgendeine Berechtigung irgendeines Tadels, nicht deshalb, weil ich zuviel gesprochen hatte, denn ich hatte tatsächlich nur das Notwendigste gesagt, aber aus sonstigen, ganz nah an meine Existenz heranreichenden Gründen. Ich sagte nichts weiter, bestand auf keiner Antwort, sah in einem nahen dunklen Winkel eine Bank, ging hin und setzte mich.

Die Alten begannen wieder zu essen, ein Mädchen kam aus einem Nebenzimmer und stellte eine brennende Kerze auf den Tisch. Jetzt sah man noch weniger als früher, alles war im Dunkel zusammengezogen, nur die kleine Flamme flackerte über den ein wenig gebeugten Köpfen der Alten. Einige Kinder liefen aus dem

Garten herein, eines fiel lang hin und weinte, die andern stockten im Lauf und standen nun verstreut im Zimmer, der Alte sagte: »Geht schlafen, Kinder.«

Sofort sammelten sie sich, das Weinende schluchzte nur noch, ein Junge in meiner Nähe zupfte mich am Rock, als ob er meinte, ich solle auch mitkommen, tatsächlich wollte ich ja auch schlafen gehn, ich stand also auf und ging als großer Mensch inmitten der Kinder, die laut und einheitlich Gute Nacht sagten, stumm aus dem Zimmer. Der freundliche kleine Junge hielt mich an der Hand, so daß ich mich leicht im Dunkel zurechtfand. Wir kamen aber auch sehr bald zu einer Leitertreppe, stiegen hinauf und waren auf dem Boden. Durch eine kleine offene Dachluke sah man gerade den schmalen Mond, es war eine Lust, unter die Luke zu treten – mein Kopf ragte fast in sie hinein – und die laue und doch kühle Luft zu atmen. Auf der Erde war an einer Wand Stroh aufgeschüttet, dort war auch für mich Platz genug zum Schlafen. Die Kinder – es waren zwei Jungen und drei Mädchen – zogen sich unter Lachen aus, ich hatte mich in den Kleidern aufs Stroh geworfen, ich war doch bei Fremden und hatte keinen Anspruch, hier gelassen zu werden. Auf den Ellbogen gestützt sah ich ein Weilchen den Kindern zu, die halbnackt in einem Winkel spielten. Dann fühlte ich mich aber so müde, daß ich den Kopf auf meinen Rucksack legte, die Arme ausstreckte, ein wenig noch die Dachbalken mit den Blicken streifte und einschlief. Im ersten Schlaf glaubte ich noch den einen Knaben rufen zu hören: »Achtung, er kommt!«, worauf in mein schon entschwindendes Bewußtsein das eilige Trippeln der Kinder hineinklang, die zu ihrem Lager liefen.

Ich hatte gewiß nur ganz kurze Zeit geschlafen, denn als ich aufwachte, fiel das Mondlicht durch die Luke fast unverändert auf die gleiche Stelle des Fußbodens. Ich wußte nicht, warum ich aufgewacht war, denn ich hatte ohne Träume und tief geschlafen. Da bemerkte ich neben mir etwa in der Höhe meines Ohres einen ganz kleinen buschigen Hund, eines jener widerlichen Schoßhündchen mit verhältnismäßig großem, von lockigen Haaren umgebenen Kopf, in den die Augen und die Schnauze wie Schmuckstücke aus irgendeiner leblosen hornartigen Masse locker eingesetzt sind. Wie kam ein solcher Großstadthund ins Dorf? Was trieb ihn bei Nacht im Haus herum? Warum stand er bei meinem Ohr? Ich fauchte ihn an, damit er wegginge, vielleicht war er ein Spielzeug der Kinder und hatte sich zu mir nur verirrt. Er erschrak über mein Blasen, lief aber nicht weg, sondern drehte sich nur um, stand nun mit krummen Beinchen da und zeigte seinen besonders im Vergleich zum großen Kopf verkümmerten kleinen Leib. Da er ruhig blieb, wollte ich wieder schlafen, aber ich konnte nicht, immerfort sah ich gerade vor meinen geschlossenen Augen in der Luft den Hund schaukeln und die Augen hervordrücken. Das war unerträglich, ich konnte das Tier nicht neben mir behalten, ich stand auf und nahm es auf den Arm, um es hinauszutragen. Aber das bisher so stumpfe Tier fing an, sich zu wehren und versuchte mit seinen Krallen mich zu fassen. Ich mußte also auch seine Pfötchen verwahren, was freilich sehr leicht war, alle vier konnte ich in einer Hand zusammenhalten.

»So, mein Hündchen«, sagte ich zu dem aufgeregten Köpfchen mit den schüttelnden Locken hinunter und ging mit ihm ins Dunkel, um die Tür zu suchen. Erst jetzt fiel mir auf, wie still das Hündchen war, es bellte und quietschte nicht, nur das Blut klopfte ihm wild durch alle Adern, das fühlte ich. Nach ein paar Schritten – die Aufmerksamkeit, die der Hund in Anspruch nahm, hatte mich unvorsichtig gemacht – stieß ich zu meinem großen Ärger an eines der schlafenden Kinder. Es war jetzt auch ganz dunkel in der Bodenkammer, durch die kleine Luke kam nur noch wenig Licht. Das Kind seufzte, ich stand einen Augenblick still, entfernte nicht einmal meine Fußspitze, um nur durch keine Änderung das Kind noch mehr zu wecken. Es war zu spät, plötzlich sah ich rings um mich die Kinder in ihren weißen Hemden sich erheben, wie auf Verabredung, wie ein Befehl, meine Schuld war es nicht, ich hatte nur ein Kind geweckt, und dieses Wecken war gar kein Wecken gewesen, sondern nur eine kleine Störung, die ein Kinderschlaf leicht hätte überstehen müssen. Nun, jetzt waren sie wach. »Was wollt ihr, Kinder«, fragte ich, »schlaft doch weiter.«

»Sie tragen etwas«, sagte ein Junge, und alle fünf suchten an mir herum.

»Ja«, sagte ich, ich hatte nichts zu verbergen, wenn die Kinder das Tier hinaustragen wollten, war es desto besser. »Diesen Hund trage ich hinaus. Er hat mich nicht schlafen lassen. Wisset ihr, wem er gehört?«

»Der Frau Cruster«, so glaubte ich wenigstens aus ihren verwirrten, undeutlichen, verschlafenen, nicht für mich, nur für einander berechneten Ausrufen herauszuhören.

»Wer ist denn Frau Cruster?« fragte ich, aber ich bekam von den aufgeregten Kindern keine Antwort mehr. Eines nahm mir den Hund, der nun ganz still geworden war, vom Arm und eilte mit ihm weg, alle folgten.

Allein wollte ich hier nicht bleiben, die Schläfrigkeit war mir nun auch schon vergangen, einen Augenblick zögerte ich zwar, es schien mir, als mische ich mich zu sehr in die Angelegenheiten dieses Hauses ein, in dem mir niemand großes Vertrauen gezeigt hatte, schließlich lief ich aber doch den Kindern nach. Ich hörte knapp vor mir das Tappen ihrer Füße, aber in dem völligen Dun-

kel und auf den unbekannten Wegen stolperte ich öfters und schlug sogar einmal schmerzhaft mit dem Kopf an die Wand. Wir kamen auch in das Zimmer, in dem ich die Alten zuerst getroffen hatte, es war leer, durch die noch immer offene Tür sah man den Garten im Mondlicht. ›Geh hinaus‹, sagte ich mir, ›die Nacht ist warm und hell, man kann weitermarschieren oder auch im Freien übernachten. Es ist doch so sinnlos, hier den Kindern nachzulaufen.‹ Aber ich lief doch weiter, ich hatte ja auch noch Hut, Stock und Rucksack oben auf dem Boden. Aber wie die Kinder liefen! Das mondbeleuchtete Zimmer hatten sie, wie ich deutlich gesehen hatte, mit wehenden Hemden in zwei Sprüngen durchflogen. Mir fiel ein, daß ich für den Mangel an Gastfreundschaft in diesem Hause gebührend dankte, indem ich die Kinder aufgescheucht hatte, einen Rundlauf durchs Haus veranstaltete, selbst, statt zu schlafen, das Haus durchlärmte (die Schritte der bloßen Kinderfüße waren neben meinen schweren Stiefeln kaum zu hören) und nicht einmal wußte, was sich noch als Folge alles dessen ergeben sollte.
Plötzlich leuchtete es hell auf. In einem vor uns sich öffnenden Zimmer mit einigen weit offenen Fenstern saß bei einem Tisch eine zarte Frau und schrieb beim Licht einer großen schönen Stehlampe. »Kinder!« rief sie erstaunt, mich sah sie noch nicht, ich blieb vor der Tür im Schatten. Die Kinder stellten den Hund auf den Tisch, sie liebten die Frau wohl sehr, immerfort suchten sie ihr in die Augen zu sehn, ein Mädchen ergriff ihre Hand und streichelte sie, sie ließ es geschehn und merkte es kaum. Der Hund stand vor ihr auf dem Briefbogen, auf dem sie eben geschrieben hatte, und streckte ihr seine zitternde kleine Zunge entgegen, die man knapp vor dem Lampenschirm deutlich sah. Die Kinder baten nun, hierbleiben zu dürfen, und suchten der Frau eine Zustimmung abzuschmeicheln. Die Frau war unentschlossen, erhob sich, streckte die Arme aus, zeigte auf das eine Bett und den harten Boden. Die Kinder wollten das nicht gelten lassen und legten sich zur Probe auf den Boden nieder, wo sie gerade standen; ein Weilchen lang war alles still. Die Frau blickte lächelnd, die Hände im Schoß gefaltet, auf die Kinder nieder. Hie und da hob ein Kind den Kopf, aber da es auch noch die andern liegen sah, legte es sich wieder zurück.

Ich kam an einem Abend etwas später als sonst aus dem Bureau nach Hause – ein Bekannter hatte mich unten vor dem Haustor lange aufgehalten – und öffnete noch in Gedanken an das Gespräch, das sich hauptsächlich um Standesfragen gedreht hatte, mein Zimmer, hing den Überrock an den Haken und wollte zum Waschtisch gehn, da hörte ich fremde kurze Atemzüge. Ich sah auf und bemerkte auf der Höhe des tief in einen Winkel gestellten

Ofens im Halbdunkel etwas Lebendiges. Gelblich glänzende Augen blickten mich an, unter dem unkenntlichen Gesicht lagen zu beiden Seiten große runde Frauenbrüste auf dem Gesimse des Ofens auf, das ganze Wesen schien nur aus aufgehäuftem weichem weißem Fleisch zu bestehn, ein dicker langer gelblicher Schwanz hing am Ofen herab, sein Ende strich fortwährend zwischen den Ritzen der Kacheln hin und her.
Das erste, was ich tat, war, daß ich mit großen Schritten und tief gesenktem Kopf – Narrheit! Narrheit! wiederholte ich leise wie ein Gebet – zu der Türe ging, die in die Wohnung meiner Vermieterin führte. Erst später bemerkte ich, daß ich ohne zu klopfen eingetreten war . . . [bricht ab]

Es war um Mitternacht. Fünf Männer hielten mich, über sie hinweg hob ein sechster seine Hand, um mich zu fassen. »Los«, rief ich und drehte mich im Kreis, daß alle abfielen. Ich fühlte irgendwelche Gesetze herrschen, hatte bei der letzten Anstrengung gewußt, daß sie Erfolg haben werde, sah, wie alle Männer jetzt mit erhobenenen Armen zurückflogen, erkannte, daß sie im nächsten Augenblick alle gemeinsam gegen mich stürzen müßten, drehte mich zum Haustor um – ich stand knapp davor –, öffnete das förmlich freiwillig und in ungewöhnlicher Eile aufspringende Schloß und entwich die dunkle Treppe hinauf.
Oben im letzten Stock stand in der offenen Wohnungstür meine alte Mutter mit einer Kerze in der Hand. »Gib acht, gib acht«, rief ich schon vom vorletzten Stockwerk hinauf, »sie verfolgen mich.«
»Wer denn? Wer denn?« fragte meine Mutter. »Wer könnte dich denn verfolgen, mein Junge.«
»Sechs Männer«, sagte ich atemlos.
»Kennst du sie?« fragte die Mutter.
»Nein, fremde Männer«, sagte ich.
»Wie sehn sie denn aus?«
»Ich habe sie ja kaum gesehn. Einer hat einen schwarzen Vollbart, einer einen großen Ring am Finger, einer hat einen roten Gürtel, einer hat die Hosen an den Knien zerrissen, einer hat nur ein Auge offen und der letzte zeigt die Zähne.«
»Jetzt denke nicht mehr daran«, sagte die Mutter, »geh in dein Zimmer, lege dich schlafen, ich habe aufgebettet.« Die Mutter, diese alte Frau, schon unangreifbar vom Lebendigen, mit einem listigen Zug um den bewußtlos achtzigjährige Narrheiten wiederholenden Mund. »Jetzt schlafen?« rief ich . . . [bricht ab]

12. Juni. Kubin. Gelbliches Gesicht, flach über den Schädel gelagertes weniges Haar, von Zeit zu Zeit angestachelter Glanz in den Augen.

Wolfskehl, halb blind, Netzhautablösung, muß sich vor Fall oder Stoß hüten, sonst kann die Linse herausfallen, dann ist alles zu Ende. Muß das Buch beim Lesen knapp an die Augen halten und aus dem Augenwinkel die Buchstaben zu erhaschen suchen. War mit Melchior Lechter in Indien, erkrankte an Dysenterie, ißt alles, jedes Obst, das er auf der Straße im Staub liegen sieht.
P. hat einer Leiche einen silbernen Keuschheitsgürtel abgesägt, hat die Arbeiter, welche sie ausgegraben haben, irgendwo in Rumänien, beiseite geschoben, hat sie mit der Bemerkung beruhigt, daß er hier eine wertvolle Kleinigkeit sehe, die er sich als Andenken mitnehmen wolle, hat den Gürtel aufgesägt und vom Gerippe heruntergerissen. Findet er in einer Dorfkirche eine wertvolle Bibel oder ein Bild oder ein Blatt, das er haben will, so reißt er, was er will, aus den Büchern, von den Wänden, vom Altar, legt als Gegengabe ein Zweihellerstück hin und ist beruhigt. – Liebe zu dicken Weibern. Jede Frau, die er hatte, wird photographiert. Stoß von Photographien, den er jedem Besucher zeigt. Sitzt in der einen Sofaecke, der Besucher, von ihm weit entfernt, in der andern. P. sieht kaum hin und weiß doch immer, welche Photographie an der Reihe ist und gibt danach seine Erklärungen: Das war eine alte Witwe, das waren die zwei ungarischen Dienstmädchen usw. – Über Kubin: »Ja, Meister Kubin, Sie sind ja im Aufschwung, in zehn bis zwanzig Jahren können Sie, wenn es so anhält, eine Stellung wie Bayros haben.«

Brief Dostojewskis an eine Malerin.
Das gesellschaftliche Leben geht im Kreis vor sich. Nur die mit einem bestimmten Leiden Behafteten verstehn einander. Sie bilden kraft der Natur ihres Leidens einen Kreis und unterstützen einander. Sie gleiten an den innern Rändern ihres Kreises entlang, lassen einander den Vorrang oder schieben im Gedränge einer sanft den andern. Jeder spricht dem andern zu, in der Hoffnung einer Rückwirkung auf sich oder, dann geschieht es leidenschaftlich, im unmittelbaren Genuß dieser Rückwirkung. Jeder hat nur die Erfahrung, die ihm sein Leiden gestattet, trotzdem hört man unter solchen Genossen den Austausch ungeheuerlich verschiedenartiger Erfahrungen. »Du bist so«, sagt einer zum andern, »statt zu klagen, danke Gott dafür, daß du so bist, denn wärst du nicht so, dann wärest du in diesem oder jenem Unglück, in dieser oder jener Schande.« Woher weiß das nun dieser Mann? Er gehört doch, das verrät dieser Ausspruch, zu dem gleichen Kreis wie der Angesprochene, seine Trostbedürftigkeit ist gleicher Art. Im gleichen Kreis weiß man aber immer das gleiche. Es gibt nicht den Hauch eines Gedankens, den der Tröstende vor dem Getrösteten voraus hätte. Ihre Gespräche sind daher nur Vereinigungen der Einbildungskraft, Übergüsse der Wünsche von einem

auf den andern. Einmal sieht der eine zu Boden und der andere einem Vogel nach, in solchen Unterschieden spielt sich ihr Verkehr ab. Einmal einigen sie sich im Glauben und sehen beide Kopf an Kopf in unendliche Richtungen der Höhe. Erkenntnis ihrer Lage zeigt sich aber nur dann, wenn sie gemeinsam die Köpfe senken und der gemeinsame Hammer auf sie niedergeht.

14. Juni. Mein ruhiger Gang, während es um den Kopf zuckt und ein über den Kopf schwach schleifender Ast mir das ärgste Unbehagen macht. Ich habe die Ruhe, ich habe die Sicherheit anderer Menschen in mir, aber irgendwie am verkehrten Ende.

19. Juni. Die Aufregungen der letzten Tage. Die Ruhe, die von Dr. W. auf mich übergeht. Die Sorgen, die er für mich trägt. Wie sie heute früh, als ich um vier Uhr nach festem Schlafe aufwachte, in mich übersiedelten. Pištěkovo divadlo. Löwenstein. Jetzt der grobe aufregende Roman von Soyka. Angst. Überzeugung der Notwendigkeit von F.

Wie wir uns, Ottla und ich, austoben in Wut gegen Menschenverbindungen.

Das Grab der Eltern, in dem auch der Sohn (Pollak, Handelsakademiker) begraben ist.

25. Juni. Vom frühen Morgen an bis jetzt zur Dämmerung ging ich in meinem Zimmer auf und ab. Das Fenster war offen, es war ein warmer Tag. Der Lärm der engen Gasse trieb ununterbrochen herein. Ich kannte schon jede Kleinigkeit im Zimmer durch das Anschauen während meines Rundganges. Alle Wände hatte ich mit den Blicken abgestreift. Dem Muster des Teppichs und seinen Altersspuren war ich bis in die letzten Verzweigungen nachgegangen. Den Tisch in der Mitte hatte ich vielemal mit Fingerspannen abgemessen. Zum Bild des verstorbenen Mannes meiner Wirtin hatte ich schon die Zähne oft gefletscht. Gegen Abend trat ich zum Fenster und setzte mich auf die niedrige Brüstung. Da blickte ich zufällig zum erstenmal ruhig von einem Platz in das Innere des Zimmers und zur Decke auf. Endlich, endlich begann, wenn ich mich nicht täuschte, dieses so vielfach von mir erschütterte Zimmer sich zu rühren. An den Rändern der weißen, mit schwacher Gipsverzierung umzogenen Decke begann es. Kleine Mörtelstücke lösten sich los und fielen wie zufällig, hie und da mit bestimmtem Schlag, zu Boden. Ich streckte die Hand aus, und auch in meine Hand fielen einige, ich warf sie, ohne mich in meiner Spannung auch nur umzudrehn, über meinen Kopf hinweg in die Gasse. Die Bruchstellen oben hatten noch keinen Zusammen-

hang, aber man konnte ihn sich immerhin schon irgendwie bilden. Aber ich ließ von solchen Spielen ab, als sich jetzt dem Weiß ein bläuliches Violett beizumischen begann, es ging von dem weiß bleibenden, ja geradezu weiß erstrahlenden Mittelpunkt der Decke aus, in welchen knapp oben die armselige Glühlampe eingesteckt war. Immer wieder in Stößen drängte sich die Farbe, oder war es ein Licht, gegen den sich jetzt verdunkelnden Rand hin. Man achtete gar nicht mehr auf den fallenden Mörtel, der wie unter dem Druck eines sehr genau geführten Werkzeugs absprang.
Da drängten in das Violett von den Seiten her gelbe, goldgelbe Farben. Die Zimmerdecke färbte sich aber nicht eigentlich, die Farben machten sie nur irgendwie durchsichtig, über ihr schienen Dinge zu schweben, die durchbrechen wollten, man sah schon fast das Treiben dort in Umrissen, ein Arm streckte sich aus, ein silbernes Schwert schwebte auf und ab. Es galt mir, das war kein Zweifel; eine Erscheinung, die mich befreien sollte, bereitete sich vor. Ich sprang auf den Tisch, um alles vorzubereiten, riß die Glühlampe samt ihrem Messingstab heraus und schleuderte sie auf den Boden, sprang dann hinunter und stieß den Tisch aus der Mitte des Zimmers zur Wand hin. Das, was kommen wollte, konnte sich ruhig auf den Teppich niederlassen und mir melden, was es zu melden hatte. Kaum war ich fertig, brach die Decke wirklich auf. Noch aus großer Höhe, ich hatte sie schlecht eingeschätzt, senkte sich im Halbdunkel langsam ein Engel in bläulich violetten Tüchern, umwickelt mit goldenen Schnüren, auf großen, weißen, seidig glänzenden Flügeln herab, das Schwert im erhobenen Arm waagrecht ausgestreckt. ›Also ein Engel!‹ dachte ich, ›den ganzen Tag fliegt er auf mich zu, und ich in meinem Unglauben wußte es nicht. Jetzt wird er zu mir sprechen.‹ Ich senkte den Blick. Aber als ich ihn wieder hob, war zwar noch der Engel da, hing ziemlich tief unter der Decke, die sich wieder geschlossen hatte, war aber kein lebendiger Engel, sondern nur eine bemalte Holzfigur von einem Schiffsschnabel, wie sie in Matrosenkneipen an der Decke hängen. Nichts weiter. Der Knauf des Schwertes war dazu eingerichtet, Kerzen zu halten und den fließenden Talg aufzunehmen. Die Glühlampe hatte ich heruntergerissen, im Dunkel wollte ich nicht bleiben, eine Kerze fand sich noch, so stieg ich also auf einen Sessel, steckte die Kerze in den Schwertknauf, zündete sie an und saß dann noch bis in die Nacht hinein unter dem schwachen Licht des Engels.

30. Juni. Hellerau. Leipzig mit Pick. Ich habe mich schrecklich aufgeführt. Konnte nicht fragen, nicht antworten, nicht mich bewegen, knapp noch in die Augen sehn. Mann, der für den Flottenverein wirbt, das dicke wurstessende Paar Thomas, bei dem wir wohnen, Prescher, der uns hinführt, Frau Thomas, Hegner, Fantl und Frau, Adler, Frau und Kind Anneliese, Frau Dr. K., Fräulein

P., die Schwester der Frau Fantl, K., Mendelssohn (Kind des Bruders, Alpinum, Engerlinge, Fichtennadelbad), Waldschenke, »Natura«, Wolff, Haas, Vorlesung von »Narciß« im Garten von Adler, Besichtigung des Dalcrozehauses, Abend in der Waldschenke, Bugra – Schrecken über Schrecken.
Mißlungenes: Nichtfinden der »Natura«, Ablaufen der Struvestraße; falsche Elektrische nach Hellerau, kein Zimmer in der Waldschenke; vergessen, daß ich mich von E. dort antelephonieren lassen will, daher Umkehr; Fantl nicht mehr getroffen; Dalcroze in Genf; nächsten Morgen zu spät in die Waldschenke gekommen (F. hat nutzlos telephoniert); Entschluß, nicht nach Berlin, sondern nach Leipzig zu fahren; sinnlose Fahrt; irrtümlicherweise Personenzug; Wolff fährt gerade nach Berlin; Lasker-Schüler belegt Werfel; sinnloser Besuch der Ausstellung; schließlich zum Abschluß im »Arco« ganz sinnlos Pick um eine alte Schuld gemahnt.

1. Juli. Zu müde.

5. Juli. Solche Leiden tragen müssen und verursachen!

23. Juli. Der Gerichtshof im Hotel. Die Fahrt in der Droschke. Das Gesicht F.s. Sie fährt mit den Händen in die Haare, gähnt. Rafft sich plötzlich auf und sagt gut Durchdachtes, lange Bewahrtes, Feindseliges. Der Rückweg mit Fräulein Bl. Das Zimmer im Hotel, die von der gegenüberliegenden Mauer reflektierte Hitze. Auch von den sich wölbenden Seitenmauern, die das tiefliegende Zimmerfenster einschließen, kommt Hitze. Überdies Nachmittagssonne. Der bewegliche Diener, fast ostjüdisch. Lärm im Hof, wie in einer Maschinenfabrik. Schlechte Gerüche. Die Wanze. Schwerer Entschluß, sie zu zerdrücken. Stubenmädchen staunt: es sind nirgends Wanzen, nur einmal hat ein Gast auf dem Korridor eine gefunden.
Bei den Eltern. Vereinzelte Tränen der Mutter. Ich sage die Lektion auf. Der Vater erfaßt es richtig von allen Seiten. Kam eigens meinetwegen von Malmö, Nachtreise, sitzt in Hemdärmeln. Sie geben mir recht, es läßt sich nichts oder nicht viel gegen mich sagen. Teuflisch in aller Unschuld. Scheinbare Schuld des Fräulein Bl.
Abends allein auf einem Sessel unter den Linden. Leibschmerzen. Trauriger Kontrolleur. Stellt sich vor die Leute, dreht die Zettel in der Hand und läßt sich nur durch Bezahlung fortschaffen. Verwaltet sein Amt trotz aller scheinbaren Schwerfälligkeit sehr richtig, man kann bei solcher Dauerarbeit nicht hin- und herfliegen, auch muß er sich die Leute zu merken versuchen. Beim Anblick solcher Leute immer diese Überlegungen: Wie kam er zu dem Amt, wie wird er bezahlt, wo wird er morgen sein, was erwartet ihn im

Alter, wo wohnt er, in welchem Winkel streckt er vor dem Schlaf die Arme, könnte ich es auch leisten, wie wäre mir zumute? Alles unter Leibschmerzen. Schreckliche, schwer durchlittene Nacht. Und doch fast keine Erinnerung an sie.
Im Restaurant Belvedere, an der Stralauer Brücke mit E. Sie hofft noch auf einen guten Ausgang oder tut so. Wein getrunken. Tränen in ihren Augen. Schiffe gehn nach Grünau, nach Schwertau ab. Viele Menschen. Musik. E. tröstet mich, ohne daß ich traurig bin, das heißt ich bin bloß über mich traurig und darin trostlos. Schenkt mir »Gotische Zimmer«. Erzählt viel (ich weiß nichts). Besonders wie sie sich im Geschäft durchsetzt gegenüber einer alten giftigen weißhaarigen Kollegin. Sie wollte am liebsten von Berlin weg, selbst ein Unternehmen haben. Sie liebt die Ruhe. Als sie in Sebnitz war, hat sie öfters den Sonntag durchgeschlafen. Kann auch lustig sein. – Auf dem andern Ufer Marinehaus. Dort hatte schon der Bruder eine Wohnung gemietet.
Warum haben mir die Eltern und die Tante so nachgewinkt? Warum saß F. im Hotel und rührte sich nicht, trotzdem alles schon klar war? Warum telegraphierte sie mir: »Erwarte dich, muß aber Dienstag geschäftlich verreisen.« Wurden von mir Leistungen erwartet? Nichts wäre natürlicher gewesen. Von nichts (unterbrochen von Dr. Weiß, der ans Fenster tritt) . . . [bricht ab]

27. Juli. Nächsten Tag zu den Eltern nicht mehr gegangen. Nur Radler mit Abschiedsbrief geschickt. Brief unehrlich und kokett. »Behaltet mich nicht in schlechtem Angedenken.« Ansprache vom Richtplatz.
Zweimal in der Schwimmschule am Stralauer Ufer gewesen. Viele Juden. Bläuliche Gesichter, starke Körper, wildes Laufen. Abend im Garten des »Askanischen Hofes«. Gegessen Reis à la Trautmannsdorf und einen Pfirsich. Ein Weintrinker beobachtet mich, wie ich den kleinen unreifen Pfirsich mit dem Messer zu zerschneiden versuche. Es gelingt nicht. Aus Scham lasse ich unter den Blicken des Alten vom Pfirsich überhaupt ab und durchblättere zehnmal die »Fliegenden Blätter«. Ich warte ab, ob er sich nicht doch abwenden wird. Endlich nehme ich alle Kraft zusammen und beiße ihm zu Trotz in den ganz saftlosen teuren Pfirsich. In der Laube neben mir ein großer Herr, der sich um nichts kümmert als um den Braten, den er sorgfältig aussucht, und um den Wein im Eiskübel. Endlich zündet er sich eine große Zigarre an, ich beobachte ihn über meine »Fliegenden Blätter« hinweg.
Abfahrt vom Lehrter Bahnhof. Der Schwede in Hemdärmeln. Das starke Mädchen mit vielen silbernen Armreifen. Umsteigen in Buchen in der Nacht. Lübeck. Schreckliches Hotel Schützenhaus. Überfüllte Wände, schmutzige Wäsche unter dem Leintuch, verlassenes Haus, ein Pikkolo ist die einzige Bedienung. Aus Furcht

vor dem Zimmer gehe ich noch in den Garten und sitze dort bei einer Flasche Harzer Sauerbrunn. Mir gegenüber beim Bier ein Buckliger und ein magerer blutleerer junger Mensch, der raucht. Doch geschlafen, aber bald von der Sonne geweckt, die durch das große Fenster geradeaus mir ins Gesicht scheint. Fenster führt auf den Bahnkörper, unaufhörlich Lärm der Züge. Erlösung und Glück nach der Übersiedlung ins Hotel Kaiserhof an der Trave. Fahrt nach Travemünde. Bad – Familienbad. Anblick des Strandes. Nachmittag im Sand. Durch die nackten Füße als unanständig aufgefallen. Neben mir der scheinbare Amerikaner. Statt zu Mittag zu essen, an allen Pensionen und Restaurationen vorübergegangen. In der Allee vor dem Kurhaus gesessen und der Tafelmusik zugehört.
In Lübeck Spaziergang auf dem Wall. Trauriger verlassener Mann auf einer Bank. Leben auf dem Sportplatz. Stiller Platz, Menschen vor allen Türen auf Stufen und Steinen. Morgen vom Fenster aus. Ausladen der Hölzer aus einem Segelboot. Dr. W. am Bahnhof. Nicht mehr aufhörende Ähnlichkeit mit Löwy. Entschlußunfähigkeit wegen Gleschendorf. Essen in der Hansa-Meierei. »Errötende Jungfrau.« Einkaufen des Nachtmahls. Telephonisches Gespräch mit Gleschendorf. Fahrt nach Marienlyst. Trajekt. Geheimnisvolles Verschwinden eines jungen Mannes mit Regenmantel und Hut und geheimnisvolles Wiederauftauchen bei der Fahrt im Wagen von Vaggerloese nach Marienlyst.

28. Juli. Verzweifelter erster Eindruck der Einöde, des elenden Hauses, des schlechten Essens ohne Obst und Gemüse, der Streitigkeiten zwischen W. und H. Entschluß, nächsten Tag wegzufahren. Kündigung. Bleibe doch. Vorlesung des »Überfall«, meine Unfähigkeit, zuzuhören, mitzugenießen, zu urteilen. Die Rede-Improvisationen des W. Für mich Unerreichbares. Der Mann, der mitten im Garten schreibt, dickes Gesicht, schwarzäugig, gefettetes langes, glatt zurückgestrichenes Haar. Starre Blicke, Augenzwinkern rechts und links. Die Kinder, unbeteiligt, sitzen wie Fliegen um seinen Tisch. – Meine Unfähigkeit, zu denken, zu beobachten, festzustellen, mich zu erinnern, zu reden, mitzuerleben wird immer größer, ich versteinere, ich muß das feststellen. Meine Unfähigkeit wird sogar im Bureau größer. Wenn ich mich nicht in einer Arbeit rette, bin ich verloren. Weiß ich das so deutlich, als es ist? Ich verkrieche mich vor Menschen nicht deshalb, weil ich ruhig leben, sondern weil ich ruhig zugrunde gehen will. Ich denke an die Strecke, die wir, E. und ich, von der Elektrischen zum Lehrter Bahnhof gingen. Keiner sprach, ich dachte an nichts anderes, als daß jeder Schritt ein Gewinn für mich sei. Und E. ist lieb zu mir; glaubt sogar unbegreiflicherweise an mich, trotzdem sie mich vor dem Gericht gesehen hat; ich fühle sogar hie und da die

Wirkung dieses Glaubens an mich, ohne diesem Gefühl allerdings ganz zu glauben. Das erste Leben, das seit vielen Monaten Menschen gegenüber in mir war, fühlte ich der Schweizerin im Coupé gegenüber, bei der Rückfahrt von Berlin. Sie erinnerte an G. W. Einmal rief sie sogar: Kinder! – Kopfschmerzen hatte sie, so plagte sie das Blut. Häßlicher ungepflegter kleiner Körper, schlechtes billiges Kleid aus einem Pariser Warenhaus, Sommersprossen im Gesicht. Aber kleine Füße, ein trotz Schwerfälligkeit infolge seiner Kleinheit ganz beherrschter Körper, runde feste Wangen, lebendiger, nie verlöschender Blick.
Das jüdische Ehepaar, das neben mir wohnte. Junge Leute, beide schüchtern und bescheiden, ihre große Hakennase und der schlanke Leib, er schielte ein wenig, war blaß, untersetzt und breit, in der Nacht hustete er ein wenig. Sie gingen oft hintereinander. Blick auf das zerworfene Bett in ihrem Zimmer.
Dänisches Ehepaar. Er oft sehr korrekt im Jackett, sie braungebrannt, schwaches, aber grob gefügtes Gesicht. Schweigen viel, sitzen manchmal nebeneinander, die Gesichter schief nebeneinander gestellt wie auf Gemmen.
Der freche schöne Junge. Raucht immer Zigaretten. Sieht H. frech, herausfordernd, bewundernd, spöttisch und verächtlich an, alles in einem Blick. Manchmal beachtet er sie überhaupt nicht. Verlangt ihr stumm eine Zigarette ab. Bietet ihr nächstens von der Ferne eine an. Hat zerrissene Hosen. Will man ihn durchprügeln, so muß man es in diesem Sommer tun, im nächsten prügelt er schon selbst. Faßt alle Stubenmädchen streichelnd am Arm, aber nicht demütig, nicht verlegen, sondern wie irgendein Leutnant, der mit Rücksicht auf seine vorläufige Kindsgestalt in manchem mehr wagen kann als später. Wie er beim Essen einer Puppe den Kopf mit dem Messer abzuhacken droht.
Lancier. Vier Paare. Bei Lampenlicht und Grammophonspiel im großen Saal. Nach jeder Figur eilt ein Tänzer zum Grammophon und legt eine neue Platte ein. Insbesondere von seiten der Herren korrekt, leicht und ernsthaft ausgeführter Tanz. Der Lustige, Rotbackige, Weltmännische, dessen sich wölbendes steifes Hemd seine breite hohe Brust noch höher machte – der Unbekümmerte, Bleiche, über allen Stehende, mit allen Spaßende; Bauchansatz; helles schlotterndes Kleid; viele Sprachen; las die »Zukunft« – der kolossale Vater der kropfigen, fauchenden Familie, die man an ihrem schweren Atem und den Kinderbäuchen erkannte; er saß mit seiner Frau (mit der er sehr galant tanzte) demonstrativ am Kindertisch, an dem er allerdings mit seiner Familie am stärksten beteiligt war. Der Korrekte, Reinliche, Vertrauenswürdige, dessen Gesicht vor lauter Ernsthaftigkeit, Bescheidenheit und Männlichkeit fast verdrießlich aussah. Spielte Klavier. Der riesige Deutsche mit Schmissen im viereckigen Gesicht, dessen wulstige Lippen beim

Reden sich so friedlich aneinanderlegten. Seine Frau, nordisches, hartes und freundliches Gesicht, betonter schöner Gang, betonte Freiheit der sich wiegenden Hüften. Frau aus Lübeck mit glänzenden Augen. Drei Kinder, darunter Georg, der, sinnlos wie etwa ein Schmetterling, sich bei ganz fremden Leuten niederläßt. Dann fragt er in kindischer Gesprächigkeit etwas Sinnloses. Wir sitzen zum Beispiel und korrigieren den »Kampf«. Plötzlich erscheint er und fragt selbstverständlich, vertrauensvoll und laut, wo die andern Kinder hingelaufen sind. – Der steife alte Herr, der zeigt, wie die edlen nordischen Langköpfe im Alter aussehn. Verdorben und unkenntlich, wenn nicht wieder schöne junge Langköpfe hier herumliefen.

29. Juli. Die zwei Freunde, der eine blond, Richard Strauß ähnlich, lächelnd, zurückhaltend, gewandt, der andere dunkel, korrekt angezogen, sanft und fest, allzu geschmeidig, lispelt, beide genießerisch, trinken immerfort Wein, Kaffee, Bier, Schnaps, rauchen ununterbrochen, einer gießt dem andern ein, ihr Zimmer dem meinigen gegenüber voll französischer Bücher, schreiben viel bei schönem Wetter im dumpfen Schreibzimmer.

Josef K., der Sohn eines reichen Kaufmanns, ging eines Abends nach einem großen Streit, den er mit seinem Vater gehabt hatte – der Vater hatte ihm sein liederliches Leben vorgeworfen und dessen sofortige Einstellung verlangt –, ohne eine bestimmte Absicht, nur in vollständiger Unsicherheit und Müdigkeit in das Haus der Kaufmannschaft, das von allen Seiten frei in der Nähe des Hafens stand. Der Türhüter verneigte sich tief. Josef sah ihn ohne Gruß flüchtig an. ›Diese stummen untergeordneten Personen machen alles, was man von ihnen voraussetzt‹, dachte er. ›Denke ich, daß er mich mit unpassenden Blicken beobachtet, so tut er es wirklich.‹ Und er drehte sich nochmals, wieder ohne Gruß, nach dem Türhüter um; dieser wandte sich zur Straße und sah zum wolkenbedeckten Himmel auf.

Ich war ganz ratlos. Noch vor einem Weilchen hatte ich gewußt, was zu tun war. Der Chef hatte mich mit ausgestreckter Hand bis zur Tür des Geschäftes gedrängt. Hinter den zwei Pulten standen meine Kollegen, angebliche Freunde, die grauen Gesichter ins Dunkel gesenkt, um den Gesichtsausdruck zu verbergen.
»Hinaus«, rief der Chef, »Dieb! Hinaus! Ich sage: Hinaus!« – »Es ist nicht wahr«, rief ich zum hundertsten Male, »ich habe nicht gestohlen! Es ist ein Irrtum oder eine Verleumdung! Rühren Sie mich nicht an! Ich werde Sie klagen! Es gibt noch Gerichte! Ich gehe nicht! Fünf Jahre habe ich Ihnen gedient wie ein Sohn und

jetzt werde ich als Dieb behandelt. Ich habe nicht gestohlen, hören Sie doch um Himmels willen, ich habe nicht gestohlen.«
»Kein Wort mehr«, sagte der Chef. »Sie gehn!« Wir waren schon bei der Glastür, ein Lehrjunge, der früher hinausgelaufen war, öffnete sie eilig, das eindringende Geräusch der allerdings abgelegenen Straße machte mich den Tatsachen zugänglicher, ich blieb in der Tür stehn, die Ellbogen in den Hüften und sagte nur, bei aller Atemlosigkeit möglichst ruhig: »Ich will meinen Hut.«
»Den sollen Sie haben«, sagte der Chef, ging ein paar Schritte zurück, nahm den Hut von dem Kommis Grasmann, der sich über das Pult geschwungen hatte, entgegen, wollte ihn mir zuwerfen, verfehlte aber die Richtung, warf auch mit zu großer Kraft, so daß der Hut an mir vorüber auf die Fahrbahn flog.
»Der Hut gehört jetzt Ihnen«, sagte ich und ging auf die Straße hinaus. Und nun war ich ratlos. Ich hatte gestohlen, hatte aus der Ladenkasse einen Fünf-Guldenschein gezogen, um abends mit Sophie ins Theater gehn zu können. Sie wollte gar nicht ins Theater gehn, in drei Tagen war Gehaltsauszahlung, dann hätte ich eigenes Geld gehabt, außerdem hatte ich den Diebstahl unsinnig ausgeführt, bei hellem Tag, neben dem Glasfenster des Kontors, hinter dem der Chef saß und mir zusah. »Dieb!« schrie er und sprang aus dem Kontor. »Ich habe nicht gestohlen«, war mein erstes Wort, aber die Fünfguldennote war in meiner Hand und die Kassa war offen.

Notizen über die Reise in ein anderes Heft eingetragen. Mißlungene Arbeiten angefangen. Ich gebe aber nicht nach, trotz Schlaflosigkeit, Kopfschmerzen, allgemeiner Unfähigkeit. Es ist die letzte Lebenskraft, die sich in mir dazu gesammelt hat. Ich habe die Beobachtung gemacht, daß ich nicht deshalb den Menschen ausweiche, um ruhig zu leben, sondern um ruhig sterben zu können. Nun werde ich mich aber wehren. Einen Monat während der Abwesenheit meines Chefs habe ich Zeit.

30. Juli. Ich hatte, müde des Dienens in fremden Geschäften, ein eigenes kleines Papiergeschäft eröffnet. Da meine Mittel nur klein waren und ich fast alles bar bezahlen mußte ... [bricht ab]

Ich suchte Rat, ich war nicht eigensinnig. Es war nicht Eigensinn, wenn ich jemanden, der mir ohne es zu wissen etwas riet, still mit krampfhaft verzogenem Gesicht und von Hitze glänzenden Wangen anlachte. Es war Spannung, Aufnahmebereitschaft, krankhaftes Fehlen des Eigensinns.

Der Direktor der Versicherungsgesellschaft »Fortschritt« war immer mit seinen Beamten äußerst unzufrieden. Nun ist jeder Direktor mit seinen Beamten unzufrieden, der Unterschied zwischen Beamten und Direktoren ist zu groß, als daß er sich durch bloße Befehle von seiten des Direktors und durch bloßes Gehorchen von seiten der Beamten ausgleichen ließe. Erst der beiderseitige Haß bewirkt den Ausgleich und rundet das ganze Unternehmen ab.

Bauz, der Direktor der Versicherungsgesellschaft »Fortschritt«, sah den Mann, der vor seinem Schreibtisch stand und sich um eine Dienerstelle bei der Gesellschaft bewarb, zweifelnd an. Hie und da las er auch in den Papieren des Mannes, die vor ihm auf dem Tische lagen.
»Lang sind Sie ja«, sagte er, »das sieht man, aber was sind Sie wert? Bei uns müssen die Diener mehr können als Marken lecken, und gerade das müssen sie bei uns nicht können, weil solche Sachen bei uns automatisch gemacht werden. Bei uns sind die Diener halbe Beamte, sie haben verantwortungsvolle Arbeit zu leisten, fühlen Sie sich dem gewachsen? Sie haben eine eigentümliche Kopfbildung. Wie Ihre Stirn zurücktritt. Sonderbar. Welches war denn Ihr letzter Posten? Wie? Sie haben seit einem Jahr nichts gearbeitet? Warum denn? Wegen Lungenentzündung? So? Nun, das ist nicht sehr empfehlend, wie? Wir können nur gesunde Leute brauchen. Ehe Sie aufgenommen werden, müssen Sie vom Arzt untersucht werden. Sie sind schon gesund? So? Gewiß, das ist ja möglich. Wenn Sie nur lauter reden würden! Sie machen mich ganz nervös mit Ihrem Lispeln. Hier sehe ich auch, daß Sie verheiratet sind, vier Kinder haben. Und seit einem Jahr haben Sie nichts gearbeitet! Ja, Mensch! Ihre Frau ist Wäscherin? So. Nun ja. Da Sie jetzt schon einmal hier sind, lassen Sie sich gleich vom Arzt untersuchen, der Diener wird Sie hinführen. Daraus dürfen Sie aber nicht schließen, daß Sie angenommen werden, selbst wenn das Gutachten des Arztes günstig ist. Durchaus nicht. Eine schriftliche Verständigung bekommen Sie jedenfalls. Um aufrichtig zu sein, will ich Ihnen gleich sagen: Sie gefallen mir gar nicht. Wir brauchen ganz andere Diener. Lassen Sie sich aber jedenfalls untersuchen. Gehn Sie nur schon, gehn Sie. Hier hilft kein Bitten. Ich bin nicht berechtigt, Gnaden auszuteilen. Sie wollen jede Arbeit leisten. Gewiß. Das will jeder. Das ist keine besondere Auszeichnung. Es zeigt nur, wie tief Sie sich einschätzen. Und nun sage ich zum letzten Male: Gehn Sie und halten Sie mich nicht länger auf. Es ist wahrhaftig genug.«
Bauz mußte mit der Hand auf den Tisch schlagen, ehe der Mann sich vom Diener aus dem Direktionszimmer hinausziehn ließ.

31. Juli. Ich habe keine Zeit. Es ist allgemeine Mobilisierung. K. und P. sind einberufen. Jetzt bekomme ich den Lohn des Alleinseins. Es ist allerdings kaum ein Lohn, Alleinsein bringt nur Strafen.

Immerhin, ich bin wenig berührt von allem Elend und entschlossener als jemals. Nachmittags werde ich in der Fabrik sein müssen, wohnen werde ich nicht zu Hause, denn E. mit den zwei Kindern übersiedelt zu uns. Aber schreiben werde ich trotz alledem, unbedingt, es ist mein Kampf um die Selbsterhaltung.

1. August. K. zur Bahn begleitet. Im Bureau die Verwandten rund herum. Lust zu Valli zu fahren.

2. August. Deutschland hat Rußland den Krieg erklärt. – Nachmittag Schwimmschule.

3. August. Allein in der Wohnung meiner Schwester. Sie liegt tiefer als mein Zimmer, es ist auch eine abseits gelegene Gasse, daher lautes Gerede der Nachbarn unten vor den Türen. Auch Pfeifen. Sonst vollendete Einsamkeit. Keine ersehnte Ehefrau öffnet die Tür. In einem Monat hätte ich heiraten sollen. Ein schmerzhaftes Wort: Wie du es wolltest, so hast du es. Man steht an der Wand schmerzhaft festgedrückt, senkt furchtsam den Blick, um die Hand zu sehn, die drückt, und erkennt mit einem neuen Schmerz, der den alten vergessen macht, die eigene verkrümmte Hand, die mit einer Kraft, die sie für gute Arbeit niemals hatte, dich hält. Man hebt den Kopf, fühlt wieder den ersten Schmerz, senkt wieder den Blick und hört mit diesem Auf und Ab nicht auf.

4. August. Ich habe dem Hausherrn, als ich die Wohnung für mich mietete, wahrscheinlich ein Schriftstück unterschrieben, in dem ich mich zu einer zweijährigen oder gar sechsjährigen Miete verpflichtet habe. Jetzt stellt er die Forderung aus diesem Vertrag. Die Dummheit, oder besser allgemeine und endgültige Wehrlosigkeit, die mein Verhalten zeitigt. In den Fluß gleiten. Dieses Gleiten kommt mir wahrscheinlich deshalb so wünschenswert vor, weil es mich an »geschoben werden« erinnert.

6. August. Die Artillerie, die über den Graben zog. Blumen, Heil- und Nazdarrufe. Das krampfhaft stille, erstaunte, aufmerksame schwarze und schwarzäugige Gesicht.
Ich bin zerrüttet, statt erholt. Ein leeres Gefäß, noch ganz und schon unter Scherben oder schon Scherbe und noch unter den Ganzen. Voll Lüge, Haß und Neid. Voll Unfähigkeit, Dummheit, Begriffsstutzigkeit. Voll Faulheit, Schwäche und Wehrlosigkeit. Einunddreißig Jahre alt. Ich sah die zwei Ökonomen auf Ottlas Bild. Junge frische Leute, die etwas wissen und kräftig genug sind, es mitten unter den notwendigerweise ein wenig Widerstand leistenden Menschen anzuwenden. – Einer führt die schönen Pferde, der andere liegt im Gras und läßt die Zungenspitze in dem sonst

unbeweglichen und unbedingt vertrauenswürdigen Gesicht zwischen den Lippen spielen.

Ich entdecke in mir nichts als Kleinlichkeit, Entschlußunfähigkeit, Neid und Haß gegen die Kämpfenden, denen ich mit Leidenschaft alles Böse wünsche.

Von der Literatur aus gesehen ist mein Schicksal sehr einfach. Der Sinn für die Darstellung meines traumhaften innern Lebens hat alles andere ins Nebensächliche gerückt, und es ist in einer schrecklichen Weise verkümmert und hört nicht auf, zu verkümmern. Nichts anderes kann mich jemals zufriedenstellen. Nun ist aber meine Kraft für jene Darstellung ganz unberechenbar, vielleicht ist sie schon für immer verschwunden, vielleicht kommt sie doch noch einmal über mich, meine Lebensumstände sind ihr allerdings nicht günstig. So schwanke ich also, fliege unaufhörlich zur Spitze des Berges, kann mich aber kaum einen Augenblick oben erhalten. Andere schwanken auch, aber in untern Gegenden, mit stärkeren Kräften; drohen sie zu fallen, so fängt sie der Verwandte auf, der zu diesem Zweck neben ihnen geht. Ich aber schwanke dort oben, es ist leider kein Tod, aber die ewigen Qualen des Sterbens.

Patriotischer Umzug. Rede des Bürgermeisters. Dann Verschwinden, dann Hervorkommen und der deutsche Ausruf: »Es lebe unser geliebter Monarch, hoch!« Ich stehe dabei mit meinem bösen Blick. Diese Umzüge sind eine der widerlichsten Begleiterscheinungen des Krieges. Ausgehend von jüdischen Handelsleuten, die einmal deutsch, einmal tschechisch sind, es sich zwar eingestehen, niemals aber es so laut herausschreien dürfen wie jetzt. Natürlich reißen sie manchen mit. Organisiert war es gut. Es soll sich jeden Abend wiederholen, morgen Sonntag zweimal.

7. August. Man behandelt, selbst wenn man nicht die geringste sichtbare Fähigkeit zu individualisieren hat, doch jeden nach seiner Art. »L. aus Binz« streckt mir, um auf sich aufmerksam zu machen, den Stock entgegen und erschreckt mich.
Die festen Schritte auf der Schwimmschule.
Gestern und heute vier Seiten geschrieben, schwer zu überbietende Geringfügigkeiten.
Der ungeheure Strindberg. Diese Wut, diese im Faustkampf erworbenen Seiten.
Chorgesang aus dem gegenüberliegenden Wirtshaus. – Gerade bin ich zum Fenster gegangen. Schlaf scheint unmöglich. Durch die offene Glashaustüre kommt der volle Gesang. Eine Mädchenstimme intoniert. Es sind unschuldige Liebeslieder. Ich ersehne einen Schutzmann. Gerade kommt er. Er bleibt ein Weilchen vor

der Tür stehn und hört zu. Dann ruft er: »Der Wirt!« Die Mädchenstimme: »Vojtišku.« Aus einer Ecke springt ein Mann in Hose und Hemd. »Macht die Tür zu! Wer soll den Lärm anhören?« »O bitte, o bitte«, sagt der Wirt und mit zarten entgegenkommenden Bewegungen; als verhandle er mit einer Dame, schließt er zuerst die Tür hinter sich, öffnet sie dann, um hinauszuschlüpfen, und schließt sie wieder. Der Schutzmann (dessen Verhalten, insbesondere dessen Wut unbegreiflich ist, denn ihn kann der Gesang nicht stören, sondern nur seinen langweiligen Dienst versüßen) marschiert ab, die Sänger haben die Lust am Singen verloren.

11. August. Vorstellung, daß ich in Paris geblieben bin, Arm in Arm mit dem Onkel, eng an ihn gedrückt durch Paris gehe.

12. August. Gar nicht geschlafen. Nachmittag drei Stunden schlaflos und dumpf auf dem Kanapee gelegen, in der Nacht ähnlich. Es darf mich aber nicht hindern.

15. August. Ich schreibe seit ein paar Tagen, möchte es sich halten. So ganz geschützt und in die Arbeit eingekrochen, wie ich es vor zwei Jahren war, bin ich heute nicht, immerhin habe ich doch einen Sinn bekommen, mein regelmäßiges, leeres, irrsinniges junggesellenmäßiges Leben hat eine Rechtfertigung. Ich kann wieder ein Zwiegespräch mit mir führen und starre nicht so in vollständige Leere. Nur auf diesem Wege gibt es für mich eine Besserung.

Erinnerung an die Kaldabahn

Eine Zeit meines Lebens – es ist nun schon viele Jahre her – hatte ich eine Anstellung bei einer kleinen Bahn im Innern Rußlands. So verlassen wie dort bin ich niemals gewesen. Aus verschiedenen Gründen, die nicht hierhergehören, suchte ich damals einen solchen Ort, je mehr Einsamkeit mir um die Ohren schlug, desto lieber war es mir, und ich will also auch jetzt nicht darüber klagen. Nur Beschäftigung fehlte mir in der ersten Zeit.
Die kleine Bahn war ursprünglich vielleicht aus irgendwelchen wirtschaftlichen Absichten angelegt worden, das Kapital hatte aber nicht ausgereicht, der Bau kam ins Stocken und statt nach Kalda, dem nächsten, von uns fünf Tagreisen mit dem Wagen entfernten größern Ort, zu führen, machte die Bahn bei einer kleinen Ansiedlung geradezu in einer Einöde halt, von wo noch eine ganze Tagereise nach Kalda nötig war. Nun hätte die Bahn, selbst wenn sie bis Kalda ausgedehnt worden wäre, noch für unabsehbare

Zeiten unrentabel bleiben müssen, denn ihr ganzer Plan war verfehlt, das Land brauchte Straßen, aber keine Eisenbahnen, in dem Zustand jedoch, in dem sich die Bahn jetzt befand, konnte sie überhaupt nicht bestehn, die zwei Züge, die täglich verkehrten, führten Lasten mit sich, die ein leichter Wagen hätte transportieren können, und Passagiere waren nur ein paar Feldarbeiter im Sommer. Aber man wollte die Bahn doch nicht gänzlich eingehn lassen, denn man hoffte immer noch dadurch, daß man sie in Betrieb erhielt, für den weitern Ausbau Kapital anzulocken. Auch diese Hoffnung war meiner Meinung nach nicht so sehr Hoffnung als vielmehr Verzweiflung und Faulheit. Man ließ die Bahn laufen, solange noch Material und Kohle vorhanden waren, man zahlte den paar Arbeitern die Löhne unregelmäßig und verkürzt, als wären es Gnadengeschenke, und wartete im übrigen auf den Zusammenbruch des Ganzen.
Bei dieser Bahn war ich angestellt und bewohnte einen Holzverschlag, der noch seit dem Bau der Bahn dort zurückgeblieben war und gleichzeitig als Stationsgebäude diente. Er hatte nur einen Raum, in dem eine Pritsche für mich aufgestellt war – und ein Pult für mögliche Schreibarbeiten. Über ihm war der telegraphische Apparat angebracht. Als ich im Frühjahr hinkam, passierte der eine Zug die Station sehr früh – später wurde es geändert –, und es geschah manchmal, daß irgendein Passagier zur Station kam, während ich noch schlief. Er blieb dann natürlich – die Nächte waren dort bis in die Mitte des Sommers hinein sehr kühl – nicht im Freien, sondern klopfte an, ich riegelte auf und wir verbrachten dann oft ganze Stunden mit Plaudern. Ich lag auf meiner Pritsche, mein Gast hockte auf dem Boden oder kochte nach meiner Anweisung Tee, den wir dann beide in gutem Einverständnis tranken. Alle diese Dorfleute zeichnet große Verträglichkeit aus. Ich merkte übrigens, daß ich nicht sehr dazu angetan war, vollständige Einsamkeit zu ertragen, wenn ich mir auch sagen mußte, daß diese Einsamkeit, die ich mir auferlegt hatte, schon nach kurzer Zeit die vergangenen Sorgen zu zerstreuen begann. Ich habe überhaupt gefunden, daß es eine große Kraftprobe für ein Unglück ist, einen Menschen in der Einsamkeit dauernd zu beherrschen. Die Einsamkeit ist mächtiger als alles und treibt einen wieder den Menschen zu. Natürlich versucht man dann andere, scheinbar weniger schmerzliche, in Wirklichkeit bloß noch unbekannte Wege zu finden.
Ich schloß mich den Leuten dort mehr an, als ich gedacht hatte. Ein regelmäßiger Verkehr war es natürlich nicht. Von den fünf Dörfern, die für mich in Betracht kamen, war jedes einige Stunden sowohl von der Station als auch von den andern Dörfern entfernt. Allzuweit mich von der Station zu entfernen durfte ich nicht wagen, wenn ich nicht meinen Posten verlieren wollte. Und das

wollte ich wenigstens in der ersten Zeit durchaus nicht. In die Dörfer selbst konnte ich nicht gehn und blieb auf die Passagiere angewiesen oder auf die Leute, welche den weiten Weg nicht scheuten, um mir einen Besuch zu machen. Schon im ersten Monat fanden sich solche Leute ein, aber wie freundlich sie auch waren, es war leicht zu erkennen, daß sie nur kamen, um vielleicht ein Geschäft mit mir zu machen, sie verbargen übrigens auch ihre Absicht gar nicht. Sie brachten verschiedene Waren, und ich kaufte zuerst, solange ich Geld hatte, gewöhnlich fast unbesehen alles ein, so willkommen waren mir die Leute, besonders einzelne. Später schränkte ich die Einkäufe allerdings ein, unter anderem auch deshalb, weil ich zu bemerken glaubte, daß meine Art, einzukaufen, ihnen verächtlich erschien. Außerdem bekam ich auch Lebensmittel mit der Bahn, die waren allerdings ganz schlecht und noch viel teuerer als das, was die Bauern brachten.
Ursprünglich hatte ich ja beabsichtigt, einen kleinen Gemüsegarten anzulegen, eine Kuh zu kaufen und mich auf diese Weise möglichst unabhängig von allen zu machen. Ich hatte auch Gartengeräte und Aussaat mitgebracht, Boden war überreichlich da, unbebaut dehnte er sich in einer einzigen Fläche um meine Hütte, ohne die geringste Erhöhung, soweit das Auge reichte. Aber ich war zu schwach, um diesen Boden zu bezwingen. Ein widerspenstiger Boden, der bis ins Frühjahr festgefroren war und selbst meiner neuen scharfen Hacke widerstand. Was man an Aussaat in ihn senkte, war verloren. Ich bekam Verzweiflungsanfälle bei dieser Arbeit. Ich lag tagelang auf meiner Pritsche und kam nicht einmal bei Ankunft der Züge hinaus. Ich steckte dann nur den Kopf aus der Luke, die gerade über der Pritsche angebracht war, und machte die Meldung, daß ich krank sei. Dann kam das Zugpersonal, das aus drei Mann bestand, zu mir herein, um sich zu wärmen, aber sie fanden nicht viel Wärme, denn ich vermied es womöglich, den alten, leicht explodierenden Eisenofen zu benützen. Ich lag lieber in einen alten warmen Mantel eingepackt und mit verschiedenen Fellen zugedeckt, die ich den Bauern nach und nach abgekauft hatte. »Du bist oft krank«, sagten sie mir. »Du bist ein kränklicher Mensch. Du wirst nicht mehr von hier fortkommen.« Sie sagten es nicht etwa, um mich traurig zu machen, sondern sie hatten das Bestreben, wenn es nur möglich war, die Wahrheit rund herauszusagen. Sie taten das meistens unter einem eigentümlichen Glotzen der Augen.
Einmal im Monat, aber immer zu verschiedenen Zeiten, kam ein Inspektor, um mein Vormerkbuch zu überprüfen, das eingenommene Geld mir abzunehmen und – dies aber nicht immer – den Lohn mir auszuzahlen. Seine Ankunft wurde mir immer einen Tag vorher von den Leuten angezeigt, die ihn in der letzten Station abgesetzt hatten. Diese Anzeige hielten sie für die größte Wohltat,

die sie mir erweisen konnten, trotzdem ich natürlich jeden Tag alles in Ordnung hatte. Es war auch nicht die geringste Mühe dazu nötig. Aber auch der Inspektor betrat immer die Station mit einer Miene, als müsse er diesmal meine Mißwirtschaft unbedingt aufdecken. Die Tür der Hütte öffnete er immer mit einem Kniestoß und sah mich dabei an. Kaum hatte er mein Buch aufgeschlagen, fand er einen Fehler. Es brauchte lange Zeit, ehe ich durch nochmalige Rechnung vor seinen Augen ihm nachwies, daß nicht ich, sondern er einen Fehler begangen hatte. Immer war er mit meiner Einnahme unzufrieden, dann schlug er klatschend auf das Buch und sah mich wieder scharf an. »Wir werden die Bahn einstellen müssen«, sagte er jedesmal. »Es wird dazu kommen«, antwortete ich gewöhnlich.
Nach beendeter Revision änderte sich unser Verhältnis. Ich hatte immer Schnaps und womöglich irgendeine Delikatesse vorbereitet. Wir tranken einander zu, er sang mit einer erträglichen Stimme, aber immer nur zwei Lieder, eines war traurig und begann: »Wohin gehst du, kleines Kind, im Walde?«, das zweite war lustig und fing so an: »Fröhliche Gesellen, ich gehöre zu euch!« – Je nach der Laune, in die ich ihn zu versetzen imstande war, bekam ich meinen Lohn in Teilen ausgezahlt. Aber nur am Anfang solcher Unterhaltungen beobachtete ich ihn mit irgendeiner Absicht, später wurden wir ganz einig, beschimpften schamlos die Verwaltung, ich bekam geheime Versprechungen ins Ohr geflüstert über die Karriere, die er für mich erwirken wollte, und schließlich fielen wir gemeinsam auf die Pritsche nieder in einer Umarmung, die wir oft zehn Stunden nicht lösten. Am nächsten Morgen reiste er wieder als mein Vorgesetzter weg. Ich stand vor dem Zug und salutierte, er drehte sich während des Einsteigens gewöhnlich noch nach mir um und sagte: »Also Freundchen, in einem Monat sehn wir uns wieder. Du weißt, was für dich auf dem Spiel steht.« Ich sehe noch sein mir mit Mühe zugewendetes verquollenes Gesicht, alles drängte in diesem Gesicht vor, die Wangen, die Nase, die Lippen.
Das war die einmalige große Abwechslung im Monat, bei der ich mich gehen ließ; war irrtümlich etwas Schnaps zurückgeblieben, dann soff ich es gleich nach der Abfahrt des Inspektors aus, meistens hörte ich noch das Abfahrtsignal des Zuges, während es schon in mich hineingurgelte. Der Durst nach einer solchen Nacht war fürchterlich; es war, als ob in mir ein zweiter Mensch wäre, der aus meinem Mund seinen Kopf und Hals streckte und nach etwas Trinkbarem schrie. Der Inspektor war versorgt, der führte in seinem Zug immer großen Trinkvorrat mit sich, ich aber war auf die Reste angewiesen.
Dann aber trank ich den ganzen Monat lang nichts, ich rauchte auch nicht, ich machte meine Arbeit und wollte nichts anderes.

Es war, wie gesagt, nicht viel Arbeit, aber ich machte sie gründlich. Ich hatte zum Beispiel die Verpflichtung, die Geleise einen Kilometer weit rechts und links von der Station täglich zu reinigen und zu untersuchen. Ich hielt mich aber nicht an die Bestimmung und ging oft viel weiter, so weit, daß ich gerade noch die Station sehen konnte. Bei klarem Wetter war das noch bei etwa fünf Kilometer Entfernung möglich, das Land war ja ganz flach. War ich dann so weit, daß die Hütte in der Ferne mir schon vor den Augen fast nur flimmerte, sah ich manchmal infolge der Augentäuschung viele schwarze Punkte sich zur Hütte hin bewegen. Es waren ganze Gesellschaften, ganze Trupps. Manchmal aber kam wirklich jemand, dann lief ich, die Hacke schwingend, die ganze lange Strecke zurück.
Gegen Abend war ich mit meiner Arbeit fertig und zog mich endgültig in die Hütte zurück. Gewöhnlich kam um diese Zeit auch kein Besuch, denn der Rückweg in die Dörfer war bei Nacht nicht ganz sicher. Es trieb sich verschiedenes Gesindel in der Gegend herum, aber es waren nicht Eingeborene, sie wechselten auch, sie kamen allerdings auch wieder zurück. Ich bekam die meisten zu sehn, die einsame Station lockte sie an, sie waren nicht eigentlich gefährlich, aber man mußte streng mit ihnen umgehn.
Sie waren die einzigen, die mich um die Zeit der langen Dämmerung störten. Sonst lag ich auf der Pritsche, dachte nicht an die Vergangenheit, dachte nicht an die Bahn, der nächste Zug fuhr erst zwischen zehn und elf Uhr abends durch, kurz, ich dachte an gar nichts. Hie und da las ich eine alte Zeitung, die man mir vom Zug aus zugeworfen hatte, sie enthielt Skandalgeschichten aus Kalda, die mich interessiert hätten, die ich aber aus der einzelnen Nummer allein nicht verstehen konnte. Außerdem stand in jeder Nummer die Fortsetzung eines Romans, der hieß: »Die Rache des Kommandeurs«. Von diesem Kommandeur, der immer einen Dolch an der Seite trug, bei einer besonderen Gelegenheit hielt er ihn sogar zwischen den Zähnen, träumte ich einmal. Übrigens konnte ich nicht viel lesen, da es bald dunkel wurde und Petroleum oder ein Talglicht unerschwinglich teuer waren. Von der Bahn bekam ich für den Monat nur einen halben Liter Petroleum geliefert, das ich lange vor Ablauf des Monats verbraucht hatte, um bloß abends während einer halben Stunde das Signallicht für den Zug zu erhalten. Aber dieses Licht war auch gar nicht nötig und ich zündete es später wenigstens in Mondnächten gar nicht mehr an. Ich sah ganz richtig voraus, daß ich nach Ablauf des Sommers das Petroleum sehr dringend brauchen würde. Ich grub daher in einer Ecke der Hütte eine Grube aus, stellte dort ein altes ausgepichtes Bierfäßchen auf und schüttete jeden Monat das ersparte Petroleum ein. Das Ganze war mit Stroh zugedeckt und niemand merkte etwas. Je mehr es in der Hütte nach Petroleum stank, desto

zufriedener war ich; der Gestank wurde deshalb so groß, weil es ein Faß aus altem brüchigem Holz war, das sich voll Petroleum tränkte. Später grub ich das Faß aus Vorsicht außerhalb der Hütte ein, denn der Inspektor protzte einmal mir gegenüber mit einer Schachtel Wachszündhölzchen und warf sie, als ich sie haben wollte, eines nach dem andern brennend in die Luft. Wir beide und besonders das Petroleum waren in wirklicher Gefahr, ich rettete alles, indem ich ihn so lange würgte, bis er alle Zündhölzchen fallen ließ.

In meinen freien Stunden dachte ich öfters darüber nach, wie ich mich für den Winter versorgen könnte. Wenn ich schon jetzt in der warmen Jahreszeit fror – und es war, wie man sagte, wärmer als seit vielen Jahren –, würde es mir im Winter sehr schlecht gehn. Daß ich Petroleum anhäufte, war nur eine Laune, ich hätte vernünftigerweise vielerlei für den Winter sammeln müssen; daß sich die Gesellschaft meiner nicht besonders annehmen würde, daran war ja kein Zweifel, aber ich war zu leichtsinnig oder, besser gesagt, ich war nicht leichtsinnig, aber es lag mir zuwenig an mir selbst, als daß ich mich in dieser Hinsicht hätte sehr bemühen wollen. Jetzt in der warmen Jahreszeit ging es mir leidlich, ich beließ es dabei und unternahm nichts weiter.

Eine der Verlockungen, die mich in diese Station gebracht hatten, war die Aussicht auf Jagd gewesen. Man hatte mir gesagt, es sei eine außerordentlich wildreiche Gegend, und ich hatte mir schon ein Gewehr gesichert, das ich mir, wenn ich einiges Geld gespart haben würde, nachschicken lassen wollte. Nun zeigte sich, daß von jagdbarem Wild hier keine Spur war, nur Wölfe und Bären sollten hier vorkommen, in den ersten Monaten sah ich keine, und außerdem waren eigentümliche große Ratten hier, die ich gleich beobachten konnte, wie sie in Mengen, wie vom Wind geweht, über die Steppe liefen. Aber das Wild, auf das ich mich gefreut hatte, gab es nicht. Die Leute hatten mich nicht falsch unterrichtet, die wildreiche Gegend bestand, nur war sie drei Tagesreisen entfernt – ich hatte nicht bedacht, daß die Ortsangaben in diesen über hunderte Kilometer hin unbewohnten Ländern notwendigerweise unsicher sein müssen. Jedenfalls brauchte ich vorläufig das Gewehr nicht und konnte das Geld für anderes verwenden, für den Winter mußte ich mir allerdings ein Gewehr anschaffen, und ich legte dafür regelmäßig Geld beiseite. Für die Ratten, die manchmal meine Nahrungsmittel angriffen, genügte mein langes Messer.

In der ersten Zeit, als ich noch alles neugierig auffaßte, spießte ich einmal eine solche Ratte auf und hielt sie vor mir in Augenhöhe an die Wand. Man sieht kleinere Tiere erst dann genau, wenn man sie vor sich in Augenhöhe hat; wenn man sich zu ihnen zur Erde beugt und sie dort ansieht, bekommt man eine falsche, unvollständige Vorstellung von ihnen. Das Auffallendste an diesen Ratten waren die Krallen, groß, ein wenig gehöhlt und am Ende doch zugespitzt, sie waren sehr zum Graben geeignet. Im letzten Krampf, in dem die Ratte vor mir an der Wand hing, spannte sie dann die Krallen scheinbar gegen ihre lebendige Natur straff aus, sie waren einem Händchen ähnlich, das sich einem entgegenstreckt.

Im allgemeinen belästigten mich diese Tiere wenig, nur in der Nacht weckten sie mich manchmal, wenn sie im Lauf auf dem harten Boden klappernd an der Hütte vorbeieilten. Setzte ich mich dann aufrecht und zündete etwa ein Wachslichtchen an, so konnte ich irgendwo in einer Lücke unter den Bretterpfosten die von außen hereingesteckten Krallen einer Ratte fieberhaft arbeiten sehn. Es war ganz nutzlose Arbeit, denn um für sich ein genügend großes Loch zu graben, hätte sie tagelang arbeiten müssen und sie entfloh doch schon, sobald der Tag nur ein wenig sich aufhellte, trotzdem arbeitete sie wie ein Arbeiter, der sein Ziel kennt. Und sie leistete gute Arbeit, es waren zwar unmerkliche Teilchen, die unter ihrem Graben aufflogen, aber ohne Ergebnis wurde die Kralle wohl niemals angesetzt. Ich sah in der Nacht oft lange zu, bis mich die Regelmäßigkeit und Ruhe dieses Anblicks einschläferte. Dann hatte ich nicht mehr die Kraft, das Wachslichtchen zu löschen, und es leuchtete noch ein Weilchen der Ratte bei ihrer Arbeit.

Einmal in einer warmen Nacht ging ich, als ich wieder diese Krallen arbeiten hörte, vorsichtig, ohne ein Licht anzuzünden, hinaus, um das Tier selbst zu sehn. Es hatte den Kopf mit der spitzen Schnauze tief gesenkt, fast zwischen die Vorderbeine eingeschoben, um nur möglichst eng an das Holz heranzukommen und möglichst tief die Krallen unter das Holz zu schieben. Man hätte glauben können, jemand halte in der Hütte die Krallen fest und wolle das ganze Tier hineinziehn, so sehr war alles angespannt. Und doch war auch alles mit einem Tritt beendet, durch den ich das Tier totschlug. Ich durfte bei völligem Wachsein nicht dulden, daß meine Hütte, die mein einziger Besitz war, angegriffen wurde.

Um die Hütte gegen diese Ratten zu sichern, stopfte ich alle Lücken mit Stroh und Werg zu und untersuchte jeden Morgen den Boden ringsherum. Ich beabsichtigte auch, den Boden der Hütte, der bisher nur festgestampfte Erde war, mit Brettern zu belegen, was auch für den Winter nützlich sein konnte. Ein Bauer aus dem nächsten Dorf, namens Jekoz, hatte mir längst versprochen, zu diesem Zweck schöne trockene Bretter zu bringen, ich hatte ihn auch schon für dieses Versprechen öfters bewirtet, er blieb auch niemals längere Zeit aus, sondern kam alle vierzehn Tage, hatte auch manchmal Versendungen mit der Bahn auszuführen, aber die Bretter brachte er nicht. Er hatte verschiedene Ausreden dafür, meistens die, daß er selbst zu alt sei, um eine solche Last zu schleppen, und daß sein Sohn, der die Bretter bringen würde, gerade mit Feldarbeiten beschäftigt sei. Nun war Jekoz nach seiner Angabe, und es schien auch richtig zu sein, weit über siebzig Jahre alt, aber ein großer, noch sehr starker Mann. Außerdem änderte er auch seine Ausreden und sprach ein anderes Mal von den Schwierigkeiten der Beschaffung so langer Bretter, wie ich sie brauchte. Ich drängte nicht, ich brauchte die Bretter nicht notwendig, erst Jekoz selbst hatte mich überhaupt auf den Gedanken gebracht, den Boden zu belegen, vielleicht war ein solcher Belag gar nicht vorteilhaft, kurz, ich konnte ruhig die Lügen des Alten anhören. Mein ständiger Gruß war: »Die Bretter, Jekoz!« Sofort begannen in einer halb gelallten Sprache die Entschuldigungen, ich hieß Inspektor oder Hauptmann oder auch nur Telegraphist, er versprach mir nicht nur, die Bretter nächstens zu bringen, sondern mit Hilfe seines Sohnes und einiger Nachbarn meine ganze Hütte abzutragen und ein festes Haus statt ihrer aufzubauen. Ich hörte so lange zu, bis es mich müde machte und ich ihn hinausschob. Aber noch in der Tür hob er, um Verzeihung zu erlangen, die angeblich so schwachen Arme, mit denen er in Wirklichkeit einen erwachsenen Mann hätte erdrücken können. Ich wußte, warum er die Bretter nicht brachte, er dachte, wenn der Winter näher käme, würde ich die Bretter dringender brauchen und besser bezahlen, außerdem hätte er selbst, solange die Bretter nicht geliefert seien, einen größeren Wert für mich. Nun war er natürlich nicht dumm und wußte, daß ich seine Hintergedanken kannte, aber darin, daß ich diese Kenntnis nicht ausnutzte, sah er seinen Vorteil und den wahrte er.

Alle Vorbereitungen aber, die ich machte, um die Hütte gegen die Tiere zu sichern und mich für den Winter zu verwahren, mußten eingestellt werden, als ich – das erste Vierteljahr meines Dienstes näherte sich seinem Ende – ernstlich krank wurde. Ich war bis dahin jahrelang von jeder Krankheit, selbst vom leichtesten Unwohlsein verschont geblieben, diesmal wurde ich krank. Es begann mit einem starken Husten. Etwa zwei Stunden landeinwärts von der Station entfernt war ein kleiner Bach, aus dem ich in einem Faß auf einem Schubkarren meinen Wasservorrat zu holen pflegte. Ich badete dort auch öfters, und dieser Husten war die Folge davon. Die Hustenanfälle waren so stark, daß ich mich beim Husten zusammenkrümmen mußte, ich glaubte, dem Husten nicht widerstehen zu können, wenn ich mich nicht zusammenkrümmte und so alle Kräfte zusammennahm. Ich dachte, das Zugpersonal würde über den Husten entsetzt sein, aber sie kannten ihn, sie nannten ihn Wolfshusten. Seitdem begann ich, das Heulen aus dem Husten herauszuhören. Ich saß auf dem Bänkchen vor der Hütte und begrüßte heulend den Zug, heulend begleitete ich seine Abfahrt. In den Nächten kniete ich auf der Pritsche, statt zu liegen,

und drückte das Gesicht in die Felle, um mir wenigstens das Anhören des Heulens zu ersparen. Ich wartete gespannt, bis das Springen irgendeines wichtigen Blutgefäßes allem ein Ende machen würde. Es geschah aber nichts Derartiges, und der Husten war sogar in wenigen Tagen vergangen. Es gibt einen Tee, der ihn heilt, und der eine Lokomotivführer versprach mir, ihn zu bringen, erklärte mir aber, daß man ihn erst am achten Tage nach Beginn des Hustens trinken dürfe, sonst helfe er nicht. Am achten Tag brachte er ihn wirklich und ich erinnerte mich, wie außer dem Zugpersonal auch die Passagiere, zwei junge Bauern, in meine Hütte kamen, denn das Anhören des ersten Hustens nach dem Teetrinken soll eine gute Vorbedeutung haben. Ich trank, hustete noch den ersten Schluck den Anwesenden ins Gesicht, fühlte dann aber wirklich gleich eine Erleichterung, wenn auch allerdings der Husten in den letzten zwei Tagen schon schwächer gewesen war. Aber ein Fieber blieb zurück und verlor sich nicht.
Dieses Fieber machte mich sehr müde, ich verlor alle Widerstandskraft, es konnte geschehn, daß mir ganz unerwartet auf der Stirn Schweiß ausbrach, ich zitterte dann am ganzen Leib und mußte mich, wo ich auch war, niederlegen und warten, bis sich die Sinne wieder zusammenfanden. Ich merkte sehr genau, daß mir nicht besser, sondern schlechter wurde und daß es für mich sehr notwendig war, nach Kalda zu fahren und dort ein paar Tage zu bleiben, bis sich mein Zustand gebessert.

21. August. Mit solchen Hoffnungen angefangen und von allen drei Geschichten zurückgeworfen, heute am stärksten. Vielleicht ist es richtig, daß die russische Geschichte nur immer nach dem »Prozeß« gearbeitet werden durfte. In dieser lächerlichen Hoffnung, die sich offenbar nur auf eine mechanische Phantasie stützt, fange ich wieder den »Prozeß« an. – Ganz nutzlos war es nicht.

29. August. Schluß eines Kapitels mißlungen, ein anderes schön begonnenes Kapitel werde ich kaum, oder vielmehr ganz bestimmt nicht so schön, weiterführen können, während es mir damals in der Nacht sicher gelungen wäre. Ich darf mich aber nicht verlassen, ich bin ganz allein.

30. August. Kalt und leer. Ich fühle allzusehr die Grenzen meiner Fähigkeit, die, wenn ich nicht vollständig ergriffen bin, zweifellos nur eng gezogen sind. Und ich glaube selbst im Ergriffensein nur in diese engen Grenzen gezogen zu werden, die ich dann allerdings nicht fühle, da ich gezogen werde. Trotzdem ist in diesen Grenzen Raum zum Leben, und dafür werde ich sie wohl bis zur Verächtlichkeit ausnützen.

Dreiviertel zwei nachts. Gegenüber weint ein Kind. Plötzlich spricht ein Mann im gleichen Zimmer, so nah, als wäre er vor meinem Fenster. »Ich will lieber aus dem Fenster fliegen, als das noch länger anhören.« Er brummt noch etwas von Nervosität, die Frau sucht stumm, nur mit Zischlauten, das Kind wieder in Schlaf zu bringen.

1. September. In gänzlicher Hilflosigkeit kaum zwei Seiten geschrieben. Ich bin heute sehr stark zurückgewichen, trotzdem ich gut geschlafen hatte. Aber ich weiß, daß ich nicht nachgeben darf, wenn ich über die untersten Leiden des schon durch meine übrige Lebensweise niedergehaltenen Schreibens in die größere, auf mich vielleicht wartende Freiheit kommen will. Die alte Stumpfheit hat mich noch nicht ganz verlassen, wie ich merke, und die Herzenskälte wird mich vielleicht nie verlassen. Daß ich vor keiner Demütigung zurückschrecke, kann ebensogut Hoffnungslosigkeit bedeuten als Hoffnung geben.

13. September. Wieder kaum zwei Seiten. Zuerst dachte ich, die Traurigkeit über die österreichischen Niederlagen und die Angst vor der Zukunft (eine Angst, die mir im Grunde lächerlich und zugleich infam vorkommt) werden mich überhaupt am Schreiben hindern. Das war es nicht, nur ein Dumpfsein, das immer wieder kommt und immer wieder überwunden werden muß. Für die Traurigkeit selbst ist außerhalb des Schreibens Zeit genug. Die Gedankengänge, die sich an den Krieg knüpfen, sind in der quälenden Art, mit der sie mich in den verschiedensten Richtungen zerfressen, ähnlich den alten Sorgen wegen F. Ich bin unfähig, Sorgen zu tragen, und bin vielleicht dazu gemacht, an Sorgen zugrunde zu gehn. Wenn ich genug geschwächt bin – und das muß nicht sehr lange dauern –, wird vielleicht die kleinste Sorge genügen, um mich auseinanderzutreiben. In dieser Aussicht kann ich allerdings auch die Möglichkeit finden, das Unglück möglichst lange hinauszuschieben. Ich habe zwar mit aller Kraftanwendung einer damals verhältnismäßig noch wenig geschwächten Natur wenig gegen die Sorgen wegen F. ausgerichtet, aber ich hatte damals nur in der Anfangszeit die große Hilfe des Schreibens, die ich mir jetzt nicht mehr entreißen lassen will.

7. Oktober. Ich habe mir eine Woche Urlaub genommen, um den Roman vorwärtszutreiben. Es ist bis heute – heute ist Mittwoch nacht, Montag geht mein Urlaub zu Ende – mißlungen. Ich habe wenig und schwächlich geschrieben. Allerdings war ich schon in der vorigen Woche im Niedergang; daß es aber so schlimm werden würde, konnte ich nicht voraussehn. Erlauben diese drei Tage schon Schlüsse darauf, daß ich nicht würdig bin, ohne Bureau zu leben?

15. Oktober. Vierzehn Tage gute Arbeit, zum Teil vollständiges Begreifen meiner Lage. – Heute Donnerstag (Montag ist mein Urlaub zu Ende, ich habe noch eine weitere Woche Urlaub genommen) Brief von Fräulein Bl. Ich weiß nicht, was damit anfangen, ich weiß, daß es so bestimmt ist, daß ich allein bleibe (wenn ich überhaupt bleibe, was gar nicht bestimmt ist), ich weiß auch nicht, ob ich F. liebhabe (ich denke an meinen Widerwillen bei ihrem Anblick, als sie tanzte, mit strengem gesenktem Blick, oder als sie kurz vor dem Weggehn im »Askanischen Hof« mit der Hand über die Nase und in die Haare fuhr und die unzähligen Augenblicke vollständigster Fremdheit), aber trotz allem tritt wieder die unendliche Verlockung ein, ich habe mit dem Brief den ganzen Abend über gespielt, die Arbeit stockt, trotzdem ich mich (allerdings bei quälenden Kopfschmerzen, die ich schon die ganze Woche über habe) zu ihr fähig fühle. Ich schreibe noch den Brief aus dem Gedächtnis auf, den ich Fräulein Bl. geschrieben habe:

»Es ist ein sonderbares Zusammentreffen, Fräulein Grete, daß ich Ihren Brief gerade heute bekam. Ich will das, womit er zusammengetroffen ist, nicht nennen, es betrifft nur mich und die Gedanken, die ich mir machte, als ich mich heute nachts, etwa gegen drei Uhr, ins Bett legte. (Selbstmord, Brief an Max mit vielen Aufträgen.)

Ihr Brief überraschte mich sehr. Es überrascht mich nicht, daß Sie mir schreiben. Warum sollten Sie mir nicht schreiben? Sie schreiben zwar, daß ich Sie hasse, es ist aber nicht wahr. Wenn Sie alle hassen sollten, ich hasse Sie nicht, und nicht nur deshalb, weil ich kein Recht dazu habe. Sie sind zwar im »Askanischen Hof« als Richterin über mir gesessen, es war abscheulich für Sie, für mich, für alle – aber es sah nur so aus, in Wirklichkeit bin ich auf Ihrem Platz gesessen und bin noch bis heute dort.

In F. täuschen Sie sich vollständig. Ich sage das nicht, um Einzelheiten herauszulocken. Ich kann mir keine Einzelheit denken – und meine Einbildungskraft hat sich in diesen Kreisen schon viel herumgejagt, so daß ich ihr vertraue – ich sage, ich kann mir keine Einzelheit denken, die mich davon überzeugen könnte, daß Sie sich nicht täuschen. Das, was Sie andeuten, ist vollständig unmöglich, es macht mich unglücklich, zu denken, daß F. aus irgendeinem unerfindlichen Grunde etwa sich selbst täuschen sollte. Aber auch das ist unmöglich.

Ihre Anteilnahme habe ich immer für wahr und gegen sich selbst rücksichtslos gehalten. Auch den letzten Brief zu schreiben, ist Ihnen nicht leicht geworden. Ich danke Ihnen dafür herzlich.«

Was ist damit getan? Der Brief sieht unnachgiebig aus, aber nur deshalb, weil ich mich schämte, weil ich es für unverantwortlich hielt, weil ich mich fürchtete, nachgiebig zu sein, nicht etwa, weil ich es nicht wollte. Ich wollte sogar nichts anderes. Es wäre für uns alle das beste, wenn sie nicht antworten würde, aber sie wird antworten und ich werde auf ihre Antwort warten.

. . . . ter Tag des Urlaubs. Halb drei nachts, fast nichts . . . . tel gelesen und schlecht gefunden. Zweierlei . . . . misslungen. Vor mir liegt das Bureau und . . . . der zugrunde gehenden Fabrik. Ich bin aber . . . . ohne Fassung. Und mein stärkster Halt ist . . . . iger Weise der Gedanke an F., trotzdem ich im gestrigen Brief jeden Versuch einer Anknüpfung abgewehrt habe. Ich habe jetzt zwei Monate ohne jede tatsächliche Verbindung mit F. (außer durch den Briefwechsel mit E.) ruhig gelebt, von F. geträumt wie von einer Toten, die niemals wieder leben könnte, und jetzt, da ich eine Möglichkeit, an sie heranzukommen, dargeboten bekomme, ist sie wieder der Mittelpunkt des Ganzen. Sie stört wohl auch meine Arbeit. Wie kam sie mir doch, als ich in der letzten Zeit manchmal an sie dachte, als der fremdeste Mensch vor, mit dem ich jemals zusammengekommen war, wobei ich mir allerdings sagte, daß diese ganz besondere Fremdheit ihren Grund darin hat, daß F. mir näher als irgendein anderer Mensch kam oder wenigstens von den andern in diese Nähe zu mir gestellt wurde.

Das Tagebuch ein wenig durchblättert. Eine Art Ahnung der Organisation eines solchen Lebens bekommen.

21. Oktober. Seit vier Tagen fast nichts gearbeitet, immer nur eine Stunde und nur ein paar Zeilen, aber besser geschlafen, Kopfschmerzen dadurch fast verloren. Keine Antwort von Bl., morgen ist die letzte Möglichkeit.

25. Oktober. Fast vollständiges Stocken der Arbeit. Das, was geschrieben wird, scheint nichts Selbständiges, sondern der Widerschein guter früherer Arbeit. Antwort von Bl. ist gekommen, ich wegen der Beantwortung vollständig unentschieden. Gedanken so gemein, daß ich sie gar nicht aufschreiben kann. Die gestrige Traurigkeit. Als Ottla mir bis zur Treppe nachging, von einer Ansichtskarte erzählte, ... hatte und irgendeine Antwort von mir haben wollte [konnte ich] nichts sagen. Vor Traurigkeit vollständig unfähig . . . . . ich nur mit den Schultern ein Zeichen geben . . . . . der Geschichte des Pick trotz einzelner Vorzüge, die W . . . . . Gedichte von Fuchs heute in der Zeitung.

1. November. Gestern nach langer Zeit ein gutes Stück vorwärtsgekommen, heute wieder fast nichts, die vierzehn Tage seit meinem Urlaub sind fast gänzlich verloren.

Heute teilweise schöner Sonntag. In den Chotekschen Anlagen Dostojewskis Verteidigungsschrift gelesen. Die Wache im Schloß und beim Corpskommando. Der Brunnen im Palais Thun. – Viel Selbstzufriedenheit während des ganzen Tags. Und jetzt vollständiges Versagen bei der Arbeit. Und es ist nicht einmal Versagen, ich sehe die Aufgabe und den Weg zu ihr, ich müßte nur irgendwelche dünnen Hindernisse durchstoßen und kann es nicht. – Spielen mit den Gedanken an F.

3. November. Nachmittag Brief an E., eine Geschichte »Der blinde Gast« von Pick durchgesehn und Verbesserungen notiert, ein wenig Strindberg gelesen, dann nicht geschlafen, um halb neun zu Hause, zehn Uhr zurück, aus Angst vor Kopfschmerzen, die schon beginnen, und weil ich auch in der Nacht sehr wenig geschlafen hatte, nichts mehr gearbeitet, zum Teil auch deshalb, weil ich mich fürchtete, eine gestern geschriebene erträgliche Stelle zu verderben. Der vierte Tag seit August, an dem ich gar nichts geschrieben habe. Schuld sind die Briefe, ich werde versuchen, gar keine oder nur ganz kurze Briefe zu schreiben. Wie befangen ich jetzt auch bin und wie es mich herumwirft! Gestern abend der überglückliche Zustand, nachdem ich einige Zeilen von Jammes gelesen hatte, mit dem ich sonst nichts zu tun habe, dessen Französisch aber, es handelte sich um einen Besuch bei einem befreundeten Dichter, so stark auf mich wirkte.

4. November. P. zurück. Schreiend, aufgeregt, außer Rand und Band. Geschichte vom Maulwurf, der im Schützengraben unter ihm bohrte und den er für ein göttliches Zeichen ansah, von dort wegzurücken. Kaum war er fort, traf ein Schuß einen Soldaten, der ihm nachgekrochen war und sich jetzt über dem Maulwurf befand. – Sein Hauptmann. Man sah deutlich, wie er gefangengenommen wurde. Am nächsten Tag fand man ihn aber nackt, von Bajonetten durchbohrt, im Wald. Wahrscheinlich hatte er Geld bei sich, man hatte ihn durchsuchen und berauben wollen, er aber hatte, »wie die Offiziere sind«, sich nicht freiwillig anrühren lassen. – P. hat vor Wut und Aufregung fast geweint, als er auf dem Weg von der Bahn seinen Chef (den er früher maßlos und lächerlich verehrt hatte) traf, wie er elegant angezogen, parfümiert, mit umgehängtem Gucker ins Theater ging. Einen Monat später machte er es selbst mit einer Karte, die ihm dieser Chef geschenkt hatte. Er ging zum »Ungetreuen Eckehart«, einem Lustspiel. – Geschlafen einmal im Schloß des Fürsten Sapieha, einmal knapp vor österreichischen feuernden Batterien, wo er in der Reserve lag, einmal in einer Bauernstube, wo in den zwei Betten rechts und links an den Wänden je zwei Frauen, hinter dem Ofen ein Mädchen, und auf dem Fußboden acht Soldaten schliefen. –

Strafe für Soldaten. Festgebunden an einem Baum stehn bis zum Blauwerden.

12. November. Die Eltern, die Dankbarkeit von ihren Kindern erwarten (es gibt sogar solche, die sie fordern), sind wie Wucherer, sie riskieren gern das Kapital, wenn sie nur die Zinsen bekommen.

24. November. Gestern in der Tuchmachergasse, wo die alte Wäsche und Kleidung an die galizischen Flüchtlinge verteilt wird. Max, Frau Brod, Herr Chaim Nagel. Der Verstand, die Geduld, die Freundlichkeit, der Fleiß, die Gesprächigkeit, der Witz, die Vertrauenswürdigkeit des Herrn Nagel. Menschen, die ihren Kreis so vollständig ausfüllen, daß man meint, ihnen müßte alles im ganzen Kreis der Welt gelingen, aber es gehört eben auch zu ihrer Vollkommenheit, daß sie über ihren Kreis nicht hinausgreifen.
Die kluge lebhafte, stolze und bescheidene Frau Kannegießer aus Tarnow, die nur zwei Decken wollte, aber schöne, und die doch nur, trotz Maxens Protektion, alte und schmutzige bekommen hat, während die neuen guten Decken in einem separaten Zimmer lagen, in dem überhaupt alle guten Stücke für die bessern Leute aufbewahrt werden. Man wollte ihr die guten auch deshalb nicht geben, weil sie sie nur für zwei Tage brauchte, ehe ihre Wäsche von Wien kam, und weil man gebrauchte Stücke wegen der Choleragefahr nicht zurücknehmen darf.
Frau Lustig mit vielen Kindern aller Größen und einer kleinen frechen, selbstsichern beweglichen Schwester. Sie sucht ein Kinderkleidchen so lange aus, bis Frau Brod sie anschreit: »Jetzt nehmen Sie aber schon endlich dieses oder Sie bekommen keines.« Nun antwortet aber Frau Lustig mit noch viel größerem Schreien und schließt mit einer großen, wilden Handbewegung: »Die Mizwe ist doch mehr wert als diese ganzen Schmatten (Hadern).«

25. November. Leere Verzweiflung, unmöglich sich aufzustellen, erst bei der Zufriedenheit mit dem Leiden kann ich haltmachen.

30. November. Ich kann nicht mehr weiterschreiben. Ich bin an der endgültigen Grenze, vor der ich vielleicht wieder jahrelang sitzen soll, um dann vielleicht wieder eine neue, wieder unfertig bleibende Geschichte anzufangen. Diese Bestimmung verfolgt mich. Ich bin auch wieder kalt und sinnlos, nur die greisenhafte Liebe für die vollständige Ruhe ist geblieben. Und wie irgendein gänzlich von Menschen losgetrenntes Tier schaukele ich schon wieder den Hals und möchte versuchen, für die Zwischenzeit wieder F. zu bekommen. Ich werde es auch wirklich versuchen, falls mich die Übelkeit vor mir selbst nicht daran hindert.

2. Dezember. Nachmittag bei Werfel mit Max und Pick. »In der Strafkolonie« vorgelesen, nicht ganz unzufrieden, bis auf die überdeutlichen unverwischbaren Fehler. Werfel [las] Gedichte und zwei Akte aus »Esther, Kaiserin von Persien«. Die Akte fortreißend. Ich lasse mich aber leicht verwirren. Die Aussetzungen und Vergleiche, die Max, der nicht ganz mit dem Stück zufrieden ist, vorbringt, stören mich, und ich halte das Stück in der Erinnerung bei weitem nicht mehr so in der Gesamtheit fest, wie während des Zuhörens, als es über mich herfiel. Erinnerung an die Jargonschauspieler. W.s schöne Schwestern. Die ältere lehnt am Sessel, schaut seitwärts öfters in den Spiegel, zeigt, doch schon genügend von meinen Augen verschlungen, mit einem Finger leicht auf eine Brosche, die mitten auf ihrer Bluse eingesteckt ist. Es ist eine ausgeschnittene dunkelblaue Bluse, der Blusenausschnitt ist mit Tüll gefüllt. Wiederholte Erzählung einer Szene im Theater: Offiziere, die während »Kabale und Liebe« häufig untereinander laut die Bemerkung machten: »Speckbacher macht Figur«, womit sie einen Offizier meinten, der an der Wand einer Loge lehnte.

Ergebnis des Tages, schon vor Werfel: Unbedingt weiterarbeiten, traurig, daß es heute nicht möglich ist, denn ich bin müde und habe Kopfschmerzen, hatte sie auch andeutungsweise vormittag im Bureau. Unbedingt weiterarbeiten, es muß möglich sein, trotz Schlaflosigkeit und Bureau.

Traum heute nacht. Bei Kaiser Wilhelm. Im Schloß. Die schöne Aussicht. Ein Zimmer ähnlich wie im »Tabakskollegium«. Zusammenkunft mit Matilde Serav. Leider alles vergessen.

5. Dezember. Ein Brief von E. über die Lage ihrer Familie. Mein Verhältnis zu der Familie bekommt für mich nur dann einen einheitlichen Sinn, wenn ich mich als das Verderben der Familie auffasse. Es ist die einzige organische, alles Erstaunliche glatt überwindende Erklärung, die es gibt. Es ist auch die einzige tätige Verbindung, die augenblicklich von mir aus mit der Familie besteht, denn im übrigen bin ich gefühlsmäßig gänzlich von ihr abgetrennt, allerdings nicht durchgreifender als vielleicht von der ganzen Welt. (Ein Bild meiner Existenz in dieser Hinsicht gibt eine nutzlose, mit Schnee und Reif überdeckte, schief in den Erdboden leicht eingebohrte Stange auf einem bis in die Tiefe aufgewühlten Feld am Rande einer großen Ebene in einer dunklen Winternacht.) Nur das Verderben wirkt. Ich habe F. unglücklich gemacht, die Widerstandskraft aller, die sie jetzt so benötigen, geschwächt, zum Tode des Vaters beigetragen, F. und E. auseinandergebracht und schließlich auch E. unglücklich gemacht, ein Unglück, das aller

Voraussicht nach noch fortschreiten wird. Ich bin davor gespannt und bestimmt, es vorwärtszubringen. Meinen letzten Brief an sie, den ich mir abgequält habe, hält sie für ruhig; er »atmet so viel Ruhe«, wie sie sich ausdrückt. Hiebei ist es allerdings nicht ausgeschlossen, daß sie sich aus Zartgefühl, aus Schonung, aus Sorge um mich so ausdrückt. Ich bin ja innerhalb des Ganzen genügend bestraft, schon meine Stellung zu der Familie ist Strafe genug, ich habe auch derartig gelitten, daß ich mich davon niemals erholen werde (mein Schlaf, mein Gedächtnis, meine Denkkraft, meine Widerstandskraft gegen die winzigsten Sorgen sind unheilbar geschwächt, sonderbarerweise sind das etwa die gleichen Folgen, wie sie lange Gefängnisstrafen nach sich ziehn), aber augenblicklich leide ich wenig durch meine Beziehung zu der Familie, jedenfalls weniger als F. oder E. Etwas Quälendes liegt allerdings darin, daß ich jetzt mit E. eine Weihnachtsreise machen soll, während F. etwa in Berlin bleibt.

8. Dezember. Gestern zum erstenmal seit längerer Zeit in zweifelloser Fähigkeit zu guter Arbeit. Und doch nur die erste Seite des Mutterkapitels, da ich schon zwei Nächte fast gar nicht geschlafen hatte, da sich schon am Morgen Kopfschmerzen gezeigt hatten und da ich vor dem nächsten Tag allzugroße Angst hatte. Wieder eingesehn, daß alles bruchstückweise und nicht im Laufe des größten Teiles der Nacht (oder gar in ihrer Gänze) Niedergeschriebene minderwertig ist und daß ich zu diesem Minderwertigen durch meine Lebensverhältnisse verurteilt bin.

9. Dezember. Mit E. K. aus Chikago beisammen. Er ist fast rührend. Beschreibung seines ruhigen Lebens. Von acht bis halb sechs im Wartehaus. Durchsicht der Versendungen in der Wirkwarenabteilung. Fünfzehn Dollars wöchentlich. Vierzehn Tage Urlaub, davon eine Woche mit Gehalt, nach fünf Jahren die ganzen vierzehn Tage Gehalt. Eine Zeitlang, als in der Wirkwarenabteilung wenig zu tun war, hat er in der Fahrräderabteilung ausgeholfen. Dreihundert Räder pro Tag werden verkauft. Ein Engrosgeschäft mit zehntausend Angestellten. Anwerbung der Kunden geschieht nur durch Katalogversendung. Die Amerikaner wechseln gerne die Posten, im Sommer drängen sie sich überhaupt nicht sehr zur Arbeit, er aber wechselt nicht gern, er sieht nicht den Vorteil dessen ein, man verliert dabei Zeit und Geld. Er war bisher in zwei Posten, in jedem fünf Jahre, und wird, wenn er zurückkommt – er hat unbeschränkten Urlaub –, wieder in den gleichen Posten eintreten, man kann ihn immer brauchen, allerdings auch immer entbehren. Abends ist er meistens zu Hause, eine Skatpartie mit Bekannten, zur Zerstreuung einmal eine Stunde im Kino, im Sommer ein Spaziergang, Sonntag eine Fahrt auf dem See. Vor dem

Heiraten hütet er sich, trotzdem er schon vierunddreißig Jahre alt ist, denn die Amerikanerinnen heiraten oft nur, um sich scheiden zu lassen, was für sie sehr einfach, für den Mann aber sehr teuer ist.

13. Dezember. Statt zu arbeiten – ich habe nur eine Seite geschrieben (Exegese der Legende) – in fertigen Kapiteln gelesen und sie zum Teil gut gefunden. Immer im Bewußtsein, daß jedes Zufriedenheits- und Glücksgefühl, wie ich es zum Beispiel besonders der Legende gegenüber habe, bezahlt werden muß, und zwar, um niemals Erholung zu gönnen, im nachhinein bezahlt werden muß.

Letzthin bei Felix. Auf dem Nachhauseweg sagte ich Max, daß ich auf dem Sterbebett, vorausgesetzt daß die Schmerzen nicht zu groß sind, sehr zufrieden sein werde. Ich vergaß hinzuzufügen und habe es später mit Absicht unterlassen, daß das Beste, was ich geschrieben habe, in dieser Fähigkeit, zufrieden sterben zu können, seinen Grund hat. An allen diesen guten und stark überzeugenden Stellen handelt es sich immer darum, daß jemand stirbt, daß es ihm sehr schwer wird, daß darin für ihn ein Unrecht und wenigstens eine Härte liegt und daß das für den Leser, wenigstens meiner Meinung nach, rührend wird. Für mich aber, der ich glaube, auf dem Sterbebett zufrieden sein zu können, sind solche Schilderungen im geheimen ein Spiel, ich freue mich ja in dem Sterbenden zu sterben, nütze daher mit Berechnung die auf den Tod gesammelte Aufmerksamkeit des Lesers aus, bin bei viel klarerem Verstande als er, von dem ich annehme, daß er auf dem Sterbebett klagen wird, und meine Klage ist daher möglichst vollkommen, bricht auch nicht etwa plötzlich ab wie wirkliche Klage, sondern verläuft schön und rein. Es ist so, wie ich der Mutter gegenüber immer über Leiden mich beklage, die bei weitem nicht so groß waren, wie die Klage glauben ließ. Gegenüber der Mutter brauchte ich allerdings nicht so viel Kunstaufwand wie gegenüber dem Leser.

14. Dezember. Jämmerliches Vorwärtskriechen der Arbeit, vielleicht an ihrer wichtigsten Stelle, dort, wo eine gute Nacht so notwendig wäre.

Bei Baum am Nachmittag. Er gibt einem kleinen bleichen Mädchen mit Brille Klavierstunde. Der Junge sitzt still im Halbdunkel der Küche und spielt nachlässig mit irgendeinem unkenntlichen Gegenstand. Eindruck großen Behagens. Besonders gegenüber der Hantierung des großen Stubenmädchens, das in einem Kübel Geschirr wäscht.

Die Niederlagen in Serbien, die sinnlose Führung.

19. Dezember. Gestern den »Dorfschullehrer« fast bewußtlos geschrieben, fürchtete mich aber, länger als bis dreiviertel zwei zu schreiben, die Furcht war begründet, ich schlief fast gar nicht, machte nur etwa drei kurze Träume durch und war dann im Bureau in entsprechendem Zustand. Gestern die Vorwürfe des Vaters wegen der Fabrik: »Du hast mich hineingetanzt.« Ging dann nach Hause und schrieb ruhig drei Stunden, im Bewußtsein dessen, daß meine Schuld zweifellos ist, wenn auch nicht so groß, wie sie der Vater darstellt. Ging heute, Samstag, nicht zum Nachtmahl, teils aus Furcht vor dem Vater, teils um die Nacht für die Arbeit ganz auszunützen, ich schrieb aber nur eine und nicht sehr gute Seite.

Anfang jeder Novelle zunächst lächerlich. Es scheint hoffnungslos, daß dieser neue, noch unfertige, überall empfindliche Organismus in der fertigen Organisation der Welt sich wird erhalten können, die wie jede fertige Organisation danach strebt, sich abzuschließen. Allerdings vergißt man hiebei, daß die Novelle, falls sie berechtigt ist, ihre fertige Organisation in sich trägt, auch wenn sie sich noch nicht ganz entfaltet hat; darum ist die Verzweiflung in dieser Hinsicht vor dem Anfang einer Novelle unberechtigt; ebenso müßten Eltern vor dem Säugling verzweifeln, denn dieses elende und besonders lächerliche Wesen hatten sie nicht auf die Welt bringen wollen. Allerdings weiß man niemals, ob die Verzweiflung, die man fühlt, die berechtigte oder die unberechtigte ist. Aber einen gewissen Halt kann diese Überlegung geben, das Fehlen dieser Erfahrung hat mir schon geschadet.

20. Dezember. Maxens Einwand gegen Dostojewski, daß er zuviel geistig Kranke auftreten läßt. Vollständig unrichtig. Es sind nicht geistig Kranke. Die Krankheitsbezeichnung ist nichts als ein Charakterisierungsmittel, und zwar ein sehr zartes und sehr ergiebiges. Man muß zum Beispiel einer Person nur immer mit größter Hartnäckigkeit nachsagen, daß sie einfältig und idiotisch ist, und sie wird, wenn sie Dostojewskischen Kern in sich hat, förmlich zu ihren Höchstleistungen aufgestachelt. Seine Charakterisierungen haben in dieser Hinsicht etwa die Bedeutung wie Schimpfworte unter Freunden. Sagen sie einander »du bist ein Dummkopf«, so meinen sie nicht, daß der andere ein wirklicher Dummkopf ist und sie sich durch diese Freundschaft entwürdigt haben, sondern es liegt darin meistens, wenn es nicht bloß Scherz ist, aber selbst dann, eine unendliche Mischung von Absichten. So ist zum Beispiel der Karamasowsche Vater durchaus kein Narr, sondern ein sehr kluger, fast Iwan ebenbürtiger, allerdings böser Mann und

viel klüger jedenfalls als beispielsweise sein vom Erzähler unangefochtener Vetter oder Neffe, der Gutsbesitzer, der sich ihm gegenüber so erhaben fühlt.

23. Dezember. Ein paar Seiten »Londoner Nebel« aus [dem Buch von] Herzen gelesen. Wußte gar nicht, um was es sich handelt, und doch tritt der ganze unbewußte Mensch heraus, entschlossen, selbstquälerisch, sich beherrschend und wieder vergehend.

26. Dezember. In Kuttenberg mit Max und Frau. Wie habe ich mit den vier freien Tagen gerechnet, wieviel Stunden über ihre richtige Verwendung nachgedacht und mich jetzt doch vielleicht verrechnet. Heute abend fast nichts geschrieben und vielleicht nicht mehr imstande, den »Dorfschullehrer« fortzusetzen, an dem ich jetzt eine Woche arbeitete und den ich gewiß in drei freien Nächten rein und ohne äußerliche Fehler fertiggebracht hätte, jetzt hat er, trotzdem er noch fast am Anfang ist, schon zwei unheilbare Fehler in sich und ist außerdem verkümmert. – Neue Tageseinteilung von jetzt ab! Noch besser die Zeit ausnützen! Klage ich hier, um hier Erlösung zu finden? Aus diesem Heft wird sie nicht kommen, sie wird kommen, wenn ich im Bett bin, und wird mich auf den Rücken legen, so daß ich schön und leicht und bläulichweiß liege, eine andere Erlösung wird nicht kommen.

Hotel in Kuttenberg Morawetz, betrunkener Hausknecht, kleiner überdeckter Hof mit Oberlicht. Der Soldat, der dunkel umschrieben am Geländer im ersten Stock des Hofgebäudes lehnt. Das Zimmer, das man mir anbietet, das Fenster geht auf einen dunklen fensterlosen Korridor. Rotes Kanapee, Kerzenlicht. Jakobskirche, die frommen Soldaten, die Mädchenstimme im Chor.

27. Dezember. Ein Kaufmann war vom Unglück sehr verfolgt. Er trug es lange, aber schließlich glaubte er es nicht mehr ertragen zu können und ging zu einem Gesetzeskundigen. Er wollte ihn um Rat bitten und erfahren, was er tun solle, um das Unglück abzuwehren oder um sich zum Ertragen des Unglücks fähig zu machen. Dieser Gesetzeskundige hatte vor sich immer die Schrift aufgeschlagen und studierte in ihr. Er hatte die Gewohnheit, jeden, der um Rat kam, mit den Worten zu empfangen: »Gerade lese ich von deinem Fall«, hiebei zeigte er mit dem Finger auf eine Stelle der vor ihm liegenden Seite. Dem Kaufmann, der auch von dieser Gewohnheit gehört hatte, gefiel sie nicht, zwar sprach sich der Gesetzeskundige dadurch sofort die Möglichkeit zu, dem Bittsteller zu helfen, und nahm diesem die Furcht, von einem im Dunkel wirkenden, niemandem mitteilbaren, von niemandem mitzufühlenden Leid getroffen zu sein, aber die Unglaubwürdigkeit

der Behauptung war doch zu groß, und sie hatte den Kaufmann sogar davon abgehalten, schon früher zu diesem Gesetzeskundigen zu gehn. Noch jetzt trat er zögernd bei ihm ein und blieb in der offenen Tür stehn.

31. Dezember. Seit August gearbeitet, im allgemeinen nicht wenig und nicht schlecht, aber weder in ersterer noch in letzterer Hinsicht bis an die Grenzen meiner Fähigkeit, wie es hätte sein müssen, besonders, da meine Fähigkeit aller Voraussicht nach (Schlaflosigkeit, Kopfschmerzen, Herzschwäche) nicht mehr lange andauern wird. Geschrieben an Unfertigem: »Der Prozeß«, »Erinnerungen an die Kaldabahn«, »Der Dorfschullehrer«, »Der Unterstaatsanwalt« und kleinere Anfänge. An Fertigem nur: »In der Strafkolonie« und ein Kapitel des »Verschollenen«, beides während des vierzehntägigen Urlaubs. Ich weiß nicht, warum ich diese Übersicht mache, es entspricht mir gar nicht!

4. Januar. Großer Lust, eine neue Geschichte anzufangen, nicht nachgegeben. Es ist alles nutzlos. Kann ich die Geschichten nicht durch die Nächte jagen, brechen sie aus und verlaufen sich, so auch jetzt »Der Unterstaatsanwalt«. Und morgen gehe ich in die Fabrik, werde nach dem Einrücken P.s vielleicht jeden Nachmittag hingehn müssen. Damit hört alles auf. Die Gedanken an die Fabrik sind mein dauernder Versöhnungstag.

6. Januar. »Dorfschullehrer« und »Unterstaatsanwalt« vorläufig aufgegeben. Aber auch fast unfähig, den »Prozeß« fortzusetzen. Gedanken an die Lembergerin. Versprechungen irgendeines Glükkes, ähnlich den Hoffnungen auf ein ewiges Leben. Von einer gewissen Entfernung aus gesehn, halten sie stand, und man wagt sich nicht näher.

17. Januar. Gestern zum erstenmal in der Fabrik Briefe diktiert. Wertlose Arbeit (eine Stunde), aber nicht ohne Befriedigung. Schrecklicher Nachmittag vorher. Kopfschmerzen immerfort, so daß ich die Hand ununterbrochen zur Beruhigung am Kopf halten mußte (Zustand im Café Arco), und Herzschmerzen zu Hause auf dem Kanapee.

Ottlas Brief an E. gelesen. Ich habe sie wirklich unterdrückt, und zwar rücksichtslos, aus Nachlässigkeit und aus Unfähigkeit. Darin hat F. recht. Glücklicherweise ist Ottla so kräftig, daß sie sich allein in einer fremden Stadt sofort von mir erholen würde. Wie viele ihrer Fähigkeiten zum Verkehr mit Menschen sind durch meine Schuld unausgenützt. Sie schreibt, sie habe sich in Berlin unglücklich gefühlt. Unwahr!

Eingesehn, daß ich die Zeit seit August durchaus nicht genügend ausgenützt habe. Die fortwährenden Versuche, durch viel Schlaf am Nachmittag die Fortsetzung der Arbeit bis tief in die Nacht zu ermöglichen, waren sinnlos, denn ich konnte doch schon nach den ersten vierzehn Tagen sehn, daß es mir meine Nerven nicht erlauben, nach ein Uhr schlafen zu gehn, denn dann schlafe ich überhaupt nicht mehr ein, der nächste Tag ist unerträglich, und ich zerstöre mich. Ich bin also nachmittags zu lange gelegen, habe in der Nacht aber selten über ein Uhr gearbeitet, immer aber frühestens gegen elf Uhr angefangen. Das war falsch. Ich muß um acht oder neun Uhr anfangen, die Nacht ist gewiß die beste Zeit (Urlaub!), aber sie ist mir unzugänglich.

Samstag werde ich F. sehn. Wenn sie mich liebt, verdiene ich es nicht. Ich glaube heute einzusehn, wie eng meine Grenzen sind in allem und infolgedessen auch im Schreiben. Wenn man seine Grenzen sehr intensiv erkennt, muß man zersprengt werden. Es ist wohl Ottlas Brief, der mir das zu Bewußtsein gebracht hat. Ich war sehr selbstzufrieden in der letzten Zeit und hatte viele Einwände zu meiner Verteidigung und Selbstbehauptung gegen F. Schade, daß ich keine Zeit hatte, sie aufzuschreiben, heute könnte ich es nicht.

Strindberg »Schwarze Fahnen«. Über Einfluß aus der Ferne: Du hast sicher gefühlt, wie andere dein Benehmen mißbilligt haben, ohne daß sie diese Mißbilligung äußerten. Du hast ein stilles Behagen an der Einsamkeit empfunden, ohne dir klargemacht zu haben, warum; jemand in der Ferne hat gut von dir gedacht, gut über dich gesprochen.

18. Januar. In der Fabrik bis halb sieben in gleicher Weise nutzlos gearbeitet, gelesen, diktiert, angehört, geschrieben. Gleiche sinnlose Befriedigung danach. Kopfschmerzen, schlecht geschlafen. Unfähig zu längerer konzentrierter Arbeit. Auch zuwenig im Freien gewesen. Trotzdem eine neue Geschichte angefangen, die alten fürchtete ich zu verderben. Nun stehen vor mir vier oder fünf Geschichten aufgerichtet, wie die Pferde vor dem Zirkusdirektor Schumann bei Beginn der Produktion.

19. Januar. Ich werde, solange ich in die Fabrik gehen muß, nichts schreiben können. Ich glaube, es ist eine besondere Unfähigkeit zu arbeiten, die ich jetzt fühle, ähnlich jener, als ich in der »Generali« angestellt war. Die unmittelbare Nähe des Erwerbslebens benimmt mir, trotzdem ich innerlich so unbeteiligt bin, als es nur möglich ist, jeden Überblick, so als wäre ich in einem Hohlweg, in dem ich überdies noch den Kopf senke. In der Zeitung steht heute zum Beispiel eine Äußerung von zuständiger schwedischer Stelle, nach welcher trotz der Drohungen des Dreiverbandes die Neutralität unbedingt gewahrt werden soll. Zum Schluß heißt es: Die Dreiverbändler werden in Stockholm auf Granit beißen. Heute nehme ich es fast vollständig so hin, wie es gemeint ist. Vor drei Tagen hätte ich bis in den Grund gefühlt, daß hier ein Stockholmer Gespenst spricht, daß »Drohungen des Dreiverbandes«, »Neutralität«, »zuständige schwedische Stelle« nur in bestimmte Form zusammengeballte Gebilde aus Luft sind, die man nur mit dem Auge genießen, niemals aber mit dem Finger ertasten kann.

Ich hatte mit zwei Freunden einen Ausflug für den Sonntag vereinbart, verschlief aber gänzlich unerwarteterweise die Stunde der

Zusammenkunft. Meine Freunde, die meine sonstige Pünktlichkeit kannten, staunten darüber, gingen zu dem Haus, in dem ich wohnte, standen auch dort noch eine Zeitlang, gingen dann die Treppe hinauf und klopften an meiner Tür. Ich erschrak sehr, sprang aus dem Bett und achtete auf nichts anderes als darauf, mich möglichst rasch bereitzumachen. Als ich dann vollständig angezogen aus der Türe trat, wichen meine Freunde, offenbar erschrocken, vor mir zurück. »Was hast du hinter dem Kopf?« riefen sie. Ich hatte schon seit dem Erwachen irgend etwas gefühlt, das mich hinderte, den Kopf zurückzuneigen und tastete nun mit der Hand nach diesem Hindernis. Gerade riefen die Freunde, die sich schon ein wenig gesammelt hatten: »Sei vorsichtig, verletze dich nicht!«, als ich hinter meinem Kopf den Griff eines Schwertes erfaßte. Die Freunde kamen näher, untersuchten mich, führten mich ins Zimmer vor den Schrankspiegel und entkleideten meinen Oberkörper. Ein großes altes Ritterschwert mit kreuzartigem Griff steckte in meinem Rücken bis zum Heft, aber in der Weise, daß sich die Klinge unbegreiflich genau zwischen Haut und Fleisch geschoben und keine Verletzung herbeigeführt hatte. Aber auch an der Stelle des Einstoßes am Halse war keine Wunde, die Freunde versicherten, daß sich dort völlig blutleer und trocken der für die Klinge notwendige Spalt geöffnet habe. Und als jetzt die Freunde auf Sessel stiegen und langsam, millimeterweise das Schwert hervorzogen, kam kein Blut nach, und die offene Stelle am Halse schloß sich bis auf einen kaum merklichen Spalt. »Hier hast du dein Schwert«, sagten die Freunde lachend und reichten es mir. Ich wog es mit beiden Händen, es war eine kostbare Waffe, Kreuzfahrer konnten sie wohl benützt haben. Wer duldete es, daß sich alte Ritter in den Träumen herumtrieben, verantwortungslos mit ihren Schwertern fuchtelten, unschuldigen Schläfern sie einbohrten und nur deshalb nicht schwere Wunden beibrachten, weil ihre Waffen zunächst wahrscheinlich an lebenden Körpern abgleiten und weil auch treue Freunde hinter der Tür stehn und hilfsbereit klopfen.

20. Januar. Ende des Schreibens. Wann wird es mich wieder aufnehmen? In welchem schlechten Zustand komme ich mit F. zusammen! Die mit Aufgabe des Schreibens sofort eintretende Schwerfälligkeit des Denkens, Unfähigkeit, mich für die Zusammenkunft vorzubereiten, während ich vorige Woche wichtige Gedanken dafür kaum abschütteln konnte. Möge ich den einzig hiebei denkbaren Gewinn genießen: bessern Schlaf.

»Schwarze Fahnen.« Wie schlecht ich auch lese. Und wie ich mich bösartig und schwächlich beobachte. Eindringen kann ich scheinbar in die Welt nicht, aber ruhig liegen, empfangen, das Empfangene in mir ausbreiten und dann ruhig vortreten.

24. Januar. Mit F. in Bodenbach. Ich glaube, es ist unmöglich, daß wir uns jemals vereinigen, wage es aber weder ihr noch im entscheidenden Augenblick mir zu sagen. So habe ich sie wieder vertröstet, unsinnigerweise, denn jeder Tag macht mich älter und verknöcherter. Es kommen die alten Kopfschmerzen zurück, wenn ich es zu fassen versuche, daß sie gleichzeitig leidet und gleichzeitig ruhig und fröhlich ist. Durch viel Schreiben dürfen wir einander nicht wieder quälen, am besten, diese Zusammenkunft als etwas Vereinzeltes übergehn; oder glaube ich vielleicht daran, daß ich mich hier frei machen, vom Schreiben leben, ins Ausland oder sonstwohin fahren und dort mit F. heimlich leben werde? Wir haben uns ja auch sonst ganz unverändert gefunden. Jeder sagt es sich im stillen, daß der andere unerschütterlich und erbarmungslos ist. Ich lasse nichts nach von meiner Forderung nach einem phantastischen, nur für meine Arbeit berechneten Leben, sie will, stumpf gegen alle stummen Bitten, das Mittelmaß, die behagliche Wohnung, Interesse für die Fabrik, reichliches Essen, Schlaf von elf Uhr abends an, geheiztes Zimmer, stellt meine Uhr, die seit einem viertel Jahr um eineinhalb Stunden vorausgeht, auf die wirkliche Minute ein. Und sie behält recht und würde weiterhin recht behalten, sie hat recht, wenn sie mich zurechtweist, als ich dem Kellner sage: »Bringen Sie die Zeitung, *bis* sie ausgelesen ist«, und ich kann nichts richtigstellen, als sie von der »persönlichen Note« (es läßt sich nicht anders als knarrend aussprechen) der erwünschten Wohnungseinrichtung spricht. Sie nennt meine zwei ältern Schwestern »flach«, nach der jüngsten fragt sie gar nicht, für meine Arbeit hat sie fast keine Frage und keinen sichtbaren Sinn. Das ist die eine Seite.
Ich bin unfähig und öde wie immer und sollte eigentlich keine Zeit haben, um über etwas anderes nachzudenken als über die Frage, wie es kommt, daß jemand auch nur Lust hat, mit dem kleinen Finger nach mir zu tasten. Kurz hintereinander habe ich dreierlei Menschen mit diesem kalten Atem angeblasen. Die Hellerauer, die Familie R. in Bodenbach und F.
F. sagte: »Wie brav wir hier beisammen sind.« Ich schwieg, als hätte während dieses Ausrufes mein Gehör ausgesetzt. Zwei Stunden waren wir allein im Zimmer. Um mich herum nur Langeweile und Trostlosigkeit. Wir haben miteinander noch keinen einzigen guten Augenblick gehabt, währenddessen ich frei geatmet hätte. Das Süße des Verhältnisses zu einer geliebten Frau, wie in Zuckmantel und Riva, hatte ich F. gegenüber außer in Briefen nie, nur grenzenlose Bewunderung, Untertänigkeit, Mitleid, Verzweiflung und Selbstverachtung. Ich habe ihr auch vorgelesen,

widerlich gingen die Sätze durcheinander, keine Verbindung mit der Zuhörerin, die mit geschlossenen Augen auf dem Kanapee lag und es stumm aufnahm. Eine laue Bitte, ein Manuskript mitnehmen und abschreiben zu dürfen. Bei der Türhütergeschichte größere Aufmerksamkeit und gute Beobachtung. Mir ging die Bedeutung der Geschichte erst auf, auch sie erfaßte sie richtig, dann allerdings fuhren wir mit groben Bemerkungen in sie hinein, ich machte den Anfang.

Die für andere Menschen gewiß unglaublichen Schwierigkeiten, die ich beim Reden mit Menschen habe, haben darin ihren Grund, daß mein Denken oder besser mein Bewußtseinsinhalt ganz nebelhaft ist, daß ich darin, so weit es nur auf mich ankommt, ungestört und manchmal selbstzufrieden ruhe, daß aber ein menschliches Gespräch Zuspitzung, Festigung und dauernden Zusammenhang braucht, Dinge, die es in mir nicht gibt. In Nebelwolken wird niemand mit mir liegen wollen, und selbst wenn er das wollte, so kann ich den Nebel nicht aus der Stirn hervortreiben, zwischen zwei Menschen zergeht er und ist nichts. F. macht den großen Umweg nach Bodenbach, hat die Mühe, sich den Paß zu beschaffen, muß mich nach einer durchwachten Nacht erdulden, gar noch eine Vorlesung anhören, und alles sinnlos. Ob sie es als solches Leid fühlt wie ich? Gewiß nicht, selbst gleiche Empfindlichkeit vorausgesetzt. Sie hat doch kein Schuldgefühl.

Meine Feststellung war richtig und wurde als richtig anerkannt: Jeder liebt den andern, so wie dieser andere ist. Aber so wie er ist, glaubt er, mit ihm nicht leben zu können.

Diese Gruppe: Dr. W. sucht mich zu überzeugen, daß F. hassenswert ist, F. sucht mich zu überzeugen, daß W. hassenswert ist. Ich glaube beiden und liebe beide oder strebe danach.

29. Januar. Wieder zu schreiben versucht, fast nutzlos. Letzte zwei Tage bald schlafen gegangen, um zehn Uhr, wie schon seit langer Zeit nicht. Freies Gefühl während des Tages, halbe Zufriedenheit, erhöhte Brauchbarkeit im Bureau, Möglichkeit, mit Menschen zu reden. – Jetzt starke Knieschmerzen.

30. Januar. Die alte Unfähigkeit. Kaum zehn Tage lang das Schreiben unterbrochen und schon ausgeworfen. Wieder stehn die großen Anstrengungen bevor. Es ist notwendig, förmlich unterzutauchen und schneller zu sinken als das vor einem Versinkende.

7. Februar. Vollständige Stockung. Endlose Quälereien.

Bei einem gewissen Stande der Selbsterkenntnis und bei sonstigen für die Beobachtung günstigen Begleitumständen wird es regelmäßig geschehn müssen, daß man sich abscheulich findet. Jeder

Maßstab des Guten – mögen die Meinungen darüber noch so verschieden sein – wird zu groß erscheinen. Man wird einsehn, daß man nichts anderes ist als ein Rattenloch elender Hintergedanken. Nicht die geringste Handlung wird von diesen Hintergedanken frei sein. Diese Hintergedanken werden so schmutzig sein, daß man sie im Zustand der Selbstbeobachtung nicht einmal wird durchdenken wollen, sondern sich von der Ferne mit ihrem Anblick begnügen wird. Es wird sich bei diesen Hintergedanken nicht etwa bloß um Eigennützigkeit handeln, Eigennützigkeit wird ihnen gegenüber als ein Ideal des Guten und Schönen erscheinen. Der Schmutz, den man finden wird, wird um seiner selbst willen dasein, man wird erkennen, daß man triefend von dieser Belastung auf die Welt gekommen ist und durch sie unkenntlich oder allzu gut erkennbar wieder abgehn wird. Dieser Schmutz wird der unterste Boden sein, den man finden wird, der unterste Boden wird nicht etwa Lava enthalten, sondern Schmutz. Er wird das Unterste und das Oberste sein, und selbst die Zweifel der Selbstbeobachtung werden bald so schwach und selbstgefällig werden wie das Schaukeln eines Schweines in der Jauche.

9. Februar. Gestern und heute ein wenig geschrieben. Hundegeschichte.

Jetzt den Anfang gelesen. Es ist häßlich und verursacht Kopfschmerzen. Es ist trotz aller Wahrheit böse, pedantisch, mechanisch auf einer Sandbank ein noch knapp atmender Fisch. Ich schreibe »Bouvard und Pécuchet« sehr frühzeitig. Wenn sich die beiden Elemente – am ausgeprägtesten im »Heizer« und in der »Strafkolonie« – nicht vereinigen, bin ich am Ende. Ist aber für diese Vereinigung Aussicht vorhanden?

Endlich ein Zimmer aufgenommen. Im gleichen Haus in der Bilekgasse.

10. Februar. Erster Abend. Der Nachbar unterhält sich stundenlang mit der Wirtin. Beide sprechen leise, die Wirtin fast unhörbar, desto ärger. Das seit zwei Tagen in Gang gekommene Schreiben unterbrochen, wer weiß für wie lange Zeit. Reine Verzweiflung. Ist es so in jeder Wohnung? Erwartet mich eine solche lächerliche und unbedingt tödliche Not bei jeder Vermieterin, in jeder Stadt? Die zwei Zimmer meines Klassenvorstandes im Kloster. Es ist aber unsinnig, sofort zu verzweifeln, lieber Mittel suchen, so sehr – nein, es ist meinem Charakter nicht entgegen, etwas zähes Judentum ist noch in mir, nur hilft es meistens auf der Gegenseite.

14. Februar. Die unendliche Anziehungskraft Rußlands. Besser als die Troika Gogols erfaßt es das Bild eines großen unübersehbaren Stromes mit gelblichem Wasser, das überall Wellen, aber nicht allzu hohe Wellen wirft. Wüste zerzauste Heide an den Ufern, geknickte Gräser. Nichts erfaßt das, verlöscht vielmehr alles.

Saint Simonismus.

15. Februar. Alles stockt. Schlechte, unregelmäßige Zeiteinteilung. Die Wohnung verdirbt mir alles. Heute wieder die Französischstunde der Haustochter angehört.

16. Februar. Finde mich nicht zurecht. Als sei mir alles entlaufen, was ich besessen habe, und als würde es mir kaum genügen, wenn es zurückkäme.

22. Februar. Unfähigkeit in jeder Hinsicht und vollständig.

25. Februar. Nach tagelangen ununterbrochenen Kopfschmerzen endlich ein wenig freier und zuversichtlicher. Wäre ich ein Fremder, der mich und den Verlauf meines Lebens beobachtet, müßte ich sagen, daß alles in Nutzlosigkeit enden muß, verbraucht in unaufhörlichem Zweifel, schöpferisch nur in Selbstquälerei. Als Beteiligter aber hoffe ich.

1. März. Mit großer Mühe nach wochenlanger Vorbereitung und Angst gekündigt, nicht ganz mit Grund, es ist ja ruhig genug, ich habe bloß noch nicht gut gearbeitet und deshalb weder die Ruhe noch die Unruhe genügend ausgeprobt. Gekündigt habe ich vielmehr aus eigener Unruhe. Ich will mich quälen, will meinen Zustand immerfort verändern, glaube zu ahnen, daß in der Veränderung meine Rettung liegt, und glaube weiter, daß ich durch solche kleine Veränderungen, die andere im Halbschlaf, ich aber unter Aufregung aller Verstandeskräfte mache, mich auf die große Veränderung, die ich wahrscheinlich brauche, vorbereiten kann. Ich tausche gewiß eine in vielem schlechtere Wohnung ein. Immerhin ist heute der erste (oder zweite) Tag, an dem ich, wenn ich nicht sehr starke Kopfschmerzen hätte, recht gut hätte arbeiten können. Habe eine Seite rasch hingeschrieben.

11. März. Wie die Zeit hingeht, schon wieder zehn Tage, und ich erreiche nichts. Ich dringe nicht durch. Eine Seite gelingt hie und da, aber ich kann mich nicht halten, am nächsten Tag bin ich machtlos.

Ost- und Westjuden, ein Abend. Die Verachtung der Ostjuden für die hiesigen Juden. Die Berechtigung dieser Verachtung. Wie die Ostjuden den Grund dieser Verachtung kennen, die Westjuden aber nicht. Zum Beispiel die grauenhafte, alle Lächerlichkeit übersteigende Auffassung, mit der die Mutter ihnen beizukommen sucht. Selbst Max, das Ungenügende, Schwächliche seiner Rede, Rockaufknöpfen, Rockzuknöpfen. Und hier ist doch guter und bester Wille. Dagegen ein gewisser W., zugeknöpft in ein elendes Röckchen, einen Kragen, der nicht mehr schmutziger werden kann, als Festkragen angezogen, schmettert Ja und Nein, Ja und Nein. Ein teuflisches, unangenehmes Lächeln um den Mund, Falten im jungen Gesicht, Bewegungen der Arme, wild und verlegen. Der Beste aber der Kleine, der ganz aus Schulung besteht, mit spitzer, keiner Steigerung fähiger Stimme, die eine Hand in der Hosentasche, mit der andern gegen die Zuhörer bohrend, unaufhörlich fragt und gleich das zu Beweisende beweist. Stimme eines Kanarienvogels. Füllt mit dem Filigran der Rede bis zur Qual eingebrannte labyrinthartige Rinnen aus. Werfen des Kopfes. Ich wie aus Holz, ein in die Mitte des Saales geschobener Kleiderhalter. Und doch Hoffnung.

13. März. Ein Abend: Um sechs Uhr auf das Kanapee gelegt. Etwa bis acht Uhr geschlafen. Unfähig gewesen aufzustehn, auf einen Uhrenschlag gewartet und im Dusel alles überhört. Um neun Uhr aufgestanden. Nicht mehr nach Hause zum Nachtmahl gegangen, auch nicht zu Max, wo heute ein gemeinsamer Abend war. Gründe: Appetitlosigkeit, Angst vor der Rückkehr spät am Abend, vor allem aber der Gedanke daran, daß ich gestern nichts geschrieben habe, mich immer mehr davon entferne und in Gefahr bin, alles im letzten halben Jahr mühselig Erworbene zu verlieren. Den Beweis dafür geliefert, indem ich eineinhalb elende Seiten einer neuen und schon endgültig verworfenen Geschichte schrieb und dann in einer gewiß vom Zustand des lustlosen Magens mitverschuldeten Verzweiflung Herzen las, um mich irgendwie von ihm weiterführen zu lassen. Glück seines ersten Ehejahres, Entsetzen, mich in ein solches Glück gestellt zu sehn, das große Leben in seinen Kreisen, Belinski, Bakunin tagelang im Pelz auf dem Bett.

Manchmal das Gefühl fast zerreißenden Unglücklichseins und gleichzeitig die Überzeugung der Notwendigkeit dessen und eines durch jedes Anziehen des Unglücks erarbeiteten Zieles (jetzt beeinflußt durch die Erinnerung an Herzen, geschieht aber auch sonst).

14. März. Ein Vormittag: bis halb zwölf im Bett. Durcheinander von Gedanken, das sich langsam bildet und in unglaubwürdiger

Weise festigt. Nachmittag gelesen (Gogol, Aufsatz über Lyrik), Abend Spaziergang zum Teil mit den haltbaren, aber nicht vertrauenswürdigen Gedanken vom Vormittag. In den Chotekanlagen gesessen. Schönster Ort in Prag. Vögel sangen, das Schloß mit der Galerie, die alten Bäume mit vorjährigem Laub behängt, das Halbdunkel. Später kam Ottla mit D.

17. März. Von Lärm verfolgt. Ein schönes, viel freundlicheres Zimmer als das in der Bilekgasse. Ich bin von der Aussicht so abhängig, die ist hier schön, die Teinkirche. Aber großer Lärm der Wagen unten, an den ich mich aber schon gewöhne. Unmöglich aber, mich an den Lärm am Nachmittag zu gewöhnen. Von Zeit zu Zeit ein Krach in der Küche oder am Gang. Über mir auf dem Boden gestern ewiges Rollen einer Kugel wie beim Kegeln, unverständlicher Zweck, dann unten auch Klavier. Abends gestern verhältnismäßige Stille, ein wenig aussichtsvoll gearbeitet (»Unterstaatsanwalt«), heute mit Lust angefangen, plötzlich nebenan oder unter mir Unterhaltung einer Gesellschaft, so laut und wechselnd, als umschwebe sie mich. Ein wenig mit dem Lärm gekämpft, dann mit förmlich zerrissenen Nerven auf dem Kanapee gelegen, nach zehn Uhr Stille, kann aber nicht mehr arbeiten.

23. März. Unfähig, eine Zeile zu schreiben. Das Wohlbehagen, mit dem ich gestern in den Chotekschen Anlagen und heute auf dem Karlsplatz mit Strindberg »Am offenen Meer« gesessen bin. Das Wohlbehagen heute im Zimmer. Hohl wie eine Muschel am Strand, bereit, durch einen Fußtritt zermalmt zu werden.

25. März. Gestern Maxens Vortrag »Religion und Nation«. Talmudzitate, Ostjuden. Die Lembergerin. Der Westjude, der sich den Chassidim assimiliert hat, der Wattestöpsel im Ohr. Steidler, ein Sozialist, langes glänzendes, scharf geschnittenes Haar. Die Art, wie die Ostjüdinnen parteiisch sich entzücken. Die Gruppe der Ostjuden beim Ofen. G. im Kaftan, das selbstverständliche jüdische Leben. Meine Verwirrung.

9. April. Qualen der Wohnung. Grenzenlos. Ein paar Abende gut gearbeitet. Hätte ich in den Nächten arbeiten dürfen! Heute durch Lärm am Schlafen, am Arbeiten, an allem gehindert.

14. April. Die Homerstunde der galizischen Mädchen. Die in der grünen Bluse, scharfes strenges Gesicht; wenn sie sich meldet, hebt sie den Arm rechtwinklig; hastige Bewegungen beim Anziehn; wenn sie sich meldet und nicht aufgerufen wird, schämt sie sich und wendet das Gesicht zur Seite. Das grün gekleidete starke junge Mädchen bei der Nähmaschine.

27. April. In Nagy Mihály mit meiner Schwester. Unfähig, mit Menschen zu leben, zu reden. Vollständiges Versinken in mich, Denken an mich. Stumpf, gedankenlos, ängstlich. Ich habe nichts mitzuteilen, niemals, niemandem. – Fahrt nach Wien. Der alles wissende, alles beurteilende, im Reisen erfahrene Wiener, lang, blondbärtig, Beine übereinandergeschlagen, liest »Az Est«; bereitwillig und, wie Elli und ich (in dieser Hinsicht in gleicher Weise auf der Lauer) merken, doch auch zurückhaltend. Ich sage: »Wie erfahren Sie im Reisen sind!« (Er weiß alle Eisenbahnverbindungen, die ich brauche, wie sich später herausstellt, sind allerdings die Angaben nicht ganz richtig, kennt alle elektrischen Straßenbahnlinien in Wien, gibt mir Ratschläge wegen des Telephonierens in Budapest, kennt die Paketbeförderungseinrichtungen, weiß, daß man weniger zahlt, wenn man im Taxameterautomobil das Gepäck mit ins Wageninnere nimmt) – darauf antwortet er nichts, sondern sitzt unbeweglich mit gesenktem Kopf. Das Mädchen aus Žižkov, weichmütig, redselig, aber selten imstande, durchzudringen, blutarm, wertloser, unentwickelter und nicht mehr entwicklungsfähiger Körper. Die alte Frau aus Dresden mit dem Bismarckgesicht, gibt sich später als Wienerin zu erkennen. Die dicke Wienerin, Frau eines Redakteurs der »Zeit«, viel Zeitungswissen, klare Rede, vertritt zu meinem größten Widerwillen meist meine eigene Meinung. Ich meist stumm, weiß nichts zu sagen, der Krieg löst in diesem Kreise nicht die geringste mitteilenswerte Meinung bei mir aus. Wien–Budapest. Die zwei Polen, der Lieutnant und die Dame, steigen bald aus, flüstern beim Fenster, sie bleich, nicht ganz jung, fast hohlwangig, oft die Hand an die vom Rock gepreßten Hüften, raucht viel. Die zwei ungarischen Juden, der eine beim Fenster Bergmann ähnlich, stützt mit der Schulter den Kopf des schlafenden andern. Den ganzen Morgen über etwa von fünf Uhr an geschäftliche Gespräche, Rechnungen und Briefe gehn von Hand zu Hand, aus einer Handtasche werden Muster der verschiedenartigsten Waren hervorgezogen. Mir gegenüber ein ungarischer Lieutnant, im Schlaf leeres, häßliches Gesicht, offener Mund, komische Nase, früh, als er Auskunft über Budapest gibt, erhitzt, mit glänzenden Augen, lebhafter Stimme, in der sich die ganze Person einsetzt. Nebenan im Coupé die Juden aus Bistritz, die nach Hause zurückkehren. Ein Mann führt einige Frauen. Sie erfahren, daß eben Körös Mesö für den Zivilverkehr gesperrt worden ist. Sie werden zwanzig Stunden oder noch mehr im Wagen fahren müssen. Sie erzählen von einem Mann, der so lange in Radautz geblieben ist, bis die Russen so nah waren und ihm keine andere Möglichkeit der Flucht blieb, als sich auf die letzte durchfahrende österreichische Kanone zu setzen. Budapest. Verschiedenartigste Auskünfte über die Verbindung mit Nagy Mihály, die ungünstigen, denen ich nicht glaube, erweisen sich

dann als die richtigen. Der Husar auf dem Bahnhof in der verschnürten Pelzjacke tanzt und setzt die Füße wie ein zur Schau gestelltes Pferd. Nimmt Abschied von einer Dame, die wegfährt. Unterhält sie leicht und ununterbrochen, wenn nicht durch Worte, so durch Tanzbewegungen und Hantieren mit dem Säbelgriff. Führt sie ein- oder zweimal, aus vorsorglicher Befürchtung, der Zug könnte schon wegfahren, die Treppe zum Waggon hinauf, die Hand fast unter ihrer Achsel. Er ist mittelgroß, starke große gesunde Zähne, der Schnitt und die Taillenbetonung der Pelzjacke gibt seiner Erscheinung etwas Weibisches. Er lächelt viel nach allen Seiten, ein förmlich unbewußtes sinnloses Lächeln, bloßer Beweis der selbstverständlichen, fast von der Offiziersehre geforderten vollständigen und immerwährenden Harmonie seines Wesens.

Das alte Ehepaar, das unter Tränen Abschied nimmt. Sinnlos wiederholte unzählige Küsse, so wie man in der Verzweiflung, ohne davon zu wissen, die Zigarette immer wieder vornimmt. Familienmäßiges Verhalten ohne Rücksicht auf die Umgebung. So geht es in allen Schlafzimmern zu. Ihre Gesichtszüge können überhaupt nicht gemerkt werden, eine alte unscheinbare Frau, sieht man ihr Gesicht genauer an, versucht man, es genauer anzusehn, löst es sich förmlich auf und nur eine schwache Erinnerung an irgendeine kleine, gleichfalls unscheinbare Häßlichkeit, etwa die rote Nase oder einige Pockennarben, bleibt zurück. Er hat einen grauen Schnauzbart, große Nase und wirklich Pockennarben. Radmantel und Stock. Beherrscht sich gut, trotzdem er sehr ergriffen ist. Greift in wehmütigem Schmerz der alten Frau ans Kinn. Was für eine Zauberei darin liegt, wenn einer alten Frau unter das Kinn gegriffen wird. Schließlich sehen sie einander weinend ins Gesicht. Sie meinen es nicht so, aber man könnte es so deuten: Sogar dieses elende kleine Glück, wie es die Verbindung von zwei alten Leuten ist, wird durch den Krieg gestört.

Der riesige deutsche Offizier marschiert, mit verschiedenen kleinen Ausrüstungsstücken behängt, zuerst durch den Bahnhof, dann durch den Zug. Vor Strammheit und Größe ist er steif; daß er sich bewegt, ist fast erstaunlich; vor der Festigkeit der Taille, der Breite des Rückens, dem schlanken Bau des Ganzen reißt man die Augen auf, um alles in einem fassen zu können.

Im Coupé zwei ungarische Jüdinnen, Mutter und Tochter. Beide ähnlich und doch die Mutter in anständiger Verfassung, die Tochter ein elendes, aber selbstbewußtes Überbleibsel. Mutter – großes, gut ausgearbeitetes Gesicht, wolliger Bart am Kinn. Die Tochter kleiner, spitziges Gesicht, unreine Haut, blaues Kleid, über dem kläglichen Busen weißer Bluseneinsatz.

Rote-Kreuz-Schwester. Sehr sicher und entschlossen. Reist, als wäre sie eine ganze Familie, die sich selbst genügt. Wie der Vater raucht sie Zigaretten und geht im Gang auf und ab, wie ein Junge springt sie auf die Bank, um etwas aus ihrem Rucksack zu holen, wie eine Mutter schneidet sie vorsichtig das Fleisch, das Brot, die Orange, wie ein kokettes Mädchen, das sie wirklich ist, zeigt sie auf der gegenüberliegenden Bank ihre schönen kleinen Füße, die gelben Stiefel und die gelben Strümpfe an den festen Beinen. Sie hätte nichts dagegen, angesprochen zu werden, beginnt sogar selbst zu fragen, nach den Bergen, die man in der Ferne sieht, gibt mir ihren Führer, damit ich die Berge auf der Karte suche. Lustlos liege ich in meiner Ecke, ein Widerwille, sie so auszufragen, wie sie es erwartet, türmt sich in mir auf, trotzdem sie mir gut gefällt. Starkes braunes Gesicht von unbestimmtem Alter, grobe Haut, gewölbte Unterlippe, Reisekleidung, darunter der Pflegerinnenanzug, weicher Kappenhut, nach Belieben über das fest gedrehte Haar gerückt. Da sie nicht gefragt wird, beginnt sie brockenweise vor sich hinzuerzählen. Meine Schwester, der sie, wie ich später erfahre, gar nicht gefallen hat, unterstützt sie ein wenig. Sie fährt nach Satoralja Ujhel, wo sie ihre weitere Bestimmung erfahren wird, am liebsten ist sie dort, wo am meisten zu tun ist, denn dort vergeht die Zeit am schnellsten (meine Schwester schließt daraus, daß sie unglücklich ist, was ich aber für unrichtig halte). Man erlebt mancherlei, einer zum Beispiel hat unerträglich im Schlaf geschnarcht, man hat ihn geweckt, ihn gebeten, auf die andern Patienten Rücksicht zu nehmen, er hat es versprochen, kaum aber ist er zurückgefallen, war auch schon wieder das schreckliche Schnarchen da. Es war sehr komisch. Die andern Patienten haben die Pantoffel nach ihm geworfen, er lag in der Zimmerecke und war deshalb ein nicht zu verfehlendes Ziel. Man muß mit den Kranken streng sein, sonst kommt man nicht zum Ziel, ja, ja, nein, nein, nur nicht mit sich handeln lassen. Hier mache ich eine dumme, aber für mich sehr charakteristische, kriecherische, listige, nebenseitige, unpersönliche, teilnahmslose, unwahre, von weit her, aus irgendeiner letzten krankhaften Veranlagung geholte, überdies durch die Strindberg-Aufführung vom Abend vorher beeinflußte Bemerkung darüber, daß es Frauen wohltun muß, Männer so behandeln zu dürfen. Sie überhört die Bemerkung oder geht über sie hinweg. Meine Schwester natürlich faßt sie ganz in dem Sinn auf, in dem sie gemacht ist, und eignet sich sie durch Lachen an. Weitere Erzählungen von einem Tetanuskranken, der gar nicht sterben wollte.

Der ungarische Stationsvorstand, der mit seinem kleinen Jungen später einsteigt. Die Krankenschwester reicht dem Jungen eine Orange. Der Junge nimmt sie. Dann reicht sie ihm ein Stück Marzipan, berührt seine Lippen damit, aber er zögert. Ich sage: Er kann es nicht glauben. Die Schwester wiederholt es Wort für Wort. Sehr angenehm.

Vor den Fenstern Theiß und Bodrog mit ihren riesigen Frühjahrsausflüssen. Seelandschaften. Wildenten. Berge mit Tokayerwein. Bei Budapest plötzlich zwischen gepflügten Feldern eine halbkreisförmige befestigte Stellung. Drahthindernisse, sorgfältig ausgepölzte Deckungen mit Bänken, modellartig. Für mich rätselhafter Ausdruck: »dem Gelände angepaßt«. Zur Erkenntnis des Geländes gehört der Instinkt eines Vierfüßlers.
Schmutziges Hotel in Ujhel. Im Zimmer alles abgenützt. Auf dem Nachttisch noch die Zigarrenasche der letzten Schläfer. Die Betten nur scheinbar rein überzogen. Versuch, im Gruppenkommando, dann im Etappenkommando, Erlaubnis zur Benutzung eines Militärzuges zu bekommen. Beide in behaglichen Zimmern, besonders das letztere. Gegensatz zwischen Militär und Beamtentum. Richtige Bewertung der Schreibarbeit: ein Tisch mit Tintenfaß und Feder. Die Balkontür und das Fenster offen. Bequemes Kanapee. In einem verhängten Verschlag auf dem Hofbalkon Geklapper von Geschirr. Die Jause wird aufgetragen. Jemand – es ist, wie sich später zeigt, der Oberleutnant – lüftet den Vorhang, um zu sehn, wer hier wartet. Mit den Worten: »Man muß doch den Gehalt verdienen« unterbricht er die Jause und kommt zu mir. Ich erreiche übrigens nichts, trotzdem ich nochmals nach Hause zurückgehen muß, um auch meine zweite Legitimation zu holen. Es wird mir nur auf die Legitimation die militärische Bewilligung zur Benutzung des Postzuges am nächsten Tag geschrieben, eine ganz überflüssige Bewilligung.
Gegend am Bahnhof dörfisch, Ringplatz verwahrlost (Kossuth-Denkmal, Kaffeehäuser mit Zigeunermusik, Konditorei, ein elegantes Schuhgeschäft, Ausschreien des »Az Est«, ein stolz mit übertriebenen Bewegungen herumspazierender einarmiger Soldat, ein roher Farbdruck, der einen deutschen Sieg darstellt, ist, sooft ich im Laufe von vierundzwanzig Stunden vorübergehe, umlagert und genau untersucht, P. getroffen), eine reinere Vorstadt. Abend im Kaffeehaus, lauter Zivilisten, Einwohner von Ujhel, einfache und doch fremdartige, zum Teil verdächtige Leute, verdächtig, nicht weil Krieg ist, sondern weil sie unverständlich sind. Ein Feldkurat liest allein Zeitungen. – Vormittag der junge schöne deutsche Soldat im Gasthaus. Läßt sich viel auftragen, raucht eine dicke Zigarre, schreibt dann. Scharfe strenge, aber jugendliche Augen, klares regelmäßiges glattrasiertes Gesicht. Zieht dann den Tornister an. Habe ihn später, vor jemandem salutierend, noch wiedergesehn, weiß aber nicht wo.

3. Mai. Vollständige Gleichgültigkeit und Stumpfheit. Ein ausgetrockneter Brunnen, Wasser in unerreichbarer Tiefe und dort ungewiß. Nichts, nichts. Verstehe das Leben in »Entzweit« von Strindberg nicht; was er schön nennt, widert mich, in Beziehung

zu mir gesetzt, an. Ein Brief an F., falsch, nicht wegschickbar. Was hält mich für eine Vergangenheit oder Zukunft? Die Gegenwart ist gespenstisch, ich sitze nicht am Tisch, sondern umflattere ihn. Nichts, nichts. Öde, Langweile, nein, nicht Langweile, nur Öde, Sinnlosigkeit, Schwäche. Gestern in Dobřichowitz.

4. Mai. Besserer Zustand, weil ich Strindberg (»Entzweit«) gelesen habe. Ich lese ihn nicht, um ihn zu lesen, sondern um an seiner Brust zu liegen. Er hält mich wie ein Kind auf seinem linken Arm. Ich sitze dort wie ein Mensch auf einer Statue. Bin zehnmal in Gefahr, abzugleiten, beim elften Versuch sitze ich aber fest, habe Sicherheit und große Übersicht.

Überlegung des Verhältnisses der andern zu mir. So wenig ich sein mag, niemand ist hier, der Verständnis für mich im ganzen hat. Einen haben, der dieses Verständnis hat, etwa eine Frau, das hieße Halt auf allen Seiten haben, Gott haben. Ottla versteht manches, sogar vieles, Max, Felix manches, manche wie E. verstehn nur einzelnes, aber dieses mit abscheulicher Intensität, F. versteht vielleicht gar nichts, das gibt allerdings hier, wo unleugbare innere Beziehung ist, eine große Sonderstellung. Manchmal glaubte ich, daß sie mich verstehe, ohne daß sie es wußte, zum Beispiel als sie mich, damals, als ich mich unerträglich nach ihr sehnte, an der Untergrundbahnstation erwartete, ich in meiner Sucht, nur möglichst rasch zu ihr zu kommen, die ich oben vermutete, an ihr vorüberlaufen wollte und sie mich still an der Hand ergriff.

5. Mai. Nichts, dumpfer, leicht schmerzender Kopf. Nachmittag Choteksche Anlagen, Strindberg gelesen, der mich nährt.

Das langbeinige schwarzäugige gelbhäutige kindliche Mädchen, lustig frech und lebhaft. Sieht eine kleine Freundin, die den Hut in der Hand trägt. »Hast du zwei Köpfe?« Die Freundin versteht gleich den an sich sehr matten, aber durch die Stimme und das Einsetzen der ganzen kleinen Person lebendigen Scherz. Lachend erzählt sie ihn einer zweiten Freundin, die sie ein paar Schritte weiter trifft: »Sie hat mich gefragt, ob ich zwei Köpfe habe!«

Früh Fräulein R. getroffen. Eigentlich ein Abgrund von Häßlichkeit, so verändern kann sich ein Mann nicht. Plumper Körper, wie noch vom Schlafe her gelöst; die alte Jacke, die ich kenne; was sie unter der Jacke trägt, ist ebenso unkenntlich wie verdächtig, vielleicht nur das Hemd; es ist ihr offenbar auch unheimlich, in diesem Zustand getroffen zu werden, aber sie tut etwas Falsches, statt den Ort der Verlegenheit zu verbergen, greift sie wie schuldbewußt in den Jackenausschnitt, zieht die Jacke zurecht. Starker

Bartanflug auf der Oberlippe, aber nur an einer Stelle, ausgesucht häßlicher Eindruck. Trotz allem gefällt sie mir sehr gut, auch im zweifellos Häßlichen, überdies ist die Schönheit ihres Lächelns unverändert, die Schönheit der Augen hat durch die Herabminderung des Ganzen gelitten. Im übrigen sind wir durch Erdteile getrennt, ich verstehe sie gewiß nicht, sie dagegen begnügt sich mit dem ersten oberflächlichsten Eindruck, den sie von mir erhalten hat. In aller Unschuld bittet sie um eine Brotkarte.

Abend ein Kapitel der »Neuen Christen« gelesen.

Der alte Vater und die ältliche Tochter. Er verständig, spitzbärtig, schwach gebeugt, ein Stöckchen am Rücken. Sie breitnasig, mit starkem Unterkiefer, rundes, aber zerbeultes Gesicht, dreht sich schwer in ihren breiten Hüften. »Sie sagen, ich sehe schlecht aus. Ich sehe doch nicht schlecht aus.«

14. Mai. Aus aller Regelmäßigkeit des Schreibens gekommen. Viel im Freien. Spaziergang mit Fräulein St. nach Troja, mit Fräulein R., ihrer Schwester, Felix, Frau und Ottla nach Dobřichowitz, Častalice. Wie in einer Folter. Heute Gottesdienst in der Teingasse, dann Tuchmachergasse, dann Volksküche. Heute alte Kapitel aus dem »Heizer« gelesen. Scheinbar mir heute unzugängliche (schon unzugängliche) Kraft. Fürchte, wegen Herzfehler untauglich zu sein.

27. Mai. Viel Unglück mit der letzten Eintragung. Gehe zugrunde. So sinnlos und unnötig zugrunde zu gehn.

13. September. Vorabend von Vaters Geburtstag, neues Tagebuch. Es ist nicht so notwendig wie sonst, unruhig muß ich mich nicht machen, unruhig bin ich genug, aber zu welchem Ziel, wann kommt es, wie kann ein Herz, ein nicht ganz gesundes Herz so viel Unzufriedenheit und so viel ununterbrochen zerrendes Verlangen ertragen.

Die Zerstreutheit, die Gedächtnisschwäche, die Dummheit!

14. September. Mit Max und Langer Samstag beim Wunderrabbi. Žižkov, Harantova ulice. Viele Kinder auf dem Trottoir und den Treppenstufen. Ein Gasthaus. Oben vollständig finster, blindlings ein paar Schritte mit vorgehaltenen Händen. Ein Zimmer mit bleichem Dämmerlicht, weißgraue Wände, einige kleine Frauen und Mädchen, weiße Kopftücher, blasse Gesichter, stehn herum, kleine Bewegungen. Eindruck des Blutleeren. Nächstes Zimmer. Alles schwarz, voll mit Männern und jungen Leuten. Lautes

Beten. Wir drücken uns in eine Ecke. Kaum sehn wir uns ein wenig um, ist das Gebet zu Ende, das Zimmer leert sich. Ein Eckzimmer mit zwei Fensterwänden mit je zwei Fenstern. Wir werden zu einem Tisch gedrängt, rechts vom Rabbi. Wir wehren uns. »Ihr seid doch auch Juden.« Das stärkste väterliche Wesen macht den Rabbi. »Alle Rabbi sehen wild aus«, sagte Langer. Dieser im Seidenkaftan, darunter schon Unterhosen sichtbar. Haare auf dem Nasenrücken. Mit Fell eingefaßte Kappe, die er immerfort hin und her rückt. Schmutzig und rein, Eigentümlichkeit intensiv denkender Menschen. Kratzt sich am Bartansatz, schneuzt durch die Hand auf den Fußboden, greift mit den Fingern in die Speisen – wenn er aber ein Weilchen die Hand auf dem Tisch liegen läßt, sieht man das Weiß der Haut, wie man ein ähnliches Weiß nur in Vorstellungen der Kindheit gesehn zu haben glaubt. Damals allerdings waren auch die Eltern rein.

16. September. Anblick der polnischen Juden, die zum Kol Nidre gehn. Der kleine Junge, der, unter beiden Armen Gebetmäntel, neben seinem Vater herläuft. Selbstmörderisch, nicht in den Tempel zu gehn.

Bibel aufgeschlagen. Von den ungerechten Richtern. Finde also meine Meinung oder wenigstens die Meinung, die ich in mir bisher vorgefunden habe. Übrigens hat es keine Bedeutung, ich werde in solchen Dingen niemals sichtbar gelenkt, vor mir flattern nicht die Blätter der Bibel.

Die ergiebigste Stelle zum Hineinstechen scheint zwischen Hals und Kinn zu sein. Man hebe das Kinn und steche das Messer in die gestrafften Muskeln. Die Stelle ist aber wahrscheinlich nur in der Vorstellung ergiebig. Man erwartet dort ein großartiges Ausströmen des Blutes zu sehn und ein Flechtwerk von Sehnen und Knöchelchen zu zerreißen, wie man es ähnlich in den gebratenen Schenkeln von Truthähnen findet.

»Förster Fleck in Rußland« gelesen. Napoleons Rückkehr auf das Schlachtfeld von Borodino. Das Kloster dort. Es wird in die Luft gesprengt.

28. September. Vollständiges Nichtstun. Memoiren des Generals Marcellin de Marbot und Holzhausen »Leiden der Deutschen 1812«.

Sinnlosigkeit des Klagens. Als Antwort darauf Stiche im Kopf.

Ein kleiner Junge lag in der Badewanne. Es war das erste Bad, bei dem, seinem alten Wunsche nach, weder die Mutter noch das

Dienstmädchen zugegen waren. Er hatte sich, um dem Befehl der Mutter, die ihm hie und da aus dem Nebenzimmer zurief, zu entsprechen, mit dem Schwamm flüchtig bestrichen; dann hatte er sich ausgestreckt und genoß die Unbeweglichkeit im heißen Wasser. Die Gasflamme summte gleichmäßig, und im Ofen knisterte das vergehende Feuer. Im Nebenzimmer war es schon lange still, vielleicht hatte sich die Mutter entfernt.

Warum ist das Fragen sinnlos? Klagen heißt: Fragen stellen und warten, bis Antwort kommt. Fragen aber, die sich nicht selbst im Entstehen beantworten, werden niemals beantwortet. Es gibt keine Entfernungen zwischen Fragesteller und Antwortgeber.
Es sind keine Entfernungen zu überwinden. Daher Fragen und Warten sinnlos.

29. September. Verschiedene nebelhafte Entschlüsse. Die gelingen mir. Zufälliges Erblicken eines damit nicht ganz unzusammenhängenden Bildes in der Ferdinandstraße. Eine schlechte Skizze eines Freskos. Darunter ein tschechischer Spruch, etwa: Verblendeter, du verläßt den Becher wegen des Mädchens, bald wirst du belehrt zurückkommen.
Schlechter elender Schlaf, früh marternde Kopfschmerzen, aber freierer Tag.

Viele Träume. Auftreten einer Mischung von Direktor Marschner und Diener Pimisker. Rote feste Wangen, schwarz gewichster Bart, ebensolches stark wildes Haar.

Früher dachte ich: Dich wird nichts umbringen, diesen harten klaren, geradezu leeren Kopf, niemals wirst du unbewußt oder im Schmerz die Augen zusammenziehn, die Stirn falten, mit den Händen zucken, wirst es immer nur darstellen können.

Wie konnte Fortinbras sagen, Hamlet hätte sich höchst königlich bewährt.

Konnte mich nachmittags nicht abhalten, das gestern Geschriebene, »den Schmutz des vorigen Tages« zu lesen, ohne Schaden übrigens.

30. September. Durchgesetzt, daß Felix nicht Max gestört hat. Dann bei Felix.

Roßmann und K., der Schuldlose und der Schuldige, schließlich beide unterschiedslos strafweise umgebracht, der Schuldlose mit leichterer Hand, mehr zur Seite geschoben als niedergeschlagen.

1. Oktober. III. Band Memoiren des Generals Marcellin de Marbot. Polozk–Beresina–Leipzig–Waterloo.

6. Oktober. Verschiedene Formen der Nervosität. Ich glaube, Lärm kann mich nicht mehr stören. Allerdings arbeite ich jetzt nicht. Allerdings, je tiefer man sich seine Grube gräbt, desto stiller wird es, je weniger ängstlich man wird, desto stiller wird es.

Erzählungen Langers:
Einem Zaddik soll man mehr gehorchen als Gott. Baalschem sagte einmal einem seiner liebsten Schüler, er solle sich taufen lassen. Er ließ sich taufen, kam zu Ansehn, wurde Bischof. Da ließ ihn Baalschem zu sich kommen und erlaubte ihm, zum Judentum zurückzukehren. Er folgte wieder und tat wegen seiner Sünde große Buße. Baalschem erklärte seinen Befehl damit, daß der Schüler wegen seiner ausgezeichneten Eigenschaften vom Bösen sehr verfolgt gewesen sei und daß die Taufe den Zweck gehabt habe, den Bösen abzulenken. Baalschem warf den Schüler selbst mitten ins Böse, der Schüler tat den Schritt nicht aus Schuld, sondern auf Befehl und für den Bösen schien es hier keine Arbeit mehr zu geben.

Alle hundert Jahre erscheint ein oberster Zaddik, ein Zaddik Hador. Er muß gar nicht bekannt sein, kein Wunderrabbi sein und ist doch der oberste. Baalschem war nicht Zaddik Hador in seiner Zeit, das war vielmehr ein unbekannter Kaufmann in Drohobycz. Dieser hörte, daß Baalschem, wie dies auch andere Zaddiks taten, Amulette schrieb, und hatte den Verdacht, daß er Anhänger des Sabbatai Zwi sei und dessen Name auf die Amulette schreibe. Deshalb nahm er ihm, ohne ihn persönlich zu kennen, von der Ferne aus die Macht, jene Amulette zu geben. Baalschem erkannte bald die Machtlosigkeit seiner Amulette – er hatte aber immer nichts anderes auf die Amulette geschrieben als seinen eigenen Namen – und erfuhr auch nach einiger Zeit, daß der Drohobyczer die Ursache dessen war. Als einmal der Drohobyczer in die Stadt Baalschems kam – es war an einem Montag –, ließ ihn Baalschem, ohne daß er es merkte, einen Tag verschlafen; der Drohobyczer blieb infolgedessen in der Zeitrechnung immer um einen Tag zurück. Freitag abend – er dachte, es wäre Donnerstag – wollte er nach Hause fahren, um die Feiertage zu Hause zu verbringen. Da sieht er die Leute in den Tempel gehen und merkt den Irrtum. Er beschließt, hier zu bleiben und läßt sich zu Baalschem führen. Dieser hat schon am Nachmittag seiner Frau den Auftrag gegeben, ein Mahl für dreißig Personen herzurichten. Als der Drohobyczer kommt, setzt er sich nach den Gebeten gleich zum Essen und ißt in kurzer Zeit das für dreißig Personen bestimmte Essen auf. Aber er wird nicht satt, sondern verlangt weiteres Essen. Baalschem sagt: »Einen Engel ersten Grades habe ich erwartet, auf einen Engel zweiten Grades war ich aber nicht vorbereitet.« Er ließ nun alles Eßbare bringen, was im Hause war, aber auch das genügte nicht.

Baalschem war nicht Zaddik Hador, aber er war noch höher. Zeuge dessen ist der Zaddik Hador selbst. Dieser kam nämlich einmal abends in den Ort, wo die künftige Frau Baalschems als Mädchen wohnte. Er war Gast in dem Hause der Eltern des Mädchens. Ehe er auf den Dachboden schlafen ging, verlangte er ein Licht, aber es war keines im Hause. Er ging also ohne Licht hinauf, aber als das Mädchen später vom Hof hinaufsah, war es oben hell wie bei einer Illumination. Da erkannte sie, daß er ein besonderer Gast war und sie bat ihn, sie zur Frau zu nehmen. Sie durfte so bitten, denn ihre höhere Bestimmung erwies sich darin, daß sie den Gast erkannt hat. Aber der Zaddik Hador sagte: »Du bist für einen noch Höheren bestimmt.« Dies beweist, daß Baalschem höher war als ein Zaddik Hador.

7. Oktober. Gestern lange mit Fräulein R. im Vestibül des Hotels. Schlecht geschlafen, Kopfschmerzen.

Als Hinkender die Gerti geschreckt, das Schreckliche des Pferdefußes.

Gestern in der Niklasstraße ein gestürztes Pferd mit blutigem Knie. Ich schaue weg und mache unbeherrscht Grimassen am hellen Tag.

Unlösbare Frage: Bin ich gebrochen? Bin ich im Niedergang? Fast alle Anzeichen sprechen dafür (Kälte, Stumpfheit, Nervenzustand, Zerstreutheit, Unfähigkeit im Amt, Kopfschmerzen, Schlaflosigkeit), fast nur die Hoffnung spricht dagegen.

3. November. Viel gesehn in der letzten Zeit, weniger Kopfschmerzen. Spaziergänge mit Fräulein R. Mit ihr bei »Er und seine Schwester«, von Girardi gespielt. (Haben Sie denn Talent? – Gestatten Sie, daß ich dazwischentrete und für Sie antworte: O ja, ó ja.) In der städtischen Lesehalle. Bei ihren Eltern die Fahne angesehn.

Die zwei wunderbaren Schwestern Esther und Tilka wie Gegensätze des Leuchtens und Verlöschens. Besonders Tilka schön; olivenbraun, gesenkte gewölbte Augenlider, tiefes Asien. Beide Shawls um die Schultern gezogen. Sie sind mittelgroß, eher klein, und erscheinen aufrecht und hoch wie Göttinnen, die eine auf dem

Rundpolster des Kanapees, Tilka in einem Winkel auf irgendeiner unkenntlichen Sitzgelegenheit, vielleicht auf Schachteln. Im Halbschlaf lange Esther gesehn, die sich mit der Leidenschaft, die sie meinem Eindruck nach für alles Geistige zu haben scheint, in den Knoten eines Seiles festgebissen hatte und mächtig hin und her im leeren Raum geschwungen wurde wie ein Glockenschlegel (Erinnerung an ein Kinoplakat).
Die beiden L. Die kleine teuflische Lehrerin, die ich auch im Halbschlaf sah, wie sie jagend im Tanz, in einem kosakenmäßigen, aber schwebenden Tanz, über einem leicht geneigten, dunkelbraun im Dämmerlicht daliegenden holprigen Backsteinpflaster hinauf- und hinabflog.

4. November. Erinnerung an den Winkel in Brescia, wo ich auf ähnlichem Pflaster, aber am hellen Tag, Kindern Soldi verteilte. Erinnerung an eine Kirche in Verona, wo ich, ganz verlassen, nur unter dem leichten Zwang der Pflicht eines Vergnügungsreisenden und unter dem schweren Zwang eines in Nutzlosigkeit vergehenden Menschen, widerwillig eintrat, einen überlebensgroßen Zwerg sah, der sich unter dem Weihbecken krümmte, ein wenig umherging, mich niedersetzte und ebenso widerwillig hinausging, als sei draußen wieder eine gleiche Kirche Tor an Tor angebaut.

Letzthin die Judenabreise auf dem Staatsbahnhof. Die zwei Männer, die einen Sack trugen. Der Vater, der seine Habseligkeiten seinen vielen Kindern bis zum Kleinsten auflädt, um schneller auf den Perron zu kommen. Die auf dem Koffer mit einem Säugling sitzende starke, gesunde schon formlose junge Frau, welche Bekannte in lebhaftem Gespräch umstehn.

5. November. Aufregungszustand Nachmittag. Begann mit der Überlegung, ob und wieviel Kriegsanleihe ich mir kaufen sollte. Ging zweimal zum Geschäft hin, um den nötigen Auftrag zu geben und zweimal zurück, ohne eingetreten zu sein. Berechnete fieberhaft die Zinsen. Bat dann die Mutter, für tausend Kronen Anleihe zu kaufen, erhöhte den Betrag auf zweitausend Kronen. Es zeigte sich dabei, daß ich von einer etwa dreitausend Kronen betragenden Einlage, die mir gehörte, gar nichts gewußt hatte und daß es mich fast gar nicht berührte, als ich davon erfuhr. Nur die Zweifel wegen der Kriegsanleihe lagen mir im Kopf und hörten nun etwa eine halbe Stunde lang auf einem Spaziergang durch die belebtesten Gassen nicht auf. Ich fühlte mich unmittelbar am Krieg beteiligt, erwog, allerdings meinen Kenntnissen entsprechend, ganz allgemein die finanziellen Aussichten, steigerte und verringerte die Zinsen, die mir einmal zur Verfügung stehen würden usf. Allmählich verwandelte sich aber die Aufregung, die

Gedanken wurden auf das Schreiben hingelenkt, ich fühlte mich dazu fähig, wollte nichts anderes, als die Möglichkeit des Schreibens haben, überlegte, welche Nächte ich in der nächsten Zeit dafür bestimmen könnte, lief unter Herzschmerzen über die steinerne Brücke, fühlte das schon so oft erfahrene Unglück des verzehrenden Feuers, das nicht ausbrechen darf, erfand, um mich auszudrücken und zu beruhigen, den Spruch »Freundchen, ergieße dich«, sang ihn unaufhörlich nach einer besonderen Melodie und begleitete den Gesang, indem ich ein Taschentuch in der Tasche wie einen Dudelsack immer wieder drückte und losließ.

6. November. Anblick der Ameisenbewegung des Publikums vor dem Schützengraben und in ihm.

Bei der Mutter von Oskar Pollak. Guter Eindruck seiner Schwester. Gibt es übrigens jemanden, vor dem ich mich nicht beuge? Was etwa Grünberg betrifft, der meiner Meinung nach ein sehr bedeutender Mensch ist und aus mir unzugänglichen Gründen fast allgemein unterschätzt wird: Stellte man mich etwa vor die Wahl, daß einer von uns beiden gleich untergehen müsse (rücksichtlich seiner Person ist es sehr wahrscheinlich, denn er soll eine weit fortgeschrittene Tuberkulose haben), daß es aber von meiner Entscheidung abhänge, wer das sein solle, so würde ich bis an den äußersten Rand der theoretischen Fragestellung die Frage lächerlich finden, da selbstverständlich der ungleich wertvollere Grünberg erhalten werden müsse. Auch Grünberg würde mir zustimmen. In den letzten unkontrollierten Augenblicken allerdings würde ich, wie jeder andere schon viel früher, Beweise zu meinen Gunsten erfinden, Beweise, die mich sonst infolge ihrer Roheit, Kahlheit, Falschheit zum Erbrechen gereizt hätten. Diese letzten Augenblicke ereignen sich allerdings auch jetzt, wo mir niemand eine Wahl aufdrängt, es sind jene, wo ich mich unter Abhaltung aller ablenkenden, äußeren Einflüsse zu prüfen suche.

19. November. Nutzlos verbrachte Tage, sich im Warten verbrauchende Kräfte und trotz allem Nichtstun die wehenden und bohrenden Schmerzen im Kopf.

Brief von Werfel. Antwort.

Bei Frau M.-T., Wehrlosigkeit gegenüber allem. Boshafte Besprechung bei Max. Ekel darüber am nächsten Morgen.

Mit Fräulein F. R. und Esther.

In der Alt-Neu-Synagoge beim Mischna-Vortrag. Mit Dr. Jeiteles nach Hause. Großes Interesse an einzelnen Streitfragen.

Wehleidigkeit gegenüber der Kälte, gegenüber allem. Jetzt halb zehn abends schlägt in der Nebenwohnung jemand einen Nagel in die gemeinsame Wand.

21. November. Vollständige Nutzlosigkeit. Sonntag. In der Nacht besondere Schlaflosigkeit. Bis viertel zwölf im Bett beim Sonnenschein. Spaziergang. Mittagessen. Zeitung gelesen, in alten Katalogen geblättert. Spaziergang Hybernergasse, Stadtpark, Wenzelsplatz, Ferdinandstraße, dann gegen Podol zu. Mühselig auf zwei Stunden ausgedehnt. Hie und da starke, einmal geradezu brennende Kopfschmerzen gefühlt. Genachtmahlt. Jetzt zu Hause. Wer kann das von oben vom Anfang bis zum Ende mit offenen Augen überblicken?

25. Dezember. Eröffnung des Tagebuches zu dem besonderen Zweck, mir Schlaf zu ermöglichen. Sehe aber gerade die zufällige letzte Eintragung und könnte tausend Eintragungen gleichen Inhalts aus den letzten drei bis vier Jahren mir vorstellen. Ich verbrauche mich sinnlos, wäre glückselig, schreiben zu dürfen, schreibe nicht. Werde die Kopfschmerzen nicht mehr los. Ich habe wirklich mit mir gewüstet.
Gestern offen mit meinem Chef gesprochen, da ich durch den Entschluß, zu sprechen, und das Gelübde, nicht zurückzuweichen, zwei Stunden allerdings unruhigen Schlafs in der vorgestrigen Nacht mir ermöglicht habe. Vier Möglichkeiten meinem Chef vorgelegt: 1. alles weitere belassen wie in der letzten allerärgsten Marterwoche und mit Nervenfieber, Irrsinn oder sonstwie enden; 2. Urlaub nehmen, will ich nicht, aus irgendeinem Pflichtgefühl, es würde aber auch nicht helfen; 3. kündigen, kann ich jetzt nicht, meiner Eltern und der Fabrik wegen; 4. bleibt nur Militärdienst. Antwort: Eine Woche Urlaub und Hämatogenkur, die der Chef gemeinsam mit mir machen will. Er selbst ist wahrscheinlich schwer krank. Ginge ich auch, wäre die Abteilung verwaist.
Erleichterung, offen gesprochen zu haben. Zum ersten Male mit dem Wort »Kündigung« fast offiziell die Luft in der Anstalt erschüttert.
Trotzdem heute kaum geschlafen.

Immer diese hauptsächliche Angst: Wäre ich 1912 weggefahren, im Vollbesitz aller Kräfte, mit klarem Kopf, nicht zernagt von den Anstrengungen, lebendige Kräfte zu unterdrücken!
Mit Langer: Er kann Maxens Buch erst in dreizehn Tagen lesen.

Weihnachten hätte er es lesen können, da man nach einem alten Brauch Weihnachten nicht Thora lesen darf, diesmal aber fiel Weihnachten auf Samstag. In dreizehn Tagen aber ist russische Weihnacht, da wird er lesen. Mit schöner Literatur oder sonstigem weltlichen Wissen soll man nach mittelalterlicher Tradition erst vom siebzigsten Jahr, nach einer milderen Ansicht erst vom vierzigsten Jahr an sich beschäftigen. Medizin war die einzige Wissenschaft, mit der man sich beschäftigen durfte. Heute auch mit ihr nicht, da sie jetzt zu sehr mit den andern Wissenschaften verknüpft ist. – Auf dem Klosett darf man nicht an die Thora denken, daher darf man dort weltliche Bücher lesen. Ein sehr frommer Prager, ein gewisser K., wußte viel Weltliches, er hat alles auf dem Klosett studiert.

1916

19. April. Er wollte die Tür zum Gang öffnen, aber sie widerstand. Er blickte hinauf, hinunter, das Hindernis war nicht zu finden. Auch versperrt war die Tür nicht, der Schlüssel steckte innen, hätte man von außen zuzusperren versucht, wäre der Schlüssel herausgestoßen worden. Und wer hätte denn zusperren sollen? Er stieß mit dem Knie gegen die Tür, das Mattglas erklang, aber die Tür blieb fest. Sieh nur.
Er ging ins Zimmer zurück, trat auf den Balkon und blickte auf die Straße hinab. Er hatte aber das gewöhnliche Nachmittagsleben unten noch nicht mit seinen Gedanken erfaßt, als er wieder zur Tür zurückkehrte und nochmals zu öffnen versuchte. Aber nun war es kein Versuch, die Tür öffnete sich sogleich, es bedurfte kaum eines Druckes, vor dem Luftzug, der vom Balkon her strich, flog sie geradezu auf; mühelos wie ein Kind, das man zum Scherz die Klinke berühren läßt, während ein Größerer sie in Wirklichkeit niederdrückt, erlangte er den Eintritt in den Gang.

Ich werde drei Wochen für mich haben. Heißt das grausam behandelt werden?

Vor kurzem geträumt: Wir wohnten auf dem Graben in der Nähe des Cafés Continental. Aus der Herrengasse bog ein Regiment ein, in die Richtung zum Staatsbahnhof. Mein Vater: »So etwas muß man sehn, solange man dazu imstande ist« und schwingt sich (im braunen Schlafrock des Felix, die ganze Gestalt war eine Vermischung beider) auf das Fenster und spreizt sich draußen mit ausgestreckten Armen auf der sehr breiten, stark abfallenden Fensterbrüstung. Ich packe ihn und halte ihn an den beiden Kettchen, durch welche die Schlafrockschnur gezogen ist. Aus Bosheit streckt er sich noch weiter hinaus, ich spanne meine Kräfte auf das äußerste an, um ihn zu halten. Ich denke daran, wie gut es wäre, wenn ich meine Füße mit Stricken an irgend etwas Festem anbinden könnte, um nicht vom Vater mitgezogen zu werden. Allerdings müßte ich, um das zu bewerkstelligen, den Vater wenigstens ein Weilchen lang loslassen und das ist unmöglich. Diese ganze Spannung erträgt der Schlaf – und gar mein Schlaf – nicht und ich erwache.

20. April. Auf dem Gang kam ihm die Hauswirtin mit einem Brief entgegen. Er prüfte das Gesicht der alten Dame, nicht den Brief, und öffnete ihn unterdessen. Dann las er: »Sehr geehrter Herr. Seit einigen Tagen wohnen Sie mir gegenüber. Eine starke Ähnlichkeit mit einem alten guten Bekannten macht Sie mir merkwürdig. Be-

reiten Sie mir das Vergnügen und besuchen Sie mich heute nachmittag. Mit Gruß Louise Halka.«

»Gut«, sagte er sowohl zur Hauswirtin, die noch vor ihm stand, als auch zum Brief. Es war eine willkommene Gelegenheit, eine vielleicht nützliche Bekanntschaft in dieser Stadt zu machen, in der er noch ganz fremd war.
»Sie kennen Frau Halka?« fragte die Wirtin, während er nach dem Hut langte.
»Nein«, sagte er fragend.
»Das Mädchen, das den Brief brachte, ist ihre Dienerin«, sagte die Wirtin wie zur Entschuldigung.
»Das mag sein«, sagte er, unwillig über die Teilnahme, und beeilte sich, aus der Wohnung zu kommen.
»Sie ist eine Witwe«, hauchte ihm die Wirtin von der Schwelle noch nach.

Ein Traum: Zwei Gruppen von Männern kämpften miteinander. Die Gruppe, zu der ich gehörte, hatte einen Gegner, einen riesigen nackten Mann, gefangen. Fünf von uns hielten ihn, einer beim Kopf, je zwei bei den Armen und Beinen. Leider hatten wir kein Messer, ihn zu erstechen, wir fragten in der Runde eilig, ob ein Messer da sei, keiner hatte eines. Da aber aus irgendeinem Grunde keine Zeit zu verlieren war und in der Nähe ein Ofen stand, dessen ungewöhnlich große gußeiserne Ofentüre rotglühend war, schleppten wir den Mann hin, näherten einen Fuß des Mannes der Ofentüre, bis er zu rauchen begann, zogen ihn dann wieder zurück und ließen ihn ausdampfen, um ihn bald neuerlich zu nähern. So trieben wir es gleichförmig, bis ich nicht nur im Angstschweiß, sondern wirklich zähneklappernd erwachte.

Hans und Amalia, die zwei Kinder des Fleischers, spielten mit Kugeln an der Mauer des Magazins, eines großen alten festungsartigen Steinbaues, der mit seinen zwei Reihen stark vergitterter Fenster sich weithin am Flußufer dehnte. Hans zielte vorsichtig, prüfte Kugel, Weg und Grube, ehe er den Stoß abgab, Amalia hockte bei der Grube und klopfte mit den Fäustchen vor Ungeduld auf den Boden. Plötzlich aber ließen beide von den Kugeln ab, standen langsam auf und sahen das nächste Magazinfenster an. Man hörte ein Geräusch, wie wenn jemand eine der kleinen trüben dunklen Scheiben der vielgeteilten Fenster reinzuwischen suche, es gelang aber nicht, und nun wurde sie entzweigeschlagen, ein mageres, scheinbar grundlos lächelndes Gesicht erschien undeutlich in dem kleinen Viereck, es war wohl ein Mann, und er sagte: »Kommt Kinder, kommt. Habt ihr schon ein Magazin gesehn?«

Die Kinder schüttelten die Köpfe, Amalia sah erhitzt zum Mann auf, Hans blickte nach rückwärts, ob Leute in der Nähe wären, aber er sah nur einen Mann, der, gleichgültig gegen alles, mit gebeugtem Rücken einen schwer beladenen Karren das Quaigeländer entlang schob. »Dann werdet ihr aber wirklich staunen«, sagte der Mann, sehr eifrig, als müsse er durch Eifer die Ungunst der Verhältnisse überwinden, die ihn mit Mauer, Gitter und Fenster von den Kindern trennten. »Jetzt aber kommt. Es ist höchste Zeit.« – »Wie sollen wir hineinkommen?« sagte Amalia. »Ich werde euch die Tür zeigen«, sagte der Mann. »Folgt mir nur, ich gehe jetzt nach rechts und werde an jedes Fenster klopfen.«

Amalia nickte und lief zum nächsten Fenster, wirklich klopfte es dort und so auch bei den folgenden. Aber während Amalia dem fremden Mann gehorchte und ihm gedankenlos nachlief, wie man etwa einem Holzreifen nachläuft, ging Hans nur langsam hinterher. Ihm war nicht wohl zumut, das Magazin, das zu besuchen ihm bisher niemals eingefallen war, war gewiß sehr sehenswert, aber ob es wirklich erlaubt war, hineinzugehn, war durch die Einladung eines beliebigen Fremden noch durchaus nicht erwiesen. Es war eher unwahrscheinlich, denn wenn es erlaubt gewesen wäre, dann hätte ihn doch der Vater gewiß schon einmal hingeführt, da er nicht nur ganz in der Nähe wohnte, sondern sogar im weiten Umkreis alle Leute kannte, von ihnen gegrüßt und mit Ehrerbietung behandelt wurde. Und nun fiel Hans ein, daß dies also auch von dem Fremden gelten müsse, er lief, um das festzustellen, Amalia nach und erreichte sie, als sie und mit ihr der Mann bei einer kleinen, gleich unten am Erdboden befindlichen Tür aus Eisenblech haltmachten. Es war wie eine große Ofentüre. Wieder schlug der Mann beim letzten Fenster eine kleine Scheibe ein und sagte: »Hier ist die Tür. Wartet einen Augenblick, ich werde die Innentüren öffnen.«

»Kennen Sie unsern Vater?« fragte Hans sofort, aber das Gesicht war schon verschwunden, und Hans mußte mit seiner Frage warten. Nun hörte man, wie tatsächlich die Innentüren geöffnet wurden. Zuerst kreischte der Schlüssel kaum hörbar, dann lauter und lauter in nähern Türen. Das hier durchbrochene dicke Mauerwerk schien durch viele eng aneinanderliegende Türen ersetzt zu sein. Endlich öffnete sich auch die letzte nach innen, die Kinder legten sich auf den Boden, um hineinsehen zu können, und dort war nun auch das Gesicht des Mannes im Halbdunkel. »Die Türen sind offen, also kommt! Nur flink, nur flink.« Mit einem Arm drückte er die vielen Türplatten an die Wand.

Als wäre Amalia durch das Warten vor der Tür ein wenig zur Besinnung gekommen, schob sie sich jetzt hinter Hans und wollte nicht die erste sein, ihn aber stieß sie nach vorn, denn mit ihm wollte sie sehr gerne ins Magazin. Hans war ganz nahe der Türöffnung, er fühlte den kühlen Anhauch, der aus ihr kam, er wollte nicht hinein, nicht zu dem Fremden, nicht hinter die vielen Türen, die zugesperrt werden konnten, nicht in das kühle alte riesige Haus. Nur weil er hier schon vor der Öffnung lag, fragte er: »Kennen Sie unsern Vater?«

»Nein«, antwortete der Mann, »aber kommt schon endlich, ich darf nicht so lange die Türen offenlassen.«

»Er kennt unsern Vater nicht«, sagte Hans zu Amalia und stand auf; er war wie erleichtert, nun würde er gewiß nicht hineingehn.

»Ich kenne ihn aber doch«, sagte der Mann und schob den Kopf in der Öffnung weiter vor, »natürlich kenne ich ihn, der Fleischer, der große Fleischer bei der Brücke, ich selbst hole dort manchmal Fleisch, glaubt ihr, ich würde euch ins Magazin einlassen, wenn ich nicht eure Familie kennen würde?«

»Warum hast du zuerst gesagt, daß du ihn nicht kennst?« fragte Hans und hatte sich, die Hände in den Taschen, schon ganz vom Magazin abgewendet.

»Weil ich hier in dieser Lage keine langen Gespräche zu führen wünsche. Kommt erst herein, dann kann man über alles sprechen. Im übrigen mußt du, Kleiner, gar nicht hereinkommen, im Gegenteil, mir ist es lieber, wenn du mit deinem ungezogenen Benehmen draußen bleibst. Deine Schwester aber, die ist vernünftiger, die kommt und wird willkommen sein.« Und er streckte Amalia die Hand entgegen.

»Hans«, sagte Amalia, während sie ihre Hand der fremden Hand näherte, ohne sie aber noch zu fassen, »warum willst du nicht hineingehn?« Hans, der nach der letzten Antwort des Mannes auch keine deutliche Ursache für seine Abneigung anführen konnte, sagte nur leise zu Amalia: »Er zischt so.« Und tatsächlich zischte der Fremde, nicht nur beim Reden, sondern auch, wenn er schwieg. »Warum zischst du?« fragte Amalia, die zwischen Hans und dem Fremden vermitteln wollte.

»Dir, Amalia, antworte ich«, sagte der Fremde. »Ich habe einen schweren Atem, es kommt von dem ununterbrochenen Aufenthalt hier in dem feuchten Magazin, auch euch würde ich nicht raten, lange hierzubleiben, aber für ein Weilchen ist es eben außerordentlich interessant.«

»Ich gehe«, sagte Amalia und lachte, sie war schon ganz gewonnen, »aber«, fügte sie dann wieder langsamer hinzu, »Hans muß auch mitkommen.«

»Natürlich«, sagte der Fremde, hopste mit dem Oberkörper hervor, faßte den vollständig überraschten Hans bei den Händen, so daß dieser gleich niederfiel und zog ihn mit aller Kraft ins Loch hinein. »Hier geht's hinein, mein lieber Hans«, sagte er und schleppte den sich Wehrenden und laut Schreienden mit sich,

ohne Rücksicht darauf, daß ein Rockärmel von Hans an den scharfen Kanten der Türen in Fetzen ging.
»Mali«, rief plötzlich Hans – er war schon mit den Füßen im Loch, so rasch ging es trotz allen Widerstandes – »Mali, hol den Vater, hol den Vater, ich kann nicht mehr zurück, er zieht mich so stark.« Aber Mali, ganz verwirrt durch das rohe Eingreifen des Fremden, überdies ein wenig schuldbewußt, denn sie hatte ja zu der Untat gewissermaßen aufgefordert, schließlich aber doch auch sehr neugierig, wie sie es von allem Anfang an gewesen war, lief nicht weg, sondern hielt sich an Hansens Füßen an ... [bricht ab]

Es wurde natürlich bald bekannt, daß der Rabbi an einer Tonfigur arbeitete. Sein Haus, das mit allen Türen aller Zimmer Tag und Nacht offen stand, enthielt nichts Sichtbares, das nicht allen gleich bekannt wurde. Immer wanderten einige Schüler oder Nachbarn oder Fremde die Treppe des Hauses auf und ab, blickten in alle Räume und traten, wenn sie nicht gerade den Rabbi selbst irgendwo antrafen, überall ein, wo es ihnen beliebte. Und einmal fanden sie in einem Waschtrog einen großen Klumpen rötlichen Tons.
So sehr hatte die Freiheit, die der Rabbi allen in seinem Haus gab, sie verwöhnt, daß sie sich nicht scheuten, den Ton zu betasten. Er war hart, kaum daß sich bei starkem Druck die Finger von ihm färbten, sein Geschmack – auch mit der Zunge mußten die Neugierigen an ihn heran – war bitter. Wofür der Rabbi ihn hier im Waschtrog aufbewahrte, war unverständlich.

Bitter, bitter, das ist das hauptsächlichste Wort. Wie will ich eine schwingende Geschichte aus Bruchstücken zusammenlöten?

Leicht flog ein schwacher weißgrauer Rauch ununterbrochen aus dem Kamin.

Der Rabbi stand mit aufgestülpten Ärmeln wie eine Wäscherin vor dem Trog und knetete den Ton, der schon in rohen Umrissen die menschliche Gestalt zeigte. Immer hielt der Rabbi, selbst wenn er nur an einer kleinen Einzelheit, etwa an einem Fingerglied arbeitete, die ganze Gestalt mit den Augen fest. Trotzdem die Figur doch sichtlich menschenähnlich zu gelingen schien, benahm sich der Rabbi wie ein Wütender, immer wieder fuhr sein Unterkiefer vor, ununterbrochen wälzten sich seine Lippen aneinander vorüber, und wenn er die Hände in dem bereitstehenden Wasserkübel feuchtete, stieß er so wild hinein, daß das Wasser die Decke des kahlen Gewölbes anspritzte.

11. Mai. Also Brief dem Direktor übergeben. Vorgestern. Bat entweder, falls Krieg im Herbst zu Ende ist, um langen Urlaub für später, und zwar ohne Gehalt, oder, falls der Krieg weitergeht, um Aufhebung der Reklamation. Das war eine ganze Lüge. Halbe Lüge wäre gewesen, wenn ich um sofortigen langen Urlaub gebeten hätte und für den Fall der Verweigerung um Entlassung. Wahrheit wäre gewesen, wenn ich gekündigt hätte. Beides wagte ich nicht, daher ganze Lüge.
Nutzlose heutige Unterredung. Direktor glaubt, ich wolle die drei Wochen des gewöhnlichen Urlaubs, die mir als Reklamiertem nicht gebühren, erpressen, bietet sie mir daher ohne weiteres an, war dazu angeblich schon vor dem Brief entschlossen. Vom Militär spricht er überhaupt nicht, als stünde es nicht im Brief. Wenn ich davon spreche, überhört er es. Langen Urlaub ohne Gehalt findet er offenbar komisch, erwähnt es vorsichtig in diesem Ton. Drängt mich, den Drei-Wochen-Urlaub sofort zu nehmen. Macht Zwischeneinfügungen als laienhafter Nervenarzt, wie alle. Ich hätte doch keine Verantwortung zu tragen wie er, seine Stellung, die könnte allerdings krank machen. Wieviel habe er auch früher gearbeitet, als er sich zur Advokatursprüfung vorbereitete und gleichzeitig in der Anstalt Dienst tat. Neun Monate elf Stunden Tagesarbeit. Und dann der Hauptunterschied. Hätte ich denn irgendwie und jemals für meine Stellung zu fürchten? Er aber hätte diese Furcht gehabt. Er hätte Feinde in der Anstalt gehabt, die alles mögliche versucht hätten, um ihm sogar in dieser Weise den »Lebensast« zu durchschneiden, ihn zum alten Eisen zu werfen.
Von meinem Schreiben spricht er merkwürdigerweise nicht.
Ich, schwächlich, trotzdem ich sehe, daß es fast um mein Leben geht. Bleibe aber dabei, daß ich zum Militär will und daß drei Wochen mir nicht genügen. Darauf verschiebt er die Fortsetzung der Unterredung. Wäre er nur nicht so freundlich und teilnehmend!
Ich werde an Folgendem festhalten: Ich will zum Militär, diesem zwei Jahre verhaltenen Wunsch nachgeben; aus verschiedenen Rücksichten, die nicht meine Person betreffen, würde ich, wenn ich einen langen Urlaub bekäme, diesen vorziehn. Das ist aber wohl aus amtlichen wie militärischen Rücksichten unmöglich. Unter langem Urlaub verstehe ich – der Beamte schämt sich, es zu sagen, der Kranke nicht – ein halbes oder ein ganzes Jahr. Ich will kein Gehalt, weil es sich nicht um eine organische, zweifellos feststellbare Krankheit handelt.
Das alles ist Fortsetzung der Lüge, kommt aber in der Wirkung, wenn ich konsequent bleibe, der Wahrheit nahe.

2. Juni. Was für Verirrungen mit Mädchen trotz aller Kopfschmerzen, Schlaflosigkeit, Grauhaarigkeit, Verzweiflung. Ich zähle: es

sind seit dem Sommer mindestens sechs. Ich kann nicht widerstehn, es reißt mir förmlich die Zunge aus dem Mund, wenn ich nicht nachgebe, eine Bewunderungswürdige zu bewundern und bis zur Erschöpfung der Bewunderung zu lieben. Gegenüber allen sechs habe ich fast nur innerliche Schuld, eine aber ließ mir durch jemanden Vorwürfe machen.

Aus »Das Werden des Gottesglaubens« von N. Söderblom, Erzbischof von Upsala, ganz wissenschaftlich, ohne persönliche oder religiöse Teilnahme.
Urgottheit der Mesai: wie er das erste Vieh vom Himmel an einem Lederriemen in den ersten Kral hinunterläßt.
Urgottheit einiger australischer Stämme: er kam als mächtiger Medizinmann vom Westen, machte Menschen, Tiere, Bäume, Flüsse, Gebirge, setzte die heiligen Zeremonien ein und bestimmte, aus welchem Clan ein Mitglied eines bestimmten andern Clans sein Weib nehmen sollte. Als er fertig war, ging er davon. Die Medizinmänner können an einem Baum oder Seil zu ihm hinaufsteigen und Kraft holen.
Bei andern: während ihrer schöpferischen Wanderungen führten sie auch hie und da zum erstenmal die heiligen Tänze und Riten aus.
Bei andern: die Menschen schufen selbst in der Urzeit die Totemtiere durch Ausübung der Zeremonien. Die heiligen Riten brachten also selbst den Gegenstand, auf den sie gerichtet sind, hervor.
Die Bimbiga nahe der Küste kennen zwei Männer, welche in der Urzeit auf ihren Wanderungen Quellen, Waldungen und Zeremonien schufen.

19. Juni. Alles vergessen. Fenster öffnen. Das Zimmer leeren. Der Wind durchbläst es. Man sieht nur die Leere, man sucht in allen Ecken und findet sie nicht.

Mit Ottla. Sie von der Englischlehrerin abgeholt. Über den Quai, steinerne Brücke, kurzes Stück Kleinseite, neue Brücke, nach Hause. Aufregende Heiligenstatuen auf der Karlsbrücke. Das merkwürdige Abendlicht der Sommerzeit bei nächtlicher Leere der Brücke.

Freude über Maxens Befreiung. An die Möglichkeit glaubte ich, nun sehe ich aber noch die Wirklichkeit. Für mich jetzt wieder nicht.

Und sie hörten die Stimme Gottes des Herrn, der im Garten ging, da der Tag kühl geworden war.

Ruhe Adams und Evas.

Und Gott der Herr machte Adam und seinem Weibe Röcke von Fellen und kleidete sie.

Wüten Gottes gegen die Menschenfamilie.
Die zwei Bäume,
das unbegründete Verbot,
die Bestrafung aller (Schlange, Frau und Mann),
die Bevorzugung Kains, den er durch die Ansprache noch reizt.
Die Menschen wollen sich durch meinen Geist nicht mehr strafen lassen.

Zur selbigen Zeit fing man an zu predigen von des Herrn Namen.

Und dieweil er ein göttlich Leben führte, nahm ihn Gott hinweg und ward nicht mehr gesehn.

3. Juli. Erster Tag in Marienbad mit F. Tür an Tür, von beiden Seiten Schlüssel.

Drei Häuser stießen aneinander und bildeten einen kleinen Hof. In diesem Hof waren in Schuppen noch zwei Werkstätten untergebracht, und in einer Ecke stand ein hoher Haufen kleiner Kisten. In einer äußerst stürmischen Nacht – der Wind trieb die Regenmassen über das niedrigste der Häuser scharf in den Hof hinein – hörte ein Student, der in einer Dachkammer noch über seinen Büchern saß, einen lauten Klageton aus dem Hof. Er fuhr auf und horchte, es blieb aber still, dauernd still. »Eine Täuschung wohl«, sagte sich der Student und begann wieder zu lesen. »Keine Täuschung«, so setzten sich nach einem Weilchen die Buchstaben im Buch förmlich zusammen. »Täuschung«, wiederholte er und half den unruhig werdenden Zeilen mit seinem Zeigefinger nach, den er entlangführte.

4. Juli. Eingesperrt in das Viereck eines Lattenzaunes, der nicht mehr Raum ließ als einen Schritt der Länge und Breite nach, erwachte ich. Es gibt ähnliche Hürden, in die Schafe des Nachts gepfercht werden, aber so eng sind sie nicht. Die Sonne schien in geradem Strahl auf mich; um den Kopf zu schützen, drückte ich ihn an die Brust und hockte mit gekrümmtem Rücken da.

Was bist du? Elend bin ich. Zwei Brettchen gegen die Schläfen geschraubt habe ich.

5. Juli. Mühsal des Zusammenlebens. Erzwungen von Fremdheit, Mitleid, Wollust, Feigheit, Eitelkeit und nur im tiefen Grunde vielleicht ein dünnes Bächlein, würdig, Liebe genannt zu werden, unzugänglich dem Suchen, aufblitzend einmal im Augenblick eines Augenblicks.

Arme F.
6. Juli. Unglückliche Nacht. Unmöglichkeit, mit F. zu leben. Unerträglichkeit des Zusammenlebens mit irgend jemandem. Nicht Bedauern dessen; Bedauern der Unmöglichkeit, nicht allein zu sein. Weiter aber: Unsinnigkeit des Bedauerns, Sichfügen und endlich Verstehn. Von der Erde aufstehn. Halte dich an das Buch. Aber wieder zurück: Schlaflosigkeit, Kopfschmerzen, von dem hohen Fenster hinunterspringen, aber auf den vom Regen durchweichten Boden, auf dem der Aufschlag nicht tödlich sein wird. Endloses Wälzen mit geschlossenen Augen, dargeboten irgendeinem offenen Blick.

Nur das Alte Testament sieht – nichts darüber noch sagen.

Traum von Dr. H., saß hinter seinem Schreibtisch, irgendwie gleichzeitig angelehnt und vorgebeugt, wasserhelle Augen, führt langsam und genau in seiner Art einen klaren Gedankengang aus, höre selbst im Traume kaum etwas von seinen Worten, folge nur dem Methodischen, von dem sie getragen werden. War dann auch mit seiner Frau beisammen, sie trug viel Gepäck, spielte erstaunlicherweise mit meinen Fingern, ein Stück aus dem dicken Filz ihrer Ärmel war herausgerissen, dieser Ärmel, dessen kleinsten Teil ihre Arme ausfüllten, war mit Erbeeren gefüllt.

Ausgelacht zu werden kümmerte Karl unbeschreiblich wenig. Was waren das für Burschen und was wußten sie. Glatte amerikanische Gesichter mit nur zwei, drei Falten, diese aber tief und wulstig eingeschnitten in diese Stirn oder auf einer Seite der Nase und des Mundes. Geborene Amerikaner, deren Art festzustellen förmlich ein Behämmern ihrer steinernen Stirnen genügte. Was wußten sie ... [bricht ab]

Einer lag schwerkrank im Bett. Der Arzt saß beim Tischchen, das an das Bett geschoben war, und beobachtete den Kranken, der wiederum ihn ansah. »Keine Hilfe«, sagte der Kranke, nicht als frage, sondern als antworte er. Der Arzt öffnete ein wenig ein großes medizinisches Werk, das am Rande des Tischchens lag, sah flüchtig aus der Entfernung hinein und sagte, das Buch zuklappend: »Hilfe kommt aus Bregenz.« Und als der Kranke angestrengt die Augen zusammenzog, fügte der Arzt hinzu: »Bregenz in Vorarlberg.« – »Das ist weit«, sagte der Kranke.

Nimm mich auf in deine Arme, das ist die Tiefe, nimm mich auf in die Tiefe, weigerst du dich jetzt, dann später.

Nimm mich, nimm mich, Geflecht aus Narrheit und Schmerz.

Es fuhren die Neger aus dem Gebüsch. Um den mit silberner Kette umzogenen Holzpflock warfen sie sich im Tanz. Der Priester saß abseits, ein Stäbchen über dem Gong erhoben. Der Himmel war umwölkt, aber regenlos und still.

Ich war noch niemals, außer in Zuckmantel, mit einer Frau vertraut. Dann noch mit der Schweizerin in Riva. Die erste war eine Frau, ich unwissend, die zweite ein Kind, ich ganz und gar verwirrt.

13. Juli. Also öffne dich. Der Mensch komme hervor. Atme die Luft und die Stille.

Es war eine Kaffeewirtschaft in einem Heilbad. Der Nachmittag war regnerisch gewesen, kein Gast war erschienen. Erst gegen Abend lichtete sich der Himmel, der Regen hörte langsam auf, und die Kellnerinnen begannen die Tische abzutrocknen. Der Wirt stand unter dem Torbogen und blickte nach Gästen aus. Tatsächlich kam auch schon einer den Waldweg herauf. Er trug ein langgefranstes Plaid über der Schulter, hielt den Kopf zur Brust geneigt und setzte mit gestreckter Hand den Stock bei jedem Schritt weit von sich auf den Boden.

14. Juli. Isaak verleugnet seine Frau vor Abimelech, wie schon früher Abraham die seine.

Verwirrung mit den Brunnen in Gerar. Wiederholung eines Verses.

Die Sünden Jakobs. Prädestination Esaus.

> Im trüben Sinn schlägt eine Uhr.
> Höre auf sie, wenn du eintrittst ins Haus.

15. Juli. Er suchte Hilfe in den Wäldern, er sprang fast durch die Vorberge, er eilte zu den Quellen der ihm begegnenden Bäche, er schlug die Luft mit den Händen, er schnaufte durch Nase und Mund.

19. Juli.

Träume und weine, armes Geschlecht,
findest den Weg nicht, hast ihn verloren.
Wehe! ist dein Gruß am Abend, Wehe! am Morgen.

Ich will nichts, nur mich entreißen
Händen der Tiefe, die sich strecken,
mich Ohnmächtigen hinabzunehmen.
Schwer fall' ich in die bereiten Hände.

Tönend erklang in der Ferne der Berge
langsame Rede. Wir horchten.

Ach, sie trugen, Larven der Hölle,
verhüllte Grimassen, eng an sich gedrückt den Leib.

Langer Zug, langer Zug trägt den Unfertigen.

Sonderbarer Gerichtsgebrauch. Der zum Tode Verurteilte wird dort in seinem Zimmer vom Scharfrichter ohne Beisein anderer Personen erstochen. Er sitzt an seinem Tisch und beendet den Brief, in dem es heißt: Ihr Geliebten, Ihr Engel, wo schwebt ihr, unwissend, unfaßbar meiner irdischen Hand ... [bricht ab]

20. Juli. Aus einem Kamin der Nachbarschaft tauchte ein kleiner Vogel, hielt sich am Kaminrand fest, sah sich in der Gegend um, erhob sich und flog. Kein gewöhnlicher Vogel, der aus dem Kamin auffliegt. Aus einem Fenster des ersten Stockwerks blickte ein Mädchen zum Himmel auf, sah den Vogel hoch sich heben, rief: »Dort fliegt er, schnell, dort fliegt er«, und zwei Kinder drängten sich schon zu ihren Seiten, um den Vogel auch zu sehn.

Erbarme dich meiner, ich bin sündig bis in alle Winkel meines Wesens. Hatte aber nicht ganz verächtliche Anlagen, kleine gute Fähigkeiten, wüstete mit ihnen, unberatenes Wesen, das ich war, bin jetzt nahe am Ende, gerade zu einer Zeit, wo sich äußerlich alles zum Guten für mich wenden könnte. Schiebe mich nicht zu den Verlorenen. Ich weiß, es ist eine lächerliche, in der Ferne und schon sogar in der Nähe lächerliche Eigenliebe, die daraus spricht, aber lebe ich einmal, so habe ich auch die Eigenliebe des Lebendigen, und ist das Lebendige nicht lächerlich, dann auch seine notwendigen Äußerungen nicht. – Arme Dialektik!

Bin ich verurteilt, so bin ich nicht nur verurteilt zum Ende, sondern auch verurteilt, mich bis ins Ende hinein zu wehren.

An dem Sonntagvormittag kurz vor meiner Abreise schienst du mir beistehn zu wollen. Ich hoffte. Bis heute leeres Hoffen.
Und was ich auch klage, ist ohne Überzeugung, selbst ohne wirkliches Leid, schwingt wie der Anker eines verlorenen Schiffes weit über der Tiefe, die Halt geben könnte.
Gib mir nur Ruhe in den Nächten – kindisches Klagen.

21. Juli. Sie riefen. Es war schön. Wir standen auf, die verschiedensten Leute, versammelten uns vor dem Haus. Die Straße war still, wie an jedem frühen Morgen. Ein Bäckerjunge setzte seinen Korb nieder und sah uns zu. Alle kamen dicht hintereinander die Treppe herabgelaufen, die Bewohner aller sechs Stockwerke waren durcheinandergemischt, ich selbst half dem Kaufmann aus dem ersten Stock den Überzieher anziehn, den er bisher hinter sich hergeschleift hatte. Dieser Kaufmann führte uns, das war richtig, er war am meisten von uns allen in der Welt durchgesiebt. Zunächst ordnete er uns zu einem Haufen, ermahnte die Unruhigsten zur Ruhe, den Hut des Bankbeamten, den dieser immerfort schwenkte, nahm er und warf ihn auf die andere Straßenseite, jedes Kind wurde von einem Erwachsenen an die Hand genommen.

22. Juli. Sonderbarer Gerichtsgebrauch. Der Verurteilte wird in seiner Zelle vom Scharfrichter erstochen, ohne daß andere Personen zugegen sein dürfen. Er sitzt am Tisch und beendet seinen Brief oder seine letzte Mahlzeit. Es klopft, es ist der Scharfrichter. »Bist du fertig?« fragt er. Seine Fragen und Anordnungen sind ihm dem Inhalt und der Reihenfolge nach vorgeschrieben, er kann davon nicht abweichen. Der Verurteilte, der zuerst von seinem Platz aufgesprungen ist, sitzt wieder, starrt vor sich hin oder hat das Gesicht in die Hände gelegt. Da der Scharfrichter keine Antwort bekommt, öffnet er auf der Pritsche seinen Instrumentenkasten, wählt die Dolche aus und sucht ihre vielfältigen Schneiden noch stellenweise zu vervollkommnen. Es ist schon sehr dunkel, er stellt eine kleine Traglaterne auf und entzündet das Licht. Der Verurteilte wendet heimlich den Kopf nach dem Scharfrichter, als er aber seine Arbeit bemerkt, schauert ihn, er kehrt sich wieder um und will nichts mehr sehn. »Ich bin bereit«, sagt der Scharfrichter nach einem Weilchen.
»Bereit«, ruft mit schreiender Frage der Verurteilte, springt auf und sieht nun doch den Scharfrichter voll an. »Du wirst mich nicht töten, wirst mich nicht auf die Pritsche legen und erstechen, bist ja doch ein Mensch, kannst hinrichten auf dem Podium mit Gehilfen und vor Gerichtsbeamten, aber nicht hier in der Zelle, ein Mensch unter andern Menschen.« Und da der Scharfrichter gebeugt über dem Kasten schweigt, fügt der Verurteilte ruhiger hinzu: »Es ist unmöglich.« Und da auch jetzt der Scharfrichter still-

bleibt, sagt der Verurteilte noch: »Gerade weil es unmöglich ist, ist dieser sonderbare Gerichtsgebrauch eingeführt worden. Die Form sollte noch gewahrt, aber die Todesstrafe nicht mehr vollzogen werden. Du wirst mich in ein anderes Gefängnis bringen, dort werde ich wahrscheinlich noch lange bleiben, aber hinrichten wird man mich nicht.« Der Scharfrichter lockerte einen neuen Dolch in seiner Wattehülle und sagte: »Du denkst wohl an die Märchen, in denen ein Diener den Auftrag bekam, ein Kind auszusetzen, dies aber nicht zustande brachte, sondern lieber das Kind einem Schuster in die Lehre gab. Das ist ein Märchen, hier ist aber kein Märchen.«

21. August. Zur Sammlung. »Alle schönen Worte vom Hinauswachsen über die Natur erweisen sich als wirkungslos gegenüber den Urmächten des Lebens.« (Aufsätze gegen Monogamie.)

27. August. Schlußansicht nach zwei schauerlichen Tagen und Nächten: Danke deinem Beamtenlaster der Schwäche, Sparsamkeit, Unschlüssigkeit, Berechnungskunst, Vorsorge usw., daß du die Karte an F. nicht weggeschickt hast. Es ist möglich, daß du sie nicht widerrufen hättest, ich räume ein, es ist möglich. Was wäre der Erfolg? Eine Tat, ein Aufschwung? Nein. Diese Tat hast du schon einigemal vollzogen, gebessert hat sich nichts. Suche es nicht zu erklären; gewiß kannst du alle Vergangenheit erklären, da du doch nicht einmal eine Zukunft wagen willst, ohne sie vorher erklärt zu haben. Was eben unmöglich ist. Das, was Verantwortungsgefühl ist und als solches sehr ehrenwert wäre, ist im letzten Grunde Beamtengeist, Knabenhaftigkeit, vom Vater her gebrochener Wille. Das bessere, daran arbeite, das liegt unmittelbar vor deiner Hand. Das heißt also, schone dich nicht (überdies auf Kosten des doch von dir geliebten Menschenlebens von F.), denn schonen ist unmöglich, das scheinbare Schonen hat dich heute fast zugrunde gerichtet. Es ist nicht nur das Schonen, was F., Ehe, Kinder, Verantwortung usw. betrifft, es ist auch das Schonen, was das Amt betrifft, in dem du hockst, was die schlechte Wohnung betrifft, aus der du dich nicht rührst. Alles. Also damit höre auf. Man kann sich nicht schonen, nicht vorausberechnen. Du weißt nichts von dir in der Hinsicht, was besser für dich ist. Heute in der Nacht zum Beispiel ist in dir auf Kosten deines Gehirnes und Herzens ein Kampf zwischen zwei ganz gleichwertigen gleichstarken Motiven durchgeführt worden, auf beiden Seiten Sorgen, das heißt Unmöglichkeit der Berechnung. Was bleibt übrig? Dich nicht mehr zu solchem Kampfplatz zu entwürdigen, wo förmlich ohne Rücksicht auf dich gekämpft wird und du nichts fühlst als die Stöße der schrecklichen Kämpfer. Dich schwinge also auf. Dich bessere, der Beamtenhaftigkeit entlaufe, fange doch an zu sehn,

wer du bist, statt zu rechnen, was du werden sollst. Die nächste Aufgabe ist unbedingt: Soldat werden. Laß auch den unsinnigen Irrtum, daß du Vergleiche anstellst, etwa mit Flaubert, Kierkegaard, Grillparzer. Das ist durchaus Knabenart. Als Glied in der Kette der Berechnungen sind die Beispiele gewiß zu brauchen oder vielmehr mit den ganzen Berechnungen unbrauchbar, einzeln in Vergleich gesetzt sind sie aber schon von vornherein unbrauchbar. Flaubert und Kierkegaard wußten ganz genau, wie es mit ihnen stand, hatten den geraden Willen, das war nicht Berechnung, sondern Tat. Bei dir aber eine ewige Folge von Berechnungen, ein ungeheuerlicher Wellengang von vier Jahren. Mit Grillparzer stimmt der Vergleich vielleicht, aber Grillparzer scheint dir doch nicht nachahmenswert, ein unglückseliges Beispiel, dem die Künftigen danken sollen, weil er für sie gelitten hat.

8. Oktober. Foerster: Die Behandlung der im Schulleben enthaltenen menschlichen Beziehungen zu einem Gegenstand des Unterrichts machen.

Die Erziehung als Verschwörung der Großen. Wir ziehen die frei Umhertobenden unter Vorspiegelungen, an die wir auch, aber nicht in dem vorgegebenen Sinne glauben, in unser enges Haus. (Wer möchte nicht gern ein Edelmann sein? Türschließen.)
Das Lächerliche in der Erklärung und Bekämpfung von Max und Moritz.
Der Wert des Austobens der Laster, der durch nichts zu ersetzen ist, besteht darin, daß sie in ihrer ganzen Kraft und Größe aufstehn und sichtbar werden, selbst wenn man in der Erregung der Mitbeteiligung nur einen kleinen Schimmer von ihnen sieht. Man lernt das Matrosenleben nicht durch Übungen in einer Pfütze, wohl aber kann man durch allzu großes Training in der Pfütze unfähig zum Matrosen werden.

16. Oktober. Unter den vier Bedingungen, welche die Hussiten den Katholiken als Grundlage einer Vereinigung vorlegten, war auch die enthalten, daß alle Todsünden, worunter sie »Fressen, Saufen, Unkeuschheit, Lügen, Meineid, Wucher, Annahme eines Beicht- und Meßpfennigs« zählten, mit dem Tode bestraft werden sollten. Eine Partei wollte sogar einem jeden einzelnen das Recht eingeräumt wissen, die Todesstrafe zu vollziehn, sobald er irgendwen mit einer der genannten Sünden befleckt erblicken würde.

Ist es möglich, daß ich die Zukunft zuerst in ihren kalten Umrissen mit dem Verstand und dem Wunsch erkenne und erst, von ihnen gezogen und gestoßen, allmählich in die Wirklichkeit dieser gleichen Zukunft komme?

Wir dürfen den Willen, die Peitsche mit eigener Hand über uns schwingen.

18. Oktober. Aus einem Brief:
Es ist nicht so einfach, daß ich das, was du über Mutter, Eltern, Blumen, Neujahr und Tischgesellschaft sagst, einfach hinnehmen könnte. Du sagst, daß es auch für dich »nicht zu den größten Annehmlichkeiten gehören wird, bei dir zu Hause mit deiner ganzen Familie am Tisch zu sitzen«. Du sagst damit natürlich nur deine Meinung, ganz richtigerweise ohne Rücksicht darauf, ob es mir Freude macht oder nicht. Nun, es macht mir nicht Freude. Aber es würde mir gewiß noch viel weniger Freude machen, wenn du das Gegenteil dessen geschrieben hättest. Bitte, sag mir so klar als es möglich ist, worin wird diese Unannehmlichkeit für dich bestehn und worin siehst du ihre Gründe? Wir haben ja, soweit ich in Frage komme, schon oft über die Sache gesprochen, aber es ist schwer, hier das Richtige nur ein wenig zu fassen.
In Schlagworten – und deshalb mit einer der Wahrheit nicht ganz entsprechenden Härte – kann ich meine Stellung etwa so umschreiben: Ich, der ich meistens unselbständig war, habe ein unendliches Verlangen nach Selbständigkeit, Unabhängigkeit, Freiheit nach allen Seiten. Lieber Scheuklappen anziehn und meinen Weg bis zum Äußersten gehn, als daß sich das heimatliche Rudel um mich dreht und mir den Blick zerstreut. Deshalb wird jedes Wort, das ich zu meinen Eltern oder sie zu mir sagen, so leicht zu einem Balken, der mir vor die Füße fliegt. Alle Verbindung, die ich mir nicht selbst schaffe oder erkämpfe, sei es selbst gegen Teile meines Ich, ist wertlos, hindert mich am Gehn, ich hasse sie oder bin nahe daran, sie zu hassen. Der Weg ist lang, die Kraft ist klein, es gibt übergenug Grund zu solchem Haß. Nun stamme ich aber aus meinen Eltern, bin mit ihnen und den Schwestern im Blut verbunden, fühle das im gewöhnlichen Leben und infolge der notwendigen Verranntheit in meine besondern Absichten nicht, achte es aber im Grunde mehr, als ich weiß. Das eine Mal verfolge ich auch das mit meinem Haß, der Anblick des Ehebettes zu Hause, der gebrauchten Bettwäsche, der sorgfältig hingelegten Hemden kann mich bis zum Erbrechen reizen, kann mein Inneres nach außen kehren, es ist, als wäre ich nicht endgültig geboren, käme immer wieder aus diesem dumpfen Leben in dieser dumpfen Stube zur Welt, müsse mir dort immer wieder Bestätigung holen, sei mit diesen widerlichen Dingen, wenn nicht ganz und gar, so doch zum Teil unlöslich verbunden, noch an meinen laufenwollenden Füßen hängt es wenigstens, sie stecken noch im ersten formlosen Brei. Das ist das eine Mal.
Das andere Mal aber weiß ich wieder, daß es doch meine Eltern sind, notwendige, immer wieder Kraft gebende Bestandteile mei-

nes eigenen Wesens, nicht nur als Hindernis, sondern auch als Wesen zu mir gehörig. Dann will ich sie so haben, wie man das Beste haben will: habe ich seit jeher, in aller Bosheit, Unart, Eigensucht, Lieblosigkeit, doch vor ihnen gezittert und tue es eigentlich auch noch heute, denn damit kann man nicht aufhören, und haben sie, Vater von der einen Seite, Mutter von der andern, meinen Willen wiederum notwendigerweise fast gebrochen, dann will ich sie dessen auch würdig sehn. Ich bin von ihnen betrogen und kann doch, ohne verrückt zu werden, gegen das Naturgesetz nicht revoltieren, also wieder Haß und nichts als Haß (Ottla scheint mir zuzeiten so, wie ich eine Mutter von der Ferne wollte: rein, wahrhaftig, ehrlich, folgerichtig. Demütigkeit und Stolz, Empfänglichkeit und Abgrenzung, Hingabe und Selbständigkeit, Scheu und Mut in untrüglichem Gleichgewicht. Ich erwähnte Ottla, weil doch auch in ihr meine Mutter ist, ganz und gar unkenntlich allerdings.) Ich will sie also dessen würdig sehn.

Du gehörst zu mir, ich habe dich zu mir genommen, ich kann nicht glauben, daß in irgendeinem Märchen um irgendeine Frau mehr und verzweifelter gekämpft worden ist als um dich in mir, seit dem Anfang und immer von neuem und vielleicht für immer. Also du gehörst zu mir, deshalb ist mein Verhältnis zu deinen Verwandten ähnlich meinem Verhältnis zu den meinen, allerdings natürlich im Guten und Bösen unvergleichlich lauer. Sie geben eine Verbindung ab, die mich hindert (hindert, selbst wenn ich niemals ein Wort mit ihnen reden sollte), und sie sind im obigen Sinn nicht würdig. Ich rede zu dir so offen wie zu mir, du wirst es nicht übelnehmen und auch keinen Hochmut darin suchen, er ist zumindest dort, wo du ihn suchen könntest, nicht vorhanden.

Wenn du nun hier bist und an dem Tisch meiner Eltern sitzest, ist natürlich die Angriffsfläche, welche das mir Feindliche in meinen Eltern mir gegenüber hat, eine viel größere geworden. Meine Verbindung mit der Gesamtfamilie scheint ihnen eine viel größere geworden (sie ist es aber nicht und darf es nicht sein), ich scheine ihnen eingefügt in diese Reihe, deren ein Posten das Schlafzimmer nebenan ist (ich bin aber nicht eingefügt), gegen meinen Widerstand glauben sie, in dir eine Mithilfe bekommen zu haben (sie haben sie nicht bekommen), und ihr Häßliches und Verächtliches steigert sich, da es in meinen Augen einem Größern überlegen sein sollte.

Wenn dem so ist, warum freue ich mich dann über deine Bemerkung nicht? Weil ich förmlich vor meiner Familie stehe und unaufhörlich die Messer im Kreise schwinge, um die Familie immerfort und gleichzeitig zu verwunden und zu verteidigen, laß mich darin ganz dich vertreten, ohne daß du mich in diesem Sinn deiner Familie gegenüber vertrittst. Ist dir, Liebste, dieses Opfer nicht zu schwer? Es ist ungeheuerlich und wird dir nur dadurch erleichtert, daß ich, wenn du es nicht gibst, kraft meiner Natur es dir entreißen muß. Gibst du es aber, dann hast du viel für mich getan. Ich werde dir absichtlich ein bis zwei Tage nicht schreiben, damit du es, von mir ungestört, überlegen und beantworten kannst. Als Antwort genügt auch – so groß ist mein Vertrauen zu dir – ein einziges Wort.

30. Oktober. Zwei Herren sprachen im Sattelraum über ein Pferd, dem ein Stallknecht den Hinterleib massierte. »Ich habe Atro«, sagte der Ältere, Weißhaarige, und nagte, ein Auge etwas zugekniffen, leicht an seiner Unterlippe, »ich habe Atro seit einer Woche nicht mehr gesehen, das Gedächtnis für Pferde bleibt selbst bei größter Übung ein unsicheres. Ich vermisse jetzt an Atro manches, was es in meiner Vorstellung unbedingt besaß. Ich rede jetzt vom Gesamteindruck, die Einzelheiten mögen ja stimmen, wenn mir auch jetzt sogar eine Schlaffheit der Muskeln hie und da auffällt. Sehen Sie hier und hier.« Er bewegte forschend den geneigten Kopf und tastete mit den Händen in der Luft.

1917

6. April. Im kleinen Hafen, wo außer Fischerbooten nur die zwei Passagierdampfer, die den Seeverkehr besorgen, zu halten pflegen, lag heute eine fremde Barke. Ein schwerer alter Kahn, verhältnismäßig niedrig und sehr ausgebaucht, verunreinigt, wie mit Schmutzwasser ganz und gar übergossen, noch troff es scheinbar die gelbliche Außenwand hinab, die Masten unverständlich hoch, der Hauptmast im obern Drittel geknickt, faltige rauhe gelbbraune Segeltücher zwischen den Hölzern kreuz und quer gezogen, Flickarbeit, keinem Windstoß gewachsen. Ich staunte es lange an, wartete, daß irgend jemand sich auf Deck zeigen würde, niemand kam. Neben mir setzte sich ein Arbeiter auf die Quaimauer. »Wem gehört das Schiff?« frage ich, »ich sehe es heute zum erstenmal.« – »Es kommt alle zwei, drei Jahre«, sagte der Mann, »und gehört dem Jäger Gracchus.«

29. Juli. Hofnarr. Studie über den Hofnarren.
Die großen Zeiten des Hofnarrentums sind wohl vorüber und kommen nicht wieder. Alles zielt anderswohin, das ist nicht zu leugnen. Immerhin habe ich das Hofnarrentum noch ausgekostet, mag es sich jetzt auch aus dem Besitz der Menschheit verlieren.

Ich saß immer tief in der Werkstatt, ganz im Dunkel, man mußte dort manchmal erraten, was man in der Hand hielt, trotzdem aber bekam man für jeden schlechten Stich einen Hieb des Meisters.

Unser König machte keinen Aufwand; wer ihn nicht von Bildern kannte, hätte ihn nie als König erkannt. Sein Anzug war schlecht genäht, nicht in unserer Werkstatt übrigens, ein dünner Stoff, der Rock immer aufgeknöpft, fliegend und zerdrückt, der Hut verbeult, grobe schwere Stiefel, nachlässige weite Bewegungen der Arme, ein starkes Gesicht mit großer grader männlicher Nase, ein kurzer Schnurrbart, dunkle, ein wenig zu scharfe Augen, kräftiger ebenmäßiger Hals. Einmal blieb er im Vorübergehn in der Tür unserer Werkstatt stehn und fragte, die Rechte oben am Türbalken: »Ist Franz hier?« Er kannte alle Leute bei Namen. Ich drängte mich aus meinem dunklen Winkel zwischen den Gesellen durch. »Komm mit!« sagte er nach kurzem Blick. »Er übersiedelt ins Schloß«, sagte er zum Meister.

30. Juli. Fräulein K. Verlockungen, mit denen das Wesen nicht mitgeht. Das Auf und Zu, das Dehnen, Spitzen, Aufblühn der Lippen, als modellierten dort unsichtbar die Finger. Die plötzlich, wohl nervöse, aber diszipliniert angewandte, immer überraschen-

de Bewegung, zum Beispiel Ordnen des Rockes auf den Knien, Änderung des Sitzes. Die Konversation mit wenig Worten, wenig Gedanken, ohne jede Unterstützung durch die andern, in der Hauptsache durch Kopfwendungen, Händespiel, verschiedenartige Pausen, Lebendigkeit des Blicks, im Notfall durch Ballen der kleinen Fäuste erzeugt.

Er entwand sich ihren Kreisen. Nebel umblies ihn. Eine runde Waldlichtung. Der Vogel Phönix im Gebüsch. Eine das Kreuz auf unsichtbarem Gesicht immer wieder schlagende Hand. Kühler ewiger Regen, ein wandelbarer Gesang wie aus atmender Brust.

Ein unbrauchbarer Mensch. Ein Freund? Suche ich mir gegenwärtig zu machen, was er besitzt, so bleibt, bei günstigstem Urteil allerdings nur, seine meiner Stimme gegenüber etwas tiefere Stimme. Rufe ich »Gerettet«, ich meine, wäre ich Robinson und riefe »Gerettet«, wiederholte er es mit seiner tiefen Stimme. Wäre ich Korach und riefe »Verloren«, wäre er gleich mit seiner tiefern Stimme dabei, es zu wiederholen. Es ermüdet allmählich, immer diesen Baßgeiger mit sich zu führen. Dabei ist er selbst gar nicht munter bei der Sache, er wiederholt nur, weil er es muß und nichts anderes kann. Manchmal während eines Urlaubs, wenn ich einmal Zeit habe, diesen persönlichen Dingen mich zuzuwenden, berate ich mit ihm, in der Gartenlaube etwa, wie ich mich von ihm befreien könnte.

31. Juli. In einem Eisenbahnzug sitzen, es vergessen, leben wie zu Hause, plötzlich sich erinnern, die fortreißende Kraft des Zuges fühlen, Reisender werden, die Mütze aus dem Koffer ziehn, den Mitreisenden freier, herrlicher, dringender begegnen, dem Ziel ohne Verdienst entgegengetragen werden, kindlich dies fühlen, ein Liebling der Frauen werden, unter der fortwährenden Anziehungskraft des Fensters stehn, immer zumindest eine ausgestreckte Hand am Fensterbrett liegenlassen. Schärfer zugeschnittene Situation: Vergessen, daß man vergessen hat, mit einem Schlage ein im Blitzzug allein reisendes Kind werden, um das sich der vor Eile zitternde Waggon, anstaunenswert im Allergeringsten, aufbaut wie aus der Hand eines Taschenspielers.

1. August. Altprager Geschichten des Dr. O. auf der Schwimmhalle. Die wilden Reden gegen die Reichen, die Friedrich Adler in seiner Studentenzeit führte und über die alle so gelacht haben. Später heiratete er reich und wurde still. – Als kleiner Junge, aus Amschelberg nach Prag ans Gymnasium gekommen, wohnte Dr. O. bei einem jüdischen Privatgelehrten, dessen Frau Verkäuferin in einem Trödlerladen war. Das Essen wurde von einem Traiteur

geholt. Um halb sechs wurde O. jeden Tag zum Gebet geweckt. – Er sorgte für die Erziehung aller seiner jüngeren Geschwister, das machte viel Mühe, gab aber Selbstsicherheit und Zufriedenheit. Ein Dr. A., der später Finanzrat wurde und längst in Pension ist (ein großer Egoist), gab ihm damals einmal den Rat, wegzufahren, sich zu verstecken, vor seinen Angehörigen einfach wegzulaufen, denn sonst würden sie ihn zugrunde richten.

2. August. Meistens wohnt der, den man sucht, nebenan. Zu erklären ist dies nicht ohne weiters, man muß es zunächst als Erfahrungstatsache hinnehmen. Sie ist so tief begründet, daß man sie nicht verhindern kann, selbst wenn man es darauf anlegt. Das kommt daher, daß man von diesem gesuchten Nachbar nichts weiß. Man weiß nämlich weder, daß man ihn sucht, noch daß er daneben wohnt, dann aber wohnt er ganz gewiß daneben. Die allgemeine Erfahrungstatsache als solche darf man natürlich kennen, diese Kenntnis stört nicht im allermindesten, selbst wenn man sie absichtlich sich immer gegenwärtig hält. Ich erzähle einen solchen Fall ... [bricht ab]

Pascal machte vor dem Auftreten Gottes große Ordnung, aber es muß eine tiefere ängstlichere Skepsis geben, als diese des ... [ein Wort unlesbar] Menschen, der sich mit wunderbaren Messern zwar, aber doch mit der Ruhe des Selchers zerschneidet. Woher die Ruhe? Die Sicherheit der Messerführung? Ist Gott ein theatralischer Triumphwagen, den man, alle Mühseligkeit und Verzweiflung der Arbeiter zugestanden, mit Stricken aus der Ferne auf die Bühne zieht?

3. August. Noch einmal schrie ich aus voller Brust in die Welt hinaus. Dann stieß man mir den Knebel fest ein, fesselte Hände und Füße und band mir ein Tuch vor die Augen. Ich wurde mehrmals hin- und hergewälzt, ich wurde aufrecht gesetzt und wieder hingelegt, auch dies mehrmals, man zog ruckweise an meinen Beinen, daß ich mich vor Schmerz bäumte, man ließ mich ein Weilchen ruhig liegen, dann aber stach man mich tief mit irgend etwas Spitzem, überraschend hier und dort, wo es die Laune eingab.

Seit Jahren sitze ich an der großen Straßenkreuzung, aber morgen, weil der neue Kaiser einzieht, soll ich meinen Platz verlassen. Ich mische mich sowohl grundsätzlich als auch aus Abneigung in nichts ein, was um mich vorgeht. Längst schon habe ich auch aufgehört zu betteln; die, welche schon seit langem vorübergehn, beschenken mich aus Gewohnheit, aus Treue, aus Bekanntschaft, die neuen aber folgen dem Beispiel. Ich habe ein Körbchen neben mir stehn und in das wirft jeder so viel, als er für gut hält. Eben deshalb aber, weil ich mich um niemanden kümmere und in dem Lärm und Unsinn der Straße den ruhigen Blick und die ruhige Seele bewahre, verstehe ich alles, was mich, meine Stellung, meine berechtigten Ansprüche betrifft, besser als irgendwer. Über diese Fragen kann es keinen Streit geben, hier kann nur meine Meinung gelten. Als daher heute morgen ein Polizist, der mich natürlich sehr gut kennt, den ich aber ebenso natürlich noch niemals bemerkt habe, bei mir stehnblieb und sagte: »Morgen ist der Einzug des Kaisers; daß du es nicht wagst, morgen herzukommen«, antwortete ich mit der Frage: »Wie alt bist du?«

4. August. Literatur, als Vorwurf ausgesprochen, ist eine so starke Sprachverkürzung, daß sie – vielleicht lag von allem Anfang an Absicht darin – allmählich auch eine Denkverkürzung mit sich gebracht hat, welche die richtige Perspektive nimmt und den Vorwurf weit vor dem Ziele und weit abseits fallen läßt.

Die Lärmtrompeten des Nichts.

A. Ich will dich um Rat bitten.
B. Warum gerade mich?
A. Ich habe Vertrauen zu dir.
B. Warum?
A. Ich habe dich schon öfters in Gesellschaft gesehn. Und in unsern Gesellschaften kommt es zuletzt immer auf Rat an. Darüber sind wir doch einig. Was für eine Gesellschaft es auch sei, ob man zusammen Theater spielt oder Tee trinkt oder Geister zitiert oder den Armen helfen will, immer kommt es doch auf Rat an. So viel unberatenes Volk! Und mehr noch, als es scheint, denn die, welche bei solchen Zusammenkünften Rat geben, geben ihn nur mit der Stimme, mit dem Herzen wollen sie ihn selbst. Immer haben sie ihren Doppelgänger unter den Ratsuchenden, und auf ihn haben sie es besonders abgesehn. Aber er vor allem geht unbefriedigt, angewidert weg und zieht den Ratgeber hinter sich her, zu andern Zusammenkünften und zu gleichem Spiel.
B. So ist es?
A. Gewiß, du erkennst es doch auch. Es ist auch kein Verdienst, die ganze Welt erkennt es, und ihre Bitte ist um so dringender.

5. August. Nachmittag in Radešowitz mit Oskar. Traurig, schwach, oft bemüht, die Kernfrage wenigstens zu halten.

6. August.
A. Ich bin mit dir nicht zufrieden.
B. Ich frage nicht warum. Ich weiß es.

A. Und?
B. Ich bin machtlos. Ich kann nichts ändern. Achselzucken und Mundverziehn, mehr kann ich nicht.
A. Ich werde dich zu meinem Herrn führen. Willst du?
B. Ich schäme mich. Wie wird er mich aufnehmen? Gleich zum Herrn gehn! Es ist frivol.
A. Laß die Verantwortung mir. Ich führe dich. Komm!
Sie gehn über einen Gang. A. *klopft an eine Tür.*
Man hört »Herein« rufen. B. *will weglaufen, aber* A. *faßt ihn und so treten sie ein.*
C. Wer ist der Herr?
A. Ich dachte –. Ihm zu Füßen, stürz ihm zu Füßen.

[Im Folgenden: Fragmente zur »Strafkolonie«.]
Der Reisende fühlte sich zu müde, um hier noch etwas zu befehlen oder gar zu tun. Nur ein Tuch zog er aus der Tasche, machte eine Bewegung, als tauchte er es in den fernen Kübel, drückte es an die Stirn und legte sich neben die Grube. So fanden ihn zwei Herren, die der Kommandant ausgeschickt hatte, ihn zu holen. Wie erfrischt sprang er auf, als sie ihn ansprachen. Die Hand auf dem Herzen, sagte er: »Ich will ein Hundsfott sein, wenn ich das zulasse.« Aber dann nahm er das wörtlich und begann, auf allen Vieren umherzulaufen. Nur manchmal sprang er auf, riß sich förmlich los, hängte sich einem der Herren an den Hals und rief in Tränen: »Warum mir das alles!« und eilte wieder auf seinen Posten.

Als bringe das alles dem Reisenden zu Bewußtsein, das, was noch folge, sei lediglich seine und des Toten Angelegenheit, schickte er mit einer Handbewegung den Soldaten und den Verurteilten fort, sie zögerten, er warf einen Stein nach ihnen, noch immer berieten sie, da lief er zu ihnen und stieß sie mit den Fäusten.

»Wie?« sagte der Reisende plötzlich. War etwas vergessen? Ein entscheidendes Wort? Ein Griff? Eine Handreichung? Wer kann in das Wirrsal eindringen? Verdammte böse tropische Luft, was machst du aus mir? Ich weiß nicht, was geschieht. Meine Urteilskraft ist zu Hause im Norden geblieben.

»Bereitet der Schlange den Weg!« schrie es. »Bereitet den Weg der großen Madam!« »Wir sind bereit«, schrie es zur Antwort, »wir sind bereit!« Und wir Wegbereiter, vielgerühmte Steinzerklopfer, marschierten aus dem Busch. »Los!« rief unser immer fröhlicher Kommandant, »los, ihr Schlangenfraß!« Daraufhin hoben wir unsere Hämmer, und meilenweit begann das fleißigste Geklopfe. Keine Pause wurde gestattet, nur Händewechsel. Schon für Abend war die Ankunft unserer Schlange angesagt, bis dahin mußte alles zu Staub zerklopft sein, unsere Schlange verträgt auch das kleinste Steinchen nicht. Wo findet sich gleich eine so empfindliche Schlange? Es ist eben auch eine einzige Schlange, unvergleichlich verwöhnt ist sie durch unsere Arbeit, daher auch bereits unvergleichlich geartet. Wir verstehn es nicht, wir bedauern es, daß sie sich noch immer Schlange nennt. Zumindest Madam sollte sie sich immer nennen, trotzdem sie natürlich auch als Madam unvergleichlich ist. Aber das ist nicht unsere Sorge, unsere Sache ist es, Staub zu machen.

Hoch die Lampe gehalten, du vorn! Ihr andern leise hinter mir! Alle in einer Reihe! Und still! Das war nichts. Keine Angst. Ich trage die Verantwortung. Ich führe euch hinaus.

9. August. Der Reisende machte eine unbestimmte Handbewegung, ließ von seinen Bemühungen ab, stieß die zwei wieder vom Leichnam fort und wies ihnen die Kolonie, wohin sie sofort gehen sollten. Mit gurgelndem Lachen zeigten sie, daß sie allmählich den Befehl verstanden, der Verurteilte drückte sein mehrfach überschmiertes Gesicht auf die Hand des Reisenden, der Soldat klopfte mit der Rechten – in der Linken schwenkte er das Gewehr – dem Reisenden auf die Schulter, alle drei gehörten jetzt zusammen.

Der Reisende mußte gewaltsam das ihn überkommende Gefühl abwehren, daß in diesem Fall eine vollkommene Ordnung geschaffen sei. Er wurde müde und gab den Plan auf, den Leichnam jetzt zu begraben. Die Hitze, die noch immer im Steigen begriffen war – nur um nicht ins Taumeln zu geraten, wollte der Reisende nicht den Kopf nach der Sonne heben –, das plötzliche endgültige Verstummen des Offiziers, der Anblick der zwei drüben, die ihn fremd anstarrten und mit denen er durch den Tod des Offiziers jede Verbindung verloren hatte, endlich diese glatte maschinenmäßige Widerlegung, welche die Meinung des Offiziers hier gefunden hatte – alles dieses – der Reisende konnte nicht länger aufrecht stehn und setzte sich auf den Rohrsessel nieder. Hätte sich sein Schiff durch diesen weglosen Sand hierher zu ihm geschoben, um ihn aufzunehmen – es wäre am schönsten gewesen. Er wäre eingestiegen, nur von der Treppe aus hätte er noch dem Offizier einen Vorwurf wegen der grausamen Hinrichtung des Verurteilten gemacht. »Ich werde es zu Hause erzählen«, hätte er noch mit erhobener Stimme gesagt, damit es auch der Kapitän und die Matrosen hörten, die sich oben neugierig über das Bordgeländer beugten. »Hingerichtet?«, hätte daraufhin der Offizier mit Recht gefragt. »Hier ist er doch«, hätte er gesagt und auf des Reisenden

Kofferträger gezeigt. Und tatsächlich war dies der Verurteilte, wie sich der Reisende durch scharfes Hinschauen und genaues Prüfen der Gesichtszüge überzeugte. »Meine Anerkennung«, mußte der Reisende sagen und sagte es gerne. »Ein Taschenspielerkunststück?« fragte er noch. »Nein«, sagte der Offizier, »ein Irrtum Ihrerseits, ich bin hingerichtet, wie Sie es befehlen.« Noch aufmerksamer horchten jetzt Kapitän und Matrosen. Und sahen sämtlich, wie jetzt der Offizier über seine Stirn hinstrich und einen krumm aus der geborstenen Stirn vorragenden Stachel enthüllte.

Es war schon die Zeit der letzten größeren Kämpfe, welche die amerikanische Regierung mit den Indianern zu führen hatte. Das am weitesten in das Indianergebiet vorgeschobene Fort – es war auch das stärkste – wurde von General Samson befehligt, der sich hier schon vielfach ausgezeichnet hatte und das unbeirrbare Vertrauen des Volkes und der Soldaten besaß. Der Ruf »General Samson«! war gegenüber einem einzelnen Indianer fast so viel wert wie eine Büchse.
Eines Morgens wurde von einer Streiftruppe im Wald ein junger Mensch aufgegriffen und gemäß dem allgemeinen Befehl des Generals, der sich auch um die geringsten Dinge persönlich kümmerte, ins Hauptquartier gebracht. Da der General gerade mit einigen Farmern aus dem Grenzgebiet eine Beratung hatte, wurde der Fremde zunächst vor den Adjutanten, den Oberstleutnant Otway, geführt.

»General Samson!« rief ich und trat taumelnd einen Schritt zurück. Er war es, der hier aus dem hohen Busche trat. »Still!« sagte er und wies hinter sich. Ein Gefolge von etwa zehn Herren stolperte ihm nach.

»Nein, laß mich! nein, laß mich!« so rief ich unaufhörlich die Gassen entlang und immer wieder faßte sie mich an, immer wieder schlugen von der Seite oder über meine Schultern hinweg die Krallenhände der Sirene in meine Brust.

15. September. Du hast, soweit diese Möglichkeit überhaupt besteht, die Möglichkeit, einen Anfang zu machen. Verschwende sie nicht. Du wirst den Schmutz, der aus dir aufschwemmt, nicht vermeiden können, wenn du eindringen willst. Wälze dich aber nicht darin. Ist die Lungenwunde nur ein Sinnbild wie du behauptest, Sinnbild der Wunde, deren Entzündung F. und deren Tiefe Rechtfertigung heißt, ist dies so, dann sind auch die ärztlichen Ratschläge (Licht, Luft, Sonne, Ruhe) Sinnbild. Fasse dieses Sinnbild an.

O schöne Stunde, meisterhafte Fassung, verwilderter Garten. Du biegst aus dem Haus, und auf dem Gartenweg treibt dir entgegen die Göttin des Glücks.

Majestätische Erscheinung, Fürst des Reiches.

Der Dorfplatz, hingegeben der Nacht. Die Weisheit der Kleinen, Vorherrschaft der Tiere. Die Frauen. – Kühe, mit äußerster Selbstverständlichkeit über den Platz ziehend. Mein Sofa über dem Land.

18. September. Alles zerreißen.

19. September. Statt Telegramm: »Sehr willkommen Station Michelob Befinden ausgezeichnet Franz Ottla«, welches Mařenka zweimal nach Flöhau trug, ohne es angeblich aufgeben zu können, weil das Postamt kurz vor ihrer Ankunft geschlossen worden war, habe ich einen Abschiedsbrief geschrieben und schon wieder stark beginnende Qualen mit einem Mal unterdrückt. Abschiedsbrief allerdings mehrdeutig, wie meine Meinung.
Es ist das Alter der Wunde, mehr als ihre Tiefe und Wucherung, was ihre Schmerzhaftigkeit ausmacht. Immer wieder im gleichen Wundkanal aufgerissen werden, die zahllos operierte Wunde wieder in Behandlung genommen sehn, das ist das Arge.

Das zerbrechliche launische nichtige Wesen – ein Telegramm wirft's hin, ein Brief richtet es auf, belebt es, die Stille nach dem Brief macht es stumpf.

Das Spiel der Katze mit den Ziegen. Die Ziegen sind ähnlich: polnische Juden, Onkel S., E. W., I.

Verschiedenartige, aber ähnlich strenge Unzugänglichkeit des Schaffers H. (der heute ohne Nachtmahl und Gruß weggegangen ist, die Frage ist, ob er morgen kommt), des Fräuleins, der Mařenka. Im Grunde ihnen gegenüber beengt, wie vor den Tieren im Stall, wenn man sie zu etwas auffordert und sie erstaunlicherweise folgen. Der Fall ist hier nur deshalb schwieriger, weil sie augenblicksweise so oft zugänglich und ganz verständlich scheinen.

Mir immer unbegreiflich, daß es jedem fast, der schreiben kann, möglich ist, im Schmerz den Schmerz zu objektivieren, so daß ich zum Beispiel im Unglück, vielleicht noch mit dem brennenden Unglückskopf mich setzen und jemandem schriftlich mitteilen kann: Ich bin unglücklich. Ja, ich kann noch darüber hinausgehn und in verschiedenen Schnörkeln je nach Begabung, die mit dem

Unglück nichts zu tun haben scheint, darüber einfach oder antithetisch oder mit ganzen Orchestern von Assoziationen phantasieren. Und es ist gar nicht Lüge und stillt den Schmerz nicht, ist einfach gnadenweiser Überschuß der Kräfte in einem Augenblick, in dem der Schmerz doch sichtbar alle meine Kräfte bis zum Boden meines Wesens, den er aufkratzt, verbraucht hat. Was für ein Überschuß ist es also?

Gestriger Brief an Max. Lügnerisch, eitel, komödiantisch. Eine Woche in Zürau.

Im Frieden kommst du nicht vorwärts, im Krieg verblutest du.

Traum von Werfel: Er erzählte, er habe in Niederösterreich, wo er sich jetzt aufhält, zufällig auf der Gasse einen Mann ein wenig gestoßen, worauf dieser ihn schauerlich ausschimpfte. Die einzelnen Worte habe ich vergessen, ich weiß nur, daß »Barbare« drin vorkam (vom Weltkrieg her) und daß es endete mit »Sie proletarischer Turch«. Eine interessante Bildung: Turch, Dialektwort für Türke, »Türke« Schimpfwort offenbar noch aus der Tradition der alten Türkenkriege und Wienbelagerungen und zu dem das neue Schimpfwort »proletarisch«. Charakterisiert gut die Einfältigkeit und Rückständigkeit des Schimpfers, da heute weder »proletarisch« noch »Türke« eigentliche Schimpfwörter sind.

21. September. F. war hier, fährt, um mich zu sehn, dreißig Stunden, ich hätte es verhindern müssen. So wie ich es mir vorstelle, trägt sie, wesentlich durch meine Schuld, ein Äußerstes an Unglück. Ich selbst weiß mich nicht zu fassen, bin gänzlich gefühllos, ebenso hilflos, denke an die Störung einiger meiner Bequemlichkeiten und spiele als einziges Zugeständnis etwas Komödie. In Kleinigkeiten hat sie unrecht, unrecht in der Verteidigung ihres angeblichen oder auch wirklichen Rechtes, im ganzen aber ist sie eine unschuldig zu schwerer Folter Verurteilte; ich habe das Unrecht getan, wegen dessen sie gefoltert wird, und bediene außerdem das Folterinstrument. – Mit ihrer Abfahrt (der Wagen mit ihr und Ottla umfährt den Teich, ich schneide geradeaus den Weg ab und komme ihr noch einmal nahe) und einem Kopfschmerz (Erdenrest des Komödianten) endet der Tag.

Traum vom Vater. – Es ist eine kleine Zuhörerschaft (Frau Fanta zur Charakterisierung darunter), vor welcher der Vater eine soziale Reformidee zum erstenmal der Öffentlichkeit mitteilt. Es handelt sich ihm darum, daß diese ausgewählte, insbesondere seiner Meinung nach ausgewählte Zuhörerschaft die Propaganda für die Idee übernimmt. Äußerlich drückte er das viel bescheidener aus, indem er von der Gesellschaft nur verlangt, sie möge ihm nachher, bis sie alles kennengelernt hat, Adressen von Personen mitteilen, die sich für sie interessieren und daher zu einer großen öffentlichen Versammlung, die nächstens stattfinden soll, eingeladen werden könnten. Mein Vater hat mit allen diesen Leuten noch niemals etwas zu tun gehabt, infolgedessen nimmt er sie übertrieben ernst, hat sich auch ein schwarzes Jakettkleid angezogen und trägt die Idee äußerst genau, mit allen Zeichen des Dilettantismus, vor. Die Gesellschaft erkennt, trotzdem sie auf einen Vortrag gar nicht vorbereitet war, sofort, daß hier nur eine alte verbrauchte, längst durchgesprochene Idee mit allem Stolz der Originalität vorgebracht wird. Man läßt es den Vater fühlen. Dieser aber hat den Einwand erwartet, doch mit großartiger Überzeugung von der Nichtigkeit dieses Einwandes, der ihn selbst aber schon öfters versucht zu haben scheint, trägt er seine Sache mit einem feinen, bittern Lächeln noch nachdrücklicher vor. Als er geendet hat, hört man aus dem allgemeinen verdrießlichen Gemurmel, daß er weder von der Originalität noch der Brauchbarkeit seiner Idee überzeugt hat. Es werden sich nicht viele dafür interessieren. Immerhin findet sich hie und da jemand, der ihm aus Gutmütigkeit und vielleicht weil er mit mir bekannt ist, einige Adressen angibt. Mein Vater, gänzlich unbeirrt von der allgemeinen Stimmung, hat die Vortragspapiere abgeräumt und vorbereitete Häufchen weißer Zettel vorgenommen, um die wenigen Adressen zu notieren. Ich höre nur den Namen eines Hofrates Střižanowski oder ähnlich. – Später sehe ich den Vater in der Art, wie er mit Felix spielt, auf dem Boden sitzen und sich ans Kanapee lehnen. Erschrocken frage ich ihn, was er macht. Er denkt über seine Idee nach.

22. September. Nichts.

25. September. Weg zum Wald. Zerstört hast du alles, ohne es eigentlich besessen zu haben. Wie willst du es wieder zusammenfügen? Was für Kräfte bleiben noch dem schweifenden Geist zu dieser größten Arbeit?

»Das neue Geschlecht« von Tagger, elend, großmäulig, beweglich, erfahren, stellenweise gut geschrieben, mit leisen Schauern von Dilettantismus. Was für Recht hat er, aufzutrumpfen? Ist im Grunde so elend wie ich und alle. Nicht durchaus frevelhaft, als Tuberkulöser Kinder zu haben. Flauberts Vater tuberkulös. Wahl: Entweder geht dem Kinde die Lunge flöten (sehr schöner Ausdruck für die Musik, um derentwillen der Arzt das Ohr an die Brust legt) oder es wird Flaubert. Zittern des Vaters, während im Leeren darüber beraten wird.

Zeitweilige Befriedigung kann ich von Arbeiten wie »Landarzt« noch haben, vorausgesetzt, daß mir etwas Derartiges noch gelingt (sehr unwahrscheinlich). Glück aber nur, falls ich die Welt ins Reine, Wahre, Unveränderliche heben kann.

Die Peitschen, mit denen wir einander hauen, haben gut Knoten angesetzt in den fünf Jahren.

28. September. Grundriß der Gespräche mit F.
Ich: So weit habe ich es also gebracht.
F.: So weit habe *ich* es gebracht.
Ich: So weit habe ich dich gebracht.
F.: Das ist wahr.

Dem Tod also würde ich mich anvertrauen. Rest eines Glaubens. Rückkehr zum Vater. Großer Versöhnungstag.

Aus einem Brief an F., vielleicht dem letzten (1. Oktober). Wenn ich mich auf mein Endziel hin prüfe, so ergibt sich, daß ich nicht eigentlich danach strebe, ein guter Mensch zu werden und einem höchsten Gericht zu entsprechen, sondern, sehr gegensätzlich, die ganze Menschen- und Tiergemeinschaft zu überblicken, ihre grundlegenden Vorlieben, Wünsche, sittlichen Ideale zu erkennen, sie auf einfache Vorschriften zurückzuführen und mich in ihrer Richtung möglichst bald dahin zu entwickeln, daß ich durchaus allen wohlgefällig würde, und zwar (hier kommt der Sprung) so wohlgefällig, daß ich, ohne die allgemeine Liebe zu verlieren, schließlich als der einzige Sünder, der nicht gebraten wird, die mir innewohnenden Gemeinheiten offen, vor aller Augen, ausführen dürfte. Zusammengefaßt kommt es mir also nur auf das Menschengericht an, und dieses will ich überdies betrügen, allerdings ohne Betrug.

8. Oktober. Inzwischen: Klagebriefe F.s, G. B. droht mit einem Brief. Trostloser Zustand (courbature). Füttern der Ziegen, von Mäusen durchlochtes Feld, Kartoffelklauben (»Wie der Wind uns in den Arsch bläst«), Hagebuttenpflücken, Bauer F. (sieben Mädchen, eine klein, süßer Blick, weißes Kaninchen über der Achsel), im Zimmer Bild »Kaiser Franz Josef in der Kapuzinergruft«, Bauer K. (mächtig, überlegene Erzählung der Weltgeschichte seiner Wirtschaft, aber freundlich und gut). Allgemeiner Eindruck der Bauern: Edelmänner, die sich in die Landwirtschaft gerettet haben, wo sie ihre Arbeit so weise und demütig eingerichtet haben, daß sie sich lückenlos ins Ganze fügt und sie vor jeder Schwankung und Seekrankheit bewahrt werden, bis zu ihrem seligen Sterben. Wirkliche Erdenbürger.

Die Burschen, welche am Abend der fliehenden verstreuten Rinderherde über die weiten Felder auf der Höhe nacheilen und dabei einen jungen gefesselten Stier, der sich zu folgen weigert, immer wieder herumreißen müssen.
Dickens »Copperfield« (Der »Heizer« glatte Dickens-Nachahmung, noch mehr der geplante Roman). Koffergeschichte, der Beglükkende und Bezaubernde, die niedrigen Arbeiten, die Geliebte auf dem Landgut, die schmutzigen Häuser u. a., vor allem aber die Methode. Meine Absicht war, wie ich jetzt sehe, einen Dickens-Roman zu schreiben, nur bereichert um die schärferen Lichter, die ich der Zeit entnommen, und die matten, die ich aus mir selbst aufgesteckt hätte. Dickens' Reichtum und bedenkenloses mächtiges Hinströmen, aber infolgedessen Stellen grauenhafter Kraftlosigkeit, wo er müde nur das bereits Erreichte durcheinanderrührt. Barbarisch der Eindruck des unsinnigen Ganzen, ein Barbarentum, das allerdings ich, dank meiner Schwäche und belehrt durch mein Epigonentum, vermieden habe. Herzlosigkeit hinter der von Gefühl überströmenden Manier. Diese Klötze roher Charakterisierung, die künstlich bei jedem Menschen eingetrieben werden und ohne die Dickens nicht imstande wäre, seine Geschichte auch nur einmal flüchtig hinaufzuklettern. (Walsers Zusammenhang mit ihm in der verschwimmenden Anwendung von abstrakten Metaphern.)

9. Oktober. Beim Bauer Lüftner. Die große Diele. Theatralisch das Ganze. Er nervös mit Hihi und Haha und Auf-den-Tisch-Schlagen und Armheben und Achselzucken und Bierglasheben wie ein Wallensteiner. Daneben die Frau, eine Greisin, die er als ihr Knecht vor zehn Jahren geheiratet hat. Ist leidenschaftlicher Jäger, vernachlässigte die Wirtschaft. Riesige zwei Pferde im Stall, homerische Gestalten, in einem flüchtigen Sonnenschein, der durch das Stallfenster kam.

14. Oktober. Ein achtzehnjähriger Junge kommt, sich von uns zu verabschieden, er rückt morgen ein: »Indem ich morgen einrücke, komme ich mich von Ihnen beurlauben.«

15. Oktober. Auf der Landstraße gegen Oberklee am Abend; ging deshalb, weil in der Küche der Schaffer und zwei ungarische Soldaten saßen.

Die Aussicht auf Ottlas Fenster in der Dämmerung, drüben ein Haus und hinter ihm schon freies Feld.

K. und Frau, auf ihren Feldern, auf dem Abhang gegenüber meinem Fenster.

21. Oktober. Schöner Tag, sonnig, warm, windstill.

Die meisten Hunde bellen sinnlos, schon wenn in der Ferne jemand herunterkommt, manche aber, vielleicht nicht die besten Wachhunde, aber vernünftige Wesen, nähern sich ruhig dem Fremden, beschnuppern ihn und bellen erst bei verdächtigem Geruch.

6. November. Glattes Unvermögen.

10. November. Das Entscheidende habe ich bisher nicht eingeschrieben, ich fließe noch in zwei Armen. Die wartende Arbeit ist ungeheuerlich.

Traum von der Schlacht am Tagliamento: Eine Ebene, Fluß eigentlich nicht vorhanden, viele sich drängende aufgeregte Zuschauer, bereit, je nach der Lage, vorwärts oder zurückzulaufen. Vor uns Hochebene, deren Rand, abwechselnd leer und mit hohem Gesträuch bewachsen, man sehr deutlich sieht. Oben auf der Hochebene und jenseits ihrer kämpfen Österreicher. Man ist in Spannung; wie wird es werden? Zwischendurch sieht man, offenbar um sich zu erholen, vereinzelte Gebüsche auf dunklem Abhang, hinter denen hervor ein oder zwei Italiener schießen. Das ist aber bedeutungslos, wir allerdings laufen schon ein wenig. Dann wieder die Hochebene: Österreicher laufen den leeren Rand entlang, bleiben mit einem Ruck hinter den Sträuchern stehn, laufen wieder. Es geht offenbar schlecht, es wird auch unbegreiflich, wie es jemals gut gehen könnte, wie kann man, da man doch auch nur ein Mensch ist, Menschen, die den Willen haben, sich zu wehren, jemals überwältigen. Große Verzweiflung, allgemeine Flucht wird nötig werden. Da erscheint ein preußischer Major, der übrigens die ganze Zeit über mit uns die Schlacht beobachtet hat, aber wie er jetzt ganz ruhig in den plötzlich leer gewordenen Raum tritt, ist er eine neue Erscheinung. Er steckt zwei Finger von jeder Hand in den Mund und pfeift, so wie man einem Hund pfeift, aber liebend. Das Zeichen gilt seiner Abteilung, die unweit gewartet hat und jetzt vormarschiert. Es ist preußische Garde, junge stille Leute, nicht viele, vielleicht nur eine Kompagnie, alle scheinen Offiziere zu sein, wenigstens haben sie lange Säbel, die Uniformen sind dunkel. Wie sie nun an uns mit kurzen Schritten, langsam, gedrängt vorbeimarschieren, hie und da uns ansehn, ist die Selbstverständlichkeit dieses Todesganges gleichzeitig rührend, erhebend und siegverbürgend. Erlöst durch das Eingreifen dieser Männer erwache ich.

1919

27. Juni. Neues Tagebuch, eigentlich nur, weil ich im alten gelesen habe. Einige Gründe und Absichten, jetzt, dreiviertel zwölf, nicht mehr festzustellen.

30. Juni. Im Riegerpark gewesen. An den Jasminbüschen mit J. auf- und abgegangen. Lügenhaft und wahr, lügenhaft im Seufzen, wahr in der Gebundenheit, im Vertrauen, im Geborgensein. Unruhiges Herz.

6. Juli. Immerfort der gleiche Gedanke, das Verlangen, die Angst. Aber doch ruhiger als sonst, so als ob eine große Entwicklung vor sich ginge, deren fernes Zittern ich spüre. Zuviel gesagt.

5. Dezember. Wieder durch diesen schrecklichen langen engen Spalt gerissen, der eigentlich nur im Traum bezwungen werden kann. Aus eigenem Willen ginge es allerdings im Wachen niemals.

8. Dezember. Montag Feiertag im Baumgarten, im Restaurant, in der Galerie. Leid und Freude, Schuld und Unschuld, wie zwei unlösbar ineinander verschränkte Hände, man müßte sie durchschneiden durch Fleisch, Blut und Knochen.

9. Dezember. Viel Eleseus. Aber wohin ich mich wende, schlägt mir die schwarze Welle entgegen.

11. Dezember, Donnerstag. Kälte. Schweigend mit J. im Riegerpark. Verführung auf dem Graben. Das alles ist zu schwer. Ich bin nicht genug vorbereitet. Es ist in einem geistigen Sinn so, wie es vor sechsundzwanzig Jahren der Lehrer Beck, ohne allerdings den prophetischen Spaß zu merken, sagte: »Lassen Sie ihn noch in die fünfte Klasse gehn, er ist zu schwach, solche Überhetzung rächt sich später.« Tatsächlich bin ich so gewachsen, wie allzu schnell hochgetriebene und vergessene Setzlinge, eine gewisse künstlerische Zierlichkeit in der ausweichenden Bewegung, wenn ein Luftzug kommt; wenn man will, sogar etwas Rührendes in dieser Bewegung, das ist alles. Wie bei Eleseus und seinen Frühlings-Geschäftsfahrten in die Städte. Wobei man ihn gar nicht unterschätzen muß: Eleseus hätte auch der Held des Buches werden können, wäre es sogar wahrscheinlich in Hamsuns Jugend geworden.

1920

6. Januar. Alles, was er tut, kommt ihm außerordentlich neu vor. Hätte es nicht die Frische des Lebens, so wäre es dem Selbstwert nach, das weiß er, unvermeidlich etwas aus dem alten Höllensumpf. Aber diese Frische täuscht ihn, läßt es ihn vergessen oder leichtnehmen, oder zwar durchschauen, aber schmerzlos. Es ist doch heute unzweifelhaft dieser, der heutige Tag, an dem der Fortschritt sich aufmacht, weiter fortzuschreiten.

9. Januar. Aberglaube und Grundsatz und Ermöglichung des Lebens:
Durch den Himmel der Laster wird die Hölle der Tugend erworben. So leicht? So schmutzig? So unmöglich? Aberglaube ist einfach.

Ein segmentartiges Stück ist ihm aus dem Hinterkopf herausgeschnitten. Mit der Sonne schaut die ganze Welt hinein. Ihn macht es nervös, es lenkt ihn von der Arbeit ab, auch ärgert er sich, daß gerade er von dem Schauspiel ausgeschlossen sein soll.

Es ist keine Widerlegung der Vorahnung einer endgültigen Befreiung, wenn am nächsten Tag die Gefangenschaft noch unverändert bleibt oder gar sich verschärft oder, selbst wenn ausdrücklich erklärt wird, daß sie niemals aufhören soll. Alles das kann vielmehr notwendige Voraussetzung der endgültigen Befreiung sein.

1921

15. Oktober. Alle Tagebücher, vor einer Woche etwa, M. gegeben. Ein wenig freier? Nein. Ob ich noch fähig bin, eine Art Tagebuch zu führen? Es wird jedenfalls anders sein, vielmehr es wird sich verkriechen, es wird gar nicht sein, über Hardt z. B., der mich doch verhältnismäßig sehr beschäftigt hat, wäre ich nur mit größter Mühe etwas zu notieren fähig. Es ist so, als hätte ich schon alles längst über ihn geschrieben oder, was das gleiche ist, als wäre ich nicht mehr am Leben. Über M. könnte ich wohl schreiben, aber auch nicht aus freiem Entschluß, auch wäre es zu sehr gegen mich gerichtet, ich brauche mir solche Dinge nicht mehr umständlich bewußt zu machen, wie früher einmal, ich bin in dieser Hinsicht nicht so vergeßlich wie früher, ich bin ein lebendig gewordenes Gedächtnis, daher auch die Schlaflosigkeit.

16. Oktober. Sonntag. Das Unglück eines fortwährenden Anfangs, das Fehlen der Täuschung darüber, daß alles nur ein Anfang und nicht einmal ein Anfang ist, die Narrheit der andern, die das nicht wissen und zum Beispiel Fußball spielen, um endlich einmal »vorwärts zu kommen«, die eigene Narrheit in sich selbst vergraben wie in einem Sarg, die Narrheit der andern, die hier einen wirklichen Sarg zu sehen glauben, also einen Sarg, den man transportieren, aufmachen, zerstören, auswechseln kann.

Zwischen den jungen Frauen oben im Park. Kein Neid. Genug Phantasie, um ihr Glück zu teilen, genug Urteilsfähigkeit, um zu wissen, daß ich zu schwach bin für dieses Glück, genug Narrheit, um zu glauben, daß ich meine und ihre Verhältnisse durchschaue. Nicht genug Narrheit, eine winzige Lücke ist da, der Wind pfeift durch sie und verhindert die volle Resonanz.

Wenn ich den großen Wunsch habe, ein Leichtathlet zu sein, so ist das wahrscheinlich so, wie wenn ich wünschen würde, in den Himmel zu kommen und dort so verzweifelt sein zu dürfen wie hier.

Wenn mein Fundus auch noch so elend sei, »unter gleichen Umständen« (besonders mit Berücksichtigung der Willensschwäche) sogar der elendste auf der Erde, so muß ich doch, selbst in meinem Sinne, das Beste mit ihm zu erreichen suchen, und es ist leere Sophistik, zu sagen, man könne damit nur eines erreichen, und dieses eine sei daher auch das Beste, und es sei die Verzweiflung.

17. Oktober. Dahinter, daß ich nichts Nützliches gelernt habe und mich – was zusammenhängt – auch körperlich verfallen ließ, kann eine Absicht liegen. Ich wollte unabgelenkt bleiben, unabgelenkt durch die Lebensfreude eines nützlichen und gesunden Mannes. Als ob Krankheit und Verzweiflung nicht zumindest ebenso ablenken würden!
Ich könnte diesen Gedanken auf verschiedene Weise abrunden und damit zu meinen Gunsten zu Ende führen, aber ich wage es nicht und glaube – wenigstens heute und so in der Mehrzahl der Tage – an keine für mich günstige Lösung.

Ich beneide nicht das einzelne Ehepaar, ich beneide nur alle Ehepaare – auch wenn ich nur ein Ehepaar beneide, beneide ich eigentlich das ganze Eheglück in seiner unendlichen Vielgestalt, im Glück einer einzigen Ehe würde ich selbst im günstigsten Fall wahrscheinlich verzweifeln.

Ich glaube nicht, daß es Leute gibt, deren innere Lage ähnlich der meinen ist, immerhin kann ich mir solche Menschen vorstellen, aber daß um ihren Kopf so wie um meinen immerfort der heimliche Rabe fliegt, das kann ich mir nicht einmal vorstellen.

Die systematische Zerstörung meiner selbst im Laufe der Jahre ist erstaunlich, es war wie ein langsam sich entwickelnder Dammbruch, eine Aktion voll Absicht. Der Geist, der das vollbracht hat, muß jetzt Triumphe feiern; warum läßt er mich daran nicht teilnehmen? Aber vielleicht ist er mit seiner Absicht noch nicht zu Ende und kann deshalb an nichts anderes denken.

18. Oktober. Ewige Kinderzeit. Wieder ein Ruf des Lebens.

Es ist sehr gut denkbar, daß die Herrlichkeit des Lebens um jeden und immer in ihrer ganzen Fülle bereitliegt, aber verhängt, in der Tiefe, unsichtbar, sehr weit. Aber sie liegt dort, nicht feindselig, nicht widerwillig, nicht taub. Ruft man sie mit dem richtigen Wort, beim richtigen Namen, dann kommt sie. Das ist das Wesen der Zauberei, die nicht schafft, sondern ruft.

19. Oktober. Das Wesen des Wüstenwegs. Ein Mensch, der als Volksführer seines Organismus diesen Weg macht, mit einem Rest (mehr ist nicht denkbar) des Bewußtseins dessen, was geschieht. Die Witterung für Kanaan hat er sein Leben lang; daß er das Land erst vor seinem Tode sehen sollte, ist unglaubwürdig. Diese letzte Aussicht kann nur den Sinn haben, darzustellen, ein wie unvollkommener Augenblick das menschliche Leben ist, unvoll-

kommen, weil diese Art des Lebens endlos dauern könnte und doch wieder nichts anderes sich ergeben würde als ein Augenblick. Nicht weil sein Leben zu kurz war, kommt Moses nicht nach Kanaan, sondern weil es ein menschliches Leben war. Dieses Ende der fünf Bücher Moses hat eine Ähnlichkeit mit der Schlußszene der »Éducation sentimentale«.

Derjenige, der mit dem Leben nicht lebendig fertig wird, braucht die eine Hand, um die Verzweiflung über sein Schicksal ein wenig abzuwehren – es geschieht sehr unvollkommen –, mit der anderen Hand aber kann er eintragen, was er unter den Trümmern sieht, denn er sieht anderes und mehr als die anderen, er ist doch tot zu Lebzeiten und der eigentlich Überlebende. Wobei vorausgesetzt ist, daß er nicht beide Hände und mehr, als er hat, zum Kampf mit der Verzweiflung braucht.

20. Oktober. Nachmittag Langer, dann Max, liest »Franzi« vor.

Ein Traum, kurz, in einem krampfhaften, kurzen Schlaf, krampfhaft mich festgehalten, in maßlosem Glück. Ein vielverzweigter Traum, enthaltend tausend gleichzeitig mit einem Schlag klarwerdende Beziehungen, übriggeblieben ist kaum die Erinnerung an das Grundgefühl:
Mein Bruder hat ein Verbrechen, ich glaube, einen Mord begangen, ich und andere sind an dem Verbrechen beteiligt, die Strafe, die Auflösung, die Erlösung kommt von der Ferne her näher, mächtig wächst sie heran, an vielen Anzeichen merkt man ihr unaufhaltsames Näherkommen, meine Schwester, glaube ich, kündigt diese Zeichen immer an, die ich immer mit verrückten Ausrufen begrüße, die Verrückung steigert sich mit dem Näherkommen. Meine einzelnen Ausrufe, kurze Sätze, glaubte ich wegen ihrer Sinnfälligkeit nie vergessen zu können und weiß jetzt keinen einzigen mehr genau. Es konnten nur Ausrufe sein, denn das Sprechen machte mir große Mühe, ich mußte die Wangen aufblasen und dabei den Mund verdrehen, wie unter Zahnschmerzen, ehe ich ein Wort hervorbekam. Das Glück bestand darin, daß die Strafe kam und ich sie so frei, überzeugt und glücklich willkommen hieß, ein Anblick, der die Götter rühren mußte, auch diese Rührung der Götter empfand ich fast bis zu Tränen.

21. Oktober. Es war ihm unmöglich gewesen, in das Haus einzutreten, denn er hatte eine Stimme gehört, welche ihm sagte: »Warte, bis ich dich führen werde!« Und so lag er noch immer im Staub vor dem Haus, obgleich wohl schon alles aussichtslos war (wie Sara sagen würde).

Alles ist Phantasie, die Familie, das Bureau, die Freunde, die Straße, alles Phantasie, fernere oder nähere, die Frau; die nächste Wahrheit aber ist nur, daß du den Kopf gegen die Wand einer fenster- und türlosen Zelle drückst.

22. Oktober. Ein Kenner, ein Fachmann, einer, der seinen Teil weiß, ein Wissen allerdings, das nicht vermittelt werden kann, aber glücklicherweise auch niemandem nötig zu sein scheint.

23. Oktober. Nachmittag. Palästinafilm.

25. Oktober. Gestern Ehrenstein.

Die Eltern spielten Karten; ich saß allein dabei, gänzlich fremd; der Vater sagte, ich solle mitspielen oder wenigstens zuschauen; ich redete mich irgendwie aus. Was bedeutete diese seit der Kinderzeit vielmals wiederholte Ablehnung? Das gemeinschaftliche, gewissermaßen das öffentliche Leben wurde mir durch die Einladung zugänglich gemacht, die Leistung, die man als Beteiligung von mir verlangte, hätte ich nicht gut, aber leidlich zustande gebracht, das Spielen hätte mich wahrscheinlich nicht einmal allzusehr gelangweilt – trotzdem lehnte ich ab. Ich habe, wenn man es danach beurteilt, unrecht, wenn ich mich beklage, daß mich der Lebensstrom niemals ergriffen hat, daß ich von Prag nie loskam, niemals auf Sport oder auf ein Handwerk gestoßen wurde und dergleichen – ich hätte das Angebot wahrscheinlich immer abgelehnt, ebenso wie die Einladung zum Spiel. Nur das Sinnlose bekam Zutritt, das Jusstudium, das Bureau, später dann sinnlose Nachträge, wie ein wenig Gartenarbeit, Tischlerei und dergleichen, diese Nachträge sind so aufzufassen wie die Handlungsweise eines Mannes, der den bedürftigen Bettler aus der Tür wirft und dann allein den Wohltäter spielt, indem er Almosen aus seiner rechten in seine linke Hand gibt.
Ich lehnte aber immer ab, wohl aus allgemeiner und besonders aus Willensschwäche, ich habe das verhältnismäßig sehr spät erst begriffen. Ich hielt diese Ablehnung früher meist für ein gutes Zeichen (verführt durch die allgemeinen großen Hoffnungen, die ich auf mich setzte), heute ist nur noch ein Rest dieser freundlichen Auffassung geblieben.

29. Oktober. Einen der nächsten Abende beteiligte ich mich dann wirklich, indem ich für die Mutter die Ergebnisse notierte. Es ergab sich aber kein Nähersein, und wenn auch eine Spur dessen da war, so wurde sie überhäuft von Müdigkeit, Langeweile, Trauer über die verlorene Zeit. So wäre es immer gewesen. Dieses Grenzland zwischen Einsamkeit und Gemeinschaft habe ich nur äußerst

selten überschritten, ich habe mich darin sogar mehr angesiedelt als in der Einsamkeit selbst. Was für ein lebendiges schönes Land war im Vergleich hierzu Robinsons Insel.

30. Oktober. Nachmittag Theater, Pallenberg.

Meine inneren Möglichkeiten für (ich will nicht sagen Darstellung oder Dichtung des »Geizigen«, sondern für) den Geizigen selbst. Nur ein schneller entschlossener Griff wäre nötig, das ganze Orchester schaut fasziniert dorthin, wo über dem Kapellmeisterpult der Taktstock sich erheben soll.

Das Gefühl der vollständigen Hilflosigkeit.
Was verbindet sich mit diesen festabgesetzten, sprechenden, augenblitzenden Körpern enger als mit irgendeiner Sache, etwa dem Federhalter in deiner Hand? Etwa daß du von ihrer Art bist? Aber du bist nicht von ihrer Art, darum hast du ja diese Frage aufgeworfen.
Die feste Abgegrenztheit der menschlichen Körper ist schauerlich.
Die Merkwürdigkeit, die Unenträtselbarkeit des Nicht-Untergehens, der schweigenden Führung. Es drängt zu der Absurdität: »ich für meinen Teil wäre längst schon verloren«. Ich für meinen Teil.

1. November. Werfels »Bocksgesang«.

Die freie Verfügung über eine Welt unter Mißachtung ihrer Gesetze. Die Auferlegung des Gesetzes. Glück dieser Gesetzestreue.
Es ist aber nicht möglich, der Welt nur das Gesetz aufzuerlegen, daß alles sonst beim alten bleibt, der neue Gesetzgeber aber frei sein soll. Das wäre kein Gesetz, sondern Willkür, Auflehnung, Selbstverurteilung.

2. November. Vage Hoffnung, vages Zutrauen.

Ein endlos trüber Sonntagnachmittag, ganze Jahre aufzehrend, ein aus Jahren bestehender Nachmittag. Abwechselnd verzweifelt in den leeren Gassen und beruhigt auf dem Kanapee. Manchmal Erstaunen über die fast unaufhörlich vorbeiziehenden farblosen, sinnlosen Wolken. »Du bist aufgehoben für einen großen Montag!« – »Wohl gesprochen, aber der Sonntag endet nie.«

3. November. Der Anruf.

7. November. Unentrinnbare Verpflichtung zur Selbstbeobachtung: Werde ich von jemandem andern beobachtet, muß ich mich

natürlich auch beobachten, werde ich von niemandem sonst beobachtet, muß ich mich um so genauer beobachten.

Jeder, der sich mit mir verfeindet oder dem ich gleichgültig oder lästig werde, ist zu beneiden um die Leichtigkeit, mit der er mich loswerden kann (vorausgesetzt wahrscheinlich, daß es nicht ums Leben geht; als es einmal bei F. ums Leben zu gehen schien, war es nicht leicht, mich loszuwerden, allerdings war ich jung und bei Kräften, auch meine Wünsche waren bei Kräften).

1. Dezember. M. nach vier Besuchen weggefahren, fährt morgen weg. Vier ruhigere Tage innerhalb von gequälten. Ein langer Weg von da, daß ich über ihre Abreise nicht traurig bin, nicht eigentlich traurig bin, bis dorthin, daß ich wegen ihrer Abreise unendlich traurig bin. Freilich: Traurigkeit ist nicht das schlimmste.

2. Dezember. Briefschreiben im Zimmer der Eltern. Die Formen des Niedergangs sind unausdenkbar. – Letzthin die Vorstellung, daß ich als kleines Kind vom Vater besiegt worden bin und nun aus Ehrgeiz den Kampfplatz nicht verlassen kann, alle die Jahre hindurch, trotzdem ich immer wieder besiegt werde. – Immer M., oder nicht M., aber ein Prinzip, ein Licht in der Finsternis.

6. Dezember. Aus einem Brief: »Ich wärme mich daran in diesem traurigen Winter.« Die Metaphern sind eines in dem vielen, was mich am Schreiben verzweifeln läßt. Die Unselbständigkeit des Schreibens, die Abhängigkeit von dem Dienstmädchen, das einheizt, von der Katze, die sich am Ofen wärmt, selbst vom armen alten Menschen, der sich wärmt. Alles dies sind selbständige, eigengesetzliche Verrichtungen, nur das Schreiben ist hilflos, wohnt nicht in sich selbst, ist Spaß und Verzweiflung.

Zwei Kinder, allein in der Wohnung, stiegen in einen großen Koffer, der Deckel fiel zu, sie konnten nicht öffnen und erstickten.

20. Dezember. Vieles durchgelitten in Gedanken.
Aus tiefem Schlaf wurde ich aufgeschreckt. In der Mitte des Zimmers saß an einem kleinen Tischchen bei Kerzenlicht ein fremder Mann. Er saß im Halbdunkel breit und schwer, der aufgeknöpfte Winterrock machte ihn noch breiter.

Besser zu durchdenken:
Raabe im Sterben, als ihm seine Frau über die Stirn strich: »Das ist schön.«
Der Großvater, der sein Enkelkind mit zahnlosem Mund anlacht.

Es ist unleugbar ein gewisses Glück, ruhig hinschreiben zu dürfen: »Ersticken ist unausdenkbar fürchterlich.« Freilich unausdenkbar, so wäre also doch wieder nichts hingeschrieben.

23. Dezember. Wieder über »Náš Skautík« gesessen. »Iwan Iljitsch«.

1922

16. Januar. Es war in der letzten Woche wie ein Zusammenbruch, so vollständig wie nur etwa in der einen Nacht vor zwei Jahren, ein anderes Beispiel habe ich nicht erlebt. Alles schien zu Ende und scheint auch heute durchaus noch nicht anders zu sein. Man kann es auf zweierlei Arten auffassen, und es ist auch wohl gleichzeitig so aufzufassen.
Erstens: Zusammenbruch, Unmöglichkeit, zu schlafen, Unmöglichkeit, zu wachen, Unmöglichkeit, das Leben, genauer die Aufeinanderfolge des Lebens, zu ertragen. Die Uhren stimmen nicht überein, die innere jagt in einer teuflischen oder dämonischen oder jedenfalls unmenschlichen Art, die äußere geht stockend ihren gewöhnlichen Gang. Was kann anders geschehen, als daß sich die zwei verschiedenen Welten trennen, und sie trennen sich oder reißen zumindest auseinander in einer fürchterlichen Art. Die Wildheit des inneren Ganges mag verschiedene Gründe haben, der sichtbarste ist die Selbstbeobachtung, die keine Vorstellung zur Ruhe kommen läßt, jede emporjagt, um dann selbst wieder als Vorstellung von neuer Selbstbeobachtung weitergejagt zu werden.
Zweitens: Dieses Jagen nimmt die Richtung aus der Menschheit. Die Einsamkeit, die mir zum größten Teil seit jeher aufgezwungen war, zum Teil von mir gesucht wurde – doch was war auch dies anderes als Zwang –, wird jetzt ganz unzweideutig und geht auf das Äußerste. Wohin führt sie? Sie kann, dies scheint am zwingendsten, zum Irrsinn führen, darüber kann nichts weiter ausgesagt werden, die Jagd geht durch mich und zerreißt mich. Oder aber ich kann – ich kann? –, sei es auch nur zum winzigsten Teil, mich aufrechterhalten, lasse mich also von der Jagd tragen. Wohin komme ich dann? »Jagd« ist ja nur ein Bild, ich kann auch sagen »Ansturm gegen die letzte irdische Grenze«, und zwar Ansturm von unten, von den Menschen her, und kann, da auch dies nur ein Bild ist, es ersetzen durch das Bild des Ansturmes von oben, zu mir herab.
Diese ganze Literatur ist Ansturm gegen die Grenze, und sie hätte sich, wenn nicht der Zionismus dazwischengekommen wäre, leicht zu einer neuen Geheimlehre, einer Kabbala, entwickeln können. Ansätze dazu bestehen. Allerdings ein wie unbegreifliches Genie wird hier verlangt, das neu seine Wurzeln in die alten Jahrhunderte treibt oder die alten Jahrhunderte neu erschafft und mit all dem sich nicht ausgibt, sondern jetzt erst sich auszugeben beginnt.

17. Januar. Kaum anders.

18. Januar. Jenes etwas stiller, dafür kommt G. Erlösung oder Verschlimmerung, wie man will.

Ein Augenblick Denken: Gib dich zufrieden, lerne (lerne, Vierzigjähriger) im Augenblick zu ruhn (doch, einmal konntest du es). Ja, im Augenblick, dem schrecklichen. Er ist nicht schrecklich, nur die Furcht vor der Zukunft macht ihn schrecklich. Und der Rückblick freilich auch. Was hast du mit dem Geschenk des Geschlechtes getan? Es ist mißlungen, wird man schließlich sagen, das wird alles sein. Aber es hätte leicht gelingen können. Freilich, eine Kleinigkeit, und nicht einmal erkennbar, hat es entschieden. Was findest du daran? Bei den größten Schlachten der Weltgeschichte ist es so gewesen. Die Kleinigkeiten entscheiden über die Kleinigkeiten.
M. hat recht: Die Furcht ist das Unglück, deshalb aber ist nicht Mut das Glück, sondern Furchtlosigkeit, nicht Mut, der vielleicht mehr will als die Kraft (in meiner Klasse waren wohl nur zwei Juden, die Mut hatten, und beide haben sich noch während des Gymnasiums oder kurz darauf erschossen), also nicht Mut, sondern Furchtlosigkeit, ruhende, offen blickende, alles ertragende. Zwinge dich zu nichts, aber sei nicht unglücklich darüber, daß du dich nicht zwingst, oder darüber, daß du, wenn du es tun solltest, dich zwingen müßtest. Und wenn du dich nicht zwingst, umlaufe nicht immerfort lüstern die Möglichkeiten des Zwanges. Freilich, so klar ist es niemals, oder doch, so klar ist es immer, zum Beispiel: das Geschlecht drängt mich, quält mich Tag und Nacht, ich müßte Furcht und Scham und wohl auch Trauer überwinden, um ihm zu genügen, andererseits ist es aber gewiß, daß ich eine schnell und nah und willig sich darbietende Gelegenheit sofort ohne Furcht und Trauer und Scham benützen würde; dann bleibt nach dem obigen doch Gesetz, die Furcht usw. nicht zu überwinden (aber auch nicht mit dem Gedanken der Überwindung zu spielen), wohl aber die Gelegenheit zu benützen (aber nicht zu klagen, wenn sie nicht kommt). Freilich, es gibt ein Mittelding zwischen der »Tat« und der »Gelegenheit«, nämlich das Herbeiführen, Herbeilocken der »Gelegenheit«, eine Praxis, die ich nicht nur hier, sondern überall leider befolgt habe. Aus dem »Gesetz« ist kaum etwas dagegen zu sagen, trotzdem dieses »Herbeilocken«, besonders wenn es mit untauglichen Mitteln geschieht, dem »Spielen mit dem Gedanken der Überwindung« bedenklich ähnlich sieht, und von ruhender, offen blickender Furchtlosigkeit ist darin keine Spur. Es ist eben trotz »wörtlicher« Übereinstimmung mit dem »Gesetz« etwas Abscheuliches und unbedingt zu Vermeidendes. Freilich, Zwang gehört dazu, es zu vermeiden, und zu einem Ende komme ich damit nicht.

19. Januar. Was bedeuten die gestrigen Feststellungen heute? Bedeuten das gleiche wie gestern, sind wahr, nur daß das Blut in den Rinnen zwischen den großen Steinen des Gesetzes versickert.

Das unendliche, tiefe, warme, erlösende Glück, neben dem Korb seines Kindes zu sitzen, der Mutter gegenüber.
Es ist auch etwas darin von dem Gefühl: es kommt nicht mehr auf dich an, es sei denn, daß du es willst. Dagegen das Gefühl des Kinderlosen: immerfort kommt es auf dich an, ob du willst oder nicht, jeden Augenblick bis zum Ende, jeden nervenzerrenden Augenblick, immerfort kommt es auf dich an und ohne Ergebnis. Sisyphus war ein Junggeselle.

Nichts Böses; hast du die Schwelle überschritten, ist alles gut. Eine andere Welt, und du mußt nicht reden.

Die zwei Fragen:
Ich hatte aus einigen Kleinigkeiten, die anzuführen ich mich schäme, den Eindruck, daß die letzten Besuche zwar lieb und stolz wie immer waren, aber doch auch etwas müde, etwas gezwungen, wie Krankenbesuche. Ist der Eindruck richtig?
Hast du in den Tagebüchern etwas Entscheidendes gegen mich gefunden?

20. Januar. Ein wenig stiller. Wie notwendig war es. Kaum ist es ein wenig stiller, ist es fast zu still. Als bekäme ich das wahre Gefühl meiner selbst nur, wenn ich unerträglich unglücklich bin. Das ist wohl auch richtig.

Beim Kragen gepackt, durch die Straßen gezerrt, in die Tür hineingestoßen. Schematisch ist es so, in Wirklichkeit sind Gegenkräfte da, nur um eine Kleinigkeit – die leben- und qualerhaltende Kleinigkeit – weniger wild als jene. Ich der beiden Opfer.

Dieses »zu still«. So als wäre mir – irgendwie körperlich, körperlich als Ergebnis der jahrelangen Qualen (Vertrauen! Vertrauen!) – die Möglichkeit des ruhig schaffenden Lebens verschlossen, also das schaffende Leben überhaupt, denn der Zustand der Qual ist für mich ohne Rest nichts anderes als in sich verschlossene, gegen alles verschlossene Qual, nichts darüber hinaus.

Der Torso: seitlich gesehn, vom obern Rand des Strumpfes aufwärts, Knie, Oberschenkel und Hüfte, einer dunklen Frau gehörig.

Die Sehnsucht nach dem Land? Es ist nicht gewiß. Das Land schlägt die Sehnsucht an, die unendliche.

M. hat hinsichtlich meiner recht: »Alles herrlich, nur nicht für mich, und mit Recht«. Mit Recht, sage ich und zeige, daß ich wenigstens dieses Vertrauen habe. Oder habe ich nicht einmal das? Denn ich denke nicht eigentlich an »Recht«, das Leben hat vor lauter Überzeugungskraft keinen Platz in sich für Recht und Unrecht. So wie du in der verzweifelten Sterbestunde nicht über Recht und Unrecht meditieren kannst, so nicht im verzweifelten Leben. Es genügt, daß die Pfeile genau in die Wunden passen, die sie geschlagen haben.
Dagegen ist von einem allgemeinen Aburteil über die Generation bei mir keine Spur.

21. Januar. Es ist noch nicht zu still. Plötzlich im Theater, angesichts des Gefängnisses Florestans, öffnet sich der Abgrund. Alles, Sänger, Musik, Publikum, Nachbarn, alles ferner als der Abgrund.

So schwer war die Aufgabe niemandes, soviel ich weiß. Man könnte sagen: es ist keine Aufgabe, nicht einmal eine unmögliche, es ist nicht einmal die Unmöglichkeit selbst, es ist nichts, es ist nicht einmal so viel Kind wie die Hoffnung einer Unfruchtbaren. Es ist aber doch die Luft, in der ich atme, solange ich atmen soll.

Ich schlief nach Mitternacht ein, erwachte um fünf, eine außergewöhnliche Leistung, außergewöhnliches Glück, außerdem war ich noch schläfrig. Das Glück war aber mein Unglück, denn nun kam der nicht abzuwehrende Gedanke: so viel Glück verdienst du nicht, alle Götter der Rache stürzten auf mich herab, ich sah ihren wütenden Obersten die Finger wild spreizen und mir drohen oder fürchterlich Zimbel schlagen. Die Aufregung der zwei Stunden bis sieben Uhr verzehrte nicht nur den Schlafgewinn, sondern machte mich den ganzen Tag über zittrig und unruhig.

Ohne Vorfahren, ohne Ehe, ohne Nachkommen, mit wilder Vorfahrens-, Ehe- und Nachkommenslust. Alle reichen mir die Hand: Vorfahren, Ehe und Nachkommen, aber zu fern für mich.
Für alle gibt es künstlichen, jämmerlichen Ersatz: für Vorfahren, Ehe und Nachkommen. In Krämpfen schafft man ihn und geht, wenn man nicht schon an den Krämpfen zugrunde gegangen ist, an der Trostlosigkeit des Ersatzes zugrunde.

22. Januar. Nächtlicher Entschluß.
Die Bemerkung hinsichtlich der »Junggesellen der Erinnerung« war hellseherisch, allerdings Hellseherei unter sehr günstigen Voraussetzungen. Die Ähnlichkeit mit O. R. ist aber noch darüber hinaus verblüffend: beide still (ich weniger), beide von den Eltern

abhängig (ich mehr), mit dem Vater verfeindet, von der Mutter geliebt (er noch zu dem schrecklichen Zusammenleben mit dem Vater verurteilt, freilich auch der Vater verurteilt), beide schüchtern, überbescheiden (er mehr), beide als edle gute Menschen angesehn, wovon bei mir nichts und meines Wissens auch bei ihm nicht viel zu finden war (Schüchternheit, Bescheidenheit, Ängstlichkeit gilt als edel und gut, weil sie den eigenen expansiven Trieben wenig Widerstand entgegensetzt), beide zuerst hypochondrisch, dann wirklich krank, beide als Nichtstuer von der Welt ziemlich gut erhalten (er, weil er ein kleinerer Nichtstuer war, viel schlechter erhalten, soweit man bis jetzt vergleichen kann), beide Beamte (er ein besserer), beide allereinförmigst lebend, ohne Entwicklung jung bis zum Ende, richtiger als jung ist der Ausdruck konserviert, beide nahe am Irrsinn, er, fern von Juden, mit ungeheurem Mut, mit ungeheurer Sprungkraft (an der man die Größe der Irrsinnsgefahr ermessen kann), in der Kirche gerettet, bis zum Ende noch, soweit man sehen konnte, lose gehalten, er selbst hielt sich wohl schon Jahre lang nicht. Ein Unterschied zu seinen Gunsten oder Ungunsten war, daß er eine kleinere künstlerische Begabung hatte als ich, also in der Jugend einen bessern Weg hätte wählen können, nicht so zerrissen war, auch durch Ehrgeiz nicht. Ob er um Frauen (mit sich) gekämpft hat, weiß ich nicht, eine Geschichte, die ich von ihm gelesen habe, deutete darauf hin, auch erzählte man, als ich ein Kind war, etwas dergleichen. Ich weiß viel zuwenig von ihm, danach zu fragen wage ich nicht. Übrigens schrieb ich bis hierher leichtsinnig über ihn wie über einen Lebenden. Es ist auch unwahr, daß er nicht gut war, ich habe an ihm keine Spur von Geiz, Neid, Haß, Gier bemerkt; um selbst helfen zu können, war er wahrscheinlich zu gering. Er war unendlich viel unschuldiger als ich, hier gibt es keinen Vergleich. Er war in Einzelheiten eine Karikatur von mir, im wesentlichen aber bin ich seine Karikatur.

23. Januar. Wieder kam Unruhe. Woher? Aus bestimmten Gedanken, die schnell vergessen werden, aber die Unruhe unvergeßlich hinterlassen. Eher als die Gedanken, könnte ich den Ort angeben, wo sie kamen, einer zum Beispiel auf dem kleinen Rasenweg, der an der Alt-Neu-Synagoge vorüberführt. Auch Unruhe aus einem gewissen Wohlbehagen, das hie und da, scheu und fern genug, sich näherte. Unruhe auch daraus, daß der nächtliche Entschluß nur Entschluß bleibt. Unruhe daraus, daß mein Leben bisher ein stehendes Marschieren war, eine Entwicklung höchstens in dem Sinn, wie sie ein hohl werdender, verfallender Zahn durchmacht. Es war nicht die geringste sich irgendwie bewährende Lebensführung von meiner Seite da. Es war so, als wäre mir wie jedem andern Menschen der Kreismittelpunkt gegeben, als hätte ich

dann wie jeder andere Mensch den entscheidenden Radius zu gehn und dann den schönen Kreis zu ziehn. Statt dessen habe ich immerfort einen Anlauf zum Radius genommen, aber immer wieder gleich ihn abbrechen müssen. (Beispiele: Klavier, Violine, Sprachen, Germanistik, Antizionismus, Zionismus, Hebräisch, Gärtnerei, Tischlerei, Literatur, Heiratsversuche, eigene Wohnung.) Es starrt im Mittelpunkt des imaginären Kreises von beginnenden Radien, es ist kein Platz mehr für einen neuen Versuch, kein Platz heißt Alter, Nervenschwäche, und kein Versuch mehr bedeutet Ende. Habe ich einmal den Radius ein Stückchen weitergeführt als sonst, etwa beim Jusstudium oder bei den Verlobungen, war alles eben um dieses Stück ärger statt besser.

Habe M. von der Nacht erzählt, ungenügend. Symptome nimm hin, klage nicht über Symptome, steige in das Leiden hinab.

Herzunruhe.

24. Januar. Das Glück der Jungen und alten Ehemänner im Bureau. Mir unzugänglich, und wenn es mir zugänglich wäre, mir unerträglich und doch das einzige, an dem mich zu sättigen ich Anlage habe.

Das Zögern vor der Geburt. Gibt es eine Seelenwanderung, dann bin ich noch nicht auf der untersten Stufe. Mein Leben ist das Zögern vor der Geburt.

Standfestigkeit. Ich will mich nicht auf bestimmte Weise entwikkeln, ich will auf einen andern Platz, das ist in Wahrheit jenes »Nach-einem-andern-Stern-Wollen«, es würde mir genügen, knapp neben mir zu stehn, es würde mir genügen, den Platz, auf dem ich stehe, als einen andern erfassen zu können.

Die Entwicklung war einfach. Als ich noch zufrieden war, wollte ich unzufrieden sein und stieß mich mit allen Mitteln der Zeit und der Tradition, die mir zugänglich waren, in die Unzufriedenheit, nun wollte ich zurückkehren können. Ich war also immer unzufrieden, auch mit meiner Zufriedenheit. Merkwürdig, daß aus Komödie bei genügender Systematik Wirklichkeit werden kann. Mein geistiger Niedergang begann mit kindischem, allerdings kindisch-bewußtem Spiel. Ich ließ zum Beispiel Gesichtsmuskeln künstlich zusammenzucken, ich ging mit hinter dem Kopf gekreuzten Armen über den Graben. Kindlich-widerliches, aber erfolgreiches Spiel. (Ähnlich war es mit der Entwicklung des Schreibens, nur daß diese Entwicklung leider später stockte.) Wenn es möglich ist, auf diese Weise das Unglück herbeizuzwingen, sollte alles herbeizwingbar sein. Ich kann, so sehr mich die Entwicklung

zu widerlegen scheint und so sehr es überhaupt meinem Wesen widerspricht, so zu denken, auf keine Weise zugeben, daß die ersten Anfänge meines Unglücks innerlich notwendig waren, sie mögen Notwendigkeit gehabt haben, aber nicht innerliche, sie kamen angeflogen wie Fliegen und wären so leicht wie sie zu vertreiben gewesen.
Das Unglück auf dem andern Ufer wäre ebenso groß, wahrscheinlich größer (infolge meiner Schwäche), die Erfahrung dessen habe ich doch, der Hebel zittert gewissermaßen noch von der Zeit her, als ich ihn zuletzt umgestellt habe, warum vergrößere ich aber dann das Unglück, auf diesem Ufer zu sein, durch die Sehnsucht nach dem andern.

Traurig mit Grund. Abhängig von diesem. Immer in Gefahr. Kein Ausweg. Wie leicht war es das erstemal, wie schwer diesmal. Wie hilflos schaut mich der Tyrann an: »Dorthin führst du mich?« Trotz allem also doch nicht Ruhe; am Nachmittag ist die Hoffnung des Morgens begraben. Mit einem solchen Leben in Liebe sich abfinden, ist unmöglich, es gab gewiß noch keinen Menschen, der das hätte können. Wenn andere Menschen an diese Grenze kamen – und schon hierhergekommen zu sein ist erbärmlich – schwenkten sie ab, ich kann es nicht. Mir scheint es auch, als wäre ich gar nicht hierhergekommen, sondern schon als kleines Kind hingedrängt und dort mit Ketten festgehalten worden, nur das Bewußtsein des Unglücks dämmerte allmählich auf, das Unglück selbst war fertig, es bedurfte nur eines durchdringenden, keines prophetischen Blicks, um es zu sehn.

Am Morgen dachte ich: »Auf diese Weise kannst du doch vielleicht leben, jetzt behüte dieses Leben nur vor Frauen.« Behüte es vor Frauen, aber in dem »Auf-diese-Weise« stecken sie schon.

Zu sagen, daß du mich verlassen hast, wäre sehr ungerecht, aber daß ich verlassen war, und zeitweise schrecklich verlassen, ist wahr.

Auch im Sinne des »Entschlusses« habe ich das Recht, über meine Lage grenzenlos verzweifelt zu sein.

27. Januar. Spindlermühle. Notwendigkeit der Unabhängigkeit von dem mit Ungeschick gemischten Unglück des doppelten Schlittens, des zerbrochenen Koffers, des wackelnden Tisches, des schlechten Lichtes, der Unmöglichkeit, im Hotel nachmittag Ruhe zu haben u. dgl. Das ist nicht zu erreichen, indem man es vernachlässigt, denn es kann nicht vernachlässigt werden, das ist nur zu erreichen durch Heranführung neuer Kräfte. Hier allerdings gibt es Überraschungen; das muß der trostloseste Mensch zugeben,

es kann erfahrungsgemäß aus Nichts etwas kommen, aus dem verfallenen Schweinestall der Kutscher mit den Pferden kriechen.

Die abbröckelnden Kräfte während der Schlittenfahrt. Man kann ein Leben nicht so einrichten wie ein Turner den Handstand.

Merkwürdiger, geheimnisvoller, vielleicht gefährlicher, vielleicht erlösender Trost des Schreibens: das Hinausspringen aus der Totschlägerreihe, Tat-Beobachtung. Tatbeobachtung, indem eine höhere Art der Beobachtung geschaffen wird, eine höhere, keine schärfere, und je höher sie ist, je unerreichbarer von der »Reihe« aus, desto unabhängiger wird sie, desto mehr eigenen Gesetzen der Bewegung folgend, desto unberechenbarer, freudiger, steigender ihr Weg.

Trotzdem ich dem Hotel deutlich meinen Namen geschrieben habe, trotzdem auch sie mir zweimal schon richtig geschrieben haben, steht doch unten auf der Tafel Josef K. Soll ich sie aufklären oder soll ich mich von ihnen aufklären lassen?

28. Januar. Ein wenig bewußtlos, müde vom Rodeln, es gibt noch Waffen, so selten angewendet, ich dringe so schwer zu ihnen vor, weil ich die Freude an ihrem Gebrauch nicht kenne, als Kind nicht gelernt habe. Ich habe sie nicht nur »aus Vaters Schuld« nicht gelernt, sondern auch deshalb, weil ich ja die »Ruhe« zerstören, das Gleichgewicht stören wollte, und deshalb nicht drüben jemanden neugeboren werden lassen durfte, wenn ich ihn hüben zu begraben mich anstrengte. Freilich komme ich auch hier zur »Schuld«, denn warum wollte ich aus der Welt hinaus? Weil »er« mich in der Welt, in seiner Welt nicht leben ließ. So klar darf ich es jetzt allerdings nicht beurteilen, denn jetzt bin ich schon Bürger in dieser andern Welt, die sich zur gewöhnlichen Welt verhält wie die Wüste zum ackerbauenden Land (ich bin vierzig Jahre aus Kanaan hinausgewandert), sehe als Ausländer zurück, bin freilich auch in jener andern Welt – das habe ich als Vatererbschaft mitgebracht – der Kleinste und Ängstlichste und bin nur kraft der besondern dortigen Organisation lebensfähig, nach welcher es dort auch für die Niedrigsten blitzartige Erhöhungen, allerdings auch meerdruckartige tausendjährige Zerschmetterungen gibt. Muß ich trotz allem nicht dankbar sein? Hätte ich den Weg hierher finden müssen? Hätte ich nicht durch die »Verbannung« dort, verbunden mit der Abweisung hier an der Grenze erdrückt werden können? Ist nicht durch Vaters Macht die Ausweisung so stark gewesen, daß ihr (nicht mir) nichts widerstehen konnte? Freilich, es ist wie die umgekehrte Wüstenwanderung mit den fortwährenden Annäherungen an die Wüste und den kindlichen Hoffnungen (be-

sonders hinsichtlich der Frauen): »ich bleibe doch vielleicht in Kanaan«, und inzwischen bin ich schon längst in der Wüste, und es sind nur Visionen der Verzweiflung, besonders in jenen Zeiten, in denen ich auch dort der Elendeste von allen bin, und Kanaan sich als das einzige Hoffnungsland darstellen muß, denn ein drittes Land gibt es nicht für die Menschen.

29. Januar. Angriffe auf dem Weg im Schnee am Abend. Immer die Vermischung der Vorstellungen, etwa so: In dieser Welt wäre die Lage schrecklich, hier allein in Spindlermühle, überdies auf einem verlassenen Weg, auf dem man im Dunkel, im Schnee fortwährend ausgleitet, überdies ein sinnloser Weg ohne irdisches Ziel (zur Brücke? Warum dorthin? Außerdem habe ich sie nicht einmal erreicht), überdies auch ich verlassen im Ort (den Arzt kann ich nicht als menschlich persönlichen Helfer rechnen, ich habe ihn mir nicht verdient, habe im Grunde nur die Honorarbeziehung zu ihm), unfähig, mit jemandem bekannt zu werden, unfähig, eine Bekanntschaft zu ertragen, im Grunde voll endlosen Staunens vor einer heiteren Gesellschaft (hier im Hotel ist allerdings nicht viel Heiteres, ich will nicht so weit gehn, zu sagen, daß ich die Ursache dessen bin, etwa als »der Mann mit dem allzu großen Schatten«, aber mein Schatten ist in dieser Welt tatsächlich allzu groß, und mit neuem Staunen sehe ich die Widerstandsfähigkeit mancher Menschen, dennoch, »trotz allem«, auch in diesem Schatten, gerade in ihm leben zu wollen; aber hier kommt doch noch anderes hinzu, wovon noch zu reden ist) oder gar vor Eltern mit ihren Kindern, überdies nicht nur hier so verlassen, sondern überhaupt, auch in Prag, meiner »Heimat«, und zwar nicht von den Menschen verlassen, das wäre nicht das schlimmste, ich könnte ihnen nachlaufen, solange ich lebe, sondern von mir in Beziehung auf die Menschen, von meiner Kraft in Beziehung auf die Menschen, ich habe Liebende gern, aber ich kann nicht lieben, ich bin zu weit, bin ausgewiesen, habe, da ich doch Mensch bin und die Wurzeln Nahrung wollen, auch dort »unten« (oder oben) meine Vertreter, klägliche ungenügende Komödianten, die mir nur deshalb genügen können (freilich, sie genügen mir gar nicht und deshalb bin ich so verlassen), weil meine Hauptnahrung von andern Wurzeln in anderer Luft kommt, auch diese Wurzeln kläglich, aber doch lebensfähiger.

Dieses leitet über zu der Vermischung der Vorstellungen. Wäre es nur so, wie es auf dem Weg im Schnee scheinen kann, dann wäre es schrecklich, dann wäre ich verloren, dies nicht als eine Drohung aufgefaßt, sondern als sofortige Hinrichtung. Aber ich bin anderswo, nur die Anziehungskraft der Menschenwelt ist ungeheuerlich, in einem Augenblick kann sie alles vergessen machen. Aber auch die Anziehungskraft meiner Welt ist groß, diejenigen, welche mich lieben, lieben mich, weil ich »verlassen« bin, und zwar vielleicht doch nicht als Weißsches Vakuum, sondern weil sie fühlen, daß ich die Freiheit der Bewegung, die mir hier völlig fehlt, auf einer anderen Ebene in glücklichen Zeiten habe.

Wenn zum Beispiel M. plötzlich hierherkäme, es wäre schrecklich. Zwar äußerlich wäre meine Stellung vergleichsweise sofort glänzend. Ich wäre geehrt als ein Mensch unter Menschen, ich bekäme mehr als nur förmliche Worte, ich säße (freilich weniger aufrecht als jetzt, da ich allein sitze, und auch jetzt sitze ich zusammengefallen) am Tisch der Schauspielergesellschaft, ich wäre Dr. H. sozial äußerlich fast ebenbürtig, – aber ich wäre abgestürzt in eine Welt, in der ich nicht leben kann. Bleibt nur das Rätsel zu lösen, warum ich in Marienbad vierzehn Tage glücklich war und warum ich es infolgedessen, allerdings nach der schmerzensvollen Grenzdurchbrechung, vielleicht auch hier mit M. werden könnte. Aber wohl viel schwerer als in Marienbad, die Ideologie ist fester, die Erfahrungen größer. Was früher ein trennendes Band war, ist jetzt eine Mauer oder ein Gebirge oder richtiger: ein Grab.

30. Januar. Warten auf die Lungenentzündung. Furcht, nicht so sehr vor der Krankheit als wegen der Mutter und vor ihr, vor dem Vater, dem Direktor und weiterhin allen. Hier scheint es deutlich zu sein, daß die zwei Welten bestehn und daß ich der Krankheit gegenüber so unwissend, so beziehungslos, so ängstlich bin wie etwa gegenüber dem Oberkellner. Sonst aber scheint mir die Teilung allzu bestimmt, in ihrer Bestimmtheit gefährlich, traurig und zu herrisch zu sein. Wohne ich denn in der andern Welt? Wage ich das zu sagen?

Wenn jemand sagt: »Was liegt mir denn am Leben? Nur wegen meiner Familie will ich nicht sterben.« Aber die Familie ist ja eben die Repräsentantin des Lebens, also will er doch wegen des Lebens am Leben bleiben. Nun, das scheint, was die Mutter betrifft, für mich auch zu gelten, aber erst in letzter Zeit. Ob es aber nicht die Dankbarkeit und Rührung ist, die mich dazu bringt? Dankbarkeit und Rührung, weil ich sehe, wie sie mit einer für ihr Alter unendlichen Kraft sich bemüht, meine Beziehungslosigkeit zum Leben auszugleichen. Aber Dankbarkeit ist auch Leben.

31. Januar. Das würde heißen, daß ich wegen der Mutter am Leben bin. Das kann nicht richtig sein, denn selbst wenn ich unendlich viel mehr wäre, als ich bin, wäre ich nur ein Abgesandter des Lebens und wenn durch nichts anderes, durch diesen Auftrag mit ihm verbunden.

Das Negative allein kann, wenn es noch so stark ist, nicht genügen, wie ich in meinen unglücklichsten Zeiten glaube. Denn wenn ich nur die kleinste Stufe erstiegen habe, in irgendeiner, sei es auch der fragwürdigsten Sicherheit bin, strecke ich mich aus und warte, bis das Negative – nicht etwa mir nachsteigt –, sondern die kleine Stufe mich hinabreißt. Darum ist es ein Abwehrinstinkt, der die Herstellung des kleinsten dauernden Behagens für mich nicht duldet und zum Beispiel das Ehebett zerschlägt, ehe es noch aufgestellt ist.

1. Februar. Nichts, nur müde. Glück des Fuhrmanns, der jeden Abend so, wie ich heute meinen, und noch viel schöner erlebt. Abend etwa auf dem Ofen. Der Mensch reiner als am Morgen, die Zeit vor dem müden Einschlafen ist die eigentliche Zeit der Reinheit von Gespenstern, alle sind vertrieben, erst mit der fortschreitenden Nacht kommen sie wieder heran, am Morgen sind sie sämtlich, wenn auch noch unkenntlich, da, und nun beginnt wieder beim gesunden Menschen ihre tägliche Vertreibung.

Mit primitivem Blick gesehen, ist die eigentliche, unwidersprechliche, durch nichts außerhalb (Märtyrertum, Opferung für einen Menschen) gestörte Wahrheit nur der körperliche Schmerz. Merkwürdig, daß nicht der Gott des Schmerzes der Hauptgott der ersten Religionen war (sondern vielleicht erst der späteren). Jedem Kranken sein Hausgott, dem Lungenkranken der Gott des Erstickens. Wie kann man sein Herankommen ertragen, wenn man nicht an ihm Anteil hat noch vor der schrecklichen Vereinigung?

2. Februar. Kampf auf dem Weg zum Tannenstein am Vormittag, Kampf beim Zuschauen des Skiwettspringens. Der kleine fröhliche B. in aller seiner Unschuld irgendwie von meinen Gespenstern beschattet, wenigstens für meine Augen, besonders das eine vorgestellte Bein in dem grauen eingedrehten Strumpf, der zwecklos umherstreifende Blick, die zwecklosen Worte. Es fällt mir dabei ein – aber das ist schon künstlich –, daß er mich gegen Abend nach Hause begleiten wollte.

Der »Kampf« würde beim Erlernen eines Handwerks wahrscheinlich entsetzlich sein.

Die durch den »Kampf« erzielte wahrscheinliche Höchststärke des Negativen macht die Entscheidung zwischen Irrsinn oder Sicherung nahe bevorstehend.

Glück, mit Menschen beisammen zu sein.

3. Februar. Schlaflos, fast gänzlich; von Träumen geplagt, so wie wenn sie in mich, in ein widerwilliges Material eingekratzt würden.

Eine Schwäche, ein Mangel ist deutlich, aber schwer zu beschreiben, es ist eine Mischung von Ängstlichkeit, Zurückhaltung, Geschwätzigkeit, Lauheit, ich will damit etwas Bestimmtes umschreiben, eine Gruppe von Schwächen, die in einem besonderen Aspekt eine einzige genau charakterisierte Schwäche darstellen (die sich nicht mischt mit den großen Lastern, wie Lügenhaftigkeit, Eitelkeit usw.). Die Schwäche hält mich sowohl vom Irrsinn wie von jedem Aufstieg ab. Dafür, daß sie mich vom Irrsinn abhält, pflege ich sie; aus Angst vor Irrsinn opfere ich den Aufstieg und werde dieses Geschäft auf dieser Ebene, die keine Geschäfte kennt, gewiß verlieren. Wenn nicht die Schläfrigkeit sich einmischt und mit ihrer nächtlich-täglichen Arbeit alles niederbricht, was hindert, und den Weg freilegt. Dann wird aber wiederum nur der Irrsinn mich aufnehmen, da ich den Aufstieg, den man nur erreicht, wenn man ihn will, nicht wollte.

4. Februar. In der verzweifelten Kälte, das veränderte Gesicht, die unbegreiflichen anderen.
Was M. sagte, ohne die Wahrheit dessen vollständig verstehen zu können (es gibt auch einen berechtigten traurigen Hochmut), über das Glück des Plauderns mit Menschen. Wie kann andere Menschen als mich das Plaudern freuen! Zu spät wahrscheinlich und auf eigentümlichem Umweg Rückkehr zu den Menschen.

5. Februar. Ihnen entlaufen. Irgendein geschickter Sprung. Zu Hause bei der Lampe im stillen Zimmer. Unvorsichtig, es zu sagen. Es ruft sie aus den Wäldern, wie wenn man die Lampe angezündet hätte, um ihnen auf die Spur zu helfen.

6. Februar. Trost im Anhören dessen, daß einer in Paris, Brüssel, London, Liverpool auf einem Brasiliendampfer, der auf dem Amazonenstrom bis an die Grenze von Peru führte, gedient hat, im Krieg die schrecklichen Leiden des Winterfeldzuges in den Sieben Gemeinden verhältnismäßig leicht ertragen hat, weil er aus der Kindheit an Strapazen gewöhnt war. Der Trost liegt nicht nur in der demonstrativen Vorführung solcher Möglichkeiten, sondern in dem Lustgefühl, daß mit diesen Errungenschaften der ersten Ebene gleichzeitig notwendig auch auf der zweiten Ebene vieles erkämpft, vieles aus verkrampften Fäusten gerissen worden sein muß. Es ist also möglich.

7. Februar. Geschützt und verbraucht von K. und H.

8. Februar. Äußerst mißbraucht von beiden und doch – leben könnte ich zwar so nicht und es ist kein Leben, es ist ein Seilziehn, bei dem der andere fortwährend arbeitet und siegt und doch mich niemals hinüberbekommt, aber eine friedliche Betäubung ist es, ähnlich wie damals bei W.

9. Februar. Zwei Tage verloren, aber die gleichen zwei Tage gebraucht zur Einbürgerung.

10. Februar. Schlaflos, ohne den geringsten Zusammenhang mit Menschen, außer dem von ihnen selbst hergestellten, der mich für den Augenblick überzeugt, wie alles, was sie tun.

Neuer Angriff von G. Es ist klarer als irgend etwas sonst, daß ich, von rechts und links von übermächtigen Feinden angegriffen, weder nach rechts noch links ausweichen kann, nur vorwärts, hungriges Tier, führt der Weg zur eßbaren Nahrung, atembaren Luft, freiem Leben, sei es auch hinter dem Leben. Du führst die Massen, großer langer Feldherr, führe die Verzweifelten durch die unter dem Schnee für niemanden sonst auffindbaren Paßstraßen des Gebirges. Und wer gibt dir die Kraft? Wer dir die Klarheit des Blickes gibt.

Der Feldherr stand beim Fenster der verfallenen Hütte und blickte mit aufgerissenen, unschließbaren Augen in die Reihen der draußen in Schnee und trübem Mondlicht vorbeimarschierenden Truppen. Hie und da schien es ihm, als mache ein Soldat außerhalb der Reihen beim Fenster halt, drücke das Gesicht an die Scheiben, blicke ihn kurz an und gehe dann weiter. Trotzdem es immer ein anderer Soldat war, schien es immer der gleiche zu sein, ein Gesicht mit starken Knochen, dicken Wangen, runden Augen, rauher gelblicher Haut und immer, während er wegging, brachte er das Riemenzeug in Ordnung, zuckte mit den Schultern und schwang die Beine, um wieder in Taktschritt mit der im Hintergrund unverändert marschierenden Masse zu kommen. Der Feldherr wollte dieses Spiel nicht länger dulden, lauerte auf den nächsten Soldaten, riß vor ihm das Fenster auf und packte den Mann an der Brust. »Herein mit dir«, sagte er und ließ ihn durch das Fenster einsteigen. Dort trieb er ihn vor sich in eine Ecke, stellte sich vor ihn und fragte: »Wer bist du?« – »Nichts«, sagte ängstlich der Soldat. »Das ließ sich erwarten«, sagte der Feldherr. »Warum hast du hereingeschaut?« »Um zu sehn, ob du noch hier bist.«

12. Februar. Die abweisende Gestalt, die ich immer traf, war nicht die, welche sagt: »Ich liebe dich nicht«, sondern welche sagt: »Du kannst mich nicht lieben, so sehr du es willst, du liebst unglücklich

die Liebe zu mir, die Liebe zu mir liebt dich nicht.« Infolgedessen ist es unrichtig, zu sagen, daß ich das Wort »Ich liebe dich« erfahren habe, ich habe nur die wartende Stille erfahren, welche von meinem »Ich liebe dich« hätte unterbrochen werden sollen, nur das habe ich erfahren, sonst nichts.

Die Angst beim Rodeln, die Ängstlichkeit des Gehens auf glattem Schneeboden, eine kleine Geschichte, die ich heute gelesen habe, bringt wieder den lange unbeachteten, immer naheliegenden Gedanken herauf, ob nicht doch nur der irrsinnige Eigennutz, die Angst um mich, und zwar nicht die Angst um ein höheres Ich, sondern die Angst um mein gemeines Wohlbefinden, die Ursache meines Niederganges war, so freilich, daß ich aus mir selbst den Rächer geschickt habe (ein besonderes: die-rechte-Hand-weiß-nicht-was-die-linke-tut). In meiner Kanzlei wird immer noch gerechnet, als finge mein Leben erst morgen an, indessen bin ich am Ende.

13. Februar. Die Möglichkeit, aus voller Brust zu dienen.

14. Februar. Die Macht des Behagens über mich, meine Ohnmacht ohne das Behagen. Ich kenne niemanden, bei dem beide so groß wären. Infolgedessen ist alles, was ich baue, luftig, ohne Bestand, das Stubenmädchen, das mir früh das warme Wasser zu bringen vergißt, wirft meine Welt um. Dabei verfolgt mich das Behagen seit jeher und hat mir nicht nur die Kraft genommen, anderes zu ertragen, aber auch jene, das Behagen selbst zu schaffen, es schafft sich um mich von selbst oder ich erreiche es durch Betteln, Weinen, Verzicht auf Wichtigeres.

15. Februar. Ein wenig Gesang unter mir, ein wenig Türenschlagen auf dem Gang, und alles ist verloren.

16. Februar. Die Geschichte von der Gletscherspalte.

18. Februar. Theaterdirektor, der alles von Grund auf selbst schaffen muß, sogar die Schauspieler muß er erst zeugen. Ein Besucher wird nicht vorgelassen, der Direktor ist mit wichtigen Theaterarbeiten beschäftigt. Was ist es? Er wechselt die Windeln eines künftigen Schauspielers.

19. Februar. Hoffnungen?

20. Februar. Unmerkliches Leben. Merkliches Mißlingen.

25. Februar. Ein Brief.

26. Februar. Ich gebe es zu – wem gebe ich es zu? dem Brief? –, daß es in mir Möglichkeiten gibt, nahe Möglichkeiten, die ich noch nicht kenne; aber nur den Weg zu ihnen finden und, wenn ich ihn gefunden habe, wagen! Dieses bedeutet sehr viel: es gibt Möglichkeiten, es bedeutet sogar, daß aus einem Schuft ein ehrenhafter Mensch werden kann, ein in Ehrenhaftigkeit glücklicher Mensch.

Deine Halbschlafphantasien in letzter Zeit.

27. Februar. Ein schlechter Nachmittagsschlaf, alles verändert, die Not wieder an den Leib gerückt.

28. Februar. Blick auf den Turm und den blauen Himmel. Ruhend.

1. März. »Richard III.« Ohnmacht.

5. März. Drei Tage im Bett. Kleine Gesellschaft vor dem Bett. Umschwung. Flucht. Vollständige Niederlage. Immer die in Zimmern eingesperrte Weltgeschichte.

6. März. Neuer Ernst und Müdigkeit.

7. März. Gestern der schlimmste Abend, so als sei alles zu Ende.

9. März. Das war aber nur Müdigkeit, heute aber neuer, den Schweiß aus der Stirn treibender Angriff. Wie wäre es, wenn man an sich selbst erstickte? Wenn durch drängende Selbstbeobachtung die Öffnung, durch die man sich in die Welt ergießt, zu klein oder ganz geschlossen würde? Weit bin ich zu Zeiten davon nicht. Ein rücklaufender Fluß. Das geschieht zum großen Teil schon seit langem.

Das Pferd des Angreifers zum eigenen Ritt benützen. Einzige Möglichkeit. Aber was für Kräfte und Geschicklichkeiten verlangt das! Und wie spät ist es schon!

Buschleben. Eifersucht auf die glückliche, unerschöpfliche und doch sichtbar aus Not (nicht anders als ich) arbeitende, aber immer alle Forderungen des Gegners erfüllende Natur. Und so leicht, so musikalisch.

Früher, wenn ich einen Schmerz hatte und er verging, war ich glücklich, jetzt bin ich nur erleichtert, habe aber das bittere Gefühl: »wieder nur gesund, nicht mehr«.

Irgendwo wartet die Hilfe, und die Treiber lenken mich hin.

13. März. Das reine Gefühl und die Klarheit über seine Gründe. Der Anblick der Kinder, besonders eines Mädchens (aufrechter Gang, kurze schwarze Haare) und eines anderen (blond, unbestimmte Züge, unbestimmtes Lächeln), die aufmunternde Musik, der Marschtritt. Das Gefühl eines, der in Not ist, und es kommt Hilfe, der sich aber nicht freut, weil er gerettet wird – er wird gar nicht gerettet –, sondern weil neue junge Menschen kommen, zuversichtlich, bereit, den Kampf aufzunehmen, zwar unwissend hinsichtlich dessen, was bevorsteht, aber in einer Unwissenheit, die den Zuschauenden nicht hoffnungslos macht, sondern ihn zur Bewunderung, zur Freude, zu Tränen bringt. Auch der Haß gegen den, dem der Kampf gilt, mischt sich ein (aber wenig jüdisches Gefühl, wie ich glaube).

15. März. Einwände genommen aus dem Werk: Popularisierung, und zwar mit Lust – und Zauberei. Wie er an den Gefahren vorbeikommt (Blüher).

Sich flüchten in ein erobertes Land und bald es unerträglich finden, denn man kann sich nirgendhin flüchten.

Noch nicht geboren und schon gezwungen zu sein, auf den Gassen herumzugehn und mit Menschen zu sprechen.

20. März. Die Abendessensunterhaltung über Mörder und Hinrichtung. Unbekannt jede Angst in der ruhig atmenden Brust. Unbekannt der Unterschied zwischen vollbrachtem und geplantem Mord.

22. März. Nachmittag. Traum vom Geschwür an der Wange. Die fortwährend zitternde Grenze zwischen dem gewöhnlichen Leben und dem scheinbar wirklicheren Schrecken.

24. März. Wie es lauert! Auf dem Weg zum Arzt zum Beispiel, so häufig dort.

29. März. Im Strom.

4. April. Wie weit ist der Weg von der inneren Not etwa zu einer Szene wie der im Hof, und wie kurz ist der Rückweg. Und da man nun in der Heimat ist, kann man nicht mehr fort.

6. April. Schon seit zwei Tagen geahnt, gestern ein Ausbruch, weitere Verfolgung, große Kraft des Feindes. Einer der Anlässe:

Gespräch mit der Mutter, Scherze über die Zukunft. – Geplanter Brief an Milena.
Die drei Erinnyen. Flucht in den Hain. Milena.

7. April. Die zwei Bilder und die zwei Terrakotten in der Ausstellung.
Märchenprinzessin (Kubin), nackt auf dem Diwan, blickt durch das offene Fenster, stark hereindringende Landschaft, in ihrer Art freie Luft wie auf dem Bild von Schwind.
Nacktes Mädchen (Bruder), deutschböhmisch, in ihrer jedem andern unzugänglichen Grazie treu von einem Liebenden erfaßt, edel, überzeugend, verführend.
Pietsch: Sitzendes Bauernmädchen, ein Fuß unten, genießerisch ruhend, im Knöchel gekrümmt; stehendes Mädchen, rechter Arm umschließt über dem Bauch den Leib, linke Hand stützt unter dem Kinn den Kopf, plattnasiges, einfältig-tiefsinniges, einmaliges Gesicht.
Brief von Storm.

10. April. Die fünf Leitsätze zur Hölle (genetische Aufeinanderfolge):
1. »Hinter dem Fenster ist das Schlimmste.« Alles andere ist engelhaft, entweder ausdrücklich oder bei Nichtbeachtung (der häufigere Fall) schweigend zugegeben.
2. »Du mußt jedes Mädchen besitzen!« nicht donjuanmäßig, sondern nach dem Teufelswort »sexuelle Etikette«.
3. »Dieses Mädchen darfst du nicht besitzen!« und kannst es daher auch nicht. Himmlische Fata Morgana in der Hölle.
4. »Alles ist nur Notdurft«; da du sie hast, gib dich zufrieden.
5. »Notdurft ist alles.« Wie könntest du alles haben? Infolgedessen hast du nicht einmal die Notdurft.

Als Junge war ich (und wäre es sehr lange geblieben, wenn ich nicht mit Gewalt auf sexuelle Dinge gestoßen worden wäre) hinsichtlich sexueller Angelegenheiten so unschuldig und uninteressiert wie heute etwa hinsichtlich der Relativitätstheorie. Nur Kleinigkeiten (aber auch die erst nach genauer Belehrung) fielen mir auf, etwa, daß gerade die Frauen, die mir auf der Gasse die schönsten und schönstangezogenen schienen, schlecht sein sollten.

Ewige Jugend ist unmöglich; selbst wenn kein anderes Hindernis wäre, die Selbstbeobachtung machte sie unmöglich.

13. April. Maxens Leid. Vormittag in seinem Bureau.

Nachmittag vor der Teinkirche (Ostersonntag).

Junges kleines Mädchen, achtzehn Jahre, Nase, Kopfform, blond, im Profil flüchtig gesehn, kam aus der Kirche.

16. April. Maxens Leid. Spaziergang mit ihm. Dienstag fährt er fort.

27. April. Gestern Makkabimädchen in der »Selbstwehr«-Redaktion, telephoniert: »Přišla jsem ti pomoct.« Reine herzliche Stimme und Sprache.

Kurz darauf M. die Tür geöffnet.

8. Mai. Arbeit mit dem Pflug. Er bohrt sich tief ein und fährt doch leicht. Oder er ritzt nur den Boden. Oder er fährt leer mit hochgezogener nichtiger Pflugschar, mit ihr oder ohne sie, es ist gleichgültig.

Die Arbeit schließt sich, wie sich eine ungeheilte Wunde schließen kann.

Heißt es ein Gespräch führen, wenn der andere schweigt und man, um den Schein des Gesprächs aufrechtzuerhalten, ihn zu ersetzen sucht, also nachahmt, also parodiert, also sich selbst parodiert.

M. hier gewesen, kommt nicht mehr, wahrscheinlich klug und wahr, und es gibt doch vielleicht eine Möglichkeit, deren geschlossene Tür wir beide bewachen, daß sie sich nicht öffne, oder vielmehr, daß wir sie nicht öffnen, denn allein öffnet sie sich nicht.

12. Mai. »Maggid.« Die ununterbrochene Mannigfaltigkeit und mitten darin einmal der rührende Anblick einer augenblicksweise nachlassenden Variationskraft.
Aus »Pilger Kamanita«, aus den Veden: »Gleichwie, o Teuerer, ein Mann, den sie aus dem Lande der Gandharer mit verbundenen Augen hergeführt und dann in die Einöde losgelassen haben, nach Osten oder nach Norden oder nach Süden verschlagen wird, weil er mit verbundenen Augen hergeführt und mit verbundenen Augen losgelassen worden war; aber nachdem ihm jemand die Binde abgenommen und zu ihm gesprochen: ›Dort hinaus wohnen die Gandharer, dort hinaus gehe‹, von Dorf zu Dorf sich weiterfragend, belehrt und verständig zu den Gandharern heimgelangt: also auch ist ein Mann, der hienieden einen Lehrer gefunden hat, sich bewußt: diesem Welttreiben werde ich nur so lange angehören, bis ich erlöst sein werde, und dann werde ich heimgehen.«
Ebendort. »Ein solcher, solange er im Leibe ist, sehen ihn die Menschen und Götter, nachdem aber sein Leib im Tode zer-

fallen ist, sehen ihn die Menschen und Götter nicht mehr. Und auch die Natur, die alles Erspähende, sieht ihn nicht mehr: geblendet hat er das Auge der Natur, entschwunden ist er der Bösen.«

19. Mai. Zu zweit fühlt er sich verlassener als allein. Ist er mit jemandem zu zweit, greift dieser zweite nach ihm, und er ist ihm hilflos ausgeliefert. Ist er allein, greift zwar die ganze Menschheit nach ihm, aber die unzähligen ausgestreckten Arme verfangen sich ineinander und niemand erreicht ihn.

20. Mai. Die Freimaurer auf dem Altstädter Ring. Die mögliche Wahrheit jeder Rede und Lehre.
Das kleine, schmutzige, bloßfüßige laufende Mädchen im Hemdkleidchen mit wehendem Haar.

23. Mai. Unrichtig, über jemanden zu sagen: er hatte es leicht, er hat wenig gelitten; richtiger: er war so, daß ihm nichts geschehen konnte; am richtigsten: er hat alles durchlitten, aber alles in einem gemeinsamen einzigen Augenblick, wie hätte ihm etwas noch geschehen können, da die Variationen des Leides in Wirklichkeit oder durch sein Machtwort vollständig erschöpft waren. (Zwei alte Engländerinnen bei Taine.)

5. Juni. Begräbnis Myslbecks.

Talent für »Flickarbeit«.

16. Juni. Bei Besprechung des Buches ist man, ganz abgesehen von den nicht zu überwindenden Schwierigkeiten, welche die denkerische und visionäre Kraft Blühers immer bereitet, auch dadurch in einer schwierigen Lage, daß man merkwürdig leicht, bei jeder Bemerkung fast, in den Verdacht kommt, man wolle die Gedanken dieses Buches ironisch abtun. Man kommt in diesen Verdacht, selbst wenn man wie ich angesichts dieses Buches von nichts weiter entfernt ist als von Ironie. Diese Schwierigkeit der Besprechung hat ein Gegenspiel in einer Schwierigkeit, die wiederum Blüher nicht überwinden kann. Er nennt sich einen Antisemiten ohne Haß, sine ira et studio, und er ist es wirklich, aber er erweckt sehr leicht, fast bei jeder Bemerkung, den Verdacht, daß er ein Judenfeind ist, sei es in glücklichem Haß, sei es in unglücklicher Liebe. Diese Schwierigkeiten stehen wie Naturgegebenheiten einander gegenüber, und es ist notwendig, auf sie aufmerksam zu machen, damit man beim Durchdenken des Buches nicht an diese Irrtümer stößt und sich dadurch von vornherein unfähig macht, weiter zu dringen.

Zahlenmäßig induktiv, erfahrungsgemäß, kann man nach Blüher das Judentum nicht widerlegen, diese Methode des alten Antisemitismus kann gegenüber dem Judentum nicht aufkommen, alle andern Völker kann man so widerlegen, die Juden, das auserwählte Volk, nicht, auf alle Einzelvorwürfe der Antisemiten wird der Jude mit Berechtigung einzelweise antworten können. Blüher gibt einen allerdings sehr flüchtigen Überblick solcher Einzelvorwürfe und ihrer Beantwortung.
Diese Erkenntnis ist, soweit sie die Juden, nicht soweit sie die andern Völker betrifft, tief und wahr. Blüher zieht aus ihr zwei Folgerungen, eine ganze und eine halbe . . . [bricht ab]

23. Juni. Planá.

27. Juli. Die Angriffe. Gestern Abendspaziergang mit dem Hund. Tvrz Sedlec. Die Kirschallee beim Waldausgang, die fast die Heimlichkeit eines Zimmers erzeugt. Rückkehr von Mann und Frau vom Feld. Das Mädchen in der Stalltür des verfallenen Hofes, ist wie im Kampf mit ihren starken Brüsten, unschuldig-aufmerksamer Tierblick. Der Mann mit Brille, der den Karren mit der schweren Futterlast führt, ältlich, ein wenig verwachsen, trotzdem infolge der Anspannung sehr aufrecht, hohe Stiefel, die Frau mit Sichel, nebenan und hinterher.

26. September. Zwei Monate nichts eingetragen. Mit Unterbrechungen gute Zeit, verdanke sie Ottla. Seit ein paar Tagen wieder Zusammenbruch. An seinem ersten Tag eine Art Entdeckung im Wald gemacht.

14. November. Abend immer 37.6, 37.7. Sitze beim Schreibtisch, bringe nichts zuwege, komme kaum auf die Gasse. Trotzdem Tartufferie, über die Krankheit zu klagen.

18. Dezember. Die ganze Zeit über im Bett. Gestern »Entweder-Oder«.

1923

12. Juni. Die schrecklichen letzten Zeiten, unaufzählbar, fast ununterbrochen. Spaziergänge, Nächte, Tage, für alles unfähig, außer für Schmerzen.

Und doch. Kein »und doch«, so ängstlich und gespannt du mich ansiehst, Krizanowskaja auf der Ansichtskarte vor mir.

Immer ängstlicher im Niederschreiben. Es ist begreiflich. Jedes Wort, gewendet in der Hand der Geister – dieser Schwung der Hand ist ihre charakteristische Bewegung –, wird zum Spieß, gekehrt gegen den Sprecher. Eine Bemerkung wie diese ganz besonders. Und so ins Unendliche. Der Trost wäre nur: es geschieht, ob du willst oder nicht. Und was du willst, hilft nur unmerklich wenig. Mehr als Trost ist: Auch du hast Waffen.

REISETAGEBÜCHER

meiner Leiter nicht einmal jene Sohlen zur Verfügung stellen. Es ist das natürlich nicht alles und eine solche Anfrage bringt mich noch nicht zum Reden. Aber jeden Tag soll zumindest eine Zeile gegen mich gerichtet werden wie man die Fernrohre jetzt gegen den Kometen richtet. Und wenn ich dann einmal vor jenem Satze erscheinen würde, hergelockt von jenem Satze, so wie ich z. B. letzte Weihnachten gewesen bin und wo ich so weit war, dass ich mich nur noch gerade fassen konnte und wo ich wirklich auf der letzten Stufe meiner Leiter schien, die aber ruhig auf dem Boden stand und an der Wand. Aber was für ein Boden! was für eine Wand! Und doch fiel jene Leiter nicht, so drückten sie meine Füsse an den Boden, so hoben sie meine Füsse an die Wand.

Tagebuch einer Reise nach Friedland und Reichenberg

Januar, Februar 1911

Ich müßte die Nacht durchschreiben, so viel kommt über mich, aber es ist nur Unreines. Was für eine Macht dieses über mich bekommen hat, während ich ihm früher, soviel ich mich erinnere, mit einer Wendung, einer kleinen Wendung, die mich an und für sich noch glücklich machte, auszuweichen imstande war!

Reichenberger Jude im Coupé macht sich zuerst durch kleine Ausrufe über Schnellzüge, die es nur dem Fahrpreis nach sind, bemerkbar. Unterdessen ißt ein magerer Reisender – das, was man Windbeutel nennt – mit raschem Schlucken Schinken, Brot und zwei Würste, deren Haut er mit einem Messer durchsichtig kratzt, bis er schließlich alle Reste und Papier unter die Bank hinter das Heizungsrohr wirft. Während des Essens hat er in dieser unnötigen, mir so sympathischen, aber erfolglos nachgeahmten Hitze und Eile zwei Abendblätter, mir zugewendet, ausgelesen. Abstehende Ohren. Nur verhältnismäßig breite Nase. Wischt mit den fetten Händen Haare und Gesicht, ohne sich schmutzig zu machen, was ich auch nicht darf.

Mir gegenüber dünnstimmiger, schwachhöriger Herr mit Spitz- und Schnauzbart, lacht zuerst still, ohne sich zu demaskieren, in einer höhnischen Weise den Reichenberger Juden aus, wobei ich, immer mit einigem Widerwillen, aber aus irgendeinem Respekt, nach Verständigungen durch Blicke mich beteilige. Später stellt sich heraus, daß dieser Mann, der das Montagblatt liest, irgend etwas ißt, auf einer Station Wein einkauft und in meiner Weise schluckweise trinkt, nicht das geringste wert ist.

Dann noch ein junger rotwangiger Bursch, der viel im »Interessanten Blatt« liest, das er zwar rücksichtslos mit der Handkante aufreißt, um es aber schließlich mit der immer von mir bewunderten Sorgfalt unbeschäftigter Menschen, als wäre es ein Seidentuch, mit vielfachem Zusammendrücken, Eindrücken der Kanten von innen, Festmachen von außen, Abklopfen der Flächen, zusammenzulegen und, dick wie sie ist, in die Brusttasche zu stopfen. Er wird es also noch zu Hause lesen. Ich weiß gar nicht, wo er ausgestiegen ist.

Das Hotel in Friedland. Die große Diele. Ich erinnere mich an einen Christus am Kreuz, der vielleicht gar nicht da war. – Kein Wasser-

klosett, der Schneesturm kam von unten herauf. Eine Zeitlang war ich der einzige Gast. Die meisten Hochzeiten der Umgebung werden im Hotel gefeiert. Ganz unsicher erinnere ich mich eines Blickes in einen Saal am Morgen nach einer Hochzeitsfeier. Auf der Diele und auf dem Gang war es überall sehr kalt. Mein Zimmer war über der Hauseinfahrt; mir fiel gleich die Kälte auf, wie erst als ich den Grund bemerkte. Vor meinem Zimmer war eine Art Nebenzimmer der Diele; auf einem Tisch standen dort von einer Hochzeit her zwei vergessene Sträuße in Vasen. Verschluß der Fenster nicht durch Klinken, sondern durch Haken oben und unten. Jetzt fällt mir ein, daß ich einmal Musik hörte, ein Weilchen lang. In dem Gastzimmer war aber kein Klavier, vielleicht in jenem Hochzeitszimmer. Immer wenn ich das Fenster schloß, sah ich auf der andern Marktseite ein Delikatessengeschäft. Geheizt wurde mit großen Holzstücken. Stubenmädchen mit großem Mund, einmal trotz der Kälte mit freiem Hals und Brustansatz; bald abweisend, bald überraschend anhänglich, ich immer gleich respektvoll und verlegen wie meist vor allen freundlichen Leuten. Als ich mir für das Arbeiten am Nachmittag und Abend eine stärkere Glühlampe hatte einsetzen lassen, war sie ganz froh, als sie das beim Einheizen sah. Ja, bei dem frühern Licht könne man nicht arbeiten, sagte sie. »Bei diesem Licht auch nicht«, sagte ich nach einigen lebhaften Ausrufen, wie sie mir in der Verlegenheit leider immer in den Mund kommen. Und ich wußte nichts anderes, als meine schon auswendig gelernte Meinung herzusagen, daß das elektrische Licht sowohl zu grell als zu schwach sei. Sie heizte daraufhin schweigend weiter ein. Erst als ich sagte »übrigens habe ich nur die frühere Lampe stärker angezündet«, lachte sie ein wenig, und wir waren einer Meinung.
Dagegen kann ich solche Dinge: ich habe sie immer als Fräulein behandelt, und sie hatte sich danach eingerichtet; einmal kam ich zu ungewöhnlicher Zeit nach Hause und sehe sie in der kalten Diele den Boden waschen. Da machte es mir nicht die geringste Mühe, durch Gruß und eine Bitte rücksichtlich des Einheizens sie vor jeder Beschämung zu bewahren.

Auf der Rückfahrt von Raspenau nach Friedland neben mir dieser steife totenähnliche Mensch, dem der Bart über den offengehaltenen Mund herabhing und der, als ich ihn nach einer Station fragte, freundlich zu mir gewendet mir die lebhafteste Auskunft gab.

Das Schloß in Friedland. Die vielen Möglichkeiten, es zu sehen: aus der Ebene, von einer Brücke aus, aus dem Park, zwischen entlaubten Bäumen, aus dem Wald zwischen großen Tannen durch. Das überraschend übereinander gebaute Schloß, das sich, wenn man in den Hof tritt, lange nicht ordnet, da der dunkle Efeu, die grauschwarze Mauer, der weiße Schnee, das schieferfarbene, Abhänge überziehende Eis die Mannigfaltigkeit vergrößert. Das Schloß ist eben nicht auf einem breiten Gipfel aufgebaut, sondern der ziemlich spitze Gipfel ist umbaut. Ich ging unter fortwährendem Rutschen einen Fahrweg hinauf, während der Kastellan, mit dem ich weiter oben zusammentraf, über zwei Treppen leicht hinaufkam. Überall Efeu. Von einem spitz vorspringenden Plätzchen großer Ausblick. Eine Treppe an der Mauer hört in halber Höhe nutzlos auf. Die Ketten der Zugbrücke hängen vernachlässigt an den Haken herab.

Schöner Park. Weil er terrassenförmig am Abhang, aber auch teilweise unten um einen Teich herum mit verschiedenartiger Baumgruppierung liegt, kann man sich sein Sommeraussehn gar nicht vorstellen. Im eiskalten Teichwasser sitzen zwei Schwäne, einer steckt Hals und Kopf ins Wasser. Ich folge zwei Mädchen, die sich immerfort unruhig und neugierig auf mich Unruhigen und Neugierigen, überdies aber Unentschlossenen, umsehn, lasse mich von ihnen den Berg entlang über eine Brücke, eine Wiese, unter einem Eisenbahndamm durch in eine überraschende, vom Waldabhang und Eisenbahndamm gebildete Rotunde weiter hoch hinauf in einen scheinbar nicht so bald endenden Wald führen. Die Mädchen gehn zuerst langsam, als ich mich über die Größe des Waldes zu wundern anfange, gehn sie rascher, da sind wir auch schon auf einer Hochebene mit starkem Wind ein paar Schritte vom Ort.

Kaiserpanorama. Einzige Vergnügung in Friedland. Habe keine rechte Bequemlichkeit darin, weil ich mich einer solchen schönen Einrichtung, wie ich sie dort antraf, nicht versehen hatte, mit schneebehängten Stiefeln eingetreten war und nun, vor den Gläsern sitzend, nur mit den Fußspitzen den Teppich berührte. Ich hatte die Einrichtung der Panoramas vergessen und fürchtete einen Augenblick lang, von einem Sessel zum andern gehen zu müssen. Ein alter Mann bei einem beleuchteten Tischchen, der einen Band »Illustrierte Welt« liest, führt das Ganze. Läßt nach einer Weile für mich ein Ariston spielen. Später kommen noch zwei ältere Damen, setzen sich rechts von mir, dann noch eine links. Brescia, Cremona, Verona. Menschen drin wie Wachspuppen, an den Sohlen im Boden im Pflaster befestigt. Grabdenkmäler: eine Dame mit über eine niedrige Treppe schleifender Schleppe öffnet ein wenig die Tür und schaut noch zurück dabei. Eine Familie, vorn liest ein Junge, eine Hand an der Schläfe, ein Knabe rechts spannt einen unbesaiteten Bogen. Denkmal des Helden Tito Speri: verwahrlost und begeistert wehen ihm die Kleider um den Leib. Bluse, breiter Hut. Die Bilder lebendiger als im Kino, weil sie dem Blick die Ruhe der Wirklichkeit lassen. Das Kino gibt dem

Angeschauten die Unruhe seiner Bewegung, die Ruhe des Blickes scheint wichtiger. Glatter Boden der Kathedralen vor unserer Zunge. Warum gibt es keine Vereinigung von Kinema und Stereoskop in dieser Weise? Plakate mit »Pilsen Wührer«, aus Brescia bekannt. Die Entfernung zwischen bloßem Erzählenhören und Panoramasehn ist größer als die Entfernung zwischen letzterem und dem Sehn der Wirklichkeit. Alteisenmarkt in Cremona. Wollte am Schluß dem alten Herrn sagen, wie gut es mir gefallen hatte, wagte es nicht. Bekam das nächste Programm. Offen von zehn Uhr bis zehn Uhr.

Ich hatte in der Auslage des Buchladens den »Literarischen Ratgeber« des Dürerbundes bemerkt. Beschloß, ihn zu kaufen, änderte diesen Beschluß dann wieder, kam nochmals darauf zurück, währenddessen ich oftmals zu allen Tageszeiten vor dem Schaufenster stehenblieb. So verlassen schien mir der Buchladen, die Bücher so verlassen. Den Zusammenhang der Welt mit Friedland fühlte ich nur hier, und da war er so dünn. Aber wie jede Verlassenheit mir wieder Wärme erzeugt, so fühlte ich rasch auch das Glück dieses Buchladens, und einmal ging ich hinein, schon um das Innere zu sehn. Weil man dort wissenschaftliche Werke nicht braucht, sah es in den Regalen fast belletristischer aus als in den städtischen Buchläden. Eine alte Dame saß unter einer grünüberdachten Glühlampe. Vier, fünf eben ausgepackte »Kunstwart«-Hefte erinnerten mich daran, daß es Monatsanfang war. Die Frau zog, meine Hilfe ablehnend, das Buch, von dessen Dasein sie kaum wußte, aus der Auslage heraus, gab es mir in die Hand, wunderte sich, daß ich es hinter der vereisten Scheibe bemerkt hatte (ich hatte es ja schon früher gesehn) und fing in den Geschäftsbüchern den Preis zu suchen an, denn sie kannte ihn nicht, und ihr Mann war weg. Ich werde später abends kommen, sagte ich (es war fünf Uhr nachmittag), hielt aber mein Wort nicht.

Reichenberg.
Über die eigentliche Absicht von Personen, die am Abend in einer Kleinstadt rasch gehn, ist man ganz im unklaren. Wohnen sie außerhalb, dann müssen sie doch die Elektrische benützen, weil die Entfernungen zu groß sind. Wohnen sie aber im Ort selbst, dann gibt es ja wieder keine Entfernungen und keinen Grund zum schnellen Gehn. Und doch kreuzen Leute mit gestreckten Beinen diesen Ringplatz, der für ein Dorf nicht zu groß wäre und dessen Rathaus durch seine unvermittelte Größe ihn noch kleiner macht (mit seinem Schatten kann es ihn reichlich bedecken), während man von dem kleinen Platze aus der Größe des Rathauses nicht recht glauben will und den ersten Eindruck seiner Größe mit der Kleinheit des Platzes erklären möchte.

Ein Polizeimann weiß die Adresse der Arbeiterkrankenkassa, ein anderer jene der Anstaltsexpositur nicht, ein dritter weiß nicht einmal, wo die Johannesgasse ist. Sie erklären es damit, daß sie erst kurze Zeit im Dienst sind. Wegen einer Adresse muß ich auf die Wachstube, wo genug Polizeileute auf verschiedene Art sich ausruhn, alle in Uniformen, deren Schönheit, Neuheit und Farbigkeit überrascht, da man sonst überall auf der Gasse nur die dunklen Wintermäntel sieht.
In den engen Gassen konnte nur ein einziges Geleise gelegt werden. Die Elektrische zum Bahnhof fährt daher durch andere Gassen als jene vom Bahnhof. Vom Bahnhof durch die Wiener Straße, dort wohnte ich im Hotel Eiche, zum Bahnhof durch die Schükkerstraße.

Im Theater dreimal. »Des Meeres und der Liebe Wellen.« Ich saß auf dem Balkon, ein allzu guter Schauspieler macht mit dem Naukleros zu viel Lärm, ich hatte mehrmals Tränen in den Augen, so bei Schluß des ersten Aktes, als die Augen Heros und Leanders voneinander nicht los können. Hero tritt aus der Tempeltür, durch die man etwas sieht, was nichts anderes als ein Eiskasten sein kann. Im zweiten Akt Wald wie in früheren Prachtausgaben, er geht ans Herz, Lianen schlingen sich von Baum zu Baum. Alles moosig und dunkelgrün. Die Hintergrundmauer des Turmgemaches kehrt an einem nächsten Abend in »Miss Dudelsack« wieder. Vom dritten Akt ab Niedergang des Stückes, als sei ein Feind dahinter her.

Reise Lugano–Paris–Erlenbach

August, September 1911

Abfahrt 26. August 1911. Mittag. Die schlechte Idee: Gleichzeitig Beschreibung der Reise und der innerlichen Stellungnahme zueinander, die Reise betreffend. Ihre Unmöglichkeit durch einen vorüberfahrenden Wagen mit Bäuerinnen erwiesen. Die heroische Bäuerin (delphische Sibylle). Einer lachenden schläft im Schoß eine, die aufwachend winkt. Durch die Beschreibung von Maxens Gruß wäre falsche Feindschaft in die Beschreibung gekommen.

Ein Mädchen, die spätere Alice R., steigt in Pilsen ein. Der während der Fahrt bestellte Kaffee wird für den Restaurateur durch grüne kleine Zettel, die an die Fenster geklebt werden, angezeigt. Man muß ihn aber mit Zettel nicht nehmen und bekommt ihn auch ohne. Zuerst kann ich sie nicht sehen, weil sie neben mir sitzt. Erste gemeinschaftliche Tatsache: Ihr eingepackter Hut fliegt auf Max hinunter. So kommen Hüte schwer durch die Waggontüren herein und leicht durch die großen Fenster wieder hinaus. – Max zerstört wahrscheinlich die Möglichkeit einer späteren Beschreibung, indem er als Ehemann, um der Erscheinung die Gefährlichkeit zu nehmen, etwas sagen muß, dabei das Wichtigste ausläßt, das Lehrhafte hervorhebt und ein wenig verhäßlicht. – »Tadellos«, »herausfeuern«, »Null komma fünf Beschleunigung«, »prompt«, Nesthäkchen im Bureau (Verwechseln der Hüte im Bureau, Annageln der Kipfel), unser Witz mit der Karte, die sie in München schreiben wird, die wir von Zürich an ihr Bureau schicken werden und in der es heißt: »Das Vorausgesagte ist leider eingetroffen ... falscher Zug ... jetzt in Zürich ... zwei Tage vom Ausflug verloren.« Ihre Freude. Sie erwartet aber von uns als Ehrenmännern, daß wir nichts zuschreiben. Automobil in München. Regen, rasche Fahrt (zwanzig Minuten), Kellerwohnungsperspektive, Führer ruft Namen der unsichtbaren Sehenswürdigkeiten aus, die Pneumatiks rauschen auf dem nassen Asphalt wie der Apparat im Kinematographen, das Deutlichste: die unverhängten Fenster der »Vier Jahreszeiten«, die Spiegelung der Lampen im Asphalt wie im Fluß.

Waschen der Hände und Gesichter in einer »Kabine« auf dem Bahnhof in München.

Koffer im Waggon gelassen. Die Alice in einem Waggon untergebracht, wo eine Dame, die mehr zu fürchten war als wir, ihr ihren

Schutz anbietet, was mit Begeisterung angenommen wird. Verdächtig.

Maxens Schlaf im Coupé. Die zwei Franzosen, der eine dunkle lacht immerfort, einmal darüber, daß ihn Max kaum sitzen läßt (so streckt er sich aus), dann darüber, daß er einen Augenblick benützt und Max nicht liegen läßt. Max im Baldachin seines Havelocks. Die Zigaretten des andern mächtigen Franzosen. Essen in der Nacht. Eindringen dreier Schweizer. Einer raucht. Einer, der dann auch nach dem Aussteigen der andern zwei zurückbleibt, ist zuerst unwesentlich, klärt sich erst gegen Morgen auf. Bodensee. Leichtsinnig wie vom Quai aus gesehen. – Die Schweiz während der ersten Morgenstunden sich selbst überlassen. Ich weckte Max beim Anblick einer (Zeichnung einer Brücke) derartigen Brücke und verschaffe mir dadurch den ersten starken Eindruck von der Schweiz, trotzdem ich sie schon lange aus innerer in äußerer Dämmerung anschaue. – Der Eindruck aufrechter, selbständiger Häuser in St. Gallen ohne Gassenbildung. – Winterthur. – Mann in der beleuchteten Villa in Württemberg, der um zwei Uhr in der Nacht auf der Veranda sich über das Geländer beugt. Tür ins Schreibzimmer geöffnet. – Die schon wachen Rinder in der schlafenden Schweiz. – Telegraphenstangen: Querschnitt von Kleiderhaken. – Erbleichen der Matten bei steigender Sonne. – Erinnerung an das strafhausähnliche Stationsgebäude in Cham, dessen Aufschrift in biblischem Ernst ausgeführt ist. Fensterschmuck scheint trotz seiner Armut gegen Vorschriften zu verstoßen. In zwei weit auseinanderliegenden Fenstern des großen Hauses stehen, vom Wind bewegt, dort ein großes, hier ein kleines Bäumchen.

Lump auf dem Bahnhof in Winterthur mit Stöckchen, Gesang und einer Hand in der Hosentasche.

Anfrage im Fenster: Wie wird Zürich, die erste große schweizerische Stadt, aus den Einzelhäusern gebildet sein?

Geschäftliche Unternehmungen in Villen.

Viel Gesang in Lindau auf dem Bahnhof in der Nacht.

Patriotische Statistik: Flächeninhalt einer in der Ebene auseinandergezogenen Schweiz.
Fremde Schokoladenfirmen.

Zürich.
Heraufsteigen des Bahnhofs aus einigen ineinandergegangenen

Bahnhöfen der letzten Erinnerung – (Max nimmt es für A + x in Besitz).

Historischer Eindruck fremden Militärs. Fehlen dieses Eindrucks beim eigenen – Argument des Antimilitarismus.

Schützen in Zürich auf dem Bahnhof. Unsere Furcht vor dem Losgehen der Gewehre, wenn sie laufen.

Plan von Zürich wird gekauft.

Auf einer Brücke hin und zurück wegen Unentschlossenheit über die zeitliche Aufeinanderfolge von kaltem, warmem Baden und Frühstücken.

Limmatrichtung, Uraniasternwarte.

Hauptverkehrsader, leere Elektrische, Pyramiden von Röllchen im Vordergrund einer Auslage eines italienischen Herrenmodewarengeschäftes.

Nur Künstlerplakate (Kurhotels, Festspiel »Marignano« von Wiegand, Musik von Jermoli).

Erweiterungsbau eines Warenhauses. Beste Reklame. Jahrelanges Aufpassen der ganzen Bevölkerung. (Dufayel.) Briefträger als erste Kuttenträger des herankommenden Südens und Westens schauen wie in Nachthemden aus. Kästchen vor sich hergetragen, Briefe geordnet wie die »Planeten« auf dem Weihnachtsmarkt, hoch gehäuft darüber. Seeanblick. Starkes Sonntagsgefühl bei der Einbildung, hier Bewohner zu sein. Luftreservoir des Sees, nicht zu bebauen. Reiter. Aufgescheuchtes Pferd. Erzieherische Inschrift, vielleicht Relief der Rebekka am Brunnen. Die Ruhe der Inschrift und des Reliefs über der förmlich stark geblasenen Glasform des fließenden Wassers.

Altstadt: Enge steile Gasse, die ein Mann in blauer Bluse schwer herunterläuft. Über Stiegen.

Erinnerung an das vom Verkehr bedrohte Klosett vor Saint Roche in Paris.

Frühstück im alkoholfreien Restaurant. Butter wie Eidotter. »Zürcher Zeitung«.

Großmünster, alt oder neu? Männer gehören an die Seiten. Der Küster weist uns bessere Plätze an. Wir folgen ihm, da es in unserer

Richtung des Hinausgehens ist. Da er, als wir schon beim Ausgang sind, zu glauben scheint, wir finden diese Plätze nicht, kommt er quer durch die Kirche auf uns los. Wir stoßen einander hinaus. Viel Lachen.

Max: Verwirrung der Sprachen als Lösung nationaler Schwierigkeiten. Der Chauvinist kennt sich nicht mehr aus.
Bad in Zürich: Nur Männerbad. Einer am andern. Schweizerisch: Mit Blei ausgegossenes Deutsch. Zum Teil keine Kabinen, republikanische Freiheit des Sichausziehens vor seinem Kleiderhaken, ebenso Freiheit des Schwimmeisters, mit einer Löschspritze das volle Sonnenbad zu leeren. Dieses Leermachen wird übrigens nicht grundloser gewesen sein, als die Sprache unverständlich ist. Springer: mit auf dem Geländer auseinandergespreizten Füßen springt er erst aufs Sprungbrett und erhöht dadurch den Schwung. – Einrichtung einer Badeanstalt erst bei längerer Benützung zu würdigen. Kein Schwimmunterricht. Irgendein Naturheilkundiger mit langem Haar benimmt sich einsam. Niedrige Seeufer.

Freikonzert des Offizierverkehrsvereins. Unter den Zuhörern ein Schriftsteller mit Begleiter, der in ein mit kleinen Zeilen gefülltes Notizbuch schreibt und nach Beendigung einer Programmnummer von seinem Begleiter fortgezogen wird.

Keine Juden. Max: Die Juden haben sich dieses große Geschäft entgehen lassen. Anfang: Bersaglieri-Marsch. Ende: Pro-Patria-Marsch. Freikonzerte ihrer selbst wegen gibt es in Prag nicht (Luxembourgpark), nach Max republikanisch.

Keller-Zimmer versperrt. Verkehrsbureau. Helles Haus hinter dunkler Gasse. Terrassenhäuser am rechten Ufer der Limmat. Blauweiß geflammte Fensterläden. Langsam gehende Soldaten sind Polizisten. Tonhalle. Polytechnikum nicht gesucht und nicht gefunden. Stadthaus. Mittagessen im ersten Stock. Meilener Wein. (Sterilisierter Wein frischer Trauben.) Eine Kellnerin aus Luzern nennt uns die Züge dahin. Erbsensuppe mit Sago, Bohnen mit gerösteten Kartoffeln, Zitronencreme. – Anständige, kunstgewerbliche Häuser. Abfahrt zirka drei Uhr nach Luzern um den See. Die leeren, dunklen, hügeligen, waldigen Ufer des Zuger Sees in vielen Landzungen. Amerikanischer Anblick. Widerwillen auf der Reise gegen Vergleiche mit noch nicht gesehenen Ländern. Große Panoramen im Luzerner Bahnhof. Rechts vom Bahnhof Skating-Rink. Wir treten unter die Diener und rufen: »Rebstock.« Ist das Hotel unter den Hotels wie die Diener unter den Dienern? Brücke (nach Max) teilt wie in Zürich See von Fluß. Wo ist die deutsche Bevölkerung, welche die deutschen Aufschriften rechtfertigt? Kur-

saal. Die sichtbaren (deutschen) Schweizer in Zürich schienen nicht Hoteliertalente zu sein, hier, wo sie es sind, verschwinden sie, vielleicht sind sogar die Hoteliers Franzosen. Die leere Ballonhalle gegenüber. Das Hineingleiten des Luftschiffs schwer vorstellbar. Roller-Rink, berlinisches Aussehen. Obst. Das Dunkel der Strandpromenade bleibt am Abend abgegrenzt unter den Baumwipfeln. Herren mit Töchtern oder Dirnen. Schaukeln der bis zur untersten scharfen Kante sichtbaren Boote. Lächerliche Empfangsdame im Hotel, lachendes Mädchen führt immerfort weiter hinauf ins Zimmer, ernstes, rotwangiges Stubenmädchen. Kleines Treppenhaus. Versperrter eingemauerter Kasten im Zimmer. Froh, aus dem Zimmer heraus zu sein. Hätte gern Obst genachtmahlt. Gotthard-Hotel, Mädchen in Schweizer Tracht. Aprikosenkompott, Meilener Wein. Zwei ältere Frauen und ein Herr sprechen über das Altern. Entdeckung des Spielsaales in Luzern. Ein Franc Entree. Zwei lange Tische. Wirkliche Sehenswürdigkeiten sind häßlich zu beschreiben, weil es förmlich vor Wartenden geschehen muß. An jedem Tisch ein Ausrufer in der Mitte, mit zwei Wächtern nach beiden Seiten hin.
Höchsteinsatz fünf Francs. »Die Schweizer werden gebeten, den Fremden den Vortritt zu lassen, da das Spiel zur Unterhaltung der Gäste bestimmt ist.«
Ein Tisch mit Kugel, einer mit Pferden. Croupiers in Kaiserrock. »Messieurs, faites votre jeu« – »marquez le jeu« – »les jeux sont faits« – »sont marqués« – »rien ne va plus.« Croupiers mit vernickelten Rechen an Holzstangen. Was sie damit können: Ziehen das Geld auf die richtigen Felder, sondern es, ziehen Geld an sich, fangen von ihnen auf die Gewinnfelder geworfenes Geld auf. Einfluß der verschiedenen Croupiers auf Gewinnchancen oder besser: der Croupier, bei dem man gewinnt, gefällt einem. Aufregung vor dem gemeinsamen Entschluß, zu spielen, man fühlt sich im Saal allein. Das Geld (zehn Francs) verschwindet auf einer sanft geneigten Ebene. Der Verlust von zehn Francs wird als eine zu schwache Verlockung zum Weiterspielen empfunden, aber doch als Verlokkung. Wut über alles. Ausdehnung des Tages durch dieses Spiel.

Montag 28. August. Mann in hohen Stiefeln frühstückt an der Wand. Dampfer zweiter Klasse. Luzern am Morgen. Schlechteres Aussehen der Hotels. Ehepaar liest Briefe von zu Hause mit Zeitungsausschnitten über Cholera in Italien. Die schönen Wohnsitze nur sichtbar von einer Seefahrt aus, man fährt auch auf ihrem Niveau. Wechselnde Gestalt der Berge. Vitznau, Rigibahn. See durch Blätter gesehen, südlicher Eindruck. Überraschung durch die plötzliche Ebene des Zuger Sees. Heimatliche Wälder. Bahn fünfundsiebzig erbaut, nachschauen im alten »Über Land und Meer«. Historischer englischer Boden, hier gingen sie noch kariert und mit Favoris. Fernrohr. Jungfrau weit, Rotunde des Mönches, schwankende heiße Luft bewegt das Bild. Hingelegte Handfläche des Titlis. Durchschnittener Brotlaib eines Schneefeldes. Von oben wie von unten falsche Beurteilung der Höhen. Unentschiedener Streit über die schräge oder ebene Lage des Bahnhofs von Arth-Goldau. Table d'hôte. Schwarze Frau, ernst, scharfer Mundanfang, schon unten neben dem Waggon gesehen, sitzt in der Halle. Englisches Mädchen bei der Abfahrt, jeder Zahn ringsherum gleich. Kleine Französin steigt in das Nebencoupé, erklärt mit ausgestrecktem Arm unser volles Coupé für nicht »complet« und treibt ihren Vater zum Einsteigen und ihre unschuldig und dirnenhaft aussehende ältere kleine Schwester, die mich mit ihren Ellbogen an den Hüften kitzelt. Mehr mit den Zähnen gesprochenes Englisch der alten Dame rechts von Max, für das man den Namen einer Grafschaft sucht. Fahrt Vitznau-Flüelen, Gersau, Beckenried, Brunnen (lauter Hotels), Schillerstein, Tellplatte, ausgelassenes Rütli, zwei Loggien in der Axenstraße (Max dachte sich hier mehrere, weil man auf Photographien immer diese zwei sieht), Urner Becken, Flüelen. Hotel Sternen.

Dienstag 29. August. Dieses schöne Zimmer mit Balkon. Die Freundlichkeit. Zu sehr eingesperrt von Bergen. Ein Mann und zwei Mädchen, in Wettermänteln, hintereinander, gehen am Abend durch die Halle, mit Bergstöcken; als sie schon alle auf der Treppe sind, werden sie durch eine Frage des Zimmermädchens aufgehalten. Sie danken, sie wissen schon Bescheid. Auf eine weitere Frage über ihre Bergpartie: »Es war auch nicht so leicht, das kann ich Ihnen sagen.« In der Halle schienen sie mir aus »Miss Dudelsack«, auf der Treppe Max aus Ibsen, mir dann auch. Vergessener Gucker. Auf der Bahn erfährt man, daß morgen sogar eine alte Dame nach Genua fährt. Jungen mit Schweizer Fahne. Seebad im Vierwaldstätter See. Ehepaar. Rettungsring. Spaziergänger auf der Axenstraße. Schönstes Bad, weil man sich selbständig einrichten konnte. Fischerinnen in weißgelbem Kleid. Einsteigen in die Gotthardbahn. Milchgemischtes Wasser unserer Flüsse. Die ungarische Blume. Die dicken Lippen. Exotische Linie vom Rücken zum Hintern. Der schöne Mann dort bei den Ungarn. Bespuckt in Italien den Boden mit Weintraubenschalen, die aber dem Süden zu verschwinden. Jesuitengeneral auf dem Bahnhof in Göschenen. Plötzliches Italien, hingeworfene Tische vor den Osterien, ein junger Mann in allen Farben, der sich nicht halten konnte, Handbewegungen der Abschied nehmenden Frauen (Nachahmung einer Art Zwickens), schwarze hochgekämmte zur Seite eines Bahnhofes, hellrosa Häuser, verwischte Aufschriften. Später verschwindet das Italienische oder der Schweizer Kern tritt vor. Frauen in dem Bahnwärterhäuschen, erinnert an Kampf. Tessinfälle, ruckweise Fälle überall. Deutsches Lugano. Lärmende Palästra. Post neu gebaut. Hotel Belvedere. Konzert im Kurhaus. Kein Obst.

30. August. Von vier Uhr bis elf Uhr nachts mit Max an einem Tisch, zuerst im Garten, dann im Lesezimmer, dann in meinem Zimmer. Vormittag war Bad, Post.

31. August. Uhrzeigerhaftes Auftauchen der Schneeberge auf dem Rigi.

Freitag 1. September. Abfahrt zehn Uhr fünf von Place Guglielmo Tell. – Schablonenhafte Analogie des Rücksitzes im Wagen und im Schiff. Gerüst für Tuchbespannung auf den Booten wie bei Milchwagen. – Jede Schiffsladung ein Angriff.
Fahrt ohne Gepäck, Hand frei, um den Kopf zu halten. – Gandria: ein Haus hinter dem andern aufgesteckt, Loggien mit farbigen Tüchern, keine Vogelperspektive, Gassen und keine Gassen. S. Margarita mit Springbrunnen auf der Landungsstelle. Villa mit zwölf Zypressen bei Oria. Man kann und wagt sich in Oria ein Haus nicht vorzustellen, dessen Front eine Terrasse mit griechischen Säulen hat – ausgebrannte Häuser nur im Brand richtig. Mamette: mittelalterlicher Zauberhut auf einem Glockenturm. Esel in dem Laubengang früher, eine Hafenplatzseite entlang. Osteno. Der Geistliche in Damengesellschaft. Besondere Unverständlichkeit der Ausrufe. Bei Sätzen kann das Unverständnis drin herumkriechen. Kind im Fenster hinter dem Pissoirtunnel. Kitzelnder Anblick der Eidechsenbewegung an einer Mauer. Fallendes Haar der Psyche. Auf Rädern vorüberfahrende Soldaten und als Matrosen verkleidete Diener des Hotels.
Carlotta-Ilex. Stein-Eiche; abgezogene Haut von kleinen Tieren. Passiflora: physikalisches Balancier-Kunststück. Bambus. Mit Greisenskalps umwickelte Palmenstämme. Bux (Myrte). Aloe (Doppelsägen). Zeder (eine von ihren Ästen umquirlte Lärche), hängende schlaffe ausgeläutete Glocken (Fuchsien), Jubäa (Nashornstamm), Platane. Kakteen. Magnolien (unzerreißbare Blätter). Australische Farren (Palmen). Zarter Lorbeer. Kuppelförmiger Rhododendron. Eukalyptus: entblößter Muskelstamm. Zitronen. Papyrus: dreikantiger Schaft, oben binsenförmig. Sich selbst umschlingende Glycinie, riesige Platane. Banane.
Kinder auf der Landungsbrücke in Menaggio, Vater, der auf ihre Kinder stolze Körper der Frau.
Im Wagen Vorüberfahrende zeigen einander die italienischen Jungen.
Staatsmann mit halboffenem Mund (Villa Carlotta).
Französin mit der Stimme meiner Tante und Strohsonnenschirm

mit verfaserter dichter Umrandung schreibt in ein kleines Notizbuch über montagne usw. – Schwarzer Mann im Boot in der Umrahmung der Reifen stehend, über die Ruder gebeugt. Zollbeamter überschaut und durchkramt rasch ein Körbchen, als sei alles ein Geschenk für ihn. Italiener im Zug Porlezza-Menaggio. Jedes an einen gerichtete italienische Wort dringt in den großen Raum der eigenen Unkenntnis und beschäftigt daher, ob verstanden oder unverstanden, durch lange Zeit; das eigene unsichere Italienisch kann sich gegenüber der Sicherheit des Italieners nicht halten und wird, ob verstanden oder nicht verstanden, leicht überhört. – Witz des rückfahrenden Zuges vor Menaggio, hübscher Gesprächsstoff. – Bootshäuser aus Stein mit Terrassen und Schmuck jenseits der Straße vor den Villen. Große Geschäfte mit Altertümern, Bootsführer: peu de commerce. – Zollkutter (Erzählung von Kapitän Nemo und »Reise durch die Sonnenwelt«).

2. September. Samstag. Zittern des Gesichts im kleinen Dampfer. Geschürzte Vorhänge (braun mit weißer Randzeichnung) vor den Läden (Cadenabbia). Bienen im Honig. Einsame verdrießliche Frau mit kurzem Oberleib, Sprachlehrerin. Korrekter Herr mit hochgezogenen Hosen. Seine Unterarme schweben über dem Tisch, als umfaßten die Hände statt Messer und Gabelgriff das Ende einer Lehne. Kinder im Anblick der schwachen Raketen: encore un – Zischen – Armeaufstrecken. Schlechte Fahrt im kleinen Dampfer. Mitbeteiligungen an der Bewegung zu groß. Zuwenig hoch, um die frische Luft zu spüren und die Gegend frei zu überblicken, der Lage der Heizer angenähert. Bad zwischen Castagnola und Gandria auf von uns erbauten Sitzen. Vorbeiziehende Gruppe: Mann, Kuh und Frau. Sie erzählt. Schwarzer Turban, loses Kleid. – Herzklopfen der Eidechsen. Aufwand von Energie eines Herrn: spätes Servieren im Lesezimmer, gleichzeitig Bier, Wein, Fernet Branca, Ansichtskarten, leichtes Seufzen. Kleiner Junge des Wirtes streckt mir, ohne daß ich früher mit ihm gesprochen hätte, auf Ermahnung seiner Mutter den Mund zum Gutenachtkuß hin. Hat mir geschmeckt. – Gandria: statt Gassen Kellertreppen und Kellerkorridore. Ein Junge wird geschlagen, dumpfer Klang geklopfter Betten. Von Efeu überwachsenes, am Rand mit Efeu bespritztes Haus. In Gandria Näherin am Fenster ohne Jalousien, Vorhänge und Scheiben. Wir stützen einander auf dem Weg vom Badeplatz nach Gandria, so müde sind wir. Feierlicher Zug von Booten hinter einem kleinen schwarzen Dampfer. Junge Herren in Betrachtung von Bildern, kniend, hockend auf dem Landungssteg in Gandria, einer ganz weiß, als Mädchenfreund und Lustigmacher uns wohl bekannt. – In Porlezza am Abend auf dem Quai. Ein schon vergessener Fran-

zose mit Vollbart bringt beim Wilhelm-Tell-Denkmal seine Merkwürdigkeit wieder in Erinnerung. Dieses Denkmal mit Ausflußrohr einer Küchenwasserleitung, Messing aus Stein.

3. September, Sonntag. Ein Deutscher mit Goldzahn, an dem sich sein Beschreiber auch bei sonstiger Unklarheit des Eindrucks festhalten kann, bekommt um dreiviertelzwölf noch eine Eintrittskarte in die Schwimmanstalt, trotzdem sie um zwölf gesperrt wird, worauf ihn gleich im Innern der Schwimmeister in unverständlichem, daher etwas strengem Italienisch aufmerksam macht. Durch dieses Italienisch auch innerhalb seiner Muttersprache verwirrt, fragt der Deutsche stammelnd, warum man ihm dann eine Fahrkarte bei der Kassa verkauft habe, und beklagt sich, daß man ihm eine Fahrkarte verkauft hat, und führt an, man hätte ihm keine Fahrkarte mehr verkaufen dürfen. Aus der italienischen Antwort hört man durch, daß er ja noch fast eine Viertelstunde zum Baden und Anziehen Zeit habe. Tränen geweint. – Auf dem Faß im See gesessen. Hotel Belvedere: »Alle Anerkennung dem Wirt, aber das Essen ist miserabel.«

4. September. Cholera-Informationen: Verkehrsbureau, »Corriere della Sera« Norddeutscher Lloyd, »Berliner Tageblatt«, Stubenmädchen bringt Informationen eines Berliner Arztes, je nach der Gruppierung und dem eigenen körperlichen Zustand ändert sich der durchschnittliche Charakter dieser Nachrichten, bei der Abfahrt von Lugano nach Porto Ceresio, ein Uhr fünf, ist er ziemlich günstig. – Flüchtige Begeisterung für Paris, im Wind, der den vor uns gehaltenen »Excelsior« vom 3. September bläht, mit dem wir zu einer Bank laufen. Auf der Brücke über den Luganosee sind noch einige Plätze für Reklametafeln zu vermieten ...

ad Freitag. Die drei Kerle treiben uns von der Schiffsspitze, weil vielleicht der Steuermann freien Ausblick auf das Licht vorn haben muß, schieben dann aber eine Bank hin und setzen sich selbst. Ich hätte gern gesungen.

Freitag. Unter den Augen des Italieners, der uns zur Reise nach Turin (Ausstellung) rät und dem wir zunicken, durch Handschlag bekräftigter gemeinsamer Entschluß, um keinen Preis nach Turin zu fahren. Lob der reduzierten Karten. Radfahrer macht Rundfahrten auf der Seeterrasse eines Hauses in Porto Ceresio. Peitsche, die statt des Riemens nur ein kleines Schwänzchen aus Roßhaar hat. Fahrender Radfahrer hält neben ihm trabendes Pferd an einem Strick.

Mailand: Führer in einem Geschäft vergessen. Zurückgegangen und [ihn] gestohlen. Im Hof der Mercanti Apfelstrudel gegessen. Gesundheitskuchen. Teatro Fossati. Alle Hüte und Fächer in Bewegung. Lachen eines Kindes in der Höhe. Programm verklebt durch einen Reklamezettel. Eine ältere Dame im Männerorchester. Poltrone. – Ingresso. – Orchester in einer Ebene mit dem Zuschauerraum. Reklame von Lancia, aufgenommen in die Plafonddekoration eines Salons. Alle Fenster der Rückwand offen. Großer starker Schauspieler mit zart getupften Nasenlöchern, deren Schwarz auffallend bestehen bleibt, wenn auch die Ränder des zurückgebogenen Gesichtes im Licht verschwimmen. Mädchen mit hohem, dünnem Hals läuft mit kurzen Schritten und steifen Ellenbogen aus dem Zimmer und läßt die zum hohen Halse passenden hohen Stöckel ahnen. Überschätzung des Lachens, denn vom nicht verstehenden Ernstsein zum Lachen ist es weiter als vom eingeweihten Ernstsein. Bedeutung jedes Möbelstückes. Fünf Türen in beiden Stücken für jeden Fall. Nase und Mund eines Mädchens niedergeleuchtet von den gemalten Augen. Herr in der Loge öffnet beim Lachen den Mund bis zu einem rückwärtigen Goldzahn, der dann den Mund ein Weilchen so offen hält. Auf andere Weise nicht zu erreichende Einheit zwischen Bühne und Zuschauerraum, wie es jene ist, die sich für und gegen den Zuschauer bildet, der die Sprache nicht versteht.

Junge Italienerin mit sonst jüdischem Gesicht, das sich im Profil ins Unjüdische verschiebt. Wie sie aufstand, die Hände zur Brüstung vorstreckte und nur der schmale Körper zu sehen war, ohne die Verbreiterung der Arme und Schultern, wie sie zu den Fensterpfosten die Arme ausbreitete, wie sie sich mit beiden Händen an einem Pfosten festhielt, im Zugwind wie an einem Baum. Sie las eine Detektivbroschüre, um die sie ihr kleiner Bruder lange vergebens gebeten hat. Ihr Vater nebenan mit scharf gekrümmter Nase, während ihre an der gleichen Stelle eben sanft, darum jüdischer gebogen war. Sie sah mich öfters an, aus Neugierde, ob ich mit meinem lästigen Hinsehen nicht doch endlich aufhören möchte. Ihr Kleid aus Rohseide. Dicke große duftende Dame neben mir, die ihr Parfüm mit dem Fächer in der Luft verteilt. Ihr vieles Fleisch hält es im flachen Fuß nicht aus und steigt gleich hinter den Zehen in die Höhe. Ich fühle mich neben ihr eintrocknen. – Im Gepäckraum hat der Blechschirm der Gasflamme die Form eines flachen Mädchenhutes. Unterhaltend verschiedene Gitter in den Häusern. Unter den Bogen der Einfahrt zur Scala haben wir sie gesucht und waren gegenüber ihrer einfachen abgekratzten Fassade über diesen Irrtum auch dann nicht erstaunt, als wir auf den Platz hinaustraten.

Wachsende Billigung des sich ins Innere der Stadt hin steigernden Verkehrs, bis man auf dem Domplatz nichts sieht als langsam das Denkmal Vittorio Emmanuels umfahrende Elektrische, sich abwendet und ein Hotel sucht.

Freude über die Verbindung zwischen den zwei Zimmern, die durch eine Doppeltüre hergestellt ist. Jeder kann eine Tür öffnen. Max hält dies auch für Ehepaare passend. – Zuerst einen Gedanken niederschreiben, dann vorlesen, nicht vorlesend schreiben, da dann nur der im Innern vollzogene Anlauf gelingt, während das weiter noch zu Schreibende sich losmacht. – Gespräch über Scheintod und Herzstich an einem Caféhaustischchen auf dem Domplatz. Mahler hat auch den Herzstich verlangt. Die beabsichtigte Zeit des Aufenthaltes in Mailand schrumpft unter diesem Gespräch trotz eines kleinen Widerstandes von meiner Seite sehr zusammen. – Der Dom belästigt mit seinen vielen Spitzen. – Entwicklung des Entschlusses, nach Paris zu fahren: der Augenblick in Lugano über dem Excelsior, Reise nach Mailand infolge des nicht ganz freiwilligen Einkaufes der Karten nach Mailand über Porto Ceresio, von Mailand nach Paris aus Angst vor der Cholera und aus dem Verlangen nach Belohnung für diese Angst. Überdies Berechnung der finanziellen und zeitlichen Vorteile dieser Reise.

I. Rimini–Genua–Nervi (Prag).
II. Oberitalienische Seen, Mailand–Genua (Prag) (Schwanken zwischen Locarno und Lugano).
III. Maggiore auslassen, Lugano, Mailand, Städtereise bis Bologna.
IV. Lugano–Paris.
V. Lugano–Mailand (mehrere Tage)–Maggiore.
VI. in Mailand: direkt nach Paris (evtl. Fontainebleau).
VII. ausgestiegen in Stresa. Damit bekommt die Reise zum erstenmal einen guten Rückblick und Vorblick, sie ist ausgewachsen und wird deshalb um die Taille gefaßt. So klein wie in der Galerie habe ich Menschen noch nie gesehen. Max behauptet, die Galerie sei nur so hoch, als man auch im Freien Häuser sieht, ich leugne es mit einem vergessenen Einwand, wie ich mich überhaupt immer für diese Galerie einsetzen werde. Sie hat fast keinen überflüssigen Schmuck, hält den Blick nicht auf, scheint infolgedessen, sowie auch infolge ihrer Höhe kurz, erträgt aber auch das. Sie bildet ein Kreuz, durch das die Luft frei weht. Vom Dach des Domes aus scheinen die Menschen gegenüber der Galerie größer geworden. Ich kann mich mit der Galerie vollständig darüber trösten, daß ich die alt-römischen Überbleibsel nicht gesehen habe. Transparente Überschrift in der Tiefe des Flurs über dem Bordell: Al vero Eden. Starker Verkehr mit der Gasse meist durch einzelne. Hin und her in den schmalen Gassen der Umgebung. Sie sind rein, haben trotz ihrer Schmalheit mehrere Bürgersteige, einmal sehen wir aus einer schmalen Gasse in einer anderen rechtwinklig einbiegenden im letzten Stockwerk eines Hauses eine Frau am Fenstergitter lehnen. Ich war damals in allem leicht und ent-

schlossen und fühlte, wie immer in solcher Laune, meinen Körper schwerer geworden. Die Mädchen sprachen ihr Französisch wie Jungfrauen. Mailänder Bier riecht wie Bier, schmeckt wie Wein. Max bedauert Geschriebenes nur während des Schreibens, später niemals. Max führt aus Angst eine Katze im Lesezimmer spazieren. –
Das Mädchen, dessen Bauch im Sitzen über und zwischen den auseinandergereckten Beinen unter dem durchscheinenden Kleid zweifellos unförmlich war, während er, als sie aufstand, sich zerzog wie eine Theaterdekoration hinter Schleiern und einen schließlich erträglichen Mädchenleib bildete. Die Französin, deren Süßigkeit für den abschließenden Blick sich vor allem in den runden und doch detaillierten, plauderhaften und anhänglichen Knien zeigte. Eine befehlshaberische Denkmalsfigur, die das eben verdiente Geld in den Strumpf schiebt. – Der Greis, der auf einem Knie die beiden Hände übereinanderlegt. – Die bei der Tür, deren böses Gesicht spanisch, deren Einlegen der Hände in die Hüften spanisch ist und die sich in einem miederartigen Kleid aus Präservativseide streckt. – Bei uns entfremden die deutschen Mädchen in Bordellen ihre Gäste auf ein Weilchen ihrer Nation, hier tun es die französischen. Vielleicht ungenügende Kenntnisse dieser heimischen Verhältnisse. – Gestrafte Leidenschaft für Eisgetränke: ein Grenadine, zwei Aranciate im Theater, eins in der Bar am Corso Emmanuele, ein Sorbet im Kaffeehaus in der Galerie, ein französisches Mineralwasser Thierry, das mit einemmal die Wirkungen alles Früheren enthüllt. Trauriges Schlafengehen im Anblick eines stark italienischen weitgreifenden Prospektes vom Bett aus, der durch ein etwas vorspringendes Fenster einer Seitenfront erzeugt wird. Trostloses Erwachen mit dem trockenen Druck gegen alle Rachenwände. – Gar nicht beamtenmäßige Eleganz der Wachleute, wenn sie, die ausgezogenen Zwirnhandschuhe in der einen Hand, das Stöckchen in der andern, einen Dienstweg machen.

5. September. Banca Commerciale auf dem Scalaplatz. Briefe von zu Hause. – Karte an den Chef. – Staunender Eintritt in den Dom zwischen Portieren, braun wie in Cadenabbia. – Verlangen, ein Architekturbild des Doms zu liefern, weil der Dom rundherum eine reine Darstellung der Architektur ist, im größten Teil keine Bänke, wenige Standbilder an den Säulen, wenige und nur dunkle Bilder an den fernen Wänden hat und die einzelnen Besucher auf den Bodenplatten als Maßstäbe seiner Größe aufgestellt sind oder als Maßstäbe seiner Ausdehnung sich bewegen. – Erhaben, aber viel zu rasch an die Galerie erinnernd. – Unverantwortlich, ohne Notizen zu reisen, selbst zu leben. Das tödliche Gefühl des gleichförmigen Vergehens der Tage ist unmöglich. – Aufstieg zum

Domdach. Ein vorausgehender junger Italiener erleichtert uns den Aufstieg, indem er eine Melodie summt, den Rock auszuziehen versucht, durch Ritzen schaut, durch die nur Sonnenlicht zu sehen ist und immer auf die Ziffern tippt, welche die Stufenanzahl anzeigen. – Ausblick von der vorderen Dachgalerie. Der Mechanismus der Elektrischen unten ist etwas verdorben, so schwach rollen sie, nur durch die Biegung der Geleise geführt. Ein Schaffner eilt schief und niedergedrückt, von unserem Standpunkt aus gesehen, zu seiner Elektrischen und springt auf. – Ein Wasserspeier in Mannsgestalt, dem Wirbelsäule und Gehirn herausgenommen, damit das Regenwasser einen Weg hat –. In jedem der großen farbigen Fenster herrscht die in den einzelnen Bildern immer wiederkehrende Farbe eines Kleides vor. – Max: Bahnhof in der Auslage eines Spielzeuggeschäftes, Schienen, die sich zum Kreis schließen und nirgends hinführen, ist und bleibt der stärkste Eindruck von Mailand. In der Auslage wäre die Zusammenstellung des Bahnhofs mit dem Dom durch das Streben, die Mannigfaltigkeit des Lagers zu zeigen, erklärlich. – Von der Hintertür des Doms schaut man einer großen Dachuhr gerade ins Gesicht. – Max: Weg zum Kastell durch seinen Anblick erspart. – Teatro Fossati. – Fahrt nach Stresa. Reliefbewegungen der im gefüllten Coupé Schlafenden. Liebespaar. – Nachmittag in Stresa.

Mittwoch 6. September. Böswerden, abends Erfindungen von Hotels.

Donnerstag, 7. September. Bad, Briefe, Abfahrt. – Schlaf in der Öffentlichkeit.

Freitag, 8. September. Reise. Italienerpaar, angeblich Frau Salus. Geistlicher. Amerikaner. Die zwei kleinen Französinnen mit viel Fleisch um den Popo. Montreux. Die Beine gehen einem auseinander auf den großen Pariser Straßen. – Fußbad von der Kante des Bettpfostens aus. – Nachtlämpchen der Sommerlokale. – Die Anlage der Place de la Concorde, die die Attraktionen in die Ferne schiebt, wo sie der Blick leichter findet, aber nur, wenn er sie sucht.

École Florentine (XV. Jahrhundert): Apfelszene. – Tintoretto: Suzanne. – Simone Martini (1284–1344): Jésus Christ marchant au Calvaire. (École de Sienne) – Mantegna: (1431–1506): La Sagesse victorieuse des Vices (École Vénétienne) – Tizian (1477 bis 1576): Le Concile de Trente. – Raffael: Apollo und Marsyas. – Velasquez (1599–1660): Portrait de Philippe IV Roi d'Espagne. – Jacob Jordaens (1593–1678): Le concert après le repas. – Rubens: Kermesse.

Confiserie de l'enfant gâté, Rue des Petits Champs. – Wäscherinnen im Morgenneglige.– Rue des Petits Champs, so eng, daß sie ganz im Schatten bleibt. Selbst wenn die eine Häuserreihe ganz beschienen ist, dieser Unterschied in der Beleuchtung sehr nah aneinandergerückter Häuser. – Le sou du soldat, societé anonyme. Capital 1 mill., Avenue de l'Opéra. – Robert, Samuel. – Ambassadeur: Trommelwirbel mit einer im Doppel-S sich ankündigenden Blasmusik, vor der im »eur« die Trommlerstäbe noch im Schwung sich heben und still sind. – Gare de Lyon. Hosenträgerersatz der Erdarbeiter sind Schärpen in vielen Farben um den Leib, was hier, wo Schärpen offizielle Bedeutung haben, auch demokratisch wirkt. Ich wußte nicht recht, ob ich verschlafen war, und beschäftigte mich im Wagen und den ganzen Vormittag damit. Achtgeben, daß man die Kindermädchen nicht für französische Gouvernanten deutscher Kinder hält. – Prise de Salins 17 mai 1668, par Mr. La Farge. Im Fond ein Rotgekleideter auf weißem, ein Dunkler auf dunklem Pferd, erholen sich von der Belagerung einer Stadt im Hintergrunde, auf einem Ausritt bei heranziehendem Gewitter. – Voyage de Louis XVI à Cherbourg, 23 juin 1786. Das Boot mit Ludwig wird, während er mit der gegen Cherbourg ausgestreckten Hand eine Bemerkung zu den hinter ihm stehenden Höflingen macht, vor allem zu einem, der die Hand auf die Brust legt, von den Bootsleuten, je drei Reihen auf jeder Seite, auf den zusammengebundenen Rudern ans Land getragen. Frauen, leicht gekleidet, schwingen sich vom Land entgegen, ein Mann schaut durch ein Teleskop. Der Wagen wartet. Aus andern Booten wird man auf Stegen aussteigen müssen, einer wird gerade hier vorgezogen. – Bivouak de Napoléon sur le champ de bataille de Wagram, nuit du 5 au 6 juillet 1809. Napoleon sitzt allein, das eine Bein auf einen niedrigen Tisch gelegt. Hinter ihm ein rauchendes Lagerfeuer. Die Schatten seines rechten Beines und der Tisch- und Sesselbeine liegen vorn strahlenförmig um ihn. Stiller Mond. Die Generäle im entfernten Halbkreis schauen ins Feuer und auf ihn. –

Die charakteristische Flächenlage: Hemden, Wäsche überhaupt, Servietten im Restaurant, Zucker, große Räder der meist zweirädrigen Wagen, Pferde einzeln hintereinandergespannt, flächige Dampfer auf der Seine, die Balkone teilen die Häuser in die Quere und verbreitern diese flächigen Querschnitte der Häuser, die flachgedrückten breiten Kamine, die zusammengelegten Zeitungen. –

Das gestrichelte Paris: die aus den flachen Kaminen herauswachsenden hohen dünnen Kamine mit den vielen kleinen blumentopfartigen – die äußerst stummen alten Gaskandelaber – die Querstriche der Jalousien, denen sich in den Vorstädten die gestrichelten Schmutzabdrücke auf der Hauswand anfügen – die dünnen Leisten auf den Dächern, die wir in der Rue Rivoli sahen – das gestrichelte Glasdach des Grand Palais des Arts – die strichweise geteilten Fenster der Geschäftsräume – die Gitter der Balkone – der aus Strichen sich bildende Eiffelturm – die größere Strichwirkung der Seiten- und Mittelleisten der Balkontüren gegenüber unseren Fenstern – die Sesselchen im Freien und die Caféhaustischchen, deren Beine Striche sind – die goldspitzigen Gitter der öffentlichen Gärten.

Wie leicht Grenadine mit Selter beim Lachen durch die Nase geht (Bar vor der Opéra Comique).

Perronkarte, dieser rohe Eingriff ins Familienleben ist unbekannt.

Allein im Lesezimmer mit einer schwerhörigen Dame, der ich mich, als sie anderswohin schaute, nutzlos vorgestellt habe und die den von mir angezeigten Regen draußen für noch weiter andauernde Schwüle hält. Sie legt Karten nach einem seitwärts liegenden Buch, in das sie angestrengt schaut, den Kopf auf die zur Faust geschlossene Hand gestützt, in der wohl hundert noch unverbrauchte kleine beiderseitig bedruckte Miniaturkarten liegen. Neben mir, den Rücken mir zugewendet, liest ein alter schwarzgekleideter Herr die »Münchner Neuesten Nachrichten«. – Ein starker dickflüssiger Regen. – Gefahren mit einem jüdischen Goldarbeiter. Er ist aus Krakau, etwas über zwanzig Jahre alt, war zweieinhalb Jahre in Amerika, hat jetzt in Paris zwei Monate gelebt und nur vierzehn Tage Arbeit gehabt. Schlecht gezahlt (nur zehn Francs täglich), schlechter Geschäftsboden. Wenn einer neu in eine Stadt kommt, weiß er nicht, was seine Arbeit wert ist. Schönes Leben in Amsterdam. Lauter Krakauer. Man weiß jeden Tag, was in Krakau Neues ist, denn immer fährt einer hin oder kommt einer von dort. Gassenlang wird nur polnisch gesprochen. Großer Verdienst in New York, denn dort verdienen alle Mädchen viel und können sich putzen. Damit kann sich Paris nicht vergleichen, der erste Schritt auf die Boulevards zeigt das. Aus New York weggefahren, weil seine Leute doch hier sind und weil sie ihm geschrieben haben: wir leben in Krakau und verdienen auch, wie lange wirst du eigentlich noch in Amerika bleiben? Ganz richtig. Begeisterung für das Leben der Schweizer. Das müssen ja riesenstarke Leute werden, wenn sie so auf dem Land leben und Viehwirtschaft treiben. Und die Flüsse! Die Hauptsache ist doch, daß man nach dem Aufstehn in fließendes Wasser kommt. – Er hat langes, geringeltes, nur gelegentlich von den Fingern durcharbeitetes Haar, starken Glanz in den Augen, langsam gekrümmte Nase,

Höhlungen unten in den Wangen, amerikanisch geschnittenen Anzug, zerfranstes Hemd, überhängende Socken. Sein Koffer ist klein, er trägt ihn aber beim Aussteigen wie eine Last. Sein Deutsch unruhig gemacht von englischen Betonungen und Wendungen, der Jargon kann sich ausruhn, so stark ist das Englische. Lebhaftigkeit nach der durchfahrenen Nacht. »Sie sind ein Österreicher? Ja. Sie haben auch so einen Regenkragen. Das haben alle Österreicher.« Ich beweise durch Vorzeigen der Ärmel, daß es kein Kragen, sondern ein Mantel ist. Er bleibt weiter dabei, daß alle Österreicher Kragen haben. Sie werfen ihn so über. Er wendet sich dabei zu einem Dritten und zeigt ihm, wie sie das machen. Er tut so, als befestige er etwas hinten am Hemdkragen, nickt mit dem Körper, um zu sehn, ob es hält, zieht dann dieses Etwas zuerst über den rechten, dann über den linken Arm und hüllt sich schließlich ganz ein, bis ihm, wie man erkennt, gerade angenehm warm wird. Bewegungen der Beine zeigen, trotzdem er sitzt, wie leicht und geradezu sorglos ein Österreicher in so einem Kragen gehen kann. Es ist fast gar kein Spott dabei, es wird vielmehr vorgebracht wie von einem, der Reisen gemacht und daher einiges gesehen hat. Etwas Kindlichkeit mischt sich zu.
Mein Spaziergang im dunklen Gärtchen vor dem Sanatorium.
Morgenturnen mit Absingen eines »Wunderhorn«-Liedes, das einer auf dem Piston vorbläst.
Der Sekretär, der jeden Winter Fußreisen macht, nach Budapest, Südfrankreich, Italien. Bloßfüßig, nährt sich dann nur von Rohkost (Schrotbrot, Feigen, Datteln), wohnte mit zwei andern vierzehn Tage lang in der Gegend um Nizza, meist nackt in einem verlassenen Hause. Dickes kleines Mädel, das sich häufig in der Nase bohrt, gescheit, aber nicht besonders hübsch ist, eine Nase ohne Zukunft hat, Waltraute heißt und von der ein Fräulein sagt, daß sie etwas Strahlendes habe.
Die Säulen im Speisesaal, über die ich im Prospekt nach der Abbildung (hoch, glänzend, Marmor durch und durch) erschrak, derentwegen ich mich während der Überfahrt auf dem kleinen Dampfer verwünschte und die schließlich sehr bürgerlich aus Ziegeln gebaut waren, schlechte Marmorzeichnung tragen und auffallend niedrig sind.
Lustiges Gespräch eines Mannes im Birnbaum meinem Fenster gegenüber mit einem mir nicht sichtbaren Mädchen im Erdgeschoß.
Angenehmes Gefühl, als der Arzt wieder und wieder mein Herz abhorchte, den Körper immer wieder anders gelegt haben wollte und nicht ins reine kommen konnte. Besonders lange betastete er die Herzgegend, es dauerte so lang, daß es fast gedankenlos schien.
Streit der Frauen nachts im Coupé, dessen Lampe sie verhängt haben. Wie die liegende Französin aus dem Dunkel schrie und die

von ihren Füßen an die Wand gedrückte, schlecht französisch sprechende ältere Frau sich nicht zu helfen wußte. Nach der Meinung der Französin sollte sie von diesem Platz weggehn, ihr vieles Gepäck auf die andere Seite, den Rücksitz, transportieren und sie dort ausstrecken lassen. Der griechische Arzt aus meinem Coupé gab ihr in schlechtem, klarem, scheinbar auf der deutschen Sprache basiertem Französisch ausdrücklich Unrecht. Ich holte den Schaffner, der sie auseinandersetzte.

Schon wieder mit jener Dame beisammen, die übrigens auch eine Schreibnärrin ist. Sie trägt eine Schreibmappe bei sich, mit viel Briefpapier, Karten, Federn und Bleistiften, was im ganzen sehr anfeuernd ist.

Jetzt ist es hier wie in einer Familie. Draußen regnet es, die Mutter legt Karten und der Sohn schreibt. Sonst ist niemand im Zimmer. Da sie schwerhörig ist, könnte ich ihr auch Mutter sagen.
Trotz meines äußersten Widerwillens gegen das Wort »Typus« halte ich es doch für wahr, daß durch die Naturheilkunde und was damit zusammenhängt ein neuer Typus entsteht, den zum Beispiel Herr Fellenberg, den ich allerdings nur oberflächlich kenne, repräsentiert. Leute mit dünner Haut, ziemlich kleinem Kopf, übertrieben reinlich aussehend, mit ein, zwei kleinen, nicht zu ihnen gehörigen Einzelheiten (bei Hr. F. fehlende Zähne, Bauchansatz), größere Magerkeit, als sie zur Anlage ihres Körpers passend scheint, das heißt unterdrücktes Fett, Behandlung ihrer Gesundheit, als wenn es eine Krankheit wäre oder zumindest ein Verdienst (womit ich nicht tadle), mit allen sonstigen Folgen eines so forcierten Gesundheitsgefühls.

In der Opéra Comique auf der Galerie. In der ersten Reihe ein Herr im Gehrock und Zylinder, in einer der letzten ein Mann im Hemd (das er vorn noch eingelegt hat, um die Brust frei zu bekommen), bereit, ins Bett zu steigen.

Der Trompetenbläser, den ich für einen lustigen glücklichen Menschen gehalten hätte (denn er ist beweglich, hat scharfe Einfälle, sein Gesicht ist von blondem Bart niedrig umwachsen und endet in einem Spitzbart, er hat gerötete Wangen, blaue Augen, ist praktisch angezogen), hat mich heute im Gespräch über seine Verdauungsbeschwerden mit einem Blick angesehn, der auffallend mit gleicher Stärke aus beiden Augen kam, die Augen förmlich spannte, mich traf und schief in die Erde ging.

Nationale Streitigkeiten in der Schweiz. Biel, eine vor ein paar Jahren ganz deutsche Stadt, ist durch Einwanderung vieler französischer Uhrmacher in Gefahr, französiert zu werden. Der Tessiner Kanton, der einzige italienische, will von der Schweiz los. Es gibt eine Irredenta. Die Italiener haben nämlich im siebengliedrigen Bundesrat keine Vertretung, sie käme ihnen bei ihrer kleinen Zahl (vielleicht 180000) nur in einem neungliedrigen zu. Man will aber die Zahl nicht ändern. Die Gotthardbahn war deutsches Privatunternehmen, hatte deutsche Beamte, die gründeten eine deutsche Schule in Bellinzona, jetzt, da sie staatlich ist, wollen die Italiener italienische Beamte und Aufhebung der deutschen Schule. Und über das Schulwesen hat tatsächlich nur die Kantonalregierung zu entscheiden. Gesamtbevölkerung: zwei Drittel Deutsche, ein Drittel Franzosen und Italiener.

Der kranke griechische Arzt, der mich mit seinem Husten mitten in der Nacht aus dem Coupé vertrieb, kann, wie er behauptet, nur Hammelfleisch vertragen. Da er in Wien übernachten muß, bat er mich, ihm den deutschen Ausdruck aufzuschreiben.

Trotzdem es regnete, ich später ganz allein war, mein Unglück mir immer gegenwärtig ist, im Speisesaal Gesellschaftsspiele gespielt wurden, an denen ich mich wegen Unfähigkeit nicht beteiligte, ja trotzdem ich endlich nur Schlechtes schrieb, fühlte ich doch weder das Häßliche noch das Entehrende, weder das Traurige noch das Schmerzliche dieses übrigens organischen Alleinseins – wie wenn ich nur aus Knochen bestünde. Wobei es mir Freude machte, daß ich oben auf dem Block meiner verstopften Därme ein bißchen Appetit zu spüren glaubte. Die Dame, die sich in einem Zinngeschirr Milch holte, kam zurück und fragte mich, ehe sie sich in ihre Karten wieder einarbeitete: »Was schreiben Sie eigentlich? Beobachtungen? Tagebuch?« und da sie wußte, daß sie meine Antwort nicht verstehen würde, fragte sie gleich weiter: »Sind Sie Student?« Ich antwortete, ohne an ihre Schwerhörigkeit zu denken: »Nein, aber ich habe studiert«, während sie schon wieder Karten legte, ich mit diesem Satz allein blieb und, durch sein Gewicht gezwungen, sie noch eine Weile ansah.

Wir sind zwei Männer an einem Tisch mit sechs oder sieben Schweizer Frauen. Wie sich da die entferntesten Schüsseln, wenn ich nur halbwegs den Teller leer habe oder aus Langeweile im Saal herumschaue, erheben, in den Händen der Frauen (ich rede sie Frau und Fräulein durcheinander an) sich rasch nähern, und wenn ich danke und nichts mehr will, auf dem gleichen Weg langsam zurückgehn.

»Le siège de Paris« par Francisque Sarcey: 19. Juli 1870 Kriegserklärung. Die fallenden Berühmtheiten einiger Tage. – Wechselnder Charakter des Buches selbst, während es den wechselnden Charakter von Paris beschreibt. – Lob und Tadel gleicher Dinge. Die Ruhe von Paris nach Niederlagen ist einmal der französische Leichtsinn, einmal die französische Widerstandsfähigkeit. – 4. September nach Sedan Republik – Arbeiter und Nationalgarden schlagen auf Leitern mit Hämmern das N von den öffentlichen Gebäuden – noch acht Tage nach Proklamierung der Republik war die Begeisterung so groß, daß man für die Befestigungsarbeiten keine Leute bekommen konnte. – Die Deutschen sind im Anmarsch. – Pariser Witze: Mac-Mahon war bei Sedan gefangen, Bazaine hatte Metz übergeben, endlich haben die zwei Armeen ihre Vereinigung vollzogen. – Die befohlene Zerstörung der Vorstädte – drei Monate keine Nachrichten. – Niemals hatte Paris einen solchen Appetit wie am Anfang der Belagerung. Gambetta organisierte die Erhebung der Provinz. Einmal glückte es, einen Brief von ihm zu bekommen. Statt aber genaue Daten mitzuteilen, nach denen alles brannte, schrieb er nur, que la résistance de Paris faisait l'admiration de l'univers. – Thiers bereist die Höfe. – Verrückte Klubversammlungen. Eine Frauenversammlung im Gymnase Triat. »Wie sollen die Frauen ihre Ehre gegenüber den Feinden schützen?« Mit dem doigt de Dieu oder besser le doigt prussique. Il consiste en une sorte de dé en caoutchouc que les femmes se mettent au doigt. Au bout de ce dé est un petit tube contenant de l'acide prussique. Kommt ein deutscher Soldat, wird ihm die Hand gereicht, er wird gestochen und angespritzt. – Das Institut schickt mit Luftballon einen Gelehrten aus zur Untersuchung der Sonnenfinsternis in Algier. – Man aß Kastanien vom vorigen Jahr, die Tiere des Jardin des Plantes. – Es gab ein paar Restaurants, wo man bis zum letzten Tag alles bekommen konnte. – Dieser Sergeant Hoff, der wegen seiner Preußenmorde als Rächer seines Vaters so berühmt geworden war, der verschwand und für einen Spion gehalten wurde. – Zustand der Armee: Einzelne Vorposten trinken Brüderschaft mit den Deutschen. – Louis Blanc vergleicht die Deutschen mit Mohikanern, die Technik studiert haben. – Am 5. Januar beginnt das Bombardement. Macht nicht viel. Es war befohlen, wenn man Granaten schießen hört, sich niederzuwerfen. Straßenjungen, auch Erwachsene stellten sich zu Pfützen und riefen von Zeit zu Zeit »Gare l'obus«. – Eine Zeitlang war General Chauzy in Paris die Hoffnung, er verlor wie alle andern, man wußte auch schon damals keinen Grund für seine Berühmtheit, trotzdem war die Begeisterung in Paris so stark, daß Sarcey, noch als er sein Buch schreibt, eine vage grundlose Bewunderung für Chauzy in sich fühlt. – Ein Tag aus dem damaligen Paris: Auf den Boulevards war es sonnig und schön, ruhige Spaziergänger, gegen Hôtel de Ville verändert es sich, dort ist eine Revolte der Kommunarden mit vielen Toten, Truppen, Exzessen.

Am linken Ufer zischen die preußischen Granaten. Quai und Brükken sind still. Zurück zum Théâtre Français. Das Publikum kommt aus einer Vorstellung der »Mariage de Figaro«. Die Abendblätter erscheinen gerade, dieses Publikum sammelt sich in Gruppen um die Kioske, in den Champs Elysées spielen Kinder, Sonntagsspaziergänger sehen neugierig einer Kavallerie-Eskadron zu, welche mit Trompeten vorüberreitet. – Aus einem deutschen Brief an die Mutter: »Tu n'imagines pas comme ce Paris est immense, mais les Parisiens sont de drôles de gens; ils trompettent toute la journée.« – Vierzehn Tage war kein warmes Essen in Paris. – Ende Jänner Ende der viereinhalbmonatlichen Belagerung.

Kameradschaftlicher Verkehr alter Frauen im Coupé. Erzählungen von alten Frauen, die von Automobilen überfahren wurden, ihre Mittel auf der Reise: niemals Sauce essen, das Fleisch herausnehmen, die Augen während der Fahrt geschlossen halten, aber dabei ..... zum Obstboden essen, kein hartes Kalbfleisch, Herren bitten, einen über die Gasse hinüberzuführen, Kirschen sind das schwerste Obst, die Rettung der alten Frau.

Siamesencoupé im Mailänder Bahnhof.

Junges italienisches Ehepaar im Zug nach Stresa mischt sich mit einem andern im Zug nach Paris. Ein Ehemann ließ sich nur küssen und gab beim Hinausschaun aus dem Fenster nur seine Schulter für ihre Wange her. Als er in der Hitze den Rock auszog und die Augen schloß, schien sie ihn genauer anzusehn. Hübsch war sie nicht, sie hatte nur dünnes Lockenhaar um das Gesicht. Die andere aber mit dem Schleier, von dessen blauen Tupfen einer öfters ein Auge verdeckte, deren Nase zu bald abgeschnitten schien, deren Falten um den Mund jugendliche Falten waren, für die Zwecke ihrer jugendlichen Lebhaftigkeit. Ihre Augen fuhren, wenn sie das Gesicht senkte, hin und her, wie ich es bei uns nur bei Leuten mit Augengläsern gesehn habe.

Bemühungen aller Franzosen, mit denen man in Berührung kommt, schlechtes Französisch wenigstens für den Augenblick zu verbessern.

Junger, schlecht rasierter Geistlicher mit dem Ansichtskartenreisenden, der zu Dutzenden gepackte Karten vorzeigt, die der Geistliche bespricht. Ich schaue ihn, auch ein wenig durch die Hitze beeinflußt, so aufmerksam an, daß ich ihm schließlich mit dem ganzen Stiefelabsatz in die Kutte trete. »Niente«, sagt er und spricht weiter, immer mit starkem, durch italienische »Ah!« angezeigtem Atemzusetzen.

Mit den unsicheren Entschlüssen bezüglich des Hotels im Innern unseres Wagens sitzend, scheinen wir auch den Wagen unsicher zu kutschieren, einmal in eine Nebengasse zu führen, dann ihn wieder in die Hauptrichtung zurückzuziehn; und das im Vormittagsverkehr der Rue de Rivoli in der Nähe der Hallen.
Erstes Heraustreten auf meinen Balkon und Umblick, wie wenn ich jetzt in diesem Zimmer erwacht wäre, während ich doch von der Nachtfahrt so müde bin, daß ich nicht weiß, ob ich imstande sein werde, für den ganzen Tag in diese Gassen hinauszulaufen, besonders wie ich sie jetzt von oben aus, noch ohne mich, sehe.

Anfang der Pariser Mißverständnisse. Max kommt in mein Hotelzimmer herauf und ist darüber aufgeregt, daß ich noch nicht fertig bin und mir das Gesicht wasche, während ich früher doch gesagt hätte, daß wir uns nur ein wenig waschen und gleich weggehn sollen. Da ich mit Wenigwaschen nur das Waschen des ganzen Körpers ausgeschlossen, dagegen gerade das Waschen des Gesichtes gemeint habe und damit eben noch nicht fertig bin, verstehe ich seine Vorwürfe nicht und wasche das Gesicht weiter, wenn auch nicht so genau wie früher, während sich Max mit dem ganzen Schmutz der Nachtfahrt in seinen Kleidern auf mein Bett setzt, um zu warten. Er hat die Gewohnheit und führt sie auch jetzt vor, beim Vorwürfemachen den Mund, aber auch das ganze Gesicht süßlich zusammenzuziehn, als suche er dadurch einerseits das Verständnis seiner Vorwürfe zu befördern und als wolle er andererseits zeigen, daß nur dieses süßliche Gesicht, das er gerade hat, ihn davon abhalte, mir eine Ohrfeige zu geben. Darin, daß ich ihn zu diesem Heuchlerischen gegen seine Natur zwinge, liegt noch ein eigner Vorwurf, den er mir dann zu machen scheint, wenn er verstummt und sein Gesicht, um sich von dem Süßlichen zu erholen, in der entgegengesetzten Richtung, also vom Mund weg, sich auseinanderspannt, was natürlich viel stärker wirkt als das erste Gesicht. Ich dagegen verstehe es (so war es auch in Paris), so vor Müdigkeit in mich zurückgefallen zu sein, daß mich der Einfluß solcher Gesichter überhaupt nicht erreicht, weshalb ich dann in meinem Jammer so mächtig sein kann, geradewegs aus der vollkommensten Gleichgültigkeit und ohne jedes Schuldgefühl mich ihm gegenüber entschuldigen zu können. Das beruhigte ihn damals in Paris, wenigstens scheinbar, so daß er mit mir auf den Balkon trat und die Aussicht besprach, vor allem, wie pariserisch sie sei. Ich sah eigentlich nur, wie frisch Max war, wie er sicher zu irgendeinem Paris paßte, das ich gar nicht bemerkte, wie er jetzt, aus seinem dunklen Hinterzimmer kommend, zum erstenmal seit einem Jahr in der Sonne auf einen Pariser Balkon trat und sich dessen würdig bewußt war, während ich leider deutlich müder

war als bei meinem ersten Hinaustreten auf den Balkon ein Weilchen vor Maxens Kommen. Und meine Müdigkeit in Paris kann nicht durch Ausschlafen, sondern nur durch Wegfahren beseitigt werden. Manchmal halte ich das sogar für eine Eigentümlichkeit von Paris.
Ich habe das eigentlich ohne Widerwillen geschrieben, auf den Fersen war er mir aber bei jedem Wort.

Ich bin zuerst gegen die Cafés Biard, weil ich glaube, daß man dort nur schwarzen Kaffee bekommt. Es zeigt sich, daß auch Milch zu haben ist, wenn auch nur mit schlechtem schwammigem Gebäck. Es ist fast die einzige Verbesserung, die mir für Paris eingefallen ist, daß man besseres Gebäck in diesen Cafés anschaffen soll. Später komme ich darauf, vor dem Frühstück, während Max schon sitzt, in den Seitengassen herumzulaufen und Obst zu suchen. Auf dem Weg zum Café esse ich immer ein bißchen weg, damit Max nicht zu sehr staunt. Als wir in einem guten Caféhaus bei der Station der Versailler Dampfbahn den gelungenen Versuch machen, Apfelstrudel und Mandelgebäck aus einer Bäckerei unter den Augen eines über uns in der Tür lehnenden Kellners aufzuessen, führen wir das auch im Café Biard ein und finden, daß man dadurch, abgesehen vom Genuß des feinen Gebäcks, zum deutlicheren Genuß des eigentlichen Vorteils dieser Cafés kommt, nämlich des vollständigen Unbeachtetseins bei ziemlich leerem Lokal, guter Bedienung, nahe allen Menschen hinter dem Pult und vor der immer geöffneten Ladentür. Nur muß man sich damit abfinden, daß der Boden gekehrt wird, was wegen des unmittelbar von der Gasse hereinkommenden, an dem Pult sich hin und her schiebenden Besuches häufig geschieht und wobei auch von der Gewohnheit nicht abgesehen wird, die Gäste nicht zu beachten.

Beim Anblick der kleinen Bars auf der Versailler Dampfbahnstrecke scheint es für ein junges Ehepaar leicht, eine solche Bar zu eröffnen und dabei ein ausgezeichnetes, interessantes, risikoloses, nur zu bestimmten Tageszeiten anstrengendes Leben zu führen. Sogar auf den Boulevards werden zwischen zwei Seitengassen an der Spitze eines keilförmigen Häuserblocks solche billige Bars im Seitendunkel herangeschoben.

Die Gäste in kalkbespritzten Hemden um die Tischchen der Vorstadt-Gasthäuser.

Das Rufen einer Frau mit einem kleinen Bücherhandwagen am Abend auf dem Boulevard Poissonière. Blättert, blättert meine Herren, sucht euch alles aus, was daliegt, wird verkauft. Ohne zum Einkaufen zu drängen, ohne auch aufdringlich hinzusehen, nennt sie innerhalb ihres Rufens gleich den Preis des Buches, das einer der Umstehenden in die Hand nimmt. Sie scheint nur zu verlangen, daß rascher geblättert wird, rascher die Bücher in den Händen wechseln, was man verstehen kann, wenn man zusieht, wie hie und da einer, zum Beispiel ich, langsam ein Buch aufhebt, langsam und wenig darin blättert, langsam es hinlegt und endlich langsam weggeht. Das ernste Nennen der Preise von Büchern, deren Unanständigkeit so lächerlich ist, daß man sich einen Kaufabschluß unter den Augen des ganzen Publikums zuerst nicht vorstellen kann.

Um wieviel mehr Entschlußkraft das Kaufen eines Buches vor dem Laden als drinnen verlangt, weil dieses Aussuchen eigentlich nur ein freies Überlegen ist bei zufälliger Gegenwart der ausliegenden Bücher.

Sitzen auf den zwei einander zugewendeten Sesselchen in den Champs Elysées. Viel zu lang aufbleibende Kinder spielen noch im Halbdunkel, in dem sie die von ihnen in den Sand gezogenen Striche nicht mehr gut sehen.

Die geschlossene Badeanstalt mit einer in der Erinnerung türkisch wirkenden Außenbemalung. Sie ist eisengrau beleuchtet mitten am Nachmittag, weil Sonnenlicht nur durch die Lücken der oben ausgespannten Tücher in einer Ecke mit einzelnen Strahlen kommt und unten das Flußwasser verdunkeln hilft. Großer Raum. In einer Ecke eine Bar. Die Schwimmeister jagen hier und drüben das Bassin entlanglaufend einander die Kundschaften ab. Sie treten an den Besucher vor seiner Kabine von der Seite drohend heran und verlangen mit unverständlichen oder beharrlichen Reden ein Sperrgeld. Ein Verlangen in unverständlicher Sprache scheint mir diskret vorgebracht. Grands bains du Pont Royal. In den Ecken stehen auf den Stufen Leute, die sich gründlich mit Seife abwaschen. Das Seifenwasser um sie herum rührt sich nicht. Man sieht durch die Lücken zum Fluß zu etwas sich vorbeibewegen, es sind Dampfer. Die Ärmlichkeit dieses Schwimmvergnügens zeigt sich, als zwei mit einem alten Seelentränker sich unterhalten, der, von einer Wand weggeschoben, schon an die gegenüberliegende stößt. Kellergeruch. Schöne grüne Gartenbänke. Viel Deutsch. In einer Schwimmschule hängt über Wasser ein Knotenstrick zum beliebigen Turnen herunter. Wir fragen nach Musée Balzac, ein hübscher Junge mit von der Nässe aufgebauschter Frisur erklärt uns, daß wir das Musée Grevin (ein Panoptikum) meinen. Dienstbereit läßt er sich seine Kabine aufmachen, bringt einen kleinen Führer (vielleicht ein Neujahrsgeschenk eines Etablissements) und findet auch dort das Musée Balzac nicht. Wir haben uns schon innerlich fortwährend bedankt, da wir das voraussahen, und auch dringend abgeraten, es zu suchen. Es steht ja auch im Bottin nicht.

Eine dicke Placeuse in der Komischen Oper nimmt uns ziemlich von oben herab etwas Trinkgeld ab. Ich dachte, es liege daran, daß wir mit unseren Theaterkarten in der Hand etwas zu sehr Schritt für Schritt hintereinander heraufgekommen waren, und nahm mir vor, am nächsten Abend in der Comödie der Placeuse in ihre Augen hinein das Trinkgeld zu verweigern, während ich jetzt, vor ihr und mir mich schämend, gar als alle andern ohne Trinkgeld hineinkamen, ein großes Trinkgeld gab. Ich brachte in der Comödie auch meinen Satz heraus, in dem ich das Trinkgeld etwas meiner Meinung nach »nicht Unumgängliches« nannte, mußte aber doch wieder zahlen, als die diesmal magere Placeuse klagte, sie sei von der Verwaltung nicht entlohnt, und das Gesicht zur Schulter neigte.

Stiefelputzszene am Anfang. Wie die Kinder, die die Wache begleiten, im gleichen Schritt die Treppe hinuntergehen. Eindruck der obenhin gespielten Ouvertüre, so daß die zu spät Kommenden einen leichten Eintritt haben. So pflegte man sonst nur Operetten herzunehmen. Richtige Einfalt der Inszenierung. Schläfrige Statisten, wie bei allen Vorstellungen, die ich in Paris gesehen, während sie bei uns oft schlecht zurückgehaltene Lebendigkeit haben. Der Esel für den ersten Akt »Carmen« vor dem Theatereingang in der engen Gasse von Theaterleuten und etwas Straßenpublikum umgeben, wartet, bis die kleine Eingangstür frei wird. Ich kaufe auf der Freitreppe fast mit Bewußtsein eines jener falschen Programme, wie sie vor allen Theatern verkauft werden. Eine Ballerine tanzt für Carmen in der Schmugglerkneipe. Wie ihr stummer Körper beim Gesang Carmens arbeitet. Später Tanz Carmens, der aber doch wegen ihrer Verdienste in der bisherigen Vorstellung eigentlich viel schöner ist. Es sieht aus, als hätte sie vor der Vorstellung einige eilige Lektionen bei der Hauptballerine genommen. Das Rampenlicht macht ihre Sohlen weiß, wenn sie am Tisch lehnt, jemandem zuhört und die Füße unter dem grünen Rock gegeneinander spielen läßt.

Ein Mensch, der kein Tagebuch hat, ist einem Tagebuch gegenüber in einer falschen Position. Wenn dieser zum Beispiel in Goethes Tagebuch liest, daß dieser am 11. Januar 1797 den ganzen Tag zu Hause »mit verschiedenen Anordnungen beschäftigt« war, so scheint es diesem Menschen, daß er selbst noch niemals so wenig gemacht hat.

Für den letzten Akt sind wir schon zu müde (ich war es schon für den vorletzten) und gehen weg und setzen uns in eine Bar gegenüber der Opéra Comique, wo Max in seiner Müdigkeit mich mit Sodawasser ganz bespritzt und ich in meiner Müdigkeit vor Lachen mich nicht halten kann und mir die Grenadine durch die Nase jage. Inzwischen fängt wohl der letzte Akt an, wir wandern nach Hause. Auf diesem Platz wurde mir wohl nach der Hitze im Theater, wo ich die heiße Luft durch das offene Hemd an meine Brust gefächelt hatte; die Nachtluft, das Sitzen im Freien, das Ausstrecken der Beine auf einen städtischen Platz hinaus, obwohl die erleuchtete große Theaterfassade mit den Seitenlichtern der Kaffeehäuser ausreichte, den kleinen Platz, besonders seinen Boden, bis unter die Tischchen hin wie ein Zimmer zu beleuchten.

Herr im Foyer, der zwei Damen unterhält, in einem Frackanzug, der etwas lose hängt und der, wenn er nicht neu wäre, nicht hier getragen würde und besser paßte, historisch sein könnte. Monokel fallen gelassen und wieder aufgenommen. Klopft, wenn das Gespräch stockt, unsicher mit seinem Stock auf. Steht immer mit Armzuckungen, wie wenn er jeden Augenblick die Absicht hätte, mit ausgestrecktem Arm seine Damen mitten durch die Menge zu führen. Ausgesogene, abgenützte Gesichtshaut.

Eigenschaft der deutschen Sprache, im Munde von Ausländern, die sie nicht beherrschen und meist auch nicht beherrschen wollen, schön zu werden. Soweit wir Franzosen beobachtet haben, konnten wir niemals sehen, daß sie sich über unsere Fehler im Französischen freuten oder auch nur diese Fehler hörenswert fanden, und selbst wir, deren Französisch nur wenig französisches Sprachgefühl hervorbringen kann ... [hier abgebrochen]

Die von mir aus glücklichen Köche und Kellner, die nach dem allgemeinen Essen Salat, Bohnen und Erdäpfel essen, Mischungen davon in großen Schüsseln machen, von jeder Speise nur wenig nehmen, obwohl ihnen viel gereicht wird, und von der Ferne so aussehen wie Köche und Kellner bei uns. – Kellner, dessen Mund und Bärtchen elegant zusammengezogen ist und der mich an einem Tag meiner Meinung nach nur deshalb bedient, weil ich müde, ungeschickt, gedankenlos und unsympathisch bin und daher selbst mir kein Essen verschaffen könnte, während er es mir bringt, fast ohne es zu merken.

Bei Duval am Boulevard Sebastopol in der Abenddämmerung. Drei Gäste im Lokal verstreut. Die Kellnerinnen leise miteinander redend. Die Kassa noch leer. Ich bestelle einen Joghurt, dann noch einen. Die Kellnerin bringt es still, das Halbdunkel des Lokals trägt zu der Stille auch bei, sie nimmt auch still die Bestecke weg, die für das Abendessen auf meinem Platz vorbereitet waren und mich beim Trinken hindern könnten. Es war mir sehr angenehm, Duldung und Verständnis für meine Leiden bei einer Frau ahnen zu können, die so still war.

Lächerliches Restaurant in der Rue Richelieu. Gedrängt voll. Häßlicher Anblick des Rauches vor Spiegelscheiben. Regelmäßig verteilte, mit Hüten vollgehängte Kleiderrechen wie Bäume. Sitte der Geländer zwischen Tischen. Gleich nachdem die Täuschung des ungeschickten Ausländers, wo ein geländerartiger Rahmen sei, müsse auch eine Glasscheibe stecken, dadurch aufgeklärt wird, daß man frech in die Scheibe schaut, in der man das Spiegelbild entfernter Gäste zu sehen meint und durch den Gegenblick einsieht, daß man es mit wirklichen Gesichtern zu tun hat – fühlt man, wie solche Geländer zwischen aneinandergestellten Tischen gerade viel für die Annäherung tun.

Im Louvre von einer Bank zur andern. Schmerz, wenn eine ausgelassen wird. – Gedränge im Salon Carré, erregte Stimmung, gruppenweises Stehn, wie wenn die Mona Lisa gerade gestohlen worden wäre. – Annehmlichkeit der Querstangen vor den Bildern, an denen man lehnen kann, besonders im Saal der Primitiven. – Dieser Zwang, mit Max seine Lieblingsbilder anzusehen, da ich zu müde bin, selbst hinzuschauen. – Bewundernder Aufblick. – Die Kraft einer großen jungen Engländerin, die mit ihrem Begleiter im längsten Saal von einem Ende zum andern geht.

Anblick Maxens, wie er vor Aristide unter einer Straßenlaterne »Phädra« liest und sich bei dem kleinen Druck die Augen verdirbt. Warum folgt er mir niemals? – Ich profitiere leider noch davon, da er mir auf dem Weg zum Theater alles erzählt, was er auf der Gasse, während ich genachtmahlt habe, aus seiner »Phädra« herausgelesen hat. Kurzer Weg, Anstrengung Maxens, mir alles, alles zu erzählen, auch Anstrengung meinerseits. Militärisches Schauspiel im Foyer. Soldaten regeln nach militärischen Grundsätzen das Vortreten des einige Meter von der Kassa zurückgedrängten Publikums.
Vermeintliche Claqueurin in unserer Reihe. Ihr Applaus scheint dem Stockaufschlagen des über uns im letzten Rang beschäftigten Oberclaqueurs zu folgen. Sie klatscht mit so weit vorgebeugtem abwesendem Gesicht, daß sie, wenn der Applaus zu Ende ist, erstaunt besorgt die Innenfläche ihrer durchbrochenen Handschuhe anschaut. Fängt aber gleich wieder an, wenn es nötig wird.

Klatscht aber schließlich auch selbständig und ist gar keine Claqueurin.
Das Gefühl der Ebenbürtigkeit gegenüber dem Stück, das die Theaterbesucher haben müssen, um gegen Ende des ersten Aktes anzukommen und reihenlang Leute zum Aufstehen zu bringen. – Eine Dekoration, die fünf Akte durch stehenbleibt, trägt viel zum Ernst bei und ist, selbst wenn sie nur aus Papier besteht, solider als eine wechselnde aus Holz und Stein.
Eine gegen das Meer und die blaue Luft gehaltene Säulengruppe, in der Höhe von Schlingpflanzen überwachsen. Unmittelbarer Einfluß des Gastmahles von Veronese, auch Claude Lorrains.
Der, ob geschlossen, sich öffnend oder offen, gleich ruhig geschwungene Mund Hippolyts.
Oenone, leicht in dauernde Stellung geratend, einmal aufgerichtet, die Beine eng vom Tuch umbunden, den Arm gehoben, mit ruhiger Faust, trägt sie einen Vers vor. Viele langsame Verhüllungen der Gesichter mit den Händen. Graue Farbe der Berater der Hauptpersonen.
Unzufriedenheit mit der Darstellerin der Phädra in der Erinnerung an die Befriedigung, die ich über die Rachel als Mitglied der Comédie Française hatte, wann immer ich von ihr gelesen habe.
Bei so überraschendem Anblick, wie es die erste Szene ist, wo Hippolyt den unbewegten manneslangen Bogen neben sich hält, mit der Absicht, sich dem Pädagogen anzuvertrauen, und den ruhigen stolzen Blick ins Publikum gerichtet seine Verse wie ein Festgedicht aufsagt, hatte ich wie oft schon früher, den allerdings sehr schwachen Eindruck, daß es zum erstenmal geschieht, und in meine übrige Bewunderung mischte sich die Bewunderung des gleich erstmaligen Gelingens.

Rationell eingerichtete Bordelle. Die reinen Jalousien der großen Fenster des ganzen Hauses herabgelassen. In der Portiersloge statt eines Mannes ehrbar angezogene Frau, die überall zu Hause sein könnte. Schon in Prag habe ich immer den amazonenmäßigen Charakter der Bordelle flüchtig bemerkt. Hier ist es noch deutlicher. Der weibliche Portier, der sein elektrisches Läutewerk in Bewegung setzt, der uns in seiner Loge zurückhält, weil ihm gemeldet wird, daß gerade Gäste die Treppe herabkommen, die zwei ehrbaren Frauen oben (warum zwei?), die uns empfangen, das Aufdrehen des elektrischen Lichtes im Nebenzimmer, in dem die unbeschäftigten Mädchen im Dunkel oder Halbdunkel saßen, der Dreiviertel-Kreis (wir ergänzen ihn zum Kreis), in dem sie um uns in aufrechten, auf ihren Vorteil bedachten Stellungen stehen, der große Schritt, mit dem die Erwählte vortritt, der Griff der Madame, mit dem sie mich auffordert, während ich mich zum Ausgang hingezogen fühle. Unmöglich mir vorzustellen, wie ich auf die Gasse kam, so rasch war es. Schwer ist es, die Mädchen dort genauer anzusehen, weil sie zu viele sind, mit den Augen blinzeln, vor allem zu nahe stehen. Man müßte die Augen aufreißen, und dazu gehört Übung. In der Erinnerung habe ich eigentlich nur die, welche gerade vor mir stand. Sie hatte lückenhafte Zähne, streckte sich in die Höhe, hielt mit der über der Scham geballten Faust ihr Kleid zusammen und öffnete und schloß gleich und schnell die großen Augen und den großen Mund. Ihr blondes Haar war zerrauft. Sie war mager. Angst davor, nicht zu vergessen, den Hut nicht abzunehmen. Man muß sich die Hand von der Krempe reißen. Einsamer, langer, sinnloser Nachhauseweg.

Ansammlung der Besucher vor dem Öffnen des Louvre. Die Mädchen sitzen zwischen den hohen Säulen, lesen im Baedeker, schreiben Ansichtskarten.

Venus von Milo, deren Anblick bei dem langsamsten Umgehen schnell und überraschend wechselt. Leider eine erzwungene (über Taille und Hülle), aber einige wahre Bemerkungen gemacht, zu deren Erinnerung ich eine plastische Reproduktion nötig hätte, besonders darüber, wie das gebogene linke Knie den Anblick von allen Seiten mitbestimmt, manchmal aber nur sehr schwach. Die erzwungene Bemerkung: Man erwartet, daß über der aufhörenden Hülle der Leib sich gleich verjüngt, er wird aber zunächst noch breiter. Das fallende, vom Knie gehaltene Kleid.

Der Borghesische Fechter, dessen Vorderanblick nicht der Hauptanblick ist, denn er bringt den Beschauer zum Zurückweichen und ist verstreuter. Von hinten aber gesehen, dort, wo der Fuß zuerst auf dem Boden ansetzt, wird der überraschte Blick das festgezogene Bein entlang gelockt und fliegt geschützt über den unaufhaltsamen Rücken zu dem nach vorn gehobenen Arm und Schwert.

Die Metro schien mir damals sehr leer, besonders wenn ich es mit jener Fahrt vergleiche, als ich krank und allein zum Rennen gefahren bin. Das Aussehen der Metro unterliegt auch abgesehen vom Besuch dem Einfluß des Sonntags. Die dunkle Stahlfarbe der Wände überwog. Die Arbeit der die Waggontüren auf- und zuschiebenden und dazwischen sich hinein- und herausschwingenden Schaffner stellte sich als eine Sonntagnachmittagsarbeit heraus. Die langen Wege zur Correspondance wurden langsam gegangen. Die unnatürliche Gleichgültigkeit der Passagiere, mit der sie die Fahrt in der Metro hinnehmen, wurde deutlicher. Das Sich-gegen-die-Glastüre-Wenden, das Aussteigen einzelner an unbekannten Stationen weit von der Oper wird als launenhaft empfunden. Sicher ist in den Stationen trotz der elektrischen Beleuchtung das wechselnde Tageslicht zu bemerken, besonders wenn man gerade heruntergestiegen ist, merkt man es, besonders dieses Nachmittagslicht, knapp vor der Verdunkelung. Die Einfahrt in die leere Endstation der Porte Dauphine, Menge von sichtbar werdenden Röhren, Einblick in die Schleife, wo die Züge die einzige Kurve machen dürfen nach so langer geradliniger Fahrt. Tunnelfahrten in der Eisenbahn sind viel ärger, (hier) keine Spur von der Bedrückung, die der Passagier unter dem wenn auch zurückgehaltenen Druck der Bergmassen fühlt. Man ist auch nicht weit von den Menschen, sondern eine städtische Einrichtung, wie zum Beispiel das Wasser in den Leitungen. Das Zurückspringen beim Aussteigen, mit dem dann folgenden verstärkten Vorgehen. Dieses Aussteigen auf ein gleiches Niveau. Meist verlassene kleine Schreibzimmer mit Telephon und Läutewerk dirigieren den Betrieb. Max schaut gern hinein. Schrecklich war der Lärm der Metro, als ich mit ihr zum erstenmal im Leben vom Montmartre auf die großen Boulevards gefahren bin. Sonst ist er nicht arg, verstärkt sogar das angenehme ruhige Gefühl der Schnelligkeit. Die Reklame von Dubonnet ist sehr geeignet, von traurigen und unbeschäftigten Passagieren gelesen, erwartet und beobachtet zu werden. Ausschaltung der Sprache aus dem Verkehr, da man weder beim Zahlen noch beim Ein- und Aussteigen zu reden hat. Die Metro ist wegen ihrer leichten Verständlichkeit für einen erwartungsvollen und schwächlichen Fremden die beste Gelegenheit, sich den Glauben zu verschaffen, richtig und rasch im ersten Anlauf in das Wesen von Paris eingedrungen zu sein.

Die Fremden erkennt man daran, daß sie oben, schon auf dem letzten Absatz der Metrotreppe, sich nicht mehr auskennen, sie verlieren sich nicht wie die Pariser aus der Metro übergangslos in das Straßenleben. Auch stimmt beim Herauskommen die Wirklichkeit erst langsam mit der Karte überein, da wir auf diesen Platz, wo wir jetzt nach dem Heraufkommen hingestellt sind, niemals zu Fuß oder zu Wagen gekommen wären, ohne Führung der Karte.

Die Erinnerung an Spaziergänge in Anlagen ist immer schön, Freude daran, daß es noch so hell ist, aufpassen, daß es nicht rasch dunkel wird, davon und von der Müdigkeit ist Gangart und Herumschauen beherrscht. Die straffe Fahrt der Automobile auf der großen glatten Straße. Das rotgekleidete Orchester, das im Lärm der Automobile im kleinen Gartenrestaurant unhörbar nur zum Genuß der nächsten Umgebung auf den Instrumenten arbeitet. Nie gesehene Pariser führen einander an der Hand. Verbranntes erdfarbenes Gras. Männer in Hemdärmeln mit ihren Familien im Halbdunkel der Bäume, zu denen der Zutritt schon vorher verboten war. Hier war das Fehlen der Juden am auffallendsten. Der Rückblick zur kleinen Dampfbahn, die sich aus einem Karussell abgewickelt und weggefahren zu sein scheint. Der Weg zum See. Meine stärkste Erinnerung vom ersten Anblick dieses Sees ist der gebeugte Rücken des Mannes, der, zu uns ins Boot, unter das gespannte Tuchdach geneigt, uns die Fahrkarte reichte. Wahrscheinlich infolge meiner Sorge um die Karte und meiner Unfähigkeit, den Mann zu einer Erklärung zu zwingen, ob das Boot den See umfahre oder zur Insel übersetze und ob es Haltestellen habe. Deshalb habe ich mich so in ihn verschaut, daß ich ihn manchmal allein über den See gerade so stark, aber ohne Boot gebeugt sehe. Viele Leute in Sommerkleidern auf der Landungsstelle. Boote mit ungeschickten Ruderern. Niedriges Seeufer ohne Geländer. Langsame Fahrt, erinnert mich an Spaziergänge, die ich vor einigen Jahren jeden Sonntag allein gemacht habe. Herausziehen der Füße aus dem Wasser auf dem Bootsgrund. Beim Anhören unseres Tschechisch Erstaunen der Passagiere, sich mit derartig Fremden in ein Boot gesetzt zu haben. Viele Menschen auf den Abhängen des Westufers, eingepflanzte Stöcke, ausgebreitete Zeitungen, Mann mit seinen Töchtern flach im Gras, wenig Lachen, niedriges Ostufer, bei uns schon seit langem abgeschaffte Wegbegrenzung aus kleinen, aneinandergefügten gebogenen Hölzchen, geeignet, Schoßhündchen vom Rasen abzuhalten, ein wilder Hund läuft über die Wiesen, ernst arbeitende Ruderer mit einem Mädchen in ihrem schweren Boot. Ich lasse Max besonders einsam bei einer Grenadine im Dunkel am Rande eines halb leeren Cafégartens, wo nahe eine Straße vorübergeht, die wieder von einer andern unbekannten förmlich flüchtig gekreuzt wird. Automobile und Wagen fahren von dieser dunklen Kreuzungsstelle in noch wüstere Gegenden. Ein großes eisernes Gitter gehört vielleicht zum Verzehrungssteueramt, ist aber geöffnet und läßt jeden durch. In der Nähe sieht man das grelle Licht des Lunaparks, das die Unordnung dieses Halbdunkels vergrößert. So viel Licht und so leer. Auf dem Weg zum Lunapark und zu Max zurück stolpere ich vielleicht fünfmal.

Montag, 11. September. Auf dem Asphaltpflaster sind die Automobile leichter zu dirigieren, aber auch schwerer einzuhalten. Besonders wenn ein einzelner Privatmann am Steuer sitzt, der die Größe der Straßen, den schönen Tag, sein leichtes Automobil, seine Chauffeurkenntnisse für eine kleine Geschäftsfahrt ausnützt und dabei an Kreuzungsstellen sich mit dem Wagen so winden soll wie die Fußgänger auf dem Trottoir. Darum fährt ein solches Automobil knapp vor der Einfahrt in eine kleine Gasse, noch auf dem großen Platz in ein Tricycle hinein, hält aber elegant, tut ihm nicht viel, tritt ihm förmlich nur auf den Fuß, aber während ein

Fußgänger mit einem solchen Fußtritt desto rascher weitereilt, bleibt das Tricycle stehen und hat das Vorderrad verkrümmt. Der Bäckergehilfe, der auf diesem der Firma gehörigen Wagen bisher vollständig sorglos mit jenem den Dreirädern eigentümlichen schwerfälligen Schwanken dahingefahren ist, steigt ab, trifft den Automobilisten, der ebenfalls absteigt, und macht ihm Vorwürfe, die durch den Respekt vor einem Automobilbesitzer gedämpft und durch die Furcht vor seinem Chef angefeuert werden. Es handelt sich nun zuerst darum, zu erklären, wie es zu dem Unfall gekommen. Der Automobilbesitzer stellt mit seinen erhobenen Handflächen das heranfahrende Automobil dar, da sieht er das Tricycle, das ihm in die Quere kommt, die rechte Hand löst sich ab und warnt durch Hin- und Herfuchteln das Tricycle, das Gesicht ist besorgt, denn welches Automobil kann auf diese Entfernung bremsen. Wird es das Tricycle einsehen und dem Automobil den Vortritt lassen? Nein, es ist zu spät, die Linke läßt vom Warnen ab, beide Hände vereinigen sich zum Unglücksstoß, die Knie knicken ein, um den letzten Augenblick zu beobachten. Es ist geschehen und das still dastehende verkrümmte Tricycle kann schon bei der weiteren Beschreibung mithelfen. Dagegen kann der Bäckergehilfe nicht gut aufkommen. Erstens ist der Automobilist ein gebildeter lebhafter Mann, zweitens ist er bis jetzt im Automobil gesessen, hat sich ausgeruht, kann sich bald wieder hineinsetzen und weiter ausruhn und drittens hat er von der Höhe des Automobils den Vorgang wirklich besser gesehn. Einige Leute haben sich inzwischen angesammelt und stehen, wie es die Darstellung des Automobilisten verdient, nicht eigentlich im Kreise um ihn, sondern mehr vor ihm. Der Verkehr muß sich inzwischen ohne den Platz behelfen, den diese Gesellschaft einnimmt, die überdies nach den Einfällen des Automobilisten hin und her rückt. So ziehen zum Beispiel einmal alle zum Tricycle, um den Schaden, von dem so viel gesprochen worden ist, einmal genauer anzusehen. Der Automobilist hält ihn nicht für arg (einige halten in mäßig lauten Unterredungen zu ihm), trotzdem er sich nicht mit dem bloßen Hinschauen begnügt, sondern rundherum geht, oben hinein und unten durch schaut. Einer, der schreien will, setzt sich, da der Automobilist Schreien nicht braucht, für das Tricycle ein; er bekommt aber sehr gute und sehr laute Antworten von einem neu auftretenden fremden Mann, der, wenn man sich nicht beirren läßt, der Begleiter des Automobilisten gewesen ist. Einige Male müssen einige Zuhörer zusammen lachen, beruhigen sich aber immer mit neuen sachlichen Einfällen. Nun besteht eigentlich keine große Meinungsverschiedenheit zwischen Automobilisten und Bäckerjungen, der Automobilist sieht sich von einer kleinen freundlichen Menschenmenge umgeben, die er überzeugt hat, der Bäckerjunge läßt von seinem einförmigen Armeausstrecken und Vorwürfemachen langsam ab, der Automobilist leugnet ja nicht, daß er einen kleinen Schaden angerichtet hat, gibt auch durchaus dem Bäckerjungen nicht alle Schuld, beide haben Schuld, also keiner, solche Dinge kommen eben vor usw. Kurz, die Angelegenheit würde schließlich in Verlegenheit ablaufen, die Stimmen der Zuschauer, die schon über den Preis der Reparatur beraten, müßten abverlangt werden, wenn man sich nicht daran erinnern würde, daß man einen Polizeimann holen könnte. Der Bäckerjunge, der in eine immer untergeordnetere Stellung zum Automobilisten geraten ist, wird von ihm einfach um einen Polizisten geschickt und vertraut sein Tricycle dem Schutz des Automobilisten an. Nicht mit böser Absicht, denn er hat es nicht nötig, eine Partei für sich zu bilden, hört er auch in Abwesenheit des Gegners mit seinen Beschreibungen nicht auf. Weil man rauchend besser erzählt, dreht er sich eine Zigarette. In seiner Tasche hat er ein Tabaklager. Neu Ankommende, Uniformierte, und wenn es auch nur Geschäftsdiener sind, werden systematisch zuerst zum Automobil, dann zum Tricycle geführt und erst dann über die Details unterrichtet. Hört er aus der Menge von einem weiter hinten Stehenden einen Einwand, beantwortet er ihn auf den Fußspitzen, um dem ins Gesicht sehen zu können. Es zeigt sich, daß es zu umständlich ist, die Leute zwischen Automobil und Tricycle hin- und herzuführen, deshalb wird das Automobil mehr zum Trottoir in die Gasse hineingefahren. Ein ganzes Tricycle hält, und der Fahrer sieht sich die Sache an. Wie zur Belehrung über die Schwierigkeiten des Automobilfahrens ist ein großer Motoromnibus mitten auf dem Platz stehengeblieben. Man arbeitet vorn am Motor. Die ersten, die sich um den Wagen niederbeugen, sind seine ausgestiegenen Passagiere im richtigen Gefühl ihrer näheren Beziehung. Inzwischen hat der Automobilist ein wenig Ordnung gemacht und auch das Tricycle mehr zum Trottoir geschoben. Die Sache verliert ihr öffentliches Interesse. Neu Ankommende müssen schon erraten, was eigentlich geschehen ist. Der Automobilist hat sich mit einigen alten Zuschauern, die als Zeugen Wert haben, förmlich zurückgezogen und spricht mit ihnen leise. Wo wandert aber inzwischen der arme Junge herum? Endlich sieht man ihn in der Ferne, wie er mit dem Polizisten den Platz zu durchqueren anfängt. Man war nicht ungeduldig, aber das Interesse zeigt sich sogleich aufgefrischt. Viele neue Zuschauer treten auf, die auf billige Weise den äußersten Genuß der Protokollaufnahme haben werden. Der Automobilist löst sich von seiner Gruppe und geht dem Polizisten entgegen, der die Angelegenheit sofort mit der gleichen Ruhe aufnimmt, welche die Beteiligten erst durch halbstündiges Warten sich verschafft haben. Die Protokollaufnahme beginnt ohne lange Untersuchung. Der Polizist zieht aus seinem Notizbuch mit der Schnelligkeit eines Bauarbeiters einen alten schmutzigen, aber leeren Bogen Papier, notiert die Namen der Beteiligten, schreibt die Bäckerfirma auf und geht, um dies genau zu machen, schreibend um das Tricycle herum. Die unbewußte unverständige Hoffnung der Anwesenden auf eine sofortige sachliche Beendigung der ganzen Angelegenheit durch den Polizisten geht in eine Freude an den Einzelheiten der Protokollaufnahme über. Diese Protokollaufnahme stockt bisweilen. Der Polizist hat sein Protokoll etwas in Unordnung gebracht, und in der Anstrengung, es wieder herzustellen, hört und sieht er weilchenweise nichts anderes. Er hat nämlich den Bogen an einer Stelle zu beschreiben angefangen, wo er aus irgendeinem Grunde nicht hätte anfangen dürfen. Nun ist es aber doch geschehen, und sein Staunen darüber erneuert sich öfters. Er muß den Bogen immerfort wieder umdrehen, um den schlechten Protokollanfang zu glauben. Da er aber von diesem schlechten Anfang bald abgelassen und auch anderswo zu schreiben angefangen hat, kann er, wenn eine Spalte zu Ende ist, ohne großes Auseinanderfalten und Untersuchen unmöglich wissen, wo er richtigerweise fortzusetzen hat. Die Ruhe, die dadurch die Angelegenheit gewinnt, läßt sich mit jener früheren, durch die Beteiligten allein erreichten, gar nicht vergleichen.

Reise Weimar–Jungborn

vom 28. Juni bis 29. Juli 1912

Freitag, 28. Juni. Abfahrt Staatsbahnhof. Gut beisammen. Sokoln verzögern die Zugabfahrt. Ausgezogen, in ganzer Länge auf der Bank gelegen. Elbeufer. Schöne Lage der Orte und Villen, ähnlich den Seeufern. Dresden. Mengen der frischen Waren überall. Reinliche korrekte Bedienung. Ruhig gesetzte Worte. Massives Aussehn der Bauten infolge der Betontechnik, die doch zum Beispiel in Amerika nicht so wirkt. Das sonst ruhige, von Wirbelringen marmorierte Elbewasser.
Leipzig. Gespräch mit unserem Dienstmann. Opels Hotel. Der halbe neue Bahnhof. Schöne Ruine des alten. Gemeinsames Zimmer. Von vier Uhr ab lebendig begraben, weil Max wegen des Lärms die Fenster zumachen muß. Großer Lärm. Dem Gehör nach zieht ein Wagen den andern hinter sich. Die Pferde wegen des Asphalts wie laufende Rennpferde anzuhören. Das sich entfernende, durch seine Unterbrechungen Gassen und Plätze andeutende Läuten der Elektrischen. Abend in Leipzig. Maxens topographischer Instinkt, mein Verlorensein. Dagegen stelle ich, später vom Führer bestätigt, einen schönen Erker am Fürstenhaus fest. Nachtarbeit auf einem Bauplatz, wahrscheinlich auf der Stelle von Auerbachs Keller. Nicht zu beseitigende Unzufriedenheit mit Leipzig. Lockendes Café Oriental. »Taubenschlag«, Bierstube. Der schwer bewegliche langbärtige Biervater. Seine Frau schenkt ein. Zwei große starke Töchter bedienen. Fächer in den Tischen. Lichtenhainer in Holzkrügen. Schandgeruch, wenn man den Deckel öffnet. Ein schwächlicher Stammgast, rötliche magere Wangen, faltige Nase, sitzt mit großer Gesellschaft, bleibt dann allein zurück, das Mädchen setzt sich mit ihrem Bierglas zu ihm. Das Bild des vor zwölf Jahren verstorbenen Stammgastes, der vierzehn Jahre lang hergegangen ist. Er hebt das Glas, hinter ihm ein Gerippe. Viele stark verbundene Studenten in Leipzig. Viel Monokel.

Samstag, 29. Juni. Frühstück. Der Herr, der Samstag die Quittung einer Geldsendung nicht unterschreibt. Spaziergang, Max zu Rowohlt. Buchgewerbemuseum. Kann mich vor den vielen Büchern nicht halten. Die altertümlichen Straßen dieses Verlagsviertels, trotz gerader Straßen und neuerer, allerdings schmuckloser Häuser. Öffentliche Lesehalle. Mittagessen in »Manna«. Schlecht. Wilhelms Weinstube, dämmriges Lokal in einem Hof. Rowohlt. Jung, rotwangig, stillstehender Schweiß zwischen Nase und Wangen, erst von den Hüften an beweglich. Graf Bassewitz,

Verfasser von »Judas«, groß, nervös, trockenes Gesicht. Spiel in der Taille, gut behandelter starker Körper. Hasenclever, viel Schatten und Helligkeit im kleinen Gesicht, auch bläuliche Farben. Alle drei schwenken Stöcke und Arme. Eigentümliches tägliches Mittagessen in der Weinstube. Große breite Weinbecher mit Zitronenscheiben. Pinthus, Korrespondent des »Berliner Tageblatts«, dick, flacheres Gesicht, korrigiert dann im Café Français die Schreibmaschinenniederschrift einer Kritik der »Johanna von Neapel« (Uraufführung am Abend vorher). Café Français. Rowohlt will ziemlich ernsthaft ein Buch von mir. Persönliche Verpflichtungen der Verleger und ihr Einfluß auf den Tagesdurchschnitt der deutschen Literatur. Im Verlag.

Abfahrt nach Weimar fünf Uhr. Das ältere Fräulein im Coupé. Dunkle Haut. Schöne Rundungen an Kinn und Wangen. Wie sich die Nähte der Strümpfe um ihre Beine drehten, sie hatte das Gesicht mit der Zeitung verdeckt und wir sahen die Beine an. Weimar. Auch sie steigt dort aus, nachdem sie einen großen alten Hut angezogen hatte. Ich sah sie später einmal, als ich vom Marktplatz aus das Goethehaus beobachtete. Langer Weg zum Hotel Chemnitius. Fast den Mut verloren. Suchen der Badeanstalten. Dreiteilige Appartements, die man uns anweist. Max soll in einem Loch mit einer Luke schlafen. Freibad am Kirschberg. Schwanensee. Gang in der Nacht zum Goethehaus. Sofortiges Erkennen. Gelbbraune Farbe des Ganzen. Fühlbare Beteiligung unseres ganzen Vorlebens an dem augenblicklichen Eindruck. Das Dunkel der Fenster der unbewohnten Zimmer. Die helle Junobüste. Anrühren der Mauer. Ein wenig herabgelassene weiße Rouleaux in allen Zimmern. Vierzehn Gassenfenster. Die vorgehängte Kette. Kein Bild gibt das Ganze wieder. Der unebene Platz, der Brunnen, die dem ansteigenden Platz folgende gebrochene Baulinie des Hauses. Die dunklen, etwas länglichen Fenster in das Braungelbe eingelegt. Das auch an und für sich auffallendste bürgerliche Wohnhaus in Weimar.

Sonntag, 30. Vormittag. Schillerhaus. Verwachsene Frau, die vortritt und mit ein paar Worten, hauptsächlich durch die Tonart, das Vorhandensein dieser Andenken entschuldigt. Auf der Treppe Klio als Tagebuchführerin. Bild der hundertjährigen Geburtstagsfeier 10. November 1859, das ausgeschmückte, verbreiterte Haus. Italienische Ansichten, Bellagio, Geschenke Goethes. Nicht mehr menschliche Haarlocken, gelb und trocken wie Grannen. Maria Pawlowna, zarter Hals, Gesicht nicht breiter, große Augen. Die verschiedensten Schillerköpfe. Gute Anlage einer Schriftstellerwohnung. Wartezimmer, Empfangszimmer, Schreibzimmer, Schlafalkoven. Frau Junot, seine Tochter, ihm

ähnlich. »Baumzucht im Großen nach Erfahrungen im Kleinen«, Buch seines Vaters.
Goethehaus. Repräsentationsräume. Flüchtiger Anblick des Schreib- und Schlafzimmers. Trauriger, an tote Großväter erinnernder Anblick. Dieser seit Goethes Tod fortwährend wachsende Garten. Die sein Arbeitszimmer verdunkelnde Buche.
Schon als wir im Treppenhaus unten saßen, lief sie mit ihrer kleinen Schwester an uns vorüber. Der Gipsabguß eines Windspiels, der unten im Treppenhaus steht, gehört in meiner Erinnerung mit zu diesem Laufen. Dann sahn wir sie wieder im Junozimmer, dann beim Anblick aus dem Gartenzimmer. Ihre Schritte und ihre Stimme glaubte ich noch öfters zu hören. Zwei Nelken durch das Balkongeländer gereicht. Zu später Eintritt in den Garten. Man sieht sie oben auf einem Balkon. Sie kommt herunter, später erst, mit einem jungen Mann. Ich danke im Vorübergehn dafür, daß sie uns auf den Garten aufmerksam gemacht hat. Wir gehn aber noch nicht weg. Die Mutter kommt, es entsteht Verkehr im Garten. Sie steht bei einem Rosenstrauch. Ich gehe, von Max gestoßen, hin, erfahre von dem Ausflug nach Tiefurt. Ich werde auch hingehn. Sie geht mit ihren Eltern. Sie nennt ein Gasthaus, von dem aus man die Tür des Goethehauses beobachten kann. Gasthaus zum Schwan. Wir sitzen zwischen Efeugestellen. Sie tritt aus der Haustür. Ich laufe hin, stelle mich allen vor, bekomme die Erlaubnis, mitzugehn, und laufe wieder zurück. Später kommt die Familie ohne Vater. Ich will mich anschließen, nein, sie gehn erst zum Kaffee, ich soll mit dem Vater nachkommen. Sie sagt, ich soll um vier ins Haus hineingehn. Ich hole den Vater, nach Abschied von Max. Gespräch mit dem Kutscher vor dem Tor. Weg mit dem Vater. Gespräch über Schlesien, Großherzog, Goethe, Nationalmuseum, Photographieren und Zeichnen und das nervöse Zeitalter. Halt vor dem Haus, wo sie Kaffee trinken. Er läuft hinauf, um alle zum Erkerfenster zu rufen, weil er photographieren wird. Aus Nervosität mit einem kleinen Mädchen Ball gespielt. Weg mit den Männern, vor uns die zwei Frauen, vor ihnen die drei Mädchen. Ein kleiner Hund läuft zwischen uns hin und her. Schloß in Tiefurt. Besichtigung mit den drei Mädchen. Sie hat vieles von den Sachen auch im Goethehaus und besser. Erklärungen vor den Werther-Bildern. Zimmer des Fräuleins von Göchhausen. Die zugemauerte Tür. Der nachgemachte Pudel. Dann Aufbruch mit den Eltern. Zweimaliges Photographieren im Park. Eines auf einer Brücke, das nicht gelingen will. Endlich auf dem Rückweg endgültiger Anschluß ohne rechte Beziehung. Regen. Die Erzählungen von Breslauer Karnevalsscherzen beim Archiv. Abschied vor dem Haus. Mein Herumstehn in der Seifengasse. Max hat inzwischen geschlafen. Abend dreimaliges unverständliches Treffen. Sie mit ihrer Freundin. Zum ersten Mal begleiten wir sie. Ich kann abends

nach sechs immer in den Garten kommen. Jetzt muß sie nach Hause. Dann wieder Zusammentreffen auf dem für ein Duell vorbereiteten Rundplatz. Sie sprechen mit einem jungen Mann mehr feindlich als freundlich. Warum sind sie aber nicht schon zu Hause geblieben, da wir sie doch bis auf den Goetheplatz begleitet hatten? Sie hatten doch eiligst nach Hause müssen. Warum rannten sie aber jetzt, offenbar ohne überhaupt zu Hause gewesen zu sein, von dem jungen Mann verfolgt oder um ihm zu begegnen, aus der Schillerstraße heraus, die kleine Treppe hinab, auf den abseits gelegenen Platz? Warum drehten sie sich dort, nachdem sie auf zehn Schritte Entfernung mit dem jungen Mann ein paar Worte gesprochen und scheinbar seine Begleitung abgelehnt hatten, wieder um und liefen allein zurück? Hatten wir sie gestört, die wir nur mit einfachem Gruß vorübergegangen waren? Später gingen wir langsam zurück; als wir auf den Goetheplatz kamen, liefen sie uns schon wieder aus einer andern Gasse, offenbar sehr erschreckt, fast in die Hände. Wir drehten uns aus Schonung um. Aber sie hatten also schon wieder einen Umweg gemacht.

Montag 1. Juli. Gartenhaus am Stern. Im Gras davor gezeichnet. Den Vers auf dem Ruhesitz auswendig gelernt. Kofferbett. Schlaf. Papagei im Hof, der »Grete« ruft. Nutzlos in die Erfurter Allee gegangen, wo sie nähen lernt. Baden.

Dienstag 2. Juli. Goethehaus. Mansarden. Beim Hausmeister die Photographien angesehn. Herumstehende Kinder. Photographiegespräche. Fortwährendes Aufpassen auf eine Gelegenheit, mit ihr zu sprechen. Sie geht ins Nähen mit einer Freundin. Wir bleiben zurück.
Nachmittag Liszthaus. Virtuosenhaft. Die alte Pauline. Liszt von fünf bis acht gearbeitet, dann Kirche, dann zweiter Schlaf, von elf an Besuche. Max im Bad, ich hole die Photographien, treffe sie vorher, komme mit ihr vors Tor. Der Vater zeigt mir die Bilder, ich bringe Photographieständer, endlich muß ich doch gehn. Sie lächelt mir sinnlos nutzlos hinter dem Rücken des Vaters zu. Traurig. Einfall, die Photographien vergrößern zu lassen. In die Drogerie. Wieder zurück ins Goethehaus wegen des Negativs. Sie sieht mich vom Fenster aus und öffnet. – Vielfaches Treffen der Grete. Beim Erdbeeressen, vor Werthers Garten, wo ein Konzert ist. Ihre Beweglichkeit des Körpers im losen Kleid. Die großen Offiziere, die aus dem »Russischen Hof« kommen. Vielerlei Uniformen. Die Schlanken, Starken in den dunklen Kleidern. – Die Rauferei in der entlegenen Gasse. »Du mußt schon der schönste Dreckorsch sein!« Die Leute an den Fenstern. Die abgehende Familie, ein Betrunkener, eine alte Frau mit Rückenkorb und zwei Burschen als Anhängsel.

Daß ich bald wegfahren muß, drückt mich in der Kehle. Entdeckung von »Tivoli«. Tische an der Wand heißen »Seitenbalkon«. Die alte Schlangendame, ihr Mann, der als Zauberer dient. Die weiblichen Deutschmeister.

Mittwoch 3. Juli. Goethehaus. Es soll im Garten photographiert werden. Sie ist nicht zu sehn, ich darf sie dann holen. Sie ist immer ganz zittrig von Bewegung, bewegt sich aber erst, wenn man zu ihr spricht. Es wird photographiert. Wir zwei auf der Bank. Max zeigt dem Mann, wie es zu machen ist. Sie gibt mir ein Rendezvous für den nächsten Tag. Öttingen schaut durchs Fenster und verbietet Max und mir, die wir gerade allein beim Apparat stehn, das Photographieren. Wir photographieren doch nicht! Damals war die Mutter noch freundlich.

Abgesehen von den Schulen und den Nichtzahlenden kommen dreißigtausend Menschen im Jahr. – Bad. Ernste, ruhige Ringkämpfe der Kinder.

Großherzogliche Bibliothek am Nachmittag. Trippel-Büste. Das Lob des Führers. Der immer zu erkennende Großherzog. Massives Kinn und starke Lippen, Hand im zugeknöpften Rock. Goethebüste von David [d'Angers] mit nach hinten gesträubtem Haar und großem, gespanntem Gesicht. Die durch Goethe vorgenommene Umwandlung eines Palais in eine Bibliothek. Büsten von Passow (hübscher kraushaariger Junge), Zacharias Werner, schmales, prüfendes, vordringendes Gesicht. Gluck. Abgegossen vom Leben. Die Löcher im Mund von den Röhren, durch die er geatmet hat. Goethes Arbeitszimmer. Durch eine Tür tritt man gleich in den Garten der Frau von Stein. Die von einem Sträfling aus einer Rieseneiche ohne einen einzigen Nagel gearbeitete Treppe.

Spaziergang im Park mit dem Zimmermannssohn Fritz Wenski. Seine ernsten Reden. Er schlägt dabei mit einem Zweig in die Büsche. Er wird auch Zimmermann werden und wandern. Jetzt wandert man nicht mehr so wie zu seines Vaters Zeiten, die Eisenbahn verwöhnt. Um Fremdenführer zu werden, müßte man Sprachen kennen, also entweder sie in der Schule lernen oder solche Bücher kaufen. Was er vom Park weiß, hat er entweder in der Schule gelernt oder von Führern gehört. Auffallende Führerbemerkungen, die zu dem sonstigen nicht passen, zum Beispiel über das römische Haus nichts als: Die Tür war für die Lieferanten bestimmt.

Borkenhäuschen. Shakespeare-Denkmal. Kinder um mich auf dem Karlsplatz. Gespräche über die Marine. Der Ernst der Kinder. Besprechung von Schiffsuntergängen. Überlegenheit der Kinder. Versprechen eines Balles. Verteilung der Kekse. Gartenkonzert »Carmen«. Ganz durchdrungen davon.

Donnerstag 4. Juli. Goethehaus. Bestätigung des versprochenen Rendezvous mit lautem Ja. Sie sah aus dem Tor. Falsche Erklärung dessen, denn auch während unserer Anwesenheit sah sie hinaus. Ich fragte noch einmal: »Auch bei Regen?« – »Ja.«
Max fährt nach Jena zu Diederichs. Ich Fürstengruft. Mit den Offizieren. Über Goethes Sarg goldner Lorbeerkranz, gestiftet von den deutschen Frauen Prags 1882. Alle auf dem Friedhof wiedergefunden. Grab der Goetheschen Familie. Walter von Goethe geb. Weimar 9. April 1818, gest. Leipzig 15. April 1885, »mit ihm erlosch Goethes Geschlecht, dessen Name alle Zeiten überdauert«, Grabinschrift der Frau Karoline Falk: »Während Gott ihr sieben der eigenen Kinder nahm, wurde sie fremden Kindern eine Mutter. Gott wird abwischen alle Tränen von ihren Augen.« Charlotte von Stein: 1742–1827.
Bad. Nachmittag nicht geschlafen, um das unsichere Wetter nicht aus den Augen zu lassen. Sie kam nicht zum Rendezvous.
Treffe Max angekleidet im Bett. Beide unglücklich. Wenn man das Leid aus dem Fenster schütten könnte.
Abend Hiller mit seiner Mutter. – Ich laufe vom Tisch weg, weil ich sie zu sehen glaubte. Täuschung. Dann alle vors Goethehaus. Sie gegrüßt.

Freitag 5. Juli. Vergeblicher Gang zum Goethehaus. – Goethe-Schiller-Archiv. Briefe von Lenz. Brief der Frankfurter Bürger an Goethe, 28. August 1830:
»Einige Bürger der alten Maynstadt, seit langem hier gewöhnt, den 28. August mit dem Becher in der Faust zu begrüßen, würden die Gunst des Himmels preisen, könnten sie den seltenen Frankfurter, den dieser Tag gebracht, im Weichbild der Freistadt selbst willkommen heißen.
Weil es aber von Jahr zu Jahr bei Hoffen und Harren und Wünschen bleibt, so reichen sie einstweilen über Wälder und Fluren, Marken und Mauten den schimmernden Pokal nach der glücklichen Ilmstadt hinüber und bitten ihren verehrten Landsmann um die Gunst, in Gedanken mit ihm anstoßen und singen zu dürfen:

Willst du Absolution
Deinen Treuen geben,
Wollen wir nach deinem Wink
Unabläßlich streben,
Uns vom Halben zu entwöhnen
und im Ganzen Guten Schönen
resolut zu leben.«

1757 »Erhabene Großmama! ...«
Jerusalem an Kestner: »Dürfte ich Ew. Wohlgeboren wohl zu

einer vorhandenen Reise um Ihre Pistolen gehorsamst ersuchen?« Lied der Mignon, ohne einen Strich. –
Photographien geholt. Hingebracht. Nutzlos herumgestanden, nur drei Photographien von den sechs abgegeben. Und gerade die schlechtern, in der Hoffnung, daß der Hausmeister, um sich zu rechtfertigen, von neuem photographieren wird. Keine Spur.
Bad. Direkt von dort in die Erfurter Straße. Max zum Mittagsmahl. Sie kommt mit zwei Freundinnen. Ich greife sie heraus. Ja, sie mußte gestern zehn Minuten früher weggehn, hat erst jetzt von ihren Freundinnen von meinem gestrigen Warten erfahren. Sie hatte auch Ärger wegen der Tanzstunden. Sie liebt mich sicher nicht, einigen Respekt aber hat sie. Ich gebe ihr die mit dem Herzchen und der Kette umwundene Schokoladenschachtel und begleite sie ein Stück. Ein paar Worte hin und her über ein Rendezvous. Morgen um elf vor dem Goethehaus. Das kann nur eine Ausrede sein, sie muß ja kochen und dann: vor dem Goethehaus! aber ich nehme es doch an. Traurige Annahme. Gehe ins Hotel, sitze ein Weilchen bei Max, der im Bett liegt.
Nachmittag Ausflug nach Belvedere. Hiller und Mutter. Schöne Fahrt im Wagen durch eine einzige Allee. Überraschende Anordnung des Schlosses, das aus einem Hauptteil und vier seitlich angeordneten Häuschen besteht, alles niedrig und zart gefärbt. Ein niedriger Springbrunnen in der Mitte. Blick vorwärts nach Weimar. Der Großherzog war schon seit einigen Jahren nicht hier. Er ist Jäger und hier ist keine Jagd. Der ruhige entgegenkommende Bediente mit glattrasiertem eckigem Gesicht. Traurig wie vielleicht alles Volk, das sich unter Herrschaften bewegt. Trauer der Haustiere. Maria Pawlowna, Schwiegertochter des Großherzogs Karl August, Tochter der Maria Fedorowna und des Kaisers Paul, der erdrosselt wurde. Viel Russisches. Cloisone, Kupfergefäße mit aufgehämmerten Drähten, zwischen die das Email gegossen wird. Die Schlafzimmer mit Himmelskuppel. Photographien in den noch bewohnbaren Zimmern die einzige Modernisierung. Wie sie sich unbeobachtet auch einordnen werden! Zimmer Goethes, ein unteres Eckzimmer. Einige Deckenbilder Oesers, bis zur Unkenntlichkeit aufgefrischt. Viel Chinesisches. Das »dunkle Kammerfrauenzimmer«. Das Naturtheater mit den zwei Zuschauerreihen. Der aus mit den Lehnen aneinandergestellten Bänken bestehende Wagen, dos à dos, in dem die Damen saßen, während die begleitenden Kavaliere neben ihnen ritten. Der schwere Wagen, in dem Maria Pawlowna mit ihrem Mann in sechsundzwanzig Tagen dreispännig von Petersburg nach Weimar auf der Hochzeitsreise fuhr. Naturtheater und Park von Goethe eingerichtet.
Abend zu Paul Ernst. Auf der Gasse zwei Mädchen nach der Wohnung des Schriftstellers Paul Ernst gefragt. Sie schauen uns zuerst nachdenklich an, dann stößt eine die andere, als wolle sie sie an

einen Namen erinnern, der ihr gerade nicht einfällt. Meinen Sie Wildenbruch? fragt uns dann die andere. – Paul Ernst. Über den Mund gehender Schnurrbart und Spitzbart. Hält sich am Sessel fest oder an den Knien, obwohl er auch bei Erregung (wegen seiner Kritiker) nicht losgeht. Wohnt am Horn. Eine Villa, scheinbar ganz mit seiner Familie angefüllt. Eine Schüssel stark riechender Fische, welche die Treppe hinaufgetragen werden sollte, wird bei unserem Anblick wieder in die Küche zurückgebracht. – Eintritt des Paters Expeditus Schmitt, mit dem ich schon einmal auf der Hoteltreppe zusammengestoßen bin. Arbeitet im Archiv an einer Otto-Ludwig-Ausgabe. Will Nargileh ins Archiv einführen. Schimpft eine Zeitung »fromme Giftkröte«, weil sie die von ihm herausgegebenen »Heiligenlegenden« angegriffen hat.

Samstag 6. Juli. – Zu Johannes Schlaf. Alte, ihm ähnliche Schwester empfängt uns. Er ist nicht zu Hause. Wir kommen abends wieder.
Einstündiger Spaziergang mit Grete. Sie kommt scheinbar im Einverständnis mit ihrer Mutter, mit der sie noch von der Gasse aus durchs Fenster spricht. Rosa Kleid, mein Herzchen. Unruhe wegen des großen Balles am Abend. Ohne jede Beziehung zu ihr gewesen. Abgerissenes, immer wieder angefangenes Gespräch. Einmal besonders rasches, dann wieder besonders langsames Gehen. Anstrengung, um keinen Preis deutlich werden zu lassen, wie wir mit keinem Fädchen zusammenhängen. Was treibt uns gemeinsam durch den Park? Nur mein Trotz?
Gegen Abend bei Schlaf. Vorher Besuch bei Grete. Sie steht vor der ein wenig geöffneten Küchentür in dem lange vorher gepriesenen Ballkleid, das gar nicht so schön ist wie ihr gewöhnliches. Schwer verweinte Augen, offenbar wegen ihres Haupttänzers, der ihr schon überhaupt viel Sorgen gemacht hat. Ich verabschiede mich für immer. Sie weiß es nicht, und wenn sie es wüßte, läge ihr auch nichts daran. Ein Weib, das Rosen bringt, stört noch den kleinen Abschied. Auf den Gassen von allen Seiten Tanzstundenherren und -damen.
Schlaf. Wohnt nicht gerade in einer Dachstube, wie es Ernst, der mit ihm zerfallen ist, uns einreden wollte. Lebhafter Mann, den starken Oberkörper von einem fest zugeknöpften Rock umspannt. Nur die Augen zucken nervös und krank. Spricht hauptsächlich von Astronomie und seinem geozentrischen System. Alles andere, Literatur, Kritik, Malerei, hängt nur noch so an ihm, weil er es nicht abwirft. Weihnachten wird sich übrigens alles entscheiden. Er zweifelt an seinem Sieg nicht im geringsten. Max sagt, seine Lage gegenüber den Astronomen sei der Lage Goethes gegenüber den Optikern ähnlich. »Ähnlich«, antwortet er, immer mit Handgriffen auf dem Tisch, »aber viel günstiger, denn ich habe unbe-

streitbare Tatsachen für mich.« Sein kleines Fernrohr für vierhundert Mark. Zu seiner Entdeckung braucht er es gar nicht, auch Mathematik nicht. Er lebt in vollem Glück. Sein Arbeitsgebiet ist endlos, da seine Entdeckung einmal anerkannt, ungeheure Folgen in allen Gebieten (Religion, Ethik, Ästhetik usw.) haben wird und er natürlich zuerst zu ihrer Bearbeitung berufen ist. Als wir kamen, hat er gerade Besprechungen, die anläßlich seines fünfzigsten Geburtstages erschienen waren, in ein großes Buch geklebt. »Bei solchen Gelegenheiten machen sie es milde.«
Vorher Spaziergang mit Paul Ernst im Webicht. Seine Verachtung unserer Zeit, Hauptmanns, Wassermanns, Thomas Manns. Ohne Rücksicht auf unsere mögliche Meinung wird Hauptmann in einem kleinen Nebensatz, den man erst lange nachdem er ausgesprochen ist, auffaßt, ein Schmierer genannt. Sonst vage Äußerungen über Juden, Zionismus, Rassen usw., in allem nur bemerkenswert, daß es ein Mann ist, der seine ganze Zeit mit allen Kräften gut angewendet hat. – Trockenes, automatisches »Ja, ja« in kleinen Zwischenräumen, wenn der andere spricht. Einmal ging es so weit, daß ich es nicht mehr glaubte. –

7. Juli. Siebenundzwanzig, Nummer des Packträgers in Halle. – Jetzt halb sieben in der Nähe des Gleim-Denkmals auf die schon lange gesuchte Bank niedergefallen. Wäre ich ein Kind, so müßte ich mich abtransportieren lassen, so schmerzen mir die Beine. – Nach dem Abschied von dir, mich noch lange nicht allein gefühlt. Und dann wieder so dumpf geworden, daß es noch kein Alleinsein war. – Halle, kleines Leipzig. Diese Kirchturmpaare hier und in Halle, die durch kleine Holzbrücke oben am Himmel verbunden sind. – Schon das Gefühl, daß du diese Sachen nicht gleich, sondern erst später lesen wirst, macht mich so unsicher. – Der Radfahrerklub, der sich auf dem Markt in Halle zu einem Ausflug versammelt. Die Schwierigkeit, allein eine Stadt oder auch nur eine Gasse anzusehn.
Gutes vegetarisches Mittagessen. Zum Unterschied von den sonstigen Gastwirten schlägt gerade den vegetarischen Wirten das Vegetarische nicht gut an. Ängstliche Leute, die von der Seite an einen herankommen.
Fahrt von Halle mit vier Prager Juden: zwei angenehmen lustigen, älteren starken Männern, einer dem Dr. K. ähnlich, einer meinem Vater, nur viel kleiner, dann ein schwacher, von der Hitze hingeschlagener junger Ehemann und seine abscheuliche, gutgebaute junge Frau, deren Gesicht irgendwie aus der Familie X herkommt. Sie liest einen Drei-Mark-Ullsteinroman von Ida Boy-Ed, mit dem ausgezeichneten, wahrscheinlich von Ullstein erfundenen Titel »Ein Augenblick im Paradies«. Ihr Mann fragt sie, wie es ihr gefällt. Sie hat aber erst angefangen. »Bis dato kann

man nichts sagen.« Ein guter Deutscher mit trockener Haut und schön über Wangen und Kinn verteiltem, weißlichblondem Bart nimmt an allem, was bei den vieren vorgeht, einen merkwürdig freundlichen Anteil.
Eisenbahnhotel, Zimmer unten an der Straße, mit einem Gärtchen davor. Weg in die Stadt. Eine ganz und gar alte Stadt. Fachwerkbau scheint die für die größere Dauer berechnete Bauart zu sein. Die Balken verbiegen sich überall, die Füllung sinkt ein oder baucht sich aus, das Ganze bleibt und fällt höchstens mit der Zeit ein wenig zusammen und wird dadurch noch fester. So schön habe ich Menschen in den Fenstern noch nicht lehnen sehn. Meist sind auch die Mittelleisten der Fenster festgemacht. Man legt die Schultern an sie, Kinder drehn sich um sie. In einem tiefen Flur sitzen auf den ersten Stufen starke Mädchen in ihren Sonntagskleidern ausgebreitet. Drachenweg. Katzenplan. Im Park mit kleinen Mädchen auf einer Bank, die wir als Mädchenbank gegen Jungen verteidigen. Polnische Juden. Die Kinder rufen ihnen Itzig zu und wollen sich nach ihnen nicht gleich auf die Bank setzen.
Jüdische Gastwirtschaft N. N. mit hebräischer Aufschrift. Es ist ein verwahrlostes, schloßartiges Gebäude mit großem Treppenaufbau, das aus engen Gassen frei hervortritt. Ich gehe hinter einem Juden, der aus der Wirtschaft kommt, und spreche ihn an. Nach neun. Ich will etwas über die Gemeinde wissen. Erfahre nichts. Bin ihm zu verdächtig. Immerfort schaut er auf meine Füße. Aber ich bin doch auch Jude. Dann kann ich bei N. N. logieren. – Nein, ich habe schon eine Wohnung. – So. – Plötzlich geht er nahe an mich heran. Ob ich nicht vor einer Woche in Schöppenstedt gewesen bin. Vor seinem Haustor verabschieden wir uns; er ist glücklich, daß er mich losgeworden ist; ohne daß ich danach frage, sagt er mir noch, wie man zur Synagoge geht.
Leute im Schlafrock auf der Türstufe. Alte, sinnlose Inschriften. Die Möglichkeiten durchdacht, auf diesen Gassen, Plätzen, Gartenbänken, Bachufern aus dem Vollen unglücklich zu sein. Wer weinen kann, soll am Sonntag herkommen. Abend nach fünfstündigem Herumgehn in meinem Hotel auf der Terrasse vor einem kleinen Gärtchen. Am Tisch nebenan die Wirtsleute mit einer jungen, witwenhaft aussehenden, lebhaften Frau. Wangen unnötig mager. Frisur geteilt und aufgebauscht.

8. Juli. Mein Haus heißt »Ruth«. Praktisch eingerichtet. Vier Luken, vier Fenster, eine Tür. Ziemlich still. Nur in der Ferne spielen sie Fußball, die Vögel singen stark, einige Nackte liegen still vor meiner Tür. Alles, bis auf mich, ohne Schwimmhosen. Schöne Freiheit. Im Park, Lesezimmer usw. bekommt man hübsche, fette Füßchen zu sehn.

9. Juli. Gut geschlafen in der nach drei Seiten freien Hütte. Ich kann an meiner Türe lehnen wie ein Hausbesitzer. In den verschiedensten Zeiten in der Nacht aufgekommen und immer Ratten oder Vögel gehört, die um die Hütte herum im Gras kollerten oder flatterten. Der leopardartig gefleckte Herr. Gestern abend Vortrag über Kleidung. Den Chinesinnen werden die Füße verkrüppelt, damit sie einen großen Hintern bekommen.
Der Arzt, früherer Offizier, geziertes, irrsinnig, weinerlich, burschikos aussehendes Lachen. Geht schwunghaft. Anhänger von Mazdaznan. Ein für den Ernst geschaffenes Gesicht. Glatt rasiert, Lippen zum Aneinanderpressen. Er tritt aus seinem Ordinationszimmer, man geht an ihm vorüber hinein. »Bitte einzutreten!« lacht er einem nach. Verbietet mir das Obstessen mit dem Vorbehalt, daß ich ihm nicht folgen muß. Ich bin ein gebildeter Mann, soll seine Vorträge anhören, die auch gedruckt sind, soll die Sache studieren, mir meine Meinung bilden und mich dann darnach verhalten.
Aus seinem gestrigen Vortrag: »Wenn man selbst vollständig verkrüppelte Zehen hat, an einer solchen Zehe aber zieht und dabei tief atmet, so kann man sie mit der Zeit gerade machen.« Nach einer bestimmten Übung wachsen die Geschlechtsteile. Aus den Verhaltungsmaßregeln: »Luftbäder in der Nacht sind sehr zu empfehlen (ich gleite einfach, wenn es mir paßt, aus meinem Bett und trete in die Wiese vor meiner Hütte), nur soll man sich dem Mondlicht nicht zu sehr aussetzen, das ist schädlich.« Unsere gegenwärtigen Kleider kann man gar nicht waschen!
Heute früh: Waschen, Müllern, gemeinsames Turnen (ich heiße der Mann mit den Schwimmhosen), Singen einiger Choräle, Ballspiel im großen Kreis. Zwei schöne schwedische Jungen mit langen Beinen. Konzert einer Militärkapelle aus Goslar. Nachmittag Heu gewendet. Abend mir den Magen so verdorben, daß ich vor Verdruß keinen Schritt machen will. Ein alter Schwede spielt mit einigen kleinen Mädchen Fangen und ist so am Spiel beteiligt, daß er einmal im Laufen ausruft: »Wartet, ich werde euch diese Dardanellen sperren.« Meint den Durchgang zwischen zwei Gebüschen. Als ein altes, nicht hübsches Kindermädchen vorüberging: »Es ist doch etwas, an das man anklopfen könnte« (der Rücken im schwarzen, weißpunktierten Kleid). Das immerwährende, grundlose Bedürfnis, sich anzuvertrauen. Jeden Menschen daraufhin ansehn, ob es bei ihm möglich ist und ob er für sich eine Gelegenheit hat.

10. Juli. Fuß verstaucht. Schmerzen. Grünfutter aufgeladen. Nachmittag Spaziergang nach Ilsenburg mit einem ganz jungen Gymnasialprofessor aus Nauheim; kommt nächstes Jahr vielleicht nach

Wickersdorf. Koedukation, Naturheilkunde, Cohen, Freud. Geschichte von dem von ihm geführten Ausflug der Mädchen und Knaben. Gewitter, alle durchnäßt, müssen sich in der nächsten Herberge in einem Zimmer vollständig ausziehn.
In der Nacht Fieber vom geschwollenen Fuß her. Der Lärm, den die vorüberlaufenden Kaninchen machen. Als ich in der Nacht aufstehe, sitzen auf der Wiese vor meiner Tür drei solche Kaninchen. Ich träume, daß ich Goethe deklamieren höre, mit einer unendlichen Freiheit und Willkür.

11. Juli. Gespräch mit einem Dr. Friedrich Sch., Magistratsbeamter, Breslau, der lange in Paris gewesen ist, um die städtischen Einrichtungen zu studieren. Gewohnt in einem Hotel mit der Aussicht in den Hof des Palais Royal. Früher in einem Hotel beim Observatoire. Eines Nachts war im Nebenzimmer ein Liebespaar. Das Mädchen schrie vor Glück in unverschämter Weise. Erst als er sich durch die Wand anbot, einen Arzt zu holen, wurde sie still, und er konnte schlafen.
Meine beiden Freunde stören mich, ihr Weg geht an meiner Hütte vorüber, und da bleiben sie immer ein Weilchen an meiner Tür stehn zu einer kleinen Unterhaltung oder Einladung zu einem Spaziergang. Ich bin ihnen aber auch dankbar dafür.
In der »Evangelischen Missionszeitung«, Juli 1912, über Missionen in Java: »Soviel sich auch gegen die dilettantische ärztliche Tätigkeit der Missionäre, die sie in großem Umfange ausüben, mit Recht einwenden läßt, so ist sie doch wiederum das Haupthilfsmittel ihrer Missionstätigkeit und nicht zu entbehren.«
Hie und da bekomme ich leichte, oberflächliche Übelkeiten, wenn ich, meistens allerdings in einiger Entfernung, diese gänzlich Nackten langsam zwischen den Bäumen sich vorbeibewegen sehe. Ihr Laufen macht es nicht besser. Jetzt ist an meiner Tür ein ganz fremder Nackter stehengeblieben und hat mich langsam und freundlich gefragt, ob ich hier in meinem Hause wohne, woran doch kein Zweifel ist. Sie kommen auch so unhörbar heran. Plötzlich steht einer da, man weiß nicht, woher er gekommen ist. Auch alte Herren, die nackt über Heuhaufen springen, gefallen mir nicht.
Abend Spaziergang nach Stapelburg. Mit den zweien, die ich einander vorgestellt und empfohlen habe. Ruine. Rückkehr zehn Uhr. Zwischen zwei Heuhaufen auf der Wiese vor meiner Hütte einige schleichende Nackte, die in der Ferne vergehn. In der Nacht, als ich durch die Wiese nach dem Klosett wandere, schlafen drei im Gras.

12. Juli. Erzählungen des Dr. Sch. Ein Jahr auf Reisen. Dann lange Debatte im Gras über das Christentum. Der alte blau-

äugige Adolf Just, der alles mit Lehm heilt und mich vor dem Arzt warnt, der mir Obst verboten hat. Die Verteidigung Gottes und der Bibel durch ein Mitglied der »Christlichen Gemeinschaft«; liest als Beweis, der gerade gebraucht wird, einen Psalm vor. Mein Dr. Sch. blamiert sich mit seinem Atheismus. Die Fremdwörter Illusion, Autosuggestion helfen ihm nichts. Ein Unbekannter fragt, warum es den Amerikanern so gut geht, obwohl sie bei jedem zweiten Wort fluchen. Bei den meisten ist es nicht möglich, ihre wirkliche Meinung festzustellen, obwohl sie sich lebhaft beteiligen. Der, welcher so überstürzt vom Blumentag sprach und wie sich gerade die Methodisten zurückhielten. Der aus der »Christlichen Gemeinde«, der mit seinem schönen kleinen Jungen aus einer kleinen Tüte Kirschen und trockenes Brot mittagmahlt und sonst den ganzen Tag im Gras liegt, drei Bibeln vor sich aufgeschlagen hat und Notizen macht. Er ist erst seit drei Jahren auf dem rechten Weg. Die Ölskizzen des Dr. Sch. aus Holland. Pont neuf.
Heu aufgeladen. – An den Eckarplätzen.
Zwei Schwestern, kleine Mädchen. Eine mit schmalem Gesicht, nachlässiger Haltung, übereinander beweglichen Lippen, zart in eine Spitze verlaufender Nase, nicht ganz offenen, klaren Augen. Aus einem Gesicht leuchtet eine Gescheitheit, daß ich sie schon minutenlang aufgeregt angeschaut habe. Es weht mich etwas an, wenn ich sie anschaue. Ihre weiblichere kleine Schwester fängt meine Blicke ab. – Ein neu angekommenes steifes Fräulein mit bläulichem Schein. Die Blonde mit kurzem zerrauftem Haar. Biegsam und mager wie ein Lederriemen. Rock, Bluse und Hemd, sonst nichts. Der Schritt!
Mit Dr. Sch. (dreiundvierzig Jahre) abends auf der Wiese. Spazierengehen, sich strecken, reiben, schlagen und kratzen. Ganz nackt. Schamlos. – Der Duft, als ich abends aus dem Schreibzimmer trat.

13. Juli. Kirschen gepflückt. Lutz liest mir Kinkel, »Die Seele«, vor. Nach dem Essen lese ich immer ein Kapitel aus der Bibel, die hier in jedem Zimmer liegt. Abend, die Kinder beim Spiel. Die kleine Susanne von Puttkammer, neun Jahre, in rosa Höschen.

14. Juli. Kirschen gepflückt auf der Leiter mit Körbchen. Hoch im Baum oben gewesen. Vormittag Gottesdienst an den Eckarplätzen. Der Ambrosianische Lobgesang. Nachmittag die zwei Freunde nach Ilsenburg geschickt.
Ich liege im Gras, da geht der aus der »Christlichen Gemeinschaft« (lang, schöner Körper, braungebrannt, spitzer Bart, glückliches Aussehn) von seinem Studierplatz in die Ankleidehütte, ich folge ihm nichtsahnend mit den Augen, er kommt aber, statt auf seinen Platz zurückzukehren, auf mich zu, ich schließe die

Augen, er stellt sich aber schon vor: H., Landvermesser, und gibt mir vier Schriftchen als Sonntagslektüre. Im Weggehn spricht er noch von »Perlen« und »vorwerfen«, womit er andeuten will, daß ich die Schriften dem Dr. Sch. nicht zeigen soll. Es sind: »Der verlorene Sohn«, »Erkauft, oder Nicht mehr mein (für ungläubige Gläubige)« mit kleinen Geschichten, »Warum kann der Gebildete nicht der Bibel glauben?« und »Hoch die Freiheit! aber: Was ist wahre Freiheit?«. Ich lese ein wenig und gehe dann zu ihm zurück und versuche, unsicher durch den Respekt, den ich vor ihm habe, ihm klarzumachen, warum gegenwärtig keine Aussicht auf Gnade für mich besteht. Darauf redet er eineinhalb Stunden zu mir (gegen Schluß gesellt sich ein alter weißhaariger, magerer, rotnasiger Herr im Leintuch mit einigen undeutlichen Bemerkungen zu uns), mit schöner, nur aus Wahrhaftigkeit möglicher Beherrschung jedes Wortes. Der unglückliche Goethe, der so viel Existenzen unglücklich gemacht hat. Viele Geschichten. Wie er, H., dem Vater das Wort verbot, als er in seinem Hause Gott lästerte. »Mögest du, Vater, darüber entsetzt sein und vor Schrecken nicht weiterreden, mir ist es recht.« Wie der Vater Gottes Stimme auf dem Sterbebette hörte. Er sieht mir an, daß ich nahe an der Gnade bin. – Wie ich selbst alle seine Beweise abbreche und ihn an die innere Stimme verweise. Gute Wirkung. –

15. Juli. Kühnemann »Schiller« gelesen. – Der Herr, der immer eine Karte an seine Frau in der Tasche trägt, für den Fall eines Unglücks. – Buch Ruth. – Ich lese Schiller. Unweit liegt ein nackter alter Herr im Gras, einen Regenschirm über dem Kopf ausgespannt.
Das braune und das blaue Kleid des zuerst weißgekleideten steifen Fräuleins, und wie sich ihre Gesichtshaut unter dem Einfluß dieser Farben so deutlich, schulmäßig förmlich, verwandelt.
Plato »Der Staat«. – Modell gestanden für Dr. Sch. – Die Seite in Flaubert über die Prostitution. – Die große Beteiligung des nackten Körpers am Gesamteindruck des einzelnen.
Ein Traum: Die Luftbadgesellschaft vernichtet sich mittels einer Rauferei. Nachdem die in zwei Gruppen geteilte Gesellschaft miteinander gespaßt hat, tritt aus der einen Gruppe einer vor und ruft den andern zu: »Lustron und Kastron!« Die andern: »Wie? Lustron und Kastron?« Der eine: »Allerdings.« Beginn der Rauferei.

16. Juli. Kühnemann. – Herr Guido von Gillhausen, Hauptmann a. D., dichtet und komponiert »An mein Schwert« u. ä. Schöner Mann. Wage aus Respekt vor seinem Adel nicht, zu ihm aufzuschauen, habe Schweißausbruch (wir sind nackt) und rede zu leise. Sein Siegelring. – Die Verbeugungen der schwedischen Jungen. Das durch Angewöhnung schweratmige Sprechen des Ältern,

Rothaarigen. – Rede im Park, angezogen mit einem Angezogenen. Versäumter Massenausflug nach Harzburg. – Abend. Schützenfest in Stapelburg. Mit Dr. Sch. und einem Berliner Friseurmeister. Die große, sanft zum Stapelburger Burgberg aufsteigende, von alten Linden geführte, von einem Bahndamm falsch durchschnittene Ebene. Das Schützenhäuschen, aus dem geschossen wird. Alte Bauern machen die Eintragung ins Schützenbuch. Die drei Pfeifer mit Frauenkopftüchern, die ihnen vom Rücken herabhängen. Alter, unerklärlicher Brauch. Einige in alten, einfachen blauen, ererbten Kitteln, die aus feinstem Leinen sind und fünfzehn Mark kosten. Fast jeder hat seine Büchse. Ein Vorderlader. Man hat den Eindruck, daß alle von der Feldarbeit irgendwie krumm sind, besonders, als sie sich in zwei Reihen aufstellen. Einige alte Anführer in Zylinderhut mit umgeschnalltem Säbel. Roßschweife und noch einige alte Symbole werden herbeigetragen, Aufregung, dann Spiel der Musikkapelle, größere Aufregung, dann Stille und Trommeln und Pfeifen, noch größere Aufregung, endlich werden ins letzte Trommeln und Pfeifen drei Fahnen herausgebracht, letzte Aufregung. Kommando und Abmarsch. Der Alte in schwarzem Anzug, schwarzer Mütze, etwas gedrücktem Gesicht und nicht zu langem, rings um das Gesicht gehendem, dichtem, seidigem, unübertrefflich weißem Bart. Der vorige Schützenkönig, auch mit Zylinder, mit einer portiersähnlichen Schärpe um den Leib, die mit lauter kleinen Metallschildchen benäht ist, auf deren jedem der Schützenkönig eines Jahres eingraviert ist, mit dem entsprechenden Handwerkszeichen. (Der Bäckermeister hat dort ein Laib Brot usf.) Der Abmarsch mit Musik im Staub und der wechselnden Beleuchtung des stark bewölkten Himmels. Puppenhaftes Aussehen eines mitmarschierenden Soldaten (ein Schütze, der gerade dient) und sein hüpfender Schritt. Volksheere und Bauernkriege. Wir folgen ihnen durch die Gassen. Sie sind bald näher, bald ferner, da sie bei den einzelnen Schützenmeistern haltmachen, vorspielen und ein wenig bewirtet werden. Gegen das Ende des Zuges löst sich der Staub gleichmäßig auf. Das letzte Paar ist das klarste. Zeitweilig verlieren wir sie ganz aus den Augen. Der lange Bauer mit etwas eingesunkener Brust, endgültigem Gesicht, Stulpenstiefeln, Kleidern wie aus Leder, wie umständlich er sich vom Pfosten des Tores ablöste. Die drei Frauen, die vor ihm standen, eine vor der andern. Die mittlere dunkel und schön. Die zwei Frauen am Tor des gegenüberliegenden Bauernhofes. Die zwei riesigen Bäume in beiden Höfen, die sich über der breiten Straße vereinigten. Die großen Scheiben an den Häusern früherer Schützenkönige.

Der Tanzboden, zweigeteilt, in der Mitte abgeteilt, in einem zweireihigen Verschlag die Musikkapelle. Vorläufig leer, kleine Mädchen lassen sich über die glatten Bretter gleiten. (Ausruhende, redende Schachspieler stören mich im Schreiben.) Ich biete ihnen meine »Brause« an, sie trinken, die Älteste zuerst. Mangel einer wahren Verkehrssprache. Ich frage, ob sie schon genachtmahlt haben, vollständiges Unverständnis, Dr. Sch. fragt, ob sie schon Abendbrot gegessen haben, beginnende Ahnung (er spricht nicht deutlich, atmet zuviel), erst als der Friseur fragt, ob sie gefuttert haben, können sie antworten. Eine zweite Brause, die ich für sie bestelle, wollen sie nicht mehr, aber Karussellfahren wollen sie, ich mit den sechs Mädchen (von sechs bis dreizehn Jahren) um mich, fliege zum Karussell. Am Weg rühmt sich die eine, die zum Karussellfahren geraten hat, daß das Karussell ihren Eltern gehört. Wir setzen uns und drehn uns in einer Kutsche. Die Freundinnen um mich, eine auf meinen Knien. Sich hinzudrängende Mädchen, welche mein Geld mitgenießen wollen, werden gegen meinen Willen von den Meinigen weggestoßen. Die Besitzerstochter kontrolliert die Rechnung, damit ich nicht für die Fremden zahle. Ich bin bereit, wenn man Lust hat, noch einmal zu fahren, die Besitzerstochter selbst sagt aber, daß es genug ist, jedoch will sie ins Zuckerzeug-Zelt. Ich in meiner Dummheit und Neugierde führe sie zum Glücksrad. Sie gehn, so weit es möglich ist, sehr bescheiden mit meinem Geld um. Dann zum Zuckerzeug. Ein Zelt mit einem großen Vorrat, der so rein und geordnet ist wie in der Hauptstraße einer Stadt. Dabei sind es billige Waren, wie auf unsern Märkten auch. Dann gehn wir zum Tanzboden zurück. Ich fühlte das Erlebnis der Mädchen stärker als mein Schenken. Jetzt trinken sie auch wieder die Brause und danken schön, die Älteste für alle und jede für sich. Zu Beginn des Tanzes müssen wir weg, es ist schon dreiviertel zehn.

Der unaufhörlich redende Friseur. Dreißig Jahre alt, mit eckigem Bart und ausgezogenem Schnurrbart. Hinter Mädchen her, liebt aber seine Frau, die zu Hause das Geschäft führt und nicht verreisen kann, weil sie dick ist und das Fahren nicht verträgt. Selbst wenn sie einmal nach Rixdorf fahren, muß sie zweimal aus der Elektrischen steigen, um ein wenig zu Fuß zu gehn und sich zu erholen. Sie braucht keine Ferien, sie ist schon zufrieden, wenn sie ein paarmal länger schlafen kann. Er ist ihr treu, hat bei ihr alles, was er braucht. Versuchungen, denen ein Friseur ausgesetzt ist. Die junge Restaurateursfrau. Die Schwedin, die alles teurer bezahlen muß. Haare kauft er von einem böhmischen Juden, namens Puderbeutel. Als eine sozialdemokratische Abordnung zu ihm kam und verlangte, daß auch der »Vorwärts« aufgelegt werde, sagte er: »Wenn Sie das verlangen, dann habe ich Sie nicht gerufen.« Gab aber schließlich nach. Als »Junger Mann« (Gehilfe) war er in Görlitz. Er ist organisierter Kegler. War vor einer Woche auf dem großen Keglertag in Braunschweig. Es gibt an zwanzigtausend organisierte deutsche Kegler. Auf vier Ehrenbahnen wurde

drei Tage lang bis tief in die Nacht geschoben. Man kann aber nicht sagen, daß jemand der beste deutsche Kegler ist.
Als ich abends in meine Hütte kam, fand ich die Zündhölzchen nicht, borgte sie mir in der Nachbarhütte aus und leuchtete unter den Tisch, ob sie nicht vielleicht hinuntergefallen wären. Dort waren sie nicht, dagegen stand dort das Wasserglas. Allmählich zeigte sich, daß die Sandalen hinter dem Wandspiegel, die Zündhölzchen auf einem Fensterbrett waren, der Handspiegel an einer vorspringenden Ecke hing. Der Nachttopf stand auf dem Schrank, die »Education sentimentale« war im Kopfkissen, ein Kleiderhaken unter dem Leintuch, mein Reisetintenfaß und ein naßgemachter Waschlappen im Bett usw. Alles zur Strafe, weil ich nicht nach Harzburg gegangen war.

19. Juli. Regentag. Man liegt im Bett, und das laute Klopfen des Regens auf das Dach der Hütte ist so, als ginge es gegen die eigene Brust. Auf der Kante des vorspringenden Daches erscheinen die Tropfen mechanisch wie Lichter, die eine Straßenzeile entlang angezündet werden. Dann fallen sie. Wie ein wildes Tier jagt plötzlich ein Greis über die Wiese und nimmt ein Regenbad. Das Schlagen der Tropfen in der Nacht. Man sitzt wie in einem Violinkasten. Am Morgen das Laufen, die weiche Erde unter sich.

20. Juli. Vormittag mit Dr. Sch. im Wald. Der rote Boden und das von ihm aus sich verbreitende Licht. Das Sichaufschwingen der Stämme. Die schwebenden breiten, flachbelaubten Äste der Buchen.
Nachmittag Ankunft einer Maskerade aus Stapelburg. Der Riese mit dem tanzenden, als Bären verkleideten Mann. Das Schwingen seiner Schenkel und des Rückens. Das Marschieren durch den Garten hinter der Musik. Das Laufen der Zuschauer über die Rasen, durch die Gebüsche. Der kleine Hans Eppe, wie er sie erblickt. Walter Eppe auf dem Briefkasten. Die mit Gardinen ganz verschleierten, als Frauen verkleideten Männer. Der unanständige Anblick, wenn sie mit dem Küchenmädchen tanzen und diese dem scheinbar unbekannten Verkleideten sich hingeben.
Vormittag Dr. Sch. das erste Kapitel der »Education« vorgelesen. Nachmittag Spaziergang mit ihm. Erzählungen von seiner Freundin. Er ist ein Freund von Morgenstern, Baluschek, Brandenburg, Poppenberg. Sein schreckliches Jammern abends in der Hütte in Kleidern auf dem Bett. Erstes Gespräch mit Fräulein Pollinger, sie weiß aber schon alles Wissenswerte über mich. Prag kennt sie aus den »Zwölf aus der Steiermark«. Weißblond, zweiundzwanzigjährig. Aussehen einer Siebzehnjährigen, immer in Sorge um ihre schwerhörige Mutter; verlobt und kokett.
Mittags Abreise jener lederriemenartigen schwedischen Witwe,

Frau von W. Über ihre gewöhnliche Kleidung nur ein graues Jäckchen, ein graues Hütchen mit kleinem Schleier. In dieser Umrahmung wird ihr braunes Gesicht sehr zart, über den Eindruck regelmäßiger Gesichter entscheidet nur Entfernung und Einhüllung. Ihr Gepäck ist ein kleiner Rucksack, viel mehr als ein Nachthemd ist nicht drin. So reist sie unaufhörlich, kam aus Ägypten, geht nach München.

Heute nachmittag als ich im Bett war, machten mir die Menschen hier heiß, so interessieren mich manche. – Ein Lied des Herrn von Gillhausen heißt: »Weißt du, Mamalein, du bist so lieb.«

Abends Tanz in Stapelburg. Das Fest dauert vier Tage, es wird kaum gearbeitet. Wir sehn den neuen Schützenkönig und lesen auf seinem Rücken die Namen der Schützenkönige aus dem Anfang des neunzehnten Jahrhunderts ab. Beide Tanzböden voll. Rund um den Saal steht Paar hinter Paar. Jedes kommt nur alle Viertelstunden zu einem kurzen Tanz. Die meisten sind stumm, nicht aus Verlegenheit oder sonst einem besondern Grund, sondern einfach stumm. Ein Betrunkener steht am Rand, kennt alle Mädchen, greift sie an oder streckt wenigstens den Arm zur Umarmung aus. Die betreffenden Tänzer rühren sich nicht. Lärm ist genug durch die Musik und das Schreien der unten bei den Tischen Sitzenden und der beim Ausschank Stehenden. Wir gehn lange nutzlos herum (ich und Dr. Sch.). Ich bin es, der ein Mädchen anspricht. Sie ist mir schon draußen aufgefallen, als sie und zwei Freundinnen Halberstädter Würstchen mit Senf gegessen haben. Sie hat eine weiße Bluse mit blumengeschmückter Einlage, die über Arme und Schultern geht. Das Gesicht hat sie lieb und trübsinnig geneigt, wodurch sie den Oberkörper ein wenig gedrückt und die Bluse aufgebauscht hat. Die kleine aufgestülpte Nase vermehrt bei dieser geneigten Haltung die Trauer. Wahlloses Rotbraun über das ganze Gesicht hin. Ich spreche sie gerade an, als sie die zwei Stufen vom Tanzboden heruntersteigt. Wie wir Brust an Brust stehn und sie umkehrt. Wir tanzen. Sie heißt Auguste A., ist aus Wolfenbüttel und ist in der Wirtschaft eines gewissen Klaude in Appenroda seit eineinhalb Jahren beschäftigt. Meine Eigentümlichkeit, Eigennamen selbst bei mehrfachem Vorsagen nicht zu verstehn und dann auch nicht zu behalten. Sie ist Waise und wird am 1. Oktober in ein Kloster eintreten. Ihren Freundinnen hat sie es noch nicht gesagt. Sie wollte schon im April, aber ihre Herrschaft wollte sie nicht lassen. Sie geht ins Kloster wegen der schlechten Erfahrungen, die sie gemacht hat. Erzählen kann sie sie nicht. Wir gehn vor dem Tanzsaal im Mondschein auf und ab, meine kleinen Freundinnen von letzthin verfolgen mich und meine »Braut«. Trotz ihrer Trauer tanzt sie aber sehr gern, wie sich besonders zeigt, als ich sie später dem Dr. Sch. borge. Sie ist Feldarbeiterin. Um zehn Uhr mußte sie nach Hause fahren.

22. Juli. Fräulein G., Lehrerin, eulenähnliches junges, frisches Gesicht, voll lebhafter, gespannter Züge. Der Körper ist nachlässiger. Herr Eppe, Privatschulleiter aus Braunschweig. Ein Mensch, dem ich unterliege. Beherrschendes, wenn notwendig feuriges, durchdachtes, musikalisches, auch zum Schein schwankendes Sprechen. Zartes Gesicht, zarter, aber das ganze Gesicht überwachsender Backen- und Spitzbart. Zimperlicher Gang. Ich saß ihm schräg gegenüber, als er gleichzeitig mit mir zum erstenmal sich zum gemeinsamen Tische setzte. Eine still kauende Gesellschaft. Er warf Worte hin und her. Blieb es doch still, so blieb es eben still. Sagte aber ein Entfernter ein Wort, so hielt er ihn schon, aber nicht mit Überanstrengung, sondern er sprach zu sich, als sei er angeredet und werde angehört, und schaute dabei auf die Tomate, die er schälte. Alle wurden aufmerksam, außer jenen, die sich gedemütigt fühlten und trotzten wie ich. Niemanden lachte er aus, sondern ließ jedes Meinung auf seinen Worten schaukeln. Rührte sich nichts, so sang er leise beim Nüsseknacken oder den vielen Handreichungen, die bei Rohkost nötig sind. (Der Tisch ist voll von Schüsseln, und man mischt nach Belieben.) Schließlich beteiligte er alle an seinen Angelegenheiten, indem er vorgab, alle Speisen notieren und das Verzeichnis seiner Frau schicken zu müssen. Nachdem er einige Tage uns mit seiner Frau entzückt hatte, fingen neue Geschichten von ihr an. Sie sei gemütskrank, müsse in ein Sanatorium in Goslar, werde nur aufgenommen, wenn sie sich für acht Wochen verpflichtete, eine Wärterin mitbringe usw., das ganze werde, wie er ausgerechnet hat und wie er wiederum bei Tisch vorrechnet, über eintausendachthundert Mark kosten. Aber keine Ahnung einer Absicht, Mitleid zu erregen. Aber immerhin will eine so teure Sache überlegt werden, alle überlegen. Ein paar Tage später hören wir, daß die Frau kommen wird, vielleicht genügt ihr dieses Sanatorium. Während des Essens bekommt er die Nachricht, daß die Frau mit ihren zwei Jungen eben angekommen ist und ihn erwartet. Er freut sich, ißt aber ruhig bis zu Ende, obwohl es bei diesem Essen ein Ende nicht gibt, da alle Speisen gleichzeitig auf dem Tisch stehn. Die Frau ist jung, dick, mit nur in der Kleidung angedeuteter Taille, klugen blauen Augen, hochfrisiertem blondem Haar, versteht das Kochen, die Marktverhältnisse usw. ganz genau. Beim Frühstück – seine Familie war noch nicht bei Tisch – erzählt er während des Nüsseknackens Fräulein G. und mir: Seine Frau ist gemütskrank, hat die Nieren angegriffen, ihre Verdauung ist schlecht, sie leidet an Platzangst, schläft erst gegen fünf Uhr in der Nacht ein, wird sie dann früh um acht geweckt, »ärgert sie sich natürlich wüst« und wird »fuchswild«. Ihr Herz ist in größter Unordnung, sie hat ein schweres Asthma. Ihr Vater ist im Irrenhaus gestorben.

VARIANTEN

Zu Seite 12, Zeile 15 bis Seite 13, Zeile 39

Oft überlege ich es und lasse den Gedanken ihren Lauf, ohne mich einzumischen, und immer, wie ich es auch wende, komme ich zum Schluß, daß mir in manchem meine Erziehung schrecklich geschadet hat. In dieser Erkenntnis steckt ein Vorwurf, der gegen eine Menge Leute geht. Da sind die Eltern mit den Verwandten, eine ganz bestimmte Köchin, die Lehrer, einige Schriftsteller – die Liebe, mit der sie mir geschadet haben, macht ihre Schuld noch größer, denn wie sehr hätten sie mir mit Liebe ..., einige der Familie befreundete Familien, ein Schwimmeister, Eingeborene der Sommerfrischen, einige Damen im Stadtpark, denen man es gar nicht ansehn würde, ein Friseur, eine Bettlerin, ein Steuermann, der Hausarzt und noch viele andere, und es wären noch mehr, wenn ich sie alle mit Namen bezeichnen wollte und könnte, kurz, es sind so viele, daß man achtgeben muß, damit man nicht im Haufen einen zweimal nennt. Nun könnte man meinen, schon durch diese große Anzahl verliere ein Vorwurf an Festigkeit und müsse einfach an Festigkeit verlieren, denn ein Vorwurf sei kein Feldherr, er gehe nur geradeaus und wisse sich nicht zu verteilen. Gar in diesem Falle, wenn er sich gegen vergangene Personen richtet. Die Personen mögen mit einer vergessenen Energie in der Erinnerung festgehalten werden, einen Fußboden werden sie kaum mehr unter sich haben, und selbst ihre Beine werden schon Rauch sein. Und Leuten in solchem Zustand soll man nun mit irgendeinem Nutzen Fehler vorwerfen, die sie in früheren Zeiten einmal bei der Erziehung eines Jungen gemacht haben, der ihnen jetzt so unbegreiflich ist wie sie uns. Aber man bringt sie ja nicht einmal dazu, sich an jene Zeiten zu erinnern, kein Mensch kann sie dazu zwingen, aber offenbar kann man gar nicht von Zwingen reden, sie können sich an nichts erinnern, und dringt man auf sie ein, schieben sie einen stumm beiseite, denn höchstwahrscheinlich hören sie gar nicht die Worte. Wie müde Hunde stehn sie da, weil sie alle ihre Kraft dazu verbrauchen, um in der Erinnerung aufrecht zu bleiben. Wenn man sie aber wirklich dazu brächte, zu hören und zu reden, dann würde es einem von Gegenvorwürfen nur so in den Ohren sausen, denn die Menschen nehmen die Überzeugung von der Ehrwürdigkeit der Toten ins Jenseits mit und vertreten sie von dort aus zehnfach. Und wenn diese Meinung vielleicht nicht richtig wäre und die Toten eine besonders große Ehrfurcht vor den Lebenden hätten, dann werden sie sich erst recht ihrer lebendigen Vergangenheit annehmen, die ihnen doch am nächsten steht, und wieder würden uns die Ohren sausen. Und wenn auch diese Meinung nicht richtig wäre und die Toten gerade sehr unparteiisch

wären, so könnten sie es auch dann niemals billigen, daß man mit unbeweisbaren Vorwürfen sie stört. Denn solche Vorwürfe sind schon von Mensch zu Mensch unbeweisbar. Das Dasein von vergangenen Fehlern in der Erziehung ist [nicht] zu beweisen, wie erst die Urheberschaft. Und nun zeige man den Vorwurf, der sich in solcher Lage nicht in einen Seufzer verwandelte.
Das ist der Vorwurf, den ich zu erheben habe. Er hat ein gesundes Innere, die Theorie erhält ihn. Das, was an mir wirklich verdorben worden ist, aber vergesse ich vorerst oder verzeihe es und mache noch keinen Lärm damit. Dagegen kann ich jeden Augenblick beweisen, daß meine Erziehung einen anderen Menschen aus mir machen wollte als den, der ich geworden bin. Den Schaden also, den mir meine Erzieher nach ihrer Absicht hätten zufügen können, den mache ich ihnen zum Vorwurf, verlange aus ihren Händen den Menschen, der ich jetzt bin, und da sie ihn mir nicht geben können, mache ich ihnen aus Vorwurf und Lachen ein Trommelschlagen bis in die jenseitige Welt hinein. Doch dient das alles nur einem andern Zweck. Der Vorwurf darüber, daß sie mir doch ein Stück von mir verdorben haben – ein gutes schönes Stück verdorben haben – im Traum erscheint es mir manchmal wie andern die tote Braut –, dieser Vorwurf, der immer auf dem Sprung ist, ein Seufzer zu werden, er soll vor allem unbeschädigt hinüberkommen, als ein ehrlicher Vorwurf, der er auch ist. So geschieht es, der große Vorwurf, dem nichts geschehen kann, nimmt den kleinen bei der Hand, geht der große, hüpft der kleine, ist aber der kleine einmal drüben, zeichnet er sich noch aus, wir haben es immer erwartet, und bläst zur Trommel die Trompete.

Oft überlege ich es und lasse den Gedanken ihren Lauf, ohne mich einzumischen, aber immer komme ich zu dem Schluß, daß mich meine Erziehung mehr verdorben hat, als ich es verstehen kann. In meinem Äußern bin ich ein Mensch wie andere, denn meine körperliche Erziehung hielt sich ebenso an das Gewöhnliche, wie auch mein Körper gewöhnlich war, und wenn ich auch ziemlich klein und etwas dick bin, gefalle ich doch vielen, auch Mädchen. Darüber ist nichts zu sagen. Noch letzthin sagte eine etwas sehr Vernünftiges: »Ach, könnte ich Sie doch einmal nackt sehn, da müssen Sie erst hübsch und zum Küssen sein.« Wenn mir aber hier die Oberlippe, dort die Ohrmuschel, hier eine Rippe, dort ein Finger fehlte, wenn ich auf dem Kopf haarlose Flecke und Pokkennarben im Gesicht hätte, es wäre noch kein genügendes Gegenstück meiner innern Unvollkommenheit. Diese Unvollkommenheit ist nicht angeboren und darum um so schmerzlicher zu tragen. Denn wie jeder habe auch ich von Geburt aus meinen Schwerpunkt in mir, den auch die närrischste Erziehung nicht verrücken konnte. Diesen guten Schwerpunkt habe ich noch, aber gewissermaßen nicht mehr den zugehörigen Körper. Und ein Schwerpunkt, der nichts zu arbeiten hat, wird zu Blei und steckt im Leib wie eine Flintenkugel. Jene Unvollkommenheit ist aber auch nicht verdient, ich habe ihr Entstehn ohne mein Verschulden erlitten. Darum kann ich in mir auch nirgends Reue finden, soviel ich sie auch suche. Denn Reue wäre für mich gut, sie weint sich ja in sich selbst aus, sie nimmt den Schmerz beiseite und erledigt jede Sache allein wie einen Ehrenhandel; wir bleiben aufrecht, indem sie uns erleichtert.

Meine Unvollkommenheit ist, wie ich sagte, nicht angeboren, nicht verdient, trotzdem ertrage ich sie besser, als andere unter großer Arbeit der Einbildung mit ausgesuchten Hilfsmitteln viel kleineres Unglück ertragen, eine abscheuliche Ehefrau zum Beispiel, ärmliche Verhältnisse, elende Berufe, und bin dabei keineswegs schwarz vor Verzweiflung im Gesicht, sondern weiß und rot.

Ich wäre es nicht, wenn meine Erziehung so weit in mich gedrungen wäre, wie sie wollte. Vielleicht war meine Jugend zu kurz dazu, dann lobe ich ihre Kürze noch jetzt in meinen Vierzigerjahren aus voller Brust. Nur dadurch war es möglich, daß mir noch Kräfte bleiben, um mir der Verluste meiner Jugend bewußt zu werden, weiter, um diese Verluste zu verschmerzen, weiter, um Vorwürfe gegen die Vergangenheit nach allen Seiten zu erheben und endlich ein Rest von Kraft für mich selbst. Aber alle diese Kräfte sind wieder nur ein Rest jener, die ich als Kind besaß und die mich mehr als andere den Verderben der Jugend ausgesetzt haben, ja ein guter Rennwagen wird vor allen von Staub und Wind verfolgt und überholt, und seine Räder fliegen über die Hindernisse, daß man fast an Liebe glauben sollte.

Was ich jetzt noch bin, wird mir am deutlichsten in der Kraft, mit der die Vorwürfe aus mir herauswollen. Es gab Zeiten, wo ich in mir nichts anderes als vor Wut getriebene Vorwürfe hatte, daß ich bei körperlichem Wohlbefinden mich auf der Gasse an fremden Leuten festhielt, weil sich die Vorwürfe in mir von einer Seite auf die andere warfen, wie Wasser in einem Becken, das man rasch trägt.

Jene Zeiten sind vorüber. Die Vorwürfe liegen in mir herum wie fremde Werkzeuge, die zu fassen und zu heben ich kaum den Mut mehr habe. Dabei scheint die Verderbnis meiner alten Erziehung mehr und mehr in mir von neuem zu wirken, die Sucht, sich zu erinnern, vielleicht eine allgemeine Eigenschaft der Junggesellen meines Alters, öffnet wieder mein Herz jenen Menschen, welche meine Vorwürfe schlagen sollten, und ein Ereignis wie das gestrige, früher so häufig wie das Essen, ist jetzt so selten, daß ich es notiere.

Aber darüber hinaus noch bin ich selbst, ich, der jetzt die Feder weggelegt hat, um das Fenster zu öffnen, vielleicht die beste Hilfs-

kraft meiner Angreifer. Ich unterschätze mich nämlich, und das bedeutet schon ein Überschätzen der andern, aber ich überschätze sie noch außerdem. Und abgesehen davon, schade ich mir noch geradeaus. Überkommt mich Lust zu Vorwürfen, schaue ich aus dem Fenster. Wer leugnet es, daß dort in ihren Booten die Angler sitzen, wie Schüler, die man aus der Schule auf den Fluß getragen hat; gut, ihr Stillehalten ist oft unverständlich, wie jenes der Fliegen auf den Fensterscheiben. Und über die Brücke fahren die Elektrischen, natürlich wie immer mit vergröbertem Windesrauschen und läuten wie verdorbene Uhren, kein Zweifel, daß der Polizeimann, schwarz von unten bis hinauf, mit dem gelben Licht der Medaille auf der Brust, an nichts anderes als an die Hölle erinnert und nun mit Gedanken, ähnlich den meinen, einen Angler betrachtet, der sich plötzlich – weint er, hat er eine Erscheinung oder zuckt der Kork? – zum Bootsrand bückt. Das alles ist richtig, aber zu seiner Zeit, jetzt sind nur die Vorwürfe richtig.
Sie gehn gegen eine Menge Leute, das kann ja erschrecken, und nicht nur ich aus dem offenen Fenster, auch jeder andere würde lieber den Fluß ansehn. Da sind die Eltern und die Verwandten. Daß sie mir aus Liebe geschadet haben, macht ihre Schuld noch größer, denn wie sehr hätten sie mir aus Liebe nützen können; dann befreundete Familien mit bösem Blick, aus Schuldbewußtsein machen sie sich schwer und wollen nicht in die Erinnerung hinauf; dann die Haufen der Kindermädchen, der Lehrer und der Schriftsteller und eine ganz bestimmte Köchin mitten unter ihnen, dann, zur Strafe ineinander übergehend, ein Hausarzt, ein Friseur, ein Steuermann, eine Bettlerin, ein Papierverkäufer, ein Parkwächter, ein Schwimmeister, dann fremde Damen aus dem Stadtpark, denen man es gar nicht ansehn würde, Eingeborene der Sommerfrischen als Verhöhnung der unschuldigen Natur und viele andere; aber es wären noch mehr, wenn ich sie alle mit Namen nennen wollte und könnte, kurz, es sind so viele, daß man achtgeben muß, daß man sie nicht zweimal nennt.
Ich überlege es oft und lasse den Gedanken ihren Lauf, ohne mich einzumischen, aber immer komme ich zu dem gleichen Schluß, daß die Erziehung mich mehr verdorben hat als alle Leute, die ich kenne, und mehr als ich begreife. Doch kann ich das nur einmal von Zeit zu Zeit aussprechen, denn fragt man mich danach: »Wirklich? Ist das möglich? Soll man das glauben?« schon suche ich es aus nervösem Schrecken einzuschränken.
Außen schaue ich wie jeder andere aus; habe Beine, Rumpf und Kopf, Hosen, Rock und Hut; man hat mich ordentlich turnen lassen, und wenn ich dennoch ziemlich klein und schwach geblieben bin, so war das eben nicht zu vermeiden. Im übrigen gefalle ich vielen, selbst jungen Mädchen, und denen ich nicht gefalle, die finden mich doch erträglich.

Zu Seite 14, Zeile 6 bis Seite 18, Zeile 16

»Du«, sagte ich und gab ihm einen kleinen Stoß mit dem Knie (beim plötzlichen Reden flog mir etwas Speichel als schlechtes Vorzeichen aus dem Mund), »du schläfst ja ein.«

»Ich habe dich nicht vergessen«, sagte er und schüttelte den Kopf schon während des Augenaufschlagens.

»Ich habe es auch nicht befürchtet«, sagte ich. Sein Lächeln übersah ich und schaute auf das Pflaster. »Ich wollte dir nur sagen, daß ich jetzt auf jeden Fall hinaufgehn werde. Denn wie du weißt, bin ich oben eingeladen, es ist schon spät und die Gesellschaft wartet auf mich. Vielleicht werden einzelne Veranstaltungen aufgeschoben, bis ich komme. Ich will es nicht behaupten, aber möglich ist es immerhin. Du wirst mich jetzt fragen, ob ich nicht vielleicht überhaupt auf die Gesellschaft verzichten könnte.«

»Das werde ich nicht fragen, denn erstens brennst du ja darauf, es mir zu sagen, und zweitens kümmert es mich nicht, denn mir ist hier unten und dort oben ganz gleich. Ob ich hier unten in der Abflußrinne liege und das Regenwasser staue oder oben mit den gleichen Lippen Champagner trinke, mir macht das keinen Unterschied, nicht einmal im Geschmack, was ich übrigens leicht verschmerze, denn mir ist weder das eine noch das andere erlaubt, und deshalb ist es nicht recht, wenn ich mich mit dir vergleiche. Denn du! Wie lange bist du eigentlich in der Stadt? Wie lange du in der Stadt bist, frag ich.«

»Fünf Monate. Aber ich kenne sie auch schon genau. Du, ich habe mir keine Ruhe gegeben. Wenn ich so zurückschaue, weiß ich gar nicht, ob Nächte vorgekommen sind, es kommt mir alles, kannst du es dir denken, wie ein Tag vor, und da gab es keine Tageszeiten, nicht einmal Lichtunterschiede.«

ANHANG

Anmerkungen · Nachwort · Leben und Werk Kafkas · Namenverzeichnis

Anmerkungen

Zu Seite 9, Zeile 11
Die vier Eintragungen, die der ersten folgen, scheinen als Ansätze zu einer Erzählung zusammenzugehören, sind aber von Kafka durch Querlinien voneinander getrennt.

Zu Seite 9, Zeile 12
Eduardowa. Bezieht sich auf das Gastspiel des »Russischen Balletts« im Prager Deutschen Theater.

Zu Seite 10, Zeile 29
... dich verstecken. Im Manuskript folgen hier Federzeichnungen. Auch im weiteren Manuskript finden sie sich des öfteren.

Zu Seite 10, Zeile 31
Die Weißnäherinnen. Auf diese Bemerkung bezieht sich die Eintragung vom 16. Dezember 1910 über Hauptmanns »Die Jungfern vom Bischofsberg«.

Zu Seite 14, Zeile 5
... wenig aufgeblasen. Hier folgt, ohne Titel, die Erzählung »Unglücklichsein« aus der »Betrachtung« (vgl. Erzählungen und Kleine Prosa). Diese Niederschrift bricht einige Zeilen vor dem Schluß ab. Es folgt auf einer neuen Seite ein bloßer Titel »Der kleine Ruinenbewohner«, der offenbar mit den vorangehenden Fragmenten einer Erziehungskritik in Zusammenhang steht. Die anschließenden Fragmente bilden ein schwer zu ordnendes Mosaik, in dem viele Bruchstücke mehrmals wiederholt sind. Die Erzählung beginnt immer wieder mit den gleichen Worten und schlägt noch 1911 einzelne Wellen. – Das Ganze hat viele Berührungspunkte mit einigen Kapiteln der Erzählung »Beschreibung eines Kampfes«, vgl. besonders das »Gespräch mit dem Beter«; ferner auch mit der von Kafka veröffentlichten Studie »Entlarvung eines Bauernfängers«.

Zu Seite 18, Zeile 30
Claudel. Der Dichter Paul Claudel war damals französischer Konsul in Prag. Kafka lernte ihn niemals kennen.

Zu Seite 19, Zeile 3
Wiegler. Paul Wiegler, der Übersetzer der »Moralités légendaires« von Jules Laforgue. Diese Übersetzung, später auch das Original, wurde für Kafka und mich zu einem großen Erlebnis. Der starke

Einfluß der Verse Laforgues ist auch in einigen Gedichten Werfels fühlbar. – Paul Wiegler schrieb später »Französisches Theater der Vergangenheit«, ferner eine sehr umfangreiche und gelehrte »Geschichte der deutschen Literatur« u. a. Er war Redakteur in Berlin, in Prag, dann wieder in Berlin (bei Ullstein). Er starb 1949.

Zu Seite 21, Zeile 16
»Die Jungfern vom Bischofsberg«, Lustspiel von Gerhart Hauptmann.

Zu Seite 22, Zeile 31
... zu Besuch. Kafka hinterließ drei Schwestern und deren Familien. Alle drei Schwestern, auch Kafkas Lieblingsschwester Ottla, starben in Vernichtungslagern, ebenso zwei Schwäger, ein Neffe und eine Nichte sowie viele der in den Tagebüchern erwähnten Menschen, die Kafka nahestanden.

Zu Seite 23, Zeile 19
Baum. Der blinde Dichter Oskar Baum, einer der nächsten Freunde Kafkas und des Herausgebers. Er starb in dem von den Deutschen besetzten Prag (1940), seine Frau im Getto Theresienstadt. Sein wichtigstes Werk ist der Chazaren-Roman »Das Volk des harten Schlafs«.

Zu Seite 30, Zeile 5
... Gesellschaft. Der letzte Absatz ist von Kafka gestrichen

Zu Seite 30, Zeile 19
Promenoir. Eine Erinnerung an die Pariser Reise im Vorjahre (1910).

Zu Seite 36, Zeile 16
»Jüdinnen«. Mein im Jahre 1911 erschienener Roman. Es finden sich drei einander ähnliche Entwürfe dieser Kritik.

Zu Seite 37, Zeile 12
Dr. Steiner. »Wie erlangt man Erkenntnisse der höheren Welten?« ist der Titel eines Buches von Rudolf Steiner.

Zu Seite 40, Zeile 22 bis Zeile 29
... Ich ahnte. Dieser Text gehört zu der auf Seite 14 begonnenen Erzählung.

Zu Seite 41, Zeile 32
Es war schon eine Gewohnheit. Zwischen dieser und der vorangehenden Eintragung liegt das Reisetagebuch Lugano–Paris–Erlenbach. Die Eintragung selbst hat einen Zusammenhang mit dem auf

dieser Reise entstandenen Romanplan »Richard und Samuel« (vgl. Erzählungen und Kleine Prosa).

Zu Seite 46, Zeile 2
Longen schrieb später eine Biographie Jaroslav Hašeks, des Verfassers des Buches »Der brave Soldat Schwejk«. – Der in derselben Notiz erwähnte Grünbaum ist der bekannte Komiker.

Zu Seite 47, Zeile 31
Kol Nidre. Einleitungsgebet am Vorabend des Versöhnungstages.

Zu Seite 52, Zeile 30
Café Savoy. Es handelt sich um eine Wandertruppe ostjüdischer Schauspieler, die von da an für Kafkas Leben und Entwicklung bedeutsam wird. Die Truppe benutzte ein kleines, wenig angesehenes Café als Theatersaal. Wir beide hatten schon 1910 (im Mai) ähnliche Aufführungen einer andern Truppe in demselben Café gesehen.

Zu Seite 53, Zeile 17
»Meschumed«. »Der Getaufte« (wörtlich »Der Vernichtete«). – Man wird wohl nicht mit Unrecht in den beiden hier geschilderten Figuren, die eine Art Chorus bilden, die erste Skizze der beiden »Gehilfen« im Roman »Das Schloß« erblicken.

Zu Seite 53, Zeile 36
Schlapak. Tschechischer Volkstanz.

Zu Seite 57, Zeile 26
Mesusa. Wörtlich »Türpfosten«. An der Wohnungstür jedes orthodoxen Juden ist eine Hülse mit einer Pergamentrolle darin angebracht, die bestimmte biblische Stücke enthält.

Zu Seite 61, Zeile 4
Pariser Tagebuch. Vorarbeiten zu der gemeinsamen Arbeit »Richard und Samuel« (vgl. Erzählungen und Kleine Prosa). – R. ist die im ersten Kapitel unter dem Namen »Dora Lippert« geschilderte Dame.

Zu Seite 66, Zeile 22
Pawlatsche. Das tschechische Wort pavlač bedeutet »Balkon« und ist ins Prager, auch ins Wiener Deutsch als Bezeichnung für die charakteristischen, an der Hofseite eines Hauses in ganzer Stockwerklänge verlaufenden offenen oder verglasten Flurgänge übergegangen.

Zu Seite 69, Zeile 26
... sechzehnjährig. Kafkas wirkliches Alter war damals achtundzwanzig Jahre.

Zu Seite 70, Zeile 9
»Dubrovnicka trilogie«. »Trilogie aus Ragusa«, von Ivo Vojnovič.

Zu Seite 80, Zeile 42
Otto. Mein Bruder und Freund, der Dichter Otto Brod. Zu dritt machten wir 1909 die Reise nach Riva und Brescia.

Zu Seite 82, Zeile 35
Novelle des Fräulein T. Ich schrieb damals gemeinsam mit dem Mädchen, das ich später heiratete, die Novelle »Weiberwirtschaft«. – Im Folgenden ist »Richard und Samuel« gemeint.

Zu Seite 83, Zeile 14
»Mißgeschickten«. »Die Mißgeschickten«, Roman von Wilhelm Schäfer. Kafka hatte große Verehrung für diesen Autor, der leider später mit den Nationalsozialisten sympathisierte.

Zu Seite 84, Zeile 8
Valli. Eine der drei Schwestern Kafkas, dem Alter nach die mittlere.

Zu Seite 84, Zeile 17
»meschuggenen Ritoch«. Dieser Jargonausdruck wäre etwa mit »verrückter Brausekopf« zu übersetzen.

Zu Seite 99, Zeile 1
Parnusse. Jiddische Form des hebräischen Wortes parnassah; das zum Lebensunterhalt Notwendige.

Zu Seite 101, Zeile 19 bis Zeile 43
Dieser Text findet sich mit einigen Änderungen und Kürzungen in Kafkas erstem Buch »Betrachtung«.

Zu Seite 102, Zeile 38–41
Aus einem alten Notizbuch. Bezieht sich auf das Studium vor den juristischen Staatsprüfungen und Rigorosen.

Zu Seite 103, Zeile 34
Utitz. Der Philosoph Emil Utitz, später Universitätsprofessor, war im Gymnasium ein Mitschüler Kafkas.

Zu Seite 104, Zeile 15
Kisch. Es ist die Familie von Egon Erwin Kisch, dem »rasenden Reporter«. Sein Bruder Paul Kisch studierte Germanistik.

Zu Seite 106, Zeile 25
Lebensrad. Das »Lebensrad« war ein Spielzeug; durch einen Schlitz sah man auf einem sich drehenden Kreisband die aufeinanderfolgenden Positionen einer Figur. Es entstand die Illusion einer Bewegung.

Zu Seite 112, Zeile 13
Amhorez. Ein ungebildeter Mann. – Diese und alle ähnlichen Notizen machte sich Kafka auf Grund seiner langen Gespräche mit dem Schauspieler Löwy.

Zu Seite 127, Zeile 24
Weltsch. Es ist der Philosoph Felix Weltsch, unser gemeinsamer Freund. Er schrieb u. a. »Gnade und Freiheit«, »Das Wagnis der Mitte«.

Zu Seite 128, Zeile 38
Moule. Richtig »mohel«, Beschneider.

Zu Seite 139, Zeile 34
Bergmann. Hugo Bergmann wirkt heute als Professor der Philosophie an der Hebräischen Universität in Jerusalem.

Zu Seite 143, Zeile 21
»Der nackte Mann«. Roman von Emil Strauß. Für den Autor und Kafkas Beziehung zu seinem Werk gilt das über Wilhelm Schäfer Bemerkte.

Von Seite 146, Zeile 7 bis 36
Siehe »Der plötzliche Spaziergang« (Erzählungen und Kleine Prosa).

Zu Seite 153, Zeile 7
Die nächsten siebeneinhalb Seiten des Tagebuchs enthalten einen Auszug aus dem Buch von Pines.

Zu Seite 154, Zeile 27
Ehrenfels. Christian von Ehrenfels, Philosoph, Begründer der Gestalt-Theorie.

Zu Seite 154, Zeile 40
Die im Manuskript folgende Aufzeichnung kehrt mit einigen Stilvarianten in der »Betrachtung« wieder (vgl. »Entschlüsse« in Erzählungen und Kleine Prosa).

Zu Seite 157, Zeile 21
Pick. Der Kritiker Otto Pick, später Redakteur der offiziösen »Prager Presse«.

Zu Seite 168, Zeile 15
Die nächsten sechseinhalb Seiten des Tagebuches enthalten Auszüge aus Biedermann »Gespräche mit Goethe«. Zuletzt findet sich die Notiz: »Bücher: Stilling, Goethe-Jahrbuch, Briefwechsel zwischen Rahel und D. Veit«.

Zu Seite 169, Zeile 38
»Aus dem Leben eines Schlachtenmalers«. Der Titel lautet richtig: »Erinnerungen eines Schlachtenbummlers im Feldzug 1870–71«. Der Verfasser ist der Schlachtenmaler Heinrich Lang.

Zu Seite 170, Zeile 1
Stoeßl. Otto Stoeßl (1875–1936), der österreichische Erzähler und Essayist, den Kafka sehr schätzte.

Zu Seite 170, Zeile 17
»Mam'zelle Nitouche«. Posse mit Musik von H. Meilhac und A. Millaud.

Zu Seite 172, Zeile 19
Haas. Willy Haas, später Herausgeber der »Literarischen Welt«, der außerordentlich wissensreich geleiteten Zeitschrift, bedeutender Essayist. Zur Zeit der Niederschrift von Kafkas Tagebuchnotiz redigierte er in Prag die »Herderblätter«, veröffentlichte dort u. a. das erste Kapitel von »Richard und Samuel«, ferner Jugendwerke Werfels.

Zu Seite 173, Zeile 25
»Arnold Beer« ist ein Roman des Herausgebers.

Zu Seite 173, Zeile 27
... an meinem Roman. Kafka arbeitete damals an seinem Roman »Der Verschollene« (endgültiger Titel »Amerika«).

Zu Seite 173, Zeile 36
»Traum eines Frühlingsmorgens«. Drama von d'Annunzio.

Zu Seite 175, Zeile 24
6. Juli. In die Zeit vor dieser Eintragung fällt der Beginn der Ferienreise nach Weimar und in den Harz (28. Juni bis 29. Juli).

Zu Seite 176, Zeile 38
... das Buch. Es handelt sich um Kafkas erstes Buch »Betrachtung«, zu dessen Fertigstellung, vielmehr Zusammenstellung aus größtenteils bereits fertigen Prosastücken, ich ihn sehr drängte. Mitte August übergab er mir endlich das Manuskript, das ich an den Verlag Rowohlt (Kurt Wolff) expedierte. Das Buch erschien Anfang 1913.

Zu Seite 177, Zeile 26
F. B. Kafka hatte Fräulein Felice Bauer aus Berlin, die in seinem Leben von so zentraler Bedeutung wurde, zwei Tage zuvor kennengelernt.

Zu Seite 177, Zeile 26
»Polnische Wirtschaft«. Titel einer Operette von Jean Gilbert (Pseudonym für Max Winterfeld).

Zu Seite 183, Zeile 25
Es folgt die vollständige Niederschrift der Erzählung »Das Urteil«.

Zu Seite 185, Zeile 6
Es folgt die Reinschrift der Erzählung »Der Heizer«, ohne Titel. Siehe »Amerika«, 1. Kapitel.

Zu Seite 191, Zeile 2
... Berlin fahre. Es handelt sich um einen Besuch bei Felice Bauer.

Zu Seite 191, Zeile 7
Die B. Eine Gouvernante, die in Kafkas Kinderjahren für ihn von Bedeutung war.

Zu Seite 192, Zeile 26
Weiß. Der hochbegabte Erzähler und Dramatiker Ernst Weiß, der Kafka später recht nahestand. Sein erster Roman »Die Galeere« erschien 1913. Spätere Werke u. a. »Tiere in Ketten«, »Mensch gegen Mensch«, »Nahar«, »Stern der Dämonen«, »Männer in der Nacht«. Er floh 1933 nach Frankreich, tötete sich selbst, als die Deutschen Paris besetzten.

Zu Seite 201, Zeile 2
Zwischen diese und die folgende Notiz fällt Kafkas Reise nach Riva, Sanatorium Hartungen.

Zu Seite 202, Zeile 31
Krapotkin. Krapotkins Memoiren waren eines der Lieblingsbücher Kafkas, ebenso die später im Tagebuch erwähnten Memoiren von Alexander Herzen.

Zu Seite 203, Zeile 34
Schwarzkäfer. »Die Verwandlung«. – In der nächsten Notiz ist wohl die Urzelle der Erzählung vom Jäger Gracchus zu sehen, die ja als Lokalität Riva angibt.

Zu Seite 214, Zeile 9
»Dnes to bylo docela hezky.« »Heute war es ganz hübsch.« Diese Kritik seiner mißglückten Kleistvorlesung (vgl. Notiz vom 11. Dezember) hat Kafka öfters mit so viel Humor erzählt, daß unter uns Freunden die Worte des kleinen Jungen sprichwörtlich wurden. Kafka erzählte, der Junge habe mit altkluger Miene noch hinzugesetzt: »Very well.« Wenn einer, der keine Ahnung hatte, von oben herab, gönnerhaft und kennerhaft etwas lobte, so zitierten wir gern: »Very well« und wußten sofort, was gemeint war. Die ganze kleine Vorlesungs-Episode machte in der Wirklichkeit einen weit weniger melancholischen Eindruck, als das Tagebuch ihn vermittelt. Selbstverständlich hatte Kafka wundervoll gelesen, das habe ich als Zuhörer noch gut in Erinnerung. Er hatte nur ein viel zu langes Stück ausgewählt und mußte zuletzt im Lesen kürzen. Dazu kam der skurrile Gegensatz zwischen dieser großen Literatur und den wenig interessierten, armen Zuhörern, die in ihrer Majorität nur der gratis kredenzten Tasse Tee wegen zu solchen Wohlfahrtsveranstaltungen kamen.

Zu Seite 214, Zeile 25
... Weiß zu bitten. Ernst Weiß lebte in Berlin, ebenda Felice Bauer.

Zu Seite 214, Zeile 38
Beermann. Der bekannte Journalist Arnold Höllriegel, Reiseschriftsteller großen Stils.

Zu Seite 219, Zeile 17
L. Die im Nachfolgenden erwähnte Liesl war die Braut von A.

Zu Seite 219, Zeile 18
»Goldhaupt«. Drama von Paul Claudel. Auch Fantl gehörte zum

Hellerauer Kreis wie Dalcroze, Paul Adler, Jakob Hegner u. a.

Zu Seite 220, Zeile 11
Tellheim. Zitiert aus Dilthey »Das Erlebnis und die Dichtung«.

Zu Seite 222, Zeile 25
Elli. Kafkas ältere Schwester. Das genannte Buch ist ein Roman von Oskar Baum.

Zu Seite 226, Zeile 28
Khol. Tschechischer Schriftsteller, Historiker. Gab u. a. (gemeinsam mit Otto Pick) den Briefwechsel Casanovas mit J. F. Opitz aus dem Manuskript des böhmischen Landesmuseums heraus.

Zu Seite 226, Zeile 40
... Wort nehme. Hier endet das siebente Heft der Tagebücher, das mit der Eintragung vom 2. Mai 1913 begann.

Zu Seite 227, Zeile 9
Musil. Der Dichter Robert Musil lud Kafka zur Mitarbeit an einer literarischen Zeitschrift ein. Details, auch über die hier erwähnte Reise, sind mir nicht erinnerlich. Die Reise ging vermutlich nach Berlin.

Zu Seite 241, Zeile 41
Der Magistratsbeamte Bruder. Diese und die nachfolgende Eintragung wirken wie Vorahnungen. Fast zwei Monate vor Ausbruch des Krieges geschrieben, geben diese Eintragungen Szenen wieder, wie wir sie bald nachher in sehr ähnlicher Weise erlebten, als die Russen einen Teil Österreichs eroberten.

Zu Seite 243, Zeile 1
Verlockung im Dorf. Diese Notiz vom 11. Juni 1914 ist eine Vorstudie zu dem erst einige Jahre später geschriebenen Schloß-Roman.

Zu Seite 251, Zeile 24
... wie Bayros haben. Die Ironie liegt darin, daß P. ahnungslos den bedeutenden Zeichner Alfred Kubin mit dem Illustrator pornographischer Bücher vergleicht, der damals unter dem Namen »Marquis Bayros« eine Zeitlang in Mode war.

Zu Seite 252, Zeile 14
Pištěkovo divadlo. Name eines Theaters in einer Vorstadt Prags.

Zu Seite 252, Zeile 19
Grab der Eltern. Auch hierin könnte man eine merkwürdige Vorahnung sehen, da Kafka im gemeinsamen Grabe mit seinen Eltern beerdigt wurde.

Zu Seite 254, Zeile 22
Fräulein Bl. Bl. ist die Freundin von F.; die etwas früher erwähnte E., die dann auch später noch einigemal vorkommt, ist die Schwester von F.

Zu Seite 256, Zeile 17
Dr. W. Diese kurze Reise nach der Entlobung machte Kafka mit Ernst Weiß und dessen Freundin.

Zu Seite 258, Zeile 7
»Kampf«. Vermutlich »Franziska«, Roman von Ernst Weiß.

Zu Seite 260, Zeile 42
... keine Zeit. Die letzten Tagebucheintragungen, die hier abgedruckt sind (ab 16. Februar 1914), sind *zwei* Quartheften entnommen, in die Kafka seine Notizen alternierend, ohne pedantische Ordnung einschrieb. Der Herausgeber hat die Reihenfolge nach den Angaben des Datums bestimmt, unter denen die einzelnen Absätze eingetragen sind. Dabei mußte er öfters aus dem einen Quartheft ins andere übergehen. Nun schließt sich aber die Eintragung vom 31. Juni, die mit den Worten beginnt: »Ich habe keine Zeit«, in dem einen der beiden Hefte unmittelbar an die Eintragung vom 29. Juli an, die mit den Worten schließt: »... habe ich Zeit.« Dem Datum (und auch der noch vergleichsweise ruhigen Stimmung) gemäß mußten die Eintragungen vom 30. Juli aus dem anderen Heft hier zwischengeschoben werden – daher sei hier anmerkungsweise auf den Zusammenhang der Notizen vom 29. Juni und 31. Juli hingewiesen.

Zu Seite 261, Zeile 31
Nazdar. Tschechisch: Hochrufe.

Zu Seite 263, Zeile 2
»Vojtišku«. Tschechische Diminutivform für Adalbert.

Zu Seite 263, Zeile 17
Ich schreibe. Kafka begann damals den Prozeß-Roman. Zwei Jahre zuvor hatte er »Das Urteil«, Teile von »Amerika«, »Die Verwandlung« geschrieben.

Zu Seite 274, Zeile 4
Ein Teil des Blattes ist abgerissen, daher diese und die spätere Lücke im Text, da die Eintragung vom 25. Oktober auf der Rückseite dieses Blattes steht.

Zu Seite 275, Zeile 24
P. zurück. Ein Schwager, der als Urlauber von der Front heimkehrt.

Zu Seite 276, Zeile 9
Frau Brod. Meine Mutter, die sich sofort in den Dienst der Flüchtlingsfürsorge stellte und da viel Gutes tat, auch mit sehr viel Ausdauer, freilich allzu energisch und kurzangebunden, wie es ihre Art war.

Zu Seite 276, Zeile 29
Mizwe. Gute Tat. (Wörtlich: Erfüllung eines Gebotes.)

Zu Seite 278, Zeile 19
Mutterkapitel. Im Anhang zum »Prozeß« als Fragment »Fahrt zur Mutter« veröffentlicht.

Zu Seite 280, Zeile 2
»Dorfschullehrer«. Ediert unter dem Titel »Der Riesenmaulwurf«. Die Anmerkung zur ersten Ausgabe (»nicht mehr genau datierbar«) wäre danach zu berichtigen.

Zu Seite 283, Zeile 7
Versöhnungstag. An dem man nach jüdischer Lehre seiner Sünden gedenkt. Im Wort und Begriff »Versöhnungstag« (Jom ha-Kippurim) liegt allerdings mehr: die Verzeihung.

Zu Seite 283, Zeile 10
Lembergerin. In der Schule für jüdische Flüchtlingskinder aus Galizien, die Prof. Alfred Engel gegründet hatte und leitete, unterrichtete ich »Weltliteratur«. Kafka nahm als einziger Gast an meinen Stunden teil, kam sehr oft (vgl. die spätere Notiz vom 14. April über die »Homer-Stunde«). Hier lernte er einige meiner Schülerinnen und deren Angehörige kennen, darunter das von hier ab öfters erwähnte Fräulein aus Lemberg, Fräulein F. R. (vgl. zum Beispiel 14. Mai).

Zu Seite 284, Zeile 26
»Generali«. Die Versicherungsgesellschaft Assicurazioni Generali,

in der Kafka unter besonderen Mühen und Anstrengungen arbeitete. Sein erster Posten.

Zu Seite 290, Zeile 1
Ost- und Westjuden. Die Zionisten benutzten die Tatsache der Anwesenheit ostjüdischer Kriegsflüchtlinge in Prag, um durch Debattenabende die gegenseitigen Beziehungen zwischen Ost und West zu klären. Selbstverständlich gab es zunächst viele Mißverständnisse, späterhin aber doch fruchtbare Zusammenarbeit und gegenseitige Beeinflussung.

Zu Seite 292, Zeile 1
... mit meiner Schwester. Kafka begleitete seine älteste Schwester Elli, die in der Nähe der Front ihren als Reserveoffizier eingerückten Mann besuchte.

Zu Seite 296, Zeile 5
Dobřichowitz. Ausflugsort in der Nähe von Prag.

Zu Seite 296, Zeile 34
Fräulein R. Unsere Zufallsbekanntschaft auf der Fahrt nach Zürich 1911.

Zu Seite 297, Zeile 9
»Neue Christen«. Unvollendeter Roman von mir.

Zu Seite 297, Zeile 32
Langer. Georg Mordechai Langer aus Prag, der jahrelang im Osten das Leben eines »Chassid« zu leben versuchte, später in tschechischer, deutscher, hebräischer Sprache über Kabbala und verwandte Themen schrieb. Es erschienen u. a. zwei Bändchen hebräischer Gedichte von ihm. – Der hier genannte Wunderrabbi oder Zaddik, ein Verwandter des »Belzer Rabbi«, war vor den Russen aus Grodek nach Prag geflüchtet, seine Anhänger mit ihm. – »ulice«: Gasse. Žižkov, ein Vorort Prags.

Zu Seite 299, Zeile 36
Roßmann und K. Roßmann im Roman »Amerika«, K. im Roman »Der Prozeß«.

Zu Seite 300, Zeile 2
Die nächsten acht Seiten des Manuskripts enthalten Auszüge aus dem genannten Werk. – Es folgt ein etwa zwei Seiten umfassender Auszug aus dem Buch von Paul Holzhausen »Die Deutschen in Rußland 1812«.

Zu Seite 301, Zeile 20
Gerti. Kafkas Nichte, damals ein Kind.

Zu Seite 303, Zeile 12
Schützengraben. Modell eines Schützengrabens, ein dem Publikum zugunsten des Roten Kreuzes zugängliches Schauobjekt in der Nähe von Prag.

Zu Seite 303, Zeile 14
Oskar Pollak. Jugendfreund Kafkas.

Zu Seite 303, Zeile 16
Grünberg. Abraham Grünberg aus Warschau, ein junger Kriegsflüchtling von bedeutenden Geistesgaben, mit dem wir damals viel verkehrten. Er starb noch während des Krieges an Tuberkulose.

Zu Seite 303, Zeile 38
Frau M.-T. Kafka gab einen humoristischen Bericht über seinen Besuch bei Frau M.-T. Nachher bereute er den harmlosen Spott.

Zu Seite 304, Zeile 1
Dr. Jeiteles. Talmudgelehrter aus der frommen Familie Lieben in Prag. Nur zwei aus dieser weitverzweigten Familie haben die Herrschaft des Nationalsozialismus überlebt, der hier genannte Gelehrte und ein Jüngling in einem Kibbuz in Israel.

Zu Seite 315, Zeile 31
Hier und an vereinzelten anderen Stellen des Tagebuches finden sich Zeichnungen. Hier ist die Opferung Isaaks durch Abraham angedeutet.

Zu Seite 320, Zeile 3
Brief. An Felice Bauer.

Zu Seite 323, Zeile 1
In die Lücke zwischen dem 30. Oktober 1916 und dem 6. April 1917 fallen einige Eintragungen in den Oktavheften, die aber einen anderen, mehr »objektiven« Charakter tragen als das Tagebuch der dreizehn Quarthefte. Sie enthalten ausschließlich Novellen, Erzählungsfragmente (Anfänge) und Meditationen (Aphorismen), dagegen fast nichts auf die Ereignisse des Tages Bezügliches.

Zu Seite 324, Zeile 37
Friedrich Adler. Prager Dichter, der (mit Hugo Salus) für die uns

vorangegangene Generation maßgebend war. Bekannt wurde sein dem Spanischen nachgedichtetes Versdrama »Don Gil von den grünen Hosen«.

Zu Seite 329, Zeile 34
Zwischen diese Notiz und die vorangehende fällt die erste ärztliche Konstatierung von Kafkas Tuberkulose, sein Entschluß, die Verlobung mit F. zu lösen, sein Amtsurlaub und seine Übersiedlung auf das Land zu seiner Schwester Ottla (nach Zürau, Post Flöhau, etwa fünfzig Kilometer östlich von Karlsbad). Diese Reise fand am 12. September 1917 statt.

Zu Seite 332, Zeile 27
Felix. Neffe Franz Kafkas.

Zu Seite 336, Zeile 4
... mit J. Kafkas zweite Verlobte, Fräulein Julie Wohryzek. – Diese Beziehung dauerte nur etwa ein halbes Jahr.

Zu Seite 336, Zeile 18
Eleseus. Kafka las damals den Roman »Segen der Erde« von Knut Hamsun; diesen Dichter liebte und bewunderte er ganz besonders.

Zu Seite 337, letzte Zeile
Das zwölfte Heft der Tagebücher, das hier schließt, besteht nur aus einigen lose im Umschlag liegenden Blättern. Hier ist vom Autor viel herausgerissen und vernichtet worden.

Zu Seite 338, Zeile 1
M. Anfang 1920 hat Kafka Frau Milena Jesenská kennengelernt. Eine kluge, ja weise, tapfere, freiheitlich gesinnte Tschechin, ausgezeichnete Schriftstellerin. Zwischen ihr und Kafka entstand eine sehr innige Freundschaft, anfangs voll Hoffnung und Glück, später sich ins Trostlose wendend. Die Beziehung dauerte etwas über zwei Jahre. – 1939 wurde Frau Jesenská in Prag ins Gefängnis geworfen und in einem Konzentrationslager ermordet.

Zu Seite 344, Zeile 4
»Náš Skautík«. Zeitschrift der tschechischen Scout-Bewegung. Alle Erziehungsprobleme interessierten Kafka.

Zu Seite 344, letzte Zeile
»Iwan Iljitsch«. Die bekannte Erzählung Tolstois, die neben den »Volkserzählungen« (vor allem »Die drei Greise«) von Kafka sehr geliebt wurde.

Zu Seite 347, Zeile 14
... *zwei Fragen.* An Milena Jesenská.

Zu Seite 402, Zeile 21
»Junggesellen der Erinnerung«. Diese Bemerkung steht in Kafkas erstem Buch »Betrachtung«. Siehe die Studie »Das Unglück des Junggesellen« (Erzählungen und Kleine Prosa).

Zu Seite 348, Zeile 40
O. R. Onkel Rudolf, ein Bruder von Kafkas Mutter.

Zu Seite 352, Zeile 2
... *Kutscher mit den Pferden.* Zitat aus dem 1919 veröffentlichten »Ein Landarzt«.

Zu Seite 352, Zeile 15
Josef K. Josef K. ist der Held von Kafkas Roman »Der Prozeß«, der 1914/1915 geschrieben wurde und zu Kafkas Lebzeiten unveröffentlicht blieb.

Zu Seite 360, Zeile 17
Blüher. Beginn der Polemik mit Hans Blühers Buch »Secessio Judaica«. – Hier wirft Kafka Blüher gerade jene Fehler vor, die Blüher an jüdischen Büchern zu finden behauptet.

Zu Seite 361, Zeile 9
Bruder. Bruder ist hier der Name eines der ausstellenden Maler.

Zu Seite 362, Zeile 5
Makkabimädchen. Makkabi, hier der Name zionistischer Sportvereine. »Selbstwehr« hieß das Prager zionistische Wochenblatt. Der tschechische Satz bedeutet: »Ich kam, um dir zu helfen.«

Zu Seite 362, Zeile 22
Maggid. »Der große Maggid« (Prediger), Titel eines Buches von Martin Buber über den chassidischen Rabbi Dow Bär von Mesritsch, einen Jünger des Baalschem. Auf dieses Buch bezieht sich auch die erste Eintragung vom 12. Mai.

Zu Seite 362, Zeile 25
»Pilger Kamanita«. Das Zitat stammt aus dem Legendenroman »Der Pilger Kamanita« von Karl Gjellerup.

Zu Seite 363, Zeile 21
Myslbeck war ein bedeutender tschechischer Bildhauer.

Zu Seite 364, Zeile 12 und 14
Planá. In Planá an der Luznice war Kafka wieder bei seiner Schwester Ottla zur Erholung. – »Tvrz« in der nächsten Eintragung bedeutet Festung. – Die Luschnitz ist ein Nebenfluß der Moldau in Südostböhmen.

Zu Seite 364, Zeile 29 bis 30
»Entweder-Oder«. Von Kierkegaard.

Zu Seite 369 bis 373
Reise nach Friedland und Reichenberg. Aus einer der letzten Eintragungen dieses Reisetagebuches geht hervor, daß Kafka diese Reise amtlich, im Dienste der Arbeiter-Unfallversicherung, deren Beamter er war, unternommen hat. – Der Eindruck des Schlosses Friedland hat vielleicht später im Vorstellungskreis des Romans »Das Schloß« nachgewirkt.

Zu Seite 372, Zeile 5
... aus Brescia. Erinnerung an die Reise nach Riva, Brescia 1909.

Zu Seite 376, Zeile 1
A + x. Anspielung auf die Theorie des »Verschwommenen«, die den Ausgangspunkt des Buches »Anschauung und Begriff« von Felix Weltsch und mir bildet. Das Verschwommene wird dort mit dem graphischen Symbol A + x bezeichnet.

Zu Seite 376, Zeile 21
Planeten. Aus dem Tschechischen genommener Ausdruck für die kleinen Kuverts, aus deren Menge ein abgerichteter Papagei das »Schicksalslos« hervorzieht.

Zu Seite 377, Zeile 26
Keller-Zimmer. Gottfried Keller.

Zu Seite 379, Zeile 28
»Miss Dudelsack«, eine Operette von Fritz Grünbaum und Heinz Reichert.

Zu Seite 380, Zeile 4
... mit Max. Mit Niederschreiben unserer Tagebuchnotizen beschäftigt.

Zu Seite 381, Zeile 15
Kapitän Nemo ist die Hauptfigur in Jules Vernes 1869 veröffentlichtem Roman »Vingt mille lieues sous les mers«. – »Die Reise durch

die Sonnenwelt« ist der stark abgekürzte deutsche Titel für Jules Vernes 1877 erschienenen Roman »Hector Servadac. Voyages et aventures à travers le monde solaire«.

Zu Seite 384, Zeile 29
Galerie. Gemeint ist (im Rückblick) die Galerie Vittorio Emmanuele in Mailand.

Zu Seite 386, Zeile 35 bis 42
École Florentine. Bilder im Louvre.

Zu Seite 387, Zeile 15 bis 34
Prise de Salins. Bilder im Schloß von Versailles.

Zu Seite 388, Zeile 14
Allein. Von hier an sind die Eintragungen im Sanatorium Erlenbach (Schweiz) gemacht, wohin Franz allein reiste, während ich heimfuhr. Sein Urlaub dauerte etwas länger als der meine. – In den Eintragungen aber wendet sich der Autor bald wieder den eben aufgenommenen Pariser Eindrücken zu.

Zu Seite 403, Zeile 3
... zum See. Bois de Boulogne.

Zu Seite 407 bis 425
Reise Weimar–Jungborn. – Ferienreise 1912, gemeinsam mit mir. Das am 29. Juni genannte Buch ist Kafkas erste Publikation »Betrachtung«. – Grete, die junge hübsche Tochter des Hauswarts im Goethehaus. Hierüber Näheres in meiner Kafka-Biographie. – Die weitere Reise (über Weimar hinaus) machte Kafka allein. Daher am 7. Juli »Nach dem Abschied von dir« usw. Mein Urlaub war kürzer und bereits zu Ende. Die Notiz vom 8. Juli bezieht sich schon auf die Naturheilanstalt Jungborn im Harz. Zu Kafkas Interessengebieten gehörte immer die Naturheilkunde mit all ihren Unterarten wie Rohkost, Vegetarismus, Mazdaznan, Nacktkultur, Gymnastik, Impfgegnerschaft. Die seltsame Mischung von Respekt und Ironie, mit der er diesen Bewegungen gegenüberstand und sich auch jahrelang in einzelne von ihnen einzuordnen bemühte, ist keiner Analyse zugänglich. Das hier veröffentlichte Tagebuch gibt Kafkas Einstellung getreu wieder.

Zu Seite 413, Zeile 44
Paul Ernst. Neuklassizistischer Dichter (1866–1933), Verfasser von Dramen (»Canossa«, »Brunhild«), Novellen und Essays.

Zu Seite 414, Zeile 9
Pater Expeditus Schmitt. »Die schönsten Heiligenlegenden in Wort und Bild«, herausgegeben von Dr. P. Expeditus Schmitt, O. F. M. (mit Bildern von Franz Pocci), Verlag Hans von Weber, München 1912.

Zu Seite 414, Zeile 14
Johannes Schlaf (1862–1941) gehört mit Arno Holz zu den Schrittmachern der modernen realistischen Literatur in Deutschland, zu den Vorläufern Gerhart Hauptmanns. In den Jahren vor unserem Besuch machte er wieder von sich reden, indem er eine antikopernikanische Theorie aufstellte und heftig verfocht, der zufolge die Sonne sich um die Erde bewegt.

M. B.

Die Abbildungen auf Seite 8 und Seite 368 sind Wiedergaben von Manuskriptseiten der Tagebücher Kafkas.

Nachwort

Der Herausgeber der Tagebücher stand diesmal vor einer anderen Aufgabe als im Jahre 1937, in dem er zum erstenmal eine Auswahl aus diesen Aufzeichnungen herausgab. Denn diesmal handelt es sich eben nicht mehr um eine Auswahl, sondern um die nach Tunlichkeit vollständige Herausgabe des ganzen Nachlasses von Franz Kafka. Für eine solche stand damals weder der Raum zur Verfügung, noch war infolge der geringen Distanz vom Ableben des Dichters die Möglichkeit gegeben, alle seine Aufzeichnungen mit jener Objektivität entgegenzunehmen, die heute, nach Ablauf von mehr als einem Vierteljahrhundert seit jenem traurigen Ereignis, immerhin annäherungsweise möglich erscheint.

Einige wenige Kürzungen waren aber auch jetzt notwendig. Weggelassen wurde einzelnes, was bedeutungslos weil allzu fragmentarisch erschien. Hier handelt es sich meist nur um ein paar Worte. Ferner habe ich manches nicht aufgenommen, was sich mit kleinen Varianten wiederholt. Vielleicht wird man finden, daß ich mit der Aufnahme von Varianten in den Text eher zu weit gegangen bin. Eine Grenze ist da eben schwer zu ziehen. In einigen (seltenen) Fällen wurde allzu Intimes nicht aufgenommen, auch allzu verletzende Kritik gegen den und jenen, die im Sinne Kafkas gewiß nicht für die Öffentlichkeit bestimmt war. Die Namen lebender Personen wurden meist nur durch Anfangsbuchstaben oder unbestimmte Buchstaben, zum Beispiel N., wiedergegeben – soweit es sich nicht um Künstler oder Politiker handelt, die infolge ihrer öffentlichen Wirksamkeit stets auf Kritik gefaßt sein müssen. Während ich bei Polemiken mit anderen noch lebenden Personen Striche vornahm, habe ich eine solche Zensur bei dem wenigen nicht für nötig gehalten, was Kafka gegen mich selbst vorbringt (teils im übermütig spielerischen Spott, teils ernsthaft). Die dadurch natürlicherweise entstehende falsche Perspektive, als sei ich der einzige, gegen den Kafka etwas auf dem Herzen hatte, wird der Leser selbst richtigstellen. – In diesem Punkt wie in manchen andern Beziehungen habe ich mich an das Beispiel W. Tschertkows bei Herausgabe der Tagebücher Tolstois gehalten (vgl. Tschertkows Vorwort zu dieser Ausgabe).

Die falsche Perspektive, die jedes Tagebuch unwillkürlich mit sich bringt, muß überhaupt beachtet werden. Man schreibt, wenn man ein Tagebuch führt, meist nur das auf, was einen bedrückt oder irritiert. Durch solches Schreiben befreit man sich von schmerzlichen negativen Eindrücken. Positive Eindrücke brauchen meist nicht wegreagiert zu werden, man notiert sie, wie manch einer aus Erfahrung wissen dürfte, nur in Ausnahmefällen oder wenn man (wie bei einem Reisetagebuch) den Vorsatz dazu gefaßt hat. –

Meist aber gleichen Tagebücher einer lückenhaften Barometerkurve, die nur die »Tief«, die Stunden stärksten Druckes, nicht die »Hoch« registrieren würde.
Dieses Gesetz macht sich auch in den dreizehn Quartheften Kafkas geltend, die sein eigentliches Tagebuch darstellen. In den Reisetagebüchern derselben Periode herrscht oft eine vergleichsweise hellere Stimmung. Noch deutlicher wird sein Humor in den Briefen. Erst im Verlauf der Krankheit verdüstern sich auch sie, dann allerdings bis ins tiefste Schwarz der Verzweiflung hinein. Im allgemeinen aber kann man folgende Helligkeitsskala in den *persönlichen* Äußerungen Kafkas feststellen (das *dichterische* Werk nimmt natürlich an sämtlichen Nuancen dieser Skala teil): Das dunkelste Band des Spektrums liefern die Quarthefte, eine kleine Auflichtung zeigt sich in den Reisenotizen, viele Briefe (bis etwa zur Zürauer Periode und noch in diese hinein) bieten eine noch weitergehende Helligkeit, in den Gesprächen und im täglichen Umgang gab es oft, in frühen Lebensabschnitten sogar vorherrschend, eine heitere Unbefangenheit, die man dem Verfasser des Tagebuches kaum zutrauen würde.

Die Hauptmasse der Tagebücher liegt in dreizehn Heften in Quartformat vor.
Fünf von diesen sind von Kafka selbst mit römischen Ordnungszahlen (I–V) bezeichnet, wobei aber gleich das zweite Heft ohne Ordnungszahl erscheint. Es zeigt sich auch eine durchlaufende Paginierung, die allerdings durch eine zweite, gleichfalls vom Autor herrührende, beirrt wird. Die Orientierung wird auch dadurch erschwert, daß Kafka in einigen der Hefte auch von der letzten Seite her zu schreiben begonnen hat, so daß die Eintragungen gegen die Mitte hin zusammentreffen. – Trotz allem konnte die richtige Ordnung genau festgestellt werden.
Das erste Heft beginnt mit einigen undatierten Eintragungen. Das erste auftauchende Datum ist der 17./18. Mai 1910. Nach wenigen Seiten folgen Eintragungen vom 19. Februar 1911 bis 24. November 1911. Für die Lücke ist Heft II heranzuziehen, das vom 6. November 1910 bis Mai 1911 reicht, woran sich ein Teil des Kapitels »Der Heizer« anschließt. Heft III bringt Eintragungen vom 26. Oktober 1911 bis 24. November 1911. Heft I, II und III greifen also ineinander, ein Verhältnis, das sich in Heft VIII und IX wiederholt. Heft IV schließt an, vom 28. November 1911 bis Ende 1911, ebenso Heft V vom 4. Januar 1912 bis 8. April 1912 (wobei einige offensichtlich irrige Datierungen Kafkas richtiggestellt werden mußten). Heft VI behandelt die Zeit vom 6. Mai 1912 bis September 1912; in diesem Heft steht das »Urteil« und der zweite Teil des »Heizers«. Nach einer Lücke wird das Tagebuch im VII. Heft vom 2. Mai 1913 bis zum 14. Februar 1914, im VIII. Heft vom 16. Fe-

bruar 1914 bis zum 15. August 1914 fortgesetzt. Doch stehen im VIII. Heft (von der letzten Seite her) auch Eintragungen vom Februar 1913, und das IX. Heft ist in die Zeitperiode eingeschoben, die das VIII. Heft behandelt. Im IX. und X. Heft sind viele Blätter herausgerissen. Letzteres Heft reicht vom 21. August 1914 (also im Anschluß an Heft VIII) bis zum 27. Mai 1915. Heft XI bringt Notizen vom 13. November 1915 bis 30. Oktober 1916, ferner einiges vom April bis August 1917. Heft XII, aus dem der Autor wiederum viele Blätter herausgerissen hat, beginnt in Zürau am 15. September 1917, reicht bis zum 10. November 1917, dann nimmt es nach einer großen Lücke die Eintragungen am 27. Juni 1919 auf, die bis 10. Januar 1920 fortgeführt erscheinen. Das letzte Heft umfaßt die Zeit vom 15. Oktober 1921 bis zum November 1922 und bringt noch einige Notizen vom 12. Juni 1923. Ein Teil der unvollendeten »Forschungen eines Hundes« (nicht der Anfang) ist hier mit winzigen Schriftzügen aufgezeichnet. Die Schrift Kafkas in den ersten Heften (etwas über das achte hinaus) ist groß und kalligraphisch schwungvoll, wird später allmählich klein und spitzig.

Diese dreizehn Hefte bilden stilistisch eine Einheit, die ich zu erhalten bestrebt war. Der Autor schreibt dichterische Einfälle auf, Anfänge von Erzählungen oder Betrachtungen, die ihm durch den Kopf gehen. Die Gründe, die ihn leiten, die Art, in der er in diesen seinen Bemühungen ein Gegengewicht gegen die unfreundliche Umwelt, den verhaßten, anstrengenden, ja ihn erschöpfenden Brotberuf sucht und findet: Das alles ist in den Aufzeichnungen selbst wiederholt näher dargelegt. Außer den Eingebungen seiner Phantasie notiert Kafka auch das, was er in der Welt des Tages erlebt, ferner Träume – streckenweise überwiegen diese vergleichsweise realistischen Eintragungen, oft werden sie zu Ansatzpunkten dichterischer Gestaltung. In besonders günstigen Fällen entstehen allseits ausgebildete kleinere oder größere Dichtungen, aus denen Kafka dann später einige zur Veröffentlichung ausgewählt hat. Die von Kafka selbst publizierten Stücke findet man jetzt im Band »Erzählungen und Kleine Prosa« der Gesamtausgabe; alles andere, was im Kontext der Tagebücher steht, habe ich an seinem Ort belassen und im Zusammenhang veröffentlicht, der sehr oft den Inhalt in ein unerwartetes Licht stellt. – Man sieht also jetzt manches, was an sich auch als selbständiges Fragment hätte publiziert werden können, hier im Zusammenhang der täglichen Aufzeichnungen, die für den Dichter gleichsam zum Sprungbrett der dichterischen Gestaltung werden. Man hat die halbfertige Gestalt zugleich mit dem unbehauenen Marmor vor Augen.

So ist die Struktur dieser dreizehn Quarthefte eine andere als die der »blauen Oktavhefte«, die fast nur dichterische Einfälle, Fragmente, Aphorismen (ohne Hinweis auf die tägliche Umgebung) enthalten. Diese Oktavhefte werden also erst einem anderen Band der Gesamtausgabe zugrundegelegt, – ein tagebuchartiger Hinweis, ein Datum findet sich in ihnen nur ganz ausnahmsweise. Die Reisetagebücher dagegen, von denen drei vorliegen und hier veröffentlicht sind, haben wiederum einen ganz anderen Stil: Ereignisse, Erlebnisse in pragmatischer Aufzeichnung des Tatsächlichen, ohne sichtbare Ansatzpunkte für spätere Arbeiten – so wie eben ein Tourist Aufzeichnungen macht. Freilich ist dieser Tourist Franz Kafka, und daher erscheint seine Betrachtungsweise der gegebenen Fakten zwar durchaus natürlich, dennoch auf geheimnisvolle Art von allem Hergebrachten abweichend und symbolhaft. Beide Elemente, das des Faktischen und das der ersten Vorstadien zum gestalteten Werk (Vorstadien, die in Glücksfällen zum Werk selbst hinüberleiten), sind in den dreizehn Quartheften auf einzigartige Weise ineinander verzahnt.

Das Zeichen [] bedeutet, daß die zwischen den Klammern stehenden Worte vom Herausgeber hinzugefügt sind.
Das Zeichen . . . am Schluß oder im Kontext einer Bemerkung bedeutet, daß der betreffende Satz von Kafka unvollendet gelassen wurde, beziehungsweise eine Lücke oder eine unleserliche Stelle hat.
Im Hinblick auf Orthographie, offenkundige Versehen, Interpunktion usw. wurde dasselbe Verfahren angewendet wie in den Bänden »Der Prozeß« und »Das Schloß«.

Tel Aviv 1950 — M. B.

Leben und Werk Kafkas

in Übersicht

1883 3. Juli, geboren in Prag.
1901 Beginn des Hochschulstudiums, Prag, vorübergehend München.
1902 Beginn des Briefwechsels mit Oskar Pollak. Im Sommer Liboch (Schelesen).
1905 und 1906: Im Sommer in Zuckmantel.
1906 Doktor juris.
Im Sommer in Triesch beim Onkel Landarzt (Dr. Siegfried Löwy).
Im Oktober Antritt des Postens in der »Assicurazioni Generali«.
vor 1907 »Beschreibung eines Kampfes« und »Hochzeitsvorbereitungen auf dem Lande« geschrieben. Andere Jugendwerke (in Verlust geraten).
1908 Eintritt in die Arbeiter-Unfallversicherungsanstalt.
1909 Zwei Stücke aus »Beschreibung eines Kampfes« im »Hyperion« gedruckt.
Im September Riva, Brescia mit Max und Otto Brod.
1910 Beginn der Quarthefte (Tagebücher). Die ostjüdische Schauspieltruppe. Im Oktober in Paris (mit Max und Otto Brod).
1911 Januar, Februar in Friedland, Reichenberg. Im Sommer Zürich, Lugano, Mailand, Paris mit Max Brod. Dann Erlenbach bei Zürich (allein). – Reisetagebücher.
1912 Roman »Der Verschollene« (»Amerika«) begonnen. Im Sommer Weimar (mit Max Brod), dann allein Jungborn im Harz. Lernt am 13. August Felice Bauer kennen. Am 14. August Manuskript der »Betrachtung« an Verlag Rowohlt abgeschickt. »Das Urteil«. »Die Verwandlung«.
1913 »Betrachtung« erschienen (Januar), Verlag Rowohlt. Im Mai erschien »Der Heizer«.
Gartenarbeit in Troja bei Prag. Allein in Wien, Venedig, Riva. Die Schweizerin.
1914 Ende Mai Berlin Verlobung. Vorstudie zum »Schloß« (Tagebuch 11. Juni). In Hellerau, Lübeck, Marienlyst (ein Teil der Reise mit Ernst Weiß), Kriegsausbruch. Zusätzliche Sorgen mit der Fabrik des Schwagers. Entlobung. Arbeit am »Prozeß«. »Strafkolonie«.
1915 Wiederbegegnung mit Felice Bauer – Eigenes Zimmer in Prag (erst Bílková, dann Dlouhá třída). Arbeit am

	»Prozeß«. Fahrt nach Ungarn, mit der Schwester Elli, Fontanepreis.
1916	Im Juli mit Felice in Marienbad. Einige Landarzt-Novellen geschrieben. Vorlesung in München (November).
1917	Wohnung in der Alchimistengasse, dann im Palais Schönborn. Weiterarbeit an den Landarzt-Novellen. Zweite Verlobung im Juli. 4. September Konstatierung der Tuberkulose. Wohnung in Zürau. 12. September Büro-Urlaub. Kierkegaard-Studium. Aphorismen (Oktavhefte). Zweite Entlobung im Dezember in Prag.
1918	Zürau. Prag. Turnau. Schelesen. »Beim Bau der Chinesischen Mauer« geschrieben.
1919	»Ein Landarzt« erschienen. Verlag Kurt Wolff. Fräulein Julie Wohryzek (Schelesen). Prag. »Brief an den Vater«. In Schelesen mit Max Brod. »In der Strafkolonie« erschienen.
1920	Meran. Frau Milena Jesenská. Nochmals Büro in Prag. Ende des Jahres in der Tatra. Robert Klopstock.
1921	Tatra. Prag. Frau Milena.
1922	Spindlermühle. Im Februar wieder in Prag. 15. März aus dem »Schloß« vorgelesen. Ab Ende Juni Planá an der Luschnitz, mit seiner Schwester Ottla. Prag.
1923	Juli in Müritz. Dora Dymant. Berlin. Schelesen. Ende September: Berlin-Steglitz. Zehlendorf. »Der Bau«, »Josefine«, vielleicht »Forschungen eines Hundes«. – Die vier Novellen des »Hungerkünstler« in Druck gegeben (Verlag Die Schmiede).
1924	Berlin bis 17. März. – Prag. – Am 10. April ins Sanatorium Wienerwald abgereist. – Klinik Prof. Hajek in Wien. – Dann Sanatorium Kierling bei Wien, mit Dora und Robert Klopstock. Tod am 3. Juni. In Prag bestattet.

Register

I. Erwähnte Personen und Werke anderer Autoren

II. Werke Kafkas